btb

Aus Freude am Lesen

Anfangs sieht für Kriminalinspektor Conrad Orsini alles nach Selbstmord aus: zwei Tote, eine Drogensüchtige und eine Gärtnerin, beide mit aufgeschnittenen Pulsadern. Doch ist alles wirklich so eindeutig? Zwischen den beiden Fällen gibt es Parallelen, die Orsini Kopfzerbrechen bereiten. Erst als eine dritte Leiche gefunden wird, können er und seine Kollegin Paula Kisch die Skeptiker in den eigenen Reihen überzeugen: in den Wiener Parkanlagen ist ein Serientäter unterwegs, der jederzeit wieder zuschlagen kann.

LIZL STEIN, geboren 1961 in Wien, wuchs in Österreich und England auf. Sie studierte in Wien Komposition, klassisches Klavier, Jazzklavier und Rhythmik. 1980 gründete sie die Band »Liszl«, produzierte u. a. die erfolgreiche CD »Talk about Job-Sharing« und gab zahlreiche Konzerte. Seit 1990 unterrichtet sie Klavierimprovisation an der Universität für Musik in Wien.

GEORG KOYTEK, 1964 in Wallsee/Donau, studierte Audio-Engineering an der Universität für Musik und der SAE. Er arbeitete 16 Jahre lang als Tontechniker am Burgtheater in Wien und betreute unter anderem Produktionen wie »Hamlet«, »Woyzeck« und »Heldenplatz«. Seit einigen Jahren ist er als freischaffender Maler tätig.
Für ihr Romandebüt »Der Posamentenhändler« wurden Koytek & Stein mit dem Österreichischen Krimipreis (Leo Perutz-Krimipreis) ausgezeichnet.
Mehr Informationen zu dem Autorenduo finden Sie unter www.koytek-stein.at.

Koytek & Stein

Der letzte Stich

Kriminalroman

btb

Die gebundene Ausgabe erschien 2012 im Leykam Verlag, Graz, unter dem Titel »Pagat ultimo«.

Der überwiegende Teil der Schauplätze dieses Kriminalromans entspricht realen Gegebenheiten. Sämtliche Personen und Handlungen sind frei erfunden. Ähnlichkeiten mit lebenden Personen sind zufällig und nicht beabsichtigt.

MIX
Papier aus verantwortungsvollen Quellen
FSC® C083411

Verlagsgruppe Random House FSC® N001967
Das für dieses Buch verwendete FSC®-zertifizierte Papier *Lux Cream* liefert Stora Enso, Finnland.

1. Auflage
Genehmigte Taschenbuchausgabe Juni 2014,
btb Verlag in der Verlagsgruppe Random House GmbH, München

www.leykamverlag.at
Umschlaggestaltung: semper smile, München
Umschlagmotiv: plainpicture/Readymade-Images
Druck und Einband: CPI – Clausen & Bosse, Leck
MK · Herstellung: sc
Printed in Germany
ISBN 978-3-442-74739-9

www.btb-verlag.de
www.facebook.com/btbverlag
Besuchen Sie auch unseren LiteraturBlog www.transatlantik.de

If there's hell below, we're all going to go.

(Curtis Mayfield)

Prolog
Herbst 1995

Der Umschlag stach unter dem Packen bunter Werbebroschüren hervor. Beigefarben, etwas abgegriffen, an einer Ecke zerknittert und wieder zurechtgeglättet. Kein Absender, keine Adresse. Nur sein eigener Nachname in großen, krakeligen Blockbuchstaben vorne am Kuvert. Kurz fühlte er das raue Papier zwischen den Fingerkuppen und hielt es sich an die Nase. Es roch, als hätte es lange Zeit in einer Schublade auf seine Bestimmung gewartet. Eine Weile starrte er unschlüssig auf die Schrift, während in ihm Unbehagen hochkroch. Wer …?

Mit einer fahrigen Handbewegung ließ er den Brief auf den Küchentisch fallen, schnappte die übrigen Werbeaussendungen und querte damit die Küche. Stück für Stück zerknüllte er das Papier zu länglichen Würsten und legte sie in den uralten Holzofen. Darauf platzierte er dünne knorrige Äste, aus denen die letzten Reste von Feuchtigkeit längst entwichen waren. Voriges Jahr hatte er alle Obstbäume auf dem Grundstück zurechtgeschnitten. Jetzt gediehen die alten Bäume zumindest wieder. Ungestüm riss er ein Streichholz an, das zwischen seinen großen Fingern prompt in zwei Teile zerbrach.

Ärgerlich warf er die leere Streichholzschachtel zu den Ästen und sah sich um. Er war eindeutig zu lange nicht da gewesen. Fast schien es, als wollte ihn das gesamte Haus dafür rügen, indem es sich von seiner ungemütlichen Seite zeigte. In den Mauern hatte sich die Feuchtigkeit festgesetzt, an den Wänden unter der Farbe bildeten sich schimmlige Bläschen. Alles war von einer Staubschicht bedeckt, in den Ecken hingen verklebte Spinnweben, und – er rieb sich die Hände – es war eisig. Er stand auf und streckte die müden Glieder. Zeitig am Morgen war er von Wien aufgebrochen, um wenigstens diesen einen Tag hier verbringen zu können. Mit zusammengekniffenen Augenbrauen zog er an der Schublade des Küchentisches. Natürlich klemmte sie. Er griff nach dem Brotmesser und beugte sich zur Lade hinunter. Schob das Messer mit Gewalt zwischen Tischplatte und Lade auf und ab, bis sie endlich nachgab.

Ungeduldig durchwühlte er die Fächer. Aber die Dinge hatten in seiner Abwesenheit offensichtlich ein Eigenleben entwickelt und befanden sich nun nicht mehr dort, wo er sie in Erinnerung hatte. Mit einer gezielten Bewegung des Beckens schob er die Lade wieder zu und schlurfte in den Vorraum. Dort holte er ein Feuerzeug aus seiner Manteltasche, ging am Ofen vorbei und blieb vor dem Küchentisch stehen.

Der Brief war so gelandet, dass ihm sein Name entgegenrief: Mach auf! Optisch passte er gut zur staubigen Umgebung. Vom Inhalt her – da ließ er sich nicht täuschen – war der Brief ein Quertreiber, der nichts mit dem alten Haus zu tun hatte.

Erneut nahm er den Briefumschlag zur Hand und tastete ihn ab. Viel war nicht drin. Vor allem kein Papier, das hätte sich anders angefühlt. Eher ein dünner Karton. Allerdings lag auch noch etwas Zweites im Kuvert. Etwas Hartes, Flaches. Sein Hals verengte sich, als zöge jemand innerlich eine Schnur zusammen.

Unweigerlich dachte er an den Streit vom Vortag. Sie hatte sich wieder einmal über ihn lustig gemacht, ihn regelrecht bloßgestellt! Und ihn so lange weiter provoziert, bis ihm der Kragen geplatzt war.

Nein! Er legte den Brief wieder auf den Tisch zurück und zeichnete mit dem Finger eine Linie durch den Staub – jetzt würde er sich hierum kümmern und nicht auch noch den einzigen freien Tag opfern!

Sobald die Flammen das Papier angeknabbert hatten und sich an die getrockneten Zweige heranmachten, legte er die letzten Buchenscheite nach. Dann schnappte er die Hacke, zog sich seine Jacke über und ging in den Keller. Abgestandene Luft schlug ihm entgegen. Er holte den Schlüsselbund hervor, wählte einen der alten Schlüssel aus und steckte ihn ins Schloss. Nur mit großem Widerstand ließ er sich drehen. Entschlossen versuchte er, die mit Rostflecken übersäte Eisentür aufzuziehen. Aber wie zuvor die Schublade widersetzte auch sie sich. Er stellte die Hacke neben den Türrahmen auf den gestampften Lehmboden und beleidigte die Tür mit Obszönitäten, während er immer heftiger an ihr rüttelte. Ein paar Tropfen Öl ..., dachte er zornig. Doch die Kanne zu finden würde ewig dauern. Also zerrte er schließlich so lange an der Tür, bis sie unter kläglichem Quietschen nachgab.

Die kümmerliche Feuchtraumlampe lieferte gerade so viel an Helligkeit, dass man sich zurechtfinden konnte. Die Hand immer noch am Schalter, starrte er angestrengt in den feuchten, penetrant riechenden Raum. Er blickte auf den Haufen, der vor ihm auf dem Boden lag, wischte sich die vom Moder der Mauer schmutzig gewordene Hand achtlos an der Hose ab und griff wieder zur Hacke. Prüfend fuhr sein Finger über die Schneide. Dann hob er sie über den Kopf, dass sie beinahe die Decke berührte, und schlug zu.

Einmal in der Mitte durch. Mit einem satten Krachen glitt das stählerne Blatt durch den Stamm und blieb im Hackstock stecken. Die Hälften fielen seitlich zu Boden. Als wollte er die vergangenen Monate in kleine Teile zerstückeln, damit sie ihm nichts mehr anhaben konnten, hackte er wie ein Besessener auf die schon zurechtgeschnittenen Holzstämme ein, bis sie endlich die richtige Größe hatten. Genau so, wie sein Vater es ihm gezeigt hatte. Damals hatte er allerdings noch Schwierigkeiten mit dem Gewicht der Hacke gehabt: „Und pass auf, dass du triffst! Nie mit Wucht, sondern mit Schwung!“ Das mit dem Schwung hatte er nie so genau genommen. Das mit dem Treffen beherrschte er nach wie vor. Rasch füllte er die Scheite in den Korb, trug sie hinauf zum Ofen und leerte sie davor auf den Boden. Zwei davon warf er ins knackende Feuer, den Rest stapelte er in der Nische daneben.

Dann begann er mit erstaunlicher Geduld zu putzen. Nahm jeden Gegenstand in die Hand und suchte ihm einen Platz. Fegte mit dem Reisigbesen den Boden und holte die Spinnweben von den Wänden. Zwischendurch erlaubte er sich im Hof eine Rauchpause. Auf den Bäumen hingen vereinzelt runzelige Birnen und Äpfel. Nüsse faulten zwischen braunen Blättern. Erst später, als die Sonne gegen Mittag durch die Wolken brach und ihm ins Gesicht schien, machte sich endlich fast so etwas wie Erleichterung in ihm breit, die er in der Stadt lange vergeblich gesucht hatte.

Gegen Abend – das Haus schien ihm seine Vernachlässigung verziehen zu haben, das Holz prasselte im Ofen, es war warm genug, um sich die Hemdsärmel hochzukrempeln – setzte er sich an den Küchentisch, nahm das Kuvert in die Hand und riss es auf. Zwei Gegenstände rutschten heraus.

Ein kleines, scharfkantiges Stück Glas und eine Spielkarte. Tarock. Der Pagat. Lange Zeit saß er reglos mit der Karte in der Hand da und starrte ins Leere.

Dienstag, 10. Mai 2005

1

„Ich erwarte Sie in zehn Minuten vor dem Eingang!"

Noch ehe Orsini antworten konnte, war die Leitung tot.

„Seltsam", meinte er und legte den Hörer auf die Gabel.

„Was denn?", fragte Wilasich.

„*Er*", antwortete Orsini und deutete mit einer Kopfbewegung an die Decke, „wartet vor dem Eingang auf mich. In zehn Minuten. Ist irgendwas passiert?"

„Nicht dass ich wüsste." Wilasich runzelte die Stirn und zuckte mit den Schultern. Er war quasi die rechte Hand Orsinis und wurde von den Kollegen kurz Wila genannt.

Orsini nahm seine Lederjacke vom Haken, gab Wilasich noch ein paar Anweisungen, steckte sein Handy ein und schloss die Tür hinter sich.

Jeder im Büro wusste, wer gemeint war, wenn von *ihm* die Rede war. Besonders die jüngeren Kollegen legten sogar einen Unterton in die Stimme, der zwischen ängstlich und ehrfürchtig lag, wenn sie von *ihm* sprachen. Jene, die ihn schon länger kannten, verwendeten untereinander die Abkürzung Pok. Orsini hingegen hatte sich – zumindest innerhalb der Abteilung – für den vollen Namen entschieden.

Dass sein Vorgesetzter ihn sprechen wollte, war an sich nichts Besonderes. Dass es vor dem Gebäude sein sollte, schon. Denn Pokorny bewegte sich nur selten von seinem Schreibtisch weg. Meist rief er die Leute zu sich und besprach alles Wichtige bei Tee und Zigaretten in seinem Büro. So hatte er seinen Ruf als kettenrauchender Schwarzteetrinker mit Reibeisenstimme über die Jahre kultiviert und dabei mehr als klargestellt, dass ihm nie etwas entging.

Orsini trat vor das Polizeigebäude. Auf einer Parkbank, nur wenige Schritte vom Eingang entfernt, saß der Pok. Eine graue Mappe lag neben ihm, er hatte Orsini den Rücken zugewandt und schien dem endlosen Strom an Fahrzeugen etwas abgewinnen zu wollen.

„Endlich ...“, sagte er mit schnarrender Stimme und stand auf, ohne sich umzudrehen.

Orsini blieb hinter der Bank stehen. Ärger kroch in ihm hoch. Schneller war der Weg vom Büro hierher keinesfalls zu schaffen.

Gerade als er zu einer Erwiderung ansetzen wollte, fuhr Pokorny fort: „... endlich wieder ein paar Sonnenstrahlen!“, drehte sich um und sah Orsini an. Sein dichtes, angegrautes Haar war in sorgfältigen Strähnen nach hinten gelegt und hielt üblicherweise den ganzen Tag die Stellung. Auffallend an ihm war sein vom Nikotin gelb gefärbter Schnauzbart, der jeden Seehund vor Neid hätte erblassen lassen. „Ist unglaublich, wie schnell das geht.“

„Wie was geht?“

„Na, der Wechsel der Jahreszeiten. In meiner Jugend hat's noch so was wie einen Übergang gegeben. Aber jetzt? In der Früh eiskalt und zu Mittag so, dass man ins Schwitzen kommt. Das ist doch nicht mehr normal!“

„Hm ...“, murmelte Orsini mit Blick auf seine cognacbraune Jacke, die er nun wohl oder übel mitschleppen musste. Pokornys thematischer Abstecher zum Wetter war ebenso ungewöhnlich wie das außerbüroliche Treffen insgesamt.

„Kommen Sie, machen wir einen Spaziergang!“ Pokorny schnappte Mappe und Mantel und marschierte los, ohne auf Orsini zu warten.

Störrisch blickte Orsini ihm nach. Einerseits fiel ihm untertäniges Verhalten seit jeher schwer, und er wusste, dass Pokorny gerade das an ihm gefiel. Andererseits hatte der Pok mehr als einmal seine Hand schützend über ihn gehalten, auch wenn er es nie zugeben würde. Also setzte er sich in Bewegung.

Eine Weile trottete er neben seinem schweigenden Vorgesetzten her. Beim Schottentor überquerten sie die Ringstraße, Wiens monumentalen Boulevard. Seine Errichtung hatte damals, im 19. Jahrhundert, quasi den Weizen von der Spreu getrennt und gleich einzementiert: Innerhalb des Rings residierte man in Palais, direkt außerhalb kam das Großbürgertum zum Zug, am Stadtrand durfte die Unterschicht hausen. Immerhin hatte man sich die heute selbstverständlichen Symbole der Demokratie – das Parlament und das Rathaus – erkämpft, dachte Orsini und sah zum Universitätsgebäude hinüber.

Dort hatten zwei junge Männer ein Transparent aufgespannt – *Bildungs-Kapital statt Banken-Terror* stand da. Die beiden konnten ungleicher nicht sein. Der eine ein Alternativer wie aus dem Bilderbuch – lange Haare, Stirnband und Schlabberhose –, der andere im dunklen Anzug mit Krawatte. Orsini grinste und dachte an seine Jahre im Juridicum, bevor er das Studium abgebrochen hatte. Schon damals waren die Mittel knapp gewesen, aber immerhin hatte man für einen Sitzplatz nicht stundenlang vor dem Hörsaal Schlange stehen müssen. Und es hatte angenehme Begleiterscheinungen wie Partys und Konzerte gegeben, lange Nächte inkludiert.

„Hören Sie überhaupt zu?", fragte Pokorny plötzlich.

„Wie bitte? ... Natürlich ...", antwortete Orsini, „... ob ich schon mal was über die Türkenbelagerung gelesen habe ... Ich weiß nur nicht, welche von beiden Sie meinen."

Pokorny blieb abrupt stehen, blickte ihn listig an und deutete mit der Mappe in der Hand auf die Mölkerbastei, einen der wenigen erhaltenen Abschnitte der ehemaligen

Stadtmauern. Orsini meinte sich zu erinnern, dass darin einer der vielen Komponisten, auf die die Stadt so stolz war, eine Zeit lang gelebt hatte. Schubert, Mozart ...? Aber was hatte das mit den Türken zu tun?

„Dann wissen Sie sicherlich, dass die Türken genau hier, wo wir jetzt stehen, alles unterminiert haben."

Orsini nickte überrascht. Dass sein Chef sich für Historisches interessierte, war ihm neu.

„Sie haben alles drangesetzt, um in die Stadt zu kommen und sich den Goldenen Apfel zu pflücken."

„Goldenen Apfel?"

„So haben sie Wien genannt. Die türkischen Mineure waren die Besten ihrer Zeit. Hier, zwischen Löwelbastei und Burgbastei, haben sie sich eingegraben – gegraben haben natürlich die Sklaven und Gefangenen. Die sind krepiert wie die Ratten. Der ständige Beschuss von den Mauern, die Ausfälle der Wiener Stadtwache, so gut wie kein Essen." Pokorny wies mit einer schnellen Kopfbewegung zur Balustrade hoch. „Es waren aber beide Seiten nicht grad zimperlich: Dort oben haben die Bürger die abgeschlagenen Türkenköpfe auf Spießen zur Schau gestellt." Während er mit der Hand herumwedelte und zu einer großräumigen Erläuterung ansetzte, schoss ein Fahrradbote mit penetrantem Geklingel auf sie zu. Orsini wich mit einer eleganten Bewegung aus und zog dabei Pokorny mit sich.

„Ziemlich viel los."

Pokorny nickte abwesend. „Wo war ich gerade?"

„Die abgeschlagenen Türkenköpfe ..."

„... aufgespießt, genau. Wissen Sie, was das Schlimmste bei einer solchen Belagerung war?"

„Die Folterungen?"

„Das auch. Hautabziehen war eine der türkischen Spezialitäten. Das Ärgste aber müssen die hygienischen Bedingungen gewesen sein – abgesehen vom ständigen Hunger. Das übertrifft unser heutiges Vorstellungsvermögen! Die Verletzten sind oft regelrecht verfault", erwiderte Pokorny trocken, drehte sich um und schritt erneut zügig voran. Ende des Vortrags.

Irritiert folgte ihm Orsini. Er kam sich vor wie ein Blinder an der Leine eines herrischen Hundes. Erst vor der Staatsoper zwang sie eine Gruppe Touristen zu einem weiteren Halt. Orsini schnappte einige Brocken Spanisch auf und beobachtete belustigt eine resolute ältere Dame. Sie hatte einen rosaroten Regenschirm in der Hand und streckte ihn plötzlich energisch in die Höhe. Augenblicklich setzte sich der folgsame Tross in Bewegung. Während Pokorny und Orsini hinter dem Schwarm zum zweiten Mal die Ringstraße querten, musterte Orsini die Gruppe genauer. Weshalb verhielten sich Menschen dermaßen uniform, sobald sie zu mehreren auftraten? Selber fühlte er sich immun gegenüber solchen Erscheinungen, war er doch jahrelang allein in der Welt herumvagabundiert. Erneut mahnte der ungeduldige rosarote Schirm seine Schäfchen zur Eile, bog schließlich mit seinem iberischen Schwarm rechts ab und hinterließ eine rosarot hüpfende Spur in Orsinis Gedächtnis.

„Jetzt schieben sie zur Abwechslung wieder einmal einem Landschaftsarchitekten das Geld sonst wohin, damit er diesen unmöglichen Platz erträglich macht!“, murrte Pokorny indessen.

Das Gelände zwischen Secession und Karlskirche war ein ewiges Provisorium, egal was die Stadt auch anstellte. Es war der zentrale Verkehrsknotenpunkt. Oben donnerten die Autos auf jeweils drei Spuren über den Asphalt, unten trafen sich drei verschiedene U-Bahn-Linien. Da konnten Karlskirche und Technische Uni im Hintergrund strahlen, soviel sie wollten. Zudem hatte sich die Drogenszene hier festgesetzt.

Sie querten schweigend vor dem *Café Museum* zuerst die Straße und dann ein kleines Stück Grünfläche, das von einem intensiv duftenden Lavendelbeet begrenzt wurde. Pokorny marschierte flott voran und hielt erst unweit der Karlskirche an. „Hier ...“, er schob ein paar Zweige eines buschigen

Strauches zur Seite und deutete mit dem Zeigefinger auf eine kahle erdige Stelle, „hat sie gelegen."

„Wer – sie?"

„Die Selbstmörderin." Pokornys Hand fuhr mit routinierter Geste durch die Haare und brachte die akkurat gezogenen Strähnen in eine wie mit dem Kurvenlineal gezogene Form. Dabei sah er Orsini an, als müsste dieser seine Gedanken lesen können. Da Orsini aber nur verständnislos den Kopf schüttelte, murmelte er schließlich: „Sie haben nichts davon gehört ... Wieso auch?", und deutete auf eine Bank. „Setzen Sie sich!"

Mit einem Stoßseufzer ließ er sich neben Orsini nieder. Dann runzelte er die Stirn. „Was ist das?"

„Was denn?"

„Spüren Sie nichts?"

„Doch", entgegnete Orsini, der nun auch ein deutliches Zittern bemerkte, das sich von der Parkbank auf den Körper übertrug. „Kann eigentlich nur von den Bohrungsarbeiten kommen."

„Bohrungsarbeiten?"

„Der Entlastungskanal", erklärte Orsini und zeigte auf eine der vielen provisorischen Absperrungen aus groben Holzplatten, die größtenteils bereits mit Plakaten zugeklebt waren. Neben einem der zerbeulten Container parkte ein nagelneuer Bagger. Gleichzeitig fragte Orsini sich, wann Pokorny endlich dieses Katz- und Mausspiel bleiben lassen würde. Nicht dass er von Grund auf ungeduldig gewesen wäre, auch saß er ganz gerne auf einer Parkbank, aber ... Er fing mit den Fingern auf dem Holz zu trommeln an.

„Natürlich – lassen wir uns also eine Weile den Allerwertesten massieren", erwiderte Pokorny und holte tief Luft. „Was ich Ihnen jetzt sagen werde, bleibt vorläufig unter uns!"

Orsini hob die Augenbrauen.

„Ist nichts Verbotenes. Nur eine taktische Vorgehensweise, mit der einstweilen niemand anderer ... belastet werden soll."

„Die Selbstmörderin?"

Pokorny nickte, nahm die graue Mappe zur Hand und öffnete sie. „Margarete Bauer, geboren 1980", begann er vorzulesen, „gestorben in der Nacht zum 22. April, also vor ungefähr drei Wochen. Hat sich mit einer Glasscherbe in selbstmörderischer Absicht am linken Unterarm entlang der Pulsader Schnitte zugefügt und ist daraufhin verblutet ..., schon als Jugendliche ins Drogenmilieu abgerutscht, zahlreiche abgebrochene Entzugsversuche ..., vermutlich auch als Gelegenheitsprostituierte tätig. Soweit kein Einzelfall."

„Rechtshänderin", murmelte Orsini und begutachtete das Foto, das ihm Pokorny gereicht hatte. Die Frau war mehr Knochen als Fleisch. Ihre Arme waren von älteren Narben und Blutergüssen zerfurcht, die unzähligen Nadeleinstiche hatten sich teilweise entzündet und Eiterbeulen gebildet. Ihr Hals war unglaublich dünn. Zusätzlich ließ der Ausschnitt des ausgewaschenen T-Shirts ihn unnatürlich lang erscheinen. Die Brüste waren flach wie bei einer greisen Frau und wahrscheinlich bereits ebenso runzelig wie die Haut an ihren Händen.

„Sie hat gewusst, was sie tut", stellte Orsini fest und starrte auf die tief klaffenden Wunden. Die Schnitte reichten bis auf den Knochen und hatten Sehnen, Blutgefäße und Muskeln durchtrennt. Es gab erstaunlich wenige Selbstmörder, die auf Anhieb fest genug schnitten, um zu sterben, dachte Orsini.

„Theoretisch ja", entgegnete Pokorny. „Allerdings, wenn man das Foto genauer ansieht ..."

Orsini folgte mit den Augen der Spur des geronnenen Blutes am Arm der Toten. Dann nickte er. „Wer hat es als Suizid eingestuft?"

„Der herbeigerufene Notarzt, Dr. ..."

„Ich meine, von uns?"

„Gottschlich."

Orsini schwieg. Bisher war er mit dem Leiter der Tatortgruppe 2, die für die Spurensicherung zuständig war, einigermaßen ausgekommen. Aber er kannte Gottschlichs Ruf. Ermittlungstechnisch hatte man ihm zwar noch nie Schlamperei nachweisen können, aber die Spatzen pfiffen seine Bequemlichkeit längst schon vom Dach. Dafür hatte er Kontakte im ganzen Polizeiapparat und lauerte wie ein Krake, der seine Fangarme überallhin ausgestreckt hatte, in seiner sicheren Höhle namens Gewerkschaft.

„Die Details können Sie selber nachlesen“, unterbrach Pokorny seine Gedanken.

„Warum genau sollte ich das?“, fragte Orsini. Nur um einem Kollegen einen eventuellen Ermittlungsfehler nachzuweisen? Er hatte momentan genug anderes am Hals. In den letzten Monaten waren mehrere seiner Mitarbeiter freigesetzt worden, wie es neuerdings hieß, und für die verbliebenen gab es Überstunden zur Genüge.

„Vor nicht ganz zehn Jahren, September 1995“, fuhr Pokorny fort, ohne auf Orsinis Frage einzugehen, „ich war damals Bezirksinspektor. Eines Nachts stürzte ein junger Mann aufgebracht ins Kommissariat. Er kam direkt aus dem Stadtpark und redete völlig unzusammenhängendes Zeug. Ich erinnere mich noch genau, dass ihm der Schweiß aus allen Poren rann wie nach einem Saunaaufguss, obwohl es draußen schon herbstlich kühl war. Er gab an, bedroht worden zu sein.“

„Mit einer Glasscherbe?“

Pokorny nickte.

„Wir sind sofort mit ihm dorthin. Haben den ganzen Park abgesucht, aber natürlich niemanden gefunden.“

Orsini zuckte mit den Achseln.

„Allerdings hat es in derselben Nacht einen zweiten, ähnlichen Vorfall gegeben. Hier am Karlsplatz. Dort drüben, um genauer zu sein.“ Pokorny deutete zum Restaurant *Resselpark* hinüber. „Leider hab ich das erst Tage danach erfahren. Hab zufällig den Kollegen getroffen, der die Anzeige der Frau aufgenommen hat.“

„Eine Frau ...“

„Ja, sie hat mehr oder weniger dasselbe angegeben wie der junge Mann. Dass der Typ plötzlich vor ihr stand und sie dann mit einer Glasscherbe attackierte."

„Das war alles?"

„Nein, erstens konnte sie ihn beschreiben."

„Und zwar?"

„Mittelgroß, mittellange blonde Haare, Jeans und Pullover."

Sehr hilfreich, dachte Orsini. „Und zweitens?"

„Sein stierer Blick, als träten die Augen aus den Höhlen hervor, aber vor allem seine Stimme. Sie hat ausgesagt, dass sie die Stimme wiedererkennen würde. Er hat etwas geflüstert, immer wieder, mit einem ganz eigenen, gepressten Klang. Jedenfalls war es kein normal Betrunkener. Eher ein Besessener."

„Und der Mann ist niemand anderem aufgefallen?"

Pokorny zog die Mundwinkel nach unten. „Nein. Ich war ja damals noch nicht so lang dabei. Schlägereien, häusliche Gewalt – das gab es ständig. Aber einen Wahnsinnigen mitten in unserem Revier? Wir hatten durchaus Angst, dass sich die Sache ausweiten könnte. Deshalb haben wir es auch über die Medien versucht. Was soll ich sagen, es ist nichts Derartiges mehr passiert, und so ist die Sache irgendwann eingeschlafen."

„Aber jetzt", Orsini hielt das Foto hoch, „haben Sie sich daran erinnert."

Pokorny sah beinahe gequält auf. „Es lässt mir keine Ruhe", meinte er leise und zuckte plötzlich zusammen, als knapp neben ihnen ein Entenpärchen mit lautem Geschnatter vorbeizog. Ein Jogger in knallroter Bekleidung mit einem noch knalligeren orangen Stirnband hatte sie aufgeschreckt. „Zwei Kunstflieger", bemerkte er und folgte dem Minigeschwader mit den Augen, bis es in elegantem Bogen über Künstlerhaus und Musikverein weitergesegelt war. „Könnte ja auch ein schöner, harmloser Sommer werden – wär zumindest eine nette Abwechslung."

Orsini schloss für einen Moment die Augen und spürte die wärmenden Sonnenstrahlen im Gesicht. „Sie sehen einen Zusammenhang, obwohl die Attacken fast zehn Jahre zurückliegen ..."

„Ich wär sehr froh, wenn es keinen Zusammenhang gäbe. Ist ja auch unwahrscheinlich, zu viele Widersprüche." Pokorny nahm das Foto der toten Drogensüchtigen in die Hand und deutete damit zum Gebüsch, in dem sie gefunden worden war. „Aber der Kollege Gottschlich hat uns auch nicht grad geholfen, die aus der Welt zu schaffen!"

Tief unter ihnen fraß der Bohrkopf sich gerade mit einem Ruck weiter auf seinem Weg durchs Erdreich, als hätte er sich an einem besonderen Brocken beinahe verschluckt. In Pokornys Hosentasche begann es ebenfalls zu vibrieren. Seufzend griff er nach seinem Handy, warf aber nur einen kurzen Blick darauf und drückte auf *Besetzt*.

„Der soll warten!"

Orsini schmunzelte, aber im nächsten Augenblick meldete sich der Störenfried erneut.

„Wissen Sie, wer mich da traktiert? Zurzeit jagt eine Sitzung die andere. Als hätten wir nicht schon genug davon gehabt! Ich kann das Wort Reform nicht mehr hören! Bringen wird's am Ende nicht viel. Das ist ein sinnloses Match – jeder gegen jeden. Und wie früher bei der Türkenbelagerung wird's ein paar Köpfe geben, die nachher zur Schau aufgespießt werden!" Pokorny fuhr sich zum mehrten Male wütend durch die Haare. Seine Strähnen hatten dabei kapituliert und sich in ein Jackson Pollock-Gemälde aufgelöst.

Orsini schwieg wohlweislich. Bisher war es ihm halbwegs gelungen, das Thema von sich und seiner Gruppe fernzuhalten. Zu den geplanten Veränderungen gab es noch so gut wie keine konkreten Informationen. Doch im Haus setzte die Unsicherheit allen zu. Die Atmosphäre kippte bei jedem neuen Gerücht etwas weiter ins Gereizte.

Mittlerweile surrte der aufgeregte kleine Kommunikationsvibrator in Pokornys Hosentasche zum dritten Mal.

„Meine Eier sind jetzt bald genauso weich wie bei diesem Schleimscheißer", kam unvermittelt seine derbe Seite zum Vorschein, die er normalerweise streng im Zaum hielt. „Ich lass ihn noch fünf Sekunden zappeln, dann muss ich abheben." Beinahe genüsslich zählte er bis fünf, griff sich dann in die Haare, reduzierte Jackson Pollock wieder auf Piet Mondrian und meldete sich mit geschäftsmäßiger Stimme. Nachdem er aufgelegt hatte, schnappte er seinen Mantel, reichte Orsini die Mappe und sagte: „Ich möchte nur, dass Sie in nächster Zeit Ihre Augen offen halten. Hoffen wir, dass ich Unrecht habe! Bis morgen!"

Seufzend nahm Orsini sie entgegen und rief dem Davoneilenden nach: „Weiß man, was der Typ geflüstert hat?"

Pokorny fischte seine Zigarettenpackung aus der Manteltasche, zündete sich im Gehen eine Zigarette an und drehte sich nach dem ersten Lungenzug noch einmal kurz um. „Dona nobis pacem, angeblich. Ein Heiliger also ..."

*

Paula Kisch sah mit einem Lächeln zum Vortragenden hin. Jedes Mal, wenn er sich zur Tafel drehte, um auf seine PowerPoint-Präsentation zu zeigen, versuchte er gleichzeitig, die etwas zu weite Hose hochzuziehen. Das Problem daran war der Gürtel. Er hatte sich wohl nicht genug Zeit genommen, ihn ordentlich einzufädeln, und jetzt, mitten in der Vorlesung, konnte er das schlecht nachholen. Auch das Hemd hätte gebügelt gehört, dachte sie, aber zumindest hatte er sich rasiert. Überhaupt wirkte der Professor absolut sympathisch, sein Vortrag allerdings ...

Nervös tippte sie mit ihrem Stift auf ihrem Knie herum und senkte möglichst unauffällig ihren Blick. „Die zerebrale Aktivität ...", hörte sie noch, während sie sich wieder in ihre Lektüre vertiefte. Sie hatte einen äußerst spannenden Bericht über die Entwicklung des DNA-Profilings auf den Oberschenkeln liegen, gut durch den Tisch verdeckt. Der

Mord an einer 15-Jährigen aus der englischen Ortschaft Enderby war es gewesen, der als allererster mithilfe des genetischen Fingerprints gelöst worden war. Man hatte damals einen Jugendlichen festgenommen, der auch ein Geständnis abgelegt hatte. Wegen eines ähnlichen Mordes im Jahr davor wollte man eigentlich nur abklären, ob es sich um denselben Täter handelte. Allerdings gab es eine Panne: Der DNA-Test ergab die Unschuld des Jugendlichen. 5000 Männer sollten daraufhin freiwillig ...

„Frau Kisch!", hörte sie wie von weit entfernt eine Stimme. „Frau Kiiisch!" Ein Ellbogen stupste sie in die Seite.

Paula sah hoch. „Ja, bitte ...?" Sie biss sich auf die Lippen und schob das Buch ins Bankfach.

„Wären Sie so nett und würden Ihre geneigte Meinung zu den Symptomen von ADHS mit uns teilen?" Der Professor verschränkte die Arme und sah sie herausfordernd an.

Paula ächzte innerlich. Sie hatte all ihren Charme angewandt, um überhaupt noch für dieses Seminar zugelassen zu werden, nachdem sie die Anmeldefrist versäumt hatte. Und das, obwohl sie der Stoff nicht wirklich interessierte. Hilfesuchend blickte sie um sich, bis ihre Nachbarin mit dem Kopf Richtung Tafel deutete.

„... hat oft Schwierigkeiten, längere Zeit die Aufmerksamkeit aufrechtzuerhalten", las sie von der Tafel ab, „scheint häufig nicht zuzuhören, wenn andere ihn/sie ansprechen."

Gelächter erfüllte den Hörsaal.

„Tut mir leid", meinte sie kleinlaut, „ich war in Gedanken."

„Wär mir gar nicht aufgefallen", erwiderte der Professor trocken. „Aber vielleicht können Sie die Gedanken", er blickte auf die Uhr, „in 40 Minuten fertig denken?"

Paula nickte.

Einige Zeit bemühte sie sich, dem Vortrag zu folgen, und beantwortete sogar eine der Fragen korrekt. Doch schon eine Viertelstunde später ertappte sie sich, wie sie aus dem großen Fenster im sechsten Stock des Neuen Institutsgebäudes der Universität – tatsächlich handelte es sich um einen abgenutzten 60er-Jahre-Bau, der dringend eine Sanierung nötig gehabt hätte – über das Dach der Votivkirche in die Ferne starrte. Ja, sie hatte verbissen darum gekämpft, dieses Studium neben ihrer Ausbildung zur Kriminalbeamtin fortsetzen zu dürfen. Dennoch – ungeduldig wippte sie mit den Zehen in ihren Schuhen auf und ab –, nicht jedes der Fächer interessierte sie tatsächlich. Manche waren geradezu Zeitverschwendung. Zumindest für sie. Das Einzige, was wirklich zählte – vorsichtig zog sie ihr Buch wieder ein Stückchen aus dem Bankfach hervor –, war die Kriminalistik, allen voran die Kriminalpsychologie, die es jedoch leider noch nicht zum eigenständigen Studienfach geschafft hatte.

Erst nachdem sie die Eigenschaften von Hyperaktivität bei Kindern über sich ergehen lassen hatte, und erst nachdem sie auf dem Kommissariat stundenlang über dem Protokoll eines Einbruchs gesessen war – hatte sie endlich Zeit. Sie holte sich einen schwarzen Kaffee, lehnte sich in ihrem Stuhl zurück, streckte die Beine quer über den Tisch und dachte für einen Augenblick an den nächsten Monat, in dem sie sich hauptsächlich dem Studium widmen durfte. Da würde sie sich sogar für die Therapie unaufmerksamer Kleinkinder interessieren, schwor sie sich. Dann schlug sie ihr Buch auf.

*

Conrad Orsini blickte vom Garten des Restaurants *Resselpark* durch den satt sprießenden Blätterwald zum Eingang der Technischen Universität. Sinnigerweise hatte man zwischen die alten Ahornbäume die Statuen sämtlicher Erfinder, die in keinen anderen Park passten, gestellt, wo sie in Ruhe vor sich hin dösen konnten, ohne dass sie irgendwem abgingen. In einem Zug leerte er sein Glas und hob die Hand. Heute würde er ausnahmsweise nicht mehr ins Büro zurückkehren und stattdessen den angehenden Sommerabend gebührend würdigen. Hinter den Tischen plätscherte ein Brunnen vor sich hin. Steinerne Frösche und Enten spien einander zwischen herumturnenden Engeln Wasser entgegen. Das stumpfe, ewig gleiche Dröhnen der Autos mischte sich mit den Stimmen von den benachbarten Tischen. Hin und wieder knallte eine winzige unreife Kastanie auf das gemusterte Kunststofftischtuch vor ihm. Miniermotten ..., sinnierte er, ein Asienimport.

Schließlich öffnete er doch Pokornys Mappe. Rasch überflog er die Berichte aus dem Jahr 1995 und blätterte weiter bis zum Foto der Selbstmörderin. Ihre langen dunklen Haare klebten wirr über den eingefallenen Wangen. An Lippen und Nase hatte sie mehrere Piercings. Die Glasscherbe lag auf ihrem Bauch. Ein abgebrochenes Stück einer Flasche. Nichts Besonderes. Sie war einmal hübsch gewesen, dachte er und sah zum Nebentisch. Dort schwebte ein hellgrauer Ring aus Rauch in die Höhe und verlor sich im dunklen Grün des Laubs. Seit er mit dem Rauchen aufgehört hatte, überkam es ihn immer wieder. Zu gerne hätte er sich jetzt eine angezündet.

Sein Finger fuhr über das Foto, als könnte er dadurch die Haut der Toten spüren; spüren, ob nicht doch noch ein Hauch Lebendigkeit in ihr vorhanden war. So erging es ihm meistens, wenn er einen Leichnam vor sich hatte. Der Drang nachzuforschen ergriff so von ihm Besitz, dass er sogar auf das bloße Abbild hinlangen musste. Die Unabänderlichkeit des Todes wollte einfach nicht in sein Hirn, egal wie viele Jahre er nun schon damit zu tun hatte. Es war, als gäbe es irgendwo im Universum eine verborgene, geheim gehaltene Möglichkeit, den Lauf der Welt zu ändern, sie anzuhalten und dem Schicksal zu trotzen. Meistens hatte er sich mittlerweile so unter Kontrolle, dass keiner seiner Kollegen etwas bemerkte. Vielleicht ging es ihnen ja sogar ähnlich. Aber manchmal, besonders bei Selbstmorden, wuchs der Drang in ihm und drückte von innen auf seinen Brustkorb. Wie war es möglich, dass die Welt in beinahe sturer Vielfalt einerseits

Leben hervorbrachte, nur um es von einem Augenblick zum anderen wieder auszulöschen?

Die Augen der Toten auf dem Bild waren weit aufgerissen. Das Gesicht schien aber eher Unglauben auszudrücken als Verzweiflung oder Angst. Hatte sie sich verschätzt? Hatte sie nicht gedacht, dass es so schnell gehen würde, oder hatte sie sich selbst die Tat vorher nicht wirklich zugetraut? Was aber, wenn an Pokornys Vermutung etwas dran war? Ein Mörder, der seine Tat als Selbstmord tarnte – ein Schläfer, der zehn Jahre Ruhe gegeben hatte, nur um jetzt wieder aktiv zu werden, besser gesagt, um gewaltig zuzulegen. Wie wahrscheinlich war das? Denn – und das war der Schwachpunkt an Pokornys These – bei den Attacken vor zehn Jahren war schließlich niemand ums Leben gekommen.

Orsini griff nach seinem Bier und hielt inne. Womöglich ... Er fixierte die steinernen Engel und meinte, in ihren Gesichtern einen etwas hämischen, unerbittlichen Zug zu erkennen, als plötzlich eine der Minikastanien eben diesen Zeitpunkt wählte, um von ihrem Zweig ausgerechnet in sein Glas zu fallen. Er blickte hoch, ließ das Glas los und wischte sich kopfschüttelnd den Ärmel ab. Womöglich hatte Gottschlich recht mit dem Selbstmord. Abgesehen von den Ungereimtheiten am Foto – denen nachzugehen es aber leider längst zu spät war.

Nacht vom Dienstag, 31. Mai, auf Mittwoch, 1. Juni 2005

2

Die anderen waren um die Ecke in ihr Stammlokal, die Gastwirtschaft *Hermann*, vorausgegangen. Orsini hatte nur noch kurz etwas ausprobieren wollen, dabei aber die Zeit übersehen. Es musste weit nach Mitternacht sein. Ob sie überhaupt noch auf ihn warteten? Er streckte die Arme in die Höhe und schüttelte die Hände locker aus. Von irgendwoher meinte er, ein tiefes, rollendes Geräusch zu hören. Er dämpfte die Saiten seiner Gitarre ab und hielt still. Nichts. Nur das Brummen der Lautsprecher. In einem Anflug von Müdigkeit stellte er den linken Fuß auf den Verstärker. So konnte er die Gitarre besser abstützen. Die Ärmel seines Hemds waren hochgeschoben, sein Blick blieb für einen Moment auf seiner Lederjacke hängen, die er über den Schlagzeughocker geworfen hatte. Wann war er das letzte Mal so lange im Proberaum gewesen? Früher hatte er mehrmals die Woche dafür Zeit gehabt. Aber immerhin hatte er es heute geschafft, sich vorher umzuziehen ..., und es war überhaupt ein ziemliches Glück, dass sie hier in diesem Keller auch in der Nacht so laut und so lange proben konnten, wie sie wollten.

Ich arbeite zu viel, dachte er, fuhr sich über die Bartstoppeln, zog mit einer selbstverständlichen Handbewegung das Mikro näher und schloss die Augen.

They left them soul shadows on my mind, on my mind ... Er liebte diesen Soul-Klassiker und wollte ihn beim nächsten Konzert unbedingt spielen. Bei der Probe vorhin hatte ihn aber irgendetwas gestört ... Die Stimme Bill Withers als Gastsänger bei den *Crusaders* hatte er gut im Ohr, daran lag es nicht, vielleicht an den Akkorden?

... Soul shadows on my mind, on my mind, on my mind ... Er zupfte mit dem Plektron die einzelnen Saiten seiner Les Paul und tüftelte an den Begleitriffs, als ihm plötzlich ein anderer Klang dazwischenfuhr. Orsini seufzte. *Cantaloupe Island.* Sein neuer Klingelton. Nachdem sie sich jahrelang über seinen nervenden Nullachtfünfzehn-Klingelton lustig gemacht hatten, hatten sich seine Bandkollegen heute Abend erbarmt und ihm den Anfang des Jazzstandards von Herbie Hancock auf sein brandneues Handy gespielt. Nicht dass er dazu selbst nicht fähig gewesen wäre, aber die Tipperei machte ihn eben nervös. Der neue Ton konnte allerdings auch nichts daran ändern, dass jemand etwas von ihm wollte, wo er sich doch nichts sehnlicher wünschte, als in Ruhe gelassen zu werden. Entweder seine Kollegen hatten keine Lust mehr, auf ihn zu warten, oder – er stoppte Herbie und seine Truppe mitten im Takt und sah aufs Display – Arbeit ...

„Orsini", murrte er, „muss das sein?"

„Boxring oder Keller?", entgegnete Wilasich.

„Keller."

„Tut mir leid, aber wir haben eine tote Frau am Beethovenplatz", erklärte ihm Wilasich. Im Hintergrund war ein Folgetonhorn zu hören.

„Du bist schon vor Ort?"

„Seit ein paar Minuten. Soll ich dir einen Wagen schicken?"

„Nicht nötig. Nehm mir ein Taxi. Was hast du bis jetzt?"

„Möglicherweise Selbstmord."

„Selbstmord", wiederholte Orsini nachdenklich.

„Ja, mit einer Glasscherbe."

Augenblicklich war Orsini hellwach. „Bin sofort da, sie sollen ja nichts anrühren!“ Er legte auf, schnappte seine Jacke, drehte den Verstärker ab und wählte den Taxiruf.

„Fünf Minuten?“, fragte er ärgerlich. „Geht das nicht schneller? Es ist dringend!“

„Ich sag dem Kollegen, er soll sich beeilen, dringend ist es sowieso immer“, erwiderte die Dame am Telefon gelangweilt und legte auf.

Orsini blickte auf seine Uhr. Kurz nach eins. Er hetzte die engen Stufen hinauf ins Freie, sperrte die schwere Eisentür ab und sah hoch. Es tobte ein Gewitter. Rasch zog er den Kopf ein, stellte den Kragen seiner Jacke auf und suchte unter einem der Bäume Schutz. Neben ihm prasselte der Regen herab. Ein Blitz erhellte die Straße. Ungeduldig trat er von einem Fuß auf den anderen, bis das Taxi endlich um die Ecke bog.

„Zum *Intercont*“, sagte er und stieg ein.

„Jawoll, der Herr“, erwiderte der korpulente Taxifahrer, griff mit seiner pelzig behaarten Hand nach einer Wurstsemmel, die er zwischen den beiden Vordersitzen platziert hatte, und biss ab. Dann legte er gemächlich den Gang ein, fuhr los und deutete mit dem Kopf nach oben.

„A Wahnsinn!“

„Wie bitte?“

„Na, der Regn!“ Vorschriftsmäßig bremste er an der nächsten Kreuzung, lenkte mit einer Hand das Auto um die Ecke und stopfte sich mit der anderen die restliche Semmel in den Mund.

„Können Sie schneller fahren? Es ist wirklich dringend!“

„Hammas gnädig? Um de Zeit?“ Der Taxifahrer holte im Fahren aus dem Seitenfach eine Dose Cola und klemmte sie sich zwischen die Beine, um sie zu öffnen. „Wartet vielleicht eine Dame?“

„Genau genommen ja“, erwiderte Orsini und starrte entgeistert auf das Hinterhaupt des Fahrers, das nur mehr einige wenige fettige Haare beherbergte. „Es ist grün, geben Sie endlich Gas!", fauchte er den Taxifahrer dermaßen scharf an, dass der das Cola verschüttete.

„Na, na ... Wir wern doch net glei so auszuckn", entgegnete der Taxifahrer und stieg demonstrativ aufs Gaspedal, dass es Orsini in den Sitz presste. Während sie durch die Stadt jagten, starrte er unruhig auf die regennasse Fahrbahn. Eine Glasscherbe ... Es konnte immer noch ein Zufall sein, versuchte er sich einzureden. Denn seit dem Gespräch mit Pokorny am Karlsplatz hatte er sich zwar die Mappe durchgelesen, zu mehr aber keine Zeit gehabt. Und wenn er ehrlich war, hatte er dazu auch keine Veranlassung gesehen. Auf eine bloße Vermutung hin zu ermitteln, war derzeit zu viel verlangt. Pokorny hatte ihn schließlich nicht einmal darum ersucht, dennoch hatte er nachträglich ein schlechtes Gewissen.

Drei Minuten später bog das Taxi mit quietschenden Reifen von der Gumpendorfer Straße in die ehemalige 2er-Linie, wie sie immer noch genannt wurde, obwohl längst keine Straßenbahn mehr auf ihr fuhr, und raste quer über den Karlsplatz in die Lothringerstraße.

„Stopp!", rief Orsini.

Der Taxilenker bremste scharf ab. Der Beethovenplatz lag schräg vor ihnen. „Was ist denn da los?", fragte er angesichts der hell erleuchteten Szenerie, erhielt aber keine Antwort, denn Orsini hatte das Geld einfach auf den Sitz geworfen und war bereits grußlos ausgestiegen.

*

Er schrie auf, ließ die Platte zu Boden sausen und hielt den Finger mit der anderen Hand fest. Ein langer Holzspan steckte darin. Rasch biss er die Zähne zusammen und entfernte das elende Ding. Mit einer schnellen Zungenbewegung schleckte er den Blutstropfen ab und hob die abgenutzte Platte wieder hoch.

Das Timing war perfekt gewesen. Es hatte alles so funktioniert, wie er es sich ausgemalt hatte. Besser noch. Der Sturm und das Gewitter waren wie ein Wink von oben zur rechten Zeit ge-

kommen. Fast wie vorherbestimmt. Das Blut pumpte noch immer durch seine Adern, es schoss durch die Gefäße und dröhnte in seinen Ohren wie ein Sturzbach. Oder war es das Rauschen des Regenwassers, das die Straßen überschwemmte und in die Gullys strömte? Er sah noch ihre grellrot geschminkten Lippen vor sich, ihren vollen Busen unter dem tiefen Dekolleté. Sie hatte es eindeutig verdient. Wie konnte man nur so unsensibel sein? Das Gefühl des Triumphes erfüllte ihn von Neuem, ergoss sich regelrecht über ihn wie eine prickelnde Dusche. Er schob sich das nasse Haar aus der Stirn und sah auf die Uhr: Es war höchste Zeit zu verschwinden.

*

Wilasich trat mit geöffnetem Schirm auf Orsini zu. Im weißen Ganzkörperanzug wirkte er wie ein surrealer Tanzbär, einem Jahrmarkt in einem mittelalterlich-futuristischen Film entsprungen. Abgesehen davon sah er müde aus. Schlapp rieb er sich die Augen, drehte den Schirm zur Seite und sah nach oben. Gerade noch hatte es wie aus Bächen geschüttet, nun aber tröpfelte es nur mehr. Das Gewitter war nach Osten abgezogen und hatte ein kleines Chaos hinterlassen. Blätter, Zweige und Unrat lagen über Wiese und Wege verstreut, als wär's eine Müllhalde. Allerdings war die Luft sauber wie selten. Es roch nach warmer, feuchter Erde und blühenden Sträuchern. Nur nach und nach würden sich die üblichen Großstadtdüfte wieder einschleichen.

„Was wissen wir bis jetzt?"

„Nicht sehr viel", antwortete Wilasich und deutete auf einen der Funkwagen. „Die junge Frau drüben im Wagen hat die Tote gefunden und dann Alarm geschlagen. Sie war am Heumarkt bei einer sogenannten Beachparty. Als es zu regnen begonnen hat, ist sie, wie die meisten anderen auch, zu einer der Hütten gelaufen, um dort Schutz zu suchen."

„Was für Hütten?"

„Holzhütten wie am Weihnachtsmarkt, nur dass statt Punsch Cuba Libre verkauft wird."

„Karibik am Heumarkt?"

„So ähnlich, sie haben sogar Sand aufgeschüttet fürs richtige Beachfeeling. Scheint in zu sein."

„Super Geschäftsidee."

„Jedenfalls, als es nicht aufgehört hat zu regnen, wollte sie zu ihrem Auto und hat die Frau gefunden."

Orsini nickte. Langsam gingen sie auf die Fundstelle zu. Die gesamte Szenerie hatte etwas Unwirkliches. Vor ihnen thronte Ludwig van Beethoven auf seinem Sockel, zu seinen Füßen tanzten Engel. Dahinter erstrahlte der Platz in grellem Licht, das die Umgebung samt den Kollegen von der Spurensicherung in seltsame Schatten tauchte.

„Weiß Pokorny davon?", fragte Orsini beiläufig.

„Pokorny?", fragte Wilasich und sah ihn an. „Nein, der ist doch auf dem Seminar."

„Hab ich vergessen." Orsini schüttelte den Kopf und ließ seinen Blick über das Denkmal wandern. Wie viele steinerne Engel es in der ganzen Stadt wohl gab? Als Schutzengel machten sie hier jedenfalls keine gute Figur.

Schräg hinter dem Monument stand ein Plastikzelt, das sich in Nichts von den Partyzelten, die es in jedem Baumarkt zu kaufen gab, unterschied. Ob es in diesem Fall rechtzeitig aufgestellt worden war, um ihnen noch Informationen zu liefern? Beamte in Uniform sicherten die Stelle vor allzu neugierigen Blicken ab, denn trotz der späten Stunde hatte sich bereits eine kleinere Ansammlung an Schaulustigen gebildet. In Orsini stieg ein saurer Geschmack aus dem Magen hoch. Manche brauchten offensichtlich einen Extrakick als optimalen Abschluss eines feuchten Abends.

„Was hat die Zeugin im Gebüsch gesucht?"

„Musste sich übergeben", erklärte Wilasich. „Sie hat einen über den Durst getrunken."

„Jetzt ist sie aber vermutlich nüchtern."

„Mehr als das. Elvira spricht grade mit ihr und versucht sie zu beruhigen."

„Die Identität der Toten?"

„Dorothea Hausner, steht zumindest auf ihrer Bankomatkarte. Wir überprüfen das grade. Hab die Karte in ihrer Geldbörse gefunden, in der Handtasche.“ Wila sah ihm entschuldigend ins Gesicht. Er wusste um Orsinis beinahe pedantische Einstellung zu Tatorten. Solange man nichts verändert hatte, konnte man, wenn man schnell genug war, manchmal etwas einfangen, was über die reine Atmosphäre eines Ortes hinausging. Als gäbe es einen Abdruck des Täters im Jetzt, der aus der Vergangenheit herüberreichte.

„Ich hab so wenig wie möglich angerührt, aber ich dachte, die Identität sei vorrangig.“

Orsini nickte beschwichtigend.

„Vergewaltigung?“

Wilasich schüttelte den Kopf. „Zumindest so weit wir das bis jetzt beurteilen können.“

„Was gestohlen?“

„Auch eher nicht. Die Handtasche lag geschlossen neben ihr, das Geld ist auch noch da.“

„Fußspuren, Schleifspuren?“

„Ein eindeutiger Schuhabdruck von der Zeugin. Aber sonst bezweifle ich, dass wir was Brauchbares haben. Es hat doch über eine Stunde stark geregnet ...“

„Ist abgesehen von der Geldbörse was verändert worden?“

„Nur von oben“, antwortete Wilasich und deutete mit der Hand in den Himmel. „Der Notarzt hat keine Wiederbelebungsversuche unternommen. Dazu war es zu eindeutig. Und auch die Beamten von der Streife schwören, dass sie ...“

„... nichts angerührt haben. Ist schon okay“, murmelte Orsini, zog sich Plastiküberschuhe und Handschuhe an und trat näher. Die Tote lag inmitten eines hüfthohen Gebüsches. Absperrbänder hielten die Zweige auseinander. Gerade als er sich zu ihr hinunterbeugen wollte, legte sich eine Hand auf seine Schulter.

„Schönes Wetter für einen Selbstmord“, sagte eine Stimme hinter ihm.

„Selbstmord?“ Orsini drehte sich um.

„Aufgeschnittene Pulsader. Was soll das sonst sein?“, erwiderte Gottschlich verächtlich.

Orsini sah ihm ins Gesicht und wandte sich dann kommentarlos der Toten zu. Sie trug ein ärmelloses, dunkles Kleid und Schuhe mit hohen Absätzen und wirkte eher elegant. Zugleich hatte sie etwas Zähes an sich. Sie musste trainiert haben, ging es ihm durch den Kopf. Die Schminke in ihrem Gesicht war verlaufen. Der Regen hatte dort kleine dunkle Rinnsale hinterlassen. Einige davon sahen aus wie schwarze Tränen. Orsinis Blick wanderte über den zerschnittenen Arm. Ihre Hände allerdings ... Er stutzte: kurze Fingernägel, Schwielen.

Die Handtasche lag am aufgeweichten Boden neben der Leiche. Orsini öffnete sie vorsichtig. Schminksachen, ein Halstuch, einige andere Gegenstände – kein Ausweis. Wo war sie vor ihrem Tod gewesen? Hatte sie sich einen schönen Abend machen wollen? Eine Verabredung?

„Selbstmord ...“, murmelte er kopfschüttelnd vor sich hin, während sein inneres Auge das Foto der Drogensüchtigen auf die Tote vor ihm projizierte. Das Äußere war gepflegter, sie war zu Lebzeiten wohl kaum am Karlsplatz herumgelungert, aber ... vom Typ her waren durchaus Parallelen vorhanden.

„... hat weder Schirm noch Regenmantel dabeigehabt“, ergänzte Wilasich nun seine Ausführungen.

„Oder jemand hat sie mitgenommen.“

Wilasich zog eine Augenbraue nach oben und nickte Richard Lehner, einem der Tatortleute, zu. Er kniete neben dem Gebüsch, hatte eine Mappe am Schoß und machte darin eifrig Notizen.

„Wenig Blut am Boden“, bemerkte Orsini. Am dunklen Kleid konnte man zwar Blutspritzer ausmachen, ihre Konturen waren aber verwaschen. „Spricht eher dafür, dass sie nicht hier gestorben ist.“

„Ja, allerdings kann der Eindruck durch den Regen verfälscht sein. Wir werden das Erdreich abgraben und untersuchen", erwiderte Lehner.

Orsini mochte ihn. Lehner hatte eine gewissenhafte, zuverlässige Art und war in seinen Augen bei der Spurensicherung genau am richtigen Platz – im Gegensatz zum Gruppenleiter. „In Ordnung. Wäre wichtig, wenn ihr das bald rausfinden könntet."

„Machen wir." Lehner holte einen länglichen Papiersack aus seinem Koffer und wollte eine der Hände darin einpacken.

„Wart noch einen Moment", sagte Orsini.

Gottschlich sah ihnen schweigend zu und machte einen tiefen Zug an seiner Zigarette. Orsini vermeinte, den Geruch von Menthol wahrzunehmen, ignorierte ihn und konzentrierte sich wieder auf die Tote. Mit einem Stäbchen hob er die Scherbe vorsichtig an. Der Regen hatte die Reste des eventuell vorhandenen Blutes jedoch großteils weggewaschen. Nur am unteren Rand der Bruchfläche war ein dunkler Strich zu erkennen. Er legte die Scherbe wieder zurück und untersuchte das Handgelenk der Frau.

„Kann ich eine Taschenlampe haben?", fragte er und fuhr wenig später leise fort: „Ziemlich tiefe Schnitte ...", während er den Strahl der Lampe auf die Wunde richtete. Trotz der hellen Beleuchtung sah man damit noch genauere Einzelheiten. Durch den Regen waren die Wunden ausgewaschen, es hatte sich kaum eine Kruste gebildet. Als Orsini den restlichen Arm absuchen wollte, fing die Lampe plötzlich zu flackern an.

„Verdammt!", schoss es zorniger als nötig aus ihm heraus. „Nicht einmal unsere Lampen funktionieren!"

„Gib her", sagte Wilasich – die Ruhe in Person –, nahm sie, hantierte daran herum und reichte sie ihm wieder.

„Danke", erwiderte Orsini und leuchtete damit beide Arme ab. Er wünschte, er hätte Wilasich von der Akte mit der Drogensüchtigen erzählt, und verfluchte seine Loyalität Pokorny gegenüber. Mit dem Hintergrund hätte Wilasich die

Situation mit anderen Augen betrachtet. Aber neben Gottschlich war dies unmöglich. Er richtete sich auf und wandte sich an Gottschlich: „Selbstmord?"

„Spricht nichts dagegen, oder?", antwortete Gottschlich beinahe süffisant. Selbst im künstlichen Licht waren die Aknenarben in seinem Gesicht gut zu erkennen. Ein spöttisches Grinsen lag auf den dünnen, farblosen Lippen, als er das „Oder?" wiederholte.

„Die Frau kommt also extra an diesen Ort, um sich mit einer Glasscherbe die Pulsader aufzuschneiden?", fragte Orsini. Die Skepsis in seinem Tonfall war kaum zu überhören.

„Wahrscheinlich wohnt sie da."

„Möglich." Orsini drehte langsam an der Lampe, um sich im Zaum zu halten.

„Sicher finden wir einen Abschiedsbrief in ihrer Wohnung."

„Sie zieht sich also ihr bestes Gewand an ..."

„Genau."

„Dann geht sie hierher, schneidet sich in aller Ruhe die Pulsader auf und wartet, bis sie stirbt?"

„Genug Zeit war jedenfalls."

„Du meinst das Unwetter?", fragte Orsini überfreundlich.

Gottschlich nickte.

„Scheint mir etwas voreilig, deine Einschätzung."

„Voreilig?"

„Wie hätte sie wissen sollen, dass ausgerechnet heute ein Gewitter ..."

„Habens gestern im Wetterbericht angekündigt ..." Gottschlich sah Orsini herausfordernd an.

„Nette Annahme", entgegnete Orsini schärfer. Das Gespräch begann, ihn ernsthaft zu nerven. „Anstatt reine Vermutungen zu verbreiten, solltet ihr vielleicht einfach euren Job machen und die Spuren sichern. Vielleicht würde uns das bei der Feststellung der Todesursache helfen."

„Die liegt doch auf der Hand."

„Tatsächlich?", schoss es aus Orsini heraus.

Gottschlich lehnte sich provokant zurück, nahm dabei einen Zug aus seiner Mentholzigarette und blies elegant einen Rauchring aus. „Na sicher doch!"

Orsini schloss kurz die Augen, ehe er lautstark antwortete: „Am Erdreich ist kein Blut zu sehen. Der Oberarm weist ein Hämatom in der Größe einer Handfläche auf. Ich bin mir ziemlich sicher, dass die Gerichtsmedizin *meine* Vermutung bestätigen wird." Dann wandte er sich ruckartig ab, gab Wilasich ein Zeichen und ging auf den Funkwagen zu, in dem die Zeugin, eingehüllt in eine Decke, immer noch wartete.

„Lass dich von dem doch nicht provozieren", versuchte Wilasich ihn zu beruhigen, „das freut ihn nur noch mehr, und was er da daherfaselt, glaubt er doch selber nicht!"

„Ich weiß", erwiderte Orsini, der sich mehr über seinen kurzen Ausraster ärgerte als über Gottschlich, „jedenfalls rührt der von sich aus keinen Finger zu viel!" Mit erhobener Hand grüßte er Elvira Zobl, die gerade aus dem Wagen kletterte und wie meist frisch und ausgeschlafen wirkte.

„Hat leider nichts Verdächtiges gesehen", erklärte sie mit Blick auf die Zeugin. „Nachdem sie die Leiche entdeckt hat, ist sie in körperliche Starre verfallen. Die war offenbar so geschockt, dass sie nicht einmal ihr Handy gefunden hat. Dann ist sie allerdings so lange an derselben Stelle stehen geblieben, bis die Kollegen aufgetaucht sind."

„Haben die das bestätigt?"

„Ja."

„Gibt's andere Zeugen?"

„Bis jetzt noch nicht."

„Was ist mit den Barkeepern in der Karibik?"

„Die Kollegen überprüfen das gerade. Aber so weit ich das bis jetzt beurteilen kann, haben die nichts gesehen. Wahrscheinlich waren alle damit beschäftigt, die Sachen ins Trockene zu bringen."

„Anrainer?"

„Gibt's vermutlich nicht allzu viele. Das ist ein Gymnasium ..." Elvira Zobl zeigte auf das große Backsteingebäude im Hintergrund.

„Das Akademische."

Zobl deutete mit dem Kopf einen Halbkreis an. „Dann sind da noch ein paar Wohnungen und ziemlich viele Büros."

„Ist eine exklusive Gegend", merkte Orsini an. „Die Häuser können wir uns möglicherweise erst tagsüber vornehmen." Er sah sich um.

„Zumindest gibt es eine Kamera beim Aufgang aus der Tiefgarage", sagte Wilasich.

„Okay, stell zwei Leute ab, die die Aufnahmen sichern und die Autonummern notieren", antwortete Orsini. „Da fährt mir niemand raus, ohne dass wir die Daten haben."

„Geht klar. Einer ist ohnehin schon bei der Ausfahrt postiert."

„Sobald die Kollegen aus der Karibik zurückkommen", sagte Elvira Zobl, „lass ich sie die gesamte Garage durchsuchen." Dann sah sie zur Zeugin im Wagen. „Willst du noch mit ihr sprechen?"

Orsini nickte und beugte sich zum Wageninneren. „Orsini, leitender Ermittler", stellte er sich vor, „hören Sie, ich kann mir denken, wie Sie sich jetzt fühlen, ich bitte Sie, mir aber trotzdem einige Fragen zu beantworten. Es reicht, wenn Sie mit Ja und Nein antworten."

Die junge Frau zog die Decke enger um die Schultern und sah ihn mit glasigen Augen an. Dabei zitterten ihre Hände so stark, dass ihr die Decke beinahe entglitt. Während er sich zu ihr setzte, krächzte sie kaum hörbar: „Okay."

„Sie waren da drüben", begann Orsini, obwohl er das schon wusste, „bei einer Party."

„Ja."

„Dann wollten Sie zu Ihrem Auto und mussten ..."

Die Zeugin nickte.

„Und haben dabei die Tote liegen gesehen. Haben Sie irgendetwas an der Lei..., der Frau verändert?"

Kopfschütteln.

„Sind Sie sicher? Wissen Sie, es ist schon öfters vorgekommen, dass im Nachhinein ..."

„Nein", erwiderte sie leise, aber bestimmt, „ich habe nichts angerührt. Der Anblick war so schrecklich ..."

„Verstehe", lenkte Orsini ein. „Könnten Sie für mich versuchen, den Weg von der Party bis zu dem Augenblick, als Sie die Tote gefunden haben, noch einmal in Gedanken zu gehen? In Zeitlupe, vielleicht schließen Sie die Augen – manchmal erinnert man sich an Dinge ..."

Die junge Frau holte langsam Luft und ließ sie ebenso gedehnt wieder entströmen. „Ich versuch's ..." Nach einer Pause fuhr sie fort: „Zuerst hat's nur getröpfelt, wir haben uns nicht stören lassen, aber dann – als hätte dort oben jemand den Wasserhahn aufgedreht: So was Ähnliches hab ich nur einmal auf Bali erlebt. Dazu starker Wind, alles ist in der Luft herumgewirbelt. Jeder hat nur mehr irgendwas geschnappt und ist zu den Hütten."

„Jeder? Waren Sie mit Freunden da?"

Sie schüttelte den Kopf. „Die anderen habe ich nicht gekannt. Ich war eher zufällig nach der Arbeit da und bin ins Plaudern gekommen."

„Verstehe. Und dann?"

„Wir sind unter dem Vordach gestanden, haben gewartet und was getrunken. Aber es wird einem kalt, wenn man nass herumsteht. Erst nach einer Zeit, als klar war, dass es noch länger dauern wird, bin ich irgendwann losgelaufen."

„Allein?"

„Nein, die meisten anderen auch. Es war ein einziges Wirrwarr."

„Hmm." Orsini lehnte sich zurück und sah sie aufmerksam an. Das menschliche Gehirn hatte einige außerordentliche Fähigkeiten. In den richtigen Zustand versetzt erinnerte es sich unter Umständen an Details, die im Bewusstsein nirgends abgespeichert waren. „Und dann?"

„Ich bin über die erste Fahrbahn und den Grünstreifen und wollte zu meinem Auto. Das ist hinter dem Platz geparkt."

„Ist Ihnen dabei etwas eigenartig vorgekommen? Vielleicht hat irgendetwas nicht ins Bild gepasst ..."

Die junge Frau legte die Stirn in Falten. „Na ja ..., höchstens ..." Sie sah durch die Scheibe in die Nacht. „Wir sind alle durcheinandergelaufen, ziemlich hektisch, aber da war jemand, der ..."

„Ja?"

„Als würd ihn der Regen nicht stören ..."

„Inwiefern?"

„Also, genau genommen war's nur so ein Moment. Vielleicht hab ich mich auch getäuscht ..."

„Ihn ..., sind Sie sicher, dass es ein Mann war?"

„Nicht einmal das kann ich sagen, aber schon eher ... Es war einfach anders, seine Bewegung ..."

„In welche Richtung ...?", hakte Orsini leise nach.

„Ich schätze ..." Sie blickte Richtung Heumarkt, zum Denkmal und wieder zurück. „Er, also diese Person, ist mir entgegengekommen, aber wo er hingegangen ist?" Bedauernd zog sie die Schultern hoch.

„Aber die Person ging, anstatt zu laufen?"

„Eher."

„Könnten Sie sie beschreiben?"

„Tut mir leid, hab zu wenig darauf geachtet." Ihre Zähne hatten mittlerweile begonnen, unkontrolliert zu klappern. Unter der Decke musste sie klatschnass sein.

„Danke, Sie haben uns sehr geholfen", erwiderte Orsini und kletterte aus dem Wagen. „Ich lasse Sie nach Hause bringen – holen Sie Ihr Auto besser tagsüber ab", fügte er hinzu und sah zu Elivra Zobl. „Gibt's was Neues?"

Zobl zog ihn zur Seite. „Dorothea Hausner – der Name stimmt. 42 Jahre alt, verheiratet. Gärtnerin."

„Adresse?"

„12. Bezirk, in der Meidlinger Hauptstraße."

„Jedenfalls nicht ums Eck", bemerkte Orsini. „Verheiratet ..., der Ehemann, wir müssen mit ihm reden."

„Natürlich."

„Beziehungsverbrechen?", überlegte Zobl laut. „Allerdings wär das ein ungewöhnlicher Rahmen dafür."

Orsini blieb stumm und ertappte sich dabei, zu wünschen, es wäre ein normales, einfaches Familiendrama. Nachdenklich drehte er sich um und ging auf die Pathologin zu, die ihrem Assistenten gerade eine Anweisung gab und ihm ein Thermometer in die Hand drückte.

„Bitte die Kurzversion", sagte er zu ihr.

„Vor drei bis vier Stunden. Mord nicht auszuschließen."

Orsini sah auf seine Uhr. „Das wäre ein Todeszeitpunkt zwischen elf und zwölf ..."

„Genaueres sage ich Ihnen in ein paar Stunden. Kommen Sie um sechs in die Pathologie, ich mache halt eine Nachtschicht ..."

*

Sie waren zur Wohnung der Hausners gefahren, um mit dem Ehemann der Toten zu sprechen, und standen nun vor verschlossener Tür.

Am Gang gegenüber öffnete sich eine Wohnungstür einen Spalt breit, eine ältere Dame sah sie misstrauisch an. „Was wolln S' denn um die Uhrzeit, es is grad erst drei vorbei!"

„Wissen Sie zufällig, wo der Herr Hausner sich gerade aufhält?", konterte Orsini und hielt ihr seine Marke hin. „Polizei."

„Hat er was ausgfressen?"

„Aber nein, wir müssen nur wegen einer Zeugenaussage mit ihm sprechen."

Die Dame starrte mit müden Augen auf die beiden Männer vor ihrer Tür. „Na, der wird in der Arbeit sein", antwortete sie dann mürrisch, „da werden S' schon warten müssen bis in der Früh."

„Arbeit?“, fragte Wilasich und trat näher.

„Der hat irgendwo Nachtdienst, aber wo, weiß i net“, kam es gedämpft zurück.

„Auf Wiedersehen und danke für die Auskunft“, erwiderte Wilasich und wandte sich ab.

*

„Apropos Nachtdienst – du siehst schrecklich aus“, stellte Orsini unten vor dem Haus fest, öffnete die Wagentür und nahm am Beifahrersitz Platz. „Wie lange bist du schon im Dienst?“

„Viel zu lange“, pflichtete Wilasich ihm bei und startete das Auto. „Hab meiner Frau ein freies Wochenende versprochen und wollte deswegen unter der Woche was einarbeiten.“ Er lachte heiser auf. „Das hat man davon – zum Einarbeiten bin ich nicht gekommen, dafür haben wir eine Leiche ...“

Orsini wusste, dass die Familie, besonders seine drei Töchter, Wilasich alles bedeutete. Er vergötterte sie und hatte deswegen auch auf den Gruppenleiterjob verzichtet. Dass er aufgrund der Budgetkürzungen und dem damit verbundenen Personalabbau wieder vermehrt Überstunden machen musste, traf ihn umso mehr.

Orsini blickte auf seine Uhr. „Wir besprechen alles hier im Auto auf dem Weg zu dir nach Hause. Ich fahr dann zurück ins Büro und erledige alles Weitere. Das mit dem freien Wochenende werden wir schon hinkriegen.“

Wilasich nickte. Eine Weile fuhren sie schweigend durch die Stadt.

„Weißt du, was unsere Kleine im Kindergarten gesagt hat, als die Tante nach meinem Beruf gefragt hat?“, fragte Wilasich plötzlich in die Stille hinein.

„Polizist?“, erwiderte Orsini abwesend.

„Papa ist Totenschauer, hat sie gesagt.“

„Totenschauer?“

„Ja, genau. Das war hart. Wir haben uns immer bemüht, dass mein Beruf nicht in die Familie hineinfunkt. Ich nehm normal nie Unterlagen mit heim. Aber ... der Doppelmord – sie hat die Akte auf meinem Tisch gefunden und die Bilder gesehen." Wilasich fuhr sich über die Augen. „Seither wacht sie in der Nacht dauernd auf und macht auch wieder ins Bett."

Orsini starrte auf die nasse Fahrbahn. ... wacht in der Nacht dauernd auf, wiederholte er in Gedanken. Auch er war vor vielen Jahren oft in der Nacht aufgewacht, nachdem er ein Foto gesehen hatte, ein ganz bestimmtes Foto. „Sagt sie, was sie träumt?", fragte er schließlich.

„Nein, aber sie kommt zu uns ins Bett. Dann kann sie schlafen."

Orsini nickte. Zumindest hatte Wilasich eine Familie. Ob er ihm von Pokornys Verdacht erzählen sollte, fragte er sich und schob den Gedanken an Kinder und Familie beiseite. Loyalität hin oder her – Pokorny war nun einmal nicht zu erreichen.

Während Orsini noch überlegte, hielt Wilasich den Wagen vor seinem Haus an, verabschiedete sich und stieg aus. Als er am Gartentor angelangt war, hörte er, wie die Wagentür aufging.

„Kurt!", rief Orsini.

„Was ist?"

„Es gibt noch etwas, das du wissen solltest."

„Was denn?"

„Möglicherweise ist die Tote kein Einzelfall."

„Was soll das heißen?"

„Pokorny – vor ein paar Wochen, als er mich auf der Straße treffen wollte, statt im Büro ...", begann Orsini.

„Und, was war da?"

„Es gibt noch eine Tote ..."

„... mit einer Glasscherbe", folgerte Wilasich und lehnte sich erschöpft ans Tor.

„Ja, genau", erklärte Orsini und schilderte ihm kurz die ganze Vorgeschichte.

„Seltsam, die Geheimniskrämerei passt nicht zu ihm", meinte Wilasich dann.

„Wahrscheinlich will er sich derzeit keine Blöße geben", mutmaßte Orsini. „Vergiss die Reform nicht. Es gibt sicherlich einflussreiche Leute, die ihm ordentlich Druck machen."

Wilasich nickte gedankenverloren. „Sobald die Obduktion Klarheit ergibt, ob die Frau tatsächlich ermordet worden ist, müssen wir die Drogensüchtige exhumieren lassen."

„Krematorium", wandte Orsini umgehend ein.

„Scheiße", antwortete Wilasich, der sich ansonsten mit Kraftausdrücken zurückhielt, ruhig. „Wer hat es als Selbstmord eingestuft?"

„Gottschlich."

„Jetzt versteh ich ..."

„Ich versuche, Pokorny so rasch wie möglich zu erreichen", sagte Orsini nach einer Pause, „bis in der Früh ist es egal, aber dann müssen es die anderen auch wissen."

„Außerdem muss er uns mehr Leute zuschanzen", antwortete Wilasich matt, bevor er endgültig sein Gartentor öffnete und zum Haus schlurfte.

Orsini schaute dem müden Riesen eine Weile nach und ging dann zum Auto zurück. Mittlerweile hatten die ersten Vögel zu zwitschern begonnen. Der Duft blühender Rosen wehte durch die Vorgärten, die Regentropfen hatten das üppige Grün der Bäume zum Glänzen gebracht. Und dennoch, Orsini war erfüllt von einem einsamen, vagen Gefühl, als wartete hinter der Idylle – gleich um die Ecke – die staubige, öde Steppe.

*

Orsini klopfte und sah gleichzeitig durch die offene Tür zum Kollegen hinein, der im Erdgeschoß Journaldienst hatte. „Ist Elvira schon im Haus?"

„Die ist grade vor Ihnen gekommen."

Orsini ging zum Getränkeautomaten und drückte auf einen der Knöpfe. Der Automat klotzte wie ein gelb-oranges mannshohes Monster im ansonsten kahlen Gang und war wohl der letzte Überlebende seiner Art. Rasch griff Orsini nach einem der Plastikbecher und stellte ihn unter den Hahn – man wusste nie, wie schnell der Apparat arbeitete, wenn überhaupt. Manchmal schoss das Getränk wie aus einem Maschinengewehr herunter, manchmal dauerte es eine kleine Ewigkeit. Und jedes Mal, wenn er schließlich Kaffee oder Tee ausspuckte, klang es, als würde er seinen letzten Schnaufer machen.

„Drei Minuten 28, mit Zucker", sagte Orsini einen Stock höher und stellte einen der Becher vor Elvira Zobl auf deren Schreibtisch.

„Also lauwarm ...", antwortete sie achselzuckend und lächelte. Mittlerweile schätzten sie die Kaffeeproduktionszeiten um die Wette.

„Wenn du was anderes willst, müsstest du selber ..."

„Nein, danke", sie schüttelte den Kopf und trank einen Schluck, „wo ist Kurt?"

„Ich hab ihn nach Hause gebracht. Er war völlig erledigt."

Elvira Zobl nickte.

„Elmar?", fragte Orsini und wies auf den zweiten, leeren Schreibtisch im Zimmer.

„Nicht zu erreichen. Hier", sagte sie und hielt ihm ein Blatt hin.

Er nahm es entgegen und sah sie anerkennend an. Sie war kaum vom Tatort zurück, es war vier Uhr vorbei, und dennoch hatte sie alles im Griff. Vermutlich war sie zeitig ins Bett gegangen, so wie sie es meist tat, wenn sie abends freihatte. Das war etwas, worum er sie manchmal regelrecht beneidete. Nie und nimmer hätte er das gekonnt.

„42 Jahre alt, seit acht Jahren verheiratet mit Franz Hausner, 46, als Gärtnerin bei der Stadt angestellt, keine Kinder, keine Kredite, keine besonderen Vorkommnisse." Orsini überflog das Papier. „Zu Hause ist der Ehemann übrigens nicht gewesen, hat entweder eine Nachtschicht oder überhaupt Nachtdienst. War sehr auskunftsfreudig, die Dame nebenan."

Elvira nickte. „Und wenn er was mit dem Tod seiner Frau zu tun hat, wird er auch nicht mehr heimkommen. Vielleicht hat er sich ja schon selber eine Kugel in den Kopf gejagt oder ist in die Donau gesprungen. Wär zumindest naheliegend."

„Schon, aber ..." Orsini zögerte. Spätestens bei der Morgenbesprechung würde er ohnehin Pokornys Mappe rundum gehen lassen, selbst wenn er ihn bis dahin nicht erreicht hatte, also konnte er doch gleich damit herausrücken.

„In der Parkgarage haben wir keine verdächtigen Personen vorgefunden, die Aufnahmen von der Kamera kriegen wir aber erst, wenn der Portier kommt. In der Nacht ist keiner da", unterbrach Zobl ihn. Sie hatte Orsinis nachdenkliche Miene nicht bemerkt und tippte längst am Computer herum.

„Ich bin noch kurz bei mir im Büro", sagte er schließlich und trank erstmals einen Schluck seines eigenen Kaffees. „Eher laukalt", grummelte er und fuhr im Gehen fort: „Könntest du dich darum kümmern, dass die Beamten Hausner sofort herbringen, wenn er auftaucht? Und sie sollen ..."

„... nichts zu ihm sagen über den Grund. Natürlich." Sie wusste so gut wie er, dass der Augenblick, in dem man jemandem mitteilte, dass sein Partner tot war, sehr aufschlussreich sein konnte. Es war ein Moment, der mit Wahrhaftigkeit zu tun hatte. Oder mit Schauspielerei, je nachdem. Allerdings konnten sie es sich kaum leisten, selbst tatenlos in der Meidlinger Hauptstraße herumzuhocken und zu warten.

Mittwoch, 1. Juni 2005

3

Kurz vor sechs stand Orsini vor dem Büro von Dr. Lydia Mirno. Er klopfte. Nichts. Die Tür war versperrt. Er rümpfte die Nase und versuchte, möglichst flach zu atmen. Er würde sie im Obduktionsraum suchen müssen. Die Geruchsmixtur aus Tod und Reinigungsmitteln hatte sich im Laufe der Jahre in seinem Bewusstsein verankert, gewöhnt hatte er sich daran aber noch lange nicht. Ein Hauch dieser Mischung lag in jeder Ritze des Gebäudes.

„Ach", sagte in diesem Moment die Pathologin direkt hinter ihm.

Orsini zuckte zusammen und drehte sich um.

„Die späte Stunde oder der Hauch des Todes?", fragte sie belustigt, als sie seinen Gesichtsausdruck bemerkte.

„Der frühe Morgen."

Die Ärztin war mit Schürze und Kopfbedeckung bekleidet. In ihrer Linken hielt sie blutige Handschuhe. Dass Orsini sie nicht hatte kommen hören, lag an den roten Crocs, die jegliches Schrittgeräusch dämpften.

Sie folgte seinem Blick. „Sind einfach praktisch."

„Vor allem die Farbe."

„Hab noch zwei Paar andere." Dr. Mirno strahlte einerseits eine nüchterne Sachlichkeit und Erfahrung aus, die jeden Menschen auf das reduzierte, was er war: ein organisches

Produkt mit Verfallsdatum. Andererseits, die bunten Kunststoffschuhe ...

„Kommen Sie mit?“, fragte sie, trat auf eine kleine Stahltür zu und deutete gleichzeitig mit dem Kopf zum Obduktionssaal. „Sie haben mir den Neuen von der Tatortgruppe geschickt, den lass ich zum Einstand ein kleines Rendezvous mit der Leiche führen ...“ Dr. Mirno war von der Statur her eher klein und untersetzt. Von hinten betrachtet hätte man sie mit einem Mann verwechseln können. Dazu trug ihr breiter, schlurfender Gang auch noch bei. Einem Cowboy bei einem Duell nicht unähnlich hielt sie beim Gehen ihre angewinkelten Arme so in die Höhe, dass es aussah, als wollte sie jederzeit schussbereit sein. In verbaler Hinsicht war sie das auch.

Orsini hielt ihr die Stahltür auf. Sie führte in einen winzigen Hinterhof, dessen Boden mit Kippen übersät war.

„Seit Monatsanfang dürfen wir weder in unseren Büros noch hier mehr rauchen“, bemerkte Dr. Mirno und zog dabei eine Packung Zigaretten aus der Tasche.

„Scheints, wir müssen den Teufel eben irgendwie festmachen“, bemerkte Orsini ein wenig boshaft.

„Ja, der Teufel ...“

„Jetzt sind's die Zigaretten, als nächstes wieder die Weichmacher in den Kunststoffen.“

„Stimmt ja! Sie haben doch auch aufgehört mit dem Rauchen, oder?“

„Ich versuch's ...“

„Und dass die Totengräber keinen Platz mehr für neue Kunden haben, weil die alten nicht mehr verrotten vor lauter Konservierungsstoffen, das ist nicht nur ein Gerücht. Ich kauf mein Essen jedenfalls im Bioladen, wenn ich schon nicht ohne die leben kann“, sagte sie und steckte sich eine Zigarette in den Mundwinkel. „Also, was verschafft mir die persönliche Ehre?“ Gierig zog sie am Glimmstängel. „Trauen Sie meinen schriftlichen Erkenntnissen nicht?“

Orsini schmunzelte. Er mochte die Pathologin. „Aber natürlich!“, entgegnete er mit einem schelmischen Grinsen.

„Sie haben literarische Fähigkeiten ersten Ranges. Aber Ihr persönlicher Eindruck interessiert mich noch mehr. Das, was nicht im Bericht steht."

„Was wird denn Ihrer Ansicht nach in meinem Bericht stehen?", fragte die Gerichtsmedizinerin herausfordernd, sah ihn dabei an und trat die Zigarette unter ihren Crocs aus. Sie hatte sie in Rekordzeit einer partiellen Erledigung zugeführt.

„Dass es kein Selbstmord war ..."

Dr. Mirno nickte.

„Tatzeit zwischen elf und zwölf?"

„Nicht vor halb zwölf, eher gegen Mitternacht", warf sie ein. „Weiter!"

Orsini nickte und fuhr fort: „Eine Glasscherbe als Tatwaffe zu verwenden ist ungewöhnlich. Damit einen präzisen Schnitt zu machen vielleicht schwierig."

„Na ja, gebrochenes Glas ist sehr scharf."

„Trotzdem, bei einem Selbstmord werden hauptsächlich Rasierklingen, Skalpelle oder Messer verwendet."

„Richtig. Allerdings hatte ich mal einen Mann liegen, der es mit dem Deckel einer Konservendose zustande gebracht hat."

„Außerdem", Orsini hob die Augenbrauen – er mochte genau diese Art von Geplänkel, „sind keine Probierschnitte vorhanden, das ist für einen Selbstmord auch ungewöhnlich." Dr. Mirno genehmigte sich erneut eine Zigarette, während Orsini fortfuhr: „Der Arm weist oberhalb der Schnitte eine Druckstelle auf. Wenn es Fremdeinwirkung war, könnte der Täter sie dort festgehalten haben. Wenn man so tiefe Schnitte ausführen will, ist das wahrscheinlich notwendig. Das Hämatom lässt zumindest darauf schließen."

„Ziemlich exakt. Lernt man das in der Ausbildung?"

„Auch. Wegen des Erdreichs: Am Fundort war wenig Blut zu sehen. Ich bin mir ziemlich sicher, dass Tatort und Fundort nicht ident sind."

„Das seh ich gefühlsmäßig auch so."

„Ein Frauenkörper hat normalerweise zirka vier bis fünf Liter Blut."

„Ist natürlich vom Gewicht abhängig. Da sie nicht besonders groß ist, würde ich von etwas weniger ausgehen."

„So oder so ist das eine ganze Menge. Das geht nicht ohne eine gewisse – verzeihen Sie mir den Ausdruck – Sauerei ab ..."

„Ich bin gespannt, ob die Kollegen von der Tatortgruppe Schleifspuren auf der Kleidung finden ... Apropos Kollege: Ich glaub, ich sollte wieder zurück", meinte Dr. Mirno.

„Eine letzte Frage: War sie bei Bewusstsein, als ..."

„... als ihr die Adern aufgeschnitten wurden?" Dr. Mirno zog die Mundwinkel nach unten. „Eher nicht. Sie hat einen Schlag mit einem stumpfen Gegenstand auf den Hinterkopf bekommen."

„Hätte der Schlag tödlich sein können?"

„Aufgrund der Verletzung schließe ich das aus. Ich schätze, das war nicht die Absicht."

„Verstehe", meinte Orsini und griff nach der Türschnalle.

„Übrigens. Sie hatte zuvor Geschlechtsverkehr."

Überrascht hielt er inne. „Es waren äußerlich keine Anzeichen dafür vorhanden ..., also doch eine Vergewaltigung?"

„Das ist die Frage. Sie ist zwar leicht eingerissen, aber das kann bei heftigem Sex, wie wir wissen, durchaus vorkommen."

„Können Sie schon sagen, wann das war?"

„Dazu brauch ich noch eine Reihe an Tests. Jedenfalls am Abend zuvor", erklärte die Pathologin und schob die Tür auf. „Und", fügte sie hinzu und kniff die Augen zusammen, „was davon soll ich jetzt nicht in den Bericht schreiben? Der Kollege Gottschlich hat nämlich vorhin auch schon angerufen ..."

„Das hängt von Ihren gewerkschaftlichen Interessen ab", entgegnete Orsini. „Wenn Sie in Ungnade fallen wollen ..."

„In Ungnade bin ich schon lange", erwiderte Dr. Mirno, fischte das Zigarettenpäckchen hervor und zündete sich demonstrativ mitten am Gang die dritte Zigarette innerhalb weniger Minuten an. „Und nur für den Fall, dass Sie irgendwann auch eine brauchen ...“, ergänzte sie und hielt Orsini die Packung vor die Nase. „Danke“, antwortete er, steckte sich eine der Zigaretten in die Jackentasche und verabschiedete sich.

*

Langsam streckte er seinen tauben Arm in die Höhe und wartete, bis sich darin wieder Leben bemerkbar machte. Jedes Mal, wenn er auf dem schmalen Sofa in der Ecke seines Büros schlief, und sei es auch nur für eine Stunde, schwor er sich, dass es das letzte Mal gewesen war. Das Licht tat in seinen Augen weh, als er versuchte, auf dem verschwommenen Ziffernblatt seiner Uhr zu erkennen, wie spät es war. Er rieb sich die Augen. Kurz vor acht, stellte er schließlich fest, richtete sich auf und dehnte seine steifen Glieder.

Nach einer provisorischen Toilette trottete er schlafwandlerisch ins Erdgeschoß zum Getränkeautomaten. Er hatte dem Automaten gerade zwei Becher Kaffee abgerungen, als Elmar Sykora ihm vom Eingang her entgegenkam. Wie meist war er in den Farben der Unscheinbarkeit unterwegs, Beige oder Hellgrau, kaum voneinander zu unterscheiden. Weder seine Kleidung noch sein blasses Gesicht wirkten jemals besonders gepflegt oder auch ungepflegt. Er verkörperte das lebendige Mittelmaß.

„Hab schon gehört“, meinte Sykora emotionslos.

„Schon? Bist du deswegen so früh gekommen?“

Ohne die Spitze zu registrieren, marschierte Sykora Richtung Lift. „Kommen Sie mit?“, fragte er Orsini und betätigte den Taster. Obwohl Orsini ihn duzte wie alle anderen Kollegen, wahrte Sykora seinerseits hartnäckig die Distanz.

„Was sonst?“, murmelte er und stellte sich zu ihm.

„Zwei?“, fragte Sykora. Die Lifttüren schlossen sich.

„Elvira“, erwiderte Orsini nur. Er erwartete nicht, dass sein Kollege von sich aus weiterfragen würde. Jeder andere

Ermittler hätte sich für den Vorfall in der Nacht interessiert. Sykora nicht.

„Wird ein schöner Tag", bemerkte Sykora, trat aus dem Lift und steuerte auf sein Büro zu.

Orsini verzog den Mundwinkel, schlürfte aber nur stumm einen Schluck Kaffee aus seinem Becher und folgte ihm.

Elvira Zobl saß noch immer vor dem Computer. „Wir haben den Ehemann", eröffnete sie ein klein wenig triumphierend.

„Tot?", fragte Orsini.

„Nein, lebendig ..., sind auf dem Weg hierher. Ist angeblich von der Arbeit nach Hause gekommen und wirkte völlig überrascht. Sie haben ihm aber nichts weiter gesagt", kam Zobl Orsinis Frage zuvor und wandte sich an Sykora, mit dem sie sich das Büro teilte: „Ausgeschlafen?"

„Ja", antwortete dieser freundlich, holte seine gemütlichen Hausschuhe hervor und zog sie an. Dann setzte er sich dorthin, wo er hingehörte und von wo er sich nur äußerst ungern wegbewegte: an seinen Schreibtisch. Für den Außendienst war er schlichtweg nicht zu gebrauchen, das hatte auch Orsini nach längeren Gefechten akzeptieren müssen. Irgendwann war der Schreibtisch ohne Sykora beinah undenkbar geworden – es fehlte nur mehr, dass statt Sykora der Schreibtisch antwortete.

„Wir verschieben die Morgenbesprechung!", sagte Orsini, „ich möchte den Ehemann sofort einvernehmen", und machte sich auf den Weg in sein Büro nebenan, als sein Handy läutete. Endlich, dachte er beim Blick aufs Display.

„Und?", hörte er die markant schnarrende Stimme.

„Eine Frau, Gärtnerin. Das Ganze sieht leider inszeniert aus, sie liegt genauso da wie die Drogensüchtige."

„Auch am Karlsplatz?"

„Diesmal ist es der Beethovenplatz, hinter dem Denkmal, aber wieder in einem Gebüsch." Die Stille am anderen Ende dauerte so lange, dass Orsini fragte: „Herr Oberstleutnant, sind Sie noch dran?"

„Bin ich", antwortete Pokorny leise. „Ich hab gehofft, dass ..."

„Ich weiß." Auch Orsini schwieg. Eine Welle von kaltem Unbehagen erfasste ihn nun, da die geschäftige Aktivität für einen Moment unterbrochen war. Dann fuhr er fort: „Ich werde die Unterlagen, die Sie mir letztens gegeben haben, bei der Morgenbesprechung weiterreichen."

„Natürlich", entgegnete Pokorny ruhig, „welche Tatortgruppe ...?"

„Gottschlich."

„Das auch noch", seufzte Pokorny und ließ sich von Orsini die Details schildern. „Ich komme so bald wie möglich zurück. Halten Sie mich auf dem Laufenden!", sagte er danach und wollte auflegen.

„Da ist noch was", hakte Orsini vorsichtig ein.

„Und zwar?"

„Wir bräuchten Verstärkung."

„Das sagt sich leicht, aber in dem Fall – ich werde mich bemühen!"

„Gut."

*

„Ich oder du?", fragte Elvira Zobl.

„Du", erwiderte Orsini, bevor er ihr die Tür zum Vernehmungszimmer öffnete.

Franz Hausner stand vor dem winzigen Fenster und blickte in den Innenhof. Ohne sich umzudrehen, fragte er: „Was ist passiert? Wieso werde ich ohne Erklärung abgeholt und hier festgehalten? Ist was mit meiner Frau?"

„Die Kollegen waren doch nicht unhöflich?", lenkte Zobl ein.

„Das kann man so oder so sehen."

„Wir halten Sie auch nicht fest, wir möchten nur mit Ihnen sprechen. Wollen Sie sich nicht setzen?"

„Eigentlich nicht", antwortete Hausner leise. Seine Arme hingen schlaff an seinem Körper herab und wirkten zu lang, als hätte sich ein Maler in seinem Bild mit den Dimensionen geirrt. Insgesamt war er von eher schmächtiger Statur und nicht gerade durchtrainiert. Er trug eine graue Hose und ein weißes, etwas zerknittertes Hemd, das über seinem Bauch spannte. Konnte er eine Frau überwältigen, fragte Orsini sich. Möglicherweise. Er hatte schon zarter gebaute Gewaltverbrecher erlebt.

„Sie lebt nicht mehr. Sagen Sie es mir ruhig!"

Orsini lehnte sich neben der Tür an die Wand und gab Zobl ein Zeichen. Sie konnten warten. Und tatsächlich, als die Stille immer länger, immer drückender wurde, drehte Hausner sich endlich doch um und sah sie mit zusammengekniffenen Lippen herausfordernd an.

„Es tut mir aufrichtig leid, aber, ja, wir haben Ihre Frau heute Nacht tot aufgefunden", erklärte Zobl nun sofort.

Hausner tastete nach der Lehne seines Stuhls, doch in sein Gesicht brachte die Nachricht keine Veränderung. Es wirkte starr wie das einer Statue, dachte Orsini, der Ausdruck darin ein wenig störrisch.

„Tot aufgefunden", wiederholte Hausner leise, ehe er sich hinsetzte. „Wie ...?"

„Wir haben Grund zur Annahme, dass sie ermordet wurde."

„Ermordet?" Hausner schien die Botschaft zwar verstanden, gleichzeitig aber nicht wirklich begriffen zu haben. Während Elvira Zobl ihm die Umstände erläuterte, richtete Hausner den Blick zwischen sie beide hindurch in eine imaginäre Ferne, als hätte er anderes zu denken.

„Wann haben Sie sie zuletzt gesehen?"

„Ich war gestern Abend bis gegen acht zu Hause", antwortete Hausner mit monotoner Stimme. „Dann bin ich zur Arbeit."

„Verstehe. Hatte Ihre Frau noch vor, auszugehen?"

„Nein, nicht dass ich wüsste", sagte Hausner und befeuchtete sich mit der Zunge die Lippen. „Könnte ich was zu trinken haben?"

„Natürlich. Entschuldigen Sie. Kaffee, Tee oder vielleicht ein Mineralwasser?“ Orsini stand auf.

„Kaffee.“

„Also drei Kaffee“, sagte er und sah Elvira dabei vielsagend an.

„Dann unterbrechen wir kurz, bis mein Kollege mit dem Kaffee zurück ist“, meinte sie. Als Orsini gegangen war, lehnte sie sich im Sessel zurück und begann, etwas auf ein Blatt Papier zu schreiben. Hausner sah ihr dabei schweigend zu. Nach einiger Zeit legte sie den Stift wieder beiseite und sagte so beiläufig wie möglich: „Und Sie haben keine Idee, wo Ihre Frau um die Zeit noch hingegangen sein könnte?“

„Keine Ahnung.“ Er zuckte kurz mit den Schultern.

Orsini hatte mittlerweile im Nebenzimmer Position bezogen und beobachtete das Gespräch durch eine verspiegelte Glasscheibe, während ein Kollege den Kaffee holte. Bei eingehender Betrachtung wirkte Hausner beinahe zweigeteilt. Sein Oberkörper war im Lauf des Gesprächs immer weiter in sich zusammengefallen und hing wie ein abgenutzter, halb leerer Sack herab, die Gesichtsmuskulatur war jedoch sichtlich angespannt. Die Antworten kamen knapp und mit einer Prise Sturheit.

„Haben Sie mit ihr telefoniert heute Nacht? Hat sie sich vielleicht von irgendwo gemeldet oder ein SMS geschickt?“

„Nein. Ich hab versucht, sie zu erreichen, aber sie hat nicht abgehoben.“

„Mit Ihrem Handy?“

„Nein, vom Festnetz. Zwei Mal. Das Handy hatte ich nicht mit.“

„Verstehe. Haben Sie Ihr Handy jetzt zufällig dabei?“

„Nein.“

„Aha.“ Zobl fuhr sich durchs Haar, drehte das Blatt Papier auf die Rückseite und begann, darauf Strichmännchen zu kritzeln. „Was arbeiten Sie eigentlich genau?“

„Nachtwächter.“

„... bei der Firma ...?“

„ASES."

„Aha ..., arbeiten Sie dort allein?", fragte Elvira Zobl betont freundlich, während sie den Namen notierte. Sie hatte das Gefühl, ihm jede einzelne Antwort aus der Nase ziehen zu müssen. Und so sehr sie sich auch um ein leichtes, unverbindliches Gespräch bemühte, Franz Hausner schien trotz oder wegen seiner offensichtlichen Müdigkeit verschlossen und einsilbig.

„Meistens."

„Und gestern?"

„... habe ich meinen Kollegen um neun abgelöst."

„Und wie gelangen Sie dorthin?"

„Mit U-Bahn und Schnellbahn."

„Ist ein schönes Stück ..."

„Quer durch die Stadt. 45 Minuten reine Fahrzeit."

Orsini lehnte sich mit dem Gesicht an die Glasscheibe. Sie war angenehm kühl. Außerdem konnte er so seine ganze Aufmerksamkeit auf Hausner richten. Irgendwann würde Elvira auf ein heikles Thema stoßen, diesen Moment wollte er nicht verpassen.

„Haben Sie denn kein Auto?"

„Doch, aber das benutzt mehr meine Frau."

„Aha. Sie verstehen, dass wir uns das anschauen müssen?"

Franz Hausner zögerte. „Natürlich ..."

„Gab's in letzter Zeit vielleicht Probleme mit Ihrer Frau?"

„Was meinen Sie?"

„Unstimmigkeiten ..."

Hausner schwieg. Sein Gesicht zeigte keinerlei Regung, doch Orsini konnte von seiner Position aus gut beobachten, wie sich seine Finger, die bisher schlaff auf seinem Schoß gelegen waren, unter dem Tisch – von Elvira unbemerkt – ein wenig verkrampften.

„Ich meine, dass sie Ihnen nicht gesagt hat, dass sie noch fortgeht – ist das öfter vorgekommen? Vielleicht hatten Sie früher deswegen einmal Streit?"

„Nein." Die Hände ballten sich zu Fäusten. „Wir hatten höchstens kleine Meinungsverschiedenheiten."

Rasch nahm Orsini dem Kollegen die Kaffeebecher ab und platzte absichtlich nebenan ins Gespräch.

„Nichts Ernstes hoffentlich?", setzte Zobl indessen fort.

„Nein, nein!", erwiderte Franz Hausner eine Spur zu schnell.

Orsini stellte die Becher ab. „Also, Sie hatten Beziehungsprobleme", sagte er dann bestimmt.

„Nein, das war nichts Ernstes, Kollege", lenkte Zobl ein.

„Genau", bestätigte Hausner beinahe aufgebracht. „Ich habe meine Frau geliebt!"

„Aus Eifersucht sind schon viele Frauen umgebracht worden", erwiderte Orsini trocken.

Hausner funkelte ihn mit zusammengekniffenen Augen an. Es sah aus, als wollte er etwas entgegnen, doch im letzten Augenblick presste er die Lippen zusammen und schwieg.

Orsini aber setzte noch eins nach: „Hatten Sie gestern Geschlechtsverkehr mit ihr?"

„Nein!", schoss es aus Franz Hausner heraus. Dann senkte er den Blick.

*

„Was hältst du von ihm?", fragte Elvira Zobl eine Weile später auf dem Weg in den zweiten Stock. Sie hatten versucht, Hausner in die Enge zu treiben. Nach der kurzen emotionalen Reaktion aber war er in eine eigene Welt versunken und hatte kaum mehr etwas von sich gegeben.

„Schwer zu sagen", antwortete Orsini. „Irgendetwas verheimlicht er uns, aber wir werden ihn fürs Erste trotzdem bald gehen lassen müssen. Außerdem ...", er sah sie beinah schuldbewusst an, „du solltest dir was anhören, bevor wir weiterreden."

„Was anhören?"

„Gleich ..."

Zobl schüttelte verständnislos den Kopf und hielt ihm die Tür zu seinem Büro auf. Wilasich war offensichtlich gerade angekommen. Er hängte seine abgenutzte dunkelblaue Wachsjacke über den Stuhl und grüßte verschlafen. Sykora hatte es sich hingegen längst auf dem Sofa gemütlich gemacht und umklammerte eine Tasse mit grünem Tee.

„Wo ist Kubicek?“, fragte Orsini.

In dem Moment ging die Tür auf und Viktor Kubicek schob einen klapprigen Drehstuhl herein. „Morgen!“, warf er zackig in die Runde, rollte den Stuhl in die Mitte des Raumes und setzte sich. Er war ein stiernackiger, kompakter Typ, trug meist Anzug und Krawatte – wenngleich nicht die allerneueste Mode – und versteckte darunter geschickt den eher korpulenten Bauch. Im rechten Ohr steckte ein kleiner silberner Stern. Er war relativ neu in Orsinis Gruppe, wurde genauer gesagt ein wenig von Abteilung zu Abteilung hin und her gereicht und musste sich derzeit mit einem winzigen Kämmerchen am Ende des Gangs zufriedengeben.

Nachdem Orsini und Zobl alle auf den neuesten Stand gebracht hatten, was die nächtlichen Ereignisse anlangte, sah Orsini in die Runde und fixierte Kubicek für einen Augenblick. „Was ich euch jetzt sage, bleibt einstweilen unter uns.“

Viktor Kubicek schob das Kinn nach vor. Er hatte die unangenehme Angewohnheit, sich immer und überall zu räuspern. Manchmal kurz und leise, manchmal laut oder auch mit einer ordentlichen Portion Spucke, die er im Freien gern jemandem demonstrativ vor die Füße schoss.

„Es gibt Grund zur Annahme, dass es vor einiger Zeit ein ähnliches Verbrechen gegeben hat“, fuhr Orsini fort und griff nach Pokornys Mappe.

Elvira Zobl nahm sie ihm ab und sah ihn dabei ein wenig vorwurfsvoll an. „Und warum erfahren wir das erst jetzt?“

„Weil ich bis jetzt zur Verschwiegenheit verpflichtet war.“

„Versteh ich nicht“, sagte Kubicek und räusperte sich abermals.

„Am 22. April hat es einen *Selbstmord* am Karlsplatz gegeben ..."

„Einen *Selbstmord*?", äffte Kubicek ihn nach.

„... von dem wir vermuten, dass es keiner war", antwortete Orsini unbeeindruckt und begann, den Fall der toten Gelegenheitsprostituierten Margarete Bauer zu schildern.

„Und das einzige Beweisstück liegt in einer Urne", folgerte Elmar Sykora am Ende der Ausführungen mit beinahe fröhlichem Ton und goss sich dabei Tee nach.

„Ein Gehirnakrobat", murmelte Kubicek.

Orsini verzog gequält den Mund.

Elvira Zobl blickte von der Mappe hoch, in der sie geblättert hatte. „Am Tatort, oder besser am Fundort", sie sah Kubicek kurz an, „war es der Kollege Gottschlich, der die Sache als Selbstmord eingestuft hat. Sehe ich das richtig?"

„Steht so im Protokoll", antwortete Orsini.

„... ein ziemlich blutleerer Selbstmord, was die Fläche rund um die Leiche angeht."

„Genau."

„Keine sehr genaue Ermittlung in dem Fall ..."

„... war ja nur eine Drogensüchtige."

„Du glaubst also, dass es weitergehen wird?"

Orsini nickte. „Ich befürchte es zumindest."

„Ist das nicht voreilig?", wandte Kubicek ein und rollte samt Stuhl zu Elvira Zobl, um sich die Akte anzusehen.

„Von wie vielen in Wiener Parks mit einer Glasscherbe begangenen Gewaltdelikten hast du bis jetzt gehört?", antwortete Wilasich, der ansonsten noch kein Wort gesprochen hatte.

Kubicek zuckte mit den Schultern und riss die Hände in die Höhe. „Das muss nichts heißen. Diese ...", er blätterte im Akt, „Margarete Bauer kann sich ja trotzdem umgebracht haben, und das Blut ist versickert."

Zobl verdrehte die Augen und blickte seufzend zu Wilasich.

„Er hat nicht ganz unrecht", wandte Orsini ein. Dass Kubicek zeitweise unerträglich war, änderte nichts an der Tatsache, dass er zumindest hin und wieder ins Schwarze traf. „Solange wir keinen gesicherten Beweis für einen Mord an der Drogensüchtigen haben, müssen wir beide Möglichkeiten in Betracht ziehen."

„Und diese Attacken vor ...", hakte Elvira Zobl nach.

„... zehn Jahren", ergänzte Orsini, „könnten theoretisch damit zusammenhängen."

„Aber nach so vielen Jahren, das ist doch mehr als ungewöhnlich!", gab sie zu bedenken.

„Mir ist völlig klar, dass wir es mit Konjunktiven zu tun haben, aber mehr kann ich euch leider nicht anbieten. Ich will nur, dass jeder Einzelne von euch diese Hinweise ernst nimmt." Orsini blickte in die Runde. „Was die weitere Vorgangsweise angeht, konzentrieren wir uns natürlich auf den aktuellen Fall. Elvira, du überprüfst die Angaben Hausners – vor allem, ob er beweisen kann, dass er tatsächlich die ganze Nacht in der Firma war – und sprichst noch einmal mit der Zeugin. Vielleicht fällt ihr ja noch etwas ein. Viktor und ich übernehmen die Häuser rund um die Fundstelle und die Karibik. Es gibt zumindest eine installierte Videokamera."

Elmar Sykora rührte indessen zufrieden in seiner Teetasse um, denn nun blieb nur mehr der Innendienst über.

„Kurt, du übernimmst die Koordination mit der Tatortgruppe, sie sollen das Auto und gleich danach die Wohnung der Hausners untersuchen. Die müssen dort möglichst bald anfangen!" Orsini sah Wilasich mit vielsagendem Blick an. „Am besten, du rufst direkt den Lehner an ..."

Wilasich nickte.

„Außerdem müssen alle Dienststellen informiert werden, die in ihrem Gebiet einen Park haben, dass sie ..."

„... unauffällig öfter Runden gehen sollen", ergänzte Wilasich, „was aber nur ein Tropfen auf den heißen Stein sein kann ..."

Orsini zuckte die Achseln. „Elmar, du widmest dich der Rufdatenermittlung. Wir müssen wissen, ob Hausner tatsächlich sein Handy zu Hause hat liegen lassen, und vor allem, ob seine Frau mit ihm telefoniert hat."

„Warum ist das wichtig?", fragte Sykora.

„Weil ich das Gefühl habe, dass er uns in dem Punkt belogen hat."

„In Ordnung."

„Außerdem unterstützt du Kurt."

Sykora verzog das Gesicht.

„Dafür musst du nicht raus", konnte Orsini sich einen kleinen Seitenhieb – besonders angesichts des strahlenden Sonnenscheins – nicht verkneifen.

*

Obwohl es in der Nacht geregnet hatte, war die Luft im Vortragssaal der Sicherheitsakademie warm und beinahe unerträglich stickig. Dennoch waren alle 32 Augenpaare aufmerksam auf den Vortragenden gerichtet. Diesmal hatte Paula Kisch kein Buch unter der Bank. Eine halbe Stunde lang hatten sie nun schon Fotos von zerstückelten Leichen und bei lebendigem Leib aufgebohrten menschlichen Köpfen studiert. Einigen der Kollegen sah man das auch an. Denjenigen, die sich noch am Vortag über das Thema lustig gemacht hatten, blieben die Späße nun beim Anblick der brutal geschändeten Körper im Hals stecken.

Den ganzen Tag würden sie noch einem der bekanntesten Profiler Europas ungestört zuhören können oder müssen, je nachdem, wie man es sah. Dies war Teil ihrer kriminaldienstlichen Ausbildung. Paula jedenfalls fand ihn hochinteressant. Wenn er seine Augenbrauen bewegte oder die Augen zu schmalen Schlitzen zusammenkniff, wirkte er eher wie ein angriffslustiger schlauer Fuchs. Sie konnte sich gut vorstellen, dass Verbrecher ihm Respekt zollten. In seinem Vortrag war er nun bei den Biografien von Sexualverbrechern gelandet, betonte, dass sich diese besonders im Bezug auf die Kindheit erschreckend ähnelten, und spannte dann den Bogen locker mithilfe eines Zitats von Nietzsche hinüber zum Innenleben des erwachsenen Triebtäters. Er hatte so viel zu sagen und sah einen dabei so eindringlich an, dass man selbst beim Zuhören kaum in Ruhe Atem holen konnte.

Paula sah in die Runde und holte dann ihr Handy hervor. Sie hatte ein SMS bekommen. *Um eins im G-Keller?,* stand da.

Sie blickte zu ihrem Banknachbarn Armin Ennsner hinüber und nickte. Er war durchaus attraktiv, fand sie, sportlich, braun gebrannt und immer sehr hilfsbereit. Sie hatte ihm das Buch über die Entwicklung der Spurensicherung geborgt, er wiederum lieh ihr des Öfteren Mitschriften, wenn sie es zu den Vorträgen nicht schaffte. Das Thema DNA-Profiling hatte sie durchaus spannend gefunden, doch wie dieser erste Fall gezeigt hatte, ohne eine gute Vernehmungstechnik und vor allem ohne Kommissar Zufall wüsste man heute noch nicht, wer die 15-Jährige aus Enderby getötet hatte.

Kleines oder großes G?, sandte sie zurück, ohne beim Vortrag den Faden zu verlieren. Der *Gmoa-Keller* war berühmt für sein Gulasch, auch wenn die legendären Vorbesitzerinnen nicht mehr den Laden führten und nun ein modernes Schüttbild die hintere Wand des früher ziemlich versifften, aber ursprünglichen Beisls zierte. Allgemein wurde angenommen, es sei ein echter Nitsch, der tatsächliche Künstler hieß aber Wulf Bugatti. Paula war als Kind einige Male mit ihrem Onkel dort gewesen und hatte die mürrische Selbstverständlichkeit, mit der die beiden alten Damen ihr Publikum endlos hatten warten lassen, nie vergessen.

Der Profiler war mittlerweile bei einem seiner letzten Einsätze gelandet, einem Fall von internationaler Dimension. Er war offensichtlich stolz, zumindest ein Mal etwas verhindert zu haben, anstatt dem Verbrechen immer nur hinterherzuhecheln. Das konnte Paula nur allzu gut nachvollziehen. Eine Zeit lang hatte es sie durchaus mit Befriedigung erfüllt, hin und wieder Verbrecher einzulochen. Abgesehen davon, dass der Dienst als Streifenpolizistin größerenteils mit banalen Einsätzen, Wache schieben und Berichte schreiben zu tun hatte. In den letzten Jahren allerdings war sie der Sache zunehmend überdrüssig geworden.

Groß, lautete Armins Antwort, während der Profiler über die häufigste Todesursache bei Prostituierten referierte: An erster Stelle lagen Angriffe gegen den Hals, an zweiter Erstechen.

Paula lächelte. Armin Ennsner schien jedenfalls nicht der Appetit vergangen zu sein.

*

Direkt vor dem Beethovenplatz parkte Orsini ein. Ein Polizeiwagen stand mitten auf dem kleinen Platz. Beethoven starrte das Auto von oben herab an, als wollte er es am liebsten mit einem Fußtritt entfernen. Es war elf Uhr, und schon stach die Sonne herunter.

„Nicht einmal ein Fahrzeug mit funktionierender Klimaanlage können wir uns leisten", nörgelte Kubicek und wischte sich den Schweiß von der Stirn. Dann stieg er aus.

„Du siehst dich in den umliegenden Häusern um", gab Orsini ihm Order, ohne auf ihn einzugehen.

„Das Gymnasium auch? Da ist in der Nacht sicher niemand ..."

Orsini bemerkte den unwilligen Ton. „Der Portier genügt", erwiderte er und sah Kubicek nach, wie er auf den Eingang des Gymnasiums zuging. Dahinter büffelt die neue Elite, dachte er und musterte die neugierigen Gesichter hinter den Fensterscheiben. Er ließ seinen Blick über die Hauptfassade des im neogotischen Stil gehaltenen Backsteinbaues schweifen. In der Nacht hatte das Bauwerk etwas Bedrohliches, Abweisendes an sich gehabt, wie ein Mahnmal einer übermächtigen Gewalt. Bei Tageslicht war es einfach ein schönes, altes Gebäude.

Weit oben reihten sich die Wappen der Kronländer der österreichisch-ungarischen Monarchie aneinander. Unten im Park – Orsini inspizierte den Boden – war von kaiserlich-königlich keine Rede. Es hätte der jungen Elite gar nicht geschadet, wenn sie hin und wieder dazu verdonnert würde, den Müll, den vermutlich sie in ihren Pausen dort hinterließ, auch wieder zu entfernen, dachte er, ging die Treppe zur gläsernen Portierkabine der Tiefgarage hinunter und öffnete die Tür.

Der Raum war keine fünf Quadratmeter groß. An einer grauen Schrankwand klebte ein Schwarzweißausdruck einer Büste Beethovens mit dem Logo des Parkhauses darunter. Aus den Lautsprechern eines zur Einrichtung passenden tragbaren CD-Players dröhnte klassische Musik. Der Herrscher der Kabine war ein etwa 50-jähriger rundlicher Mann. Er war frisch rasiert, trug ein violettes T-Shirt zu dunkelblauer Hose und schien schwer beschäftigt mit der Lektüre einer Zeitschrift. Auf der Nase thronte eine Lesebrille, vorne im Ausschnitt des Shirts steckten noch weitere Brillen, deren Verwendung angesichts des weitläufigen Arbeitsplatzes bestimmt unheimlich wichtig war.

Nachdem Orsini sich vorgestellt hatte, unterbrach der Parkhauswärter hastig die Lösung seines Kreuzworträtsels, erhob sich und streckte ihm die Hand hin. „Krischanitz der Name, immer zu Diensten, Herr Kommissar!"

Ein bisschen k. u. k., schmunzelte Orsini. „Könnten Sie den leiser drehen?", fragte er mit Blick auf den CD-Player.

„Aber sicher! Tschuldigung!" Der Wächter schob sich die Lesebrille auf die Stirn und deutete auf einen kleinen Monitor. „Bin vollstens im Bild", fuhr er fort und setzte sich eine andere Brille auf.

„Genau, deswegen bin ich hier. Wie viele Kameras sind denn installiert?"

„Außen nur eine – Sparmaßnahmen, leider. Innen sind's drei, in jedem Stock eine."

„Gut, dann zeigen Sie mir die Aufzeichnung von der Außenkamera."

„Natürlich, sofort, Herr Kommissar!“

„Bei uns heißt das Inspektor“, erwiderte Orsini gutmütig und stellte sich schräg hinter Krischanitz' Sessel, um den Bildschirm zu sehen. „Wie lange wird denn gespeichert?“

„Immer 24 Stunden, Herr Inspektor! Danach wird glöscht.“

„Okay, also dann auf 22 Uhr, wenn's geht!“

„22 Uhr, bitteschön: Und Start!“ Offensichtlich gefiel es ihm, einmal etwas anderes zu tun, als Parkhausmieten zu kassieren. Während nun auf dem Monitor ein Bild erschien, das den Ausgang und ein Stück des Beethovenplatzes Richtung Lothringerstraße zeigte, fragte Orsini: „Wie lang haben Sie denn gestern Dienst gehabt?“

„Bis 18 Uhr, Herr Inspektor.“

„Und, ist Ihnen etwas Außergewöhnliches aufgefallen?“

„Leider ...“ Krischanitz schüttelte den Kopf und starrte mit ernsthafter Miene auf den Bildschirm.

Um 22 Uhr war der Asphalt noch trocken gewesen, sah Orsini. Nur die sich leicht hin und her bewegenden Blätter an den Bäumen ließen erkennen, dass es sich nicht um ein Standbild handelte. Eine ganze Weile tat sich kaum etwas. Beethoven hatte sich keinen besonders belebten Platz für die Ewigkeit ausgesucht. Hin und wieder sah man einzelne Personen oder Autos im Bild. Rasch teilte er den Wächter dazu ein, alle Zeitpunkte genau zu notieren und dazwischen auf schnellen Vorlauf zu schalten. Jedes Mal, wenn er zwischen Bildschirm und Notizzettel wechselte, wechselte er auch die Brille. Vor lauter Konzentration streckte er die Zunge zwischen den Lippen hervor, einem blau-violetten Frosch gleich, der auf die nächste ahnungslose Fliege wartete.

„Jetzt beginnt das Gewitter“, stellte Orsini endlich fest, „Uhrzeit?“

„Null Uhr, 18 Minuten.“

Durch die Zweige fuhr plötzlich ein heftiger Windstoß. Längliche, helle Schlieren durchzogen das Monitorbild.

Bedächtig kritzelte Krischanitz die Uhrzeit auf den Block. „Soll i eigentlich auch Spalten und Linien machen?"

„Ausgezeichnete Idee", antwortete Orsini und konzentrierte sich wieder auf den Bildschirm. Es kam ihm vor wie ein Experimentalfilm: Verschwommene Gestalten bewegten sich durchs Bild, die Äste des Baumes bogen sich wild im Wind, Zweige brachen entzwei und flogen durch die Luft, Blitze erhellten den Platz. Je mehr Wasser auf die Kamera prasselte, desto weniger real wurde die Szenerie. Dennoch konnte man schließlich eine größere Aktivität erkennen. Menschen liefen über den Platz, genauso wie es die Zeugin beschrieben hatte. Dass Dorothea Hausner zu dem Zeitpunkt gerade um ihr Leben kämpfte oder aber die Tortur schon hinter sich hatte, blieb im Verborgenen.

„Verflixt!", rief Krischanitz.

„Was ist?"

„Der Stift is abbrochn", antwortete er und kramte rasch nach einem neuen.

„Wenn wir Glück haben, ist einer von denen der Mörder", murmelte Orsini, ohne es zu glauben.

„Super, und des mir!", redete der Wächter aufgeregt weiter. Offensichtlich hatte ihn das Jagdfieber gepackt. „Wir kriagn diese Ausgeburt schon ..."

„Da!", rief Orsini plötzlich. „Das könnte sie sein."

„Wer?"

„Die Zeugin, die die Leiche gefunden hat."

Der Wächter starrte ungläubig auf den Monitor. „Und?"

„Unsere Spezialisten werden versuchen, die Aufnahmen schärfer hinzukriegen. Durchaus möglich, dass wir noch etwas Brauchbares finden."

„Ah so ...", meinte Krischanitz enttäuscht, „i hab ma dacht, wir machn den jetzt gleich ausfindig." Er lehnte sich in seinen Sessel zurück. Die Beute war entwischt.

„Na ja", überlegte Orsini. Er sah eine Gelegenheit, wo sie sich ihm bot. „Wenn Sie Zeit hätten, könnten Sie für uns arbeiten", sagte er.

„Ja?“ Krischanitz beugte sich interessiert wieder vor. „Gern. Aber wie?“

„Sehen Sie sich die Innenaufnahmen durch. Sie kennen doch bestimmt die Leute, die hier öfter parken.“

Krischanitz nickte.

Orsini reichte dem Wächter seine Visitenkarte. „Wenn Ihnen was ungewöhnlich vorkommt, rufen Sie mich unter dieser Nummer an, egal ob bei Tag oder Nacht.“

„Gruppenleiter KD1“, las der Wächter sichtlich beeindruckt vor. „Was bedeutn das, KD1?“

„Nichts Wichtiges, und …“, Orsini hob seine Augenbrauen, „wenn notwendig, sehen Sie sich die Videos drei oder vier Mal an – ich zähle auf Sie!“

„Na Ehrnwort!“, erwiderte Krischanitz und fuhr sich mit der Zunge über die Lippen.

Orsini lächelte still in sich hinein und bat dann noch um eine Kopie der Aufnahmen. Beim Gehen fragte er: „Wie viele Brillen haben Sie eigentlich?“

„Insgesamt oder nur hier in der Arbeit?“

„Vergessen Sie's …“, antwortete Orsini und trabte die Stufen hoch.

*

Oben sah er um sich. Eigentlich war der Platz im kollektiven Bewusstsein kaum vorhanden, denn wie so viele andere hatte er sein Innerstes einer Garage opfern müssen. Indem man ihm die Eingeweide entfernt hatte, um ihn den vermeintlichen Bedürfnissen der heutigen Zeit anzupassen, hatte man ihm auch seine Seele geraubt. Zufahrt, Stiegenaufgänge und Entlüftungskanäle – kläglich versteckt hinter Gebüsch und Strauchwerk – trugen das Ihrige dazu bei. Beethovens Blick konnte man so gesehen auch als angewidert deuten.

Allerdings hatte der Platz nicht immer so ausgesehen. Die meisten Bewohner dachten wohl nur selten darüber nach, wie sehr sich ihre Stadt in den letzten 150 Jahren verändert hatte. Bevor Beethoven Stellung bezogen hatte, war hier Grünland vor den Toren der Stadt gewesen, durch das sich der Wienfluss durchgeschlängelt hatte, was zumindest auf alten Bildern ziemlich malerisch aussah. Und eine Zeit lang hatte es hier auch einen *Ofen zur Vertilgung von Staats Papieren* gegeben. Jetzt war es eben eine von vielen behübschten, aber öden Ecken in einer modernen Großstadt. Und wie in allen Städten gab es Menschen, die anderen das Leben nahmen. Wie früher auch.

Am Ausgang der Tiefgarage, bei dem die Kamera montiert war, klebte ein Plakat mit der Aufschrift *Polizei überall, Gerechtigkeit nirgends!* In gewissem Sinn musste Orsini den Anarcho-Künstlern, die sich auf dem Plakat auch noch zeichnerisch verwirklicht hatten, sogar recht geben, zumindest bei letzterem. Ein anderes Plakat, das an einer Litfaßsäule klebte, stach ihm ins Auge. Werbung für die nächste Erotikmesse. Produkte wie zarte Dessous und strenges Leder sowie Vorführungen internationaler Topmodels. Prüfend glitt Orsinis Blick daran vorbei und blieb an der dahinterliegenden Fassade des Konzerthauses hängen. Auch dort waren in einer Glasvitrine Plakate affichiert, die er aber aus dieser Entfernung nicht lesen konnte. Kamera war keine auszumachen. Er versuchte sich vorzustellen, was genau am gestrigen Abend hier geschehen war. Warum ausgerechnet hier, fragte er sich.

Eine Hand legte sich ihm auf die Schulter. Orsini fuhr zusammen und drehte sich um.

„He, siehst du Geister?"

„Was?"

„Ob du Geister siehst? Hab von dort drüben nach dir gerufen."

„Ja?", antwortete Orsini in Gedanken.

„Fahren wir nicht zur Wohnung des Opfers?", fragte Kubicek.

Orsini deutete Richtung Heumarkt. „Zuerst probieren wir's noch dort drüben."

Sand in the City stand in großen Buchstaben auf einer aufgeblasenen knallgelben Kunststoffinsel. Eine eingeknickte Palme ließ ihre grünen Wedel traurig in den feuchten Sand hängen.

„Dort wär i jetzt auch gern ..., ich mein, im echten Paradies. Strand, Sonne, Rum und Weiber“, stellte Kubicek grinsend fest. Dabei zeigte er seine blütenweißen falschen Zähne.

Orsini ging voran, ohne darauf Antwort zu geben.

„Na, hawedere! Wie schaut's denn da aus?“

Der Sturm hatte Sonnenschirme zerfetzt und Liegen in ihre Einzelteile zerlegt. Auch die bunte Hüpfburg für die *Little Pirates* sah ramponiert aus. An einigen Stellen hatte der sintflutartige nächtliche Regen im Sand kleine mäandernde Bäche gebildet, deren Form Orsini an die zerronnene Schminke im Gesicht der ermordeten Gärtnerin erinnerte. Zwei mit Rechen bewaffnete Männer waren dabei, wieder Ordnung ins Paradies zu bringen.

„Wann sperren die auf?“, fragte Orsini einen der beiden und deutete auf die Hütten, die allesamt noch verschlossen waren.

„Erst am Nachmittag“, erwiderte dieser und wischte sich den Schweiß mit einem Tuch aus dem Nacken.

Orsini hob einen einsam herumliegenden Volleyball auf. Warum kam *er* nie dazu, hier nachmittags zu relaxen? Bevor er aber weiter darüber lamentieren konnte, ertönte *Cantaloupe Island*. „Ja?“, fragte er und kickte den Ball aufs Spielfeld.

„Keine Abwehrspuren unter den Fingernägeln“, sagte Wilasich ohne Einleitung. „Und an den Kleidern auch nichts Außergewöhnliches: Staub, nasse Erde, zwei kleine Styroporkugeln an der Unterseite des Kleides ...“

„Na, das hilft uns unglaublich weiter ...“, ätzte Orsini. Ebenso wie Staub war Styropor etwas, das sich – vom Winde verweht – nahezu überall fand. „Und das Blut im Erdreich?“

„Das dauert.“

„Geht das nicht schneller?“

„Sind genauso unterbesetzt wie wir. Hab grad mit Lehner telefoniert.“

„Und der Chef von *Sand in the City*?“

„Ist erst ab 14 Uhr erreichbar ...“

Orsini verdrehte die Augen. „Wissen wir schon, wo genau die Hausner gearbeitet hat?“

„Ja, deswegen ruf ich dich an. Ihr braucht praktisch nur um die Ecke zu gehen.“

*

Die große Villa strahlte schon von Weitem Eleganz und Gediegenheit aus. Efeu rankte sich an hölzernen Spalieren empor. Den Balkon zierten tiefrot blühende Blumen. Dahinter sah man die hohen Fenster eines Wintergartens.

„Nobel“, murrte Kubicek abschätzig.

Orsini seufzte und schob das Gartentor, das zum Eingang der Stadtgartendirektion führte, auf. Warum nur hatte er Kubicek überhaupt mitgenommen?

Auf dem kleinen Parkplatz hinter der Jugendstilvilla waren einige Autos geparkt. Eine separierte Stellfläche hatte sogar ein Dach.

„Da parkt sicher der Chef“, meinte Kubicek launisch und folgte Orsini ins Innere.

„Wir möchten den Leiter des Amts sprechen“, sagte Orsini zur Dame beim Empfang, deren Reich eine kleine Ecke im Erdgeschoß umfasste.

Freundlich wies sie auf die Treppe. „Der Herr Direktor hat sein Büro oben. Wen darf ich melden?“

„Uns“, entgegnete Kubicek angriffslustig.

„Ein Verbrechen“, ergänzte Orsini, zeigte seine Dienstmarke, erklärte: „Kriminalpolizei“, und war bereits auf dem Weg hinauf.

Der Empfangsdame blieb für einen Moment der Mund offen stehen. „Warten Sie, meine Herren, Sie können nicht so ohne Weiteres ...!“

Orsini und Kubicek waren jedoch schon oben angelangt.

Stadtgartendirektor Ing. Gerhard Weber prangte auf einem polierten Messingschildchen an einer Tür im ersten Stock. Abrupt blieb Orsini davor stehen, sodass Kubicek auf ihn prallte. „Du sagst jetzt da drinnen kein Wort, verstanden!?", herrschte er ihn an.

Kubicek zuckte zurück.

„Ob du das verstanden hast!?" Orsini schob sein Gesicht knapp vor Kubiceks Nase.

„Ja", drückte Kubicek kleinlaut zwischen seinem allzu regelmäßigen ungarischen Porzellan hervor.

Orsini klopfte und trat ein, ohne eine Antwort abzuwarten. „Guten Tag", sagte er schlicht, nickte den beiden Sekretärinnen zu und marschierte an ihnen vorbei auf die einzige weitere Tür zu. Gedämpfte Musik drang aus dem Raum. „Ich nehme an, hier geht's zum Direktor?", fragte er pro forma.

„Ja, aber wer ...?"

Orsini hielt ihnen nur kurz seine Marke hin und öffnete die Tür.

Vor ihnen, an einem großen Schreibtisch, saß ein Mann mittleren Alters, den Kopf in die Hände gelegt. Er entsprach nicht so ganz dem, was Orsini sich unter einem Direktor vorstellte. Zwar trug er den obligaten Anzug, das Hemd darunter war aber schon etwas zerknautscht und steckte auch nur ansatzweise in der Hose. Für einen Drei-Tages-Bart und unordentliches Haar hatte Orsini an und für sich volles Verständnis, inmitten der gediegenen Einrichtung wirkte der Stadtgartendirektor damit aber ein wenig wie eine Fehlbesetzung.

„Was ist denn!", bellte der offensichtlich in seiner Ruhe Gestörte unwirsch und nahm die Fingerspitzen von den Schläfen. Entweder hatte er geschlafen oder sich auf die Musik konzentriert. Rasch versuchte er, zumindest die seitlichen krausen Locken hinter die Ohren zu zwingen, und sah hoch.

Das Telefon läutete.

„Wollen Sie nicht abheben?“, fragte Orsini.

„Wer sind Sie!?“, fragte der Stadtgartendirektor empört und erhob sich.

„Kriminalpolizei.“

„Und ...!? Ich versteh nicht, wer hat Sie reingelassen?“

„Wir haben den Weg selber gefunden“, entgegnete Orsini.

Eine der beiden Sekretärinnen versuchte indessen, sich an ihnen vorbeizuzwängen, und meinte: „Entschuldigung, Herr Direktor! Die Herren haben sich ...“

„Ist schon recht ...“, beruhigte Stadtgartendirektor Weber sie und schob sie aus dem Zimmer. „Und was verschafft mir die ... Ehre?“ Er stand auf, ging zum Wandschrank und drehte die Musik leiser. Dann musterte er Orsini quer durchs Zimmer.

Orsini musterte ihn ebenso. „Wir werden Ihre Zeit auch nicht lange in Anspruch nehmen“, sagte er kühl. „Es geht ...“

„Das darf ich doch hoffen“, fuhr ihm Weber ins Wort und kehrte zu seinem Schreibtisch zurück. Mit einer gebieterischen Handbewegung wies er ihn an, sich ebenfalls zu setzen.

Orsini bereute insgeheim, dass er Kubicek verboten hatte, den Mund zu öffnen. „Es geht“, fuhr er fort, „um eine Ihrer Gärtnerinnen.“

„Hat doch hoffentlich nichts Schlimmes angestellt?“

„Im Gegenteil. Sie ist Opfer eines Verbrechens geworden.“

„Was?! Was für ein Verbrechen? Und überhaupt, wer?“ Mit einer überlangen Geste richtete Weber seine Krawatte, schob den Knoten ein paarmal nach links und rechts und zog die Schultern nach hinten.

„Dorothea Hausner.“

Webers Augenlider zuckten kaum merklich. Besorgnis legte sich über sein Gesicht. „Doro..., Dorothea?!“, wiederholte er. „Ist ihr was zugestoßen? Ein Unfall?“

„Sie kennen sie näher?“

„Näher? Nein, ... wie man halt eine Angestellte kennt. Aber so sagen Sie doch! Was ist mit ihr?“

„Sie ist heute Nacht ermordet worden.“

„Ermordet? Heute Nacht?“

„Ja.“

„Das, das gibt's doch nicht!“ Zum zweiten Mal erhob Weber sich. Diesmal jedoch hatte es nichts mit Rangordnungsgeplänkel zu tun. Vielmehr schien er um seine Fassung zu ringen. Eine Weile sagte er nichts, dann fragte er leise: „Wo?“

„Am Beethovenplatz.“

„Am Beethovenplatz? Das ist ja ... gleich um die Ecke. Aber wie ... und warum?“

„Das Warum versuchen wir herauszufinden. Jedenfalls ist sie verblutet.“

„Aber das ist doch ...! Gestern hab ich sie noch gesehen!“ Weber sank in seinen Sessel zurück.

Orsini wartete einen Moment. „Wann genau war das?“

„Was?“

„Wann haben Sie sie zuletzt gesehen?“

„Warten Sie, das muss ... so zwischen drei und vier gewesen sein.“

„Zwischen drei und vier. Später nicht mehr?“

Der Stadtgartendirektor überlegte einen Augenblick. Einen Augenblick zu lang, fand Orsini. „Nein. Um vier Uhr war ich wieder hier.“

„Haben Sie auch mit ihr gesprochen?“

„Moment. Ist das jetzt ein Verhör?“

„Nein, natürlich nicht“, wich Orsini aus. „Wir versuchen nur möglichst genau, ihre letzten Stunden zu rekonstruieren. Ist Ihnen vielleicht irgendetwas Ungewöhnliches an ihr aufgefallen?“

„Was meinen Sie damit?“

„Wirkte sie verändert? In letzter Zeit, oder gestern konkret – haben Sie mitbekommen, ob sie vielleicht Probleme hatte?“

„Was denn für Probleme?"

„Eheprobleme zum Beispiel."

Weber sah Orsini kurz an und ging dann zum Wandschrank. Ein neues Musikstück hatte gerade begonnen, Streicher arbeiteten sich kreisend in aufgeregte Höhen. Mit spitzen Fingern drehte Weber den Lautstärkeregler nach rechts. „Eheprobleme", wiederholte er gedehnt, „ja, die gab es schon länger."

„Genaueres ...?"

„Kann ich Ihnen leider nicht sagen. So gut kenn ich meine Angestellten auch wieder nicht." Weber hüstelte in seine Faust und sah demonstrativ auf die Uhr. „Wir haben gestern ja auch grad einmal ein paar Worte gewechselt. Aber ihre Kolleginnen, die könnten Ihnen da vielleicht besser Auskunft geben", meinte er dann und sah beim Fenster hinaus. „Um 15 Uhr finden Sie sie alle bei den Garderoben. Sie müssen schon entschuldigen, ich hab gleich einen Termin in der Stadt." Webers anfängliche Arroganz schien verflogen. Plötzlich trat er meisterhaft verbindlich auf. „Sie sollen Ihnen alles zeigen, und wenn Sie noch Fragen haben, kommen Sie nur zu mir! Ach ja, ich sage meiner Sekretärin, dass sie Ihnen die Personalakte von der Hausner raussucht", erklärte er, trat zur Tür und öffnete sie demonstrativ.

Wieso nur hatte er das Gefühl, dass der dringliche Termin in der Stadt soeben erst Form angenommen hatte, dachte Orsini. Es gab mehr Arten, sich bedeckt zu halten, als der Stadtpark Bäume hatte. Dies war eine der eleganteren Versionen.

„Gerne", entgegnete Orsini, der das Spiel ebenfalls beherrschte, „kommen wir wieder!"

*

Franz Hausner starrte aus dem Küchenfenster auf die gegenüberliegende Häuserfront.

„Kann ich mir noch eins nehmen?", fragte der junge Polizist.

Hausner drehte den Kopf von den Häusern weg, hin zu dem Milchgesicht in Uniform, das ihn vom Kriminalamt wieder hierher in seine Wohnung gebracht hatte. Er empfand ihn als Eindringling, gegen den er aber vorläufig nichts machen konnte. Der seine Idylle – oder was davon übrig geblieben war – störte. In seiner Abwesenheit war offensichtlich die Spurensicherung über seine Wohnung hergefallen wie ein Schwarm Heuschrecken. Gefunden hatten sie nichts.

„Was?"

„Ob ich darf?" Der junge Mann zeigte auf die weiße, mit blau-türkisen Schnörkseln verzierte längliche Schüssel mit den Keksen.

Hausner nickte abwesend. Die Schüssel war ein Urlaubsmitbringsel aus Umbrien. An den Namen des Dorfes konnte er sich nicht mehr erinnern, an die Fahrt dorthin schon. Die flirrende Hitze hatte über dem weiten Land gelegen und der Vegetation das letzte bisschen Luftfeuchtigkeit entzogen. Er starrte auf die Schüssel und die flachen mehligen Dinger darin. Jedes davon hatte einen Rand mit insgesamt 52 Kerben. 15 an der Längs- und elf an der Breitseite. Die ebenfalls 15 kleinen Löcher an der Oberseite jedes Keks schienen ihm mit einem Mal wie boshafte punktförmige Augen, die zurückstarrten. Unwillkürlich zählte er sie ab, als könne er sie im Zaum halten, solange sie nur nicht ihre Zahl veränderten.

Die bröseligen Kekse waren die Lieblingssorte seiner Frau gewesen und daher waren sie auch immer in der Schüssel gelegen. Üblicherweise stand die Schüssel auf der Küchenkredenz: immer an der gleichen Stelle, zwischen dem Salzstreuer und der uralten Küchenwaage. Das Spezielle an ihr war der Griff. Ein umbrischer Künstler hatte sich besondere Mühe gegeben, ein originelles Stück zu erschaffen. Der Griff hatte die Form einer Banane und stand auf einer Seite von der Schüssel ab. Weder besonders originell noch praktisch, fand Hausner.

Lachend hatte sie ihren Kopf in den Nacken geworfen und auf diese Schüssel gedeutet. Sie hatte noch um den

Preis gefeilscht und sie schließlich erstanden. Erst eine Weile später, in einem kleinen verdreckten Zimmer, in das sie sich auf eine Stunde eingemietet hatten, hatte er verstanden, warum sie gerade diese Schüssel ausgewählt hatte. Er erinnerte sich an den engen Raum, in dem die Hitze so unbeweglich stand wie in einem Backofen. Das schmierige Bettlaken, der schäbige Läufer und der Sessel mit der bereitgestellten Küchenrolle. All das hatte ihm nichts ausgemacht, im Gegenteil, es war Teil des Abenteuers gewesen. Hauptsache, er hatte *sie*.

Egal wo. Egal wann. Egal wie.

Für das Wie war sie zuständig gewesen. Deswegen hätte er damals sein Leben für sie gegeben. Es war nicht ihr einladender Busen, mit dem sie alle Blicke auf sich zu ziehen verstand, oder ihr Hintern. Auch nicht die auffällige Art, wie sie sich schminkte oder ihr Haar rot färbte. Sie war die erste Frau, die Abwechslung in seinen ewig gleichen Trott brachte. Und sie war die erste Frau, die ihm die Augen dabei verband.

Er würde die Schüssel behalten, dachte er.

Der Polizist räusperte sich, trank einen Schluck Kaffee und biss knackend vom Keks ab. Hausner registrierte ihn kaum. Es hatte immer zwei Packungen gegeben, erinnerte er sich. Eine geöffnete und eine in Reserve. Wie oft hatte er sie in den letzten Jahren wohl für sie geholt? Vielmehr holen müssen. So wie er vieles andere auch für sie hatte tun müssen, dachte er bitter. Damit war nun Schluss. Plötzlich überkam ihn eine Welle der Übelkeit. Er stürzte aus dem Zimmer ins WC und übergab sich. Wenige Minuten später stand er wieder in der Küche und starrte hinaus.

Als er nach dem Verhör heimgekommen war, hatte er nach der Schachtel gegriffen, um sie wegzuwerfen, es aber nicht geschafft. Es war, als hätte sie noch über den Tod hinaus das Anrecht auf die elendiglichen Kekse! Doch nun fand die Packung ihren letzten Weg eben auf natürliche Weise. Er schob dem jungen Polizisten den Rest der Kekse hin. So, dass der Bananengriff direkt auf die Uniform zeigte. Sollte der doch alle aufessen. Ihm hatten sie sowieso nie geschmeckt. Zu trocken.

Das Handy des jungen Polizisten läutete.

„In 20 Minuten, also um halb drei?“, fragte er ins Telefon.

Franz Hausner beobachtete, wie die Hand des Polizisten die Banane umschloss und die Schüssel zu sich zog.

„Dauert noch“, gab das Milchgesicht dann ihm gegenüber mit einer entschuldigenden Bewegung der Schultern zu verstehen.

Hausner schloss die Augen und war wieder in dem schäbigen Zimmer in Umbrien. „Franz, nimm endlich die Schüssel, stell sie dir auf den Bauch und halt sie mit beiden Händen“, hörte er Dorothea sagen. Mit aller Kraft hatte er also die Schüssel gehalten, während sie auf ihn kletterte. Dabei riss sie sich die Kleider vom Leib, nahm ihn mit ihren Oberschenkeln in die Zange, führte sich den Griff vorsichtig ein und wand sich mit kreisenden Bewegungen ihres Beckens um ihn herum. Rhythmisch und immer wuchtiger, bis sie kam.

Ein leises „Krck“ holte Franz Hausner wieder in die kleine Küche zurück. Das Milchgesicht hatte gerade zugebissen, nahm nun das letzte Keks aus der Schüssel und hielt es mit fragendem Blick in die Höhe. Er nickte matt. Als nächstes würde er ihre Kleider weggeben.

„Sie sind aufgehalten worden“, entschuldigte sich der junge Polizist noch einmal.

„20 Minuten“, wiederholte Hausner und stand auf. Ohne den Bananengriff zu berühren, nahm er die Schüssel in die Hand und ging damit zum Abfallkübel. Nicht einmal Brösel sollten von ihr übrig bleiben.

*

Orsini stellte den Wagen mit den beiden linken Reifen auf dem Gehsteig in der Zeleborgasse ab. Die Stoßstange des Autos berührte beinahe die alte Litfaßsäule vor ihnen.

„Super eingeparkt", bemerkte Kubicek und schob die amtlich bestätigte Parkerlaubnis auf die Ablagefläche unter der Windschutzscheibe.

„Nette Gegend, hässlicher Zweckbau", bemerkte Orsini, als sie über die breite Fußgängerzone der Meidlinger Hauptstraße auf das Haus zugingen.

„Warum, was meinst du?", fragte Kubicek verwundert und blickte die Fassade entlang nach oben. Es war ein unscheinbares, vierstöckiges Haus. Die altersgraue Fassade war in der Mitte durch ein Mosaik aufgelockert, das zwei muskulöse Arbeiter zeigte. Im ersten Stock saßen zwei rosa Stoffraben in einem Fenster. Kubicek drückte die Klingel. Orsini aber öffnete gleichzeitig mit dem Generalschlüssel die Haustür, ohne auf das Summen des Türöffners zu warten, und beschloss, zu Fuß zu gehen. Mit Kubicek in einer engen Kabine zu stehen, hätte er in dem Moment nicht ertragen.

Die Wohnungstür oben im dritten Stock stand offen.

„Hat länger gedauert", sagte Orsini, trat ins enge Vorzimmer und sah um sich.

„Was suchen Sie eigentlich noch?", wollte Franz Hausner wissen. „Ihre Kollegen waren doch sowieso schon den ganzen Vormittag da! Ich hätte gerne irgendwann meine Ruhe!"

„Alles Mögliche", antwortete Kubicek frech und drängte sich an Orsini vorbei. „Wo hat Ihre Frau ...?"

„Es tut mir leid, das ist reine Routine", erklärte Orsini beschwichtigend.

Hausner seufzte. „Wir haben uns die Wohnung geteilt. Wie Sie sehen, ist sie nicht allzu groß. Vorraum, Küche, Wohnzimmer und Schlafzimmer. Mehr ist es nicht."

„Verstehe. Aber sie hatte doch sicher ihren eigenen Bereich?"

„Der Tisch in ..., in unserem Schlafzimmer."

„Ein Abschiedsbrief?"

Franz Hausner schüttelte stumm den Kopf.

„Na gut", sagte Orsini, „am besten fangen wir im Wohnzimmer an."

„Muss ich dabei sein?", fragte Hausner.

„Nein, nicht unbedingt. Wenn wir Fragen haben, rufen wir Sie. Außerdem brauche ich noch Fotos, von Ihnen und Ihrer Frau."

„Gut, ich schau einmal und warte dann in der Küche."

Orsini folgte Kubicek ins Wohnzimmer. Es sah aus wie von einem Prospekt einer Billigmöbelkette ins Zimmer hineinkopiert.

„Nicht übel", stellte Kubicek fest. „Ein Zebrafell dazu und es würd meinen Geschmack treffen."

„Ein Zebrafell dazu und mir wird schlecht", meinte Orsini und ging zum Wandregal. Dort zog er vorsichtig eine der vielen Schallplatten heraus, die sich darin ordentlich aneinanderreihten. Der *Gefangenenchor* aus Verdis *Nabucco*, las er und stellte sich für einen Augenblick Kubicek in der Gefangenenkluft der Opernsänger, vor allem aber hinter Gittern vor. Abgesehen davon gab es eine – relativ kurze – Reihe an Büchern, Zeitschriften und Nippes, das Sofa war von Pölsterchen und Plüschtieren bevölkert, an der Wand hingen nichtssagende billige Fotografien. Das Zimmer war aufgeräumt und ordentlich, alles hatte seinen Platz.

„Keine Glasscherben, keine Pornos. Im Schlafzimmer wird's sicher interessanter", grinste Kubicek und ging voran.

Orsini folgte ihm und fragte in die Küche hinein: „Das Handy Ihrer Frau ...?"

„Ja, was ist damit?", antwortete Hausner und stand abrupt von seinem Sessel auf.

„Wo könnte es sein?"

„Keine Ahnung. Was gefunden?", fügte er noch an, doch Orsini war bereits Richtung Schlafzimmer unterwegs, wo er beinahe mit Kubicek zusammenstieß.

„Na, nicht schlecht, ich scheiß mich an", stieß Kubicek hervor.

„Noch nie was von erotischer Fantasie gehört?", meinte Orsini und ging an seinem Kollegen vorbei. In Wahrheit aber war auch er beeindruckt – diese Einrichtung gab es so nicht bei Ikea zu kaufen. Es war weniger das auf goldenen Füßen stehende Bett mit den weißen Laken, sondern das Drumherum: Es bestand nämlich – mit Ausnahme eines zimmerfüllenden violetten Plüschteppichs – ausschließlich aus Spiegelflächen. Wände und Decken aus verspiegeltem Glas hatte Orsini schon gesehen. Dass aber auch die Fenster, die beiden Nachtkästchen, der Schrank und der Schreibtisch damit verkleidet waren, schien ihm doch ungewöhnlich. Sogar die Lampen glitzerten mit ihren mosaikartigen Glasteilchen.

„Solche Fantasien hätt ich auch gern", antwortete Kubicek sichtlich beeindruckt. „Jetzt versteh ich, warum der lieber in der Küche geblieben ist."

„Konzentrier dich auf die Arbeit."

„Wenn das so einfach wär!" Grinsend machte Kubicek sich daran, das erste Nachtkästchen zu öffnen. Enttäuscht schloss er es nach einer Weile wieder. „Na, wo haben wir denn unsere kleinen schweinischen Geheimnisse?" Er redete mehr mit sich selbst und kroch dabei unter das Bett.

Orsini versuchte, die Schublade des kleinen Schreibtisches herauszuziehen, fand aber an der verspiegelten Platte keinen Griff. Dann fasste er die Lade von unten an der Kante und zog sie auf. Drei rote Schals, eine Menge Schminkzeug und zwei Notizhefte lagen darin. Eines der Hefte war noch verpackt. Er schnappte sich das andere und blätterte darin herum. Es war etwa bis zur Hälfte mit Datumsangaben und verschiedenen Abkürzungen beschrieben.

„Was steht da drin?", wollte Kubicek wissen.

„Pflanzzeiten. Aussaat, Ernte und so weiter. Hast du was?"

„Noch nicht, aber wir kommen ja erst zum Hauptgang." Kubicek zog den bis an die Decke reichenden verspiegelten Wandschrank auf. „Deswegen bin ich Polizist geworden", fuhr er fort und zog einen dunkelblauen, beinahe durchsichtigen BH aus einer Lade. „Kann mir gut vorstellen, wie die beiden gevögelt haben, dass es nur so gekracht hat."

„Und gibt's auch was von Interesse?"

Kubicek roch an einem Slip und fuhr ungebremst fort: „Ich sag's dir: Die haben's hier getrieben, und ich wette, die waren nicht immer allein."

In Orsini stieg es sauer auf. „Das ist ja auch ein Schlafzimmer! Ich weiß nicht, was du in deinem Schlafzimmer machst, aber Sex ist an sich noch kein Verbrechen, egal zu wievielt!", platzte es aus ihm heraus.

„Tschuldigung", lenkte Kubicek ein, „aber passen tät's schon irgendwie: Mord aus Eifersucht ..."

„Halt endlich den Mund!", zischte Orsini ihn an. „Wenn du noch ein Wort sagst, warst du den letzten Tag in meiner Gruppe!"

Stille. Kubicek zog sich ins Badezimmer zurück, aus der Küche hörte man leises Sesselrücken. Orsini öffnete ein Fenster, sah ein paar Minuten lang auf die Straße hinab und wartete, bis sich das nervöse Kribbeln auf seiner Haut gelegt hatte. Vielleicht sollte er seine Drohung in die Tat umsetzen ... Allerdings war das Thema Eifersucht tatsächlich noch nicht vom Tisch. Er schloss das Fenster wieder, sah sein eigenes bartstoppeliges, müdes Gesicht im Spiegel, wandte sich erneut seiner Aufgabe zu und ging zum Wandschrank. Die Wäsche war gebügelt, ordentlich zusammengelegt und sorgsam in Fächern gestapelt. Abgesehen vom Spiegeltick deutete alles auf ein eher biederes, durchschnittliches Pärchen, das in einer aufgeräumten mittelmäßigen Wohnung lebte. Und selbst wenn das Erotische hier ausgefallenere Wege gegangen war – na und? Vor allem beschäftigte ihn die Frage nach dem Zusammenhang mit der Drogensüchtigen. Konnte Hausner sie gekannt haben? Wenn, dann doch eher Dorothea, dachte Orsini. Dass die Drogensüchtige sich auch im Stadtpark herumgetrieben hätte, war denkbar. Aber Hausner? Gedankenverloren tastete er zwischen den Wäschestücken herum, wohl wissend, dass es unwahrscheinlich war, hier etwas zu finden, was den Kollegen entgangen war. In der hintersten Ecke einer der Laden stieß er auf etwas Hartes, Rundes. Vorsichtig zog er daran, bis es zum Vorschein kam. Zwei Kugeln, die mit einer Schnur verbunden waren. Kurz spielte er Klick-Klack damit. Dann legte er alles zurück an seinen Platz und schloss den Schrank.

„Waren Sie oder Ihre Frau ... *künstlerisch* veranlagt?", fragte Orsini wenig später, nachdem er in der Küche gegenüber Hausner Platz genommen hatte.

„Wie meinen Sie das, künstlerisch veranlagt?"

Orsini deutete Richtung Schlafzimmer. „Haben Sie vielleicht erotische Fotos gemacht, irgendetwas, wovon Sie uns erzählen wollen?"

„Das ..."

„Ja?" Orsini wartete.

„Das war privat."

„Selbstverständlich. Wie Sie Ihre privaten Räume gestalten und was Sie dort machen, ist uns im Grunde egal. Allerdings, wenn Sie oder Ihre Frau besondere Vorlieben hatten, Verbindungen zu speziellen Kreisen, das müssten Sie uns sagen – Sie verstehen, was ich meine?"

Hausner senkte seinen Blick. Er schien mit der Stille gut umgehen zu können.

Orsini erhob sich, sein Blick fiel auf eine Schüssel mit einem eigenartigen Griff. „Wenn Sie uns also etwas verschweigen, das zur Klärung der Sachlage beitragen könnte, würde das für Sie nicht gut aussehen!", sagte er zum Abschluss. „Vielleicht fällt Ihnen ja noch etwas ein ... " Er hielt Hausner die Hand hin und war über dessen weichen, laschen Händedruck überrascht. Wieder hatte er für einen winzigen Augenblick den Eindruck der Zweigeteiltheit, aus dem er nicht recht schlau wurde. Oben das störrische, verschlossene Gesicht, unten nichts als Schlaffheit.

*

Nun hatten die überdimensionalen Mehrzweckhundehütten, in denen bisher Maroni, Punsch, Silvesterkracher und Schokoosterhasen verkauft worden waren, auch noch eine sommerliche Verwendung gefunden, dachte Orsini und sah der jungen Frau in den äußerst knappen Shorts zu. Sie stand bei einem der niedrigen Tische und verteilte Getränke an Gäste, die entspannt in ihren Strandsesseln klotzten. Kubicek hatte er aufgetragen, am Beethovenplatz die fehlenden Aussagen der Anrainer einzuholen, die beiden Uniformierten schickte er auf Rundgang in die Strandszenerie, während er sich bei der ersten Hütte an die Theke lehnte. Für die Befragung der Gärtnerinnen war es ohnehin schon zu spät, das musste eben bis morgen warten. Er war müde. Was kein Wunder war, wenn man die knappe Stunde Halbschlaf auf seiner Couch im Büro bedachte. Außerdem – er spürte das Gewicht seiner Jacke, die er lässig über seine Schulter geworfen hatte – war er zu warm angezogen.

Die Ermittlung glich bereits jetzt einem von Motten zerfressenen unendlichen Teppich, stellte er resignierend fest. Kaum war eines der Löcher gestopft, hatten die flattrigen Biester schon zehn neue in die Wolle gefräst, während er mit dem Stopfen kaum nachkam und auch kein adäquates Insektenmittel zur Verfügung hatte. Wie die Motten hatten sich auch die Wohnungsnachbarn im Haus der Ermordeten auf den Gängen eingefunden. Die Nachricht von der Ermordung Dorothea Hausners hatte sich wie ein Lauffeuer herumgesprochen. Auskunftsfreudig waren die Motten nur insofern gewesen, als dass der übliche Bassenatratsch erzählt wurde. Kubicek hatte von einem der Nachbarn erfahren, dass es hin und wieder Streit gegeben hatte, allerdings keine gröberen Auseinandersetzungen. Die beiden hatten offenbar ein zurückgezogenes Leben geführt, wurden als höflich und zuvorkommend beschrieben. Der wenige Kontakt zu den Mitbewohnern war überwiegend von der Ermordeten ausgegangen.

Orsini griff nach seinem Handy, noch bevor es seine Melodie fertig gespielt hatte.

„Er hat um genau 20 Uhr 57 seine Karte durchgezogen“, sagte Elvira Zobl am anderen Ende.

„Hat er den anderen Portier abgelöst?“

„Ja, das hat der bestätigt.“

„Und dann?“

„Angeblich befanden sich bereits ab 19 Uhr keine weiteren Angestellten mehr im Gebäude.“

„Das heißt, er hätte nach neun für ein paar Stunden verschwinden können?“

„So einfach ist das nicht. Er muss alle 90 Minuten einen Rundgang in dem Gebäude machen und seine Karte an bestimmten Orten in den Scanner stecken. Was theoretisch zwar auch jemand anderer für ihn hätte tun können – aber wer sollte das sein?“

„Gibt es Überwachungskameras?“

„Gibt es. Vom Eingang. Man sieht ihn abends kommen und morgens gehen.“

„Hmm. Wegen dem Handy von der Hausner – lass es anpeilen. Wir brauchen das Ding“, erwiderte Orsini und sah der Kellnerin zu, wie sie mit ihrem leeren Tablett zurückkam.

„*Cantaloupe Island*“, bemerkte die Kellnerin, nachdem Orsini sein Handy weggesteckt hatte.

„Sie interessieren sich für Jazz?“

„Nein“, gab sie zurück, „ist die einzige Jazznummer, die ich kenne. Reiner Zufall.“ Dass der Zufall genauso alt wie sie selbst war, Charly hieß und ihr WG-Mitbewohner war, verschwieg sie. „Wollen Sie einen Drink? Sie sehen so aus, als könnten Sie was brauchen.“

„Theoretisch gern – praktisch bräucht ich eher einen doppelten Schwarzen!“

„Kommt sofort.“ Mit einer schwungvollen Bewegung leerte sie den alten Kaffeesatz in den Müll, füllte den Filter mit frischem Kaffee und schob ihn an seinen Platz. Sie hatte ungewöhnlich hohe Wangenknochen, fand Orsini, was ihr gut stand. Ihr freundliches Lächeln war mehr oder weniger der erste Lichtblick seines Tages. Dabei war für die meisten hier schon Afterwork-Chilling angesagt.

„Wie heißen Sie?"

„Chantal, und Sie?"

„Conrad."

„Conrad, sprach die Frau Mama, ich geh jetzt fort und du bleibst da", deklamierte Chantal, während der Kaffee in die Tasse tropfte. „Sind Sie wegen der Frau hier, die umgebracht worden ist?"

„Ja." Er hielt ihr seine Visitenkarte hin.

„Wow, Gruppenleiter. Klingt ja fast nach Drittem Reich."

Orsini zuckte mit den Schultern. „Hatten Sie gestern Abend Dienst?"

„Nein, leider ... vielleicht besser gesagt, zum Glück nicht." Sie krauste ihre Stirn, auf der winzige Sommersprossen wie Gänseblümchen auf einer Wiese blühten. „Was genau suchen Sie eigentlich?"

„Na ja", antwortete Orsini, „während des Gewitters sind einige Leute von hier aus zum Beethovenplatz rübergelaufen. Kann sein, dass jemand den oder die Täter gesehen hat. Apropos, diese beiden kennen Sie nicht zufällig?" Orsini schob ihr die Fotos von Dorothea und Franz Hausner hin und schlürfte dabei einen Schluck Kaffee.

Chantal stützte das Kinn auf Daumen und Zeigefinger, studierte die Fotos und schüttelte den Kopf. Während sie mit einer Wodkaflasche hantierte, fuhr sie fort: „Ist sicher spannend, Ihre Arbeit."

„Manchmal könnte ich durchaus darauf verzichten", antwortete Orsini. „Und Ihre?"

„Na ja." Sie zog einen Mundwinkel hoch und deutete dabei auf die Gäste. „Ich muss jetzt wieder, oder haben Sie noch Fragen?"

„Aus rein kriminaltaktischen Gründen muss ich wissen, ob Sie jeden Tag hier sind ..."

„Nein, das wechselt, meine Tage sind meistens Dienstag, Mittwoch, oder sonst am Wochenende."

„Alles klar. Dann weiß ich ja, wann ich Sie hier wiederfinde, falls mir noch eine Frage einfällt", antwortete er und wandte sich einer Gruppe von vier Männern zu, die neben ihm an einem Stehtisch ihr Bier tranken. Es waren eindeutig Musiker. Ein Geigen- und ein Cellokoffer lehnten daneben.

„... das Allegro schleppt sich so dahin!", stöhnte der eine und zeigte mit dem Finger auf ein Notenblatt.

„Das liegt am Dirigenten", antwortete der offensichtlich Älteste aus der Runde, „ich versuch schon mein Bestes, aber natürlich ..."

Orsini zückte seine Dienstmarke. „Entschuldigen Sie: Wir suchen jemand, der diese Frau gesehen hat", unterbrach er kurzerhand und zeigte den Musikern das Foto.

„Trenk, Erste Geige", sagte der ältere Musiker und streckte Orsini die Hand hin. „Ist das die Tote von da drüben?"

Orsini nickte.

Trenk runzelte die Stirn. „Noch nie gesehn, tut mir leid", antwortete er dann und reichte es weiter. Der Kollege neben ihm öffnete den Cellokoffer und steckte die Noten weg. Wie beiläufig und doch höchst einstudiert fuhr er sich durch die makellose Fönwelle, warf einen Blick auf das Foto und schüttelte wie die übrigen den Kopf.

„Hatte jemand von Ihnen gestern Abend Konzert?", fragte Orsini und deutete zum nebenan liegenden Konzerthaus.

„Ich nicht, aber du hast doch gestern mit deinem Bläserquartett gespielt, oder?", meinte Trenk zum blassen, ziemlich großen Kollegen auf seiner anderen Seite.

„Und, waren Sie gestern nach dem Dienst zufällig auch hier, was trinken?", hakte Orsini nach.

„Nein", entgegnete der Bläser, „warum wollen Sie das wissen?" Mit dem Zeigefinger schob er dabei seine Brille die Nase hoch.

„Vielleicht haben Sie ja was gesehn ..."

„Leider, ich bin nach der Vorstellung gleich heim." Erneut schob er seine Brille zurecht. Sie wirkte in seinem Gesicht ein wenig zu groß.

„Was willst denn wissen?", mischte sich plötzlich eine tiefe Stimme ein. Sie gehörte zu einem von zwei Latzhosenträgern, die gemeinsam mit einem dritten Mann in Jeans und Pullover hinter ihnen an der Theke standen.

„Kennt einer von euch diese Dame oder diesen Herrn, oder hat jemand sie zufällig die letzten Tage gesehen?"

„Und wer genau will des wissen?", fragte einer der beiden Latzhosenträger. Von seiner Statur her erinnerte er an einen Bodybuilder. Sein Stiernacken schien den Ausschnitt des T-Shirts sprengen zu wollen und endete erst bei den Ohren, die wiederum beachtlich vom spiegelglatt rasierten Kopf abstanden. Eine tätowierte Schlange wand sich von seinem Handrücken aufwärts und verschwand im Ärmel oberhalb eines beeindruckenden Bizeps.

„Ich." Orsini zeigte seine Dienstmarke. „Ist garantiert echt."

„Gib her", sagte der zweite Latzhosenträger, der seinem Kollegen in den körperlichen Dimensionen nur unwesentlich nachstand, allerdings von seiner Haarpracht Conan, dem Barbaren, zur Ehre gereichte. Eine Tätowierung konnte Orsini zwar nicht sehen, allerdings war Conan offensichtlich ein stolzer Biker. *Harley forever* stand nämlich auf seinem Stirnband. Die beiden entsprachen im Grunde genau der Zielgruppe von Männern, auf die es der börsennotierte amerikanische Motorradkonzern abgesehen hatte. Männer, die geboren worden waren, um sehr, sehr wild zu sein und sehr, sehr jung zu sterben, die aber letztlich erkannt hatten, dass dies überaus anstrengend war. Mit fortgeschrittenem Alter verlegten sie sich meist ohnehin lieber aufs Teilzeitwildsein, und das mit dem Sterben für die Ideale schoben sie bis zur Pension hinaus.

Prüfend nahm Conan die Dienstmarke zwischen die dicken Finger.

„Nicht verbiegen, die brauch ich noch", erwiderte Orsini und griff danach.

Mittlerweile hatte sich der Mann in Jeans das Foto Dorothea Hausners geschnappt und betrachtete es gemeinsam mit dem Glatzkopf. Obwohl er kaum kleiner war als die beiden Fleischgebirge, wirkte er zwischen ihnen beinahe schmächtig. „Ist das die Ermordete von da drüben?“, fragte er.

Orsini nickte.

„Sicher kennen wir die“, bemerkte der Glatzkopf.

„Das ist eine von den Gärtnerinnen“, ergänzte der Jeansträger. Sein Haare passten von der Länge her genau zwischen Glatzkopf und Conans Mähne. Allerdings waren sie brav in der Mitte gescheitelt.

„Und den Mann, kennt ihr den auch?“ Er schob ihnen Hausners Bild hin.

Allgemeines Kopfschütteln. „Na. Wer solln des sein?“

„Ist im Moment egal“, erwiderte Orsini. „Mich interessiert, woher ihr die Frau kennt.“

Der Glatzkopf wies zuerst zum Stadtpark und dann auf seine graue Latzhose. *WKN, MA 30* stand da. „Wir räumen rund um die Uhr dein Dreck weg“, sagte er, machte eine Pause und fügte erklärend hinzu: „Kanalbrigade! Wir habn öfters mit den Gärtnerinnen zu tun.“

„Alles klar!“, erwiderte Orsini. „Und, wann habt ihr sie zuletzt gesehen?“

„Is vielleicht ... ein, zwei Wochen her. I glaub, wir habn die Abflüsse vorn bei der Baustelle am Stubentor kontrolliert. Oder?“

„Zwei Wochen“, verbesserte Conan. „I hab sie aber vor a paar Tag no gsehn.“

„Sind Sie sicher?“

Der Mann fuhr sich durch die schulterlangen rotbraunen Haare, begutachtete das Foto eingehend und nickte.

„Wann war das genau?“

„Keine Ahnung.“

„Welcher Wochentag?“

„Hm. Montag, eventuell. Warum?“

„Wo?“, fuhr Orsini fort, ohne auf die Frage einzugehen.

„Na glei dort drüben, beim Ausgang.“

„Um welche Uhrzeit?“

„Phh!! So zwischen neun und Sperrstunde."
„Wo waren Sie?"
„Na da, wo i jetzt steh, ungefähr."
„War sie allein?"
„Eng umschlungen warens net."
„Ein Mann also?"
„Ja."
„Können Sie ihn beschreiben?"
„Na. Hab ihn ja nur von hinten gsehn."
„Hat er vielleicht eine graue Latzhosn und schwarze Stiefel anghabt?", fragte der Glatzkopf und stieß seinem Kollegen in die Rippen.

Orsini ignorierte die Frage. „Versuchen Sie sich genau zu erinnern. Das wäre wichtig."

„Eher ... a Anzug. Ja, Anzug auf jedn Fall."

„Sonst nichts?", drängte Orsini.

„Na, ... tut ma leid", antwortete Conan und zuckte mit den Schultern.

„Wo sind sie hingegangen?"

Wieder zuckte der Mann mit den Schultern.

„Wieso wolln S' des wissn?", fragte der Glatzkopf.

Orsini kippte den Rest des Kaffees hinunter. „Reine Routine." Er spürte, wie die bittere Medizin in seine Eingeweide biss.

„Was gibt's, Männer?", fragte ein Mann im gleichen Outfit, der sich dazugesellt hatte. Er trug dicke, schwarze, über dem Knie umgekrempelte Lederstiefel, war um die 50, und auf seiner Kappe stand *Teamspüler.*

„Tolle Schuhe", bemerkte Orsini.

„Is unser Boss", sagte Conan mit einer Spur Ehrfurcht in der Stimme.

„Seklitsch", stellte sich der Mann vor und reichte Orsini die Hand. Er war von eher gedrungenem Körperbau, hatte noch beinahe durchgehend schwarze Haare und einen dichten Stoppelbart. An seinem dicken Ledergürtel hing ein massiver Schlüsselbund.

„Sie sind also der Trainer", spielte Orsini auf die Kappe an.

„Kann ma so sagn. Worum geht's?"

„Er is von der Polizei. Der Mord da drübn", erklärte Conan.

„Kennen Sie die Frau?" Orsini hielt ihm Dorothea Hausners Bild hin.

„Kennen is übertrieben. I glaub, die ist Gärtnerin."

„Des hamma ihm eh schon gsagt. Hast sie irgendwann gsehn in letzter Zeit?", übernahm der Glatzkopf die Initiative.

„Na." Seklitsch schüttelte den Kopf. „Chantal, a Bier!"

Orsini nahm das Foto wieder an sich.

„Sonst no was?"

„Im Moment nicht."

„Ein Bier?", fragte Conan.

„Das nächste Mal", erwiderte Orsini und schnappte sich einen Block vom Tresen. „Ich brauch Namen und Adresse von Ihnen."

„Für was?", erwiderte Conan erstaunt.

„Du bist verdächtig", feixte der Glatzkopf.

„Es gibt ein Video, ich möchte, dass Sie sich das ansehen."

Conan nickte und gab seine Daten an. Dann kniff er ein Auge zu und blickte zu Seklitsch: „Geht's in der Dienstzeit?"

„Na, sicher net", erwiderte Seklitsch, streifte Orsini dabei mit einem abschätzigen Blick und nahm sein Bier entgegen.

„Schönen Dank, meine Herren", verabschiedete sich Orsini. „Ich melde mich."

„Wenn die Spülung net funktioniert ...", bemerkte Conan, machte mit Daumen und kleinem Finger ein Telefon nach, hielt es sich ans Ohr und deutete auf den Zettel, den Orsini in der Hand hielt.

„... mach ma da an Spezialpreis", ergänzte der Glatzkopf.

„Gib eam no a Kartn mit", sagte Seklitsch zum Jeansträger.

„Oder no besser den Orson", grinste der Glatzkopf. Der Jeansträger lächelte ihm unauffällig zu und zog einen Schlüsselanhänger mit dem Konterfei Orson Welles', in Plastik gegossen, aus seiner Hosentasche. Er drückte auf das Gesicht, und die weltberühmte Zithermelodie ertönte in nervenden Piepstönen.

„Is doch super, oder?", höhnte Seklitsch.

„Dauert eh nur a halbe Minutn", stimmte Conan zu und schlug sich dabei mit der Hand auf den Oberschenkel. Für einen Moment erblickte Orsini auch bei ihm den Kopf der tätowierten Schlange, allerdings auf der Innenseite des mächtigen Oberarmes.

„Hab leider keinen mehr", sagte der Jeansträger grinsend, zog rasch eine Karte hervor und reichte sie Orsini, der sich zunehmend verarscht fühlte.

„Danke", sagte er gereizt und ließ die vier Arbeiter stehen. *Dritte Mann Tour*, stand auf der Karte, *besuchen Sie die Original-Kanaldrehorte!*

Er brauchte dringend eine Pause, das wusste er. Wann er sie bekommen würde, war allerdings fraglich. Eigentlich sollte er schon längst im Büro sitzen, anstatt die Fußarbeit zu verrichten. Er warf einen letzten Blick auf die beiden Gruppen von Männern. Die Musiker standen ihr Leben lang im Rampenlicht, und die Kanalarbeiter ...

Grübelnd marschierte Orsini zu einem der uniformierten Kollegen. „Und?", fragte er mürrisch.

„Nichts", antwortete der Beamte, nahm seine Kappe ab und fuhr sich mit der Hand über die verschwitzte Stirn.

„Ihr befragt alle, die hier arbeiten und in den nächsten Stunden auftauchen. Ich fahr in die Zentrale."

„Glauben Sie, dass wir was finden?"

„Keine Ahnung. Ihr erreicht mich jederzeit am Handy. Meldet mir alles, auch wenn es euch noch so unwichtig erscheint."

„Jawoll!", antwortete der Polizist laut.

Orsini sackte für einen Moment in sich zusammen. Die Afterworkszene hatte auf den Beamten offensichtlich noch nicht abgefärbt. „Du könntest versuchen, dich hier ein bisschen anzupassen", schlug er halbherzig vor und wies auf die Gäste. Als der Beamte daraufhin fein säuberlich die Ärmel aufkrempelte, zwei Mal und in exakt derselben Breite, zog Orsini endgültig Richtung Stadtpark ab.

Im Gehen griff er in seine Jackentasche und holte die mittlerweile zerknitterte Zigarette, die er von Dr. Mirno bekommen hatte, hervor. Der Filter war abgebogen und hatte einen Riss. Achtlos entfernte er ihn und suchte in seinen Taschen nach Feuer.

*

Markus, oder Mark, wie er von seinen Freunden gerufen wurde, saß auf einer Bank im kleinen Pavillon oberhalb des Wienflussportals, beim Eingang zum Stadtpark, und zupfte nervös am Ärmel seines roten Hemds. Er streifte den Typen gegenüber immer wieder mit fahrigen Blicken. Mark war ihm gefolgt, weil er ein Geschäft witterte, das er dringend brauchte. Dringender als dringend. Das leichte Zittern der Hände hatte bereits begonnen. Er wusste, was das bedeutete: Die Wirkung der drei Benzos ließ nach.

Nervös blickte er auf das Päckchen in seiner Hand. Entweder machte er bald ein Geschäft mit dem Alten, oder gar nicht, dachte er. Er war so mit sich selbst beschäftigt, dass er erst nach dem zweiten Winken des Mannes reagierte. Scheiße, warum machte der Typ das so auffällig? Er blickte um sich. Kein Mensch in der Nähe. Der Pavillon lag etwas abseits. Mark erhob sich und ging auf den Mann zu. „Brauchst was?"

„Hast du Feuer?"

„Feuer?", entgegnete Mark enttäuscht. Er war wohl an den Falschen geraten.

„Ja. Bei einem Feuerzeug kommt es gelegentlich oben raus."

„Ja klar, Feuer", wiederholte Mark zerstreut und begann hektisch, seine Sachen zu durchsuchen. Feuer geben und dann nichts wie weg, dachte er, als er endlich das abgegriffene Feuerzeug gefunden hatte. Unkontrolliert fuhr sein Daumen über das geriffelte Rädchen. „Scheiße", entfuhr es ihm, als ihm das Päckchen aus der Hand glitt und zu Boden fiel. Gleichzeitig loderte eine Flamme aus dem Feuerzeug. So stand er kurz da wie ein Ministrant, der nicht wusste, ob er sich nach der hinuntergefallenen Hostie bücken sollte, weil er die lodernde Kerze in Händen hielt.

Inzwischen hob der Mann das Päckchen auf, steckte sich gleichzeitig die filterlose Zigarette in den Mund und holte sich Feuer. „Danke", sagte er und hielt Mark das Päckchen vor die Nase. „Wie heißt du?"

„Mark."

„Und wo dealst du?"

„Was geht dich das an?"

„Jede Menge."

Mark schluckte, sah um sich und griff blitzschnell nach dem Päckchen, um damit loszurennen. Wie konnte er nur so blöd sein! Normalerweise roch er Bullen 100 Meter gegen den Wind!

Orsinis Hand schloss sich schneller um das Päckchen, als Mark denken konnte. Mit der anderen Hand hielt er den Burschen am Arm fest. „Also, wo dealst du?"

Marks Rücken krümmte sich, während er gepresst antwortete: „Stadtpark bis Karlsplatz, aber nur kleine ..."

„Interessiert mich nicht, was du dealst", winkte Orsini ab, „solange du Kleinunternehmer bleibst."

„Kleinstunternehmer", versicherte Mark, der seine normale Lautstärke wiedergefunden hatte.

„Ich will von dir nur, dass du dich umhörst."

„Was soll ich?"

„Du bist doch ein schlauer Junge. Dir wird nicht entgangen sein, dass ein Mord passiert ist."

„Am Beethovenplatz."

„Sogar superschlau. Und es hat einen Selbstmord am Karlsplatz gegeben."

„Greta?"

„Genau." Orsini holte die Fotos der beiden Hausners aus seiner Tasche. „Kennst du die zufällig?"

Mark schüttelte den Kopf. „Ihn nicht, sie is doch die ..., ich schwör, mit der hab ich nie was z' tun gehabt."

„Na gut", erwiderte Orsini und drückte Mark das Päckchen in die Hand. „In ein paar Tagen besuch ich dich wieder, und du erzählst mir dann, was so darüber geredet wird."

„Und wenn nicht?"

„Danke für das Feuer", entgegnete Orsini, stand auf, trat die Zigarette aus und ließ Mark stehen.

Mark starrte auf die ausgedämpfte Zigarette am Boden. Der Typ hat sie nur verglühen lassen, dachte er irritiert.

4

Angespannt sah Orsini auf die Uhr, es war bereits fast neun. Die Teambesprechung hatte länger gedauert als geplant und dennoch nicht viel Neues gebracht. Alle hatten versucht, die Fakten auf den Punkt zu bringen. Trotzdem war die Sitzung von einem beinahe lähmenden Gefühl überschattet gewesen.

Es war höchst fraglich, ob Franz Hausner der Mörder sein konnte. Zumindest hatten sie nichts gefunden, was konkret in diese Richtung wies. Gleichzeitig war ihnen allen bewusst, dass die ersten 24 Stunden nach einem Mord die wichtigsten waren. Was bis dahin nicht geklärt war, blieb oft für immer im Dunklen.

Er starrte beim Fenster hinaus auf die Wasserfläche. Die untergehende Sonne hatte ihr Licht wie einen durchsichtigen Schleier über die Stadt geworfen, der alles in einer intensiven rot-orangen Farbe leuchten ließ. Auch die kleinen Wellen im Donaukanal hoben sich rot schimmernd von den dunkleren Stellen im Schatten ab. Orsini mochte den Ausblick von diesem Fenster. Jedes Mal, wenn er von hier aus dem ruhig dahinströmenden Wasser zusah, renkte sich in ihm etwas wieder ein, zumindest für einen Augenblick. Es brachte eine gewisse Distanz, als könnte das Wasser seine Gedanken bis zur Mündung ins Schwarze Meer mitschwemmen und dabei den Dreck von ihnen abwaschen.

Locker trottete er nach einer Weile die Stufen hinauf, klopfte an und öffnete die Tür. Pokornys Büro war genauso groß wie sein eigenes. Nur dass dieser es nicht mit einem Kollegen teilen musste. Die linke Wand wurde von einem großen Stadtplan dominiert, der aber zum Teil von einer riesigen *Monstera Deliciosa* verdeckt wurde. Die Pflanze gedieh so außergewöhnlich gut, dass manche der Blätter mehr als klodeckelgroß waren. Fingerdicke Luftwurzeln streckten sich bereits bis zum Fußboden.

„Ist der schon wieder gewachsen?", fragte Orsini. Mit seinem eigenen Gummibaum war er weitaus nicht so erfolgreich.

Pokorny deutete auf seine filterlose Zigarette. „Die sind das Geheimnis."

„Geheimnis?"

„Sie liebt meine Zigaretten."

„Das ist ein eindeutiger Wettbewerbsvorteil, den Sie da haben!" Seit in öffentlichen Gebäuden nicht mehr geraucht werden durfte, war Pokorny einer der wenigen, die sich darüber hinwegsetzten, ohne mit der Wimper zu zucken. In Wahrheit war für das außergewöhnliche Wachstum der Pflanze allerdings eine der Putzfrauen verantwortlich. Sie kümmerte sich leidenschaftlich um alle Pflanzen und war zudem die Einzige, die Pokornys Büro säubern durfte.

„Also?" Wie üblich wechselte Pokorny übergangslos zum Fachlichen.

„Na ja", Orsini holte tief Luft, „wie besprochen habe ich den Kollegen die Akte der Drogensüchtigen gegeben. Aber wir waren heute hauptsächlich damit beschäftigt, im aktuellen Fall zu ermitteln."

„Und da ist", Pokorny blätterte in seinen Unterlagen, „die Tatortgruppe 2 am Werk ..."

„Genau. Der Kollege Lehner ist da auch sehr kompetent."

Pokorny zog die Mundwinkel zusammen. „Und Gottschlich?"

„Hat uns zumindest nicht an der Arbeit gehindert", antwortete Orsini und fuhr mit den Einzelheiten des Tages fort. „Dass Dorothea Hausner sich umgebracht hätte, können wir mittlerweile ausschließen. Dr. Mirno sieht das auch so. Außerdem hat der Lehner bestätigt, dass es im Erdreich so gut wie kein Blut gibt. Deshalb fällt der Beethovenplatz insgesamt auch als Tatort weg", schloss er wenig später seinen Bericht.

„Haben Sie schon mit den Kollegen der Gärtnerin gesprochen?"

„Steht für morgen am Plan", erklärte Orsini, griff nach einem der Blätter der *Monstera Deliciosa* und fuhr mit den Fingern die Kanten entlang. „Was mich am meisten stört", fuhr er endlich fort, „ist, dass wir keine Verbindung zwischen den beiden Toten gefunden haben, nicht einmal den kleinsten Hinweis."

„Und der Hausner? Hat er ein Alibi für den Mord an der Drogensüchtigen?"

„Wie letzte Nacht: Er war von zirka 21 Uhr an im Dienst. Um sieben in der Früh hat ihn ein Kollege abgelöst. An und für sich muss er alle 90 Minuten einen Rundgang durchs Firmengelände machen und seine Karte an bestimmten Orten durch einen Scanner ziehen. Innerhalb von 90 Minuten den Mord zu begehen, wo auch immer, vom 21. Bezirk in die Stadt und zurück ... Also ich weiß nicht, theoretisch ist es möglich, aber praktisch?"

Pokorny dämpfte seine Zigarette aus und überlegte. „Was ist mit dem Glas?"

„Nicht Besonderes. Am Foto der Drogensüchtigen sieht es eher wie die Scherbe einer Bierflasche aus, während es bei der Hausner eindeutig von einem Fensterglas stammt. Aber leider keine Fingerabdrücke, keine Spuren, kein Hinweis auf die Herkunft."

„Die Wohnung?"

„Können wir als Tatort ausschließen. Apropos Tatort: Gibt es zusätzliche Leute für mich? Ich meine, wir müssen dringend die ganzen Fahrzeuglenker aus der Garage ausfindig machen, weitere Zeugen suchen, das Umfeld der Drogensüchtigen abklappern, das Video gehört bearbeitet und gesichtet ..."

„Mir brauchen Sie das nicht aufzuzählen! Die anderen Gruppen sind genauso unterbesetzt ..." Pokorny schüttelte den Kopf. „Und überhaupt, solange es eben den Zusammenhang nicht gibt, ist das ein einzelner Fall, der keine Soko erforderlich macht. So wird das gesehen. Punkt."

„Niemand?" Orsini starrte Pokorny ungläubig an.

„Na ja, völlig unfähig bin ich auch wieder nicht. Aber wenn ich zwei raushole, ist das das absolute Maximum."

„Damit könnte ich auch leben, wenn es gute Leute sind", brummte Orsini.

„Problem Nummer zwei", winkte Pokorny ab. „Leute in Ausbildung ist das Höchste, was ich bieten kann."

„In Ausbildung?"

„Ist doch besser als Greenhorns, oder?", lächelte Pokorny gezwungen zurück.

„Aber das ist doch verrückt!"

„Verrückt. Nein, das ist die Realität. Sehen Sie sich meinen Drucker an, Orsini!"

„Was ist damit?"

„Schauen Sie genau! Was klebt da drauf?"

„Ein Preisschild, 39 Euro 90."

„Und exakt 39 Euro 90 habe ich aus meiner eigenen Geldbörse für dieses Großmarktprodukt bezahlt, weil uns das Ministerium den Geldhahn zugedreht hat."

*

Nach dem ernüchternden Gespräch mit Pokorny hatte Orsini endlich seine Jacke geschnappt und stand nun draußen vor dem Amtsgebäude. Es war noch angenehm warm, so wie es sich für den Frühsommer gehörte. Zwei graue Kleintransporter, die zu Einsatzwagen umgebaut waren, standen auf den amtlichen Parkplätzen. Geräuschlos glitt bei einem der Fahrzeuge die Fensterscheibe nach unten. Die Scheibe stoppte mit einem satten Quietschen.

„He!"

Orsini erkannte die Stimme. Er blieb stehen und sah zum Wagen. Gottschlich lehnte sich lässig ein Stück aus dem geöffneten Fenster. Obwohl es bereits finster war, verdeckte eine goldgerahmte Ray Ban seine Augen. „Genug für heute?"

Orsini antwortete nicht.

„Wie läuft die Ermittlung?"

„Hängt davon ab, wie gut die Tatortgruppe arbeitet."

Gottschlich blies eine dünne Rauchwolke aus dem Fahrzeug. Die Umrisse der kleinen Aknekrater in seinem Gesicht schimmerten im künstlichen Licht. Im Glas der Brille spiegelten sich die roten und gelben Lichtspuren der vorbeifahrenden Autos. „Hängt eher vom leitenden Ermittler ab."

„Sonst noch was?", fragte Orsini und wandte sich ab, um zu gehen.

„Sicher."

„Dann leg es mir morgen in aller Früh auf den Schreibtisch." Ohne Gottschlich eines weiteren Blickes zu würdigen, ging Orsini am Einsatzwagen vorbei. Er war müde. Die Kleider klebten an seinem Körper, er hatte sie seit der Probe am Vorabend nicht gewechselt, und er sehnte sich nach einer Dusche. Dennoch, oder gerade deswegen entschied er sich, zu Fuß heimzugehen, über die große Schleife, wie er den Weg entlang des Rings nannte. Er hielt seine Lederjacke mit zwei Fingern, warf sie über die Schulter, bog nach rechts und marschierte los. Sein Blick war auf den Boden gerichtet. Die Ringstraße hatte ihre ganz eigene Geräuschkulisse. Manches Mal schloss er im Gehen für einen Moment die

Augen, nur für wenige Sekunden. Vor der Rolltreppe in die Unterführung am Schottentor blieb er stehen und sah hinter sich. Doch das, was er zu hören glaubte, verklang rasch in einer der Seitengassen.

Vor dem Eingang zur Karlsplatzpassage kaufte er bei einem Straßenhändler zwei Zeitungen: einmal Seriosität und einmal Boulevard – Glanz und Elend quasi. Bei Glanz nahm Dorothea Hausners Tod eine schmale Spalte in der Chronik ein. Elend widmete dem *Tod im Park* eine halbe Seite mit Foto vom Fundort. Zumindest machte ein schmaler schwarzer Balken das Gesicht der Toten unkenntlich. Wie der Artikel aussehen würde, wenn die Presse spitzbekam, dass es noch einen weiteren Mord mit einer Glasscherbe gab, wollte er sich vorläufig nicht ausmalen. Vor dem Gebüsch, in dem die Drogensüchtige gefunden worden war, blieb er stehen und versuchte, seine Gedanken zu ordnen.

Zwei tote Frauen. Eine Drogensüchtige und eine Gärtnerin. Was hatten die beiden noch gemeinsam, fragte er sich zum x-ten Mal und stierte ins Gebüsch, als läge dort eine Antwort versteckt. Plötzlich bewegte sich etwas. Wind fuhr über die Zweige und ließ die Blätter rauschen. Neben ihm ragten die Bäume dunkel in die Nacht, als wollten sie ihm zu verstehen geben: Hier hast du nichts zu suchen!

Erneut spürte er eine Bewegung, mehr als dass er sie sah. Langsam bückte er sich und griff nach einem am Boden liegenden Ast. Angespannt suchte er das dunkle Gelände ab. Nur eine verschreckte Ratte. Kurz verharrte sie in ihrer Bewegung und sah ihn neugierig an. Wenn du nur reden könntest, dachte er, könntest du mir vielleicht weiterhelfen! Doch die Ratte hatte bereits kehrtgemacht und verschwand nun genauso schnell wie sie aufgetaucht war.

Eine Weile später bog Orsini vom Ring ab. Auf der Stubenbrücke blieb er stehen. Es war ein langer Tag gewesen. Unter ihm spiegelte sich die nächtliche Parkbeleuchtung im Wasser wider. Ein Windstoß fuhr über kleine, sich kräuselnde Wellen. Nicht mehr als ein Rinnsal. Kaum vorstellbar, dass es jahrtausendelang ein Fluss gewesen war, der Mühlen angetrieben und Menschen mit sich gerissen hatte. Er sah zu den weißen Lemurenköpfen hoch, die einsam auf den Brückenpfeilern thronten, Wächtern gleich. Sie sahen aus, als hätte man sie aus überdimensionalen Kartoffeln geschnitzt – knorrig, die ausgestochenen Augen schwarze Löcher in ein hohles Nichts. Orsini war schon unzählige Male hier gestanden – ob sie ihm gefielen, wusste er immer noch nicht.

... *Seelen entsteigen dem Nass*, las er das Zitat von Heraklit, das an der Brücke angebracht war.

Donnerstag, 2. Juni 2005

5

Er war gestern spät schlafen gegangen. Selbst am bequemen, etwas verbeulten Ledersofa, auf dem er sich sonst so gut entspannen konnte, war ihm der Fall nicht aus dem Kopf gegangen. Schließlich hatte er noch eine Weile auf den abgenutzten hellbraunen Lederboxsack, den er von seinem Vater geerbt hatte, eingedroschen, bis sein Körper endlich der Erschöpfung nachgegeben und er doch noch den Weg ins Bett gefunden hatte.

Früh am Morgen war er aufgestanden und, anstatt in Ruhe Kaffee zu trinken, in Richtung Stadtpark aufgebrochen. Der Döner, den er am nächtlichen Heimweg mit Bier hinuntergespült hatte, lag ihm noch immer etwas im Magen.

Die *Gärtner/innenunterkunft*, wie es korrekt gegendert auf dem Schild hieß, lag versteckt inmitten des Stadtparks. Eine hohe Eibenhecke glänzte im schrägen Licht der Morgensonne. Das Tor war geöffnet. Auf dem kleinen Platz davor parkte ein Minitraktor neben einigen aufgereihten Scheibtruhen. Zwei Gärtnerinnen, schon in Montur, standen bei der Eingangstür und rauchten.

„Orsini, Kriminalpolizei", stellte er sich vor.

„Ah, Sie sind das also", sagte die Ältere, schob ihr buntes Kopftuch ruckartig zurecht und streckte ihm die Hand hin: „Anders, Hermine Anders, Obergärtnerin."

„Der Direktor hat angrufen und gsagt, dass jemand vorbeikommen wird", erläuterte die Jüngere.

„Aha. Und wo sind Ihre Kolleginnen und Kollegen?"

„Ziehn sich drinnen um."

„Wie lange wird das dauern?"

„In fünf Minuten mach ich hier die Tageseinteilung", antwortete Hermine Anders, warf ihre Zigarette zu Boden und dämpfte sie mit dem klobigen Stiefel aus. „Wer kann das gwesn sein?", fragte sie dabei und sah ihn wütend an.

Noch ehe Orsini antworten konnte, begann die Jüngere aufgeregt: „Glauben S', is das jetzt gfährlich für uns? Also wenn's finster wird, arbeit i sicher nimmer draußn! Zumindest net allein."

„Das heißt", hakte Orsini nach, „Sie gehen davon aus, dass Frau Hausner sich nicht selbst umgebracht hat."

„Die Dorothea? Nie im Leben!"

„Interessant ... Darauf möchte ich dann noch zurückkommen. Auf jeden Fall halte ich es vorläufig auch für höchst ratsam, abends nicht allein im Park unterwegs zu sein, solange wir nicht wissen, was geschehen ist." Er sah sie direkt an und fuhr fort: „Wir geben unser Bestes, die Sache zu klären. Dazu muss ich einiges wissen."

„Was denn?"

„Gibt es eigene Kästen, für Kleidung und Persönliches?"

„Ja. Einen Spind hat jede."

„Und wo finde ich ihn, beziehungsweise wer hat den Schlüssel dazu?"

„Da drin ..., den von der Dora ..." Die junge Gärtnerin begann zu weinen.

Hermine Anders fasste sie an den Schultern, umarmte sie und versuchte sie zu beruhigen. „Die Ida hat den Reserveschlüssel", erklärte sie. Auch ihr standen Tränen in den Augen.

„Ihr Verlust tut mir sehr leid", sagte Orsini und drehte sich zum Eingang. Gerade war die Tür aufgegangen und die übrigen Gärtnerinnen und Gärtner traten ins Freie. Es gab nur ein Gesprächsthema.

„Sind Sie jetzt alle?", fragte er nach einer Weile.

„Nein. Die Angela und der Michi haben sich krankgemeldet."

„Die Ida sitzt da unten auf einer Bank und heult, Ida Kerbler heißt sie."

Orsini nickte. Insgesamt wirkten sie aufgebracht und verunsichert zugleich. Vom Äußeren her waren sie trotz der Latzhosen eine bunt zusammengewürfelte Truppe. Wie sie so in der Runde standen, konnte man aber auch spüren, dass es einen starken Zusammenhalt gab. Mehr als in seinem eigenen Team, dachte er. Vielleicht lag es am unterschiedlichen Inhalt ihrer jeweiligen Tagesbeschäftigung – während er sich mit menschlichem Dreck beschäftigte, wühlten sie in der Erde. Dass der Grund für Dorothea Hausners Tod hier zu suchen war, schien ihm aufs Erste unwahrscheinlich.

„Sie könnten mir sehr helfen, wenn Sie mir von vorgestern erzählen. Dienstag. Wer zum Beispiel hat Dorothea Hausner zuletzt gesehen?"

„Wir habn uns hier wie immer beim Umziehn troffen. Dann sind die Ida und die Dora gemeinsam zur U-Bahn."

„Genau. So wie halt meistens nach der Arbeit. Ich hab die beiden bis zur Station Stadtpark begleitet."

„Wann war das genau?"

„Na, so nach drei."

„War irgendwas ungewöhnlich?"

Kopfschütteln.

„Hat sie vielleicht Probleme gehabt?"

„Da müssn S' am ehesten die Ida fragen. Die ist ..., die war ihre beste Freundin."

„Aha, danke. Dann will ich Sie im Moment nicht länger aufhalten", meinte Orsini. „Den Spind hat keiner angerührt in der Zwischenzeit, hoffe ich?"

„Aber nein, wo denken Sie hin! Kommen Sie, ich zeig Ihnen, wo die Ida ist", sagte Hermine Anders und begleitete Orsini hinaus. Nach der Umzäunung blieb sie stehen, räusperte sich, sah zu Boden und flüsterte: „Des war ganz sicher ihr Mann."

Orsini runzelte die Stirn.

Verlegen, als hätte sie etwas Unredliches gesagt, richtete sie sich ihr Kopftuch. Dann erst sah sie ihn an. „Es hat keiner von uns was gsagt, weil ..., aber ..., es weiß jeder von uns, dass der Hausner eifersüchtig war wie nur was. Der hat sie ja oft zigmal angrufn pro Tag."

„Und hat er Grund dazu gehabt?"

„Na ja, man soll einer Toten nichts nachsagn. Aber ein Engel war sie nicht."

„Und Sie glauben, dass er sie deshalb ...?"

„Könnt's mir zumindest vorstellen. So, ich muss jetzt. Dort sitzt die Ida."

„Danke", sagte Orsini und ging auf Ida Kerbler zu. Sie hatte sich offensichtlich noch nicht aufraffen können, sich für die Arbeit umzuziehen. Ihre Haare standen in alle Richtungen und leuchteten in der Morgensonne.

„Ich würd an so einem Tag auch nicht arbeiten können", begann Orsini und stellte sich vor. „Sie sind Ida ...?"

„Ida Kerbler."

„Darf ich?", fragte er und deutete auf die Bank.

„Bitte."

„Ihre Kollegen haben mir gesagt, dass ich Sie hier finden würde. Ich hab nur ein paar Fragen und bräuchte den Schlüssel für den Spind von Dorothea Hausner."

Ohne ein Wort zu sagen, reichte sie ihm einen Schlüssel.

„Sie ... waren die beste Freundin?", erkundigte er sich vorsichtig, während Ida Kerbler ein Taschentuch aus der Hosentasche fischte.

„Ja."

„Ich bräuchte Ihre Hilfe."

„Wozu?"

„Um den zu finden, der sie umgebracht hat."

„Das bringt sie auch nicht zurück."

„Das nicht. Aber vielleicht verhindert es Schlimmeres."

„Was gibt es Schlimmeres, als ermordet zu werden?"

Orsini schwieg.

„Entschuldigung", lenkte sie ein, „natürlich helf ich Ihnen."

Er wartete eine Weile, ehe er fortfuhr. „Am Montag nach der Arbeit, wie war das?"

Offenbar hatte sich Ida Kerbler wieder gefasst, sie wischte sich mit dem Taschentuch über die Augen, steckte es danach ein und sah Orsini an. „Wir sind bis zur Meidlinger Hauptstraße gefahren mit der U4."

„Dort ist sie dann ausgestiegen?"

„Ja. So wie immer."

„Und Sie?"

„Ich wohn weiter außerhalb. Wieso?"

„Weil Sie bis jetzt die Letzte sind, die sie gesehen hat. Abgesehen vom Ehemann."

Sie schluchzte. Orsini überlegte, ob er tröstend den Arm um sie legen sollte, ließ es aber bleiben und fuhr stattdessen fort: „Wie gut kennen Sie den Herrn Hausner?"

„Den Franz? Nicht gut genug ..."

„War er eifersüchtig?"

Ida Kerbler verzog den Mund zu einem schmalen Strich. „Eifersüchtig", wiederholte sie mit ironischem Unterton, „der ist krank vor Eifersucht."

„Wie lange waren die zwei schon verheiratet?"

„Sieben, acht Jahre. So genau weiß ich das nicht. Damals hab ich sie noch nicht gekannt."

„Ich hab gehört, dass sie außereheliche Verhältnisse hatte. Stimmt das?"

Ida Kerbler nickte.

„Was wissen Sie darüber?"

Langsam zog sie ihre Hände aus den Hosentaschen, drehte sich zu Orsini und sah ihn das erste Mal mit verschwommenen hellblauen Augen an.

„Sie hatte also Beziehungen?"

„Das klingt so ... Sie haben sie nicht gekannt! Sie war die Lebenslust in Person, fast immer gut gelaunt und hat mit ihrer Art die andern oft mitgrissn."

„Was heißt das genau?"

„Feste, feiern. Den Alltag hinter sich lassen. Alles vergessen. Den Dreck, die Arbeit, einfach alles ..."

„Und dabei hat sie auch Männer kennengelernt?"

Sie nickte. „Sie hat sich halt gern verführen lassen, aber auch selbst gern die Verführerin gspielt. Sie haben sie ja gsehn ..."

„Nur ..."

„Entschuldigen Sie, das hab ich vergessen."

„Sie hat sich gern hübsch gemacht, vielleicht etwas mehr als andere. Rote Haare, Make-up und alles, was so dazugehört. Wenn sie wollte, konnte sie damit jedn kriegn."

„Und ihr Mann, was hat der dazu gesagt? Hat er das überhaupt mitbekommen?"

„Am Anfang nicht, aber dann hat er begonnen, ihr nachzuspionieren. Mal hat sie ihr Handy nicht gefunden. Mal hat er sie beobachtet. Sogar bei den Kolleginnen hat er versucht, was über sie zu erfahren."

„Und?"

„Es ist sogar zu einer Schlägerei kommen. Das ist jetzt ungefähr ein Jahr her."

„Mit wem?"

„Der hat Dani oder so ähnlich gheißn. Hab nie mehr was von ihm ghört. Und von da an ..."

„Hat sie es gelassen?"

„Nein", erwiderte Ida Kerbler und tupfte sich mit dem Taschentuch die Tränen von den Wangen. „Das hat sie einfach nicht können. Ich glaub, sie hat nur viel mehr aufgepasst."

„Warum sagen Sie, Sie glauben?"

„Weil sie seit einem halben Jahr auch mit mir nicht mehr drüber gsprochn hat." Eine Weile starrte sie in die Ferne, bis Orsini sie bat, ihm den Spind zu zeigen. „Warum hat sie mit

Ihnen nicht mehr darüber gesprochen?", hakte er im Gehen nach.

Ida Kerbler zuckte mit den Schultern.

„Aber Sie haben eine Veränderung an ihr bemerkt?"

„Ja. Sie hat sich zum Beispiel ein neues Handy gekauft und den PIN-Code öfters gwechselt und ..."

„Und?"

„Das klingt jetzt irgendwie ..."

„Egal."

„Sie hat manchmal anders gerochen."

„Verstehe."

Orsini folgte ihr die Stufen hinab zum Kellergeschoß des Gärtnerhauses. Umkleideraum und Duschen schienen, wie der ganze Bau, neu zu sein, die Spinde strahlten passenderweise in kräftigem Wiesengrün. Er fischte ein paar dünne, durchsichtige Handschuhe aus seiner Jackentasche, zog sie über und sah sich um. An der Wand führte eine Leiter zum Fenster hinauf. „Hat die einen bestimmten Zweck?", fragte er.

„Was? Die Leiter? Na ja, das ist der Fluchtweg. Ist gesetzlich so vorgeschrieben, glaub ich. Wieso?"

„Nur so ..." Gedankenverloren ließ er sich Hausners Spind zeigen und schloss ihn auf. Vorsichtig schob er die Kleidungsstücke auseinander. Zwei Jacken, eine Latzhose und ein Overall hingen an Kleiderbügeln. Behutsam durchsuchte er die Taschen, sah in die Arbeitsschuhe und öffnete dann einen Plastiksack, in dem ein Necessaire lag.

„Gehört wohl alles ihr ..."

Ida Kerbler nickte.

„Und die Zigaretten vermutlich auch." Orsini zuckte mit den Achseln und wollte die Tür wieder schließen. „Ich schicke so bald wie möglich die Spurensicherung vorbei. Bis dahin darf niemand etwas anrühren!"

„Komisch", bemerkte sie und hielt ihn am Arm zurück.

„Was denn?"

„Sie war Nichtraucherin."

Orsini stutzte: „Die Kolleginnen?“

„Zeigen Sie mir die Packung!“ Ein härterer Ton schlich sich in Ida Kerblers Stimme ein.

Orsini griff ins Necessaire und hielt ihr die Schachtel vor die Nase.

„Nein, die raucht keine von uns.“

*

Orsini war mit dem Zigarettenpäckchen ins Büro gefahren und hatte es dort ins Labor gebracht. Gottschlich war er dabei nicht über den Weg gelaufen. Was ihm auch nur recht war. Die Abneigung beruhte eindeutig auf Gegenseitigkeit. Dass Orsini den Posten des Gruppenleiters der KD1 damals so schnell erreicht hatte, war ohnehin vielen im Kriminalamt ein Dorn im Auge gewesen. Er wurde als Quereinsteiger gesehen, der sich die übliche Ochsentour erspart hatte. Deswegen hatte er auch nach wie vor kaum Verbindungen innerhalb des Apparates. Noch dazu hatte er juristisches Vorwissen, was ihm zwar Anerkennung, aber auch Missgunst eintrug. Gerade im Polizeibereich war die Trennung zwischen Akademikern und gewöhnlichen Beamten immer noch vorhanden. Und mit seinem nicht abgeschlossenen Studium lag er genau zwischen beiden. Seine eigene Truppe immerhin hatte er schon mit seinem ersten Fall für sich gewonnen.

Nun saß er an seinem Schreibtisch und schlug sich schon mehrere Stunden lang die Zeit mit einem anderen Fall um die Ohren. Es handelte sich um eine Reihe von Einbrüchen, bei denen die Täter Bankomaten aus ihren Verankerungen gesprengt hatten. Die Technik hatten sie vermutlich aus Italien importiert, wohin auch die einzige Spur führte. Deshalb hatte Orsini den Fall auch angehängt bekommen: Er konnte fließend Italienisch.

Den anderen hatte er die mühseligen Ermittlungsaufgaben aufgetragen, die nun anstanden: Personendaten zu den 312 Autos eruieren, die entweder in der Tiefgarage oder rund um den Beethovenplatz geparkt hatten, sowie Anrainerbefragungen. Außerdem musste jemand – konkret Wilasich – in regelmäßigen Abständen beim Betreiber von Dorothea Hausners Handy wegen der Ortung anrufen.

Die Ergebnisse waren bis jetzt insgesamt ernüchternd.

„Seit wann? ... Wie viele Minuten?“, hörte Orsini Wilasich am Nebentisch fragen.

Neugierig legte er seinen Akt zur Seite. „Was ist los?“

„Das Handy sendet!“

Augenblicklich beschleunigte sich Orsinis Puls. „Von wo?“

„U4, Station Schwedenplatz ...“, antwortete Wilasich und sprach eindringlich ins Telefon: „Ja, bitte bleiben Sie dran, es ist sehr wichtig!“

„Wie lange sendet es schon? Kann er das sagen?“, fragte Orsini.

Doch Wilasich schüttelte zur Antwort nur den Kopf und kramte dabei in seiner Hosentasche, während er mit der anderen weitertelefonierte. „Wir sind sofort unterwegs, wir brauchen das Handy dringend!“, befahl er und hielt den Autoschlüssel demonstrativ hoch. Kaum war er jedoch aufgestanden, ließ er sich auch schon wieder enttäuscht auf seinen Stuhl sinken. „Was, wieso? Das gibt's doch nicht!“

Orsini hob fragend die Augenbrauen.

„Sind Sie sicher? Kein Irrtum ...?“ Wilasich legte den Hörer auf die Gabel und meinte nur lapidar: „Aus. Kurzes Gastspiel. Abgeschaltet.“

„Seltsam“, murmelte Orsini und nahm den Einbruchsakt wieder zur Hand. Maximal bis zu Mittag, hatte er sich vorgenommen, würde er daran weiterarbeiten. Ganz egal, ob er etwas erreichte oder nicht.

Kaum dass er sich wieder über den Akt gebeugt hatte, vibrierte sein Handy. Mürrisch sah er auf das Display. War das ein MMS? Mit seinem neuen Handy war er noch nicht wirklich vertraut. Doch bevor er es öffnen konnte, klopfte es energisch an der Tür, und Pokorny trat ein.

„Auf ein Wort, Orsini!" Mit einer kleinen Kopfbewegung machte er klar, dass er ihm auf den Gang folgen sollte. „Das sind Frau Kisch und Herr Ennsner", erklärte er dort mehr als knapp, „Ihre Verstärkung. Sie sind direkt von der Sicherheitsakademie abkommandiert worden. Haben natürlich noch keine Zeit gehabt, sich mit dem Fall zu befassen." Mit diesen Worten drehte er sich um, salutierte andeutungsweise und ließ Orsini mit den beiden Neulingen allein.

*

„Menü drei", sagte Orsini bei der Essensausgabe. Die Kantine lag im Souterrain des Hauses, war schummrig beleuchtet und strahlte auch sonst die Behaglichkeit eines Kellerraumes aus. An der Längsseite des abgenutzten Holztisches standen zwei altersschwache Stühle. Orsini wies sie mit einer beiläufigen Geste den beiden Neuen zu, stellte das Tablett gegenüber ab, schnappte sich einen freien Stuhl vom Nebentisch und setzte sich mit einem Nicken. Die beiden schienen so weit in Ordnung, dachte er. Dennoch ärgerte ihn die Situation. Es war aber eher ein allgemeiner Ärger. Einerseits wurde von ihnen die rasche Aufklärung ihrer Fälle erwartet, andererseits jonglierte man mit ihnen herum wie ein Zirkusartist mit seinen Bällen. Wortkarg schob er den Suppenteller näher.

„Mahlzeit", sagten die beiden Neulinge fast gleichzeitig.

„Mahlzeit", erwiderte Orsini. „Sie können sich nachher die Unterlagen kopieren."

Er griff nach dem Löffel und begann zu essen. Nach wenigen Schlucken schob er die Suppe wieder beiseite – sie schmeckte zu sehr nach verdünntem Gewürzkonzentrat – und musterte seine beiden Schützlinge.

Kisch fuhr sich gerade durch die dunklen, gelockten Haare, die etwas ungezähmt wirkten. Frisiert hatte sie sich offensichtlich nicht. Ein Hauch von Lippenstift schimmerte auf ihren Lippen. Ihre Augen strahlten in einem außergewöhnlich hellen Blau. Was Orsini eine Spur irritierte, war der dünne Schal um ihren Hals: ein schönes Stück, das nur farblich nicht zum Lippenstift passte. Insgesamt war sie durchaus flott gekleidet, enge Jeans betonten ihre schlanke Figur. Rechts von ihr löffelte der junge Kollege seine Suppe. Seine dunkelblonden Haare waren glatt zurückgekämmt und gepflegt, das Gesicht noch jugendlich rund, beinahe schülerhaft. Er aß langsam und konnte eine gewisse Unbehaglichkeit nicht ganz verbergen. Ständig sah er von seinem Essen hoch, mal zu Orsini, mal zu Kisch.

Muss ein paar Jahre jünger sein als sie, dachte Orsini, griff zur Hauptspeise und sah auf die Uhr. Kubicek würde gleich auftauchen. Also musste er sich allmählich entscheiden. „Tut mir leid, dass ich Sie nicht unter anderen Bedingungen bei uns aufnehmen kann. Aber es ist ein komplizierter Mordfall und wir brauchen dringend zusätzliches Personal." Er schnitt ein Stück Fleisch ab und schob mit dem Messer ein wenig Püree darauf. „Erklären Sie mir nur schnell, wie weit Sie in der Ausbildung sind!"

Ennsner blickte Kisch an, als würde er um Erlaubnis fragen oder ihr den Vortritt lassen wollen. Interessant, dachte Orsini, ob zwischen den beiden ...? Langsam schob er sich den Bissen in den Mund und bereute umgehend seine Menüwahl: Der Kartoffelbrei war matschig und das Fleisch zäh.

„Fang du an", entschied Kisch.

Der Neue gab sich einen Ruck und richtete sich auf: „Armin Ennsner, Bezirksinspektor. Ich steh kurz vor dem Abschluss der Ausbildung zum Kriminalbeamten. Erfahrung in der Praxis habe ich nur wenig. Allerdings freue ich mich auf die Arbeit."

Orsini unterbrach das Essen. „Und woher kommen Sie?"

„Wie mein Name sagt, aus dem Ennstal. Eigentlich noch etwas weiter dahinter."

„Und, vermissen Sie Ihre Heimat?"

„Ja schon, vor allem die Berge. Irgendwann gehe ich zurück ..."

Orsini nickte. Einen Berg zu bezwingen erforderte immerhin eine gewisse Zähigkeit, die für einen Kriminalbeamten nur von Vorteil sein konnte.

„Und Sie?“, wandte er sich an Kisch.

„Ich lebe schon seit Jahren in der Stadt.“

Und warum hat sie nicht direkt auf meine eigentliche Frage geantwortet, wunderte Orsini sich, beließ es aber dabei. „Auch schon Bezirksinspektorin?“

„Ja, ich heiße übrigens Paula Kisch.“ Sie hielt kurz inne und blickte ihn herausfordernd an.

„Kisch klingt nach ...“

„Meine Großeltern sind aus Ungarn eingewandert“, erklärte sie knapp. „Was aber für Sie wahrscheinlich erheblich wichtiger sein dürfte ...“

„Alles kann wichtig sein“, unterbrach Orsini. „Oft merkt man das erst später.“

Sie nickte knapp und fuhr fort: „Was für Sie wichtiger sein dürfte, ist, was ich bis jetzt gemacht habe. Und ich sage gleich dazu, dass mir diese ... Unterbrechung ziemlich ungelegen kommt.“

Orsini zuckte mit den Achseln. Sie hatte etwas Angriffslustiges an sich. Ganz im Gegensatz zu Ennsner, der sich eher abwartend verhielt. Eine Flachländerin und ein junger Mann aus den Bergen, dachte er belustigt.

„Also“, unterbrach Kisch seine Gedanken, „die Kurzversion: zwei Jahre Psychologiestudium, aus privaten Gründen abgebrochen. Danach Ausbildung zur Polizistin, Praxis im 2. Bezirk, mit der Fortbildung zur Kriminalbeamtin wäre ich“, sie sah mit hochgezogenen Augenbrauen zu Ennsner, „im Juli fertig, wie auch Kollege Ennsner ..., wenn wir Zeit hätten, die Prüfungen zu machen. Außerdem bin ich seit Februar wieder an der Uni inskribiert und besuche einige Vorlesungen – so gut es eben geht. Eigentlich war deswegen eine Dienstfreistellung vereinbart.“

„Aha“, quittierte Orsini ihre Erläuterungen lapidar. Eine Möchtegern-Profilerin also.

Während dieser Ausführung hatte sich Ennsner ausschließlich dem Stück Fleisch auf seinem Teller gewidmet.

Menü drei, und das bereits am ersten Tag, dachte Orsini. Er schaute eine Weile zu, wie der junge Mann das Fleisch in mundgerechte Stücke zerlegte. Seinen eigenen Teller schob er beiseite und wartete.

„Ganz schön zäh", brach es schließlich angewidert aus Ennsner hervor. Dann sah er Orsini an: „Darf ich Sie was fragen?", fuhr er kauend fort und schluckte den Bissen hinunter.

„Sicher", antwortete Orsini und erwartete Fragen zum Fall.

„Das Fleisch, wie bringen Sie das nur hinunter?"

„Langjährige Praxis", erwiderte er und bemerkte Kubicek, der telefonierend auf ihren Tisch zukam.

„Mahlzeit", nuschelte Kubicek, schob sich einen Schokoriegel in den Mund und blieb demonstrativ wartend vor dem Tisch stehen.

Orsini sah von Ennsner zu Kisch und zurück. Schmunzelnd traf er seine Entscheidung. „Sie", er sah Ennsner an, „kommen mit mir. Und Sie", er deutete auf Kisch, „Sie arbeiten mit dem Kollegen Kubicek."

„Ich arbeite gern mit Frauen", warf Kubicek sofort ein und reichte Kisch die Hand.

„Ich auch", antwortete sie.

Einen Moment lang war es still. Dann begann Kubicek verunsichert zu lachen. Ein bisschen Pfeffer unter Kubiceks Hinterteil konnte nicht schaden, dachte Orsini. Paula Kisch schien genau die Richtige dafür zu sein.

*

Nachdem Pokorny sie direkt aus ihrem Fortbildungskurs an der Sicherheitsakademie hierher beordert hatte, hatten Paula Kisch und Armin Ennsner ihre Sachen geschnappt und waren in die Berggasse gefahren. Nun schleppte Paula ihre

Tasche mit dem Laptop und ihren Unterlagen den Gang entlang zu Orsinis Büro. Die Bücher, vor allem aber der dicke Ordner für das Seminar *Entwicklungspsychologie 1* wurden immer schwerer. Armin Ennsner hielt ihr zuvorkommend alle Türen auf, ließ ihr den Vortritt zum Lift und war insgesamt die Höflichkeit in Person. Er war ruhig, konzentriert und ausgeglichen. Ganz im Gegenteil zu ihr selbst.

Schlimm genug, dass sie gerade jetzt, wo sie sich endlich dazu durchgerungen hatte, ihr Studium fortzuführen, doch zum Dienst eingeteilt wurde. Aber mit diesem Kubicek zusammenzuarbeiten, soviel konnte sie jetzt schon sagen: Das war einfach zu viel verlangt! Irgendwie musste es ihr gelingen, sich aus dieser Situation freizuschaufeln. Natürlich ging ein heikler Mordfall vor, und Pokorny hatte ihr auch versichert, dass ihre psychologischen Kenntnisse von Nutzen sein würden. Dennoch wurde sie das Gefühl nicht los, sie würden doch nur zur Fußarbeit eingeteilt werden. Allerdings, auf eine Auseinandersetzung mit Pokorny wollte sie es nicht unbedingt ankommen lassen. Schließlich war das mit ihrer Dienstfreistellung ein generelles Entgegenkommen.

Die Tür stand offen. Orsini saß an seinem Schreibtisch und telefonierte. Sie wusste immer noch nicht, was sie von ihm halten sollte. Besonders redselig war er nicht gewesen, im Gegenteil, eher einer von der mürrischen Sorte. Jetzt hatte er die Ärmel seines Hemds hochgekrempelt, die obersten Knöpfe geöffnet und gestikulierte hin und wieder, während er ins Handy sprach. Dabei bildete sich zwischen den Augenbrauen eine interessante Furche. Vorhin schon war ihr aufgefallen, dass sein rechtes Ohr spitzer war als das linke – was seiner Attraktivität insgesamt aber keinen Abbruch tat.

Wortlos blieb sie stehen und wartete. Das Büro wirkte eigenartig. Fast als wären es zwei Büros in einem einzigen, durch eine unsichtbare Mauer getrennten Raum. Betrachtete man Orsinis Seite, sah man einen Schreibtisch mit Blick zum Fenster, mit einer riesengroßen dunklen Eichenholzplatte und Beinen aus Aluminium. Ein Relikt aus den 70ern vermutlich. Darauf Laptop und Telefon, Kalender und Kugelschreiber, sonst nichts. An der Wand links davon nur nacktes Weiß, nicht einmal ein Bild.

Rechts dagegen saß, Seite an Seite mit Orsini, ein Bär von einem Mann. Größer konnte der Gegensatz kaum sein.

Seine Füße steckten in etwas abgenutzten dunkelbraunen Schuhen, deren Absätze schon ziemlich abgetreten waren. Der Schreibtisch war genau genommen nur zu erahnen. Die eigentliche Form zeichnete sich unter Bergen von Papieren, Akten und sonstigem Kram höchstens ab. Als variables Gipfelkreuz diente das Telefon, dessen Hörer der Riese gerade abhob. Die Wand neben ihm sah aus wie ein Flickenteppich: Neben einer großen, mit Zetteln, Fotos und Zeitungsausschnitten gespickten Pinnwand und einem ebenso großen Stadtplan hingen unzählige Kinderfotos und bunte Kinderzeichnungen. Dass die Fotos auf der Pinnwand im krassen Gegensatz dazu auch Körperteile mit schweren Verletzungen zeigten, hatte etwas mehr als Skurriles an sich.

„Entschuldigung!“, sagte Paula.

Orsini blickte auf und machte eine Armbewegung, die wohl bedeutete, dass sie eintreten sollten.

Der Bär drehte sich in seinem Bürosessel zu ihnen und nickte. „Wilasich!“, stellte er sich vor und streckte ihnen eine teigig weiche Hand entgegen. Paula allerdings hatte ihre Hände voll.

Als Orsini endlich fertig telefoniert hatte, wagte Paula zu fragen. „Wo sollen wir unsere Sachen hingeben?“

„Gleich“, erwiderte Orsini, mit der Konzentration offensichtlich woanders. Paula stieg von einem Bein aufs andere, während Orsini auf seinem Handy herumtippte. „Das ist aber ...“, murmelte er dann.

„Was denn?“, fragte Wilasich.

„Schaut euch das hier an!“ Kopfschüttelnd hielt er ihnen das Handy hin.

„Merkwürdig ...“, bemerkte Wilasich, „wer schickt dir denn so was?“

Paula und Armin Ennsner sahen einander leicht betreten an, wagten es jedoch nicht, etwas dazu zu sagen.

„Keine Ahnung. Es ist gekommen ..., na vorhin, als Pokorny geklopft hat. Diese Nummer, sagt dir das irgendwas?“

„Aufs Erste nicht.“ Wilasich setzte einen schelmischen Blick auf und fuhr fort: „Ein heimlicher Verehrer vielleicht?“ Dann begann er, unter seinen Sachen zu kramen. „Aber, Moment!“ Er deutete aufs Festnetztelefon. „Ich hab doch mit dem Betreiber telefoniert, wo ...“ Der Berg auf seinem Tisch kam beinahe ins Rutschen. „Ja, da hab ich's!“, sagte er triumphierend und hielt Orsini einen Zettel mit einer Telefonnummer hin, um sie zu vergleichen. „Das ist die Nummer von der Hausner!“

„Das gibt's nicht!“

„Anscheinend schon ...“

Paula und Armin blickten indessen aus einiger Entfernung ebenfalls auf das Handy. Das Foto, das Orsini per MMS erhalten hatte, zeigte nämlich einen erigierten Penis, dessen Vorhaut von Daumen und Zeigefinger einer Hand gespannt wurde. In der Vorhaut steckte ein kleiner metallener Ring. Darunter stand: *Bis bald!*

Nach einer Weile räusperte Paula sich und deutete auf ihre Unterlagen. „Wo kann ich die ...?“, fing sie mit einer verlegenen Geste an, „ich meine, wo sollen wir arbeiten?“

Orsini atmete hörbar aus. „Ja, also, stimmt ...“, antwortete er und legte das Handy beiseite. Angestrengt ließ er seinen Blick über Wilasichs Reich wandern. Dann nahm seine Miene etwas Gequältes an. „Legen Sie sie jetzt einmal hierher“, murrte er schließlich und wies auf seinen beinahe leeren Tisch. Als er den Titel des obersten Buches las, *Gewaltfantasien und verdrängte Gefühle, C. Paulus*, hob er für einen Moment die Augenbrauen. Dann sagte er: „Kubicek wartet schon unten auf Sie. Ich möchte, dass ihr euch noch mal das Alibi von Franz Hausner vornehmt. Hört euch auch in der Firma um. Danach stoppt ihr die Zeit, die er mit einem Auto gebraucht hätte, um von seinem Arbeitsplatz zum Fundort zu gelangen."

„Die Adresse des Arbeitsplatzes ist ...?", fragte Paula aufmerksam und tippte auch schon auf ihrem Handy herum.

Orsini sah in seine Unterlagen. „Siemensstraße 89c", erwiderte er und nahm den Laborbefund in die Hand, den Wilasich ihm vorhin gereicht hatte. Das MMS würde warten müssen.

„21 Minuten", sagte Paula hinter Orsinis Rücken.

Orsini drehte sich erstaunt um. „21 was?"

„Minuten", erklärte Paula und zeigte auf ihr Handy. „Laut Navigator braucht man für die 12,89 Kilometer zwischen Beethovenplatz und Siemensstraße genau 21 Minuten, wenn man mit dem Auto unterwegs ist."

„Mit unseren Dienstautos sicher nicht", sagte Wilasich und lachte.

Orsini trommelte mit den Fingern auf der Schreibtischplatte. „Ich benötige ein exaktes Weg-Zeit-Diagramm. Bedenkt dabei, dass es Nacht war."

„Aber ich wollte ...", versuchte Paula einzuwerfen.

„Man kann auch Geschwindigkeiten überschreiten. Vor allem in der Nacht", erwiderte er gereizt und fertigte sie mit einer Handbewegung ab. Paula verließ ohne ein weiteres Wort zu sagen das Büro.

„Schnell war sie aber", bemerkte Wilasich lächelnd.

Orsini stand auf und wandte sich an Ennsner: „Kommen Sie, wir beide müssen in die hiesigen Berge!"

*

Sie befanden sich am Ende der lang gezogenen, flachen Stiegen, die von der Bushaltestelle hinunter zur U-Bahn-Station Karlsplatz führten. Der Sozialarbeiter trug eine dunkelblaue Allwetterjacke und abgenutzte Jeans. Über die Schultern baumelte ein bunter Rucksack. Das dunkelblonde Haar hatte er zu einem langen Pferdeschwanz zusammengebunden.

Sein Gesicht war schmal und die engstehenden Augen hatten etwas Feindseliges an sich. Entweder war er mit dem falschen Fuß aufgestanden, oder er hatte etwas gegen die Polizei.

„Warum", fragte Orsini so vorsichtig er konnte, „waren Sie sicher, dass sie tot ist?"

„Na hören Sie, ich bin doch kein Anfänger!" Verärgert ließ der Sozialarbeiter den Rucksack auf den Mauervorsprung sausen.

„Also?"

„Wenn jemand so daliegt wie die Greta, dann kann das Licht noch so schlecht sein, da weiß man es eben. Ihnen brauch ich das ja wohl nicht zu erklären, wie das ist. Oder?", fuhr der Sozialarbeiter Orsini an und drehte sich dann zu Ennsner. „Dir vielleicht schon", sagte er abfällig.

„Wieso mir?", fragte Ennsner gereizt zurück.

„Weilst aussiehst wie frisch gfangen."

Wut blitzte für einen Moment in Ennsners Augen auf.

„Wie viele Leichen kannst du schon gsehn haben?", fragte der Sozialarbeiter spöttisch.

„Im Dienst?", erwiderte er herausfordernd.

„Von mir aus kannst auch deine tote Uroma mitzählen."

Für ein paar Sekunden testeten die beiden ihre Blickfestigkeit. Bevor es einen Verlierer gab, ging Orsini dazwischen. „Wir fragen, Sie antworten", stellte er kurzerhand fest.

„Was für Fragen überhaupt?", erregte sich der Sozialarbeiter. Seine Abneigung gegen Autoritäten war offensichtlich. „Die Greta ist tot. Selbstmord. Aus. Ende. Ganz egal, was die Zeitungen schreiben. Sie ist jetzt genau dort, wo die Gesellschaft sie hinhaben wollt."

„Wissen wir", entgegnete Orsini lapidar, „dass die Gesellschaft auf Leute wie sie runterschaut. Ich tu das nicht."

„Warum soll ich Ihnen glauben, dass Sie anders sind als die meisten?"

„Keine Ahnung."

„Zwei", sagte Armin Ennsner halblaut und sah den Sozialarbeiter an.

„Was zwei?"

„Zwei Tote. Meine Mutter und mein Vater."

Orsini räusperte sich und sagte dann: „Das wusste ich nicht. Tut mir leid."

„Es war ein Unfall. Vater lag vorne über dem Lenkrad und meine Mutter hinten bei mir auf der Rückbank. Die Einsatzkräfte haben mehr als zwei Stunden gebraucht", schloss Ennsner, senkte die Augenlider und wandte sich ab.

Der Sozialarbeiter sah ihn mit geöffnetem Mund an, ehe er unsicher einige Schritte auf die Treppe zuging. „Okay, was wollt ihr wissen?" Er hatte sich umgedreht und holte sich eine Zigarette aus dem Rucksack.

„Hatte sie Verwandte oder Bekannte?", begann Orsini ohne Umschweife.

„Von Verwandten weiß ich nichts. Bekannte, hm ..., nur aus der Szene, glaub ich."

„Einen Freund?"

„Wenn, dann der dort unten." Der Sozialarbeiter deutete auf zwei Männer unbestimmten Alters. „Der links. Er heißt Sascha. Früher waren sie zumindest öfters beisammen."

Orsini ließ seinen Blick auf den beiden Gestalten ruhen, die ein Stück weiter eine Bank okkupierten. Sogar aus der Entfernung konnte man sehen, dass die beiden nicht gerade eine Erfolgsstory hinter sich hatten. Das musste nichts bedeuten. Eifersucht, Wutausbrüche, Hass gab es quer durch alle Schichten.

Er fixierte den Sozialarbeiter: „Sie haben also Greta als Erster gefunden?"

„Nein."

„Sondern?"

„Das war der Rom."

„Wer ist das?", fragte Orsini nach.

„Keine Ahnung, wie er tatsächlich heißt. Im Moment ist er auch nicht hier." Der Sozialarbeiter blickte sich suchend um.

„Ein Süchtiger also", folgerte Orsini.

„Nein, kein Süchtiger. Der Rom ist ein Zigeuner, der praktisch hier lebt und sich mit seiner Harmonika über Wasser hält. Von da bis Ende Stadtpark verläuft sein Revier."

„Ein Straßenmusiker?"

„Genau."

„Der hat sie also hinter dem Gebüsch liegen sehen."

„Nein."

„Sondern?"

*

Dass Kubicek nicht gerade ihr Lieblingskollege werden würde, war klar. Dass aber auch Orsini sie von oben herab behandeln würde, hatte sie nicht erwartet. Paula Kisch saß steif neben Kubicek auf dem Beifahrersitz und verfolgte schweigend die Fahrt auf dem GPS ihres Handys. Siemens hatte es als erste Firma geschafft, ein Handy mit GPS herauszubringen, dachte sie und las den Firmennamen zur gleichen Zeit am Straßenschild. Vermutlich würde es nicht lange dauern, bis jeder ein derartiges Handy besaß – außer vielleicht Typen wie Orsini ...

Vor einer Unterführung deutete Kubicek auf ein Bauwerk aus Glas und Beton mit V-förmigem Grundriss, das sich rechter Hand mächtig aufplusterte. Der Komplex lag im Osten der Stadt, wo sich verschiedene Industriebetriebe angesiedelt hatten.

„Nicht übel, wo der Spiegelfreak arbeitet", bemerkte er und zeigte dabei auf das Gebäude.

Kisch deutete jedoch nach links. „Eher doch übel."

„Scheiße", entfuhr es Kubicek. „Ist es das?"

„Ja."

„Die haben da ja mehr Waschbetonplatten verbraucht, als alle Gemeindebauten miteinander auf ihren Terrassen liegen haben."

ASES stand in gelben Buchstaben auf einer hellblauen Tafel. Um den mehrgeschoßigen Zweckbau verlief ein hoher Zaun, der streckenweise mit immergrünen Pflanzen behübscht war. Der Schranken öffnete sich, und Kubicek bog in die Zufahrt ein.

„Superjob, oder?“ Kubicek deutete auf die Portierloge. „Den ganzen Tag drinnen sitzen, Kreuzworträtsel lösen, telefonieren, hin und wieder ein Magazin ...“ Mit einem schiefen Blick zu Kisch fügte er rasch hinzu: „... oder ein gutes Buch.“

„Hm“, gab sie unbestimmt zurück, machte sich aber ihre eigenen Gedanken.

„Dann wollen wir mal“, sagte Kubicek betont jovial, parkte den Wagen rasant ein und stellte den Motor ab. „Das Reden übernehme ich, du hältst dich im Hintergrund und passt genau auf.“

„Sicher“, erwiderte sie kaum vernehmbar.

„Was?“, fragte Kubicek nach, doch Paula Kisch war bereits ausgestiegen, hatte die Tür etwas zu schwungvoll geschlossen und ging auf das Häuschen zu. Genervt versperrte Kubicek den Wagen.

Der Mann hinter der gläsernen Scheibe war hager und hatte graue Haare. Seine Augen klebten am Computerbildschirm. Erst nachdem Kubicek geklopft hatte, blickte er auf. Als er die Polizeimarke sah, klickte er mit flinken Fingern unauffällig eine andere Seite an.

„Dieser Hausner hat heut nicht Dienst?“, fragte Kubicek.

„Der Franz kommt gegen dreiviertel neun. So wie immer. Aber das bin ich eh schon 100-mal gfragt wordn.“

„Und wenn wir 100 und ein Mal fragen, antwortest du trotzdem“, entgegnete Kubicek. „Wo ist die Personalabteilung?“

Der Mann deutete mit dem Finger. „Dort.“

„Schon besser“, sagte Kubicek und setzte sich in Bewegung.

„Sollten wir uns nicht mit ihm unterhalten?“, fragte Kisch erstaunt.

„Der Grauhaarige", antwortete Kubicek abfällig und marschierte quer über den Parkplatz weiter, „der interessiert uns nicht."

„Also Personalabteilung?" Kisch zuckte mit den Achseln. Irgendetwas krampfte sich in ihrer Magengegend zusammen. Kubiceks Umgangston sowie das automatische Du waren unerträglich. Allerdings wollte sie sich als Neue nicht schon am ersten Tag Feinde machen. Also folgte sie ihm ins Gebäude.

„Genau, zur Personalabteilung", erklärte Kubicek unterdessen und sah Kisch dabei an. „Und noch was!"

„Ja?"

Er drückte schwungvoll auf den Knopf beim Lift. „Immer genau aufpassen!"

Kisch war baff. „Worauf genau?", fragte sie unschuldig.

Kubicek sah an ihr hoch. Ärger lag in seinem Blick. „Vernehmungstaktik. Zum Beispiel."

„Aber vernehmen kann man doch nur ..."

„Stopp und aus!"

„Ich wollte aber ..."

„Doppelstopp und Doppelaus!"

„Ich wollte ... nur auf die Toilette", entgegnete sie lächelnd.

„Wenn's unbedingt sein muss", meinte er gönnerhaft und deutete auf ein Piktogramm. „Für kleine Mädchen ist dort drüben."

Paula Kisch nickte, wartete, bis sich die Lifttür hinter Kubicek geschlossen hatte, kehrte nach draußen zum Portier zurück und lehnte sich an die offene Tür.

„Schon fertig?", wollte der wissen.

„Ja, praktisch."

„Und?"

„Nichts."

„Hab ich ja gsagt. Wieso sollen die da obn was wissen ...", antwortete der Portier, ohne seine Augen vom Bildschirm zu nehmen.

„Und was wissen die da oben nicht?"

„Wie meinen S' des?", fragte er und strich sich dabei über seine Haare. Es wirkte beinahe, als machte ihn Paulas Anwesenheit ein wenig verlegen. Gleichzeitig schien ihm der Bildschirm Sicherheit zu geben.

„Na, was wissen *Sie*, was wir noch nicht wissen?"

„Ich? Gar nix", antwortete er und sah kurz auf.

„Programmieren Sie?", fragte Paula mit Blick auf den Bildschirm.

„Ja. Damit mir da obn", er deutete dabei auf seine Stirn, „nicht fad wird."

„Sieht kompliziert aus."

„Halb so schlimm", antwortete er und reichte ihr eine Visitenkarte. „Sollten Sie mal Hilfe brauchn."

„Danke", entgegnete sie und steckte die Karte ein.

„Der Franz", begann der Portier zu sprechen und sah abwägend zu ihr hoch, „dass der seine Frau umbracht haben soll, das kann ich ma net vorstelln."

„Warum nicht?"

„Keine Ahnung, ist nur so ein Gfühl. Der is einfach nicht der Typ dazu. Zu weich irgendwie."

„Und seine Frau, haben Sie sie gekannt?"

„Net wirklich."

„Was heißt das?"

„Ein paarmal hat sie ihn mit'm Auto bracht."

„Da haben Sie wohl mit ihr geredet?"

„Kaum. Wir haben nur ein paar Höflichkeitsfloskeln gwechslt."

„Wie war Ihr Eindruck?" Der Portier zuckte mit den Schultern. „Dass s' nicht zum Franz passt hat."

„Warum?"

„So eben", wich er aus.

„Sonst wissen Sie nichts?"

„Nur was er so über sie erzählt hat."

„Und was hat er so erzählt?"

„Net viel. Sie müssn wissn, der ist kein Mensch, der gern viel redt. Außerdem, wir sehn uns ja immer nur beim Schichtwechsel."

„Aber hin und wieder plaudern Sie schon miteinander?"

„Hin und wieder schon."

Kisch fand den Portier tausendmal sympathischer als Kubicek. Er hatte etwas Handfestes an sich, ohne einen Funken Arroganz. „Was wird das da eigentlich?", fragte sie und deutete mit dem Kopf zum Computer.

„Des ist nur ...", der Portier kniff die Augen zusammen, musterte sie und fragte zurück: „Sie verratn mich aber net, oder? Das ist nämlich die Homepage für an Freund, des mach ich so nebenher ..."

„Das geht mich doch nichts an", erwiderte sie. „Hat er mal was Konkretes erzählt von ihr?"

„Von wem? Ah so, von seiner Frau. Erzählt ... na, erzählt net, nur wie man halt so miteinander redt. Und ..."

Der Portier unterbrach, drückte auf einen Knopf und nickte dem Fahrer eines Wagens zu, der unter dem Schranken durchfuhr.

„Und?", drängte Paula.

„... man zählt halt dann eins und eins zusammen."

„Und die Summe ergibt dann, dass es in der Ehe gekriselt hat", ergänzte Paula etwas ungeduldig. „Haben Sie ihm vielleicht geholfen, bei einer solchen Krise?"

„Na, des net, wo denken S' denn hin."

„Sondern?"

„Einmal hat er mich um an Rat gfragt."

„Um was ging's?"

„Um ihre ... eh, außerehelichen Beziehungen. Sie hat ja als Gärtnerin garbeitet. Und wenn sie wieder mal was gehabt hat, dann hat er halt manchmal mit mir drüber gredet ..., und dann ..."

„Und dann?", half Paula nach.

„Dann hat er telefoniert."

„Mit wem?"

„Keine Ahnung mit wem genau. I hab nur aufgschnappt, dass es eine von den Gärtnerinnen war."

„Ist kein Name gefallen?"

Der Portier schüttelte den Kopf.

„Also hat er eine Art Vertrauensperson bei den Gärtnerinnen gehabt?"

„Könnt man so sagn."

„Und um welchen Rat hat er Sie gefragt?"

„Das war dann viel später. Nach einer Rauferei mit einem ihrer Verehrer", antwortete der Portier. „Sie hat wahrscheinlich aus Angst mit niemand mehr über ihr Liebeslebn plaudert."

„Also der Vertrauensperson nichts mehr anvertraut", präzisierte Kisch.

„Genau. Und deshalb ist der Franz mehr und mehr misstrauisch wordn. Vor einem halben Jahr ungefähr hat er mi verzweifelt gfragt, was er tun soll. Ich hab zuerst net verstanden, was er meint. Dann hat er mir erklärt, dass er weiß, dass seine Frau wieder fremdgeht." Er machte eine längere Pause. „Es war komisch. I hab schon glaubt, er spinnt. Aber natürlich könnt es schon sein."

Nachdenklich legte er seine Stirn in Falten.

„Was denn?", bohrte sie weiter.

„Er hat gesagt, er hat's grochn."

„Was gerochen?"

„Dass was anders war. Teures Parfüm ..., was weiß ich."

Paula nickte. „Und? Wie wollen Sie wissen, dass er dann nicht wieder tätlich geworden ist? Wieso sind Sie so sicher, dass er sie nicht umgebracht hat?"

Der Portier seufzte. „Die Schlägerei, des war was Einmaliges. Und es is ein haushoher Unterschied zwischen einem blaun Aug und einem Mord. Glauben S' mir, i kenn mich aus mit die Leut. I beobacht sie doch den ganzen langen Tag. Da kriegt ma ein Gspür."

„Aha, und was sagt Ihnen Ihr Gespür konkret?"

„Zum Beispiel, dass ... *Sie* schon ziemlich lang hier stehn, anstatt mit Ihrem Kollegen da oben zu sein. Ihr allerbester Freund ist der net grad, hab i recht?“

Kisch fuhr sich mit der Hand über den Mund, um ihr Schmunzeln zu verbergen, während er fortfuhr: „Der Franz, der wär bis ans andere Ende der Welt gangen für sei Frau, des sag ich Ihnen. Es sei denn ...“ Bevor er seinen Satz jedoch vollenden konnte, verschloss sich seine Miene plötzlich, und er bemerkte nur trocken: „Apropos bester Freund ..., da kommt der Ihrige.“ Er machte mit dem Kopf eine minimale Bewegung Richtung Gebäude und vertiefte sich wieder in sein Computerprogramm.

„Was? Ach so, danke!“, erwiderte Kisch und wandte sich rasch Kubicek zu, noch ehe er etwas sagen konnte: „Was erreicht?“

„Nein. Wo warst du?“

„Na, für kleine Mädchen.“

„So lange?“

„Hab meine Tage. Soll ich nächstes Mal ein Beweisstück mitnehmen?“

„Und was hast du bei dem da drinnen gemacht?“

„Gewartet.“

„Gewartet“, wiederholte Kubicek abfällig und steuerte auf den Wagen zu. „Hast du eine Uhr?“

„Klar“, antwortete Paula und zeigte auf ihr Handgelenk. „Was dagegen, wenn ich fahre?“

„Ja“, antwortete er knapp, öffnete die Lenkertür und stieg ein.

„Warum?“ Sie spürte sofort wieder ihren Magen.

„Warum was?“

„Warum ich nicht fahren soll?!“

Kubicek trommelte auf das Lenkrad ein. Dann drehte er den Zündschlüssel. „Weil Männer statistisch gesehen die besseren Fahrer sind.“

*

„Er hat sie nicht gesehen, sondern gerochen."

„Gerochen?", wiederholte Orsini ungläubig.

„So hat der Rom es jedenfalls in seiner Aufregung zu mir gesagt", erwiderte der Sozialarbeiter.

„Gesehen hat er sie nicht?", fragte Ennsner.

„Er ist blind."

Ennsner schwieg.

„Okay", sagte Orsini nachdenklich, „können wir von vorn anfangen?"

„Von mir aus: Den Rom, den kennen hier alle. Er braucht immer wieder mal was von uns und kommt dann unten, dort wo die Süchtigen ihre Anlaufstelle haben, vorbei. Meist sind es Kleinigkeiten. Ein neuer Verband oder auch mal Geld oder einfach nur was zu essen. An dem Abend hab ich zufällig Dienst gehabt und er ist ziemlich durcheinander gewesen. So sehr jedenfalls, dass ich mit ihm mit bin und er mich zu der Stelle geführt hat. Ich hab dann auch nicht sofort etwas entdeckt und wollte schon wieder gehen."

„Wissen Sie noch, was er genau gesagt hat?"

„Dass es nach Tod riecht und ich weitersuchen soll. Na ja, und dann hab ich eben auch noch alle Büsche und Sträucher durchsucht."

„Verstehe. Und weiter?" Orsini lehnte sich neben den Sozialarbeiter an den Mauervorsprung. Seit Ennsners Bemerkung hatte sich die Atmosphäre zwischen ihnen geändert, als hätte sie jemand mit einem Wasserstrahl reingewaschen, zumindest oberflächlich.

„Hinter einem Strauch, dort drüben, ist sie gelegen. Ich hab nur eins und eins zusammenzählen brauchen. Natürlich hab ich noch den Puls zu fühlen versucht. Aber das war von vornherein zwecklos. Dann hab ich mit dem Handy Alarm geschlagen."

„Wie war denn Ihr erster Eindruck? Ist Ihnen etwas aufgefallen?", hakte Orsini nach.

„Sie lag einfach nur so da, als würd sie vor sich hin träumen und hat hinaufgeschaut. Ihr Blick war irgendwie ... entrückt."

„Wie bei einer Überdosis?", fragte Orsini.

„Eher darüber hinaus."

„Und können Sie sich noch erinnern, ob es viel Blut gegeben hat?"

Der Sozialarbeiter schüttelte langsam den Kopf. „Blut?" Er machte ein paar Schritte, seine Schultern hingen schlaff herab. „Es ist schon zermürbend, wissen Sie? Ich hab den Beruf gewählt, weil ich geglaubt hab, ich kann was bewirken."

Orsini schwieg.

„Die Greta war eine meiner, wie soll ich sagen, eine meiner ältesten Klientinnen. Seitdem ich hier angefangen hab. Damals hat sie noch beinahe attraktiv ausgesehn. Wobei, attraktiv ist eigentlich das falsche Wort. Sie war nicht schön. Hat aber doch was an sich gehabt, was einen anzog. Außerdem hat sie sich damals noch gepflegt, ihr Äußeres nicht so vernachlässigt wie zuletzt."

„Verstehe", meinte Orsini leise, eher nur als Begleitfloskel gedacht, damit er den Redefluss nicht störte. „Gab es einen besonderen Anlass für den Abstieg?"

„Der Abstieg!" Der Sozialarbeiter lachte auf. „Das ist gut. Sie war sowieso schon unterster Level. Aber ja, wenn Sie es schon so genau wissen wollen, es ging noch tiefer. Vor allem, seit sie auf den Strich gegangen ist. Ich hab versucht, es ihr auszureden ..."

„Und wer waren ihre Kunden?"

„Alles, was sich getraut hat."

„HIV?"

„Seit ich sie gekannt hab."

„Hat sie einmal von Selbstmord gesprochen?"

„Mit mir nicht." Der Sozialarbeiter zuckte mit den Achseln und kickte mit dem Fuß ein Steinchen ins Gebüsch. „Aber muss man denn darüber reden? Wer es ernst meint, macht es einfach."

„Möglich, und wie ging es dann weiter?"

„Weiter?"

„Sind Sie am Fundort geblieben?"

„Ja, ich bin zusammen mit dem Rom dort geblieben, bis die Polizisten und der Notarzt gekommen sind. Die haben aber eigentlich nur auf ihren Kollegen gewartet."

„Der Kollege?"

„Der war keine zwei Minuten später da und hat auch gleich das Kommando übernommen, hat alle anderen behandelt wie Amateure. Sogar den Arzt hat er angeschnauzt. Dem ging alles zu langsam. Der wollte seine Selbstmordbestätigung und ab nach Hause." Der Sozialarbeiter schnappte plötzlich seinen Rucksack und sah Orsini an, als hätte die Erinnerung an den Kriminalbeamten neuerlich seine Wut entfacht. „Mehr weiß ich nicht, und ich muss jetzt wieder", brummte er.

„Schon gut, wenn Ihnen noch was einfällt – melden Sie sich bitte! Wir müssen dem nachgehen, verstehen Sie? Es gibt eventuell Hintergründe, die ich nicht näher erläutern kann."

„Hintergründe, was sollen da für Hintergründe sein?!", schoss es aus dem Sozialarbeiter hervor. „Meiner Meinung nach ist sie einfach an den Lebensumständen gescheitert und hat zum Schluss noch selber nachgeholfen. Vielleicht sagt Ihnen ja der Rom was anderes." Er schulterte den Rucksack, warf Ennsner einen Blick zu, der wohl Entschuldigung heißen sollte, und schritt dann grußlos die Stufen hinunter. Orsini sah ihm nach, bis er schließlich im Eingang zur U-Bahn verschwand. Dann drehte er sich zu Ennsner. Mit einer kleinen Portion schlechten Gewissens fragte er: „Und wie geht's Ihren Eltern tatsächlich?"

„Die sitzen um die Zeit vermutlich vor dem Fernseher", antwortete Ennsner und hob beschwichtigend die Hand.

Der junge Mann aus dem tiefen Tal gefiel Orsini. „Die erste Gipfelbesteigung hätten wir also hinter uns", sagte er zu ihm. „Jetzt besuchen wir noch diesen Sascha!"

*

Sascha war ein vom Leben gezeichneter Rocker, dem die Kleidung zu groß geworden war, weil sein Körper sich in sich selbst zurückgezogen hatte, dachte Orsini. Sein Gesicht war ausgezehrt und der Blick nach innen gewandt. Als sie näher kamen, machte sich Saschas Kollege sofort aus dem Staub.

„Sascha?", fragte Orsini, als sie vor der Bank angelangt waren.

Der Angesprochene hob in Zeitlupe seinen Kopf. „Wer will des wissn?"

„Mein Name ist Orsini. Kriminalpolizei."

Langsam hob der Rocker beide Hände in die Höhe: „Ich ergebe mich. Bitte um Gnade."

„Brauchst du nicht. Ich will von dir nur wissen, wie gut du die Greta gekannt hast."

Wieder dauerte es etwas länger, bis eine Antwort kam. „Die Greta ist tot."

„Eben. Weißt du was darüber?"

„Nur, dass sie's gschafft hat."

„Hat sie was angedeutet, von wegen sich umbringen?", fragte Orsini.

„Naa."

„Hast du mit ihr zusammengewohnt?"

„Schon lang nimmer", flüsterte Sascha und zog die Beine eng an seinen Körper.

„Hat sie vielleicht einen Neuen gehabt?"

Ruckartig hob er den Kopf. „Na, sicher net!" Er suchte mit einer fahrigen Handbewegung nach seiner Bierflasche, als könne er sich daran festhalten.

„Und sonst? Ist dir nichts aufgefallen in letzter Zeit?"

Sascha nuckelte an seinem Bier und schüttelte den Kopf.

„Wo hat sie denn den Stoff bekommen? Von wem Bestimmten?"

„Des geht mi nix an!"

Saschas Augen zuckten unkontrolliert nervös. Das Gespräch machte ihm offensichtlich zu schaffen. Langsam streckte er seine dürren Beine, die in löchrigen Jeans steckten, von sich. Als seine Zehenspitzen endlich den Boden erreicht hatten, erhob er sich von der Bank. Dabei klirrte es laut. Der riesige Schlüsselbund, der von seinem Gürtel baumelte, war nach unten gerutscht. Er hing an einer dicken, verchromten Kette und sah aus wie ein schwerer, metallener Blumenstrauß.

„Ist sie eigentlich immer hier am Karlsplatz gewesen? Habt ihr euch jeden Tag gesehen?"

„Jeden Tag ...", wiederholte der Rocker gedehnt – als wär's Frage und Antwort in einem – und ließ die Augen in die Ferne wandern.

„Wann hast du sie das letzte Mal gesehen?"

Sascha schien sich gedanklich immer weiter zu entfernen. Er griff langsam nach seinem zerknautschten Plastiksack, als wollte er sich in Bewegung setzen. Alles an ihm wirkte gleichzeitig verzögert und doch nervös.

„An dem Tag, als sie gestorben ist ...", hakte Orsini leise nach, „hast du sie da noch gesehen? War sie hier?"

Sascha stellte den Sack wieder auf die Bank, wischte seine vom Schweiß feuchten Hände an der Hose ab und murmelte vor sich hin: „Des hat's jetzt davon, die liebe Greta, mit ihre Ausflüge ..."

Orsini hatte kaum verstanden. „Ausflüge? Wohin?"

„Dorthin, wo's finster ist", hauchte Sascha, ergriff endgültig sein Hab und Gut und schlurfte grußlos davon.

6

Orsini hatte Ennsner zu Sykora und Zobl ins Nachbarbüro gesteckt. Die beiden konnten bei der Erhebung der Lenkerdaten eindeutig Hilfe gebrauchen. Danach hatte er über eine Stunde mit der Zeugin, dem Parkhauswächter Krischanitz und dessen Kollegen sowie mit Conan, dem Kanalräumer, gemeinsam mit dem Techniker das Video aus dem Parkhaus angesehen, so oft, dass er nun Kopfweh hatte. Die Ausbeute allerdings war null.

„Tut mir leid", meinte der Techniker. „Das geht nicht besser. Diese Kameras sind der letzte Ramsch. Mieseste Auflösung ... Reines Placebo, wennst mich fragst!" Er war allgemein unter seinem Spitznamen Cube bekannt. Das kam daher, dass er in beinahe jeder freien Minute leidenschaftlich an den verschiedensten Varianten des berühmten Würfels von Rubik herumdrehte. Vom normalen bis zum 11x11-Cube hatte er über seinem Schreibtisch alle aufgereiht. Er kannte alles, was es online dazu zu finden gab, und sein neuestes Spielzeug, mit dessen klapperndem Geräusch er seine Umgebung derzeit nervte, nannte sich *The Snake.* Sein ganzer Stolz aber war ein Original-Cube aus der allerersten Serie von 1977, der damals noch im kommunistischen Ungarn produziert worden war und in einer simplen Kartonschachtel steckte.

„Aber das hier", Orsini holte sein Handy hervor, „das kannst du mir schon aufblasen und verbessern?"

„Noch größer?", fragte Cube grinsend und besah sich das Bild auf Orsinis Handy genauer. „Ist doch eh schon ein Riesending ..."

„Mich interessiert nicht der Penis, sondern der Ring", erklärte Orsini.

„Gib her, das machen wir gleich", antwortete Cube. „Welchem Freak gehört der?"

„Wüsste ich gern, aber auf dem Bild ist nichts zu ..."

„Alles mit der Ruhe ..., bis vor ein paar Tagen hättest du auf deinem alten Steinzeithandy gar kein Foto empfangen können."

„Ich weiß", erwiderte Orsini ärgerlich. Das war nun schon das zweite Mal heute, dass jemand auf seinen wunden Punkt bezüglich Technik drückte.

„Groß genug?", fragte Cube, als der erigierte Penis auf dem Bildschirm seines Laptops erschien. „Das ist direkt, nachdem es ihm gekommen ist."

Orsini musste schmunzeln: Am Ende des Harnleiters hing tatsächlich ein weißlich schimmernder Tropfen.

„So wie die Vorhaut nach hinten gezogen ist, muss das ziemlich schmerzhaft gewesen sein. Aber vielleicht geht's ja grade darum. Was weiß schon ein normaler Heterosexueller wie ich über solche Sachen ..."

„Ich hab immer gedacht, du bist praktizierender Sadomasochist und deine Familie nur Tarnung ..."

„Hat unser Nachbar auch schon vermutet, nachdem unsere Tochter wieder mal eine Dreiviertelstunde geschrien hat, als würd sie sterben."

„Der Ring, kannst du ihn irgendwie vergrößern?"

„Ja, Moment, sofort! Den zoom ich dir ran und dann ..."

„Wie alt ist deine Tochter?"

„... noch mehr Kontrast ... Die wird in einem Monat drei, aber schreien kann die wie eine 30-Jährige ... So!"

„Da steht was, auf der Seite", stellte Orsini interessiert fest.

„Du hast recht ..., könnte ein H sein, oder?"

„Und noch ein zweiter Buchstabe."

Cube schüttelte den Kopf. „Das muss ich auf einem größeren Bildschirm und mit einem besseren Bearbeitungsprogramm machen."

„Alles klar, und ich brauch eine Farbkopie davon."

„Gestern", erwiderte Cube und gab ihm sein Handy zurück.

„So bald wie möglich genügt ...", antwortete Orsini.

Auf dem Weg zu seinem Büro stieß er beim Getränkeautomaten auf seinen Kollegen Plank, der wie er selbst ebenfalls eine Gruppe leitete. Orsini hatte mit ihm schon das eine oder andere Mal zusammengearbeitet. Dabei war eine lose Sympathie gewachsen, die aber noch nie einen Härtetest hatte bestehen müssen.

„Hast du schon das neueste Gerücht gehört?", fragte Plank ohne Umschweife.

„Nein, keine Zeit für so was momentan", antwortete Orsini. Und auch nicht wirklich Interesse, dachte er.

„Na ja, falls es stimmt", fuhr Plank trocken fort, „wird einer von uns überflüssig."

„Wie bitte?" Orsini sah ihn verständnislos an und übersah dabei, dass sein Kaffee kurz vorm Übergehen war. Auch die Menge des Getränks variierte je nach Laune des Automaten.

„Hast schon richtig gehört. Wir sollen zusammengelegt werden."

„Sagt wer?"

„Die Buschtrommel. Aber wenn ihr jetzt wirklich einen Serienmörder an der Angel habts, hab *ich* vermutlich die schlechteren Karten."

„Nur dass wir nicht Karten spielen. Wir schwimmen ja in Arbeit!"

„Eh ... Aber wen interessiert das schon außer uns? Selbst wenn wir untergehen, ist das nur unser eigener Kaffee. Apropos Kaffee ..." Plank deutete auf Orsinis Becher, der nun randvoll auf ihn wartete. „Vielleicht müssen wir's uns ja auch nicht gefallen lassen ... Hab da noch ein paar Pfeile im Köcher. Können wir bei einem Bier besprechen, wennst willst!"

„Gern", erwiderte Orsini. Gedankenverloren schlürfte er etwas vom brennheißen Kaffee aus dem Becher und ging zum Lift. Er hatte versucht, sich das Thema Reform vom Leib zu halten. Es schien, dass es ihn nun doch einholte. Nach außen wurde hauptsächlich der Einsparungsgedanke transportiert. Angeblich musste niemand um seinen Arbeitsplatz bangen. Nach innen hingegen war der Kampf umso härter und verschlagener. Die einzelnen Gruppen konkurrierten untereinander, und die abgesteckten Machtbereiche wurden bis aufs Blut verteidigt. Die auf der Strecke blieben würden die Gleichen sein wie bei jedem Krieg: die, die es sich nicht gerichtet hatten. Mit dem einzigen Unterschied, dass sie sozusagen im *friendly fire* fielen.

Mit dem Kaffee in der Hand betrat er sein Büro und blickte auf seinen Schreibtisch. Paula Kisch, dachte er, und zog die Silben aus Ärger in die Länge. Wenn er etwas hasste, dann dies: Mappen, Bücher, zwei dicke Ordner und sonstiger Kram belegten die linke Hälfte *seines* Tisches.

„Und?", fragte Wilasich indessen, ohne sich vom Stadtplan abzuwenden. „Hat Cube was machen können?"

„Er hat's zwar versucht, aber: Nein, er hat uns nicht weitergeholfen!"

„Schade ..."

„Ja", erwiderte Orsini und stierte auf Kischs Sachen. „Kann sie ihr Zeug nicht woanders hinlegen?" empörte er sich und schob die Utensilien zu einem Haufen zusammen.

„Ich könnt ihr meinen Tisch anbieten", erklärte Wilasich achselzuckend und wies dabei auf sein höchstpersönliches Papier-, Holz-, Stahl- und Kunststoffkonglomerat.

„Das könnte allerdings eine Hangrutschung auslösen", entgegnete Orsini murrend.

„Also, ich wüsste zu gern, warum er ausgerechnet die beiden Parks ausgesucht hat!", fuhr Wilasich fort. „Und wenn's der Hausner war, dann hat er ein anderes Auto benutzt als das seinige. Nicht die geringste Spur von Blut."

Während Orsini Stück für Stück der ungebetenen Gäste auf seinem Tisch zur Hand nahm und neben dem Sofa auf den Boden platzierte, entspann sich zwischen ihm und Wilasich ein gedankliches Pingpong-Spiel. Argumente flogen hin und her, wurden ins Aus befördert oder landeten gelegentlich als mögliche Treffer. Die Gedankenwechsel dauerten zumeist nur kurz, konnten sich aber auch in die Länge ziehen. Es machte nichts, wenn sich nicht gleich etwas Neues ergab und – im Gegensatz zum wirklichen Spiel war es bei ihrem egal, wer den Punkt machte. Oft genug hatten sie dadurch eine festgefahrene Sichtweise auf den Kopf gestellt und den Ermittlungen entscheidend weitergeholfen.

„So", meinte Orsini zufrieden. Das Spiel hatte etwa 20 Minuten gedauert, und er hielt noch immer eines von

Paula Kischs Büchern in Händen. Mit einem gezielten Wurf landete es auf dem Stoß, blieb dort für einen Augenblick liegen und rutschte dann zusammen mit zwei anderen auf den Boden.

„Sieht gleich besser aus", stellte Wilasich grinsend fest und deutete dabei mit dem Kopf auf Orsinis leeren Schreibtisch.

„Ordnung ist das halbe Leben!", konnte es Orsini sich nicht verkneifen.

„Oder dein ganzes", meinte Wilasich, wandte ihm den Rücken zu und schob auf seinem eigenen Tisch einen Haufen Papier zu einem wackeligen Gebilde zusammen.

„Jede Ordnung bräuchte als Basis einen großen Papierkorb", konterte Orsini und wartete auf eine Replik. Hinsichtlich Zitaten und Redewendungen glich Wilasich nämlich einem wandelnden Lexikon. Es war seltsam, wie konträr sie in mancher Hinsicht waren. Die Pinnwand Wilasichs, auf der er die jeweils aktuellen Fotos befestigte, beunruhigte Orsini jedes Mal, wenn er hinsah. Noch mehr allerdings machte ihm das Chaos auf Wilasichs Tisch zu schaffen. Deswegen blickte er auch lieber zum Fenster hinaus. Warum ihm das Wenige, das aufs Wesentliche Reduzierte, so wichtig war?

„Wie kann er nur die Leiche transportiert haben?", rätselte Wilasich, ohne auf Orsinis Aphorismus einzugehen.

„Vielleicht hat er oder sie eine Folie benutzt."

„Er oder sie ...", wiederholte Wilasich, „ wenn wir es mit einer Täterin zu tun hätten, woher kommt dann das Sperma?" Er sah kurz zu Orsini hin. „Dann gäb es auch keinen Zusammenhang zu der Gschichte vom Pokorny von vor zehn Jahren! Denn die beiden Opfer wurden damals ja von einem Mann attackiert."

„Möglich", erwiderte Orsini und setzte sich an seinen Tisch. „Was hat die Untersuchung des Spermas eigentlich ergeben?"

„Hab ich grad hereinbekommen. Ehelicher Sex war's jedenfalls nicht und auch niemand, den unsere Datenbank kennt."

„Wie weit sind wir bei der Tiefgarage?“

„Irgendwo bei 200. Wenn du es genauer wissen willst, musst du Elvira fragen. Die kann das Wort Auto und Zulassungsschein mittlerweile nicht mehr hören.“

„Und wo ist unser Traumpaar?“, fragte Orsini.

„Sind vom Beethovenplatz zur Wohnung der Hausners und klappern dort sämtliche Trafiken wegen der Zigaretten ab.“

„Gut so“, antwortete Orsini und begann, seine Mails zu überprüfen. Zusammen mit Gewinnbenachrichtigungen aus Übersee und überraschenden Erbschaften eines verstorbenen Onkels, der auf dem afrikanischen Kontinent ein Vermögen gemacht hatte, waren über 30 Mails eingegangen. „Hab eine Mine in Namiba geerbt“, meinte er dann.

„Zu spät, die gehört schon mir“, erwiderte Wilasich, drehte sich um und stieß dabei an einer Akte auf seinem Schreibtisch an, was zur Folge hatte, dass sich eine kleine Zelluloselawine in Bewegung setzte.

Irritiert sah Orsini vom Bildschirm zu Wilasichs Hoheitsgebiet hinüber. „Was war das?“

„Kleine Hangrutschung im Minengebiet“, antwortete Wilasich.

„Zwei Chaoten in meinem Zimmer halt ich auf Dauer nicht aus“, murmelte Orsini in sich hinein.

„War nichts Ernstes“, sagte Wilasich und bückte sich rasch nach den verrutschten Sachen. „Übrigens hält das Ordentliche zwar die Welt zusammen, allerdings gibt das Außerordentliche der Welt ihren Wert.“

*

Sie fragte sich immer noch, warum Kubicek vorgeschlagen hatte, getrennt zu ermitteln. Aber vielleicht ging sie ihm ja genauso auf die Nerven wie er ihr, dachte Kisch und steuerte nun auf den vereinbarten Treffpunkt zu.

„Bier?“, fragte Kubicek sie schon von der Ferne. Er saß mit einem Glas in der Hand an einem von drei schäbigen

Tischen vor einem kleinen arabischen Lokal namens *Aladin*. Über dem Eingang hing eine kupferne Lampe, aus deren Öffnung eine kleine Glühbirne in Kerzenform ragte. Er wies mit der Hand auf einen Sessel.

„Wenigstens ist das Bier noch nicht von *denen*", sagte er mit Blick auf die Lampe, räusperte sich, spuckte auf den Boden und trank, ohne weiter auf sie zu achten.

Angewidert blieb sie vor dem Tisch stehen und überkreuzte ihre Arme: „Wieso setzt du dich dann in ein arabisches Lokal, wenn du sie nicht leiden kannst?"

Während der ganzen Fahrt auf den unterschiedlichsten Routen zwischen der Arbeitsstelle Franz Hausners und dem Beethoven-Denkmal hatte sie sich öde Geschichten anhören müssen, in denen immer nur einer gut wegkam. Letztlich hatte sich herausgestellt, was sie ohnehin angenommen hatte: nämlich dass – egal, welche Strecke man fuhr – die Zeitdifferenz unmaßgeblich war. Einen vierten Versuch hatte Kubicek verweigert. Das war der einzige Punkt des ganzen Tages, bei dem sie einer Meinung waren. Was sie deshalb jetzt auf keinen Fall tun würde, war, auf einem versifften Kunststoffsessel neben ihm zu sitzen und sich eine weitere Geschichte aus seinem unglaublich erfahrungsreichen Leben als Polizist anzuhören.

Kubicek stellte das Glas ab, ohne ihr zu antworten.

„Ich muss heute Abend noch in einen Kurs", sagte sie also mit Bedacht und so freundlich, wie sie es schaffte.

„Was kursierst denn?", fragte Kubicek und grinste über seinen eigenen Scherz.

„Psychologie", erwiderte sie und versuchte, ruhig zu bleiben.

„Jetzt, psychologisch gesehen", begann er, „was glaubst *du* dauert länger: mich nerven und warten, dass ich nachgeb, oder mich in Ruhe austrinken lassn?"

„*Ich* glaub, ich rufe den Orsini an und frag, ob wir wirklich so viel Zeit haben", entgegnete sie gereizt und langte nach ihrem Handy.

„Warte ...“, sagte er missmutig, trank aus und stand auf.

„Psychologie kann so einfach sein“, bemerkte sie. Was sie in der Trafik gegenüber in Erfahrung gebracht hatte, würde sie jedenfalls Kubicek gegenüber für sich behalten.

*

Kisch eilte den nüchternen, schmutzig weiß gefliesten Gang entlang, klopfte an die Bürotür und öffnete sie im selben Augenblick. Sie hatte keine Zeit für höfliche Formalitäten. Mitten in der Bewegung stoppte sie abrupt.

Wilasich hatte es sich auf dem Sofa neben Orsinis Schreibtisch bequem gemacht und war offensichtlich eingenickt. Was bei seinem Arbeitsaufkommen auch nicht verwunderlich war. Sein beachtlicher Bauch hob und senkte sich ruhig. Die Arme hatte er verrenken müssen, um überhaupt für sie Platz zu finden. Das eine Bein war extrem angewinkelt in der Tiefe des Sofas verstaut, während das andere gestreckt über die Lehne zeigte. Er musste entweder einen enormen Nachholbedarf an Schlaf haben oder es war langjährige Übung. Leise schloss sie die Türe hinter sich. Sie wollte eigentlich nur ihre Sachen von Orsinis Tisch holen, doch der war nun so leer wie anfangs. Ärgerlich sah sie sich um und kam sich dabei wie ein Eindringling vor. Jemand hatte ihre Sachen direkt neben Wilasichs Kopf auf den Boden gelegt, eher geworfen, stellte sie ärgerlich fest. Sie schlich auf Zehenspitzen näher und hob sie auf. Gerade als sie es geschafft hatte, den sperrigen Stapel in der einen Hand aufzutürmen, und nun mit der anderen nach der Türschnalle griff, ging die Tür schwungvoll auf. Der Turm kam ins Wanken. Die Skripten und Bücher fielen zu Boden.

„Was ist?“ Wilasich fuhr aus dem Schlaf gerissen hoch.

„Mist!“, fluchte Kisch.

„Was machen Sie da?!“, fragte Orsini, verzog die Mundwinkel und streckte dabei seinen Becher Kaffee, der bei der Aktion übergeschwappt war, von sich.

„Ich hol nur meine Sachen und bin schon weg“, antwortete sie und bückte sich.

„Was heißt das, Sie sind schon weg?“

„Uni.“

„Uni?“ Orsini stutzte und sah sie dabei mit einer Mischung aus Verblüffung und Verärgerung an. „Moment, wir haben heute noch Teambesprechung!“

„*Ich* hab um acht eine Vorlesung mit Anwesenheitspflicht. Wenn ich heute nicht da bin, war das ganze Semester umsonst!“, entgegnete sie energisch und sah auf die Uhr.

Wenn sie hier nicht sofort losging, würde sie zu spät kommen, dachte sie und bückte sich nach ihren Sachen. Orsini wischte indessen die Unterseite seines Bechers mit der Hand ab und stellte den Kaffee betont langsam auf seinen Schreibtisch.

„Außerdem brauche ich einen Tisch“, legte Paula Kisch nach, „am Boden werde ich sicher nicht arbeiten!“, hob eines der Bücher hoch und begutachtete die umgeknickten Seiten.

Wilasich fuhr sich inzwischen gähnend mit der Hand über den Nacken und seufzte. „Ich besorg einen“, schlug er vor.

Orsini kniff die Augen zusammen und funkelte sie an: „Nächstes Mal informieren Sie mich im Vorhinein!“

Paula Kisch nickte und stapelte ihre Unterlagen von Neuem.

„Ist das klar?!“, hakte Orsini nach.

Wilasich sah von einer zum anderen. Er hatte etwas von einem Ringrichter, der nicht genau wusste, wer gerade gepunktet und warum der Kampf überhaupt schon begonnen hatte.

Kisch presste ihre Lippen zusammen und blickte vom Turm in ihrer Hand zu Orsinis Schreibtisch. „19, 20 Minuten“, sagte sie dann trocken.

„Wie bitte?“

„Rund 20 Minuten, egal, welchen Weg man nimmt."

Orsinis Stirn legte sich in Furchen.

„Von der Firma bis zum Beethovenplatz", fügte sie wie selbstverständlich hinzu, legte einen Teil ihrer Sachen demonstrativ wieder auf seinen Tisch, hielt die übrigen fest in der Hand und wandte sich zur Tür. „Bis morgen", sagte sie knapp und verschwand.

Ihr Kopf war hochrot, als sie wenig später den Ring entlang Richtung Universität marschierte. Sie ärgerte sich über sich selbst. Zuerst, weil sie für ihre Sachen keine ordentliche Tasche mithatte, dann, weil sie nun vermutlich zu spät kommen würde und sich ohne Aussicht auf einen Sitzplatz in den überfüllten Hörsaal würde quetschen müssen. Und drittens, weil sie sich vorhin nicht gerade beliebt gemacht hatte. Sie wusste nicht, welcher Teufel sie geritten hatte.

Im Büro hatte inzwischen ein etwas derangierter Stellvertreter seinem Gruppenleiter einen vielsagenden Blick zugeworfen. Orsini hingegen hatte nur kurz die Augenbrauen hochgezogen, nach seinem Kaffee gegriffen und schlürfend gefragt: „Und, gibt's was Neues?"

„Nicht dass ich wüsste. Du warst ja auch nur deinen zigsten Kaffee holen. War übrigens ein Unentschieden", erwiderte Wilasich und schlüpfte in seine Schuhe. „Ich muss auch weg, Elternabend im Kindergarten. Ich wollt's dir vorhin schon sagen ...", meinte er entschuldigend und ließ einen verdutzten Orsini im Büro zurück.

*

Orsini verließ das Amtsgebäude, querte die viel befahrene Roßauer Lände und entfloh der Hitze über die Treppe hinunter zum Donaukanal. Unter der Roßauer Brücke war es um einige Grade kühler als oben. Es wehte ein konstanter, kühlender Wind. Die historische Auskleidung des Kanals war an dieser Stelle von Graffitis übermalt. Sinnlose Schmierereien vermischten sich übergangslos mit regelrechten Kunstwerken. Eine Endlosaufgabe für Restauratoren und ein Endlosgefecht der Stadtverwaltung mit den Künstlern.

Am anderen Ufer lag ein Paar eng umschlungen unter der bemerkenswerten Brückenkonstruktion. Orsini blieb eine Weile stehen, beobachtete das Paar, dem der harte Untergrund nichts auszumachen schien, und drehte sich dann abrupt weg. Von einem Schäferstündchen am Kanal war er selbst in etwa so weit entfernt wie die Sonne vom Mond, dachte er und sah aufs Wasser, in dem sich das Abendrot spiegelte.

Er ließ das Stimmengewirr, das aus den Lokalen zu ihm drang, hinter sich und marschierte los. Ein Stück stadtauswärts passierte er das eigenartige Wohnhaus, das eine der international anerkanntesten Architektinnen geplant hatte. Mit seinen Stelzen stach es wie ein außerirdisches eckiges Monster in die Höhe. Wer aber tatsächlich Lust hatte, in den schiefen Zimmern zu wohnen, war Orsini unklar. Es passte allerdings ausgezeichnet zum unweit errichteten Kletterturm, wo er Elvira Zobl bereits des Öfteren beim Training beobachtet hatte. Im Moment hantelte sie sich allerdings statt über Felswände in luftige Höhen mit derselben Zähigkeit von Lenkerdaten zu Lenkerdaten.

Eine Frage beschäftige ihn schon seit gestern, ohne dass er der Erklärung auch nur einen Millimeter näher gekommen wäre. Welche Beziehung konnte es zwischen der ermordeten Drogensüchtigen und der Gärtnerin geben?

Die Parks, dachte er. Kleine grüne Lungen mitten in der Stadt. Vom einen Opfer gepflegt und vom anderen bewohnt. Mittlerweile war er unter dem betonierten Irrsinn der Nordbrücke angelangt. Über ihm donnerte der Abendverkehr im Gewirr der Zu- und Abfahrten hinweg und dröhnte seinen Kopf voll. Erst als er die Schiffsschleuse zur Landzunge querte, die die breite Donau und ihren künstlichen Kanal trennte, legte sich der Lärm.

Er kam öfter hierher, um seine Gedanken zu ordnen. Kaum jemand außer den Rudersportlern des *WRV Donau-*

hort verirrte sich an diesen abgelegenen Ort. Schon gar nicht abends. Orsini aber fühlte sich durch das Wasser auf eine gewisse, unerklärliche Weise angezogen.

Langsam ging er vor bis zum äußersten Punkt des Sporns. Trotz abnehmenden Mondes war es einigermaßen hell. Wirbel an der Wasseroberfläche bedeuteten, dass der nur scheinbar so träge dahinfließende Fluss rasch auch zur Gefahr für Unwissende werden konnte. In der Innenstadt hatte sich Dorothea Hausner sicher gefühlt. Und doch, er wusste, dass es überall unsichtbare Wirbel gab, die einen in die Tiefe zerren konnten, wenn man in ihre Nähe kam.

Treibgut hatte sich in den Ufersteinen verfangen und schaute aus dunklen Löchern empor. Orsini starrte zurück und fuhr dabei in Gedanken zwischen den dahinter im Wasser hochragenden Slalomstangen der Kanufahrer auf und ab. Endlich ließ er sich auf dem vordersten Betonpfeiler nieder, der wie ein von Riesenhand geschleuderter Wurfspeer ins Wasser ragte und die schlammgrauen Fluten in zwei Ströme trennte. An seiner Seite blickten die zwei eindrucksvollen Löwen grimmig in die Nacht. Oft genug war er hier schon gesessen und hatte gewartet. So lange, bis er – wie der Pfeiler das Wasser – die wichtigen Ermittlungsschritte von den unwichtigen getrennt hatte.

Stunden später ertönte die Inselmelodie. Orsini hob ab.

„Wir haben im Kofferraum eines Autos eine Blutspur gefunden“, sagte Elvira Zobl ohne Einleitung.

„Endlich was Interessantes! Weißt du schon mehr?“ Er kletterte vom Stein und schlug den Heimweg ein.

„Ein blauer Audi Kombi. War einer der drei letzten Wagen in der Garage.“

„Ist der Besitzer aufgetaucht?“

„Nein ..., jemand von uns hat die Initiative übernommen.“

„Das heißt?“, forschte er, hellhörig geworden, nach.

„Die zwei Uniformierten wollten nicht mehr länger dort warten, also ist Kubicek hin und hat ...“

„... das Auto ohne Durchsuchungsbefehl geöffnet."

„Ja. Jedenfalls hat er die Fasern gesichert und ins Labor gebracht."

„Gibt's schon eine Analyse?"

„Nein. Morgen Vormittag."

„Und wem gehört das Auto?"

„Einem gewissen Luka Petrovic", antwortete Zobl. „Serbischer Immigrant. 60 Jahre alt. Keine Vorstrafen. Nur Organstrafmandate wegen Geschwindigkeitsübertretungen und Falschparken."

„Passt irgendwie nicht", meinte Orsini nachdenklich.

„Da wäre ich mir nicht so sicher", erwiderte Zobl und gähnte.

„Wie lange bist du schon im Büro?", fragte er. Er war in der Mitte der Brücke stehen geblieben und blickte noch mal stromaufwärts zum Brigittasporn.

„Seit halb acht, warum?"

„Weil ich dich morgen früh zur Besprechung ausgeschlafen brauche", erklärte Orsini.

„Und wo bist du?"

„An der schönen blauen Donau ..."

*

Er fragte sich, ob er die Taschenlampe überhaupt noch brauchte oder ob er den Weg schon blind finden würde. Vor ihm erstreckte sich der Gang geradeaus bis zu der eisernen Tür. 53 Schritte, das wusste er im Schlaf. Dennoch begann sein Herz schneller zu klopfen, als die Tür endlich im Lichtkegel der Lampe auftauchte, fast als befürchtete er, dass sie sich in der Zwischenzeit aus dem Staub gemacht hätte.

Mit einem eigenartigen Gefühl der Vorfreude holte er den schweren Schlüsselbund aus der Hosentasche und schob den Schlüssel ins alte Schloss. Natürlich würde die Tür aufgehen – warum sollte irgendjemand auf die Idee gekommen sein, das Schloss in der Zwischenzeit zu wechseln? Wer wusste denn überhaupt noch von ihrer Existenz? Der Erbauer war schon lange unter der Erde, und auch er selbst hatte ja nur durch Zufall ...

Dennoch überkamen ihn an dieser Stelle regelmäßig Zweifel, die er erst wegschieben konnte, wenn er durch die geöffnete Tür getreten war und sie leise wieder hinter sich schloss.

Vorsichtig zwängte er sich die Hinterseite der Schrankwand entlang, die die Tür praktischerweise verbarg. Er sog die mufflig trockene Luft in sich auf, lauschte dem eigentümlichen Summen, das die Heizungsanlage von sich gab, und lächelte. Dann trat er hinter dem Schrank hervor, richtete den Strahl der Lampe auf die vielen ausrangierten samtenen Sessel und hölzernen Sitzbankreihen, ließ im Vorübergehen die Hand über einen abgebrochenen Kleiderständer gleiten und spürte, wie seine Zufriedenheit wuchs. Hier gehörte er her, hier war er zu Hause.

Dass ihm der Zufall den Weg so bereitwillig gewiesen hatte, war mehr als ein Zeichen.

Erneut kramte er nach seinem Schlüsselbund und fuhr mit den Fingern über die Zacken und Kanten jedes einzelnen Schlüssels. Manche davon waren noch aus einer längst vergangenen Zeit, die meisten aber passten in die neuen Sicherheitsschlösser. Jedenfalls verschafften sie ihm Zugang zu allen Räumen, auch zu denen in der Chefetage. Lächelnd erinnerte er sich daran, wie er zum ersten Mal hier gewesen war. Er hatte sich versteckt und gewartet, bis alle gegangen waren. Er hätte sich totlachen können ... Auch jetzt noch erfüllte ihn dieselbe Aufregung wie damals. Allein, ohne all die Nichtswisser!

Freitag, 3. Juni 2005

7

Orsini blickte auf seine Armbanduhr, sah schweigend zur Tür und begann, mit den Fingern auf der Tischplatte zu trommeln. Bis auf Paula Kisch saßen alle in seinem Büro, bereit für die Morgenbesprechung.

„Das soll die sich mal beim Pok trauen ...", meinte Kubicek herausfordernd.

Orsini kontrollierte erneut seine Uhr. Eine Minute vor neun. Als Neuling zur ersten Teamsitzung zu spät zu kommen war ein starkes Stück, vor allem nach der gestrigen Auseinandersetzung. Was ihn aber insgeheim noch viel mehr ärgerte, war, dass er Kubicek recht geben musste, und das tat er nur ausgesprochen ungern.

„Guten Morgen", sagte Orsini daher forscher, als er es vorgehabt hatte.

Plötzlich wurde die Tür aufgerissen und Paula Kisch stürzte herein. Ihre Jacke war falsch zugeknöpft, ein bunter Seidenschal in Pink und Mint hing ihr lose um den Hals, und ihre Frisur hatte etwas von einem Vogelnest an sich. Weit weg kann sie nicht wohnen, ertappte sich Orsini bei einer Überlegung, die hier nichts verloren hatte, und betrachtete das Muster in ihrem etwas zerknitterten Gesicht.

„Morgen", grüßte sie in die Runde, „bin ich zu spät?" Sie blickte Orsini schuldbewusst an.

„Ist noch im Toleranzbereich", erwiderte er scharf.

Sie sah sich nach einer Sitzgelegenheit um und platzierte sich dann halb stehend auf der Lehne des Sofas. Dabei verrutschte ihr knielanger dunkelblauer Rock ein wenig.

„Wer hat das schon wieder ...?", murmelte sie beim Anblick ihrer Unterlagen, die erneut am Boden gelandet waren, unterbrach sich aber rasch selbst und senkte den Blick.

Für einen Moment herrschte betretene Stille.

„Morgen", begann Orsini neuerlich, „gestern Abend hat ein Kollege", er sah zu Kubicek, „ohne Durchsuchungsbefehl ein Auto geöffnet und dabei Blutspuren gesichert, die im Zusammenhang mit dem Mord stehen könnten."

Kubiceks Gesichtsmuskeln verspannten sich. Er setzte zu einer Antwort an, doch Orsini wies ihn mit einem unmissverständlichen Zeichen zurecht: „Solange das niemand bemerkt und nichts beschädigt worden ist, weiß ich offiziell nichts davon."

„Gibt's schon ein Ergebnis dazu?", fragte Wilasich.

„Angeblich gegen zehn, halb elf", antwortete Elvira Zobl. „Sie informieren mich umgehend."

„Okay", fuhr Orsini fort, „und der Eigentümer?"

„... ist nicht auffindbar. Wir haben gestern Abend sofort eine Streife zu seiner Wohnadresse geschickt. Nichts. Bis jetzt zumindest."

„Die Nachbarn?"

„... wissen auch nicht, wo er ist."

„Na gut, du verfolgst das weiter!" Orsini blätterte in seiner Mappe. „Was noch nicht alle gesehen haben, ist ...", sagte er schließlich, „das hat mir gestern jemand zugeschickt, und zwar von Dorothea Hausners Handy." Er sah Wilasich mit leicht gequältem Gesichtsausdruck an, ließ dabei die Vergrößerung des Penis-Fotos rundum gehen und erzählte von dem Vorfall.

„Kann nur der Schwanz vom Spiegelfreak sein!", meinte Kubicek und stieß ein kratziges Räuspern hervor.

Zobl verdrehte die Augen und nahm ihm das Blatt ab. Kubiceks ewige abschätzige Bemerkungen ignorierte sie gnädig, als sei er ein Kleinkind. Nur selten platzte ihr der Kragen. Gemeinsam mit Sykora schielte sie auf das Foto und zuckte mit den Achseln, als dieser das Offensichtliche aussprach: „Ein D und ein H, ihre Initialen!" Er griff mit einer fast grazilen Handbewegung nach seiner Thermoskanne und goss sich davon ruhig in die Tasse, als würden sie gerade das Wetter besprechen.

„Sonst noch wer?" Erwartungsvoll sah Sykora die Neuen an, in der Hoffnung auf einen Verbündeten, erntete aber nur Kopfschütteln. „Ist bei den Temperaturen aber weitaus besser gegen Durst als kalte Getränke."

„Das kannst du den Kameltreibern in der Wüste erzählen, aber nicht mir", entgegnete Kubicek mit einer wegwerfenden Handbewegung.

Gekränkt stellte Sykora die Kanne wieder ab. „Bin zwar kein Freund von denen, aber immerhin haben sie uns die Zahlen und die Mathematik gebracht", erwiderte er.

„Wer braucht schon Mathematik?", winkte Kubicek verächtlich ab.

Mit einer deutlichen Handbewegung wies Elvira Zobl ihn zurecht: „So kann man nicht denken!" Sie erhob sich und begann auf und ab zu marschieren. „Von *ihrem* Handy? Wozu, das versteh ich nicht ..."

„Eben", erwiderte Orsini, „es ergibt keinen Sinn!"

„Wer immer das Handy besitzt", wandte Kisch ein, „fühlt sich ziemlich sicher. Spielt Katz und Maus mit uns ..."

„Wenn man dann noch dazuzählt, dass das Sperma, das gefunden wurde, eindeutig nicht von ihrem Mann stammt, haben wir hier wohl ursprünglich eine Liebesbotschaft vor Augen", meinte Wilasich.

„Ja, das passt auch zur Aussage des Portierkollegen", führte Kisch aus und berichtete von ihrem gestrigen Gespräch. Kubicek sah sie dabei baff an. Als sie schließlich noch erzählte, was sie in der Trafik bei Hausners Wohnung in Erfahrung gebracht hatte, fing er an, unkontrollierte Laute von sich zu geben. Es war eine seltsame Mischung aus Hüsteln und einem abgehackten Räuspern.

„Möchtest du nicht doch einen Schluck?“, fragte Sykora unschuldig.

Wilasich ignorierte die beiden indessen und sah Paula anerkennend an: „Du meinst, die Ermordete hat gerne Pornos gekauft?“

Kisch nickte: „Hat die Trafikantin zumindest behauptet.“

Während Kubicek laut hustend aufstand und zum Fenster ging, um noch lauter hinauszuspucken, schwieg Orsini. Gar nicht so ungeschickt, die Neue, musste er zugeben. Was sie herausgefunden hatte, vervollständigte das Bild.

„Die Kleidung“, sprach Kisch weiter, „sieht ja auch danach aus, als hätte sie noch wen getroffen oder treffen wollen. Ist nur die Frage, ob es ihr Mörder war ...“

Wilasich ergänzte: „Genau! Das heißt, wir suchen einen Unbekannten, mit dem sie ein Verhältnis hatte und dessen Fingerabdrücke sich mit etwas Glück auf der Zigarettenschachtel finden!“

„Also, was den Hergang betrifft, wissen wir nur, dass die Freundin des Opfers sie zuletzt in der U-Bahn gesehen hat. Danach nur mehr der Ehemann, der zirka um acht die Wohnung verlassen hat“, sagte Kisch.

„Dieser Hausner lügt doch wie gedruckt!“, warf Kubicek vom Fenster aus ein, kaum dass er Luft geschnappt hatte.

„Möglich“, entgegnete Orsini. „Tatsache ist, dass wir keinen Schimmer haben, wo der Mord begangen worden ist. Sie kann zuvor quer durch die Stadt gefahren oder genauso gut in der Nachbarwohnung ermordet worden sein.“

„Beim hausinternen Gruppensex“, ätzte Kubicek grinsend.

Paula richtete sich auf. „Hast du eigentlich ein Sexproblem?“, fragte sie direkt.

Wilasich sah verstohlen zu Orsini, der ein Schmunzeln nicht unterdrücken konnte.

„Nein, ich bestimmt nicht“, erwiderte Kubicek verwirrt. „Wie kommst du darauf?“

„Weil jeder zweite Satz damit zu tun hat.“

„Und?“

„Nur so ...“, antwortete Kisch mit sanfter Stimme.

„Das ...!“ Mit hochrotem Kopf marschierte Kubicek vom Fenster schnurstracks zur Tür. „Ich geh eine rauchen“, sagte er und verschwand.

„Kurze Pause für alle“, entschied Orsini und erhob sich, um Kaffee zu holen. An und für sich mochte er die diversen Geplänkel, die sich innerhalb seiner Gruppe bei solchen Besprechungen ergaben. Paula Kisch schien allerdings für Kubicek so etwas wie ein Katalysator zu sein, der die in ihm ohnehin vorhandenen Ressentiments noch verstärkte.

„... interessant“, bemerkte Sykora derweilen und schob die Brille auf seiner Nase hoch. Er hatte sich das Foto geschnappt und beäugte es von allen Seiten.

*

Als Orsini ins Büro zurückkam, lagen Paula Kischs Sachen wieder auf seinem Schreibtisch. Fein säuberlich aufgeschlichtet in der hintersten Ecke. Sie selbst war noch nicht im Raum. Elvira Zobl hatte zwei große Schachteln Kekse herbeigezaubert und einen Teller mit frischen Erdbeeren. Sie hatte so etwas wie einen Versorgerreflex, eine mütterliche Ader, dachte Orsini und beobachtete, wie die vielen kleinen Fältchen in ihrem sonnengegerbten Gesicht sich vertieften, während sie sprach. Fünf Minuten später hatten alle, einschließlich Kubicek, ihre angestammten Plätze eingenommen. Nur die Sofalehne blieb leer. Gereizt rückte er seinen Stuhl zurecht. „Und wo ist ...?“

„Sie holt nur rasch etwas“, erklärte Ennsner, und tatsächlich tauchte Kisch auch schon in der Tür auf. Sie hatte einen schäbigen Klapptisch unter dem Arm.

„War der einzige, den ich auftreiben konnte“, sagte sie und stellte den kleinen Tisch neben Orsinis riesigen.

Orsini musste trotz seines Ärgers lächeln. Ihr Tatendrang und ihre Dynamik imponierten ihm. Außerdem hatte sie sich in der Zwischenzeit offensichtlich frisch gemacht, den Lippenstift nachgezogen und ihre Haare gerichtet. Für aufmerksame Beobachter sah er sie etwas zu lange an.

„Conrad ...“, meinte Wilasich deshalb.

„Ja?“

„Also, was eindeutig feststeht: Dorothea Hausner wurde durch einen Schlag mit einem stumpfen Gegenstand bewusstlos geschlagen. Der Schlag war aber nicht tödlich“, erläuterte Wilasich der Runde.

„Absicht?“, fragte Zobl laut vor sich hin.

„Schwer zu sagen ..., aber irgendwie musste er sie ja vermutlich ruhigstellen.“

„Die Tatwaffe besteht aus drei Millimeter dickem Quarzglas, also normalem Fensterglas“, ergänzte Orsini. „Es war relativ frisch gebrochen.“

„Ist an den Schnitten irgendetwas auffällig?“, fragte Kisch nach.

Wilasich räusperte sich. „Wie man's nimmt. Da hat zumindest jemand gewusst, wie man damit umgeht.“ Er stand auf, holte mehrere Fotos von der Pinnwand und reichte sie Ennsner und Kisch. „Die Hämatome oberhalb der Wunden dürften vom Täter stammen.“

„Das heißt, er musste sie festhalten ...“, folgerte Kisch.

„Vermutlich, ja. Gestorben ist Dorothea Hausner übrigens aufgrund des hohen Blutverlustes.“

„Gibt es einen toxikologischen Befund?“, fragte Ennsner. „ich meine, K.-o.-Tropfen oder so?“

„Noch nicht.“

Kisch hatte inzwischen die Fotos der beiden Ermordeten nebeneinandergelegt. „Also, ich finde, es sieht aus wie eine Inszenierung“, murmelte sie und sah in die Runde.

Doch bevor jemand darauf antworten konnte, läutete

Zobls Telefon. „Ja? ... Das Blut im Wagen ...“ Sie nickte und deutete mit einer kleinen Geste zu Orsini hin. Eine Welle der Anspannung lief durch die Gruppe. „Und?“ Beim Zuhören zog sie jedoch bald die Mundwinkel hinunter. „Was?! Erst morgen ... Geht das nicht schneller? ... Verstehe ...“

Enttäuscht lehnten sich alle wieder zurück, als wären sie ein Fischschwarm, der unisono die Richtung wechselte. Kubicek, der sich seit der Pause auffallend zurückhielt, starrte an allen vorbei auf die leere Wand. Der Blick, den er Paula Kisch zuvor zugeworfen hatte, sprach Bände.

Orsini griff nach seiner Mappe und lenkte die Aufmerksamkeit auf sich: „Wir haben so auch genug zu tun. Jemand muss den Attacken von vor zehn Jahren nachgehen, und bezüglich des interessanten Körperschmucks wissen wir auch noch zu wenig.“ Er sah dabei bewusst nicht auf Elmar Sykora, sondern ließ einige Augenblicke vergehen. Es hatte in der Vergangenheit durchaus Situationen gegeben, in denen Sykora plötzlich seiner stubenhockenden Gewohnheit untreu wurde. Dann nämlich, wenn er eine Gelegenheit sah, einem ganz anderen Bedürfnis nachzugehen: dem, nach Schubladen zu suchen, in die man Menschen stecken konnte.

Und prompt, kaum dass Orsini zur Arbeitsaufteilung ansetzte, meldete Sykora sich: „Die Piercingstudios ..., wenn Sie jemanden brauchen, der da genauer nachforschen soll ...“

*

Ratternd fuhr die Straßenbahngarnitur am Dr.-Karl-Lueger-Platz an und erlangte auf der langen Geraden am Parkring ihre Höchstgeschwindigkeit. Das satte Grün der Bäume, die die Straße säumten, war ein Genuss für die Augen. Zwischen ihnen zeugten altmodische Straßenlaternen und Litfaßsäulen von einer vergangenen Zeit. Dass der heute wegen seiner antisemitischen Politik umstrittene Bürgermeister Lueger zu Beginn seiner Karriere ausgerechnet einen jüdischen Arzt als Mentor gehabt hatte, wusste kaum jemand mehr. Gemeinsam hatten die beiden um die Jahrhundertwende erreicht, dass unter anderem genau diese – damals noch mit Gas betriebenen – Laternen aus dem Besitz einer britischen Gasgesellschaft in die Hände der Stadt wanderten.

Orsini wischte sich mit einem Taschentuch den Schweiß von der Stirn. Es war Mittag, er hatte Hunger, und es war mittlerweile wieder heiß und schwül. Die Fensterscheiben der Straßenbahn waren auf einer Seite heruntergelassen, sodass immerhin Durchzug herrschte. Zeitungsblätter und Werbebroschüren flatterten im Inneren des Wagens herum, aber niemand dachte daran, sie einzufangen.

Ein junger Bursche hatte die Kopfhörer seines iPods um den Nacken hängen und teilte so freundlicherweise seine Musik mit dem Abteil.

Gott sei dank nicht Techno ...! Orsini lehnte sich zurück und wippte zu den Klängen Bob Marleys mit. *I shot the sheriff,* summte er und dachte an die drohende Reform, die bevorstand.

Sehnsüchtig sah er auf das unregelmäßige Muster, das die Sonne durch das Blättergewirr der Allee auf den rot-weißen Lack des vor ihm fahrenden Wagens warf, und befand sich für einen Augenblick unter einem ganz anderen Blätterdach. ... *freedom came my way one day,* sang Bob Marley weiter. Bananenbäume, Palmen, weißer Sand und Reggae ... Eine ganze Weile hatte Orsini sich in der Welt herumgetrieben, Jamaika war eine seiner Stationen gewesen. Dort hatte er nächtens bei einem Radiosender gejobbt und tagsüber am Strand gelegen. Kein schlechtes Leben. Und nun? Er stand auf und drückte den altmodischen Halteknopf an der Stange. Quietschend blieb die Garnitur stehen. Die Treppen fuhren automatisch nach unten.

„Eine Inszenierung", murmelte er auf dem Weg zum Beethovenplatz. Dabei sah er Paula Kisch vor sich, wie sie am Sofa lehnte. Obwohl die Antipathie zwischen Kubicek und ihr offensichtlich war, hatte er sie letztlich doch wieder gemeinsam losgeschickt. Sie sollten parallel zu Sykora die

Piercingstudios abklappern. Da hatte ihn wohl der Teufel geritten, schmunzelte er im Nachhinein über sich selbst.

Ludwig van Beethoven blickte indessen mit einem weitaus grimmigeren Gesichtsausdruck auf ihn herab. Grübelnd blieb Orsini eine Weile stehen und beobachtete die vorbeieilenden Leute. Bei Ermittlungen dieser Art fühlte er sich jedes Mal wie von der übrigen Welt abgekoppelt. Er musste in die verdächtigen Menschen hineinkriechen und ihre Geheimnisse ans Licht zerren – einem Maulwurf gleich, der sich in den unterirdischen Tunnels besser auskannte als oben. Und der es danach immer schwerer fand, sich im hellen Tageslicht zurechtzufinden. Warum gerade hier? Der Täter hatte offensichtlich eine eigene Handschrift – ob er, wie so viele Gewalttäter, insgeheim hoffte, dass sie jemand entziffern würde?

Lautes Geschrei unterbrach ihn. Eine Schülerklasse stürmte die Treppen des Gymnasiums herab und besetzte die Bänke. Zigaretten wurden mehr oder weniger verstohlen aus ihren Schachteln geholt und angezündet. Plastikverpackungen von Snacks landeten am Boden. Blicke mit den verschiedensten Bedeutungen warfen ein unsichtbares Netz über den Platz und durchkreuzten Orsinis Gedankengänge. „Solange sie nur Zigaretten rauchen“, murmelte er, dachte an die tote Greta und trottete los.

*

Orsini blickte am Wetterhäuschen vorbei zum Ententeich, wo eine ältere Dame mit viel Elan Futter ins Wasser streute, obwohl auf einem Schild in der Nähe darum gebeten wurde, dies nicht zu tun. In einiger Entfernung Richtung Kursalon hatten zwei verkleidete Mozarts an einem klappbaren Tisch ihre Prospekte ausgebreitet. Auf einem niedrigen, wackeligen Hocker plärrte ein Recorder. Ein verzerrt klingendes Streichquartett mühte sich ab, Kunden anzulocken.

„Hat es in Ihrer Unterkunft in letzter Zeit einen Glasbruch gegeben?“, fragte er Ida Kerbler und sah ihr beim Jäten des Unkrauts zu.

Die Gärtnerin wirkte, als hätte sie nicht verstanden.

„Ein kaputtes Fenster zum Beispiel ...“, erklärte Orsini deshalb.

Sie schüttelte den Kopf.

„Also nichts Außergewöhnliches?“

„Na ja, eine Scheibtruhe ist weggekommen“, erwiderte sie beiläufig.

„Hm. Kommt öfter was weg?“

„Nein. Ist doch alles abgesperrt.“

„Eine Scheibtruhe“, wiederholte Orsini und wechselte das Thema: „Ich habe erfahren, dass es jemand unter den Gärtnerinnen geben muss, die Franz Hausner über die Seitensprünge seiner Frau informiert hat.“

„Aha“, erwiderte Kerbler ein wenig spitz.

„Können Sie sich vorstellen, wer das gewesen sein könnte?“, fragte Orsini vorsichtig weiter und beobachtete die beiden verkleideten Mozarts aus den Augenwinkeln. Sie hatten ein Opfer gefunden. Ein dicker Mann mit ledernem Cowboyhut stand breitbeinig an ihrem Tischchen und zog gerade die Geldbörse aus seiner Hosentasche.

Kerbler arbeitete still weiter, als gäbe es von ihrer Seite nichts zu sagen.

„Wir müssen unbedingt den Liebhaber Dorotheas finden“, drängte Orsini sie schließlich. „Möglicherweise ist er der Schlüssel, der uns weiterbringt.“

Sie griff sich ans Kreuz und streckte sich. In ihren Augen hatten sich vom Weinen die Äderchen gerötet, ihre Stimme klang belegt, als sie schließlich antwortete: „Reden Sie mit der Milenka. Vielleicht kann sie Ihnen weiterhelfen.“ Dann zeigte sie mit der Harke Richtung Kursalon.

„Danke“, erwiderte Orsini leise und ließ sie allein. Die einzige andere Gärtnerin weit und breit war eine kleine rundliche Person, die sich gerade an der Blumenuhr zu schaffen machte. Die Latzhose hatte sie bis über die Knie aufgekrempelt. Ihre sockenlosen stämmigen Beine steckten in klobigen schwarzen Arbeitsschuhen. Die Schuhkappen zierte jeweils ein aufgeklebter Marienkäfer.

„Entschuldigen Sie, sind Sie Milenka?"

„Ja, bin ich", kam es einsilbig zurück.

„Sie wissen, ich ermittle wegen Dorothea ..."

„Weiß ich. Ich war doch gestern dabei!"

„Und, können Sie mir irgendwie weiterhelfen? Ist Ihnen noch was eingefallen?", fragte Orsini mit ruhiger Stimme.

Milenka schüttelte den Kopf und beugte sich zu ein paar Pflanzen mit roten und grünen Blättern hinunter. Die Heckenschere sah in ihren Händen übergroß aus, als hätte sie hier das Sagen und nicht die Gärtnerin.

„Es ist uns nämlich zu Ohren gekommen", Orsini stieg über die niedrige Hecke und setzte sich neben der Blumenuhr in den Rasen, „dass jemand den Ehemann der Ermordeten ..." Langsam strich er mit der Hand über eine Reihe von gelben Blumen. Sie hatten acht sternförmige Blütenblätter, die zur Mitte hin blutrot gefärbt waren. Ein Stern im Stern. Bewusst wartete er, ehe er den Satz vollendete: „... über ihre Liebschaften informiert haben könnte."

Milenka würdigte ihn keines Blickes, doch das Tempo ihrer Heckenschere hatte sich unmerklich erhöht.

Orsini nahm ein paar der kleinen weißen Kieselsteine zur Hand, die das Blumenornament auffüllten, und meinte: „Wie heißen denn die gelben?"

„Mädchenauge."

„Und die da?" Er deutete auf die roten Blätter.

„Das sind Papageienblätter, muss man formieren, also zurechtschneiden, sonst wuchern sie."

„Interessant ..." Er stützte sich mit den Ellbogen am Rasen ab und sah zum Himmel. „Und die Dorothea, hat man die auch *formieren* müssen?", fragte er und hörte dem immer rascheren Schnippschnapp gelassen zu.

„Sie hat es zu weit getrieben!“, brach es plötzlich aus Milenka hervor. „Warum hat sie keine Ruhe geben können?“

„Ruhe?“

„Ja, am Sommerfest voriges Jahr. Sie hat ...“ Milenka fuchtelte mit der Schere herum. „Ich meine, der Andi war eigentlich wegen mir da, also länger da.“

„Aber anstatt sich mit Ihnen zu beschäftigen ...“, half Orsini ihr weiter.

„... hat er nur mehr Augen für sie gehabt! Sie hat sich regelrecht an ihn herangemacht!“ Tränen schossen ihr herunter. „Und wie immer, nach ein paar Wochen hat er sie nicht mehr interessiert.“

„Und Sie“, Orsini nahm ihr die Heckenschere ab und legte sie beiseite, „haben als Rache ihren Mann, den Hausner, angerufen?“

*

Kubicek und Kisch standen vor dem *House of Pain* und betrachteten die Liste, die Sykora ihnen mitgegeben hatte. Da standen Namen wie *Stichwunde, Burning Needles* oder *Devil's Ink*. Gerade als sie das Piercingstudio betreten wollten, ging die Tür auf und ein blasser Bursche kam mit unsicheren Schritten auf sie zu. In der einen Hand hielt er ein Coolpack, mit der anderen wischte er sich Blut von der Lippe.

„Und kühl halten!“, ertönte eine tiefe Stimme aus dem Inneren des Geschäfts. „Vergiss das Desinfizieren nicht!“

Der junge Kunde öffnete den Mund und drückte das Coolpack hinein, so gut es ging.

Paula Kisch hob die Augenbrauen. Sie hatte eine blutige, geschwollene Zunge gesehen, die von zwei silbernen Pfeilen durchbohrt war.

„Mmhm...“, gab der junge Mann von sich und stolperte davon.

Kubicek warf Kisch einen vielsagenden Blick zu und folgte ihr ins Studio. Die Inneneinrichtung war erstaunlich nüchtern. Abgesehen von den einschlägigen Fotos an der Wand wirkte es eher wie das Wartezimmer einer Arztpraxis.

„Was kann ich für euch tun?“, begrüßte der Ladeninhaber sie und hielt ihnen eine tätowierte Pranke hin. Er musste mindestens einen Meter 90 sein, schätzte Kisch, und war von oben bis unten sein eigener Werbeträger. Das Gesicht jedoch war frei von jeglichem Metall oder Bildern, frisch rasiert, die Haare ordentlich gekämmt.

„Machen Sie solche Sachen?“ fragte Kubicek ohne Umschweife und hielt dem Ladeninhaber die Farbkopie mit dem erigierten Penis auffordernd hin.

„Jetzt gleich?“

Paula Kisch nickte hinter Kubiceks Rücken, so dass dieser es nicht sehen konnte.

„Haben Sie sich das gut überlegt?“, hakte der Inhaber nach.

„Was?“

„Na, das?“, sagte der Ladeninhaber und deutete auf die Farbkopie.

„Sie meinen, dass ich mir so ein Ding durch meinen Schwanz ...!?“, entfuhr es Kubicek.

„Warum nicht, meine Kundschaft geht quer durch alle Schichten und ...“

„Ich bin doch nicht pervers veranlagt!“, unterbrach Kubicek aufgebracht und fischte seine Polizeimarke aus der Tasche. „Mich interessiert nur, ob Sie das gemacht haben?“

„Aha!“, sagte der Mann und sah Kisch irritiert an. „Das muss ich mir genauer anschauen“, erwiderte er zweifelnd, nahm die Kopie mit und verschwand hinter einem Paravent.

„Wenn es nicht von Ihnen ist, könnten Sie uns vielleicht weiterhelfen?“, fragte Kisch laut.

„Moment ...“

*

Stunden später befanden sich die beiden immer noch auf ihrem Streifzug durch die Piercingszene. Bisher hatte ihnen niemand weiterhelfen können.

„Noch so eine versiffte Bude und ich lass mir einen Nasenring einpflanzen", meinte Kubicek erschöpft und schob sich ein trockenes Stück Semmel in den Mund. Sie standen vor einem kleinen Schnellimbiss und legten gerade eine Pause ein. Schräg gegenüber lag das winzige Geschäft mit dem Namen *Schnittstelle.*

Kisch fand, dass die Studios keineswegs versifft waren, hielt aber ihren Mund.

„Wie kann man sich eine Sicherheitsnadel an die Ei..., an die Hoden hängen?", fuhr Kubicek fort und schob ihr eines der Prospekte hin. „Hast du so was schon mal gesehen?"

„Bei Frauen nicht", antwortete sie und legte das abgezählte Geld auf den Stehtisch. „Gehen wir?"

„Ich komm schon", murrte er, nahm die Prospekte und steckte sie in seine Jackentasche.

„Lektüre für zu Hause?"

„Ist für Elmar", antwortete Kubicek mit vollem Mund und folgte ihr.

Von außen wies wenig darauf hin, dass die *Schnittstelle* ein Studio für Piercings und Tattoos war. *Marta Krenn* stand in roten Buchstaben auf der Glasscheibe der schmalen Eingangstür, darunter hing ein Plakat mit einer tätowierten Amazone, mehr nicht.

„Übernimm du", sagte Kubicek und ließ Kisch den Vortritt.

Jetzt auf einmal, dachte Kisch und trat ein. „Ist da jemand?", fragte sie in den leeren Raum.

„Komme gleich, oder habt ihr's eilig?", antwortete eine helle weibliche Stimme aus einem Nebenraum. Dann ertönte ein eindringliches Geräusch, dem eines Zahnarztbohrers nicht unähnlich.

„Sehr eilig sogar", antwortete Kisch und sah sich um. Die Wände und das Mobiliar waren durchwegs in einer Farbe gehalten. Sogar das Verkaufspult und der Schaukelstuhl dahinter strahlten in Violett. Auf dem Pult lag ein schwarzes Fotoalbum mit der Aufschrift *Schnittstelle* und daneben ein bedrucktes Blatt Papier in einer Klarsichtfolie.

Paula überflog das Blatt: ... *unser Studio ist modernst ausgestattet und befindet sich technisch auf höchstem Niveau. Wir garantieren Seriosität, Hygiene und Zuverlässigkeit ... sterile Klemmen, Zangen und Einweghandschuhe ... für kompetente Beratung steht dir Marta zur Verfügung.*

Wieder eine Branche, in der man mit Du angesprochen wurde, dachte sie.

„Okay, ihr könnt jetzt reinkommen."

Kisch schob den violetten Vorhang, der den Nebenraum abtrennte, zur Seite. Auf einem schlichten Behandlungstisch lag eine Frau mit nacktem Oberkörper. Über sie gebeugt hantierte eine zweite Frau an ihr herum.

„*Sie* bleiben draußen", befahl diese Kubicek energisch. Sie saß auf einem hohen Hocker und hatte etwas in der Hand, das ein wenig aussah wie eine Waffe aus einem Sciencefiction-Film. Kubicek warf einen schnellen neugierigen Blick auf den Rücken der Klientin und verschwand wortlos.

„Kriminalpolizei", sagte Kisch und zeigte ihre Marke her. „Sind Sie die Besitzerin, Marta?"

„Ja", antwortete diese und wischte dabei mit einem Papiertuch Tinte von der Haut. Dann setzte sie die Nadel wieder an und fragte: „Was wollen Sie von mir?"

Sie war in Schwarz gekleidet, hatte violette Wimpern und Haare und natürlich auch violette Fingernägel. Der Teint in ihrem Gesicht aber ging ins Weiße.

„Ist das Ihre Arbeit?", fragte Kisch direkt und reichte Marta die Farbkopie. Sie versuchte, das singende Geräusch der Nadel zu ignorieren.

„Einen Augenblick", erwiderte Marta, „ich muss das schnell fertig machen, sonst wird's unregelmäßig." Langsam vollendete sie mit der surrenden Nadel einen Stern auf der

Schulter der Klientin. Dann legte sie ihr Werkzeug ab, nahm den Mundschutz vom Gesicht und präsentierte blendend weiße Zähne hinter schwarzen Lippen, die mit insgesamt sieben Ringen verziert waren. Paula betrachtete derweilen das halb vollendete Bild auf dem Rücken der Frau. Jim Morrison und Jesus blickten einander an. Zwischen den beiden war eine Kalaschnikow abgebildet. Im Gewehrlauf steckte ein Kreuz.

„Also?", hakte Paula nach.

*

„Ja", flüsterte Milenka. „Ich weiß, das hätt ich nicht tun sollen. Und wenn er sie jetzt deswegen ..." Sie hielt sich die Hände vors Gesicht und schluchzte laut auf.

„Das glaube ich nicht. Und selbst wenn, dann wären nicht Sie schuld", stellte Orsini sachlich fest. „Aber wie haben Sie denn überhaupt etwas über Dorotheas Liebschaften in Erfahrung gebracht?" Er deutete Milenka, dass sie sich neben ihn setzen sollte.

„Na ja, manchmal ist ihr Handy herumgelegen. Dann hab ich halt geschaut, wen sie so anruft."

„Und sonst?"

„Ich hab auch in ihren Spind geschaut vor ein paar Wochen. Sie hat ihn offen gelassen, ehrlich!"

„Und was war da?"

„Nichts Besonders. Nur Eintrittskarten, ins Konzerthaus, glaub ich. Was Klassisches ..., aber mehr dürfen S' mich da nicht fragen ..." Sie wischte sich die Tränen aus dem Gesicht. „Glauben Sie wirklich, dass es ihr Mann war?"

„Ich habe keine Ahnung. Aber wir sind auf der Suche. Sie haben mir jedenfalls sehr geholfen, danke!", erwiderte Orsini ein wenig abgelenkt. Der Cowboyhut hatte nämlich die Mozarts verlassen und war an ihnen vorbeigegangen. Nun unterhielt er sich unweit von ihnen mit jemand anderem. Orsini drückte Milenka seine Visitenkarte in die Hand. „Wenn

Ihnen noch was einfällt, rufen Sie mich bitte unbedingt an!", meinte er, erhob sich und querte den Park.

*

„Und, wie ist das Geschäft mit Übersee verlaufen?", fragte Orsini wenig später und stellte einen Fuß auf den gemauerten Rand des kleinen Wasserbeckens.

Sein Gegenüber verstand nicht. „Was?"

„Na, der Ami", sagte Orsini und zeichnete in der Luft die Konturen des Cowboyhuts nach.

„Ach so", erwiderte Mark und setzte sich neben Orsini auf die Mauer. Seine Augenlider flatterten in einem Staccato auf und zu, als könne er das Licht nicht ertragen. Zwischen den zittrigen Fingern hatte er einen glühenden Joint stecken, an dem er sog wie ein hungriges Baby an der Mutterbrust.

Sie befanden sich am Rande des Wienflusses, direkt gegenüber der Meierei, bei einem Brunnen. Zwei männliche Kolossalfiguren aus Kalkstein mühten sich, einen Felsbrocken anzuheben, der eine Quelle verstopfte. Aus einem Spalt unterhalb des Quellsteins floss glasklares Wasser in das ovale Brunnenbecken.

Orsini betrachtete die verkrampften Gesichtszüge der Figuren und versuchte sich zu entspannen. „Hast du dich umgehört wegen der Greta?", begann er schließlich ohne Eile.

„Ja. Das heißt, nein."

Orsini lächelte. „Was jetzt?"

„Das geht nicht so schnell! Außerdem, über die Greta gibt's nur so Gerüchte."

„Die interessieren mich."

„Sind aber nur Gerü..."

„Weiß ich", fiel Orsini ihm ins Wort.

„Ich ..., ich hab gehört ..., sie soll öfter verschwunden sein."

„Ist ja ein unglaubliches Gerücht."

„Kann ich was dafür, wenn ich das gehört habe?", regte Mark sich auf und fuchtelte mit den Händen herum.

„Schon gut", beruhigte ihn Orsini. „Was heißt verschwunden?"

„Keine Ahnung, weg, fort, abgetaucht. Woher soll ich das wissen? Mehr hat mir niemand sagen können." Nervös nagte er an einem seiner Fingernägel herum.

Orsini streckte sich und machte ein paar Schritte die Treppe hinunter. Es brauchte Zeit, die aber hatte er nicht. Er seufzte. Wenn man sich genug Zeit für die Menschen nahm, erfuhr man am Ende immer alles. Manchmal half es allerdings auch schon so zu tun, als hätte man sie, dachte er und beobachtete ein Stück Holz, das im Wasser der Wien trieb. Besser gesagt, der gezähmten Wien. Rechts, wo sie aus dem gemauerten Jugendstilportal hervortrat, konnte man an der Höhe des Gewölbes den Respekt ablesen, den die Bauherren vor dem Fluss gehabt haben mussten. Darüber waren ursprünglich noch wasserspeiende Elefanten- und Krokodilköpfe geplant gewesen, von denen sich das Wasser über den finsteren Schlund ergießen hätte sollen. Womöglich hatte die Planer der Mut verlassen. Jedenfalls klotzten an der Stelle heute noch zwei massive Steinblöcke. Schade, dachte Orsini und drehte sich wieder zu Mark. „Und sonst? Irgendwas Ungewöhnliches oder was über die Gärtnerin?"

Unsicher sah Mark zu Boden, machte einen Zug an seinem Joint und dämpfte ihn dann vorsichtig aus, um nur ja keinen Millimeter zu vergeuden. „Mein Freund ...", fing er an.

„Hat er einen Namen?"

„Ja ..., der Jos hat was gsehn", druckste Mark herum und deutete unbestimmt an Orsini vorbei.

„Im Gärtnerhaus?"

Mark nickte. Die Wendung, die das Gespräch gerade nahm, behagte ihm offensichtlich nicht.

„Und weiter?"

„Genau weiß ich's nicht. Musst ihn selber fragen."

„Und wo würde ich den Herrn finden?"

„Kommt oft erst in der Nacht. Keine Ahnung, wo der jetzt ist."

„Dealt er auch?"

„Nein. Er sauft. Manchmal zieht er sich auch was rein. Ich wunder mich eh, wie er das aushält."

„Worum geht's also konkret?" Orsini zog einen Geldschein aus seiner Brieftasche und reichte ihn Mark. Fast zu schnell griff der danach. Für einen Moment drohte der Schein ins Brunnenwasser zu segeln, bis seine Finger sich doch darum schlossen. Zittrig steckte er ihn weg, setzte zu einer Antwort an – und schwieg.

„Was ist? Vielleicht zu wenig?", fragte Orsini.

„Nein ..." Es wirkte, als würde die Zeit für Mark gleichzeitig schnell und langsam verrinnen und als müsste er sich darin ständig neu nach ihr umsehen. „Also ..., Jos und ich, wir übernachten öfters im Park. Unten beim Wienkanal, wo der Notausgang ist."

„In dem zugemüllten Stiegenaufgang?"

Über Marks Gesicht glitt ein schräges Grinsen, seine Augenlider erhöhten ihr Flattertempo. „Ja, und manchmal kann man's eben bis unten hören ..."

„Was hören?"

„Wenn sich die Frauen ..."

„... unterhalten?", half Orsini nach.

„Nein. Wenn sie sich duschen."

„Duschen?", wiederholte Orsini und schüttelte den Kopf. Langsam begann er, am Verstand Marks zu zweifeln.

Verlegen kratzte Mark an seinen Hosenbeinen. „Wir sind dann, ich mein, ich nicht. Nur der Jos ..."

„Was?", drängte Orsini ihn.

„Es gibt dort neben der Unterkunft ein paar Stauden, die sind so dicht beinander, dahinter sieht dich keiner."

„Und?" Allmählich verstand Orsini.

„Wenn man durch den Spalt schaut ..."

„... kann man sich einen runterholen", vollendete Orsini den Satz und zog gequält Falten auf der Stirn.

Mark blickte ein wenig betreten zu ihm hoch. „Jos weiß sogar die Dienstzeiten auswendig."

„Und was konkret hat er gesehen?"

Mark fingerte wieder nach seinem Jointstummel und zündete ihn an. „Er war am nächsten Tag ziemlich aufgeregt, aber erzählen wollt er mir nix. Ich weiß nur, dass es außerhalb der Dienstzeiten war."

„Aha. Und der Jos, den findet man am besten hier in der Nacht, sagst du?"

„Ja, genau."

Bevor Orsini nachhaken konnte, erklang in seiner Hosentasche die Inselmelodie.

„Was gibt's?", meldete er sich knapp, stand auf und drehte sich von Mark weg. „Was!? Wo bist du?", fragte er ins Telefon und sprintete los.

*

Keuchend erreichte Orsini die Urania, querte zwischen heranbrausenden Autos die erste Fahrspur und blieb auf der doppelten Sperrlinie in der Mitte der Fahrbahn stehen. Zwei ausgestreckte Mittelfinger und ein Hupkonzert begrüßten ihn im Vorbeifahren. Mark hatte er wortlos im Park sitzen gelassen. Er würde ihn wiederfinden.

Der Polizeiwagen hielt direkt vor ihm. Wilasich beugte sich innen über den Beifahrersitz und öffnete ihm die Tür. „Hier", sagte er dann, drückte Orsini sein Mobiltelefon in die Hand und gab Gas. „Das ist der Techniker des Betreibers."

„Bleiben Sie ja dran", beschwor Orsini den Mann sofort. „Wo ist es jetzt?", fragte er weiter. „Bei der Unteren Viaduktgasse?" Hektisch durchsuchte er das Seitenfach der Autotür. Mit der Schulter hielt er dabei das Handy zum Ohr. „Alles da, außer dem, was man braucht. Mist!", schimpfte er.

„Was suchst du?", fragte Wilasich, bremste dabei abrupt und wechselte die Spur, um den Donaukanal zu überqueren.

„Den Stadtplan", antwortete Orsini und öffnete das Handschuhfach. „Nein, nicht Sie", schrie er beinahe ins Telefon, „Sie informieren mich laufend weiter."

Wilasich fuhr fort: „Das Handy wurde in der Nähe vom Rathaus eingeschaltet und hat sich dann entlang der U2 und U4 bis Wien Mitte bewegt, und von dort vermutlich Richtung Praterstern." Er überholte einen Lastwagen und reihte sich links vor der Brücke ein. „Untere Viaduktgasse kann nur die Schnellbahn sein. Hier", er kramte in seinem eigenen Seitenfach und drückte Orsini dann einen zerknitterten Stadtplan in die Hand.

Orsini zog den Plan auseinander. „Okay, zum Praterstern. Entweder er steigt aus oder um ..."

„Vielleicht fährt er weiter ..., hält uns einfach zum Narren."

„Wenn ich er wäre", murmelte Orsini und fuhr die weiteren Stationen der Schnellbahnstrecke mit dem Finger auf dem Stadtplan nach, während Wilasich bei Rot in den Kreisverkehr rund um den Praterstern einbog, „wenn ich mir etwas auf dem Handy ansehen wollte und mir ausrechnen könnte, dass die Polizei mich ortet: Was mach ich dann?"

„Kreuz und quer durch die Stadt fahren", antwortete Wilasich und reihte sich dabei in die innerste Spur ein, „ist logisch."

„Was? Sind Sie sicher?", schrie Orsini plötzlich ins Handy. „Kann es nicht eine Funkunterbrechung sein?" Enttäuscht blickte er zu Wilasich. „Ausgeschaltet."

„Noch geben wir nicht auf", antwortete dieser und lenkte den Wagen mit quietschenden Reifen die Straßenbahnschienen entlang.

„Ist damit telefoniert worden?", fragte Orsini den Techniker. „Nein? Rufen Sie mich sofort wieder an, wenn ..."

Wilasich brachte den Wagen vor dem Eingang zur Schnellbahn zum Stehen. „Vielleicht haben wir Glück ..."

Orsini riss die Tür auf, stürmte in die Halle und rannte auf die Rolltreppe zu. Während er auf der Rolltreppe zwei Stufen auf einmal nahm, suchte er seine Umgebung ab. Gleichzeitig wurde ihm die Absurdität ihres Unterfangens bewusst. Was hatte er sich eigentlich vorgestellt? Nach wem genau sollten sie Ausschau halten? Nur weil jemand auf einem Bahnsteig telefonierte, war er noch lange kein Mörder. Schnaufend blieb Orsini oben stehen. Der Zug fuhr gerade aus der Station, eine Handvoll Jugendlicher drängelte an ihnen vorbei.

„Knapp verfehlt", meinte Wilasich hinter ihm, während sie den Bahnsteig bis zum anderen Abgang abliefen. Doch auch dort, außer einem älteren Pärchen mit Kinderwagen: niemand.

Schweiß stand auf Orsinis Stirn, als sie wenig später wieder zum Wagen zurückkehrten. „Wär zu leicht gewesen ... Und jetzt ist er schon längst wer weiß wo!", sagte er.

Wilasich wiegte den Kopf. „Wenn er kein Idiot ist, hat er sich angesehen, was immer er wollte, und das Handy geht demnächst in der Donau baden."

„Korrekt", antwortete Orsini über das Auto hinweg. „Und ich, ich würd jetzt auch am liebsten baden gehen. Ich komm später ins Büro ... Muss mir die Beine vertreten. Bis dann!", verabschiedete er sich und setzte sich in Bewegung.

„Bis dann", erwiderte Wilasich und sah ihm nach. Er kannte seinen Chef gut genug, um zu wissen, was das bedeutete. Möglicherweise würde er ihn heute nicht mehr wiedersehen. Möglich, dass er nun stundenlang ziellos durch die Stadt zog, wie ein wildes Pferd durch die Prärie. Erst wenn die Müdigkeit seines Geistes die Knochen erreicht hatte, würde er stehen bleiben. Aller Voraussicht nach.

*

„Also", wiederholte Kisch.

Marta betrachtete die Kopie eingehend. „Möglich", sagte sie dann.

„Was heißt das genauer?"

„Zuerst müsst ich wissen, worum es geht. Ich geb nämlich grundsätzlich keine Auskunft über meine Kunden."

„Eine Frau ist ermordet worden", erwiderte Kisch, „von ..."

„... dem da?", ergänzte Marta und zeigte auf den Penis.

„Möglich."

„Bringen Sie mir das Album. Liegt vorne auf ..."

„Kubicek!", rief Kisch.

„Ja?"

„Bringen Sie uns das Fotoalbum, das Sie gerade durchblättern."

„Was?!", fragte Kubicek ertappt und klappte das Album rasch, allerdings auch so laut zu, dass es im Nebenraum gut hörbar war.

Paula und Marta sahen einander an und verzogen ihre Gesichter.

„Und Augen zu!", befahl Marta kurz.

Kubicek schob den Vorhang zur Seite, hielt mit der Linken die Augen bedeckt und reichte Paula das Album.

„Dauert das länger?", fragte die Klientin.

„Nein, das hab ich gleich", antwortete Marta und blätterte im Album. „Namen kann ich Ihnen aber nicht sagen."

„Es ist zu befürchten, dass er weiter ...", sagte Kisch.

„Ich hab schon verstanden. Bei mir wird die Frauensolidarität hochgehalten, das können Sie mir glauben. Aber ich kenn nur meine Stammkundschaft mit Namen. Viele geben gar keinen Namen an oder einen falschen."

„Er war also nur ein Mal hier?"

„Richtig", erwiderte Marta und hielt Kisch das Album hin. „Das ist er!" Das Bild zeigte zwar etwas mehr, war natürlich auch schärfer, unterschied sich ansonsten aber kaum von der Farbkopie.

„Sind Sie sicher?“, fragte Kisch enttäuscht.

„Ja“, bestätigte Marta. „Ist ein klassischer Prinz Albert.“

„Ein was?“

„Ein Prinz Albert.“

Paula schüttelte verständnislos den Kopf. „Noch nie gehört.“

„Ein Prinz Albert“, erklärte Marta, tunkte die Nadel in einen der kleinen Farbtiegel und fuhr mit dem Tätowieren fort, „... ist das gewöhnlichste Penispiercing. Prinz Albert, der Ehemann der britischen Königin Victoria, hat sich dieses Schmuckstück zugelegt. Laut Historikern hat er sich das Piercing anfertigen lassen, damit er sein Organ am Oberschenkel befestigen konnte.“

„Wozu?“, fragte die Klientin.

„Enge Hosen waren damals sehr angesagt“, lächelte Marta. „Auf der Rückseite“, sagte sie und deutete auf das Album, „blättern Sie um. Da ist der Ring in Großaufnahme abgebildet.“

„Ist der aus Silber?“

„Ja. Den hat er, soweit ich mich erinnern kann, selber mitgebracht.“

„Wann haben Sie das gemacht?“

„Lassen Sie mich überlegen“, entgegnete Marta. „Ist einige Zeit her.“

„Darf ich?“, fragte Kisch.

„Ja, ja. Nehmen Sie es ruhig raus.“

„28. 12. 2004“, las Kisch von der Rückseite des Fotos ab.

„Ah ja, ich glaub, es war ein Weihnachtsgeschenk“, sagte Marta und widmete sich wieder der Dornenkrone auf dem Haupte des Gottessohnes.

Das durchdringende Geräusch der elektrisch betriebenen Nadel bohrte sich in Paulas Ohren. „Wie funktioniert das eigentlich?“, fragte sie abgelenkt.

„Die Nadel bewegt sich mehrere tausendmal pro Minute auf und ab. Mit jedem Stich wird ein Tropfen Tinte in der

Haut zurückgelassen. Die Tinte wird in die Dermis, das ist die tiefer liegende Schicht, injiziert“, erklärte Marta und gab zu erkennen, dass sie ungestört weiterarbeiten wollte.

Paula holte das Foto Hausners hervor und hielt es Marta hin. „War's vielleicht der?“

Marta schüttelte jedoch nur den Kopf. „Nein, glaub nicht. Allerdings merk ich mir Gesichter total schlecht. Ich konzentrier mich auf was anderes.“

„Und aufgefallen ist Ihnen auch nichts an ihm?“

„Kann mich kaum noch erinnern. Tut mir leid ... Wenn Sie mir sein bestes Stück zeigen, könnte ich Ihnen sofort sagen, ob er's war.“

„Na dann, danke“, sagte Kisch und stand auf. „Sollte er noch einmal vorbeikommen, rufen S' mich bitte sofort an. Hier, meine Karte.“

*

„Schmeckt's?“, fragte Paula und sah Orsini dabei zu, wie er das Omelett verschlang.

Bei der nächstbesten Gelegenheit würde sie es ihm sagen. Das hatte sie sich auf dem Weg hierher fest vorgenommen. Anfängerin hin oder her. Auf keinen Fall würde sie weiterhin mit Kubicek gemeinsam ermitteln. Punkt. Entweder teilte er sie mit jemand anderem ein oder ... Der zweite Teil der Drohung fehlte ihr zwar noch, aber ihr würde schon etwas einfallen.

„Mhm“, antwortete Orsini, wischte mit dem Weißbrot das Öl auf und blickte in die Runde.

Sie hatte ihn noch vom Piercingstudio aus angerufen, um zu berichten. Am Telefon hatte er ein wenig seltsam geklungen und zu ihrer Überraschung vorgeschlagen, dass sie ganz in der Nähe des Studios auf ihn warten sollten. So saßen nun Kisch, Kubicek und Sykora im *Café Jelinek* und schauten ihrem Chef beim Essen zu.

„Scheiße, draußen ist nichts frei“, bemerkte Kubicek.

„Das macht nichts“, entgegnete Sykora, „genau genommen ist das sogar besser.“

„Warum besser?“, fragte Kubicek irritiert.

„Na, wegen dem Ozon.“

„Wegen dem Ozon“, äffte Kubicek Sykora nach.

„Wir haben erhöhte Warnstufe.“

„Und, wer braucht den Scheiß?“

„Beispielsweise Kinder mit überempfindlichen Bronchien, Personen mit schweren Erkrankungen der Atemwege oder auch Asthmakranke“, erklärte Sykora.

Kubicek schüttelte den Kopf.

„Man soll“, fuhr Sykora unbeirrt fort, „insbesondere in den Mittags- und Nachmittagsstunden ungewohnt starke Anstrengungen im Freien vermeiden.“

„Da hast du jetzt aber wirklich ein Riesenproblem“, ätzte Kubicek.

Sykora runzelte die Stirn, griff zur Tasse und nippte an seinem grünen Tee. „Ozon kann akute Atembeschwerden hervorrufen und zur Reizung der Schleimhäute führen“, erklärte er anschließend mit ruhiger Stimme.

„Atembeschwerden kuriere ich mit Nikotin“, antwortete Kubicek. Er inhalierte sichtbar tief: „Und zum Schleimen neige ich nicht, ganz im Gegensatz zu anderen Personen“, fuhr er fort. Dabei ließ er den Rauch aus seinem Mund aufsteigen, lehnte sich genüsslich zurück und blickte Paula herausfordernd an.

Sie erwiderte den Blick. „Stimmt es“, wandte sie sich an Sykora, „dass manche, oberflächlich betrachtet gesunde Menschen bereits so von innen verschleimt sein können, dass sie es nicht einmal selber bemerken und dann ein bisschen zu viel an Ozon das Fass zum Überlaufen bringen kann?“

Kubicek zerdrückte wütend die Zigarette im Aschenbecher.

Orsini hatte währenddessen ein Stück Mohnkuchen bestellt. Im Gegensatz zu Sykora hatte er offensichtlich keinerlei Berührungsängste zur süßen Abteilung, registrierte Paula.

Er widmete sich ausführlich dem Kuchen auf seinem Teller und tat, als hätte er den Schlagabtausch zwischen den beiden nicht bemerkt. Dann wischte er sich seelenruhig mit der Serviette den Mund ab, sah in die Runde und fuhr sich übers Kinn. Die Art und Weise, wie seine Finger dabei mit seinen Bartstoppeln spielten, erinnerte Paula unwillkürlich an ihren Bruder Gregor. Es war eine nachdenkliche Geste, die zumindest bei ihrem Bruder verlässlich einer scharfsinnigen Bemerkung vorausging. Orsini aber schwieg.

Kubicek saß da wie eine gespannte Stahlfeder. Sykora hüstelte und nippte wieder an seinem Tee. Orsini aß unbeeindruckt weiter. Er schien sich hier wohlzufühlen, dachte Paula und wunderte sich, wie dies mit seinem im Büro zelebrierten minimalistischen Ordnungssinn zusammenpasste. Denn das *Café Jelinek* war auf eine in ihren Augen sympathische Art schon ein wenig in die Jahre gekommen, wenn nicht zu sagen versifft. Sie sah auf die Wand hinter der Kuchenvitrine. *Sorry, we do not cater to people in a hurry,* stand da. Das passte. Denn seit Orsini das Lokal betreten hatte, war von seiner Seite noch kein einziges Wort gefallen, weder zur Ermittlung noch sonst zu irgendetwas. Bedächtig schob er einen Bissen in den Mund, kaute daran herum, schluckte, nippte an seinem Kaffee und fragte erst dann: „Es ist also ganz bestimmt der richtige Penis?“

Am Nachbartisch drehte sich eine ältere Dame um und starrte ihn an.

„Das schon“, fiel Kubicek Paula ins Wort, noch ehe sie die erste Silbe hervorgebracht hatte. „Aber an den Besitzer kann sie sich nicht erinnern. Typisch Lesbe eben!“

Orsini stellte die Kaffeetasse betont langsam ab und richtete sich auf. „Auch wenn es nur schwer in das da hineingeht“, sagte er und zeigte mit der Kuchengabel auf Kubiceks Stirn, „nur weil ein Penis zu klein ist, muss man nicht die runtermachen, die von Natur aus keinen haben!“

Paula versuchte sich zurückhalten, biss sich auf die Unterlippe und sah zum Ventilator hoch, der unbeirrt seine

Runden zog. Sykora griff nach einem der Flyer aus den Piercingstudios und begann demonstrativ darin zu blättern. Kubicek aber stand zum zweiten Mal an diesem Tag ruckartig auf und marschierte mit den gemurmelten Worten „Ich fahr ins Büro!“ aus dem Lokal.

„Danke“, sagte Paula schließlich leise. Ihr Groll war dabei, sich in einen Winkel zu verdrücken.

Orsini wischte mit einer schnellen Handbewegung das Thema vom Tisch und sah sie an. „Glauben Sie, dass die Tätowiererin sich besser erinnern könnte, wenn Sie noch mal allein hingehen? Von Frau zu Frau?“

Paula schüttelte den Kopf. „Eher nein. Aber ... ich würde“, sie beschloss, die Gelegenheit beim Schopf zu packen, „überhaupt lieber allein ...“

Orsini kaute an seinem letzten Stück Kuchen, sah zu Sykora hinüber, schien über etwas nachzudenken und erwiderte endlich: „Darüber reden wir später. Ihr fahrt jetzt ins Büro und schaut, ob Kurt noch Arbeit für euch hat. Wenn nicht“, er blickte auf die Uhr, „könnt ihr für heute Schluss machen. Allerdings bleibt ihr in Bereitschaft! Wir müssen für alles gewappnet sein.“ Rasch holte er ein paar Geldscheine aus der Brieftasche, rief nach der Kellnerin und erhob sich. „Ich habe noch einen dringenden Termin. Wir sehen uns ...“

*

Der Moment war für immer in ihn eingebrannt, vermutlich in jede einzelne Zelle seines Körpers. Er hatte darüber gelesen, die Zellen waren jede ein winziges Imperium für sich mit einer allwissenden Zentrale, mit Fabriken, Transportwegen, Einwohnern, einfach allem. Der Moment umschlich ihn stetig, still und leise, wie eine Raubkatze vor dem Angriff – wenn er frühstückte oder zu Abend aß, wenn er arbeitete oder schlief. Er hatte sich damit abgefunden und hatte gelernt, damit umzugehen. Er wusste nie, wann es ihn wieder packen würde, ihm ins Gesicht schreien und in die Ohren schneiden. Natürlich konnte er nichts dagegen tun, der Moment war unveränderbar, wie im erkalteten Glas gefroren. Sobald es ihn erfasste, war er zu nichts anderem fähig, als ebenfalls zu erstarren. Mittlerweile konnte er es erahnen, gerade früh genug, um sich unbemerkt zurückzuziehen, egal wann und wo.

Hinterher – wenn das Klirren in seinen Ohren abebbte, wenn ihr Körper endlich zu Boden fiel, wenn die vielen Splitter sich überall hineinbohrten, auch in ihn – dann war alles halb so schlimm. Das Rinnen des Blutes, die vielen kleinen Schnitte, das gurgelnde Röcheln anstatt ihrer normalen Stimme, das Loch in ihrem Kopf. Das war vergleichsweise läppisch. Dann konnte er warten, bis sich sein Puls beruhigte, sein Atem wieder einsetzte, und er konnte sich den Schweiß abwischen, den jede seiner Zellen unweigerlich produzierte, während er in ihre Augen zurückstarren musste.

„Dona nobis pacem, dona nobis pacem", murmelte er in einem gebetsmühlenartigen Singsang unaufhörlich vor sich hin und lehnte sich erschöpft an die kühle Mauer. Immer noch gab ihm die alte Litanei Halt. Einen Vorteil hatte die ganze Sache. Seit er die durchtriebene Schlampe dabei ertappt hatte, wie sie ihm nachspionierte, war der Moment wesentlich seltener aufgetaucht. Es war fast so, als hätte die Raubkatze plötzlich Respekt vor ihm. Er hatte ihren Tod nicht unbedingt gewollt, er hatte sich gewissermaßen angeboten. Und so viel war ein Menschenleben auch wieder nicht wert, schon gar nicht so eines. Sie war schon am Weg dorthin gewesen. Die paar Schnitte, die hätte sie sich früher oder später ohnehin selbst zugefügt. Und so war es eben für einen guten Zweck.

Samstag, 4. Juni 2005

8

Verschlafen schaltete er Kaffeemaschine und Radio an, schlurfte hinüber ins Bad und stellte sich unter die Dusche. Nachdem er eine Weile das warme Wasser genossen hatte, ließ er nur das kalte weiterlaufen und stellte sich vor, in einen eisigen Bergquell zu springen. Zwar ein magerer Ersatz für das wirkliche Erlebnis, aber immerhin ...

Erfrischt trocknete er sich danach ab und wickelte das Handtuch um seine Hüften. Samstag war für ihn immer noch der Tag, an dem ein wenig Zeit sein musste, um wenigstens den leeren Kühlschrank aufzufüllen. Er steckte die letzten beiden Scheiben Brot in den Toaster, ließ einen Espresso in die Tasse rinnen und warf einen Blick auf das kleine Radio, das er schon seit Ewigkeiten besaß. Es gab Tage, an denen es einwandfrei funktionierte, andere, an denen es eigenartige Geräusche von sich gab, sobald Orsini in einem ganz bestimmten Winkel zu ihm stand. Heute war wieder einmal so ein Tag. Jedes Mal, wenn er die paar Schritte von der Spüle zum Kühlschrank machte oder wenn er direkt vor der Kaffeemaschine auf seinen Kaffee wartete, rauschte es mitten in der lateinamerikanischen Morgenmusik. Unabhängig vom Sender natürlich. Orsini bewegte sich vor der Kaffeemaschine hin und her und versuchte, dabei im Takt mit dem Rauschen des Radios zu bleiben. Nach einem weiteren kleinen Schwarzen holte er den Staubsauger aus der Besenkammer und befreite die Wohnung zumindest oberflächlich vom Staub der Woche, legte die Notenblätter, die im Wohnzimmer verstreut lagen, ordentlich zusammen und hängte die Gitarre an ihren Platz an der Wand.

In kurzer Hose, T-Shirt und Flip Flops ging er eine Weile später die Löwengasse vor Richtung *Café Zartl.* Schräg gegenüber hatte ein türkischer Supermarkt aufgesperrt, in dem er gelegentlich einkaufte. Beim Palais des Beaux Arts hob er gewohnheitshalber den Kopf zum Gruß. Hoch über ihm stemmten die jeweils drei schwarzhaarigen Damen ebenso gewohnheitsmäßig ihre beiden Weltkugeln über ihre Köpfe, als hätten sie nichts anderes zu tun. Das vergoldete Afrika glänzte im Sonnenlicht, als wollte es ihn herausfordern, so wie es ihn als jungen Burschen dazu gelockt hatte, das verstaubte Wien hinter sich zu lassen. Seit er sich erinnern konnte, war das so, und er betrachtete die Damen gewissermaßen als Familienmitglieder. Dass das Gebäude bis 1938 den international führenden Modeverlag *Chic Parisien* mit über 300 Angestellten und Standorten in Paris, London und Berlin beherbergt hatte, war längst in Vergessenheit geraten. Direkt davor parkte eine glänzend polierte hellrote Corvette mit offenem Dach. Auf dem Beifahrersitz des Oldtimers lag ein bunter Schal, der ihn eine Weile an die neue Kollegin Kisch denken ließ. *Lazing on a sunny afternoon, in the summertime*, summte Orsini vor sich hin und vergaß darob für einen Moment, dass er selbst heute noch zu arbeiten hatte.

Am Heimweg – er war gerade auf der Treppe, beide Hände vollbepackt – ging oberhalb von ihm eine Wohnungstür auf und eine Mitbewohnerin, Frau Berger, eine ältere Dame in lachsrosafarbenem Schlafrock und samtenen karierten Hausschuhen, trat auf den Gang. Sie hielt eine Gießkanne in der Hand und steuerte auf das Fensterbrett im Stiegenhaus zu. „Ah, schon auf!“, begrüßte sie Orsini lächelnd.

„Morgenstund hat Gold im Mund!“, antwortete er und wollte an ihr vorübergehen.

Sie jedoch drehte sich um und verstellte ihm den Weg. „Haben S' schon ghört?", fragte sie mit verschwörerischem Unterton, „wir kriegn wahrscheinlich bald an Lift."

„Aha ..."

„Ja, nur der Strasser ausm ersten Stock is dagegen, angeblich. Weil er lieber zu Fuß geht, heißt's." Sie schüttelte verständnislos den Kopf.

Orsini zog desinteressiert die Augenbrauen hoch. Das Thema Aufzug geisterte schon seit Jahren gelegentlich wie ein Irrlicht durchs Haus, nur um jedes Mal wieder zu verblassen. Er hatte sich diesbezüglich eine gewisse Gleichgültigkeit zugelegt und wollte es dabei auch beruhen lassen.

Frau Berger aber beugte sich die zwei Stufen zu ihm herab und flüsterte eindringlich: „Und da hab i halt dacht, wenn Sie als Respektsperson vielleicht einmal mit ihm reden würden? Wissen S', meine Knie ..., ein Lift wär für mich schon eine Erleichterung!"

Orsinis Magen begann just in dem Moment zu rumoren. Er hatte außer den zwei mageren Toasts noch nichts gegessen. „Ich schau, was ich machen kann", entgegnete er ausweichend und stieg murmelnd die Treppen hinauf.

*

„Du beschuldigst mich also, einen Mord vertuscht zu haben!", zischte Gottschlich mit hochrotem Kopf. Die Aknekrater in seinem schwammigen Gesicht traten deutlich hervor.

Sie befanden sich am Gang vor dem Sitzungssaal, in dem sie einander über eine Stunde lang gegenübergesessen hatten, während eine Ansammlung an Vorgesetzten bis hinauf zum Landespolizeikommandanten, gemeinsam mit einem Ministerialrat, ihnen und den übrigen Gruppenleitern die Pläne zur Umstrukturierung erläutert hatten, ohne dabei etwas Konkretes von sich zu geben. Natürlich war der Mord an der Gärtnerin ebenso zur Sprache gekommen, und da hatte eins das andere ergeben. Vor allem, weil Gottschlich sich erdreistet hatte, mit dem Fall zu prahlen, als wäre er der leitende Ermittler.

„Vertuscht würde ich nicht sagen", entgegnete Orsini gelassen, ehe er nach einer Pause fortfuhr: „Ich glaube, du wolltest die Sache einfach nur ohne Komplikationen hinter dich bringen oder ..."

Gottschlich baute sich vor ihm auf, ballte die Fäuste und grinste. „Du glaubst wohl, nur weil du ein paar Semester studiert hast, bist du was Besseres."

„Ist das nicht so?", antwortete Orsini spöttelnd.

„Du hast hier nur einen Einzigen, der dich hält", erwiderte Gottschlich.

„Besser *eine* Stütze als keine."

„In ein paar Wochen gehst du wieder Streife", knurrte Gottschlich.

„Bei dem Wetter ist das ein durchaus verlockendes Angebot", konterte Orsini, als die Saaltür aufging. KD1-Direktor Hofrat Fürst steuerte lächelnd auf die beiden zu.

„Na, meine Herren, haben wir die kleine Meinungsverschiedenheit wieder ausgebügelt? Das Wichtigste ist doch, dass wir alle gemeinsam an dem Fall arbeiten und ihn so rasch wie möglich abschließen."

„Natürlich", drückte Gottschlich zwischen den Zähnen hervor, drehte sich auf dem Absatz um und marschierte die Treppe hinab.

„Nur gemeinsam sind wir stark", bestätigte Orsini lächelnd, wandte sich in die entgegengesetzte Richtung zum Lift und ließ einen zufriedenen Hofrat zurück. Um die Ecke, vor der WC-Tür, stand Pokorny und winkte ihm knapp zu.

„Was haben Sie sich dabei gedacht?", fragte er scharf, hielt Orsini unmissverständlich die Tür auf und fuhr erst fort, nachdem er sich bis in die Toilettenkabinen umgesehen hatte: „Zuerst kommen Sie zu spät, dann legen Sie sich mit Gottschlich an und nachher auch noch mit diesem Heuchler vom Ministerium! Sie können sich jetzt schon ausrechnen, was Gottschlich mit der Gewerkschaft im Rücken gegen Sie unternehmen wird – vor allem, wo wir ihm vermutlich nichts beweisen können!“

Sie standen in einem mit gelblichen Fliesen verkleideten Waschraum. Zwei kleine Porzellanbecken mit Spiegeln, ein Flüssigseifenspender und ein Handfön bildeten das Mobiliar des nüchternen Raumes, der impertinent nach scharfem Putzmittel roch.

Orsini ging zu einem der Becken und drehte das Wasser auf. Seine Hände waren feucht. „Ist mir rausgerutscht, tut mir leid. Er ist ...“

„Ein penetrantes Arschloch“, ergänzte Pokorny, „schleicht überall herum und hat seine Augen und Ohren überall.“

„Ist Ihnen aufgefallen, dass die Sekretärin vom Ministerialrat alles mitgeschrieben hat?“, fragte Orsini und versuchte, aus dem verklebten Flüssigseifenspender etwas herauszubekommen, indem er mit der Handfläche mehrmals fest drückte.

„Natürlich“, sagte Pokorny, „hab ich allerdings auch.“

„Wie?“

„Digital“, antwortete Pokorny, öffnete seine Jackentasche und holte ein kleines Diktiergerät hervor. „Ist manchmal unglaublich praktisch, das Ding“, sagte er und öffnete den Reißverschluss seiner Hose. „Ich muss dringend“, entschuldigte er sich.

„Können wir uns jetzt nicht mal mehr genug Seife leisten?“, fragte Orsini enerviert und rüttelte am Spender. „Gibt es eigentlich einen Grund, warum Gottschlich so ...?“

„Keine Ahnung, was es genau ist ...“, erwiderte Pokorny. „Wahrscheinlich kommt er aus fürchterlich tristen Familienverhältnissen, und wir, die Gesellschaft, sind schuld daran, dass er so ein Arschloch geworden ist.“

„Mit Gewalt ...“ Ungeduldig versetzte Orsini dem Seifenspender einen Hieb, woraufhin dieser seinen Widerstand gegen die Staatsgewalt aufgab und einen feinen Strahl auf seine Hose spritzte. „... geht fast alles. Scheiße!“, fluchte er.

„Bei Gottschlich", fuhr Pokorny, während er pinkelte, fort, „treffen sich Inkompetenz und Neid auf alle, denen er sich unterlegen fühlt. Deshalb kann er Sie nicht ausstehen."

Orsini sah an seinen Hosenbeinen hinab. „Haben Sie ein Zündholz?", fragte er, denn die Seife hatte sich nun dazu entschlossen, ihre Spendenfreudigkeit unbeschränkt unter Beweis zu stellen, und füllte seine Hand mittlerweile mit rosarot glänzendem Schleim.

„Nein, nur ein Feuerzeug", erwiderte Pokorny, zur Wand gedreht.

„Übrigens bin ich deswegen zu spät gekommen, weil mich jemand angerufen hat, dass die Sitzung auf 11 Uhr 30 verschoben worden sei", entschuldigte sich Orsini. „Kann das von ihm kommen?"

„Gottschlich?", fragte Pokorny abfällig und schüttelte seinen Penis über dem Pissoir ab. „Brauchen Sie darauf wirklich eine Antwort?"

Orsini verneinte.

„Hören Sie, Orsini", sagte Pokorny ruhig, machte seine Hose zu und trat näher an ihn heran. „Lösen Sie den Fall so rasch wie möglich, dann können Sie nicht übergangen werden. Das traut sich niemand. Wenn Sie das nicht schaffen, weiß ich nicht, ob ..."

„Ist mir klar", erwiderte Orsini, „aber wenn Sie das hier irgendwie zuhalten könnten, wär mir auch schon geholfen ..."

*

„Ich hab gedacht, du hast am Wochenende frei?", fragte Orsini und schloss die Tür hinter sich.

„Hab Elvira nur für ein paar Stunden abgelöst, bin gleich weg ..." Wilasich legte einen Packen kopierter Blätter auf die einzige freie Fläche auf seinem Tisch, nahm einen Stift zur Hand und begann, das erste Blatt zu überfliegen. Dabei fuhr er mit dem Stift die Zeilen mit und hakte jeweils etwas ab.

„Was ist das?“, fragte Orsini.

„Die Fahrzeugliste. Eine endlose Sackgasse, genauso wie die Faserspuren von der Leiche“, seufzte er, überflog kurz die verschiedenen Türme auf seinem Schreibtisch und platzierte dann das Blatt auf dem Rücken eines dicken Buches. „Ach ja, das Blut in dem Wagen, den Kubicek ... eh, geöffnet ...“

„Ja?“

„Vom Lenker fehlt nach wie vor jede Spur.“

„Das Blut?“

„Leider die nächste Sackgasse – Tierblut“, erklärte Wilasich trocken.

„Mist!“, erwiderte Orsini und trat zum Fenster. Draußen schien die Sonne, doch während er sich im Sitzungssaal die Zeit vertrieben hatte, waren über der Donau einzelne Wolken aufgetaucht und bildeten nun eine konspirative Gruppe. Wie lange es noch schön bleiben würde ... Anstatt sich zu setzen, warf er die Jacke über seine Schulter, tippte mit dem Zeigefinger grüßend an die Stirn und ging zur Tür.

„Wohin?“, fragte Wilasich.

„Ich brauch frische Luft, besuch wieder einmal die grüne Insel.“

„Stadtpark?“

Orsini nickte.

„Langsam entwickelst du dich zu einem zweiten Robinson ...“

Orsini blieb in der Tür stehen. „Vielleicht bin ich bald reif dafür – also, wenn du eine Insel für mich weißt ...“

„Was ist mit deiner Handy-Insel?“

„Ja, Cantaloupe. Das wär eine preiswerte Möglichkeit ...“

„Wieso preiswert?“, murmelte Wilasich. Grübelnd beugte er sich wieder über seine Listen.

*

Wieder einmal blieb Orsini vor der Auslage des geschlossenen, provisorisch wirkenden Autosalons stehen und warf einen bewundernden Blick auf den Wagen. Elegant geschwungene Linie, ein Name, der Sonne und Meer versprach, und ein Preis, der ihm angemessen erschien. Einzig der kaum lesbare Beisatz *Kleinere Reparaturen nötig* verunsicherte ihn etwas. Unentschlossen trat er von einem Fuß auf den anderen. Schließlich notierte er sich Telefonnummer und Adresse des Händlers. Dann lief er vor dem heranbrausenden Verkehr rasch über die Ringstraße und marschierte in den Stadtpark.

Wenige Minuten später kletterte er über das gusseiserne Geländer und ging die steinernen Stufen hinab. Ein ekliger Geruch stieg ihm in die Nase: Jemand hatte hier seine Notdurft verrichtet. Mit jedem zusätzlichen Schritt verstärkte sich der Geruch auch noch. Er schielte um die Ecke. Zwei größere, flach gedrückte Kartons, einer davon an die Mauer gelehnt, der andere als provisorische Unterlage über die Stufen gebreitet. Darauf, halb kauernd, halb lehnend, ein Mann, der offensichtlich seinen Rausch ausschlief. Er trug ein helles Sakko, das aussah, als sei es vor langer Zeit maßgeschneidert gewesen. Die dürren Beine steckten barfuß in einer abgeschnittenen Cordhose. Orsini studierte das rot aufgedunsene Gesicht und stupste schließlich den Schlafenden vorsichtig mit der Spitze seines Schuhes an.

Keine Regung.

Er versuchte es noch mal, mit etwas mehr Nachdruck.

Nichts außer einem tiefen Grunzlaut. Keine Chance, den Mann zu wecken.

Eine Weile später tauchte Orsini mit einer Flasche Schnaps bestückt wieder bei der Stubenbrücke auf. Teile des tonnenschweren Bohrers für den Entlastungskanal verwandelten oben die Grünoase in einen Großskulpturenpark. Der stinkende Schläfer einen halben Stock tiefer war inzwischen umgekippt und lag vornüber auf den Stufen zum Wienfluss. Orsini rüttelte ihn kräftig an der Schulter, aber erst, als er ihm die geöffnete Schnapsflasche direkt unter die Nase hielt, rührte er sich.

„Gib her", sagte er mit tiefer Stimme.

„Jos?", fragte Orsini.

„Ja, aber gib endlich her."

Orsini reichte ihm die Flasche und setzte sich neben ihn. Umständlich rappelte Jos sich ein wenig hoch, schüttete einen gierigen Schluck in sich hinein und gab schließlich eine Mischung aus Rülpser und Schnaufer von sich, die mit jedem Pferd mithalten konnte. Erst dann schlug er die verschwollenen Augen auf und fragte blinzelnd: „Wer bistn du?"

„Ein Freund vom Mark", antwortete Orsini und griff nach der Flasche.

Jos fuhr sich mit seinen dreckigen Händen durchs aufgedunsene Gesicht. „Her damit", forderte er und hauchte ihn kräftig an.

Orsini wich zurück. „Erst, wenn du mir was erzählst."

„Erzähln?"

„Genau."

„Was denn?!"

„Zum Beispiel, was du vor ein paar Tagen ..."

Mit einer ungelenken, für seine Verhältnisse wohl plötzlichen Bewegung versuchte Jos aufzustehen, was ihm jedoch misslang.

„I war's net!", lallte er mehr, als dass er sprach. „Zum hundert-tau-send-sten Mal!"

Orsini blieb ruhig. „Das hab ich auch nicht behauptet."

„Und warum fragts ihr mi dann dauernd?"

„Ihr? Dauernd? Wer fragt dich, und was?"

„Na, die Gärtner und der Kibara, und jetzt kommst a no du!", empörte sich Jos.

„Reg dich doch nicht gleich so auf ..."

„I soll mi net aufregn? Okay, I hob probiert, ihn zu fangen. Hab's eh net gschafft ..."

„Moment!" Orsini war etwas verwirrt. „Wen wolltest du fangen?"

„Na, den Direktor, wos fragstn so bled, weißt es eh!"

„Den Stadtgartendirektor?"

„Den Direktor Siebeck natürlich ...", antwortete Jos und dehnte dabei die einzelnen Silben hinaus, als spräche er zu einem Kleinkind.

Siebeck, fragte Orsini sich gleichzeitig – der Name des ersten Wiener Stadtgartendirektors war ihm bei der Recherche zu den Wiener Parks untergekommen. War Jos schon so im Delirium, dass er Gespenstern nachjagte?

„Weil, mit ... Fischen kenn i mi aus, des waß i alles von meinem Opa ..."

„Fischen?"

„Ja, und weil der Siebeck nachtaktiv is, hob i mir a Angel ausborgt ... Krieg i no an Schluck?"

„Angel?" Orsini rückte samt Schnapsflasche von Jos weg, so weit er konnte. Dieses Gespräch führte zu nichts. Offensichtlich hatte der Alkohol bei Jos längst die einsamsten Gehirnzellen erreicht.

„Ja, was glaubst denn du, wie man an Wels sonst fangt! Mit der Hand?"

„Einen Wels?" Allmählich dämmerte es Orsini, dass sie aneinander vorbeiredeten. Bis er schließlich aus Jos herausgekitzelt hatte, dass es sich um einen Raubfisch handelte, der im Ententeich ausgesetzt worden war, um die Goldfischpopulation in den Griff zu bekommen, hätte er beinahe selbst schon einen Schluck aus der Flasche genommen. Jos schwor Stein und Bein, dass es ihm ohnehin nicht gelungen war, Direktor Siebeck, wie der Wels bei den Gärtnern mit Spitznamen hieß, zu fangen.

„So a Wels", Jos senkte seine Stimme und lallte mehr für sich daher, „do brauchst viel Geduld. Der liegt unten im Schlamm, bewegt si net und is praktisch unsichtbar ..."

Von wegen unsichtbar, dachte Orsini, aus Jos hätte ein Literat werden sollen ... So genau passte das Bild auch zu Orsinis Suche nach dem Täter. „Wegen dem Fisch bin ich gar nicht da", meinte er dann.

„Was?“ Jos stierte wieder mit seinen glasigen Augen nach der Schnapsflasche.

„Vor ein paar Tagen hast du angeblich was gesehen, bei den Duschen ...“ Orsini rückte die Schnapsflasche wieder näher zu Jos heran und holte zusätzlich einen Geldschein hervor.

Jos beäugte zuerst die Flasche, dann den Geldschein – und in der Reihenfolge meldete sich offensichtlich auch sein träges Gehirn: Nachschub und Aussicht auf mehr. „Wart!“, sagte er fahrig und begann plötzlich auf dem Hosenboden die Stufen abwärts zu rutschen. Am betonierten Grund des Kanals angelangt, stand er mühsam auf und ging taumelnd auf das Rinnsal in der Mitte zu. Vor dem Wasser blieb er stehen, watete ein paar Schritte hinein und ließ sich einfach nach vorn fallen. Orsini sprang auf und wollte zu Hilfe eilen, doch Jos hatte sich bereits auf alle Viere begeben. Schwerfällig drehte er sich im Wasser um. An der gegenüberliegenden Seite des Kanals blieben ein paar Schaulustige stehen, während Jos wie ein Kleinkind in der Badewanne saß und sich zu waschen begann. Orsini hatte kurz den Seifenspender vor Augen, dessen rosaroten Inhalt er vorhin mit der Hand aufgefangen hatte. Allerdings, Seife allein würde bei Jos nicht viel nützen, dachte er. Nachdem Jos sein Bad beendet hatte, schlurfte er klitschnass wieder zurück an Orsinis Seite.

„Sauber?“, fragte Orsini und sah einen Fetzen Toilettenpapier im Wasser treiben.

„Aber sicher!“, antwortete Jos schwankend.

„Dann setz dich zu mir.“

„Warum?“

„Weil du mir erzählen sollst, was du in der Nacht gesehen hast?“, hakte Orsini nach und hielt ihm die Schnapsflasche wie eine Karotte vor die Nase. Jos starrte eine Zeit lang darauf, ließ sich dann endlich neben Orsini hinplumpsen und langte nach der Flasche. „Hilft dem Gedächtnis“, stellte er fest und rülpste tief. Dann sah er Orsini an. „Wer bist du überhaupt?“

„Egal wer ich bin. Sag einfach Freund vom Mark zu mir“, erwiderte Orsini und starrte auf die Stufen. Dort hatte sich eine kleine Lacke gebildet, von der ein schmales Bächlein die Treppen hinablief.

„Was hat der Mark dir überhaupt erzählt?“, fragte Jos laut.

„Dass ihr da so ein ..., ein Hobby habt und den Frauen beim Duschen zuseht.“

„Willst leicht mitkommen?“

Orsini grinste. „Nein, danke.“

Jos rückte mit dem Hintern auf seiner Stufe vor und zurück, kratzte sich zwischen den schütteren, grindigen Haaren am Kopf und fragte: „Du bist wegn dem Mord da, stimmt's?“

„Richtig.“

„Was willstn da überhaupt wissen?“

„Wann das war. Zum Beispiel.“

„Wann? Also, das war irgendwann letzte Woche ...“

„Welcher Tag?“

„Dienstag oder Mittwoch ... oder Montag.“

„Vier bleiben noch übrig“, antwortete Orsini ernüchtert.

„Ich glaub ... Mittwoch.“

„Bist du dir sicher, dass es nicht diese Woche war?“

Jos überlegte eine Weile und fuhr sich dabei mit dem kleinen Finger so weit in die Nase, dass das zweite Glied beinah drin verschwand, ehe er antwortete: „Ja, letzte Woche, Mittwoch.“

„Sicher?“

„Sicher, sicher!“ antwortete Jos aggressiv.

„Warum bist du plötzlich sicher?“

„Weil sich am Mittwoch immer die zwei Dicken duschen, das musst einmal sehn! Die seifen sich sogar gegenseitig ein, weil ...“

„Und?“

„Also die eine, die hat solche ...“

„Das interessiert mich nicht, wie groß ihre Brüste sind!“

„Sind aber wirklich riesig", erwiderte Jos und deutete mit den Händen bis zu den Knien.

„Und weiter?"

„Na ja, ... nachher war i wieder da herunten."

„Und?", drängte Orsini. Dass der Alkohol aus Jos innerhalb kurzer Zeit wieder einen einigermaßen funktionierenden Menschen gemacht hatte, war durchaus bemerkenswert. Für wie lange, war allerdings nicht klar.

Jos setzte die Flasche ab. „Später ... bin i noch einmal dort vorbei."

„War wieder die Dusche an?"

„Ja, und i hab mich noch gwundert, weil's ja schon Nacht war ..."

„Wie spät?"

„Hab keine Uhr. Vielleicht vor Mitternacht. Also, die Dusche war an, und i hab's glei ghört."

„Was?"

„Die habn gschrien ..."

„Geschrien?", fragte Orsini, hellhörig geworden.

„Ja. Fast wie in einem Pornofilm. Die machn's nach. Synchronschreier oder so, heißt des. Super Job."

„Wenn du meinst." Orsini versuchte kurz, sich Jos in der Rolle vorzustellen.

„I hab dann aber eh glei gschaut."

„Durch den Spalt?"

„Ja. Nur, es war ka Licht. Dunkelfick oder so. Aber eins kannst mir glaubn: Die hat's ihm ordentlich besorgt!

„Sie ihm?", wollte Orsini wissen.

„Der hat gar nimmer aufghört zum Schreien", bestätigte Jos. „Des war astreines Sadomaso, wennst mich fragst."

„Und dann?"

„Nix und dann ..., also jedenfalls war's nachher still drin, in der Dusche."

„Aber es waren eine Frau und ein Mann?"

„Todsicher."

„Hast du erkannt, wer's war?"

„Na. Die Stimm würd ich vielleicht wiedererkennen ...“, sagte Jos. „I hab dann gschaut, dass i wegkomm.“

„Danke“, sagte Orsini nachdenklich und stand auf. „Sag, den blinden Akkordeonspieler, kennst du den auch?“

„Na, klar kenn i den Zigeina mit der Katz“, antwortete Jos und erhob sich schwankend. „Der spielt meistns bei da Bruckn vorn“, fuhr er fort und zeigte mit der Flasche Richtung Stadtparkmitte.

*

Orsini ging zuerst den schmalen Kanal entlang, der in den Ententeich mündete. Dort suchten seine Augen vergebens nach einem dunklen länglichen Schatten unter der Wasseroberfläche. Schnatternd stritten sich mehrere Enten um Brotreste und wühlten dadurch das Wasser auf. Ob sie von der Gefahr, die unter ihnen lauerte, wussten? Vor der schmalen Fußgängerbrücke über den Wienfluss saß tatsächlich ein älterer Mann auf einem klapprigen Hocker und spielte auf einem kleinen roten Akkordeon. Vor ihm am Boden lagen eine Krücke, ein langer weißer Stock und ein alter olivgrüner Stoffrucksack. Der Alte hatte ein Bein von sich gestreckt. Vermutlich war es steif. Auf seinem rechten Oberarm trug er außerdem das Blindenzeichen. Auf einem Steinsockel, der die abwärts führende Treppe begrenzte, lag eine Katze mit geflecktem Fell und blickte mit neugierigen Augen um sich. Die Ohren hatte sie aufgestellt.

Orsini blieb einige Meter vor dem Rom stehen und wartete, bis das mit verspielten Figuren und musikalischen Phrasen aus dem Balkan angereicherte *My way* verklungen war.

Ein Pärchen schlenderte vorbei. Die junge Frau löste sich von ihrem Begleiter, bückte sich und warf eine Münze in eine neben der Katze aufgestellte Blechdose. Vom Etikett der Dose strahlte eine weiße Prachtkatze, deren Fell bestimmt noch nie die freie Wildbahn berührt hatte. Das lebendige Exemplar auf dem Sockel hatte dafür mit Sicherheit noch kein Fotostudio von innen gesehen. Die Katze wandte Orsini den braun-weiß gefleckten Kopf zu und schnurrte leise.

Wie, fragte er sich, bewegte der Alte sich samt seiner Habseligkeiten überhaupt fort? Nach einer Weile entschied er, dass der Rom tatsächlich blind war und nicht einfach einer der Simulanten, die sich drüben auf der Landstraße ihr Geld damit verdienten, zittrig mit ausgestreckter Hand auf und ab zu humpeln. Es war offensichtlich, dass der Rom ihn nicht sehen konnte, trotzdem ertappte Orsini sich dabei, zu erwarten, dass der Akkordeonspieler ihn ansprach. Er schüttelte über sich selbst den Kopf, ging dann auf ihn zu, blieb knapp einen Meter vor ihm stehen und grüßte. Der Rom drehte weder den Kopf zu ihm, noch machte er ein Anzeichen, dass er ihn wahrgenommen hatte. Orsini überlegte kurz, ob der Sozialarbeiter auch Taubheit erwähnt hatte. Dann grüßte er ein zweites Mal. Diesmal lauter. Der Alte schob seine enorm große Sonnenbrille zurecht, die an den Bügeln mit goldenen Buchstaben verziert war, streichelte der Katze über den Kopf und murmelte ihr etwas zu.

„Mein Name ist Orsini, ich bin von der Kriminalpolizei. Darf ich Ihnen ein paar Fragen stellen?"

„Ah, Polizei ..., hab auf euch wartet", sagte der Rom mit klarer Stimme, allerdings in brüchigem Deutsch.

„Gewartet?", fragte Orsini nach, weil er glaubte, sich verhört zu haben.

Anstatt einer Antwort pfiff der Rom kaum hörbar, und die Katze stellte ihre Ohren auf.

„Sie haben doch die Greta gefunden", fuhr Orsini etwas irritiert fort, „vor ein paar Wochen, die tote Drogensüchtige am Karlsplatz", präzisierte er. „Haben Sie etwas ges..., ich meine, ist Ihnen etwas aufgefallen?", fragte er weiter und kniff dabei seine Augen zusammen, weil er sich über seine eigene Tollpatschigkeit ärgerte.

„Du riechen nach Seife", sagte der Rom, ohne auf die Frage einzugehen. „Erdbeer!", hängte er bestätigend an.

Orsini roch an seinen Händen, konnte aber nichts dergleichen feststellen.

„Auf Hose", bemerkte der Rom.

Orsini sah überrascht an sich hinunter und erblickte tatsächlich einige rosarote, bereits eingetrocknete Tropfen, die er nach seinem vormittäglichen Angriff auf den Seifenspender offensichtlich nicht abgewaschen hatte. Er ging in die Hocke, kam sich einigermaßen dämlich dabei vor und roch daran. Für seine Durchschnittsnase hatte sich der Duft jedoch verflüchtigt.

„Hab Greta mit der gefunden", wies der Alte auf seine knollige Nase.

„Wie?", fragte Orsini nach und machte einen Schritt zur Seite, um ihn von vorne zu sehen.

„Ich riecht Angst."

„Wie kann man Angst riechen?"

„Kann man alles riecht und ...", der Rom kraulte dabei seine Katze hinter den Ohren, „... und hören."

„Haben Sie außer Angst sonst noch etwas gerochen oder gehört, was mir weiterhelfen könnte?"

„Ist schlechte Geruch von faul und ..., warte ..." Er öffnete eine lederne Lasche an seinem Akkordeon, zog das Instrument auseinander und begann leise zu spielen. „So!"

Orsini horchte eine Weile einer Reihe von Akkorden zu, die sich für ihn in keine erkennbare Richtung entwickelten. Er hatte keine Ahnung, was der Alte damit bezwecken wollte.

„Ist das alles?", fragte er, während der Rom ein zufriedenes Lächeln aufsetzte und weiterspielte.

Missmutig schweifte Orsinis Blick umher, vom hinter dem Park hochragenden, architektonisch wie auch real mächtigen Bankgebäude zur Meierei darunter. Er hatte in dem Restaurant selbst schon einige Male gegessen. Dennoch überkam ihn jedes Mal beim Hinsehen die Wehmut nach der alten, etwas verstaubten Meierei, in der es jahrelang Clubbings mit guter Musik gegeben hatte. Geld, Einfluss und Haubenküche auf der einen und Blechdose mit Münzen und der dreckige, im Fluss badende Jos auf der anderen Seite, resümierte er nüchtern. Sein Blick blieb auf einem weiteren Mitglied der Gesellschaft hängen. Dieser gehörte vermutlich eher aufs andere Flussufer, wiewohl Orsini aus ihm noch nicht schlau geworden war. Er marschierte in hohem Tempo den Gehweg entlang, der die Kanalmauer säumte.

Die letzten Töne perlten aus dem Akkordeon, der müde Blasbalg entledigte sich mit einem gehauchten Stöhnen seiner restlichen Luft. „Schlüssel hat klirrt ...“, murmelte der Rom vor sich hin.

Orsini hörte ihn jedoch nur mit einem Ohr, weil er bereits die Brücke querte.

*

„Das ist aber ein Zufall! Ich wollte gerade bei Ihnen vorbeikommen“, sagte Orsini zu Stadtgartendirektor Ing. Weber, der sichtlich überrascht zu ihm hochsah. Orsini war auf der anderen Seite des Flusses die Treppe hinuntergelaufen und hatte so den Direktor eingeholt.

Weber trug trotz der Hitze einen Anzug. Was aber so gar nicht zu seinem Outfit passte, war das Paar Joggingschuhe an seinen Füßen. „Guten Tag!“, grüßte er Orsini höflich distanziert und blieb stehen.

„Sportlich unterwegs“, bemerkte Orsini.

„Allerdings“, erwiderte Weber, „was dagegen?“

„Keineswegs.“

Weber setzte sich langsam wieder in Bewegung. „Wollen Sie etwas Bestimmtes von mir?“

„Sie ein Stück begleiten“, antwortete Orsini, „wenn es Sie nicht stört?“

„Na ja, eigentlich ...“, Weber sah auf die Uhr, „ich drehe nur meine obligate Runde und muss dann ...“

„Wir können natürlich auch morgen früh weitersprechen“, erwiderte Orsini freundlich.

Der Direktor musterte ihn kurz und erhöhte, nachdem sie die Meierei passiert hatten, das Tempo. „Also gut, was wollen Sie?"

„Kannten Sie den Ehemann der Toten?"

„Ich hab ihn ein paarmal gesehen", antwortete Weber und zog im Gehen sein Sakko aus. Zu ihrer Rechten ließen zwei Jugendliche ihre Skateboards den leicht abschüssigen Weg hinunterrollen, liefen nebenher und sprangen unten wieder gekonnt auf ihre Bretter.

„Bei welcher Gelegenheit?"

„Bei ...", Weber trippelte die Stufen zur kleinen Ungarbrücke hoch, „der Weihnachtsfeier, soviel ich mich erinnere."

„In letzter Zeit also nicht?"

„Nein." Weber hatte das Tempo weiter gesteigert, nun nahmen sie am Ende des Ententeiches bereits den Weg zurück, beinahe im Laufschritt.

„Diese Auseinandersetzung zwischen Franz Hausner und ..., sagen wir dem Freund der Ermordeten ..."

„Das war eine Schlägerei!"

„Diese Schlägerei. Worum ging es da genau?"

„Das dürfen Sie mich nicht fragen. Aber vermutlich um das, worum es bei Herrn Hausner immer ging."

„Das wäre?"

Weber deutete auf eine Gruppe von Enten, die einander gerade das Futter, das ihnen eine betagte Dame gestreut hatte, streitig machten. Die fetteste Ente peckte mit dem Schnabel wütend auf die übrigen. „Eifersucht, wie überall."

„Woher wissen Sie das?"

„Das hört man eben so, wenn man sich um seine Angestellten kümmert", antwortete der Direktor.

„Gab es danach Konsequenzen?"

„Nein. Was hätte ich viel tun können? Er ist ja nicht bei mir angestellt. Und sie hat nichts verbrochen. Für die Eifersucht ihres Mannes kann ich sie schwerlich zur Rechenschaft ziehen."

„Und mit welchen Männern sie sich in ihrer Freizeit trifft, ist …“

„Privatangelegenheit“, beendete der Direktor den Satz und kickte eine am Boden liegende Kunststoffflasche gezielt Richtung Mistkübel. Sie war ein offensichtlicher Eindringling in seinem Reich, den er nicht duldete. „Übrigens, die Personalakte von Dorothea Hausner hätte ich gerne wieder zurück …“

„Wenn wir sie nicht mehr brauchen, schicke ich sie selbstverständlich retour“, antwortete Orsini oberflächlich, aber genauso höflich wie sein Gegenüber. Der Unterton, der in ihrem Gespräch von Anfang an mitgeschwungen war, hatte eine andere Note.

Eine Weile marschierten sie schweigend nebeneinanderher, an einer friedlichen Freizeitsszenerie vorbei. Auf der Wiese hatten es sich junge Leute bequem gemacht, man sonnte sich auf ein paar Liegestühlen oder einer Decke, Kinder spielten mit bunten Luftballons.

„Apropos“, sagte Orsini, während sie nun zum Ausgang trotteten, „rauchen Sie?“

„Was hat das …?“, entgegnete Weber schärfer als zuvor.

„Nur eine einfache Frage …“, lächelte Orsini zurück.

„Nein“, antwortete Weber knapp, „nur gelegentlich.“

„Also doch?“

„Und, ist das verboten?“ Der Direktor bog zielstrebig nach links in die Johannesgasse ein. „Auf Wiedersehen!“, warf er Orsini noch hin und würdigte ihn danach keines Blickes mehr.

„Noch nicht“, antwortete Orsini, blieb vor dem Abgang zur U-Bahn stehen und sah den davoneilenden bunten Joggingschuhen nach.

„Haben Sie den Verdächtigen schon identifizieren können?“, fragte eine Stimme neben ihm. Überrascht drehte er sich um und erkannte den jungen Mann, den er zusammen mit den Kanalarbeitern bei Chantal an der Bar getroffen hatte. Er trug diesmal einen grünen Sweater mit dem Konterfei Orson Welles’.

„*Die Dritte Mann Tour*“, sagte Orsini mit Blick auf die Prospekte.

„Genau“, antwortete der Guide und hielt das Prospekt so, dass Orsini es lesen konnte.

„Ich dachte, die Tour startet bei der Secession?“, erwiderte Orsini, hauptsächlich um nicht unhöflich zu erscheinen. Gleichzeitig registrierte er aus den Augenwinkeln, dass Weber, der es zuvor so eilig gehabt hatte, sich nun an die Mauer der Stadtgartenvilla lehnte.

„Stimmt“, fuhr der Guide fort, „dort geht's nach unten. Die hier führt zu den Drehorten oben und anschließend ins Museum.“

„Und, wie ... geht das Geschäft?“, fragte Orsini abwesend. Während er Weber im Auge behielt, registrierte er vereinzelte Tongirlanden des Akkordeons, die es den Fluss entlang über die Mauer bis zu seinem Ohr wehte wie eine Erinnerung an etwas Fernes.

„Sie wären mein erster Kunde heute“, antwortete der Guide freundlich bedauernd und lenkte Orsini ab. Im nächsten Augenblick war Weber verschwunden.

„Ein anderes Mal gerne“, erwiderte Orsini nachdenklich, verabschiedete sich knapp und ging zur U-Bahn-Station hinunter.

*

Verschwitzt, aber zufrieden saß Orsini auf der schmalen Bank im Umkleideraum und fuhr sich mit dem Handtuch durch die feuchten Haare. Ein Blick auf sein Handy im Spind zeigte ihm vier unbeantwortete Anrufe und ein SMS innerhalb der letzten zweieinhalb Stunden. Langsam stieg seine Aversion gegen das kleine Ding. Ohne es in die Hand zu nehmen, schlug er die blecherne Spindtür zu, schloss ab und schlapfte zur Dusche.

Eine halbe Stunde später stand er auf dem Gehsteig vor dem Boxklub und fühlte sich so fit wie seit Wochen nicht.

Er hatte seinen Körper völlig ausgepowert. Vermutlich deswegen hatte ihn sein Trainer beim Sparring unabsichtlich am Kopf getroffen. Trotz Kopfschutz brummte sein Schädel. Sein jetziger Trainer Önder, ein ehemaliger türkischer Amateurboxer, war ihm natürlich überlegen und hatte nicht Acht gegeben. Außerdem mangelte es Orsini an regelmäßigem Training. Auf die in den Jahren zuvor erlangte technische Sicherheit konnte er sich zwar nach wie vor verlassen, Schlagkraft, Ausdauer und antrainierte Reflexe ließen jedoch nach. Trotzdem war er immer noch schnell genug, um seinen Trainer zumindest etwas zu fordern. Er griff sich mit der Hand an die Stirn – kein Blut, also hielt er es nicht für nötig, Doktor Joe aufzusuchen. Alle im Klub nannten den alten Kämpfer so, weil er kleinere körperliche Schäden auf seine eigene Weise kurierte und zum Beispiel beim Nähen von Cuts unübertroffen war.

Die Luft vor dem Eingang zum Boxklub war warm. Es würde ein angenehmer Samstagabend werden, dachte er und sah zum Himmel. Die Wolken, die sich zuvor schon bedrohlich stark zusammengeballt hatten, waren weitergezogen. Was nichts daran änderte, dass sich in diesem Jahr die Gewitter, die herabgingen, ungewöhnlich stark häuften. Die Stadt ließ das natürlich kalt, der Regen prasselte auf ihre Dächer und strömte an ihren verspielten Fassaden hinunter, ohne ihr etwas anzuhaben. Nur im Prater hatte es beim letzten Sturm eine Menge Bäume entwurzelt, sodass auch die ansonsten von Naturgewalten unbehelligten Städter eine Ahnung davon bekommen hatten, wozu der Erdball fähig war. Orsini selbst erinnerten die vielen Gewitter an Sainte Marie, eine kleine tropische Insel vor Madagaskar, auf der er zusammen mit seiner damaligen Freundin eine Weile gelebt hatte. Eine einfache Bambushütte, keine fünf Meter vom Strand entfernt, war ihr gemeinsames Zuhause gewesen.

Layla, you've got me on my knees, Layla, I'm begging, darling please ..., summte er den Refrain von Eric Clapton und marschierte los.

Layla aus California ..., an welchem Strand mochten sie die Wellen des Indischen Ozeans ausgespuckt haben? Beinahe ein halbes Jahr hatten sie sich mit Gelegenheitsarbeiten über Wasser gehalten. Layla als Tauchlehrerin und Orsini als Kellner in einer winzigen Strandbar. Manchmal hatte er auch Leute mit einem kleinen Holzboot zum Whalewatching gebracht. Mit zunehmendem Touristenaufkommen hatte die lokale Bevölkerung dieses Geschäft für sich entdeckt und selbst nach und nach in die Hand genommen. Er hatte es ihnen nicht verübelt, aber doch gespürt, dass es Zeit für den Aufbruch war. Wie schon öfter.

Layla verließ das kleine Paradies als Erste. Das hatte ihn mehr getroffen, als er zugeben wollte. Was ihm für immer in Erinnerung bleiben würde, waren die gemeinsamen Tauchgänge. Die unglaublichen Begegnungen mit den sanften Riesen des Meeres und das unendlich tiefe Blau des Ozeans. Einzig eine handgroße Muschel, die er eines Morgens vor der Hütte am Strand aufgelesen hatte und ein Foto Laylas, das sie in die Muschel geklebt hatte, zeugten von dieser Zeit. Beides lag zu Hause in der obersten Lade seines Schreibtisches. Obwohl er eine Adresse von ihr in den Staaten besaß, hatte er nie versucht, sie wiederzusehen.

Im Gehen kontrollierte er die eingegangenen Anrufe. Wilasich hatte ihn mehrmals zu erreichen versucht und ein SMS hinterlassen, das er nun abrief.

Kantaloupe ist eine Melonenart und keine Insel, las Orsini schmunzelnd. Er musste daran denken, wie er einmal versucht hatte, Wilasich zum gemeinsamen Besuch eines Jazzkonzertes zu überreden. Vergeblich. Die Musik, die sie beide liebten, hatte zwei gänzlich unterschiedliche Gesichter. Das eine entstammte einer längst vergangenen Zeit, das andere einem fernen Kontinent. Allerdings hatten sie etwas wie einen Grundton, ein Schwingen, gemein, das als stabiles Fundament für ihre ziemlich verschiedenen Persönlichkeiten diente.

Von Sykora gab es zwei Nachrichten mit praktisch identem Inhalt auf der Mobilbox. Nämlich dass er nach Hause gehen würde und es nichts wirklich Wichtiges gab, das er nicht auch am Montag erledigen würde können. Orsini schluckte seinen Ärger darüber hinunter.

Mittlerweile war er vom Boxklub in der Nähe der Triesterstraße im Süden Wiens stadteinwärts marschiert und bog nun vor dem Palais Schönburg in die Schaumburgergasse. An der ziemlich unspektakulären Häuserecke vor ihm hatte jemand eine Skulptur Tony Craggs aufgestellt, was dem Stellenwert moderner Kunst im öffentlichen Raum entsprach. Orsini ließ seinen Blick darübergleiten. Man konnte einen Kopf erahnen, ansonsten ging es mehr um Schwung und Eleganz, nicht um konkrete Details. Unweigerlich musste er an die Aufnahmen aus der Videokamera der Parkgarage denken, deren verwaschene Bilder ihnen die Erkenntnis verweigerten. Auch sie zeigten Menschen ohne Konturen.

Am Ende der Gasse befand sich das *Café Wortner*, dessen Gastgarten ihn mit einem freien Tisch lockte. Während er also auf seinen Zwiebelrostbraten wartete, holte er sich eine der Zeitungen und begann darin zu blättern. Über Dorothea Hausner wurde nicht weiter berichtet, dafür bekam ein Artikel mit dem Titel *Lockere Colts – Amoklenker gestoppt* breiten Raum. Weitaus spannender fand Orsini den Bericht über den *Piano Man*. Es handelte sich um einen Unbekannten, der vor einiger Zeit in Südengland im klitschnassen Anzug aufgegriffen worden war. Anscheinend hatte er sein Gedächtnis verloren, konnte aber erstaunlich gut Klavier spielen und zeichnen. Es verging kaum ein Tag, an dem nicht irgendjemand aus der ganzen Welt meinte, in ihm einen Verwandten oder Freund zu erkennen. Gerade gab eine tschechische Band an, es müsse sich um ihren Schlagzeuger handeln. Bisher jedoch – Orsini nahm den Braten samt Bier entgegen – hatte sich jede Meldung als falsch erwiesen. Er ließ einen der Zwiebelringe auf seiner Zunge zergehen und schlug den Sportteil auf. Gestern hatte eine Sensation die Tenniswelt erschüttert. Der zähe 19-jährige Spanier mit dem schiefen Gesicht hatte den genialsten Spieler aller Zeiten im Semifinale des French

Open besiegt. Orsini musste bei Tennis unweigerlich an seinen Freund Hans denken, dem er bei so manchem Match zugesehen hatte. Aus einem Impuls heraus holte er sein Handy hervor und versuchte, Hans zu erreichen, landete jedoch nur in der Mailbox. Als er das Handy wegstecken wollte, sah er, dass der Akku schon beinahe leer war, obwohl er ihn am Vormittag aufgeladen hatte – und das bei einem nagelneuen Gerät!

Eine Weile später schlenderte er zufrieden die Wiedner Hauptstraße stadteinwärts, passierte eine Autoreparaturwerkstätte, sah in eine Auslage mit Klobrillen in Form von Hasen, Tigern und Elefanten und blieb stehen. Schräg gegenüber befand sich neben einem Geigenbauer ein eigenartiges Geschäft. Er querte die Straße. *Korsetts für jeden Anlass,* stand da. Unweigerlich musste er an das verspiegelte Schlafzimmer der Hausners denken und an die Pornohefte, die die Ermordete gekauft hatte. In einem der Schaufenster war eine lebensgroße Puppe in Lack-BH und Shorts ausgestellt, ihre Beine waren dekoriert mit großen grünen Papierblumen. Die Preisliste darunter war mit *Torture Blümchenbeet* betitelt, die Perücke hieß *Pretty Flamingo.* Exotische Vögel gab es im Stadtpark zwar nicht, Blumen aber zur Genüge. Was war in der Gärtnergarderobe genau vorgefallen? War es einfach nur heftiger Sex, oder traf Kubicek mit seinen abgeschmackten Vorurteilen etwa ins Schwarze? Konnte es sein, dass die Drogensüchtige vom Karlsplatz in irgendetwas involviert war, das im Zusammenhang mit den Sexpraktiken der Hausners stand? Es war durchaus denkbar, dass Dorothea und Greta einander gekannt hatten ..., und Gottschlichs Selbstmorddiagnose?

Orsini wandte sich unschlüssig ab. Er musste ausspannen, an etwas anderes denken, zumindest für einen Abend.

*

„Und, schon fündig geworden?“

„Nein.“

„Keine Lust, darüber zu reden?“

Orsinis schüttelte den Kopf. Er lehnte im Sand an der Bar und sah Chantal zu, wie sie geschickt drei Caipirinhas mixte. Monatelang hatte er das auch getan. Jedoch nicht auf Sand aus einer nahe gelegenen Schottergrube, sondern am strahlend weißen Strand von Sainte Marie.

„Schmeckt er nicht?“, fragte sie, als hätte sie seine Gedanken gelesen.

„Nein, nein, er ist ausgezeichnet“, versicherte Orsini rasch, obwohl das Getränk nicht mit dem mithalten konnte, was seine Geschmacksknospen und seine Erinnerung damit verbanden. Dafür konnte Chantal nichts. Sie hatte nur industriell hergestellte Produkte zur Verfügung. Die hübsche Kellnerin schenkte ihm allerdings ein Lächeln, das ihm sympathisch war.

„Bin gleich zurück“, sagte sie und verschwand wieder einmal mit dem gefüllten Tablett in der Menschenmenge. Es war Samstag, es war angenehm warm, Musik dröhnte aus den Lautsprechern, und Orsini begann, die Zeit zu vergessen. Stunden später blickte er Chantal verträumt nach und leerte den vierten oder fünften Caipirinha. Heimgehen war bereits völlig unwichtig. Etwas an Chantals schwungvollen Bewegungen erinnerte ihn an eine andere Vertreterin des weiblichen Geschlechts. Ein Betrunkener rempelte ihn an und entschuldigte sich unbeholfen. Orsini nickte verständnisvoll und beobachtete, wie Chantal die leeren Gläser abräumte und dann zur Bar zurückkehrte.

„Noch einen?“, fragte sie.

Sonntag, 5. Juni 2005

9

Behutsam öffnete er die Tür ins Schlafzimmer. Darin lag Chantal auf einem schlichten Holzbett. Gedämpftes Licht fiel durch einen roten Vorhang auf ihren Körper. Das seidene Bettlaken war beinahe zur Gänze auf den Boden gerutscht. Neckisch schlängelte sich ein längliches Stück des Stoffs zwischen ihren Fesseln hindurch und verschwand unter einem Polster. Sie schlief mit dem Rücken zu ihm und war nackt. Gebannt starrte er auf das friedliche Bild und verspürte ein Gefühl, dass er am liebsten verdrängt hätte.

Der Lärm einer anfahrenden Straßenbahn zerschnitt das Bild, sodass Orsini erwachte. Schweiß stand auf seiner Stirn. Das Geräusch der Straßenbahn verklang, das Bild von Chantal blieb jedoch noch eine Weile. Verwirrt öffnete er nur langsam die Augen. Chantal und das Schlafzimmer verblassten im Sonnenlicht. Quietschend bog die Straßenbahn am Ende der Löwengasse um die Ecke. Orsini richtete sich im Sofa auf. Noch immer hielt er die Gitarre in der Hand, mit der er eingeschlafen war. Er schob den Traum zur Seite und legte die Gitarre behutsam auf den Boden.

Der Sand zwischen seinen Zehen erinnerte ihn daran, dass er bis drei durchgetanzt hatte. Zuerst auf der hölzernen Tanzfläche in der Mitte des *Sand in the City*-Areals und später dann an Chantals Bar. Ihr ansonsten extrem knausriger Chef hatte an dem Tag seine Scheidung abgewickelt und deswegen die Bar länger als erlaubt offen gehalten. Er hatte sich dann als gar nicht mehr so knausrig erwiesen und die Bar praktisch freigegeben. Das Letzte, an das Orsini sich erinnern konnte, war, dass Chantals Chef mit zwei Dekorbananen als Lendenschurz begonnen hatte, einen Limbo zu tanzen. Mit einer Flasche Rum in der Hand versuchte er zum Schluss sogar, unter einem Besenstiel, den sie auf zwei Bierfässern legten, hindurchzutanzen. Zwischen den beiden Bierfässer lag er vermutlich immer noch.

Orsini griff sich an die Stirn und sah sich nach seiner Uhr um. Achtlos schmiss er einige Notenblätter vom Couchtisch und entdeckte sie darunter. Viertel nach drei.

Vor dem *Intercont* hatte er sich von Chantal verabschiedet. Sie hatte dort ihr Fahrrad von einem Verkehrsschild losgesperrt. Orsini hatte angeboten, sie nach Hause zu begleiten. Lächelnd hatte sie abgelehnt: „Ich kann schon auf mich selber aufpassen." Ein gehauchter Kuss und das Versprechen, sich bald wieder zu treffen, waren noch gespeichert. Zu Hause hatte er dann versucht zu üben, was angesichts des übermäßigen Alkoholkonsums natürlich sinnlos gewesen war. Und auch jetzt – sobald er sich bewegte, brummte ihm der Schädel – würde es nichts bringen. Zu sehr schmerzte ihn das blendende Licht in den Augen. Völlig erledigt zog er sich die Decke über den Kopf und schlief einfach weiter.

*

Paula wälzte sich im Bett und stieß dabei mit einem anderen Körper zusammen. Müde drehte sie sich um. Armin Ennsner lag neben ihr und schlief tief und fest. Halb drei zeigte ihre Uhr. Sonntagnachmittag. Behutsam schob sie die Decke zur Seite und setzte sich an den Bettrand. Sie griff sich an die pochende Stirn und sah sich im Raum um. Das Bett, auf dem sie die Nacht verbracht hatte, war eigentlich kein Bett, sondern ein aufgeklapptes Sofa im WG-Zimmer Ennsners.

So leise wie möglich erhob sie sich und begann ihre Kleider zu suchen, konnte aber außer Slip und Bluse nichts finden. Am Fenster zog sie den Vorhang einen Spalt auf. Das blendende Licht schmerzte in ihren Augen und verstärkte sofort das Pulsieren an der Stirn. Was mache ich hier, fragte sie sich, sah dabei den friedlich Daliegenden an und gab sich die Antwort gleich selbst. Der Stress an der Uni, die überraschende Einberufung ins Kriminalamt, ein Kollege, der sie behandelte wie eine Praktikantin, und ... Aber was hatte sie sich eigentlich vorzuwerfen? Nichts. Den gesellschaftlichen Klischeevorstellungen zufolge hatte sie sich nur wie ein richtiger Mann benommen und eine Gelegenheit genützt. Oder war sie doch auch benützt worden? Mit diesen Gedanken im Kopf ging sie ins Bad.

Die telefonische Einladung Armin Ennsners zur Party war genau zum richtigen Zeitpunkt gekommen. Erfreut hatte sie aufgehört, weiterzuarbeiten, sich umgezogen und war losmarschiert. Überraschenderweise hatte Ennsner mit dem Auto vor der Tür gewartet. Dass es sich dann weiterentwickelt hatte, war nicht vorauszusehen gewesen. Was das für ihre Zusammenarbeit bedeutete?

Im kleinen Wandschrank des Badezimmers fand sie zumindest Kopfwehtabletten. Sie drückte zwei davon aus der Packung, füllte unter dem Wasserhahn ihren Mund, warf die Tabletten ein und schluckte.

Die Party war in Ordnung gewesen, nicht umwerfend, aber okay. Ennsner hatte sich zumindest bemüht und ausführlich von zu Hause erzählt. Der Alkohol war reichlich geflossen, und er hatte eine Seite von sich preisgegeben, die sie nicht gekannt hatte. Er schien beinahe besessen von den Bergen und seiner wahren Leidenschaft, dem Klettern. Gegen zwei hatte jemand Schnulzen aufgelegt und Ennsner hatte sie aufgefordert, zu tanzen. Vor dem Morgengrauen, als ein Joint die Runde machte, war ihr bereits alles egal. Sie wollte einfach nur die vergangenen Tage hinter sich lassen.

„Suchst du etwas Bestimmtes?“

Paula erschrak. Ennsner stand in der Badezimmertür. Sie hatte ihn nicht kommen hören. Er streckte seinen Arm Richtung Türrahmen und stützte sich mit der Hand daran ab.

„Ein Handtuch wäre nett", sagte sie und räusperte sich.

Sofort blickte er verlegen zu Boden und wies auf den Schrank.

„Hier dein Gewand, falls du ...", sagte er leise und hielt es ihr hin.

„Könntest du ...?", fragte Paula und deutete an, dass sie allein sein wollte.

„Ja, natürlich", erwiderte er nach einem Moment.

„Danke", entgegnete sie und schloss die Tür.

Etwas später, nachdem sie in ihre verrauchten Kleider geschlüpft war, warf sie Ennsner im Gehen noch ein lächelndes „Bis morgen!" hin und flüchtete erleichtert. Er konnte nichts dafür, war unglaublich nett, aber da war noch etwas anderes. Womöglich bildete sie sich das nur ein, oder es lag an ihr selbst. Nähe war einfach nicht ihr Ding. Punkt.

Auf der Straße beschloss sie, ihrem jüngeren Bruder einen Kurzbesuch abzustatten. Gemeinsam mit seiner Partnerin hatte er in Nähe ein Büro, in dem sie Software für Computerspiele entwickelten. Sonntag existierte für die beiden nicht, also standen die Chancen gut, dass sie sie dort antreffen würde. Außerdem war sie auf ihre neuesten Kreationen mehr als neugierig.

*

Erschrocken richtete sich Orsini im Sofa auf. Diesmal war es allerdings nicht das ihm vertraute Geräusch der Straßenbahn, das ihn geweckt hatte, sondern ein kurzer Piepston. Kraftlos blickte er auf seine Uhr. Halb neun. Er stand auf und griff sich an die Schläfe – der Treffer seines Boxtrainers ...

Er schlurfte ins Badezimmer, warf ein Dolofort zusammen mit drei Aspirin ein und spülte mit eiskaltem Wasser aus dem Hahn nach. Danach tauchte er den Kopf unter den Strahl. Mit nassen Haaren ging er anschließend in die Küche und setzte Kaffee auf. Das Handy lag auf dem Küchentisch und steckte im Ladegerät. Der Akku war wieder komplett aufgeladen. Ganz im Gegensatz zu Orsinis Akku, dessen Kurzaufladung sich während der ausufernden Nacht wieder verflüchtigt hatte. Wie es der einzelne Piepston vom Küchentisch bis zum Sofa in sein Gehirn geschafft haben konnte, war ihm völlig schleierhaft. Offenbar eine Geheimfrequenz zur Fernsteuerung der Kunden.

Dreimal hatte Pokorny schon angerufen. Auch ein SMS war gekommen. Das konnte nur bedeuten, dass es dringend war. Orsini wählte zuerst die Mobilbox, in der zwei Mitteilungen auf Abruf warteten.

„Kontaktieren Sie mich", hörte er die überraschend sanft klingende Stimme seines Chefs. *12 Uhr 13* stand auf dem Display. Der zweite Anruf war zwei Stunden später eingelangt, die Mitteilung jedoch nicht mehr so sanft: „Heute Abend."

Dann drückte er gespannt auf das Briefsymbol: *21.45 Uhr, Zu den Sieben Zufluchten,* las er irritiert. Der Name sagte ihm nichts. Er warf einen hektischen Blick auf seine Armbanduhr. Kurz nach neun – das wurde knapp. Er ging rasch zum Bücherregal. Dort zog er den kleinen Städteatlas hervor, fand Postämter, Polizeistationen und sogar ein Verzeichnis der Friedhöfe, aber keines mit den Kirchen Wiens. Erst das Internet spuckte aus, dass es sich bei den *Sieben Zufluchten* um die Altlerchenfelder Kirche handelte. Im Volksmund war der ursprüngliche Name noch immer gebräuchlich. Ein eigenes Firmenauto, wie sie es nannten, hatte er nicht, so blieb also nur ein Taxi.

*

Direkt vor dem imposanten Backsteinbau stieg er rund eine Viertelstunde später aus und eilte auf den Eingang der Kirche zu. Dass Pokorny ihn zu dieser Stunde hierher bestellt hatte, konnte nur eines bedeuten. Dennoch war es seltsam. Er fuhr mit der Hand über seine Jeans, in die er mehr als eilig geschlüpft war. Dort wo eigentlich seine Waffe stecken sollte, war nur Stoff, weder Halfter noch Glock. Er sah die menschenleere Straße hinunter und zog dann an der schweren Kirchentür. Vorsichtig trat er ins Dunkel und wartete, bis seine Augen sich an das spärliche Licht der wenigen Lampen und flackernden Kerzen gewöhnt hatten.

Er befand sich in einem Vorraum. Durch die gläsernen Scheiben der Flügeltüren konnte man das Innere der Kirche, wenn auch undeutlich, sehen. Die Tür fiel ins Schloss und sperrte hinter ihm die übrige Welt aus. Die Kühle, die er ansonsten als angenehm empfunden hätte, trug etwas Abweisendes an sich. Er kniff die Augen zusammen und suchte die Sitzreihen ab. Nichts. Weder Pokorny, aber auch niemand anderer. Behutsam schob er die gläserne Verbindungstür auf und betrat den Kirchenraum. Links neben ihm grinste ein Totenschädel von einem hohen Wandgemälde herab. Kupelwieser musste einen Hang zum Drastischen gehabt haben, dachte Orsini beim zweiten ähnlichen Gemälde. Langsam ging er auf dem roten Spannteppich bis zum Weihwasserbecken, das vor einer bemalten Säule stand. Ein Muster in Blau, Rot und Gold rankte sich an der Säule empor. Automatisch fuhr seine Hand auf das Becken zu. Vor dem Wasser hielt er jedoch inne und zog die Hand zurück. *Eine Gewohnheit kann man nicht aus dem Fenster werfen. Man muss sie die Treppe hinunterboxen, Stufe für Stufe,* hatte Mark Twain gesagt. So sehr Orsini eine gewisse Ehrfurcht vor den tiefen Wahrheiten des Lebens verspürte, so wenig wollte er noch mit den irdischen Abgesandten Gottes und ihren Ritualen zu tun haben.

Wieder sah er um sich. Nichts regte sich. Hoch über ihm wiesen übergroße Heilige den himmlischen Weg, darunter hielten mehrere Muttergottesfiguren jeweils ihren toten Sohn im Arm. Die christlichen Symbole hatten eine eigene Sprache der Macht und der Gewalt, da konnten sie noch so oft den Frieden predigen. Was ihm jedoch gefiel, waren die ein wenig orientalisch anmutenden Luster, die wie goldene Kronen vom Gewölbe herabhingen. Orsini blickte zweifelnd auf seine Uhr und nahm schließlich in der letzten Reihe Platz. Minutenlang saß er in völliger Stille und dachte schon daran, wieder nach Hause zu fahren, als er aus einem Beichtstuhl rechts von ihm ein knarzendes Geräusch hörte. Eine der Türen war einen Spalt weit aufgegangen.

Orisini stand auf, trat aus der Kirchenbank und hätte sich beinahe bekreuzigt. Eine tausendmal nachgeahmte Geste aus der Zeit, als er mit seiner Mutter noch regelmäßig die Kirche besucht hatte. Er ging auf den dunklen Beichtstuhl im Seitenschiff zu. Davor brannten zwei Kerzen in schweren metallenen Ständern. Das flackernde Licht ließ den offenen Türspalt erkennen. Kurz überlegte er, nochmals zu kontrollieren, ob das SMS tatsächlich von Pokorny gekommen war. Er versuchte abzuschätzen, wie schwer der Kerzenständer war. Sollte er sich einen schnappen? Wieder ärgerte er sich über seine Nachlässigkeit bezüglich seiner Dienstwaffe.

Wider alle Vernunft zog er die Tür des Beichtstuhles auf. „Haben Sie etwas für mich?“, flüsterte er und hoffte, dass er die Situation richtig einschätzte.

„Scheiße“, antwortete eine tiefe Stimme verhalten und ungeachtet dessen, wo sie sich befanden, „kontaktier mich nie wieder so kurzfristig!“

„Das war nicht ich, sondern mein Vorgesetzter ..., übrigens, schöne Kirche, nur – warum ausgerechnet hier?“, erwiderte Orsini gelassener, als er sich fühlte. Er spähte dabei vorsichtig durch das engmaschige Holzgitter auf die andere Seite, wo normalerweise der Pfarrer saß und die Sünden abnahm. Im Halbdunkel erkannte er ein T-Shirt mit einem weißen Einhorn samt aufgerissenen Nüstern. Das Gesicht seines Gegenübers sah er nicht.

„Da kommen *die* als Letztes her.“

Orsini nickte. „Also, was hört man so?“

„Nichts“, antwortete der Mann mit dem Einhornshirt nach einer Pause und eine Spur lauter. „Absolut nichts.“

Das wusste Orsini auch schon von Mark. Nun kam es sozusagen aus offiziell inoffiziellem Mund. „Haben Sie die Greta gekannt?", fragte er.

„Nur vom Sehen. Die war schon mehr Leiche ..., HIV und so."

Orsini nickte. „Kennen Sie ihren ehemaligen Freund?"

„Den Sascha? Sicher kenn ich den."

„Und?"

„Der wird ihr bald folgen, wenn er so weitermacht", stellte der Mann ebenso nüchtern wie treffend fest. „Den zu fragen hättets euch sparen können."

„Verstehe", antwortete Orsini.

„Und, was hat das Pferd gsagt?"

„Wer?", fragte Orsini verwirrt. Er blickte durch das Holzgitter auf das weiße Einhorn auf dem T-Shirt.

„Der Sozialarbeiter heißt bei den Süchtigen das Pferd."

„Wegen des Haarschweifs?", fragte Orsini nach, bevor er eins und eins zusammengezählt hatte.

„Nein, wegen seinem Gebiss", kam es lakonisch zurück. „Also, hat er was erzählt?"

„Nichts besonders Wichtiges", entgegnete Orsini und taufte sein unsichtbares Gegenüber der Einfachheit halber Einhornmann.

„Das Pferd ist ein Schwätzer."

„Davon gibt's viele."

„Ja. Aber das Pferd dealt auch noch."

„Womit?"

„Mit Drogenersatzstoffen."

„Interessant."

„Nichts Großes. Was eben so liegen bleibt", schränkte der Einhornmann ein. „Du hättest nur seinen Rucksack durchsuchen brauchen ..."

Orsini überlegte, wie der schmächtige Sozialarbeiter ins Bild passen könnte, ehe er fortfuhr: „Sagt Ihnen der Name Dorothea Hausner etwas?"

„Die Tote am Beethovenplatz?"

„Genau."

„Nein."

„Werden am Beethovenplatz Drogen gehandelt?"

„Nur Pippifax für verwöhnte Schüler aus gutem Haus." Geringschätzig zog der Einhornmann Schleim durch die Nase hoch.

„Danke", sagte Orsini nachdenklich. Wieder ein Rückschlag, dachte er frustriert und wollte den Beichtstuhl schon verlassen, als der tiefe Bass auf der anderen Seite sagte: „Das war der offizielle Teil."

Hellhörig blieb Orsini in gebückter Haltung stehen.

„Inoffizielles gibt's aber nur gegen Ablass."

„Was konkret haben Sie zu bieten?"

„Kommt drauf an, wie viel du bietest."

„Wie viel? Hm ..., kommt auf die Karotte an, die du mir vor die Nase hängst," erwiderte Orsini und wechselte dabei aufs Du.

„Gottschlich ...", antwortete der Einhornmann.

Orsini dachte an sein gestriges Gespräch mit Pokorny in der Toilette des Landeskriminalamtes. Ihm hatte er dieses Treffen zu verdanken. Es dauerte oft Jahre, einen verdeckten Ermittler einzuschleusen. Meist wussten darüber nur die ein oder zwei Beamten Bescheid, die den Kontakt hielten. Verschwiegenheit und Vertrauen waren die obersten Gebote. Dass oft an der Grenze zur Legalität gearbeitet wurde, lag in der Natur der Sache. Schließlich hatte wie immer ein Kuhhandel stattgefunden. „Du gibst mir, ich gebe dir", hatte Pokorny Orsini gegenüber einmal angedeutet. Die größte Gefahr für einen verdeckt arbeitenden Ermittler bestand dann, wenn man ihn mit einem Beamten sah. Und genau deshalb mied jeder solche Treffen wie die Pest.

Orsini überlegte und begann, in der Hosentasche nach seiner Geldbörse zu kramen. „Weiter ...", sagte er und schob einen Geldschein durch das Gitter.

„Hast du dich schon mal gefragt, wie er es schafft, seine Geschiedene plus eine, sagen wir ... Freundin zufriedenzustellen, eine stattliche Wohnung zu erhalten und ein großes Auto zu fahren?"

„Der Staat bezahlt uns eben gut", antwortete Orsini.

„Mich nicht", erwiderte der Ermittler.

„Du bist für den Staat auch nicht existent."

„Eben. Und darum bin ich auf private Sponsoren wie dich angewiesen."

Montag, 6. Juni 2005

10

„… Mann oder Frau?“, fragte Orsini mit dem Telefon in der Hand, während er gleichzeitig versuchte, sich mit der anderen Hand die Hose überzuziehen.

„Keine Ahnung“, erwiderte der Polizist am Telefon. „Eine Ausländerin hat einen Taxifahrer angehalten, der hat bei der Notrufnummer angerufen, und wir sind jetzt auf dem Weg dorthin.“

„Wo genau im Park?“, fragte Orsini, schnappte sich ein T-Shirt und zog es sich im Gehen über.

„Vor dem Kursalon Hübner angeblich …“

„Ich bin in fünf Minuten dort. Rührt nichts an!“, befahl Orsini und schlüpfte in die erstbesten Schuhe. Bitte nicht, schoss es ihm durch den Kopf. Lass es nicht *sie* sein! Während er gleichzeitig die Wohnungstür absperrte und das Handy verstaute, drängte sich ihm das Bild von Chantals einnehmendem Lächeln auf. Ihre roten vollen Lippen, ihre hohen Wangenknochen, das glatte blonde Haar. Der Geruch ihres Parfums hing ihm in der Erinnerung verführerisch in der Nase. Bitte, lass es jemand anders sein! Natürlich hätte er einen solchen Gedanken nie haben dürfen, als Privatperson nicht und als Kriminalbeamter schon überhaupt nicht. Dennoch, den ganzen Weg von seiner Wohnung hinüber zum Stadtpark konnte er an nichts anderes denken, egal wie schnell er auch lief.

Ein Notarztwagen und zwei Streifenwagen parkten mitten auf dem asphaltierten Platz vor dem Kursalon, der in der aufgehenden Sonne orangerot strahlte. Zwei Uniformierte waren gerade dabei, das Areal mit Bändern abzusperren. Orsini schwitzte aus allen Poren. Völlig außer Atem hielt er wenige Meter vor der Absperrung an und schnappte nach Luft. Die Beklemmung schnürte ihm den Brustkorb zu, als trüge er ein Korsett. Er blickte um sich. Ein Kirschbaum, Rasenfläche, ein efeuüberwucherter alter Baum, wieder ein Gebüsch ..., aber kein Fahrrad. Sie ist doch mit dem Rad weggefahren. Es darf nicht sein ...

Langsam hob er das Absperrband an und bückte sich darunter hindurch.

„He!" Ein junger Notarzt stellte sich ihm in den Weg. „Wer sind Sie?"

„Kriminalpolizei. Lassen Sie mich vorbei", entgegnete Orsini unwirsch und zeigte seine Marke.

„Sie können sich ruhig Zeit lassen, ist schon lang tot."

Orsini versuchte, sich selbst an seine Professionalität zu erinnern, holte tief Luft und trat näher. „Orsini, leitender Ermittler", sagte er zu dem Polizisten vor ihm und ging an ihm vorbei. Gegen die aufsteigende Übelkeit ankämpfend, zwang er seine Augen hinzusehen und registrierte als Erstes die Fliegen, die über der Leiche kreisten.

„Ist Ihnen nicht gut?", hörte er den Polizisten wie von fern.

„Nein, nein, es geht schon", antwortete er mit brüchiger Stimme und stützte sich mit den Händen auf seinen Knien ab, während er einen kurzen Blick auf den Körper wagte. Wie in einer absurden Szenerie hörte er im Kirschbaum neben sich Spatzen überlaut zwitschern. Es ist nicht sie. Für einen unendlich langen Augenblick konnte er nichts anderes denken. Erleichterung breitete sich wie eine Welle in ihm aus. Gleichzeitig kam er sich dafür schäbig vor. Nur weil es nicht Chantal war ...

In einem seltsam abgekoppelten Zustand zwang er sich zur Arbeit. Es war eindeutig dieselbe Handschrift. Dennoch

– Orsini fiel es nach wie vor nicht leicht, hinzusehen – gab es auffallende Unterschiede. Während sein kriminalistisches Auge die Leiche kühl analysierte, drängte sich in seinem linken Ohr ein hoher scharfer Ton in den Vordergrund. Er klang fast wie eine Sirene, Orsini wusste aber, dass er nur in seinem Kopf existierte. Er drückte fest auf sein Ohr. Meist verging der Tinnitus innerhalb einiger Minuten von selbst.

Das weiße Hemd des toten Mannes war an den Ärmeln hochgekrempelt und wie die Hose über und über mit Blut bespritzt. Einer der Knöpfe fehlte, und mindestens an einer Stelle war das Hemd eingerissen. Anders als bei Dorothea Hausner waren die Blutspritzer nicht vom Regen verwaschen und hatten daher klare Konturen. Ähnlich wie bei Hausner war allerdings die Position, in der der Tote dalag. Ausgestreckt, mit den Armen neben dem Körper und der Glasscherbe auf dem Bauch.

Das, was Orsini am liebsten ausgeklammert hätte, war aber der gravierendste Unterschied zu den anderen Leichen. Es war das linke Auge, genauer die linke Hälfte des Gesichts. Orsini versuchte mit einer schnellen Handbewegung, die Fliegen, die darauf herumkrabbelten, zu verscheuchen. Der Täter hatte mit seiner bisherigen Vorgangsweise gebrochen, oder besser gesagt, er hatte einen Gang zugelegt. Anstatt es bei den Schnitten am Arm zu belassen, hatte er diesmal auch im Auge herumgestochert. Orsini hoffte nur, dass er dies nachträglich getan hatte. Die linke Gesichtshälfte sah aus wie ein zerfurchter Acker. Dieser Gegensatz alarmierte ihn zusätzlich. Einerseits das beinahe akribische Geradelegen des Körpers, andererseits immer stärkere Anzeichen für blanke, unkontrollierte Wut.

Orsini wandte sich ab. „Wer hat ihn gefunden?“

Der Uniformierte wies mit der Hand zu einer kleinen Gruppe von Frauen. Eine davon trug einen auffälligen roten Sonnenhut mit dunkler Schärpe. „Touristen“, erklärte er unnötigerweise und musterte Orsini mit verhaltenem Blick.

Orsini sah an sich herab. Zugegeben, für einen leitenden Ermittler sah er nicht besonders respekteinflößend aus, eher wie ein Mann auf der Flucht. Zu ausgetretenen Laufschuhen und zerknitterter Hose trug er ein ausgewaschenes blaues T-Shirt mit dem Bild Che Guevaras. Dunkle Schweißflecken zeichneten sich unter den Achseln ab. „Danke", antwortete er und registrierte ein Folgetonhorn, das sich näherte. Immerhin, das Horn in seinem Ohr hatte nachgelassen. „... ich wollte gerade joggen gehen. Passen Sie auf, dass die Touristinnen nicht verschwinden, bevor wir mit ihnen geredet haben! Haben Sie Handschuhe für mich?" Geräuschvoll blies er die Luft aus seinen Lungen. Die Spatzen flogen aufgeregt zwitschernd davon. Für einen Augenblick war er abgelenkt, doch dann kniete er sich zum Toten nieder und versuchte sich zu konzentrieren. Er wollte unbedingt noch einen ungestörten Eindruck bekommen, bevor der ganze Tross auftauchte.

Auf der spiegelnden runden Hautstelle am Hinterkopf befand sich, ähnlich wie bei Dorothea Hausner, ein Bluterguss, rund um die kahle Stelle und an den Schläfen waren die Haare noch dicht. Über 50, schätzte Orsini. Behutsam bog er die Zweige des Strauchs auseinander und studierte das Erdreich.

„Kein Blut am Boden?", fragte die Stimme Paula Kischs hinter ihm.

Orsini schüttelte den Kopf, ohne sich ablenken zu lassen. Vorsichtig griff er in die Seitentaschen der Hose des Toten. Nichts. Aus der Gesäßtasche holte er schließlich eine dunkelbraune lederne Geldbörse mit den geprägten Initialen *J* und *S* hervor. Er öffnete die Börse und zog eine Kreditkarte heraus. „Jakob Scheinzler", las er laut vor.

„Kann ich gleich überprüfen", sagte Kisch.

„Einen Moment noch, haben Sie ..."

„... bitte", unterbrach ihn Kisch und hielt ihm einen Plastikbeutel hin.

Orsini zog die Geldbörse auseinander: drei Hunderterscheine, ein Fünfziger und zwei Fünfer. Im Münzenfach etwas Kleingeld und ein goldener Tennisschläger.

„He, was machst du da?", dröhnte eine aggressive Stimme hinter ihnen. „Das ist nichts für Anfänger...innen!"

„Ich ...", antwortete Kisch überrumpelt, während Gottschlich sich vor ihr aufbaute. Er hatte einen Zahnstocher zwischen den Lippen, den er von links nach rechts wandern ließ. Er wies Kisch mit einer abschätzigen Kopfbewegung an, sich zu entfernen.

Orsini erhob sich betont langsam und hielt dabei Kisch am Arm zurück. Erst jetzt bemerkte er, dass ihr Gesicht blasser als sonst wirkte. In Orsinis Eingeweiden brodelte es gewaltig. Nach außen wirkte er jedoch vollkommen ruhig, als er sich an Gottschlich wandte: „Obwohl die *Eins* vom Wert her kleiner ist als die *Drei*, ist das bei *uns* im Kriminalamt *nicht* so", bemerkte er süffisant und spielte dabei auf die Hierarchie innerhalb der Abteilung an. Da war die Gruppe KD1, die er leitete, der Tatortgruppe Gottschlichs übergeordnet.

„Das ist *mein* Tatort", beharrte Gottschlich befehlsgewohnt. Dass neben ihnen ein Toter lag, schien ihn nicht weiter zu berühren.

„Beim letzten Tatort warst du aber nicht so versessen drauf ...", erwiderte Orsini, steckte die Geldbörse in den Plastikbeutel und hielt ihn ihm hin. „So, jetzt ist es *euer* Tatort. Aber ich vermute, es ist ohnehin ... Selbstmord."

Gottschlich lief vor Zorn rot an und spuckte achtlos den Zahnstocher aus.

„Du verunreinigst den Fundort", sagte Orsini.

„Ich verunreinige gleich dich", zischte Gottschlich zurück. Es schien, als wollte er handgreiflich werden. Sein Kollege hielt ihn gerade noch zurück, zerriss dabei aber den Verschluss seines eigenen Overalls. Ein kleiner Metallteil fiel zu Boden und blieb vor Orsinis Füßen liegen.

„Und zusätzlich beschädigt ihr auch noch Staatseigentum", sagte er trocken.

„Du kommst schon noch in unsere Gasse", drohte Gottschlich schnaufend.

„Die heißt wie ...?", fragte Orsini lächelnd.

„Fängt mit Blu an und hört mit t auf."

„Ah, im 1. Bezirk", erwiderte Orsini, „und du hast sogar den Namen richtig buchstabiert ..."

Paula Kisch hatte den Wortwechsel schweigend verfolgt. Gottschlich sah sie taxierend, vor allem aber geringschätzig an. Dann löste er sich von seinem Kollegen, trat zur Seite und zog sich einen weißen Overall über.

Kisch wandte sich ruhig an Orsini: „Danke ..."

Orsini nickte. „Ein Arschloch ersten Grades."

„Könnte man sagen. Übrigens, interessantes T-Shirt ..."

„Hab noch bessere", erwiderte Orsini.

Kisch verzog den Mund zu einem Lächeln und meinte: „Ich geb den Namen des Opfers durch und lass seine Identität überprüfen." Sie deutete auf die Einsatzwagen.

„Verwenden Sie lieber Ihr Handy", wandte Orsini ein, „der Polizeifunk ..., da können Sie den Namen gleich mit dem Megafon ausrufen!"

Mit einer raschen Handbewegung stoppte er einen der Uniformierten. „Halten Sie uns die Presse und vor allem die Fotografen vom Leib!"

„Wird nicht einfach", entgegnete dieser und deutete auf die wachsende Zahl der Schaulustigen hinter der Absperrung.

„Versuchen Sie's wenigstens", drängte Orsini. Er sah zum Kursalon und ließ seinen Blick über die nähere Umgebung schweifen, bis er auf der anderen Seite des Parks auf einer Art Vogelhäuschen hängen blieb. „Kisch!"

„Ja?"

„Die dort oben", Orsini wies auf eine Kamera, die auf dem Vogelhäuschen montiert war. Sie war direkt auf das Strauss-Denkmal gerichtet, das sich in einiger Entfernung befand. „Vielleicht haben wir diesmal Glück ..."

Kisch nickte und holte ihr Handy hervor. „Ist, glaub ich, eine Webcam – das hab ich gleich."

„Finden Sie raus, wer dafür zuständig ist!", sagte Orsini und ging grüßend auf Wilasich zu, der sich der Absperrung näherte.

„Hast du auch schon die Schlagzeile vor dir?“, fragte Wilasich.

„Die Frage ist nur, ob unfähige Kriminalpolizei am Anfang oder am Ende steht“, erwiderte Orsini.

„Willst du?“, fragte Wilasich und hielt ihm einen Becher hin.

„Kaffee?“

„Steht zumindest drauf.“

„Später“, entgegnete Orsini.

„Übrigens, tolles Outfit“, meinte Wilasich, während sie sich dem Fundort näherten.

Orsini hob die Augenbrauen, zog es aber vor, nicht darauf einzugehen.

„Entschuldigung“, unterbrach Kisch, „Jakob Scheinzler ... ist Musiker bei den Wiener Symphonikern. Gegen ein Uhr nachts ist ein Anruf in der Zentrale eingegangen, dass er nicht nach Hause gekommen ist, und zwar von seinem Lebensgefährten. Aber leider hat den Anruf niemand ernst genommen.“

„Lebensgefährte?“, wiederholte Orsini und fuhr fort: „Ich brauche alle Details, dann kann ich mich gleich nachher darum kümmern.“

„Musiker“, murmelte Wilasich leise, während Orsini ihm nun den Zustand der Leiche schilderte.

„Hör zu“, sagte Orsini, „wir brauchen alle verfügbaren Kräfte. Sie sollen so schnell wie möglich den ganzen Park durchkämmen. Das schafft die Tatortgruppe niemals allein. Wenn wir den Tatort finden, können wir vielleicht ...“

Wilasich zog die Stirn in Falten. „Wenn ..., ist doch mehr als verhext, wie es diesem Verrückten gelingt, uns an der Nase herumzuführen! Drei Tote im Umkreis von ein paar hundert Metern!“

„Ja, aber diesmal hat es nicht geregnet. Entweder er ist sich seiner Sache unglaublich sicher, oder er legt es fast darauf an, erwischt zu werden ...“ Orsini sah den Kollegen in ihren weißen Anzügen zu, wie sie akribisch jeden Zentimeter absuchten. Lehner hatte gerade einen Zweig vom Strauch geschnitten und in einen Plastiksack gesteckt. Nun kam er damit auf sie zu: „Sieht aus wie ein Faden von einem Kleidungsstück. Blau. Könnte von einem Pullover sein."

„Sehr gut", lobte Orsini ihn und fuhr zu Wilasich gewandt fort: „Du kümmerst dich um die Verstärkung, ich um die Durchsuchungsbefehle." Er deutete auf die umliegenden Gebäude. „Diesmal müssen wir mit allen Geschützen auffahren, die wir haben." Aus den Augenwinkeln beobachtete er erleichtert, wie Kubicek sich durch die kleine Menschenmenge schlängelte. „Und Kubicek soll gleich herausfinden, wie lang der Kursalon und der Biergarten gestern offen gehabt haben!"

Kubicek hatte allerdings in der Zwischenzeit mitten in der Bewegung innegehalten, irgendetwas hatte seine Aufmerksamkeit erregt. Nun schubste er die Leute neben sich unsanft zur Seite, sprintete quer über die Wiese Richtung Ententeich und schrie: „Verfluchtes Arschloch, elendigliches!" Dabei griff er in vollem Lauf an sein Halfter. „Dich hol ich mir!"

„Ist der völlig verrückt?!", stieß Wilasich entgeistert hervor und wollte ihm nacheilen, doch Orsini hielt ihn zurück. „Lass ihn!"

Kubicek steuerte auf einen Baum zu, fuchtelte mit der Waffe herum und schrie sich in Rage. Oben im Geäst hatte sich ein Fotograf mit Teleobjektiv breitgemacht. Hinaufgekommen war er mit einer ausfahrbaren Leiter, die an der Rückseite des Stammes lehnte. Orsini verstand Kubicek in dem Fall absolut. Oft genug hatten Indiskretionen durch die Medien schon Ermittlungen behindert. Doch während Kubicek den Fotografen nun beinahe zwang, sich vom Baum zu stürzen, näherten sich ihnen mehrere seiner Kollegen und knipsten die Szene. Sogar der Polizeifotograf schoss aus der Entfernung einige Fotos.

„Das hat uns gerade noch gefehlt ...", murmelte Wilasich resignierend.

„So ein beschissenes Arschloch", fluchte Kubicek und gesellte sich zu ihnen, als hätte er für die Aktion jede Berechtigung. Sein Kopf glühte hochrot. Niemand im Team wusste genau, warum Kubicek so eine Aversion gegen Journalisten und im Speziellen gegen Fotografen hatte. Nur Elvira hatte einmal etwas von Bildern im Zusammenhang mit seiner Scheidung erwähnt.

„Was sollte das?", fragte Wilasich im scharfen Ton eines Vorgesetzten.

Kubicek starrte wütend zurück.

Orsini mischte sich ein. „War nur überreifes Fallobst, das er da vom Baum geholt hat", meinte er in bewusst ruhigem Tonfall. Streit innerhalb der Truppe war das Letzte, was sie im Moment brauchen konnten.

„Ich hätte seiner Kamera eine Kugel verpassen sollen", geiferte Kubicek weiter. Orsini nahm ihn fest am Arm. „War leider zwecklos, deine Aktion", sagte er, verstärkte dabei den Druck und zeigte auf einen etwas weiter entfernten Baum, auf dem sich eine Fotografin verschanzt hatte. „Und *du* wirst dich jetzt auf deine *Arbeit* konzentrieren!"

Paula Kisch hatte die ganze Zeit still über ihr Handy gebeugt weitergearbeitet. Nun aber hielt sie es ihnen vor die Nase. Auf dem Display sah man den oberen Teil des Strauss-Denkmals und davor einen der Einsatzwagen. „Das kann man sich im Internet nur sozusagen live ansehen, weil die Bilder alle paar Minuten aktualisiert werden", erklärte sie.

„Gute Arbeit", bemerkte Wilasich anerkennend.

„Wer liefert eigentlich die Bilder?", fragte Orsini.

„Die Stadt stellt das als Service für Touristen zur Verfügung. Ob sie das auch aufzeichnen, da bin ich dran."

*

Besorgte Bürger fordern Parkwachen, um weitere Morde zu verhindern, las Orsini. Um zumindest etwas abzuschalten, war er vom Büro in die Unterführung beim Schottentor marschiert und hatte sich dort die Abendausgabe der erstbesten Zeitung gekauft. Der Mord war zwar auch auf Seite eins zu finden, die Schlagzeile lautete jedoch: *Jahrhundertsommer – Hitzerekorde fallen in den nächsten Wochen!* Das brauchte man nicht unbedingt zu lesen, weil es ohnehin jeder spüren konnte. Sämtliche Klimaanlagen liefen auf Hochtouren. Orsini blätterte eine Seite weiter. Ein Foto vom Fundort im Stadtpark mit drei Leuten der Tatortgruppe in weißen Overalls war in der Mitte des reißerischen Artikels platziert. Zu seiner eigenen Überraschung las er nichts von unfähiger Polizei, sondern mehr darüber, dass die Angst unter den Bürgern stieg. Von nächtlichen Besuchen der Parks wurde abgeraten. Ein schwarz umrandeter Bericht begann mit: *Übereifriger Polizist geht mit Waffe auf Pressefotografen los. Drehen bei der Hitze alle durch?* Ärgerlich überflog Orsini die Zeilen. Dann widmete er sich dem letzten Absatz: *Wo schlägt das Phantom als Nächstes zu?* Daneben waren zwei Fotos abgedruckt. Ein unscharfes zeigte Dorothea Hausner, das zweite war eine Jugendaufnahme von Greta, auf der sie tatsächlich sehr hübsch aussah. Orsini nahm die Rolltreppe, schmiss das Revolverblatt achtlos auf eine Bank beim Ausgang und ging auf der anderen Seite der Ringstraße zurück Richtung Büro.

Der Tag war bis jetzt an Hektik nicht zu überbieten gewesen. Sogar Polizisten, die sich eigentlich in Urlaub befanden, wurden einberufen. Der Staatsanwalt hatte überraschend schnell die Durchsuchung sämtlicher umliegender Gebäude genehmigt, was sie logistisch an den Rand des Möglichen gebracht hatte. Und nachdem sie sowohl den Kursalon wie auch das *Biergartl* und die Gärtnerhäuschen allesamt von oben bis unten gefilzt hatten, während eine weitere Gruppe von Uniformierten den Park durchgekämmt hatte, waren sie letztlich um nichts klüger gewesen. Es sei denn, man rechnete die Erkenntnis mit ein, dass sich überall dort unmöglich der Tatort befunden haben konnte. Das Personal der beiden Lokale erinnerte sich an nichts Besonderes. Am längsten war der Kellner im *Biergartl* vor Ort gewesen. Er war um ein Uhr nach Hause gegangen. Wenn man bedachte, dass selbst dann noch genügend Passanten den Park querten, hatte der Täter vermutlich noch eine Weile gewartet, bis er die Leiche abgelegt hatte. Leider hatte sich die Webcam, die ihnen als Einzige darüber Auskunft hätte geben können, als Niete entpuppt. Denn so schön die Bilder auch anzusehen waren, aufgezeichnet wurde leider nichts. Es war zum Verrücktwerden!

Im Landeskriminalamt hatte man nach einer rasch anberaumten Pressekonferenz auch eine Hotline für besorgte Bürger eingerichtet, die zusätzliches Personal band. Zu allem Überfluss war KD1-Direktor Arnulf Fürst vom empörten Zeitungsherausgeber, dessen Fotograf Kubicek vom Baum geholt hatte, angerufen worden. Eine mögliche Anzeige stand im Raum. Der KD1-Direktor hatte Orsini sogar gedroht, die Abteilung für Interne Ermittlungen einzuschalten. Indirekt machte Fürst Orsini für Kubiceks Handlung verantwortlich. Wort- und grußlos hatte Orsini das Büro des Direktors verlassen.

Gerade als er kehrtmachte, läutete sein Handy.

„Wie war die Plauderei?“ Pokorny spielte auf die Szene beim Direktor an und ließ Orsini für einen Moment an Gedankenübertragung glauben.

„Nett.“

„Nur nett, oder ...?“

Orsini antwortete nicht.

„Macht sich die Hosen voll, nur weil ein Zeitungsfritze anruft und sich aufregt“, sagte Pokorny abfällig.

„Er hat mit der Internen gedroht“, antwortete Orsini und blieb für einen Augenblick vor der Alten Börse stehen.

„Tut er doch immer, wenn er sich nicht zu helfen weiß. Machen Sie sich darüber keine Gedanken. Ich hab mit ihm telefoniert. Das kann man nur ignorieren.“

„Und was ist mit dem Landeskommandanten?“

„Keine Ahnung“, erwiderte Pokorny. „Wenn Sie den Fall lösen, wird er alles unter den Tisch kehren, wenn nicht ... Gibt’s schon was Neues?“

„Nur dass der Tote schon seit mehr als 25 Jahren Paukist bei den Symphonikern gewesen ist und dort anscheinend keine Feinde hatte."

„Wer sagt das?"

„Sein Lebensgefährte", erklärte Orsini. „Ich habe mit ihm gesprochen, und es gibt keinen Anlass, ihm nicht zu glauben." Er hatte den völlig verzweifelten Mann in der gemeinsamen Wohnung einvernommen, von wo er sich seit seinem Anruf in der Polizeizentrale nicht wegbewegt hatte. Für die Tatzeit hatte er ein Alibi. Das musste zwar noch überprüft werden, jedoch hegte Orsini keinen Zweifel an der Glaubwürdigkeit des Mannes.

„Warum haben Sie nicht Kubicek zu ihm geschickt?", provozierte Pokorny, der von dessen Abneigung gegen alles, was außer der Norm war, natürlich wusste.

„Eine Schlagzeile pro Tag genügt", erwiderte Orsini säuerlich.

*

„Wo fangen wir an?", fragte Paula Kisch, überholte einen Motorradfahrer und bog vom Franz-Josefs-Kai rechts in die Ringstraße ab.

„Dort, wo wir aufgehört haben."

Sie waren auf dem Weg zum Stadtpark. Orsini hatte bei der Abendbesprechung nach jemandem gesucht, der mit ihm noch einmal alle Fundorte abklapperte. Irgendetwas kratzte in seinem Hirn hartnäckig unter der Bewusstseinsschwelle vor sich hin. Irgendetwas gab es, das ihm schon längst hätte auffallen sollen, und doch ... Kisch jedenfalls hatte sich als Einzige gemeldet, alle anderen wollten endlich heim. Und ehrlich gesagt war Orsini dies auch ganz recht. Nur für einen Moment hatte er gezögert, als Ennsner Kisch einen fragenden Blick zugeworfen hatte. Es war immer noch offen, ob die beiden etwas miteinander hatten, und immer noch interessierte es Orsini, obwohl es ihn rein gar nichts anging.

„Sie brauchen nicht mitzukommen, wenn Sie nicht mehr wollen", sagte er kurz vor dem Luegerplatz.

Paula gab Gas und schaffte es gerade noch bei Grün über die Ampel. „Ist schon okay", sagte sie. So ungern sie sich anfangs zu dem Fall einteilen lassen hatte – mittlerweile war sie diesbezüglich quasi ständig online. Selbst im Schlaf verfolgten sie die Bilder der Ermordeten immer wieder. Letzte Nacht war sie hochgeschreckt und hatte für einen Moment gedacht, sie stünde dem Täter allein gegenüber. Während sie nach einem Parkplatz Ausschau hielt, griff sie rasch nach ihrer Waffe. Unter ihrem Halfter klebte ihre Bluse schweißdurchtränkt am Körper. Orsini hingegen schien seine Waffe so gut wie nie zu tragen.

Während sie den Wagen auf die Nebenfahrbahn lenkte und eine Parklücke vor dem Gartenbaukino ansteuerte, sagte Orsini: „Drinnen ist es bestimmt angenehm kühl ..."

Paula verrenkte sich im Sitz und parkte ein. Dann sah sie auf die große Voranzeige beim Eingang des Kinos: *Die Dolmetscherin*, ein Thriller, den sie sich gerne angesehen hätte. „Und das Praktische an einem Film wäre, dass man am Ende weiß, wer's war", meinte sie.

„Stimmt. Gehen Sie denn gern ins Kino?", fragte Orsini.

„Ja, schon, aber in letzter Zeit komm ich nicht mehr dazu. Studieren und arbeiten ..."

„Verstehe", antwortete Orsini, warf einen raschen Blick auf das Parkverbotsschild, vor dem Paula den Wagen abgestellt hatte, und stieg aus.

„Dabei ist das Gartenbau immer schon eines meiner Lieblingskinos gewesen. Das ist noch Kino, wie es sein sollte! Die haben schon bequeme Sitze gehabt, da waren sie sonst überall noch aus Holz. Und Sie?"

„Was, und ich?"

„Gehen Sie auch gern ins Kino?"

„Ich ..." Orsini wirkte überrascht, dabei hatte er selbst das Thema angeschnitten. „Gelegentlich", erwiderte er, während sie die breite Ringstraße überquerten. „Vorsicht!", sagte er auf der anderen Straßenseite und hielt Paula vor dem Fahrradweg zurück. In der warmen Jahreszeit wuchs die Zahl an Radfahrern, denen sich Paula eigentlich gerne angeschlossen hätte. Wenn es an ihrem Job etwas Grundlegendes auszusetzen gab, dann der Mangel an Sport, dachte sie und nutzte eine Lücke im Strom der Radfahrer, um den Weg zu queren.

„Wussten Sie, dass man früher einen Schilling dafür zahlen musste?", fragte Orsini im Park und setzte sich auf eine der Bänke.

„Für den Park?" Paula setzte sich ebenfalls. Ein Platz blieb zwischen den beiden frei.

„Nein, für die Sessel. Es gab früher hier die sogenannten Sesselfrauen, die für die Benützung eine Leihgebühr eingehoben haben."

„Waren die dann wenigstens gemütlich?", fragte Paula.

Orsini zuckte mit den Schultern und blickte starr zum Fundort der Leiche.

„Woran denken Sie?", fragte sie nach einer Weile.

„Dass Sie eine Sesselphobie haben."

„Eine Phobie?" Wusste er denn überhaupt, was das genau war? „Ich mag es nur nicht, wenn die Dinger unbequem sind." Sie sah einer Reisegruppe zu, die auf das Strauss-Denkmal zuging, und hakte nach: „Abgesehen von den Sesseln, woran denken Sie noch?"

„Dass dort drüben ein ermordeter Mann gelegen ist, der gestern noch auf der Bühne stand. Ist doch eine unglaubliche Verschwendung. Man lernt ein Leben lang, dann tritt man – die einen früher, die anderen später – ab, und all das, was man sich mühsam angeeignet hat, ist mit einem Schlag weg."

„Nicht ganz. Es wird doch auch etwas weitergegeben. Ich meine, vielleicht hat er …", sie deutete dabei zum Fundort, „vielleicht hat er Unterricht gegeben, seine Erfahrungen ausgetauscht. Möglicherweise hat er sogar komponiert …"

Orsini nickte. „Trotzdem …"

Er hatte zwar das Che Guevara-T-Shirt mit einem schlichten Hemd getauscht, frisch wirkte er dennoch nicht. Offensichtlich fiel es ihm – zumindest was diesen Fall anlangte – nicht leicht, abzuschalten. Paula war nicht ganz klar, was sie hier taten. „Sollen wir darauf warten, dass der Täter an den Ort seines Verbrechens zurückkehrt, oder …?“, fragte sie und wetzte auf ihrem Sitzplatz hin und her. Die Teilnehmer der Reisegruppe fotografierten einander inzwischen vor dem Strauss-Denkmal.

„Solange wir keine Gebühr für die Sessel zahlen müssen …“

Paula starrte auf einen der Touristen, der sich vor dem Komponisten in Pose warf. Zuerst spielte er Geige wie der vergoldete Strauss, als nächstes kletterte er auf den Sockel und legte ihm den Arm um die Schultern. Und dann … Paula sprang auf und lief zum Kirschbaum neben dem Fundort der Leiche. Blickte von dort zum Denkmal, ging aufgeregt auf und ab und schüttelte den Kopf. Orsini erhob sich verwundert. Er beobachtete, wie ihr der Seidenschal von der Schulter rutschte und sie ihn sich mit einer selbstverständlichen Geste wieder zurechtrückte. Hatte er sie überhaupt schon einmal ohne Schal gesehen, dachte er und trat zu ihr. Der Tourist hatte sich inzwischen zu den steinernen Jungfrauen hinter Johann Strauss gelegt und ließ sich geduldig fotografieren.

„Was ist denn in Sie gefahren?“, fragte er.

„Dass es mir nicht gleich aufgefallen ist!“, antwortete Paula und sah Orsini direkt in die Augen.

„Und zwar was?“

„Wenn man genau schaut“, Paula kniff die Augen zusammen, „richtet er seinen Blick ungefähr hierher.“

„Wer?“

„Strauss.“

„Sie meinen …?“ Orsini folgte ihrem Blick. Zwischen seinen Augenbrauen entstand eine tiefe Falte.

„Ja, das Denkmal. Sein Blick ist doch auf den Fundort gerichtet“, sagte Paula und drehte sich so, dass sie den goldenen Strauss besser sehen konnte.

„Und …“ Orsini fuhr sich über die Bartstoppeln. Genau deswegen hatte er sie mitgenommen. Manchmal konnte er zu zweit besser denken als allein, auch wenn er das nicht unbedingt so schnell zugegeben hätte. Vor seinen Augen erschien das jeweilige Bild der drei Ermordeten, wie sie ausgestreckt dalagen. Bewusst aufgebahrt, dachte er und murmelte: „Dreimal in einem Park und zweimal bei einem Denkmal …“

Interessiert ging er neben Paula Kisch in die Hocke. Dabei streifte er sie seitlich am Oberschenkel. Für einen Moment sahen sie sich an. Orsini entschuldigte sich und wandte sich zum Denkmal. Tatsächlich schaute der Komponist auf den Fundort der Leiche.

„Dreimal“, sagte Paula.

„Was, dreimal?“

„Dreimal bei einem Denkmal.“

„Zweimal“, verbesserte Orsini.

„Nein, dreimal“, beharrte Paula. „Am Karlsplatz steht doch gleich neben dem Fundort das Brahms-Denkmal. Das kann man nur im Moment wegen der Baustelle nicht sehen.“

Orsini stand auf. Wie abends der erste Stern am Horizont war soeben ein kleiner Hoffnungsschimmer aufgetaucht. „Vielleicht …“, entgegnete er. Mit einem Schlag war seine Müdigkeit verschwunden. „… ist das die Verbindung. Kommen Sie!“, sagte er und setzte sich in Bewegung.

Beinahe im Dauerlauf erreichten sie den Karlsplatz. Im Näherkommen deutete Paula auf einen Holzverschlag. Gemeinsam schoben sie eine Bank an die Bretter heran. Ohne abzuwarten stieg Paula auf die Rückenlehne. Dann streckte sie sich so weit wie möglich in die Höhe. Doch der Rand der Holzverschalung blieb für sie außer Reichweite. Unfreiwillig zum Beobachter degradiert betrachtete Orsini sie dabei. Ihre Bluse war nach oben verrutscht. Sein Blick glitt die Taille entlang den Rücken hinauf.

„Soll ich Ihnen helfen?“, bot er sich an. Nur ungern widerstand er der Versuchung, sie um die Hüften zu nehmen und die paar Zentimeter hochzuheben.

„Leider. Bin eine Spur zu klein", antwortete Paula und sprang von der Lehne auf die Sitzfläche. Dabei streckte sie ihre Hand haltsuchend aus. Orsini ergriff sie und hielt sie einen Moment zu lange.

„Sie können mich wieder loslassen", meinte Paula schließlich und sah ihn dabei an. Einige Passanten warfen ihnen bereits fragende Blicke zu. „Sie schaffen das sicher, Sie sind größer."

Er nickte, stieg auf die Lehne der Bank, erreichte mit den Händen den Rand der Fichtenbretter und zog sich daran hoch. Hinter dem Holzverschlag war es etwas dunkler. Trotzdem erkannte er die starren, steinernen Augen Brahms'.

„Und?", rief Paula.

Die Blickrichtung stimmte auf jeden Fall. Orsini sprang zurück auf die Sitzfläche der Bank und setzte sich. In Gedanken spürte er noch die Hand Paula Kischs in der seinen. „Könnte hinkommen!", sagte er nachdenklich.

„Das wäre zumindest ein konkreter Zusammenhang, oder?"

„Dorothea Hausner lag aber hinter dem Beethoven-Denkmal", bremste Orsini sie vor allzu schnellen Schlüssen ein.

„Vielleicht ist sie ihm ... passiert. Oder ein Zwischenfall?"

„Glaube ich nicht."

„Warum?"

„Die Körperlage, die Scherbe am Bauch ..., nein, das ist nicht passiert", antwortete er. „Das ist schon in Szene gesetzt, fragt sich nur, für wen ..."

„Und dass es jetzt ein Musiker ist, ich meine, ist das ein Zufall?"

„Keine Ahnung, kann sein oder nicht. Die Greta und die Hausner, die haben jedenfalls nichts mit Musik zu tun. Außer ..."

„Außer?"

„... wir erfahren von den Symphonikern etwas dazu!"

„Kann ich da dabei sein, ich meine bei der Befragung?"

Paula legte ihren Kopf in den Nacken und sah Orsini fast ein wenig keck an.

Er hielt den Blick. „Warum nicht? Ihr Kollege Ennsner ... fühlt sich bei Kubicek anscheinend ohnehin wohler als Sie. Das wird morgen sowieso ein Großeinsatz." Er strich mit dem Zeigefinger die Banklehne entlang, ehe er fortfuhr: „Apropos, kennen Sie ihn schon lange?"

Paula fuhr sich mit der Hand durch die Locken. Die Frage schien ihr unangenehm. „Seit der Ausbildung, warum?"

Geschickte Gegenfrage, dachte Orsini. „Nur so."

„Was halten Sie denn von ihm?", rutschte Paula die Frage heraus. Sie biss sich auf ihre vorschnelle Zunge.

„Scheint ein guter Polizist zu sein. Er wirkt aufmerksam und lernt schnell. Aber um mir ein genaueres Urteil bilden zu können, müsste ich ihn länger kennen. Warum fragen Sie?", drehte Orsini den Spieß um.

„Nur so."

„Aha. Haben Sie heute ... noch etwas vor?" Er überlegte, ob er sie auf einen Drink einladen sollte, und warf rasch einen Blick auf seine Uhr. In einer halben Stunde begann allerdings die Bandprobe und wenn er heute nicht auftauchte ...

„Nein", antwortete Paula. Sie hatte Orsinis Blick auf die Uhr bemerkt.

„Ich hätte Sie gerne noch zum Ausklang des Tages eingeladen, aber ich muss dringend zu ..."

„Ich eigentlich auch", unterbrach Paula, obwohl sie nichts mehr vorhatte.

„Na dann ..."

„Ja, dann bis morgen."

Dienstag, 7. Juni 2005

11

Kubicek und Ennsner hatten bereits am Vortag einen Teil des fixen Personals im Konzerthaus befragt und würden noch den ganzen Vormittag damit weitermachen. Die Leitung des Hauses hatte sich sehr kooperativ gezeigt und eine Liste der am fraglichen Abend Anwesenden erstellt. Bei den Symphonikern gestaltete sich die Sache schwieriger. Teils, weil an dem Abend Substitute gespielt hatten, teils, weil der Geschäftsführer des Orchesters sich wie eine Diva verhielt. Erst nach mehreren lautstarken Telefonaten – letztlich hatte Orsini damit gedroht, alle Musiker, die am Abend des Mordes Dienst gehabt hatten, für den gesamten Vormittag zu sich ins Büro zu bestellen – hatte der Geschäftsführer eingelenkt. Vereinbart war nun, die Vernehmung eine Stunde vor Probenbeginn abzuhalten.

Sie befanden sich in einer Art Aufenthaltsraum, in den sie über mehrere Stiegenauf- und abgänge gelangt waren. Orsini war sich nicht sicher, ob sie sich nun unter oder hinter dem großen Konzertsaal aufhielten. Jedenfalls waren die Räumlichkeiten wesentlich schäbiger, als er es vermutet hätte. Den Teil, den das Publikum zu sehen bekam, hatte man erst vor einigen Jahren aufwendig renoviert. Er blickte kurz zu Paula Kisch und Elvira Zobl, die er gebeten hatte, im Hintergrund zu bleiben. Denn es war denkbar, dass der Täter unter den Anwesenden war oder dass ihn zumindest jemand kannte und ihn oder sich durch Kleinigkeiten verriet. Dazu brauchte er Zobls Erfahrung und Beobachtungsgabe, und auch Kisch traute er da einiges zu. Eine der Fragen, die ihn die ganze Nacht beschäftigt hatten, war, ob der Täter wahllos irgendjemanden umbrachte, der ihm zufällig zur falschen Zeit am falschen Ort in die Hände lief. Oder ob er eine Auswahl traf. Zweiteres passte wesentlich besser zur These, dass die Toten eine Art Opfergabe an die Komponisten auf ihren Denkmälern darstellten. Ersteres hatte aber angesichts der früheren, Jahre zurückliegenden Attacken auch etwas für sich.

Unter den Anwesenden herrschte hektische Gespanntheit. Es wurde getuschelt wie in einer Schulklasse. Orsini erkannte den Ersten Geiger und den schlanken Bläser, mit denen er nach Dorothea Hausners Tod nebenan, bei *Sand in the City*, schon gesprochen hatte. Unauffällig wies er Zobl und Kisch darauf hin. Insgesamt schien das Orchester jünger und bunter, als er erwartet hatte. Männerdomäne war es eindeutig keine mehr. Eine der Musikerinnen hatte gerade einen Flyer hervorgeholt und zeigte ihn einem der Kollegen. Gerade als Orsini das Wort ergreifen wollte, schlich sich ein großer blonder Musiker in T-Shirt und Shorts herein. Er machte eine entschuldigende Geste und legte seinen Fahrradhelm auf einen der Tische. *N. G.* stand auf seinem Geigenkoffer.

Orsini räusperte sich und hob die Hand. „Darf ich um Ihre Aufmerksamkeit bitten! Wie Sie vermutlich alle wissen ...“, er machte eine Pause und sah in die Runde, „... ist Ihr Kollege Jakob Scheinzler gestern ermordet worden.“

„Wie?“, fragte einer der Musiker. Er hatte offenbar einen nervösen Tick und klopfte ständig mit seinem Geigenbogen auf einem Notenpult herum.

„Das tut nichts zur Sache.“

„Es interessiert uns aber“, erwiderte ein anderer mit einem verächtlichen Zug um die Mundwinkel. Orsini fixierte ihn. Es war der Cellist mit der Fönwelle, den er ebenfalls von Chantals Bar kannte.

Der Cellist hob die Augenbrauen und unterstrich den nächsten Satz mit einer ausladenden Geste. „Es gibt Gerüchte, dass der ..., der Lebensgefährte ihn umgebracht hat ..."

„Dafür gibt es keinen Anhaltspunkt", schnitt ihm Orsini das Wort ab. Mittlerweile war er ungehalten, weil die Aufmerksamkeit zu wünschen übrig ließ. Ein Musiker hatte gerade begonnen, leise auf seiner Oboe zu blasen, ein anderer stand in einer Ecke und telefonierte. Mit scharfem Ton befahl er: „Ich bitte Sie, alle Ihre Instrumente wegzulegen und mir zuzuhören!"

Augenblicklich wurde es still.

„Also, wenn Sie es unbedingt wissen wollen: Jakob Scheinzler ist verblutet." Damit verriet Orsini nicht zu viel. „Meine Kolleginnen und ich befragen Sie, wenn es nötig sein sollte, einzeln. Am Allerwichtigsten ist es aber, herauszufinden, wer ihn zuletzt gesehen hat."

Das Geraune setzte wieder ein, doch bald kristallisierte sich heraus, dass Jakob Scheinzler nach dem Ende des Konzerts zusammen mit einer Gruppe von fünf Kollegen in der Garderobe gewesen war.

Während Zobl den übrigen Musikern weitere Fragen nach dem Ermordeten stellte, wandten Orsini und Kisch sich an die fünf: „Sie waren also die Letzten, die den Toten hier im Haus gesehen haben?"

„Nein", widersprach ein kleiner, älterer Geiger, der sich als Moritz Braun vorstellte, „das muss doch der Orchesterwart gewesen sein!"

„Interessant", bemerkte Orsini. „Und wo ist der?"

„Wahrscheinlich auf der Bühne", antwortete Braun, „soll ich ihn holen?"

Orsini versuchte ruhig zu bleiben. Er hatte ja alle Zeit der Welt ... Endlich, als Braun mit dem Orchesterwart zurückgekehrt war und sie sich in die Garderobe zurückgezogen hatten, fuhr Orsini fort: „Vorstellungsende. Sie fünf waren die letzten hier im Umkleideraum ..."

„Wir fünf und Jakob", präzisierte der Cellist und zupfte an seinem Hemdkragen.

„Unternehmen Sie öfters etwas gemeinsam nach dem Konzert?", fragte Kisch.

„Das ist mal so, mal so. Moritz", er wies dabei auf den Geiger, „hat gefragt, ob noch jemand etwas trinken mitgeht, während wir uns hier umgezogen haben. Wir waren alle verschwitzt nach dem Konzert. Die Hitze untertags und dann noch beim Konzert", erklärte der Cellist.

„Und Sie?", Orsini meinte den Orchesterwart. „Sie waren zu dem Zeitpunkt wo?"

„Ich war in der Kantine vom Akademietheater. Die hat manchmal noch offen, wenn drüben die Vorstellung länger dauert."

„Wieso glauben die Herren hier dann, dass Sie den Ermordeten zuletzt gesehen haben?" Orsini hob ungläubig die Hände.

„Das verstehe ich auch nicht!" Der Orchesterwart sah ebenso verblüfft in die Runde. „Wie kommt ihr da drauf?"

„Aber er hat doch gesagt ..."

„Na, weil ..."

Die Musiker redeten wirr durcheinander, bis Orsini sich durch ein lautes „Ruhe!" Gehör verschaffte. „Also, Sie haben den Herrn Scheinzler nach der Vorstellung sicher nicht mehr gesehen?"

„Nein!"

„Und warum hatten *Sie*", Orsini wandte sich an die Musiker, „dann den Eindruck, dass Scheinzler noch den Orchesterwart treffen wollte?"

Moritz Braun räusperte sich und deutete auf ein altes Telefon, das an der Wand hing. „Es hat jemand für ihn angerufen, wegen einer kaputten Pauke. Ich hätte gedacht, dass du das warst ..." Er sah zum Orchesterwart, der nur stumm den Kopf schüttelte.

„Moment!", warf Orsini ein. „Also, das Haustelefon hat geläutet. Wer von Ihnen hat abgehoben?"

„Das war ich", erwiderte der Cellist.

„Sie heißen?", fragte Kisch und schrieb auf ihrem Handy mit.

„Gustav Leitgeb."

„Wie oft hat das Telefon geläutet?", fuhr Orsini fort.

„Keine Ahnung. Ein paar Mal. Warum?"

„Kann alles wichtig sein", erwiderte Orsini lapidar und sah wieder zum Orchesterwart. „Sie wissen aber nichts von einer kaputten Pauke und haben auch nicht mit dem Ermordeten telefoniert?"

„Nein", entgegnete der Orchesterwart kopfschüttelnd. „Es gab ja keine kaputte Pauke!"

„Verstehe. Können wir das ganz genau durchgehen? Warum also haben gerade Sie abgehoben?", fragte Orsini den Cellisten.

Der Cellist überlegte eine Weile. „Wahrscheinlich weil die Kollegen zu faul waren, um aufzustehen."

„Okay. Sie haben abgehoben. Was war dann?"

„Jemand hat gefragt, ob Jakob da ist."

„Mehr nicht?"

„Nein."

„Ein Mann?"

„Sicher."

„Haben Sie die Stimme erkannt?"

„Nein."

„Was hat er genau gesagt?"

„Dass er den Jakob sprechen will."

„Hat er seinen Namen genannt?"

Wieder ließ sich der Cellist Zeit, ehe er antwortete. In Orsinis Fantasie zischte bereits ein kleiner Wellenreiter mit Surfboard durch dessen Wellen aus Haar und Taft. „Ich glaube nicht", sagte er schließlich. „Ich glaube, er hat gesagt, dass er mit dem Paukisten reden wollte."

„Ist doch ungewöhnlich, dass er Scheinzler nicht beim Namen genannt hat, oder?"

„Nicht unbedingt. Was glauben Sie, wie viele Musiker hier ein- und ausgehen."

Orsini nickte. „Und dann?"

„Dann hab ich den Jakob gerufen und ihm den Hörer in die Hand gedrückt."

„Und ist Ihnen das nicht seltsam vorgekommen, dass statt des Orchesterwarts ein Unbekannter anruft?"

„Mir war das in dem Moment egal. Wieso sollte mich das stören? Natürlich jetzt, wo er tot ist ..."

Eine drückende Stille hatte sich über den Raum gelegt. Es war eine Sache, in der Zeitung von einem Mord zu lesen, eine gänzlich andere aber, selbst in der eigenen Umgebung damit konfrontiert zu werden. Vor allem schien es den Kollegen des Ermordeten zu dämmern, dass sie es in der Hand gehabt hätten, das Verbrechen zu verhindern, wenn ihnen nur irgendetwas rechtzeitig aufgefallen wäre.

Orsini sah den Orchesterwart an und fragte: „Was haben Sie gemacht, bevor Sie in die Kantine sind?"

„Ich hab auf der Bühne alles kontrolliert und unten die Räume zugesperrt, in denen wir sonst arbeiten. Die Kollegen sind ja schon vor mir weg." Er hatte sich auf die schmale Bank vor den grellorangen Spinden gesetzt und den Kopf in die Hände gestützt. Das Mobiliar, dachte Orsini, war richtiggehend hässlich und hätte besser zum Kaffeeautomaten im Eingangsbereich des Kriminalamtes als in diesen Tempel der Hochkultur gepasst. „Sie sind sicher, dass Sie zugesperrt haben?"

„Natürlich! Was glauben denn Sie?!"

„Ich vermute, dass es unmöglich ist, nachzuvollziehen, von wo aus Herr Scheinzler angerufen wurde?"

Der Orchesterwart zuckte mit den Schultern. „Es gibt in fast jedem Zimmer eins von denen." Er zeigte auf das Haustelefon. „Es soll demnächst ausrangiert werden, aber es steht ja nicht im Weg. Und solange es noch da ist, benutzen wir es halt ..."

„Hmm", Orsini richtete sich an die Runde, „was geschah dann weiter?"

„Wie schon gesagt“, erklärte der Geiger. „Wir waren alle schon aufbruchbereit, der Jakob hat kurz telefoniert, ist dann zur Tür gegangen und hat zu mir gesagt, dass er wegen einer kaputten Pauke noch runter muss zum Orchesterwart.“

„Das war alles?“

Die Musiker nickten.

„Und keiner von Ihnen kann sich erinnern, was der Herr Scheinzler am Telefon gesprochen hat?“

Stummes Kopfschütteln.

Plötzlich wurde die Tür aufgerissen und Kubicek sah herein. „Chef“, fing er an, ohne auf die Situation auch nur im Geringsten zu achten, „den Pauker hat niemand mehr gesehn.“

Paula Kisch rollte mit den Augen, Orsini seufzte. Doch bevor er zu einer Replik ansetzen konnte, bemerkte der Cellist süffisant: „Das heißt *Paukist.*“

Kubicek gaffte ihn an. „Was?“

„Pauk-ist!“, wiederholte er und verschränkte die Hände vor seinem Bauch.

„Mir wurscht, tot ist tot“, entgegnete Kubicek und fuhr zu Orsini gewandt fort: „Wir haben mit den Feuerwehrleuten, dem Portier, allen Kellnerinnen und bei der Kassa nachgefragt. Keiner hat ihn mehr gesehen.“

„Ist in Ordnung“, antwortete Orsini. „Was ist mit den Ausgängen? Wir müssen wissen, ab wann sie zugesperrt werden und wer das gemacht hat! Und jetzt“, er scheuchte Kubicek mit einer flotten Handbewegung aus dem Raum, „brauch ich hier Ruhe!“

Kubicek, der Kisch währenddessen von oben bis unten abschätzig gemustert hatte, so als säße sie bloß unnütz herum, zog die Tür hinter sich zu.

„Aber er kann sich ja nicht in Luft aufgelöst haben?!“, bemerkte Moritz Braun mit belegter Stimme. Die übrigen Kollegen sahen einander betreten an. Keiner hatte noch etwas zu sagen.

*

„War das der kürzeste Weg vom Umkleideraum hierher?“, fragte Orsini einige Zeit später den Orchesterwart.

Sie befanden sich im Kellergeschoß in der Instrumentenkammer. Hier, hatte Orsini sich erklären lassen, wurden Reparaturen vorgenommen, manchmal sogar während eines Konzerts, wenn es nicht anders ging. Weder hier noch in den umliegenden Abstellräumen sah es danach aus, als hätte ein Kampf stattgefunden. Kein Blut, dachte Orsini, und alles hatte seine, wenn auch staubige Ordnung.

Gedämpft durch meterdickes Gemäuer schafften es einige Töne über verschlungene Wege vom Konzertsaal bis hierher. Die Musiker waren bereits auf der Bühne und probten. Das dumpfe Geräusch eines Bassinstruments drang an Orsinis Ohr. Er fühlte sich in das schmale Treppengewölbe zum Proberaum seiner Band versetzt. Es roch eigentlich auch ganz ähnlich, ein wenig muffig, nach jahrzehntelang abgestandener Luft. Der Unterschied war dennoch nicht zu übersehen: Orsinis Proberaum maß gerade mal 20 Quadratmeter und beherbergte alles, was er und seine Band brauchten. Während hier eine komplette Maschinerie werkte, tagaus, tagein, und mit der entsprechenden Finanzierung.

„Ja“, antwortete der Orchesterwart einsilbig.

„Wie bitte?“, fragte Orsini, „Ach ja, der Weg herunter ... Es gibt aber noch andere?“

Der Orchesterwart nickte. Seine Körperhaltung war gebeugt, er hatte hängende Schultern und lichte, graue Haare. Bis zur Pensionierung war es wohl nicht mehr weit. Der eigenwillig geschnittene gelbweiße Arbeitskittel hatte die Grenze zur Pensionierung längst überschritten. Insgesamt wirkte der Mann etwas verängstigt. Seinem Verhalten nach zu schließen hatte er noch nie mit der Polizei zu tun gehabt. „Schon. Aber das sind Umwege. Wenn der Scheinzler ..., der Jakob, hierher wollte, dann ist er sicher so gegangen.“

Orsini registrierte die Pause zwischen Nachname und Vorname.

„Und dass er dabei jemandem begegnet ist?“

„Um die Zeit eher nicht, weil da waren die meisten schon außer Haus."

„Abgesehen von dem, der ihn angerufen hat. Können wir den Weg noch einmal abgehen? Wir wissen ja gar nicht, ob er hier unten", Orsini sah sich noch mal genau um, „jemals angekommen ist."

Während sie nun erneut zur Garderobe gingen, kamen ihnen Kubicek und Ennsner entgegen.

„Wegen der Ausgänge", platzte es aus Kubicek hervor, „Kollege Ennsner hat sich erkundigt, und: Der Portier hat erklärt, dass der hintere Ausgang erst bei Dienstschluss zugesperrt wurde, also zirka um Mitternacht!"

„Gute Arbeit", erwiderte Orsini, „ich seh mir das nachher gleich noch mit euch an!"

Im Aufenthaltsraum, der nun seltsam leer wirkte, da die Musiker sich alle bei der Probe im Konzertsaal befanden, fragte Orsini den Orchesterwart eher beiläufig: „Wie war Herr Scheinzler denn so, als Musiker?"

„Als Musiker?" Der Orchesterwart zögerte. „Ein Profi", antwortete er dann mit ausweichendem Blick.

„Kannten Sie ihn denn gut?", fragte Kisch.

„Na ja", der Orchesterwart reagierte beinahe nervös. Irgendetwas schien ihn zu irritieren. „Mit den Schlagwerkern haben wir schon mehr zu tun, teilweise."

„Warum gerade mit denen?"

„Ein Geiger, zum Beispiel, hat sein Instrument selber mit. Schlagwerker nicht. Da lagert das meiste hier bei uns." Der Orchesterwart hatte sich gegen einen der Tische gelehnt und griff nun nach einem Notenblatt, das offensichtlich jemand hier vergessen hatte.

Paula Kisch schnappte sich einen Stuhl und setzte sich so hin, dass sie den Orchesterwart ein wenig von unten ansah. Nachdenklich kratzte sie sich am Hinterkopf und fragte schließlich mit leiser Stimme: „Gab es denn Probleme?"

„Probleme? Wie meinen Sie das?"

„Na, mit Kollegen zum Beispiel?"

„Mit Kollegen ...?" Der Orchesterwart zuckte kaum merklich zusammen. „Nein, nicht dass ich wüsste."

„Sondern?", hakte Orsini nach.

„Er war schon sehr lange dabei. Hab nur so gehört, dass es Schwierigkeiten gegeben hat."

„Welcher Art?"

Dem Orchesterwart war diese Frage sichtlich unangenehm. Er drehte das Notenblatt zu einer Rolle zusammen. „Disziplinär. Er ..., also als Paukist, da hat man nicht immer was zu tun, wenn Sie verstehen ..."

Orsini nickte, obwohl ihm nicht ganz klar war, was der Mann damit ausdrücken wollte.

Kisch lächelte den Orchesterwart mit einer kleinen Kopfbewegung freundlich an und tippte auf das Notenblatt. „Das heißt was genau?"

„Angeblich ... war er bei den Proben unaufmerksam."

Orsini half ein wenig nach: „Hat er Einsätze verpasst?"

„Nein. Aber so in der Art."

„Verstehe ich nicht ..." Orsini legte ihm beruhigend eine Hand auf die Schulter. „Es ist wichtig, dass wir alles über den Toten erfahren, selbst wenn es nicht nur Positives ist ..."

„Er ist beim Zeitunglesen während eines Konzerts gesehen worden. Es gab angeblich eine Beschwerde über ihn."

Nur Zeitungen, fragte sich Orsini kurz.

Der Orchesterwart drehte sich um und strich das Notenblatt wieder glatt. Mit einem vielsagenden Blick deutete er an, dass er schon mehr gesagt hatte, als er wollte. „Ich müsste jetzt zur Probe, wenn Sie erlauben ..."

„Natürlich", antwortete Orsini, „was dagegen, wenn wir noch kurz einen Blick in den Konzertsaal werfen?"

„Nein, nein, kommen Sie nur ..."

Sie folgten ihm und gleichzeitig dem Klang des Orchesters über Stiegen und Gänge, bis er ihnen schließlich eine der Doppeltüren zum Großen Saal öffnete und auf die leeren Stuhlreihen deutete.

„Ganz schön imposant", flüsterte Kisch Orsini zu.

„Ja“, musste er ihr recht geben. Er hatte schon lange kein Orchesterkonzert mehr gehört, hauptsächlich weil er das Publikum so verstaubt in Erinnerung hatte. Beim letzten klassischen Konzert, das er noch mit seiner Mutter besucht hatte, hatten sie in beinahe jeder Reihe einen schnarchenden Abonnement-Platzhalter entdeckt, trotz der unbequemen Sitze. Aber so wie die Symphoniker sich ihnen hier unwissentlich präsentierten, wirkten sie jung, flott und sportlich. Es lagen Fahrradhelme herum, sie hatten ihre Instrumentenkoffer wild über die Sitzreihen verteilt – insgesamt hätten sie gut zu Paula Kischs Ordnungsgefühl gepasst –, viele spielten in kurzen Hosen und legerem T-Shirt. Gleichzeitig war die Unruhe, die während seines Gesprächs mit ihnen geherrscht hatte, einer hochkonzentrierten Aufmerksamkeit gewichen. Alles was der Dirigent sagte, wurde sofort und äußerst professionell umgesetzt. Vielleicht tat er ihnen unrecht, wenn er vom Publikum auf sie schloss.

Während die Symphoniker ihren Rausch von Klangfarben und Rhythmen weiter verfeinerten, machten Orsini und Kisch sich wieder aus dem Staub.

12

Als er das Büro betrat, stand Wilasich mitten im Raum und starrte auf die Pinnwand. Orsini hatte die anderen im Konzerthaus zurückgelassen, damit sie in der Pause nochmals die Musiker befragten. Es war mehr als seltsam, dass niemand sich erinnern wollte, den Kollegen auf seinem angeblichen Weg zum Orchesterwart gesehen zu haben. Kisch hatte er außerdem einen weiteren Auftrag erteilt und war dann zu Fuß durch die Stadt gegangen.

„Hallo, Kurt!“, grüßte Orsini.

„Hallo“, kam es trocken zurück.

Orsini biss sich auf die Lippe. Offensichtlich war Wilasich immer noch sauer, weil er ihn nicht ins Konzerthaus mitgenommen hatte. Wilasich war Klassikfan. Er hätte gerne die Gelegenheit genützt, um einen Blick hinter die Kulissen zu werfen. Für ihn war das Konzerthaus so etwas wie der musikalische Gral. Orsini hielt ihn jedoch als quasi Zentrale der Ermittlung für unverzichtbar und hatte darauf bestanden, dass er im Büro die Stellung hielt.

Nun stand er mit dem Rücken zu ihm und blickte auf die mit Berichten, Fotos und Notizzetteln gespickte Wand vor seinem Schreibtisch. Die Pinnwand selbst war nur noch zu erahnen. Die Ränder des daneben hängenden Stadtplans waren mit Anhängseln versehen und ließen somit das Stadtgebiet immer mehr schrumpfen. Für Außenstehende konnte nur ein verrückter Künstler dieses Werk fabriziert haben. Wilasich war jedoch weder verrückt noch künstlerisch veranlagt. Er hatte einfach nur sein eigenes Ordnungssystem.

Emotionslos las Wilasich – mehr für sich – aus dem Obduktionsbefund vor: „Der Schlag auf den Hinterkopf hat einen Teil der Schädeldecke zertrümmert ..., vermutlich ein Gegenstand aus Metall ...“ Er heftete den Befund mit einem Reißnagel an die Wand.

Orsini spürte den Stich, den die Metallspitze in die Wand machte, beinahe körperlich, sagte aber nichts. Der Grenzverlauf in ihrem Büro war abgesteckt – beinahe wie die Fronten in einem Kriegsgebiet. Daran hielt sich Wilasich. Allerdings nahm das Chaos rund um seinen Schreibtisch mittlerweile beängstigende Ausmaße an.

„Wenn das alles vorbei ist ...“, sagte Orsini. Er wartete, bis Wilasich sich umdrehte. „Dann lade ich dich auf ein Konzert ein. Gut möglich, dass wir nachher bei den Orchestermusikern noch etwas recherchieren müssen.“

Wilasich stieg über einen Stapel Akten hinweg, als wäre es die normalste Sache der Welt, und sagte dann bestimmt: „*Ich* suche das Konzert aus.“

„Einverstanden."

„Wird aber Klassik sein." Der drohende Unterton in seiner Stimme war unüberhörbar.

„Das muss ich dann eben aushalten", antwortete Orsini. „Vielleicht recherchiere ich während des Konzerts ja gerade im Hintergrund."

„So entkommst du mir nicht!"

Erleichtert registrierte Orsini ein Lächeln auf Wilasichs Lippen und verwarf den Gedanken an einen trennenden Paravent. Paula Kischs provisorischer Schreibtisch erinnerte ihn allerdings daran, dass er den Kampf gegen das Chaos langsam zu verlieren drohte.

„So etwas hab ich noch nie erlebt", seufzte Wilasich in dem Moment. „Drei Morde ..., alle nach demselben Muster, kein Tatort, und das Motiv ..." Sichtlich erledigt ließ er sich in seinen Stuhl fallen. „Rate mal, wo unser KD1-Direktor am Nachmittag eingeladen ist?"

„Keine Ahnung, wo denn?"

„... hat eine nette Plauderei mit dem Herausgeber", antwortete Wilasich und hielt Orsini die Zeitung hin.

Wahnsinn! Schon zwei Hitzetote, überflog Orsini die Schlagzeile.

„Wir sollten für eine Klimaanlage zusammenlegen", meinte Wilasich. „Morgen werden 35 Grad oder sogar mehr erwartet."

Tatsächlich war es auch trotz der dicken Außenmauern ziemlich heiß im Büro. Orsini warf die Zeitung auf seinen Schreibtisch und sah zu Paula Kischs provisorischem Minibüro. Wie und wann hatte sie all die Sachen hergeschafft, die nun den kleinen Tisch in Beschlag nahmen? Der Turm aus Unterlagen und Büchern war gewachsen. Mit Wilasichs Chaos konnte sie zwar noch nicht mithalten, aber eine gewisse Annäherung war zu erkennen. „Sind die alle von ihr?", fragte er erstaunt.

„Ich denke schon."

„Gehört Ennsner vielleicht was davon?"

„Kaum. Den hast du doch bei Elvira und Elmar einquartiert. Wo ist sie übrigens?“

„Sie sucht eine Scheibtruhe“, antwortete Orsini ohne Ironie.

*

Paula saß auf der gleichen Bank im Stadtpark wie am Abend zuvor und versuchte, mittels Handy ins Internet zu gelangen. Sie hatte zuvor alle anwesenden Gärtnerinnen und Gärtner befragt. Niemand wusste über den Verbleib der Scheibtruhe Bescheid und, wie sie feststellen musste, interessierte es auch niemanden wirklich. Mittlerweile wurde sie ungeduldig. Das verdammte Ding baute keine Verbindung auf. Aber das war nicht ihr Hauptproblem. Sie plagte etwas anderes. Nämlich dass sie mit diesem mageren Ergebnis keinesfalls ins Kriminalamt zurückkehren wollte. Von typischen Männersprüchen hatte sie die Nase voll. Ihre Brüder waren eine harte Schule für sie gewesen. Sie hatte zwangsweise gelernt, sich durchzusetzen. Gegen ein offenbar überlastetes Netz war sie jedoch machtlos. Frustriert schaltete sie ab. Die Chance, dass ein User ausgerechnet die Webcam aufgezeichnet hatte, ging ohnehin gegen Null. Da musste sie Orsini recht geben, obwohl er sich mit technischer Kenntnis nicht unbedingt brüsten konnte. Sein Laptop war dick wie eine Gutenbergbibel und das Handy bedachte er oft genug mit Flüchen. Sie musste lachen, wenn sie daran dachte.

Kurz entschlossen sprang sie auf. Beim Abgang zur U-Bahn-Station Stadtpark befand sich ein Würstelstand. Schon der kurze Marsch dorthin trieb ihr den Schweiß auf die Stirn. Sie kaufte deshalb ein eisgekühltes Cola und stellte sich in den Schatten eines Baums. Nach einer Weile spazierte sie die niedrige Mauer entlang, bis sie vor der Jugendstilvilla der Stadtgartendirektion stand. Jedes Jahr wurde der davorliegende Garten neu gestaltet, und diesmal ... Paula kniff die Augen zusammen. Es erschien ihr mit einem Mal seltsam, als hätte alles und jedes eine geheime Botschaft, die nur ihr zugängig war, die sie unbedingt enträtseln musste und doch nicht konnte. Als steckte sie in einem Traum fest und könnte sich nicht vom Fleck bewegen. Konnte es ein Zufall sein, dass sich die Direktion ausgerechnet heuer ein musikalisches Sujet einfallen hatte lassen? Auf dem Platz vor der Villa hatte man ein Schachbrett angepflanzt und darauf thronte ein blühendes grün-weißes Klavier. Ungeduldig schüttelte sie den Kopf. Sie sah an den Fenstern hoch und trank versonnen ihr Cola aus. Einen Versuch wäre es wert, dachte sie, machte dann entschlossen kehrt und kaufte in der Trafik beim Stationseingang ein Magazin.

*

„Kann ich Ihnen helfen?", fragte die Empfangsdame im Stadtgartenamt.

„Ja bitte", antwortete Paula. „Ich bin vom Magazin *Gartenträume.*" Sie hielt der Dame das Heft vor die Nase. „Ich soll ein Porträt über die Gärten Wiens machen. Kann mir dabei jemand weiterhelfen?"

„Sind Sie beim Direktor gemeldet?"

„Leider nicht."

„Wissen Sie, solche Sachen macht er gerne selbst. Werbung. Sie verstehen ..."

„Es ist gar nicht notwendig, den Direktor selbst zu sprechen", versuchte Paula sich aus der Situation herauszuwinden, „mich würde nur interessieren, ob ..."

Die Frau aber hatte schon den Telefonhörer in der Hand. „Nein, nein, das macht ihm sicher nichts aus. Vor allem, wenn eine ..."

„Aber es ist wirklich nicht notwendig ..."

„Entschuldigen Sie, Herr Direktor. Eine junge Dame ist hier bei mir."

Paula drückte das Gartenmagazin fest zusammen und ärgerte sich über ihren unüberlegten Beschluss. Sie wusste über den Stadtgartendirektor nur das, was Orsini erzählt hatte. Ihm war er jedenfalls nicht gerade sympathisch erschienen. Das allein war schlimm genug. Noch schlimmer war allerdings, dass sie keine Ahnung von Gärten hatte. Sie hatte sich ja eigentlich nur umhören wollen. Warum sie das nicht – wie zuvor im Gärtnerhaus auch – als Inspektorin Kisch, sondern als Journalistin der *Gartenträume* vorhatte, kam ihr nun selbst verrückt vor.

„Jetzt gleich ... ja, natürlich, ... ich schick sie rauf." Die Empfangsdame legte den Hörer ab und setzte ein charmantes Lächeln auf. „Was habe ich gesagt: Für die Presse ist er immer zu haben!"

*

„Eine Scheibtruhe?", fragte Wilasich ungläubig.

„Ja", erwiderte Orsini und berichtete, wohin Paula Kisch unterwegs war.

„Hältst du das für zielführend?"

„Keine Ahnung", meinte Orsini ehrlicherweise, „aber vielleicht findet sie doch was raus. Sie ist clever. Gestern im Park hat sie etwas entdeckt, was mir – eigentlich uns allen – entgangen ist."

„Und das wäre?" Wilasich klang interessiert.

Orsini erzählte ihm von ihrer nächtlichen Kletterpartie beim Brahms-Denkmal.

„Hmm ..." Wilasich überlegte eine Weile. „Aber die Leiche am Beethovenplatz", sagte er schließlich, „ist ..."

„... *hinter* dem Denkmal gelegen und nicht in der Blickrichtung. Das widerspricht der Theorie eben."

Wilasich trat näher an den Stadtplan heran. „Wenn es wirklich um die verschiedenen Musikerdenkmäler geht, dann hat er noch einiges vor. Allein der Stadtpark ist voll davon!"

„Ich weiß. Vielleicht ist ja nichts dran ... Gibt's eigentlich von der Mirno was Neues?"

„Natürlich", Wilasich zeigte auf die Pinnwand, „du kannst dir den Obduktionsbefund durchlesen, wenn du willst. Allerdings glaub ich nicht, dass er uns weiterbringt. Die Adern sind ihm in sitzender Position aufgeschnitten worden, das ergibt die Richtung der Spritzer auf der Kleidung und den Armen. Am Rücken und an den Armen gibt es Druckspuren in verschiedenen Größen. Todeszeitpunkt zirka 22 Uhr 30 bis 23 Uhr 30."

„Das heißt, er hat die Leiche diesmal länger am Tatort liegen gelassen, bis er sie transportiert hat ..." Erschöpft sackte Orsini aufs Sofa. Es wäre zu einfach gewesen, wenn irgendeine Spur sie irgendwohin geführt hätte. Sollte er die Räumlichkeiten im Konzerthaus ebenfalls von der Tatortgruppe durchsuchen lassen? Die Kollegen würden ihm vermutlich etwas pfeifen. Schon die gestrige Aktion Kursalon hatte ihre Möglichkeiten so gut wie gesprengt. Die Auswertung würde noch Tage beanspruchen und alles Weitere blockieren.

„Eiskaffee?", unterbrach Wilasich seine Gedanken und deutete auf eine Thermoskanne. „Stark, erfrischend – und wenn du willst, besorg ich dir noch Eiswürfel."

„Nein, danke. Später vielleicht", antwortete Orsini. „Übrigens, Donnerstag hast du hoffentlich nicht vergessen?"

„Donnerstag?" Wilasich runzelte die Stirn.

„Am Abend!", antwortete Orsini beinah konsterniert und zog die Augenbrauen hoch.

Wilasich schmunzelte und tippte sich auf die Stirn. „Ist fix gespeichert. Ich halte die Stellung. Solange kein neuer Mord dazwischenkommt, ist es kein Problem." Er schnappte sich seine Kaffeetasse und schenkte sich ein. „Ach ja, apropos Gottschlich, kannst einen Blick in die Zeitung werfen ...", meinte er dann gespielt beiläufig.

Gottschlich? Orsini kratzte sich am Stoppelbart. Sollte er Wilasich vom Gespräch mit dem verdeckten Ermittler erzählen? Er nahm die Zeitung vom Couchtisch und überflog die aufgeschlagene Seite. Es handelte sich um einen Bericht, der mit *Operation Dunja* übertitelt war. Die Urteile waren verkündet worden. Der Hauptangeklagte Drago Smer hatte dreieinhalb Jahre ausgefasst. Orsini hatte davon gehört, genauer gesagt war die Verhaftung Smers damals Tagesgespräch im ganzen Haus gewesen. Es ging um Drogen, Prostitution und Waffenschmuggel. Die darauffolgende Verhandlung hatte außergewöhnlich lange gedauert. Das Urteil war ein Schlag ins Gesicht jedes Polizisten. Die Angeklagten hatten bei der Verkündung sogar grinsend applaudiert.

„Wenn ich so was lese, wird mir schlecht“, meinte Wilasich in aggressivem Tonfall. „Wir reißen uns den A... auf, um die Typen zu erwischen, und dieser Richter ...“

„Ich weiß nicht, was du willst“, entgegnete Orsini sarkastisch, „dreieinhalb Jahre für einen Totschlag und zwei Vergewaltigungen, das ist doch ausreichend ... Besonders für einen netten Typen wie den!“ Angewidert schob er die Zeitung von sich weg. „Warum ausgerechnet Operation Dunja?“, fragte er dann.

„Der Name der Bar am Gürtel“, erklärte Wilasich, „steht für die Donaufrauen. So gesehen passt das wieder.“

„Warum muss die Donau ihren schönen Namen für solche dreckigen Geschäfte hergeben?“

„Vielleicht weil sie selber nicht mehr so sauber ist?“

„Angeblich hat sie Trinkwasserqualität.“

„Ich würd keinen Schluck nehmen“, sagte Wilasich und stellte die Kaffeetasse mangels Platz auf seine Computertastatur. „Angeblich ...“, er machte eine bewusste Pause, stand auf, ging zur Tür und schloss sie, „... hat Gottschlich bei der Überwachung dieses Drago mitgewirkt. Und“, er verzog den Mund zu einem dünnen Lächeln, „mit dem Richter soll er auch bekannt sein. Wenn du mich fragst, steckt er da mit drin.“

„Aha, und woher weißt du das schon wieder?“

„Man hat so seine Quellen“, antwortete Wilasich kryptisch, ließ sich ebenfalls auf das Sofa nieder und schloss demonstrativ die Zeitung.

*

„Ist das nicht eine Pracht ...“ Der Stadtgartendirektor wies mit ausladender Geste auf einen in voller Blüte stehenden Baum. „Und?“ Er wandte sich mit fragendem Blick an Paula Kisch.

Angestrengt schielte sie auf das winzige Metallschildchen an der Rinde des Riesen. Keine Chance. Auf diese Distanz konnte sie nicht einmal den Anfangsbuchstaben lesen.

„Den müssten Sie aber kennen“, meinte der Stadtgartendirektor amüsiert und klimperte mit dem Schlüsselbund in seiner Hosentasche. „Sehen Sie sich nur die Rinde an ...“

Paula trat einen Schritt näher und versuchte gleichzeitig so zu tun, als sei sie botanisch bewandert, während sie in Wirklichkeit eindringlich auf das Schildchen starrte. „Die Brille“, redete sie sich nun bereits zum zigsten Mal heraus.

„Aber die Blüten sehen Sie?“, fragte der Direktor und taxierte sie dabei von oben bis unten.

Paula nickte zurück – die leuchtend gelben, kerzenförmigen Blüten waren tatsächlich hübsch –, am liebsten hätte sie dennoch ihre Pistole aus dem Halfter hervorgezogen und sich zu erkennen gegeben. Irgendwie lief diese spontane Aktion gerade völlig aus dem Ruder. Zum Glück konnte keiner ihrer Kollegen sie sehen – Paula wäre vor Scham in den Boden versunken.

„Wie lange arbeiten Sie schon beim ...“ Weber griff nach der Zeitschrift, „bei den *Gartenträumen*?“

„Einige Jahre“, antwortete Paula vage und nahm das Heft wieder an sich.

„Aha ..., na ja, allein die Baumkrone ist ein Foto in Ihrem Magazin wert“, fuhr der Direktor fort.

„Gewiss“, erwiderte Paula und sah nach oben ins Blütenmeer. Dann zog sie ihr Handy hervor und machte erneut ein Foto mit dem Direktor, der sich erfreut lächelnd neben den Prachtbaum platzierte.

„*Koelreuteria paniculata*, bei uns schlicht Blasenbaum genannt“, dozierte er, „wegen der lampionartigen Früchte. Die gibt es aber erst im Herbst. Die Blüten sind – wie Sie sicherlich wissen – eine vorzügliche Bienennahrung. Der Baum ist ja ursprünglich nur in China und Japan ansässig gewesen, wie auch", Weber wies quer durch den Park, „der Ginkgo. Der wiederum steht unter Naturschutz, wie auch die Flügelnuss. Sie sind noch vom ursprünglichen Bestand aus dem Jahr 1862." Weber kam nun so richtig in Fahrt. „Der Stadtpark war ja der erste Wiener Park, der bewusst für die Bürger bestimmt war, und ist den englischen Landschaftsgärten nachempfunden. Jedenfalls das, was vom historischen Baumbestand noch übrig ist, pflegen unsere Gärtner bestmöglich."

Mittlerweile hatte Paula sich in die Rolle der ergebenen Zuhörerin gefügt. So konnte sie zumindest von ihren eigenen blanken Seiten ablenken. Langsam spazierten sie zurück Richtung Kursalon. Das wäre die Gelegenheit, dachte Paula, auf das Thema umzuschwenken, bei dem sie kompetent war. Beim Gehen kam es ihr so vor, als ließe Direktor Weber hin und wieder seinen Blick unauffällig über sie gleiten, in einer Weise ... Unwillkürlich hatte sie das Bild der geschminkten Dorothea Hausner im engen Kleid vor sich.

„Heutzutage werden Gärten ja ganz anders geplant", referierte Weber inzwischen weiter und blieb vor der Blumenuhr stehen. „Der Stadtpark ist fixer Bestandteil der Touren durch Wien. Heuer ist sie uns besonders gut gelungen, finden Sie nicht?" Er sah stolz auf die Uhr.

„Ja, allerdings", antwortete Paula.

„Kommen Sie dann zusammen mit einem Fotografen?"

„Natürlich." Sie deutete auf ihr Handy. „Die mache ich nur, damit wir dann schneller arbeiten können."

„Verstehe", erwiderte der Direktor, „erscheinen wird der Bericht ...?"

„In zwei, drei Monaten, wenn alles klappt," antwortete Paula und suchte nach einer eleganten Überleitung. Der Fundort der letzten Leiche befand sich nur wenige Meter entfernt und war natürlich noch mit Plastikbändern abgesperrt.

„Mit so einer hübschen und intelligenten Redakteurin ist das bestimmt kein Problem. Sollten Sie irgendwelche Informationen benötigen, wenden Sie sich ohne Scham an mich“, fuhr Weber einstweilen unbekümmert fort und setzte dabei sein schönstes Sonnenscheinlächeln auf.

„Danke.“

„Hier meine Karte ..., warten Sie, ich schreibe Ihnen auch noch meine Privatnummer auf. Für alle Fälle.“

Privatnummer, wunderte Paula sich und wagte mit einem ernsten Kopfnicken zum Fundort den inhaltlichen Sprung: „Ist doch schrecklich, dieses Verbrechen, das da in Ihrem Park geschehen ist ...“

„Wie bitte?“, fragte der Direktor nach, obwohl er genau verstanden hatte.

„Der Mord dort drüben“, wiederholte Paula.

„Ja, schrecklich.“ Der Direktor hielt ihr die Karte hin und sah sie einen Moment so an, als hätte Paula eigenhändig eine Pflanze ausgerissen. Dann blickte er von der Blumenuhr auf seine Armbanduhr und meinte: „Ach, ich habe die Zeit gänzlich übersehen. Ich müsste längst ..., Sie verstehen ...“ Mit einem unverbindlichen Lächeln streckte er ihr unvermittelt die Hand zur Verabschiedung entgegen und ließ sie vor der Blumenuhr allein.

Verdattert sah sie ihm nach und marschierte dann in die Gegenrichtung los, den Ring entlang zum Schwarzenbergplatz. Das Gespräch mit dem Stadtgartendirektor hatte ihr die zweite Niederlage des Tages beschert. Die Rolle der untertänigen jungen Frau stand ihr nämlich ganz und gar nicht. In ihrem Magen rumorte es gewaltig. Das Frühstück lag auch schon weit zurück. Sie warf einen Blick auf ihr Handy. Keine wichtigen Anrufe. Hatte Orsini eine Teambesprechung für heute Abend vorgesehen? Sie würde ihn nachher anrufen, beschloss sie. Zuerst aber ..., sie peilte das nächstgelegene Lokal an.

Etwa eine Stunde später trat sie, gestärkt und voller Tatendrang, aus dem klimatisierten Lokal wieder ins Freie.

Der Temperaturunterschied zwischen drinnen und draußen war enorm. Die drückend schwüle Luft hing wie eine Glocke über der Stadt. Kein Lüftchen regte sich. Ein Paar in Abendkleidung schlenderte gut gelaunt an Paula vorbei. Sie blickte den beiden nach. Die Frau trug ein luftiges knielanges Kleid und hatte sich bei ihrem Partner untergehakt, er war im dunklen Anzug mit Krawatte. Die beiden wirkten wie frischverliebt, obwohl sie die 40 wahrscheinlich schon überschritten hatten. Abrupt änderte Paula ihren Plan.

*

Brahms Klavierkonzert, las Paula wenig später auf einem Plakat neben dem Eingang zum Konzerthaus. Zweifelnd sah sie an sich hinab. Ihre Kleidung war schlicht unpassend. Davon ließ sie sich jedoch nicht aufhalten. Sie ging die wenigen Schritte zum Bühneneingang, zog die Schwingtür auf, holte ihren Ausweis hervor und grüßte. Der Portier erwiderte den Gruß höflich, warf einen flüchtigen Blick auf Paulas Ausweis und ließ sie passieren.

„Wann beginnt das Konzert?“, fragte Paula ihn.

„In sieben Minuten“, antwortete er und wandte sich geschäftig ab.

„Danke“, erwiderte Paula und schlenderte an der Abendkassa vorbei Richtung Foyer. Die letzten Gäste trafen gerade hektisch ein und rannten beinahe im Laufschritt zur Garderobe. Die Klingel ertönte hell und klar, als würde sie keinen Widerspruch dulden. Von wegen Widerspruch, dachte Paula und blickte auf ihre Uhr. Sie hatte die Zeit völlig übersehen – die Teamsitzung!

„Bin noch unterwegs ...“, versuchte sie Orsini am Telefon zu erklären.

„Das hätten wir jetzt gar nicht bemerkt ...“, kam es trocken zurück.

„Ja, Entschuldigung! Ich hab was ...“, stieß Paula heraus und unterbrach sich dann selbst.

„Was?", hörte sie Orsinis verärgerte Stimme.

„Tut mir leid", antwortete sie leise, legte auf und sah um sich. Instinktiv glitt sie hinter eine breite, verspiegelte Säule und horchte auf die schnellen Schritte, die sich näherten. Hatte er sie gesehen? Was tat er hier? Unwillkürlich hatte sich ihr Puls beschleunigt. Sie drückte ihren heißen Kopf gegen das kühle Glas des hohen Spiegels und machte ein paar tiefe Atemzüge. Schließlich spähte sie doch hinter der Säule hervor. Ihre Reaktion war nachgerade lächerlich – er tat das, was alle anderen auch machten, er war auf dem Weg ins Konzert! Sie hatte überreagiert, sonst nichts. Dennoch blieb sie hinter der Säule, während das laute Klacken genagelter Schuhe sich ihrem Versteck näherte, nur um sich flott Richtung Treppenaufgang zu entfernen.

Um der fragenden Miene der Garderobiere zu entgehen, streckte Paula schließlich ihre Arme in die Höhe, rieb sich die Stirn und versuchte den Anschein zu erwecken, als müsste sie über außerordentlich Wichtiges nachdenken. Sinnierend ließ sie ihren Blick durchs Foyer schweifen. Es war zum Großteil in hellen Tönen gehalten und vermittelte einen leichten, schwebenden Eindruck, den die vielen Spiegel und Glastüren noch verstärkten. Nur die roten Teppiche beim Stiegenaufgang stachen hervor, ebenso wie die dunkle Statue auf der gegenüberliegenden Seite. Hier hatte vor zwei Tagen etwas mit einem mysteriösen Telefonat begonnen, das zu einer verstümmelten Leiche im Park geführt hatte. War der Mörder hier gewesen? Sie marschierte zu einer weiteren Spiegelsäule, studierte für einen Moment die dunklen Ränder ihrer Augen und querte dann das Foyer. Abrupt blieb sie vor der übergroßen Statue stehen. Die Figur glänzte wie frisch poliert. Verwundert blickte sie in ein ernstes Gesicht, das sie nicht zum ersten Mal sah.

*

„Tut mir leid“, hörte er noch, dann brach die Verbindung ab. Orsini blickte frustriert auf sein Handy. Das rhythmische Zucken des Displays verhieß nichts Gutes. Darum musste er sich also auch noch kümmern ...

„War das die Kisch?“, fragte Kubicek.

Orsini nickte abwesend.

„Lass mich raten. Sie hat gesagt, dass sie sich verspätet.“

„Du hast eindeutig das Zeug zum Detektiv“, erwiderte Orsini. Obwohl er sich einredete, dass er sich um sie keine Sorgen machen brauchte, hatte er doch ein eigenartiges Gefühl.

„Nichts gegen Frauen“, meinte Kubicek, „aber die würd mich auf Dauer wahnsinnig machen.“

Ohne darauf einzugehen klopfte Orsini auf seinem Handy herum, legte es schließlich vor sich auf den Tisch und trank sein Glas leer. Bei dieser Hitze hatte er schlicht keine Lust gehabt, die Abendbesprechung im Büro abzuhalten, und sie deshalb ins Freie verlegt. Elvira hatte kurz vom Konzerthaus berichtet und gemeint, es wirke, als würden die Symphoniker mit etwas hinterm Berg halten. Dann war sie zu ihrer dienstäglichen Freikletterpartie aufgebrochen, die sie nur ungern versäumte. Im Sommer ließ sie es sich nicht nehmen, gemeinsam mit einer Freundin unten am Donaukanal ungesichert die Mauern hochzuklettern. Das war das Mindeste an Ausgleich. Wilasich und Ennsner hatten sich ebenfalls verabschiedet, um noch mal im Labor vorbeizuschauen, und Sykora hielt, nachdem er tagsüber geduldig die Hotline betreut hatte, als Letzter die Stellung im Büro.

Nun saßen nur mehr Kubicek und er im kleinen Gastgarten des alten Wirtshauses, das keine 20 Schritte vom Eingang des Kriminalamtes entfernt lag. Es dämmerte bereits. Die hohe Luftfeuchtigkeit und die aufziehenden Wolken kündigten das für diesen Sommer schon übliche Gewitter an.

Kubicek begann mit den Fingern ungeduldig auf den Tisch zu trommeln. „Wie kann man für eine Scheibtruhe nur so lange brauchen? Sucht die den ganzen Stadtpark ab?"

„Möglich", antwortete Orsini. Die Anwesenheit Kubiceks ging ihm auf die Nerven. „Wie geht's deinem Kühlschrank?", fragte er deswegen.

„Welchem Kühlschrank?"

„Ich meine nur, sollte er leer sein ... also, du brauchst nicht auf Kisch zu warten."

„Wenn das so ist", entgegnete Kubicek sichtlich erfreut, hob schwungvoll sein Glas und setzte es wieder ab. „Hat der Hausner für die Tatzeit eigentlich ein Alibi?", fragte er dann.

Orsini seufzte. „Nur seine dunkle Wohnung und sein Handy, das sich nicht von dort wegbewegt hat."

„Wer hat ihn überwacht?"

„Breinschmied und Filz."

„Zu zweit?", fragte Kubicek ungläubig.

„Ja. Leider."

„Zu zweit", höhnte Kubicek und ging Orsini damit noch mehr auf die Nerven als sonst. Allerdings hatte er recht, und das stieß ihm ebenfalls sauer auf. Kubicek trank in einem Zug aus, legte das Geld auf den Tisch und verabschiedete sich.

„Bis morgen", sagte Orsini und sah ihm nach. Sollte er noch etwas bestellen? Zurück ins Büro wollte er jedenfalls nicht. Die Gespräche mit Pokorny und Kisch konnte er genauso gut telefonisch auf dem Weg erledigen, beschloss er, rief die Kellnerin und bezahlte ebenfalls. Er wollte ohnehin noch in den Proberaum. Die neuen Saiten für seine Gitarre steckten in seiner Jackentasche, und ein bisschen Übung konnte ihm auch nicht schaden. Zu Fuß machte er sich auf den Weg, als *Cantaloupe Island* zusammen mit einem blinkenden Display Paula Kischs Anruf meldete.

„Soll ich ins Büro kommen?", fragte sie knapp.

„Zu spät, dort sitzt nur noch Sykora. Aber wenn Sie mit ihm plaudern wollen ..."

„Lieber nicht."

„Haben Sie die Scheibtruhe gefunden?“

„Nein ...“

Orsini blickte kurz frustriert auf das zuckende Display und presste das Handy dann wieder ans Ohr.

„Ich glaub, ich habe hier schlechten Empfang“, sagte Kisch in dem Moment.

„Ich bin auf dem Weg in den 7. Bezirk. Was halten Sie von einem Drink?“

Paula Kisch schwieg einen Moment und fragte dann: „Wo?“

„Wenn Ihnen das *Jell* nicht zu weit ist ...“, schlug Orsini vor.

„In zehn Minuten bin ich dort.“

„Da muss ich mich beeilen“, antwortete er, legte auf und blickte in den Himmel. Zwischen die Gewitterwolken hatte sich ein Stück Himmel gedrängt.

Etwas mehr als zehn Minuten später stand Orsini im *Café Jelinek* und sah sich nach Paula Kisch um. Termine einzuhalten war nicht wirklich ihre Stärke. Schulterzuckend ging er wieder nach draußen und suchte vergeblich einen freien Tisch. Bei der Hitze wollte niemand drinnen sitzen. Ein älterer Herr mit Vollbart saß einsam an einem Tisch und schrieb in einem Notizblock herum.

„Ich bräuchte zwei Plätze ...?“, fragte Orsini und registrierte ein geistesabwesendes Nicken. Also setzte er sich und erblickte auch schon Paula Kisch von der Mariahilfer Straße kommend.

„Hab’s nicht sofort gefunden“, erklärte sie entschuldigend und setzte sich.

„Waren Sie bis jetzt wegen der Scheibtruhe unterwegs?“

„Auch.“

„Und?“

„Interessiert niemand, ist auch niemandem aufgefallen, wann sie genau weggekommen ist. Denen wird öfter was gestohlen ...“, erklärte sie und hielt ihre Hände bedauernd hoch. „Die verwendet sicher schon ein Hobbygärtner.“

„Vermutlich, aber einen Versuch war's wert", pflichtete Orsini ihr bei.

„Ich war dann auch noch bei der Stadtgartendirektion und hab nachgefragt", fuhr sie fort, bremste sich aber rasch ein. „Äh, könnten wir was bestellen?"

„Natürlich." Orsini deutete der Kellnerin, die gerade an ihnen vorbeieilte.

Paula kam diese Unterbrechung gelegen. Sollte sie Orsini tatsächlich von der peinlichen Aktion erzählen? „Ich hab mich mit ... ein paar Leuten vom Stadtgartenamt unterhalten", erklärte sie dann und beugte sich zu ihm.

„Und zwar welchen?"

„Die dort arbeiten", flunkerte sie. „Über Dorothea Hausner hab ich nichts herausgefunden, was wir nicht schon wissen. Dafür über den Direktor."

Orsini wurde hellhörig. „Was denn genau?"

„Dass der Typ den Park als sein Eigentum betrachtet, zum Beispiel."

Orsini lehnte sich zurück und verschränkte die Arme. „Ich hab ihn einmal ein kurzes Stück begleitet. Das ist mir auch aufgefallen, bringt uns aber im Fall nicht weiter."

Paula machte eine absichtliche Pause. Keinesfalls wollte sie als Dilettantin dastehen. Und wenn sie Orsini so ansah, musste sie zugeben, dass sie ihm ein wenig imponieren wollte. „Aber eines können Sie nicht wissen, und zwar weil Sie ein Mann sind."

Orsini antwortete nicht, sah aber durchaus fasziniert dabei zu, wie Paula ihren Schal abnahm und ihn langsam um ihr linkes Handgelenk wickelte.

„Ich könnte wetten, dass er Frauen nicht gerade abgeneigt ist ..."

„Hmm. Und das ist Ihnen wobei aufgefallen?", fragte er mit der Spur eines Lächelns auf den Lippen.

„Er hat ...", Paula fuhr sich verlegen über die Nase, „mir den Park gezeigt."

„Den Park gezeigt?"

In dem Moment brachte die Kellnerin glücklicherweise ihre Getränke und stellte sie vor ihnen ab. Paula nahm ihr Glas zur Hand, fuhr mit dem Zeigefinger in den Bierschaum und schleckte diesen dann langsam vom Finger.

„Interessant", meinte Orsini nur und wartete.

„Also, rein theoretisch wär's doch denkbar, dass er eventuell etwas mit Dorothea Hausner ...", fuhr Paula schließlich fort.

Orsini richtete sich im Stuhl auf und sah sie herausfordernd an. „Bis jetzt gibt es keinen konkreten Anhaltspunkt dafür. Das ist nur eine Vermutung, die mir zwar zugegebenermaßen auch schon durch den Kopf gegangen ist. Aber damit brauche ich dem Staatsanwalt nicht zu kommen."

„Und was ist mit der Packung Zigaretten? Sind da eigentlich Fingerabdrücke drauf?"

„Das wäre etwas anderes", stimmte Orsini ihr zu. „Wenn wir da eine Entsprechung ..."

„Hier", sagte Paula und zog mit spitzen Fingern das Magazin aus ihrer Umhängetasche.

„Was ist das?", fragte er.

„Hab nichts Besseres gefunden", antwortete Paula und kostete ihren kleinen Triumph aus, „aber da finden sich neben meinen bestimmt auch die Fingerabdrücke des Direktors."

Wenn er lachte, erschien auf Orsinis Wange ein kleines Grübchen, bemerkte Paula und genoss zufrieden ihr kühles Bier. „Aber", nun kam sie erst so richtig in Fahrt, „es gibt noch etwas."

„Und zwar?"

„Moment, ich hätte gerne noch", sagte Paula zur Kellnerin, „ein Glas Wasser dazu", und ließ ihn bewusst ein wenig zappeln, bevor sie erklärte: „Der Stadtgartendirektor ist außerdem Klassikfan und ..." Sie prostete ihm zu und trank langsam, während sie seinen fragenden Blick genoss. „... geht gerne ins Konzerthaus", übertrieb sie ein wenig.

„Was man nicht alles bei der Suche nach einer Scheibtruhe so herausfindet“, stellte Orsini fest. Eigentlich hätte er die dienstlichen Angelegenheiten zumindest ein paar Stunden gerne hinter sich gelassen. Nun war er wieder mittendrin. Was Paula Kisch da erzählte, war allerdings interessant und warf ein klareres Licht auf den Stadtgartendirektor.

„Wenn“, folgerte er, „der Direktor tatsächlich mit seiner Angestellten liiert war und der Ehemann das mitbekommen hätte …“

„… wäre das dann ein Motiv?“, ergänzte Paula. „Logischer wäre es, wenn Hausner dann den Direktor ermordet hätte oder beide …“

„Außerdem, warum sollte er dann den Musiker und die Drogensüchtige umbringen?“, fragte Orsini.

Paula zuckte mit den Schultern. „Keine Ahnung.“

„Eben“, meinte Orsini. „Bis jetzt haben wir keine einzige auch noch so winzige Verbindung zwischen den Dreien entdeckt. Nur weil der Direktor gerne ins Konzerthaus geht, macht ihn das noch nicht verdächtig, einen Musiker umgebracht zu haben.“

„Vielleicht hat er schlecht gespielt“, warf Paula lachend ein.

„Da müsste es viele tote Musiker geben“, erwiderte Orsini schmunzelnd.

„Entschuldigung“, unterbrach sie plötzlich der Herr neben ihnen am Tisch. „Schreiben Sie an einem Buch oder ist das real, was Sie da erzählen?“

„Ein Drehbuch, um genau zu sein“, antwortete Orsini rasch und deutete auf den Nachbartisch. „Da wird gerade frei …“

„Von mir aus können Sie ruhig weitererzählen, ich bin nicht ängstlich“, warf der Herr ein.

„Danke, sehr nett von Ihnen, aber“, Orsini schnappte ihre Gläser und stellte sie auf den Nachbartisch, „trotzdem …“

„Die Frage bei der Drogensüchtigen und dem Musiker wäre dann“, meinte Paula, nachdem sie am anderen Tisch

Platz genommen hatten, „ob es überhaupt eine Täter-Opfer-Beziehung gab."

„Sie meinen, es war Zufall? Zuerst bringt er die Greta um, zufällig, dann die eigene Frau aus Eifersucht, und, um das zu kaschieren, einen x-beliebigen Musiker?"

„Klingt nicht sehr logisch", sagte sie seufzend, legte den Kopf in den Nacken und blickte zum Himmel.

„Was ist?", fragte Orsini.

„Hab grade einen Tropfen gespürt."

„Solange es nicht mehr wird ..., drinnen ist alles frei. Im Notfall flüchten wir."

Sie nickte.

„Was ich noch fragen wollte, bei den Symphonikern ..?"

Paula stützte ihren Ellbogen am Tisch auf und zeigte auf Orsini. „Gut, dass Sie das fragen! Es war eigenartig, als wär's was, worüber sie nicht weiter reden wollten. Das mit der Beschwerde gegen Scheinzler wegen dem Zeitunglesen, meine ich. Sie haben es alle heruntergespielt."

„Natürlich, ein weltbekanntes Orchester, der gute Ruf ..."

„Ja, kann sein. Aber ist es nicht auch unwahrscheinlich, dass ihn keiner mehr gesehen hat? Ich meine, er geht aus der Garderobe raus und löst sich in Luft auf? Ich hatte das Gefühl, als wollten sie hauptsächlich in Ruhe proben ..."

Ein dicker Tropfen landete punktgenau in Paulas Glas. Donner grollte unerwartet nah.

„Ich fürchte, es ist so weit", meinte Orsini.

„Kommen Sie", sagte Paula, „wir rücken unter die Markise und schauen zu, wie die Leute zu laufen beginnen."

„Haben Sie denn keine Angst?", fragte Orsini belustigt. Er stand auf und zog Tisch und Sessel Richtung Hausmauer.

„Ich bin auf dem Land aufgewachsen. Ein Gewitter war für uns ein Erlebnis", erwiderte Paula und kam mit den Gläsern nach. „Passen Sie auf, gleich geht's los."

Tatsächlich fegte wie auf Kommando eine Böe durch die Straße, wirbelte den Staub auf, und der erste Schauer ging auf den heißen Asphalt nieder. Ein kleines Chaos brach aus. Zuerst flogen die Speisekarten, und, als die flüchtenden Gäste ihre Gläser ergriffen, um ins Innere des Lokals zu laufen, auch die Tischtücher.

„Das Wetter kommt eher aus Süden. Einstweilen sind wir hier geschützt", sagte Orsini, während vor ihnen der Regen bereits heftig herunterprasselte.

Paula hielt den Arm ausgestreckt nach vor. „Lauwarm", sagte sie und hielt ihm die nasse Hand hin.

Orsini legte seine Finger in die Mulde ihrer Handfläche. „Tatsächlich", erwiderte er und sah einem Skateboarder nach, der laut fluchend die Straße bergabsurfte. Er zog eine Wasserfontäne hinter sich her.

„Unglaublich, wie der Asphalt zu dampfen beginnt. Ich liebe Gewitter!", sagte Paula hellauf begeistert.

„Solange wir nicht nass werden."

Sie zog die Knie an. Ein kleines Rinnsal hatte sich unter dem Tisch gebildet. Über den Dächern verfärbte sich die Wolkendecke zu einem dunklen Turm, der sich bedrohlich verformte.

„Sollen wir ...?", fragte Orsini und deutete auf den Lokaleingang.

„Feig!", sagte Paula und lächelte ihn dabei herausfordernd an.

„Feig?"

„Das haben wir als Kinder immer gespielt ...", erläuterte sie, unterbrochen von einem lang anhaltenden wütenden Grollen. „Meine Brüder und ich. Das war eine Art Mutprobe. Einer von uns hat gesagt ‚feig', und dann hat der gewonnen, der die Angst am längsten ignoriert hat."

„Also: feig!", sagte Orsini lachend, legte Paula seine Jacke über die Schultern und hob seine Beine an. Das Rinnsal unter ihren Stühlen war mittlerweile zu einem kleinen Bach angeschwollen.

„Darf man bei dem Spiel auch reden?“

„Klar.“

„Wie viele Brüder haben Sie denn?“

„Vier“, antwortete Paula.

„Vier!“ Der Wind brauste auf und peitschte den Regen um die Ecke, direkt auf Orsini. Paula, die neben ihm in seinem Windschatten saß, bekam weniger ab. Innerhalb kürzester Zeit war sein Hemd durchnässt und klebte an seinem Körper. Ihm wurde allmählich kalt. Paula jedoch machte keinerlei Anstalten, ins Lokal zu gehen.

„War sicher nicht immer einfach“, rief er laut, um das Unwetter zu übertönen, „als einziges Mädchen ...“

„Nein“, entgegnete sie und sah ihn trotzig an. „Und?“

„Solange so schönes Wetter ist, bleibe ich sitzen“, antwortete Orsini. Trotz, oder vielleicht gerade wegen des Gewitters fühlte er sich plötzlich wie auf sein Inselparadies versetzt. Die Stürme dort waren wesentlich stärker gewesen und hatten ihn manches Mal an der Stabilität seiner Hütte zweifeln lassen. Gleichzeitig war er sich dort so lebendig wie nirgendwo anders vorgekommen. Er griff nach seinem Glas und stieß mit Paula an.

„Prost“, erwiderte sie lächelnd. „Auf den Sommer.“

Ein greller Blitz tauchte die Straße in ein neongelbes Licht. Orsini fuhr zusammen. Die Fensterscheibe hinter ihnen klirrte laut, als der nächste Donner in den Gassen widerhallte.

„Feig?“, fragte Paula.

„Auf den schönen Sommer“, entgegnete er und trank aus seinem Glas. Der Inhalt hatte sich mit Regenwasser vermischt. Plötzlich erstrahlte die Straße vor ihnen in noch grellerem, richtiggehend unrealistischem Licht, als hätte ein unsichtbarer, über ihnen schwebender Regisseur schlagartig riesige Scheinwerfer andrehen lassen. Gleichzeitig krachte es dermaßen laut, dass es in den Ohren wehtat. Der Blitz hatte wohl in nächster Nähe eingeschlagen. Diesmal war es Paula, die zusammenzuckte und sich instinktiv an Orsinis Schulter lehnte. Er sah ihr in die Augen und wollte gerade die Hand über ihre Schulter legen, als die Tür aufging und die Kellnerin mit einem riesigen Regenschirm vor ihnen stehen blieb.

„Schnell!“, sagte sie.

Orsini blickte noch immer in Paulas Augen. Verspürte den Druck an seiner Schulter.

„Unentschieden?“, schlug sie vor.

„Angenommen“, erwiderte er.

*

Während er das Zündholz im schrägen Winkel gegen die Abriebfläche stieß und zusah, wie die kleine Flamme sich aus dem Nichts selbst erschuf, wehte gleichzeitig die leichte, tänzelnde Melodie durch seinen Kopf, die er schon am Herweg kaum hatte bändigen können. Sie hatte etwas so Schwungvolles und doch auch Triumphales – warum sie ihn ausgerechnet heute Abend so hartnäckig vorantrieb? Vielleicht war es das Gewitter. Die Kraft der Elemente hatte schon viele beflügelt.

Die Kerze war halb abgebrannt, dennoch verströmte sie ein angenehm warmes Licht, gerade genug, aber nie zu viel. Dass die Wand darunter voller Blutspritzer war, sah man in der düsteren Beleuchtung nicht, und selbst wenn, hätte es ihn nicht weiter gestört. Er öffnete seinen Koffer und nahm das Foto heraus. Es war natürlich schon abgegriffen, es war sein Heiligtum, eine Erinnerung an damals. Vorsichtig lehnte er es an die Wand hinter dem kleinen Regalbrett und holte dann seinen speziellen Talisman aus dem Seitenfach des Koffers.

Auch sie war abgenutzt, an einer Ecke ein wenig eingerissen, etwas speckig vom vielen Spielen. Mit ihr in der Hand hatte er jedes Mal Glück gehabt. Sie hat mich nie im Stich gelassen … Mit leicht zittrigen Fingern stellte er die Karte neben das Foto. Er war sein Lehrmeister gewesen, in doppelter Hinsicht. Er erinnerte sich noch gut daran, wie er auf seinem Schoß gesessen war, keine fünf Jahre alt, und dem Spiel gefolgt war, aufmerksam und glücklich. Die anderen hatten zuerst über den kleinen Knirps gelacht, doch schon bald hatten sie ihn mitspielen lassen.

Mit der Musik, dachte er, war es anfangs genauso gewesen. Die Menuette und Lieder hatte er innerhalb kürzester Zeit gemeistert, die Stunden waren verflogen wie nichts. Behutsam hob er seine Geige aus dem Koffer, spannte den Bogen und konzentrierte sich. Jeder Ton musste von Anfang an stimmen, das hatte er früh gelernt. Eine Zeit lang waren seine Fingerkuppen vom vielen Üben auf den für Kinderhände allzu scharfen Saiten eingerissen. Doch selbst wenn sie bluteten, hatte er weitergespielt. Es hatte ihm nicht nur nichts ausgemacht, sondern er hatte es kaum gemerkt. Und nun, er zupfte kurz an den Saiten und drehte am Wirbel der G-Saite, um sie zu stimmen, hatte er natürlich schon längst eine Hornhaut auf den Fingern.

Wieder hörte er das schwungvolle Motiv des dritten Satzes aus dem Beethoven-Konzert, doch er hielt seine Ungeduld im Zaum. Zuerst mussten die Finger warm werden. Noten brauchte er dazu keine mehr, Ševčíks technische Studien hatte er im Kopf, so wie die Konzerte auch. Er schmiegte den Kopf an die Geige, hob den Bogen und begann.

Wie viel Zeit vergangen war, konnte er unmöglich sagen, ohne Tageslicht ließ ihn sein Empfinden dafür im Stich. Heute war es ihm auch egal. Während er nun endlich dem Orchester freien Lauf ließ und mit Vorfreude auf seinen Einsatz wartete, stieß sein Fuß gegen die Plane, die zusammengerollt am Boden lag. Er würde sie auswechseln müssen, das war klar. Denn beim letzten Mal hatte es eine dermaßen große – er zögerte vor dem Wort – Sauerei gegeben, dass er beinahe hineingetreten wäre. Außerdem war sie eingerissen, weil der Idiot sich so gewehrt hatte. Seine Kleidung musste aber vollkommen sauber sein, nicht nur wegen der auf Hochtouren laufenden Ermittlungen. Sie hatten zwar alle keine Ahnung – er musste unwillkürlich lachen –, aber das sollte auch so bleiben. Nein, es war vielmehr eine Frage der Ehrfurcht. Wenn man eine so verantwortungsvolle Rolle spielte wie er, konnte man sich keinesfalls beflecken. Für das nächste Zeremoniell benötigte er einfach eine saube-

re Plane. Und dass es ein nächstes geben würde, stand außer Zweifel.

Endlich – er klemmte die Geige zwischen Schulter und Hals – näherte sich sein Einsatz. Und dass er nun, da er diese Lösung gefunden hatte, sich bald gänzlich von der Masse abheben würde, erfüllte ihn mit großer Zufriedenheit. Er würde es allen noch beweisen, dachte er und warf sich mit vollem Elan ins Zwiegespräch mit dem Orchester.

Mittwoch, 8. Juni 2005

13

Unausgeschlafen marschierte Orsini den Franz-Josef-Kai entlang und dachte an den vergangenen Abend. Durchnässt war er mit Paula ins Lokal gelaufen. Die freundliche Kellnerin hatte ihnen zwei Handtücher gegeben. Gerade als sie sich setzen wollten, rief jedoch ausgerechnet Pokorny an und bat um den neuesten Stand der Ermittlungen. Mit einem Schlag war die Stimmung zerstört. Das Gespräch mit Pokorny hatte sich noch dazu in die Länge gezogen. Paula war zunehmend ungeduldiger geworden und hatte sich dann plötzlich verabschiedet, ehe er das Telefonat beenden konnte.

Orsini blickte zum Grünstreifen auf dem Morzinplatz. Ein Mann goss den Rasen. Er gehörte wohl auch zur Truppe des Stadtgartendirektors ... Offensichtlich war das abendliche Gewitter nur der sprichwörtliche Tropfen auf den heißen Stein gewesen. Ohne nachhaltige Wirkung. Nun stach die Sonne bereits morgens auf die überhitzte Stadt. Wer keine schulpflichtigen Kinder hatte und es sich richten konnte, war aufs Land geflüchtet. Die Stadt fühlte sich deutlich leerer an als sonst. Man warnte die Bevölkerung vor der Gefahr erhöhter Ozonwerte für ältere Menschen und Kleinkinder, Experten schlugen Hitzeferien vor.

Zwei Tage und drei Nächte waren nun seit dem Mord am Musiker vergangen. Wenn sie nicht bald etwas Konkretes fänden, war die Spur kalt. Oder – Orsini lief es trotz der Hitze eisig über den Rücken – der Verrückte würde sich ein neues Opfer gesucht haben.

*

„Na, länger weg gewesen?“, fragte Kubicek, als Orsini sein Büro betrat. Erstaunlicherweise waren bereits alle da und schienen auf ihn zu warten.

Orsini antwortete nicht, warf aber einen Blick zu Paula Kisch. Sie lächelte zurück und musterte ihn unauffällig. Er sah aus, als sei er gestern noch lange unterwegs gewesen. Viel mehr als eine Katzenwäsche hatte er heute offensichtlich nicht zustande gebracht. Ihr Blick wanderte über seinen Tisch. So aufgeräumt wie in seiner Bürohälfte ging es vermutlich in seinem Privatleben nicht zu.

„Kaffee?“, fragte Elvira.

„Ja, bitte.“

„Keine Neuigkeiten gestern Abend“, sagte Sykora mit einer bedauernden Handbewegung.

„Die Spurensicherung meldet sich im Lauf des Vormittags“, bemerkte Wilaisch emotionslos. Die Müdigkeit war ihm ins Gesicht geschrieben. Vermutlich hatten seine Tochter oder die um den Fall kreisenden Gedanken ihn wach gehalten. Sobald der Fall gelöst war, würde Orsini ihm freigeben. Freigeben müssen.

„... haben sie zumindest versprochen“, schränkte Wilasich ein und fuhr sich mit der Hand über die Bartstoppeln. „Im Grunde können wir es kurz machen“, meinte er anschließend und nippte an seinem Kaffee.

„Nicht ganz“, erwiderte Orsini. Er wandte sich an die Runde. „Kisch“, sagte er und fragte sich zugleich, warum er ihr noch nicht das Du-Wort angeboten hatte, „hat sich gestern noch umgehört.“

„Scheibtruhe gefunden?“, fragte Kubicek süffisant und blickte grinsend zu Paula.

„Sie hat sich umgehört und etwas herausgefunden, das ein neues Licht auf den Stadtgartendirektor wirft. Wollen Sie nicht selber erzählen?"

„Möglicherweise", begann Paula, „war der gesuchte Liebhaber Dorothea Hausners der Stadtgartendirektor höchstpersönlich."

„Wer sagt das?", fragte Kubicek.

„Zugegeben, es ist vorläufig nur eine Vermutung. Aber es gibt die Zigarettenpackung aus dem Spind, und wenn der Fingerabdruck mit denen auf dem Magazin hier ...", Paula zog einen Plastiksack mit dem Gartenmagazin aus ihrer Tasche. „Wenn sie übereinstimmen, dann kommt er in Erklärungsnotstand."

„Aber nur, wenn", meinte Kubicek.

„Das ist noch nicht alles. Lass mich doch einfach einmal ausreden", fuhr Paula ihn an.

„Bitte, Gnädigste."

„Ich war später noch im Konzerthaus. Und was glaubt ihr, wen ich dort wiedergesehen habe?" Sie ließ ihren Blick durch die Runde schweifen und schilderte dann die Begebenheit im Foyer.

„Könnte alles Zufall sein", meinte Elvira. „Würde allerdings einiges erklären, zum Beispiel die Konzertkarten in Dorothea Hausners Spind ..."

„Eben", erwiderte Orsini. Er dachte kurz an die grellgrünen Spinde im Umkleideraum der Gärtnerinnen. Im Gegensatz zu den orangen Spinden der Symphoniker gab es zumindest einen farblichen Bezug zur Tätigkeit. „Daher brauchen wir so bald wie möglich die Fingerabdrücke."

„Ich erledige das", sagte Elvira zu Paula und nahm das Magazin an sich.

„Meine sind auch drauf", bemerkte Paula.

Elvira nickte.

„Außerdem", fuhr Paula fort, „gibt es im Konzerthaus noch etwas, das für uns von Interesse sein könnte."

„Was denn noch?", fragte Kubicek betont gelangweilt.

Einen Moment genoss Paula es, im Mittelpunkt zu stehen. Sie richtete ihren Schal und erhöhte die Spannung damit ein wenig.

„Und?!", drängte Kubicek.

„Im Konzerthaus steht ein zweiter Beethoven", antwortete Paula.

„Was für ein zweiter Beethoven?", fragte Ennsner nach.

„Das Denkmal am Beethovenplatz ist eine Replik. Das Original wurde ins Konzerthaus verlegt."

„Inwiefern ist das für uns von Bedeutung?", fragte Orsini.

„Weil", fuhr Paula fort, „das Originaldenkmal ..."

„... umgedreht gestanden ist?", unterbrach sie Wilasich und klatschte sich anschließend mit der Hand auf die Stirn.

Paula nickte zur Bestätigung.

Wilasich stand auf und trat zu seiner Pinnwand. „Da!", sagte er anerkennend, „du hast vollkommen recht." Er nahm das Foto vom Fundort Beethovenplatz zur Hand und reichte es weiter. „Wenn man sich vorstellt, dass die Statue umgekehrt dasteht, sieht Beethoven ungefähr dorthin, wo die Leiche gelegen ist."

„Das stimmt", meinte Orsini nach einigen Minuten reger Diskussionen, „aber warum steht das Denkmal jetzt eigentlich verkehrt dort?"

„Weil", begann Paula auf ihrem Laptop zu lesen, „... als das Denkmal 1880 errichtet wurde, an der Stelle der jetzigen Lothringerstraße der Wienfluss verlief. Das Gebiet lag ja ursprünglich", Paula überflog den Artikel, „noch außerhalb der Stadt. Man hatte erst zirka 20 Jahre davor die Stadtmauern abgerissen und die Ringstraße gebaut. Jedenfalls hat man Beethoven Richtung Innenstadt schauen lassen. Erst später hat man den Fluss unter das Straßenniveau verlegt ..."

„Das ist doch kein Fluss, höchstens ein Rinnsal", merkte Kubicek an.

„Was steht da noch?", fragte Orsini, ohne auf Kubiceks Einwand zu reagieren.

„Der Komponist sitzt auf einem marmornen Sockel, der etwa sechs Meter hoch ist. Auf der einen Seite unter ihm sieht man Prometheus in Ketten, die Krallen des Adlers bohren sich in sein Fleisch ... dann gibt es noch Engel und Cherub-Gestalten, die ängstlich auf den Adler blicken. Soll ich weiterlesen?"

„Danke. Aber warum hat man das Original ins Konzerthaus verlegt?"

„Steht nicht da", erwiderte Paula.

Wilasich setzte sich auf seinen Stuhl und blickte zu Orsini. „Eigentlich müssten wir jetzt alle Denkmäler mit Musikern bewachen lassen", stellte er fest.

Orsini starrte zum Fenster hinaus.

„Und wie viele wären das?", fragte Kubicek.

„Keine Ahnung, aber das werden wir rausfinden", erwiderte Wilasich.

„Wir ändern den Plan", meldete Orsini sich schließlich doch zu Wort. „Neben den Arbeiten, die erledigt werden müssen, legen wir das Hauptaugenmerk auf die Suche nach einer musikalischen Verbindung zwischen den Opfern. Sucht nach Musikschulen, Musikgeschäften, Instrumentenbauern. Alles, was auch nur im Entferntesten damit zu tun haben könnte."

Er wandte sich an Elvira und Sykora. „Überprüft diesbezüglich noch einmal die Telefonnummern von Hausners und Scheinzlers Handys. Ihr beide", er deutete auf Kubicek und Ennsner, „kümmert euch um das Umfeld des Musikers, Freunde, Verwandte. Ob er mit jemandem Streit hatte. Ob ihn jemand mit Dorothea Hausner gesehen hat, so in der Art."

„Finde ich nicht", sagte Paula plötzlich und sah vom Laptop hoch.

Orsini hob fragend die Augenbrauen.

„Warum das Original des Denkmals ins Konzerthaus verlegt wurde", erklärte sie.

„Dafür weiß ich jetzt", meinte Wilasich, „dass es 3136 schützenswerte Denkmäler in der Stadt gibt."

„Und wer ist dafür zuständig?", fragte Orsini.

„Das Denkmalamt in der – Moment – Hofburg."

„Schauen Sie, was Sie dort rausfinden", sagte Orsini zu Paula. „Nehmen Sie Fotos der Ermordeten mit und fragen Sie, ob sie jemand kennt."

„Was machst du?", wollte Wilasich wissen.

„Ich", erklärte Orsini und schnappte seine Jacke, „mach einen Hausbesuch."

„Warte kurz", sagte Wilasich zu ihm und ließ sich Zeit.

„Ja?" Ungeduldig stieg Orsini von einem Bein aufs andere.

„Ich weiß, dass mich das nichts angeht ..."

„Was meinst du?" Unwillkürlich sah Orsini Paula nach, die gerade als Letzte das Büro verließ und die Tür hinter sich zuzog.

Wilasich stemmte eine Hand in die Hüfte und sah ihm in die Augen. „Hast du deine Waffe dabei?"

„Die liegt zu Hause."

„Der Typ, den wir suchen, ... das kann heikel werden. Versprich mir, dass du sie ab morgen mitnimmst!"

„Ist okay ...", antwortete Orsini ausweichend.

*

„Sie schon wieder", sagte Hausner an der Wohnungstür zu Orsini. Er hatte einen dunklen Bademantel mit chinesischen Schriftzeichen übergezogen. Seine Haare standen wirr zu Berge.

„Entschuldigen Sie die Störung", sagte Orsini.

„Kaffee?", fragte Hausner müde und schlurfte in die Küche, ohne Orsinis Antwort abzuwarten.

„Ohne Zucker", entgegnete Orsini und folgte ihm. „Nachtdienst?", fragte er.

Hausner machte eine Bewegung mit dem Kopf, die man als Nicken deuten konnte. Währenddessen spülte er bedächtig eine italienische Espressomaschine aus. Dann füllte er sie mit frischem Wasser und gemahlenem Kaffee und zündete die Gasflamme an. „Sind Sie wegen dem Mord an dem Musiker hier?"

„Auch", antwortete Orsini.

„Ich war an dem Abend zu Hause und hab geschlafen, aber das glauben S' mir ohnehin nicht."

„Warum sollte ich das nicht glauben?"

„Weil Sie sonst nicht hier wären."

„Darf ich mich kurz umsehen?", fragte Orsini.

„Nur zu", erwiderte Hausner. „Mein Bett ist noch nicht gemacht", rief er Orsini nach, der inzwischen bereits die Tür zum verspiegelten Schlafzimmer öffnete. Das Bett mit den weißen Laken schien unberührt. Wo hatte Hausner geschlafen? Die Luft im Raum roch abgestanden. Spuren vom Pulverstaub, den die Spurensicherung verwendet hatte, waren noch auf dem verspiegelten Schreibtisch der Toten zu erkennen. Orsini beschlich das Gefühl, dass Hausner dieses Zimmer seit dem Tod seiner Frau noch nicht betreten hatte. Behutsam schloss er die Schlafzimmertür hinter sich und ging ins Wohnzimmer. Dort, vor dem Fenster, stand ein Schlafsofa. Orsini griff unter die dünne Bettdecke. Die Matratze war noch warm. Die Plüschtiere, die zuletzt schön aufgereiht auf dem Sofa gelegen hatten, waren längst achtlos am Boden gelandet. Ein eigenartiges Geräusch erschreckte ihn. Gespannt horchte er einen Moment, doch offensichtlich hantierte Hausner einfach in der Küche herum. Vielleicht ein Toaster? Seit seinem letzten Besuch hatte sich auch im Wohnzimmer nichts verändert. Zumindest nichts, was ihm ins Auge stach. Deshalb wandte er sich dem eigentlichen Ziel seines Besuchs zu: dem Wandregal voller Nippes. Aus einem Regal in Brusthöhe zog er eine Schallplatte hervor. Als er sich damit zum Licht drehte, stand Hausner hinter ihm.

*

Paula befand sich in der Säulenhalle vor den breiten Treppen zu einem der unzähligen Eingänge der Hofburg, gleich beim Michaelerplatz. Sie drückte auf eine Klingel, vernahm einen Summerton und trat ein. Telefonisch hatte sie die Auskunft erhalten, dass es niemand speziell Zuständigen für die Denkmäler in den Parkanlagen gab.

„Am besten ist, Sie reden mit dem Dr. Hofer darüber", hatte ihr eine nett klingende Sekretärin geantwortet.

Diese Dame saß Paula nun hinter einem Schreibtisch gegenüber. Sie trug ein blassblaues Kostüm und hatte ein verbindliches Lächeln aufgesetzt. „Ah, Sie sind das", sagte sie über ihre schmale Brille hinweg und wies mit der Hand zum Gang. „Die vierte links."

Die Tür war nicht beschriftet. Auf Paulas Klopfen ertönte von drinnen ein klares „Herein."

Sie trat in einen kleinen, hohen Raum. Paula hatte ein mit Artefakten und Büchern angeräumtes Zimmer erwartet, musste aber feststellen, dass der Raum nüchterner nicht sein konnte. Billige neue Büromöbel und drei graue Aktenschränke füllten ihn aus. Nur ein gerahmtes Bild mit einer ägyptischen Totenmaske hing einsam an der Wand. Paula stellte sich vor und erklärte den Grund ihres Kommens.

„Ja, und was wollen Sie da jetzt genau von mir wissen?", fragte Dr. Hofer.

„Zuerst mal, wie viele Denkmäler von Musikern oder Komponisten es insgesamt, beziehungsweise in den Parks gibt?"

Dr. Hofer blies hörbar Luft aus. „Abgezählt habe ich die nicht. Ich kann Ihnen natürlich eine Liste ausdrucken. Da sind dann aber kleinere Büsten ebenfalls enthalten."

„Ist in letzter Zeit irgendetwas Auffälliges passiert?"

„Wie meinen Sie das?"

„Vandalenakte zum Beispiel?"

„Nur das Übliche, Schmierereien, abgebrochene Teile. Sigmund Freud in der Universität hat schon wieder mal seine Nase verloren."

„Dafür sind Sie auch zuständig?"

„Ja, natürlich. Mit solchen Sachen kämpfen wir ständig."

Paula nickte. „Im Grunde geht es mir um drei bestimmte Denkmäler."

„Welche?"

„Brahms-Denkmal, Beethoven-Denkmal und den goldenen Strauss im Stadtpark: Gibt es irgendeine Verbindung zwischen den drei Denkmälern?", fuhr Paula fort.

„Tut mir leid, ich verstehe Sie wieder nicht. Was soll es da für eine Verbindung geben? Meinen Sie wissenschaftlich oder ...?"

„Nein. Oder ja, vielleicht auch."

„Also was? Sie müssen sich schon genauer ausdrücken!"

Nur mit Mühe gelang es Paula, ihre Ungeduld in Zaum zu halten. „Wir verfolgen einen Täter, der Leichen vor Denkmälern ablegt. Bis jetzt haben wir drei Tote."

Dr. Hofer sprach wie der typische Gelehrte, den nur Geschichte und Jahreszahlen interessierten, obwohl er keineswegs so aussah. Er war drahtig, hatte kurze stoppelige Haare und eine vom Wetter gegerbte Haut. Feine Falten durchzogen sein noch beinahe jugendliches Gesicht. Das Auffälligste an ihm war, dass er bunte Funktionskleidung trug. Mit Rucksack und Bergschuhen wäre er widerspruchslos als Bergführer durchgegangen.

„Es geht also um den Parkmörder. Warum haben Sie das nicht gleich gesagt?"

„Weil wir das nicht an die große Glocke hängen wollen", erwiderte Paula. Sie hatte schon zu viel ausgeplaudert, aber sonst keine Möglichkeit gesehen, Informationen von dem Mann zu bekommen.

Dr. Hofer nickte.

„Also?"

„Lassen Sie mich überlegen: Beim Strauss-Denkmal steht die Renovierung erst in einigen Jahren an. Beethoven hat Graffitis am Sockel, die entfernt gehören. Können Sie sich vorstellen, was das für Kosten verursacht? Das ist Geld, das uns an allen Ecken und Enden abgeht."

„Was ist mit Brahms?", drängte Paula.

„Brahms ..., lassen Sie mich überlegen: Brahms bleibt bis zum Ende der Bauarbeiten eingerüstet, weil ..."

„Sonst irgendwelche Auffälligkeiten?", unterbrach sie.

„Lassen ..."

„Wer sie geschaffen hat vielleicht", half Paula nach.

„Zumbusch hat ..."

„Beethoven", ergänzte Paula.

„Genau. Stimmt. Und die Brahms-Statue ist von Rudolf Weyr. Ein wundervolles Werk aus Marmor, zeigt Brahms mit dem für ihn typischen nachdenklichen Ausdruck im Gesi..."

„Und Strauss?"

„Hellmer ... ah, Edmund. Auch ganz wunderbar in Gold ..."

Paula bedankte sich rasch bei Dr. Hofer und reichte ihm die Hand. „Danke, Sie haben mir sehr geholfen."

Vor dem Schreibtisch der Sekretärin blieb sie stehen und tippte die Namen der Denkmalerbauer in ihr Handy.

„Haben Sie erfahren, was Sie wissen wollten?", fragte die Sekretärin neugierig. Ihre Brille hielt sie nun in der Hand.

Paula war abgelenkt. „Wie? Nein, nicht direkt."

„Einen Besseren auf dem Gebiet werden Sie aber nicht finden", bedauerte sie. „Der kennt die Parks wie seine Westentasche."

Paula hörte zu schreiben auf. „Die Parks?"

„Wenn der Dr. Hofer nicht hier herinnen sitzt, trainiert er ja wie ein Wilder."

„Interessant", sagte Paula und drehte sich zur Sekretärin hin. „Was trainiert er denn?"

„Der läuft wie ein ..., nein, ich mein, er joggt halt. Ich glaub, der läuft mittlerweile schon den 17. oder 18. Marathon."

„Marathon?"

„Ja. Unglaublich, oder? Da, das ist beim Marathon in New York!“, sagte sie hörbar stolz und deutete mit der Spitze des Kugelschreibers in ihrer Hand auf ein Foto. Es zeigte Dr. Hofer in Laufmontur. Paula schmunzelte. Mit dem knalligen orangen Stirnband und den Schweißperlen sah er aus, als wäre er in vorderster Reihe mitgelaufen.

„Aber was macht er in den Parks?“

„Trainieren. Er hat da so seine Spezialrunde.“

„Eine Spezialrunde?“

„Na ja, ob das eine richtige Runde ist, weiß ich nicht. Weil, er startet oft vom Büro und läuft nach Hause.“

„Wo wohnt er denn?“

„Im 2. Bezirk. Aber Sie können ihn ruhig selber fragen.“

„Nein danke, das ist nicht nötig“, erklärte Paula und verabschiedete sich.

*

„Der *Gefangenenchor* ist eine meiner Lieblingsplatten“, sagte Hausner mit ausdruckslosen, ein wenig verklebten Augen. Er war lautlos im Wohnzimmer aufgetaucht, beinahe als könnte er schweben, und stand nun knapp hinter Orsini. Sein Bademantel war vorne offen. Darunter trug er nichts als eine Unterhose.

Instinktiv machte Orsini einen Schritt zurück und griff noch mal ins Regal. „Darf ich?“

Hausner zuckte mit den Achseln. „Wenn ich Nein sag, nutzt es mir doch auch nichts ...“

Orsini wandte sich ab und zog eine weitere Schallplatte hervor. *Russlands schönste Männerchöre,* prangte in goldener Schrift auf dem Cover. Dahinter, in einer tief verschneiten Winterlandschaft, Männer in einer seltsam künstlich wirkenden Tracht. Auf ihren ausgestreckten Armen ein blondes Mädchen in roten Stiefeln und roter Pelzjacke. Die Hülle hatte bereits den typisch abgestandenen Geruch angenommen.

„Suchen Sie was Bestimmtes?“, fragte Hausner.

„Hatte Ihre Frau mit Musik zu tun?“, erkundigte Orsini sich, ohne auf die Frage einzugehen.

„Wie meinen Sie das?“

„Ging sie gerne in die Oper oder in Konzerte ...?“

Hausner schüttelte teilnahmslos den Kopf.

„Und Sie?“

Aus der Küche drang das charakteristische Zischen der Espressomaschine. „Der Kaffee“, sagte Hausner und schlurfte zurück in die Küche.

Orsini schob die Platte zurück ins Regal, überflog die übrigen rasch und folgte Hausner. Vor dem Küchentisch blieb er stehen und sah ihm zu, wie er die Espressomaschine mit einem Topflappen in der Hand vom Herd nahm. Das brodelnde Zischen verstummte.

„Milch?“, fragte Hausner.

„Ohne alles und nur wenig, danke.“

„Kekse dazu?“ Hausner griff nach einer weißen, mit türkisen Schnörkseln verzierten Schüssel. Für den Bruchteil einer Sekunde musterte Orsini sie überrascht: Sie hatte einen ungewöhnlichen Griff und passte nicht unbedingt hierher – ein farbiger Fleck in der grauen Einöde aus Resopal und Linoleum.

„Lieber nicht“, antwortete Orsini.

Hausner schob die Schüssel zurück – auch er hatte sich kein Keks genommen –, setzte sich und gab Zucker in seinen Kaffee. Wie er so dasaß und in der Tasse umrührte, kam er Orsini vor wie ein alter ausrangierter Clown, dem man die Schminke weggenommen hatte. Im Gesicht hatte sie aber ihre Spuren hinterlassen, nur das Lächeln war ihm abhandengekommen. Der Körper darunter wirkte – wie schon vor einer Woche – verbraucht.

„Vermissen Sie Ihre Frau?“, fragte er nach einer Weile.

„Ist ein seltsames Gefühl ...“, antwortete Hausner unbestimmt, „wenn man in die eigene Wohnung kommt und die Person, mit der man jahrelang zusammengelebt hat, nicht mehr da ist.“

Orsini musste unwillkürlich an seine Mutter denken. Er hatte nach ihrem Ableben die Wohnung geerbt, in der er mit ihr aufgewachsen war. Zuerst war es ihm unnatürlich erschienen, dort wieder einzuziehen. Zu stark hatte er ihre Präsenz gespürt. Deswegen hatte er die Wohnung sogar einem Makler übergeben. Als die ersten Interessenten aufgetaucht waren, hatte er es sich plötzlich anders überlegt und sie wieder fortgeschickt. Danach hatte er alles eigenhändig renoviert. Nie würde er die ersten Nächte in den kahlen Zimmern vergessen. Die Anwesenheit seiner Mutter hatte sich erst verloren, als er neue Möbel gekauft und die Räume grundlegend veränderte hatte. Die Momente, in denen er ihre Anwesenheit manchmal immer noch spürte, beunruhigten ihn nun nicht mehr, vielmehr strahlten sie eine tröstliche Wärme aus.

„Ich ziehe so bald wie möglich von hier weg", murmelte Hausner in Orsinis Gedanken hinein.

„Verstehe", entgegnete Orsini, „Ist vielleicht auch die beste Lösung."

„Ihr Kaffee wird kalt."

Orsini nippte an seinem Kaffee. „Das Handy Ihrer Frau ist nicht zufällig aufgetaucht?"

Hausner sah zum Fenster hinaus und schüttelte langsam den Kopf. Seine Hände umklammerten die Kaffeetasse.

„Und die Platten, sind die von Ihrer Frau?", fragte Orsini, während er aufstand.

„Nein", antwortete Hausner abwesend.

„Sondern?"

„Von mir. Ich singe in einem Chor, immer schon."

*

Der Geruch von Tristesse haftete noch an Orsinis Schultern, als er durch den Hauseingang auf die Straße trat. Unentschlossen ging er die Meidlinger Hauptstraße bergab, als sein Handy zu läuten begann.

„Der blaue Faden aus dem Gebüsch: Baumwolle, ein Sweater unbekannter Herkunft“, endete Wilasich nach etwas mehr als einer Minute. Er hatte Orsini die neuesten, gleichzeitig enttäuschenden Ergebnisse des Labors mitgeteilt.

„Nicht sehr viel“, antwortete Orsini und blieb stehen. „Sonst nichts?“

„Doch“, fuhr Wilasich nach einer kleinen Pause fort. „Ein Mann hat angerufen und wollte dich sprechen.“

„Ein ... Mann? Hat er seinen Namen nicht genannt?“

„Nein, hat er nicht. Ich weiß auch nicht, wer den Anruf entgegengenommen hat, es war auf der Hotline. Jedenfalls wollte er unbedingt dich sprechen. Angeblich kennt er dich von Chantals Bar – wo ist die?“

„*Sand in the City*“, erklärte Orsini. „War es einer der Musiker?“

„Sorry ... Er hat anscheinend nur gesagt, dass er heute rund um eins im Girardipark ist.“

Orsini blickte auf seine Uhr. Kurz vor eins. „Danke. Okay, ich schau hin ...“ Mitten im Gespräch ertönte ein ungewohntes Signal, dann brach die Verbindung ab. Er sah aufs Display – die Akkuanzeige zeigte einen mickrigen Streifen, vielleicht 20 Prozent, obwohl er das Handy die ganze Nacht angesteckt hatte. Irgendwann würde ihm nichts anderes übrig bleiben, als ein Formular auszufüllen, zu erklären, warum er schon wieder ein neues Handy benötigte, das Formular im Beschaffungsreferat abzugeben etc., etc. Aber nicht jetzt, dachte er und erkannte Elviras Nummer, als *Cantaloupe* nun doch wieder erklang.

„Ich bin im Labor ...“

„Und ...?“, drängte Orsini.

„Bingo!“, sagte Elvira triumphierend. „Sogar Daumen und Zeigefinger.“

„Unser geschätzter Stadtgartendirektor hat uns also belogen.“

„Na ja“, wandte Elvira ein, „er könnte natürlich behaupten, dass er der Ermordeten die Zigarettenpackung geschenkt hat, irgendwann bei der Arbeit."

„Könnte er. Aber dann muss er mir erklären, weshalb er uns das verschwiegen hat", sagte Orsini und marschierte weiter Richtung U-Bahn-Station.

„Bist du noch dran?", fragte Elvira.

„Ja."

„Mir kommt da noch eine ganz andere Idee."

„Ich glaube, daran denke ich auch gerade", antwortete Orsini.

„Könnte für Elmar interessant sein ...", meinte Elvira neckisch.

„Bestimmt", erwiderte er lächelnd, legte auf und wählte erneut. Langsam kam Bewegung in die Ermittlung. Sein Handy blinkte mittlerweile ein wenig wie eine Lichtorgel, der Akku zeigte aber eindeutig ein mehr als halb volles Batteriesymbol.

„Der Herr Direktor ist bis morgen auf einem Kongress in Südtirol", antwortete die Sekretärin des Stadtgartendirektors. „Was kann ich ...?"

„Wann genau ist er wieder zurück?"

„Vor Mittag auf jeden Fall, weil da ..."

„Danke", sagte Orsini und lief die Treppe zur U-Bahn hinab.

*

Etwa eine Viertelstunde später, um zehn nach eins, kam Orsini schwitzend aus der Karlsplatzunterführung und warf einen Blick rechterhand auf das *Café Museum.* Vor ein oder zwei Jahren hatte man in einer Anwandlung von Puritanismus die Inneneinrichtung mit ihren Logen und samtenen Bänken durch Repliken der ursprünglichen Einrichtung von Adolf Loos ersetzt. Orsini war zwar seither noch nicht in dem Café gewesen, hatte sich aber sagen lassen, dass die neuen alten Bugholzsessel alles andere als gemütlich waren.

Mal sehen, wie lange sie sich halten, dachte er und querte die Straße.

Mitten im Girardipark, einer kleinen Grünfläche zwischen den stark frequentierten Straßenzügen unter den wenigen schattenspendenden Bäumen, parkte ein Wagen der Kanalbrigade. Dass dieser Flecken einen eigenen Namen trug, war ihm bisher nicht bewusst gewesen. Für die meisten Wiener hieß die ganze Fläche schlicht Karlsplatz. Vor dem Wagen standen zwei Männer und rauchten. Beim einen handelte es sich um den Chef der Brigade, Seklitsch, wie Orsini an der Statur und auch an der besonders originellen Kappe unschwer erkannte, beim anderen um den Guide, der wie beim letzten Mal Orson Welles mit sich trug, diesmal auf einem gelben T-Shirt.

„Und, wann findet die nächste Führung statt?", fragte Orsini.

„Ist derzeit wegen Gewittergefahr unmöglich", erwiderte der Guide und sah zum Himmel.

Überrascht folgte Orsini seinem Blick. Tatsächlich: Während direkt über ihnen das helle Blau nur von den Schlieren der Flugzeugabgase ein wenig aufgelockert wurde, türmten sich hinter der Secession bereits die zum täglichen Ritual gewordenen Wolken.

„Das geht oft schneller, als man denkt. Und nicht einmal die von der Meteorologischen Zentralanstalt können vorhersagen, in welchen Bezirken es krachen wird."

Seklitsch hatte indessen die Arme vor dem Körper verschränkt und blickte Orsini mit feindseliger Miene an. Schon bei ihrer ersten Begegnung hatte Orsini das Gefühl gehabt, dass er in Seklitschs Augen nicht gerade ein Sympathieträger war. Es wirkte, als wäre ihm der Dreck der Stadt tausendmal lieber als die Polizei.

„Wer von euch hat mich angerufen?", fragte Orsini.

„Na, ich sicher net", erwiderte Seklitsch trocken.

Auch der Guide schüttelte den Kopf.

„Ihre Kollegen vielleicht?"

„Welche?"

„Die zwei mit den zu engen T-Shirts. Chantals Bar, Sie erinnern sich bestimmt."

Seklitsch inhalierte und deutete mit dem Daumen nach unten.

„Kann ich die beiden sprechen?"

Ohne zu antworten zog Seklitsch einen Stahlhaken aus dem Bund seiner Hose, machte ein paar Schritte zu einem im Asphalt versenkten Kanaldeckel hin und hob ihn mit dem Haken an. Orsini blickte in ein dunkles quadratisches Loch. Auf einer Seite des Schachts waren die rostigen Sprossen einer stählernen Leiter zu sehen. „Das ist ein Scherz."

„Nein", antwortete Seklitsch. „Wir steigen immer so ein."

Der Guide nickte achselzuckend.

„Vier Meter nach unten und dann rechts die Treppe hinauf, dort sehn S' dann ein Licht. Da arbeiten die beiden." Seklitsch warf den glimmenden Zigarettenstummel zu Boden und dämpfte ihn mit seinem schweren Stiefel aus. Was Orsini nicht sehen konnte, war, dass Seklitsch dabei Orson Welles einen vielsagenden Blick zuwarf. „Oder Sie warten eine Stunde, bis die beiden raufkommen", bemerkte er noch lapidar.

„Passen Sie auf, dass Sie sich nicht schmutzig machen", warnte ihn der Guide und streckte ihm helfend die Hand hin.

„Wird schwierig", meinte Orsini und setzte den Fuß auf die erste Sprosse. Als er beim Hinunterklettern noch einmal hochsah, blendete ihn die Sonne. Orson Welles auf dem T-Shirt warf merkwürdige Falten. Unwillkürlich fühlte er sich in den alten Film hineinversetzt, sah die gespenstisch wirkenden Finger einer Hand aus einem Kanalgitter ragen, hörte hallige Schritte.

„Alles okay?", fragte der falsche Orson Welles.

„Die Zithermusik fehlt", antwortete Orsini und stieg hinab. Von oben hatte der Schacht nicht so eng gewirkt. Schon nach wenigen Stufen beschlich ihn das Gefühl, in einer bodenlosen Sardinendose zu stecken. Als Seklitsch ihm dann noch von oben alles Gute wünschte und grinsend den Kanaldeckel schloss, überkam ihn die Gewissheit, einen Fehler begangen zu haben.

„He!", rief er nach oben. Er war in beinahe völliges Dunkel gehüllt. Nur durch die dünnen Schlitze des massiven Kanaldeckels drang spärliches Licht. Unschlüssig tappte er mit dem Fuß nach unten zur nächsten Sprosse und spürte, wie seine Sohle kleine Rostkörnchen davon löste, die verloren hinunterrieselten.

„Heee!!!", schrie er neuerlich hinauf.

Nichts. Langsam und mit einer gewissen Beklemmung im Brustkorb arbeitete er sich schließlich tiefer in die Dunkelheit vor. Was blieb ihm auch anderes über? Als seine Zehenspitzen endlich den Boden unter sich ertasteten, fühlte er sich absurderweise erleichtert, obwohl ihn nun reines Schwarz umgab. Es roch etwas streng. Süßlich. Und es war wärmer als erwartet. Er machte einen vorsichtigen Schritt und hörte das Knirschen unter seinen Schuhen überdeutlich. Gleichzeitig wuchs in ihm der Zorn. Er zog sein Handy hervor, es würde nicht lange dauern, die nächste Wachstube war fast nebenan! Doch als er auf das Display sah, erlosch seine Energie. Kein Empfang – nicht einmal Notruf! Dafür – immerhin – hatte er eine wenn auch zuckende, funzelige Lichtquelle.

„Rechts", murmelte er vor sich hin und leuchtete mit dem blinkenden Handy ringsum. Von hier schien ein Gang fort zu führen, aber eine Treppe? Einen Moment dachte er an seine Waffe, die zu Hause in einer Schachtel sicher verstaut war.

Plötzlich erfüllte ein scharfes Quietschen die abgestandene Luft, und danach dröhnte ein metallischer Schlag in seinen Ohren. Aus welcher Richtung diese Geräusche gekommen waren, konnte er unmöglich sagen. Dann erneut – diesmal donnerte es, als würde schräg über ihm King Kong trampeln. Während er nun langsam mit eingezogenem Kopf den niederen Gang entlangschlich, hörte er das seltsame Geräusch noch mehrmals. Wartungsarbeiten der beiden anderen Kanalarbeiter? Das Licht seines Handys ließ zu wünschen übrig, dennoch versuchte er voranzukommen. Ein kühler Lufthauch wehte ihm entgegen, als er um eine Ecke bog. Kurz spürte er etwas über sein Gesicht gleiten. Dann ein klebriges Etwas auf seiner Nase. Panisch schloss er die Augen und kniff den Mund zu, während sein Puls sich beschleunigte. Hektisch fuhr er sich mit der freien Hand übers Gesicht und wischte die Fäden weg, so gut es ging. Nur die Ruhe bewahren, dachte er und leuchtete mit dem Handy vor sich in die Höhe. Eine Spinne hing in ihrem Netz über ihm. Wieder ertönte ein scheppernder wuchtiger Schlag, und mit einem Mal wurde es etwas heller. Zumindest die Umrisse des Gangs waren nun zu erkennen. Langsam tastete er sich weiter, bis er nach einer Biegung am Fuß einer Wendeltreppe anlangte. Von oben drang ein Lichtstrahl zu ihm. Schritte auf Metall erklangen.

Seklitsch, mit einer grellen Taschenlampe bestückt, grinste ihm entgegen. Sein Gesicht sah im schrägen Schein der Lampe durchaus teuflisch aus.

„Kanaltaufe bestanden“, sagte er mit tiefer, verstellter Stimme und machte kehrt.

„Scheiße, was sollte das!?“, bellte Orsini hinter Seklitsch her. Der ging jedoch ungerührt weiter. Erst als sie im Freien ankamen, standen sich die beiden einen Augenblick angriffslustig gegenüber.

„Krieg ich vielleicht eine Antwort?“, brauste Orsini auf.

Statt darauf zu reagieren, hielt ihm Seklitsch einen Flasche Bier entgegen. „Ich taufe dich hiermit auf den Namen Polizeiratte.“

„Danke, verzichte!“, fuhr Orsini ihn an.

Seklitsch verschwand daraufhin beleidigt hinter dem Wagen, ohne Orsini noch eines Blickes zu würdigen.

„Macht ihr das öfter?“, wandte Orsini sich immer noch wütend an Orson Welles.

„Nein, eigentlich nie. Keine Ahnung, was ihm da eingefallen ist. Normalerweise machen die das nur bei neuen Kollegen, als Feuertaufe sozusagen", entschuldigte sich der Guide.

„Was war das für ein Lärm da unten?"

„Wir haben ..." Der Guide zeigte auf den Abgang, aus dem Seklitsch und Orsini herausgekommen waren. Nun, da er geöffnet war, sah er aus wie ein überdimensionaler Weihnachtsstern, in dessen Mitte ein schwarzes Loch klaffte. „... die Segmente erst aufsperren müssen, und wenn man sie fallen lässt, ist das unten womöglich ganz schön laut."

„Nichts für schwache Nerven", bestätigte Orsini und wischte sich die letzten Spinnweben vom Körper.

„Sie haben eine Führung bei mir gut", meinte der Guide.

Orsini antwortete nicht, sondern marschierte los, am Fahrzeug vorbei, und würdigte Seklitsch keines weiteren Blickes.

Ohne auch nur im Geringsten auf den Verkehr zu achten, querte er die Straße. Auch das Lavendelbeet, an dem er mit Pokorny vor ungefähr einem Monat vorbeigekommen war, bemerkte er nicht. Erst als er schon längst im Restaurant *Resselpark* saß, mit einem kühlen Bier vor sich auf der rotweiß-karierten Plastiktischdecke, beruhigte er sich wieder. Ab morgen würde er seine Dienstwaffe tragen, nahm er sich vor.

Der schwungvolle Gang der jungen Kellnerin, die den Salat brachte, lenkte ihn ein wenig ab. Ihr Gang erinnerte ihn an Chantal. Er hatte versprochen, sie anzurufen. Seit dem Mord an dem Musiker war dafür aber keine Zeit gewesen. Allerdings musste er zugeben, dass dies nur die halbe Wahrheit war. Die andere Hälfte der Wahrheit hatte strahlend blaue Augen und eine Vorliebe für Schals. Er holte sein Handy hervor, das zur Abwechslung nicht blinkte, und wählte Paula Kischs Nummer.

„Gibt's was Neues?", fragte er in Ermangelung eines anderen Themas.

„Ja, schon. Wo sind Sie?", fragte Paula keuchend zurück.

„Restaurant *Resselpark*", erklärte er verwundert.

„Bin gleich dort", antwortete sie atemlos und legte auf.

Die Kellnerin hatte gerade das Essen serviert, als Paula schwitzend und nach Luft ringend an seinem Tisch auftauchte.

„Was ist los?", fragte er irritiert und legte Messer und Gabel beiseite.

Ohne zu antworten deutete Paula auf einen Mann, der in kurzer Hose und ärmellosem T-Shirt Richtung Karlskirche lief. Das orange Stirnband auf seinem Kopf weckte in Orsini eine schwache Erinnerung.

„Der ist vom Denkmalamt", brachte sie schließlich hervor, setzte sich auf den angebotenen Stuhl und holte Luft.

„Eins nach dem anderen ..."

„Das ist Dr. Hofer ... "

„Und warum laufen Sie ihm nach?"

„Weil ich sehen wollte, ob es stimmt ..."

„Was stimmt?"

„Darf ich?", fragte Paula mit einem Blick auf sein Glas.

Orsini nickte und sah belustigt zu, wie sie das Glas ungeniert zügig leer trank. „Also, Dr. Hofer arbeitet beim Denkmalamt. Allerdings war aus ihm nicht viel rauszubekommen, was von uns für Bedeutung sein könnte. Seine Sekretärin aber hat mir zufällig erzählt, dass er ein Läufer ist."

„Und?"

„Er läuft bevorzugt in den Parks", erklärte Paula, „und ich wollte sehen, welche Strecke."

„Sie meinen, er läuft eventuell entlang der Fundorte?"

„Nicht ganz. Ich bin ihm von der Hofburg bis hierher gefolgt. Mehr hätte ich nicht geschafft", sagte sie und wischte sich mit einer Serviette die Stirn ab. „Aber das ist doch nicht besonders weit", meinte Orsini schmunzelnd.

„Er trainiert für Marathons", empörte sich Paula. „Der hat ein irres Tempo drauf ..."

„Und sicher geeignetere Schuhe", pflichtete er bei.

„Ich glaub, ich hab jetzt Blasen an den Zehen ..." Sie deutete auf ihre Sandalen. „Die Sekretärin hat etwas von einer Spezialrunde erwähnt. Vom Büro zu seiner Wohnung im 2. Bezirk, das ist eine seiner Trainingsstrecken. Ob die an den Denkmälern vorbeiführt ..."

„Dann braucht er nur noch Musikfan zu sein", meinte Orsini und blickte nachdenklich in die Richtung, in der der Läufer verschwunden war.

„Das finde ich raus."

„Übrigens", Orsini nahm seine Gabel zur Hand und spießte ein Salatblatt damit auf, „die Fingerabdrücke stimmen überein."

„Ich hab's gewusst!", antwortete Paula und schlug mit der Faust in ihre geöffnete Handfläche.

„Ich finde", meinte Orsini und gab der Kellnerin ein Zeichen, „darauf sollten wir anstoßen und aufs Du wechseln."

„Warum nicht, wenn ich endlich was zu trinken bekomme ..."

Orsini schob ein Stück Fleisch in den Mund und fragte: „Schon was gegessen?"

Paula schüttelte den Kopf und schnappte sich die Karte.

Die Kellnerin blieb bei ihnen stehen und zückte ihren Block.

„Ein kleines Bier?", fragte Orsini.

„Obwohl wir im Dienst sind?"

„Hitzezulage. Gleicht den Mineralstoffverlust aus ..."

„Ja dann, gerne!"

„Und ...?", wollte die Kellnerin wissen.

„Was essen Sie da?" Paula deutete auf seinen Teller.

„Du", verbesserte er, „und ich esse Rindsroulade."

„Ist die gut?"

Angesichts der nun bereits unruhig zu den übrigen Tischen blickenden Kellnerin nickte Orsini zögernd, obwohl das Fleisch nicht besonders schmeckte.

„Also was jetzt?", fragte die Kellnerin nach.

„Ich überlege noch", erwiderte Paula und blätterte bereits

zum zweiten Mal die Speisekarte durch. Die Kellnerin verschwand.

„Der Stadtgartendirektor hält sich heute in Südtirol auf und kommt morgen gegen Mittag zurück. Willst du bei der Vernehmung dabei sein?“, fragte Orsini. Er hielt mit dem Essen inne.

Paula schluckte unmerklich und widmete sich der Speisekarte mit etwas mehr Ernsthaftigkeit. „Morgen?“, fragte sie schließlich.

„Ja.“

„Da wollte ich Sie ..., dich heute schon fragen: Morgen Vormittag ist nämlich eine Vorlesung an der Uni, die ich unbedingt besuchen sollte.“

„Hm, gut, dann nehm ich Elvira oder Kubicek mit. Worum geht's in der Vorlesung?“

„Spargel oder Schnitzel, ich kann mich einfach nicht entscheiden. Kannst du was für mich aussuchen?“, meinte Paula plötzlich, zuckte mit den Schultern und reichte ihm die Karte.

„Was?“, fragte er überrascht.

„Irgendwas, egal.“

„Aber wie soll ich ...?“

„Ganz egal, ehrlich.“

Orsini fuhr mit dem Finger die Karte abwärts: „Blattsalat mit Putenstreifen.“ Er hob die Augenbrauen. Bisher hatte sie sich eher durch Entscheidungsfreude ausgezeichnet, dass dies nun beim Essen ins Gegenteil kippte, war zumindest interessant.

„Gibt's den Blattsalat auch mit Hühnerbruststreifen?“

„Wie wär's mit griechischem Bauernsalat? Bei der Hitze passend.“

„Grüne oder schwarze Oliven ...?“

„Sind im Bauernsalat grüne oder schwarze Oliven drinnen?“, fragte Orsini die Kellnerin, die eben mit einem Tablett voller Getränke kam. „Ich weiß nur, dass der Schafkäse weiß ist“, antwortete sie und lud ihre Gläser ab.

„Vielleicht doch etwas Gebratenes", überlegte Paula unterdessen laut vor sich hin. Die Kellnerin verdrehte die Augen.

Orsini entschied kurzerhand: „Wir nehmen den Blattsalat mit Putenstreifen!" Dann hob er sein Glas und meinte: „Ich heiße Conrad ...!"

„Meinen Namen kennen Sie ..., kennst du ja!"

In der darauffolgenden Stille sahen beide erstaunlich tief in ihre Gläser. Dann wischte sich Orsini den Schaum von den Lippen und sagte: „Ich war noch mal beim Hausner. In seinem Wohnzimmerregal stehen einige Platten, und er hat gesagt, dass er in einem Chor singt."

„Die Mitglieder des Chores wären interessant."

„Richtig."

„Vielleicht – ich meine, ich weiß, es ist weit hergeholt –, aber vielleicht kannten die Hausners den toten Musiker von dort?"

„Wir werden sehen ... Der tote Musiker war allerdings Profi – Hausner sieht mir eher nach Hobby- oder Kirchenchor aus. Kannst du dich darum kümmern?"

Paula nickte, lehnte sich im Stuhl zurück und schloss die Augen. Ein Sonnenstrahl hatte den Weg durchs dichte Blätterdach gefunden und tanzte wie ein beweglicher Scheinwerferspot in ihrem Gesicht. Orsini blickte auf das Spiel von Licht und Schatten. Ein Windhauch strich durch die Blätter und verwischte die Trennlinie zwischen Hell und Dunkel. Sein Ärger über den Vorfall im Kanal war verflogen.

Paula öffnete die Augen und sah ihn einen Augenblick schweigend und mit einem Anflug von Verträumtheit an.

14

Paula unter den Bäumen im Gastgarten – das Bild ließ Orsini nicht los. Er hatte festgestellt, dass er dringend ein bisschen Freizeit brauchte, und war ohne bewusstes Ziel losmarschiert.

Wenig später war er vor dem Autosalon am Ring gestanden und hatte überraschenderweise dort jemanden angetroffen. Also hatte er ohne lang nachzudenken die Gelegenheit beim Schopf gepackt, den Ford Capri zu einer Probefahrt ausgeführt und stand nun bereits geraume Zeit in der kombinierten Tankstellen-Garagen-Werkstatt, die mit dem Autosalon kooperierte. Wie zuvor Paula im Gastgarten konnte er sich einfach nicht entscheiden. Während er unschlüssig vor dem Wagen auf und ab ging, läutete prompt das Telefon in seiner Jacke.

„Pokorny hier", hörte er die schnarrende Stimme seines Vorgesetzten. „Gegen acht in meinem Büro."

„Gut", erwiderte Orsini, „gibt es was Bestimmtes?"

„Allerdings. Ich hab was für Sie, kann aber nicht früher. Ich bin noch unterwegs. Also ..."

„Bis später", konnte Orsini noch einwerfen, ehe Pokorny das Gespräch beendet hatte. Seine Augen wanderten über die Karosserie des Wagens. Seltsam. Früher hatte er trotz Pokornys schroffem Umgangston eine Art Verbundenheit zwischen ihnen gespürt. Unausgesprochen, aber da. In letzter Zeit hingegen hatte sich etwas verändert. Oder bildete er sich das nur ein? Pokorny stand unter Stress, musste auch um seine eigene Position fürchten. Zurückgezogen war er ohnehin immer gewesen.

„Was is jetzt? Nehmen wir ihn oder nehmen wir ihn net?", unterbrach der Mechaniker auffordernd und mit gewissem Nachdruck seine Gedanken. „I hab net ewig Zeit."

Orsini zuckte mit den Schultern und umkreiste das Objekt wie ein Raubtier seine Beute. „Wie hoch schätzen Sie die Kosten unter Freunden?"

„Wie gsagt: Den Kaufpreis müssn S' verdoppeln. Es wird alles repariert. Ohne Extrawürscht natürlich. Aber dastehn tut der dann wie neu."

„Und was ist mit dem da drüben?", Orsini deutete auf einen anderen Wagen, der halb unter einer Plane hervorlugte.

„Das kostet Ihna übern Daumen des Doppelte", antwortete der Mechaniker.

„Das Doppelte!", wiederholte Orsini. Im Prinzip stand sein Entschluss fest. Der hatte weder mit Vernunft noch mit Wirtschaftlichkeit zu tun, sondern mit Nostalgie, geschwungener Linie und mit einem Namen, der nach Sonne, Lust und Freiheit klang. Capri. Genauer gesagt ein maisgelber Ford Capri, Baujahr 1971. Doch irgendetwas in Orinis Innerem spielte seit dem Blick Paulas im Restaurant verrückt und verhinderte, dass er eine klare Entscheidung treffen konnte. Zudem hatte Chantal bereits mehrfach angerufen. Jedes Mal hatte Orsini auf das zuckende Display gestarrt, ohne abzuheben.

„Warten Sie einen Moment, ich hör nur kurz die Mobilbox ab!", sagte er und hielt das Handy zum Ohr.

„Hallo, Chantal spricht. Du bist wahrscheinlich ziemlich beschäftigt. Morgen und Samstag bin ich wieder in der Bar ..., würd mich freuen ..."

„Und, hat's geholfen?", fragte der Mechaniker.

„Nicht unbedingt. Wie lange würde die Reparatur dauern?"

„Kommt drauf an, wie schnell ich die Ersatzteile krieg. Ein, zwei Monate müssn S' schon rechnen."

„Können Sie ihn mir bis morgen reservieren?"

„Aber es gibt noch ..."

„... ein Dutzend anderer Interessenten", unterbrach Orsini augenzwinkernd und seufzte. „Dann muss ich die Gelegenheit einfach nutzen. Wo ist der Kaufvertrag?"

Der Mechaniker zog den fix und fertigen Vertrag aus der Brusttasche seines Overalls und grinste.

„Wie haben Sie das nur gewusst?", stöhnte Orsini.

„Berufsgeheimnis."

*

Mit dem Vertrag in der Tasche und um einige tausend Euro leichter schlenderte Orsini stolz quer durch die Innenstadt. Die Sonne knallte vom Himmel und ließ ihn von der ersten Ausfahrt mit dem Sportwagen träumen. Aus dem Asphalt stiegen Hitzeschlieren auf. Die Gastgärten waren voll, vor den Eisgeschäften standen die Leute Schlange. Der Mord im Stadtpark war zwar erst zwei Tage her, doch aus den Schlagzeilen und somit auch aus dem Bewusstsein der Menschen hatte er sich verflüchtigt.

Schwitzend und immer noch ein wenig beschwingt trat er ins kühlere Foyer des Landeskriminalamtes. Die Stufen hinauf in den zweiten Stock nahm er im Laufen. Die Tür zu seinem Büro stand offen. Als Orsini den Raum betrat, bemerkte er einen Luftzug, der nicht zur stehenden Hitze im Freien passte.

„Wo warst du?", fragte Wilasich, ohne vom Bildschirm aufzublicken.

„Einkaufen", erwiderte Orsini und setzte zu einer genaueren Erläuterung an.

„Ich auch", erwiderte Wilasich jedoch schneller. Mit geschwellter Brust deutete er in die Ecke hinter der Tür. „Neu!"

Dort surrte die Quelle des Luftzugs unaufhörlich vor sich hin: ein Ventilator. Das etwa einen Meter hohe wackelige Ding aus Kunststoff war zwar nicht gerade leise, brachte aber eindeutig etwas Frische in den Raum. „Gute Investition", meinte Orsini, „ist deshalb die Tür offen?"

Wilasich nickte. „Zusätzliches Experiment ... Was war mit dem geheimnisvollen Anrufer?"

„Keine Ahnung, wer das war", antwortete Orsini einsilbig. Er überging den Vorfall mit Seklitsch wie auch seinen eigenen Einkauf und berichtete stattdessen von Hausners Hobby.

„Ich war auch in einem Jugendchor ...", antwortete Wilasich beiläufig, „aber ob uns das weiterbringt ...?"

„Paula versucht, mehr über den Chor herauszubekommen."

„Paula? Seid ihr per Du?“, fragte Wilasich amüsiert und stand auf.

„Warum nicht?“, rutschte es Orsini heraus, eine Spur schärfer als beabsichtigt. „Und was machen eigentlich die anderen?“

„Sind hauptsächlich mit dem Umfeld und dem Bekanntenkreis des Musikers beschäftigt“, erklärte Wilasich ruhig und begann, einen Stapel Papiere auf seinem Tisch zu durchsuchen. „Eines wollt ich dir zeigen – ist ganz interessant: Auf der Kleidung vom Scheinzler haben sie abgesehen von Erde und Staub auch noch Spuren von Rost gefunden.“

„Rost?“

„Ja, eindeutig. Also könntet ihr mit eurer Scheibtruhe richtig liegen ...“

Orsini schwieg. Die Vorstellung, dass der Täter die Leiche mit einer Schubkarre durch den Park geführt haben sollte, barg einen gewissen Sinn für Komik in sich. Er setzte sich an seinen eigenen Tisch und fuhr seinen Computer hoch, den er seit heute Morgen vernachlässigt hatte. 24 neue Mails warteten auf ihn, registrierte er mutlos und sah zu Wilasichs Bürohälfte hinüber. Auf einem von Wilasichs papierenen Stapel, der gefährlich nahe der Tischkante lagerte, vollführte das oberste Blatt im Rhythmus des Ventilators einen kleinen Tanz. Es hob sich leicht vom unteren Blatt, flatterte geräuschvoll im Luftzug und senkte sich für einen winzigen Augenblick wieder. Jedes Mal, beobachtete Orsini mit einer Mischung aus Belustigung und Ärger, rückte das Blatt ein wenig näher zur Kante. Es war nur eine Frage der Zeit ... Wilasich schien dies jedoch nicht zu bemerken.

„Außerdem, es gibt da einen Dr. Hofer beim Denkmalamt, den müssten wir uns auch näher anschauen“, fuhr Orsini fort und erzählte vom joggenden Historiker.

„Das mach ich morgen als Erstes, versprochen“, erwiderte Wilasich mit einem Blick auf die Uhr, „jetzt muss ich aber heim!“

*

Pokorny kam gerade den Gang entlang, als Orsini schon zum dritten Mal an dessen Bürotür klopfte.

„Hat etwas länger gedauert", sagte er leicht gereizt, fuhr sich durch die ungewohnt zerzausten Haare und sperrte auf. „Wollen Sie etwas trinken?", fragte er und suchte fahrig nach einer Ablagemöglichkeit für den Packen Akten unter seinem Arm. „Setzen Sie sich. Eine Minute, dann bin ich bei Ihnen." Er ließ den Stapel einfach auf den Boden sausen, stieg darüber hinweg und holte sich eine Zigarette aus einer Packung. Irgendetwas hing offensichtlich in der Luft.

„Ob Sie es glauben oder nicht, das ist erst die fünfte heute", deutete er darauf, ehe er sie anzündete. „Erzählen Sie, was gibt es Neues?"

Während Orsini ausführlich zusammenfasste, rauchte Pokorny schweigend seine Zigarette zu Ende, dämpfte sie in seinem übervollen Aschenbecher aus und begann schließlich mit am Rücken verschränkten Armen vor Orsini auf und ab zu marschieren. „Scheiße", murmelte er schließlich. „Ziemlich viele verschiedene Spuren, nichts Konkretes, und es wird immer heißer."

„Wie meinen Sie das?"

Pokorny antwortete nicht darauf, sondern zündete sich mit einer fahrigen Handbewegung die nächste an. „War nur so dahingesagt", meinte er dann. „Aber wahrscheinlich stimmt es sogar. Langsam drehen bei der Hitze alle durch. Ich komme gerade aus einer Verhandlung zwischen der Gewerkschaft und dem Führungsstab. Die Temperaturen haben dort eindeutig den Irrsinn nach oben getrieben." Er ging zum Teekocher in der Ecke und kontrollierte, ob sich Wasser darin befand. „Bin gleich wieder da!", murmelte er, schnappte den Kocher und marschierte aus dem Zimmer.

Orsini ging langsam zum Fenster und sah hinaus. So aufgebracht hatte er Pokorny noch selten erlebt. Sein Vorgesetzter wirkte wie ein menschlicher Kochtopf mit unbekanntem, aber hochexplosivem Inhalt. Als Pokorny mit dem aufgefüllten Kocher zurückkehrte, hatte er seine Frisur wieder strammgerichtet.

„Und worum ging es konkret ...?", fragte Orsini widerwillig. Die Debatte um die Reform der Strukturen stand ihm bis zum Hals, während sein Kopf mit dem aktuellen Fall ohnehin überlastet war.

„Das ist es eben!", schoss es aus Pokorny heraus. „Dieser ...", eine Welle von Abscheu mischte sich in seine nächsten Worte, „Gottschlich! Ist ein Intrigant erster Klasse! Spielt seine Karten sehr geschickt. Wenn Sie nicht bald etwas vorzuweisen haben", Pokorny sah ihn mit ungewöhnlicher Schärfe an, „gehören *Sie* zu den Eingesparten ..."

„Ich?"

„Ja, es ist die Rede davon, die Gruppen in meinem Ressort zusammenzulegen. Dann gibt es eben zu viele Gruppenleiter. Das kann sich jedes kleine Kind ausrechnen. Und – er sagt es zwar nicht direkt, aber so weit kenne ich ihn – die Gewerkschaft hat Sie nicht als Favoriten auf der Liste."

Orsini fühlte einen Stich in der Magengegend, der nichts mit seiner Rindsroulade von zu Mittag zu tun hatte. Andererseits, überlegte er, waren manchmal die besten Entscheidungen die, die für einen gefällt wurden. Zumindest wenn es in einem ohnehin schon länger gärte.

„Aber", sprach Pokorny weiter, „wenn Sie diesen Fall aufklären, wird man nicht um Sie herumkommen. Dafür werde ich sorgen!" Er rührte in seiner Teekanne um, stellte zwei Tassen auf den Tisch und füllte sie beide auf, ohne Orsini zu fragen. „Ist übrigens eine absolute Rarität", meinte er und wies mit dem Zeigefinger auf die Teekanne, „Weißer Drache, first flush."

„Aha", brachte Orsini nur heraus, während Pokorny – offensichtlich von einem Aktivitätsschub erfasst – zu seiner Aktentasche griff und sie energisch öffnete. „Hier", er nahm einen Briefumschlag in einem Plastiksäckchen heraus und legte ihn vor Orsini auf den Schreibtisch. „Ich bin gestern ins Waldviertel gefahren. Habe dort ein kleines Haus. Ziemlich nahe an der Grenze. Ich bin dort aufgewachsen und hab es nach dem Tod meiner Eltern behalten."

„Und?" Orsini kräuselte die Stirn.

„Ich hab länger suchen müssen. War gar nicht sicher, ob ich ihn noch finde."

„Ihn?" Orsini deutete auf den Umschlag.

„Ja, ich hab ihn in dem Jahr zugeschickt bekommen, in dem diese Attacken stattgefunden haben. Aber erst einen guten Monat danach. Hab völlig darauf vergessen."

Orsini schlürfte einen Schluck Tee. Die Sache begann interessant zu werden. Worauf hatte Pokorny so lange vergessen? Das sah ihm nicht unbedingt ähnlich. Und von einem Haus im Waldviertel hörte er heute zum ersten Mal.

„Haben Sie Handschuhe für mich?"

Pokorny griff wortlos in eine Schublade, holte einen Karton Einweghandschuhe hervor und hielt sie ihm hin.

„Danke!" Orsini streifte sich die Handschuhe über.

„Manchmal bereue ich das."

„Was bereuen Sie?"

„Dass ich das Haus behalten habe. Dort oben ist es sogar im Sommer kalt", erklärte Pokorny, „und das Haus ist feucht wie ein vollgesogener Schwamm aus der Tiefsee. Aber heuer ist es zum ersten Mal beinahe warm gewesen ..."

„Verstehe", sagte Orsini und griff nach dem beigen, abgegriffenen Umschlag. Kein Absender, keine Adresse. Einzig *Pokorny* stand in krakeligen Großbuchstaben vorne auf dem Kuvert. Orsini versuchte durch die Handschuhe das raue Papier zu fühlen. Dann hielt er sich das Kuvert an die Nase.

„Der Geruch von mehr als zehn Jahren", bemerkte Pokorny und holte nun auch Plastiksäckchen hervor.

Orsini öffnete einstweilen den Umschlag, spähte hinein und schüttelte ihn ein wenig, um den ganzen Inhalt zu sehen. „Es war nur das drinnen – kein Schreiben?"

Pokorny schüttelte ruckartig den Kopf.

„Und wo haben Sie ihn gefunden?", fragte Orsini.

„In einem der Kellerräume. Fragen Sie mich nicht, wie er dorthin gelangt ist!"

„Ich meine eigentlich vor zehn Jahren ..."

„Soweit ich mich erinnern kann, lag er zusammen mit Briefen und Werbung bei der Post."

„Und es war bestimmt nichts anderes dabei? Ein extra versandter Brief oder ...?"

„Wenn ich es Ihnen doch sage! Ich bin ja kein Anfänger!"

Orsini hob beschwichtigend die Hand. „Haben Sie vielleicht ein Vergrößerungsglas da?"

„Gehört ja zu unserer Grundausstattung", antwortete Pokorny. Ein angedeutetes Lächeln glitt über seine Lippen. Er stand auf und ging zu einem Schrank. „Haben mir Kollegen zum 50er geschenkt. Hab schon mehr gelacht", sagte er, reichte Orsini eine altertümliche Lupe, auf deren Griff *Sherlock Holmes* stand, und schob die Schreibtischlampe näher.

Seltsam, dachte Orsini, die Akte von damals hatte er ihm schon vor einem Monat gegeben, aber dieses Kuvert tauchte erst jetzt auf? Vorsichtig ließ er den Inhalt auf den Tisch gleiten. Eine Glasscherbe und eine Spielkarte. Nachdenklich nahm er die Scherbe in die Hand und blickte durch die Lupe.

„Normales Glas, soweit ich das beurteilen kann", sagte er, legte die Scherbe wieder beiseite und betrachtete die Spielkarte. Eine vage Erinnerung stieg in ihm hoch. Er, als Kind, am Schoß seines Vaters, fasziniert von den verschiedenen Karten und den für ihn eher verwirrenden Spielvarianten. Tarock. Es war eine der wichtigeren Karten, soviel wusste er noch. Auf der oberen Hälfte war eine Art Harlekin in rot-weiß kariertem Anzug, mit rotem Käppchen und Säbel abgebildet. In den Händen hielt er zwei Schlägel und um seinen Hals hing ein Glockenspiel. Die andere Kartenhälfte – er stellte die Karte auf den Kopf – zeigte ein Mädchen im Reifrock, mit langen blonden Zöpfen und in der

Hand ein Tambourin. Eine römische Eins prangte jeweils in den Ecken.

„Tarock", stellte er fest.

„Der Pagat", ergänzte Pokorny.

„Spielen Sie denn?"

Pokorny schüttelte den Kopf. „Nur früher, und da auch nur gelegentlich."

„Und, können Sie sich einen Reim darauf machen?"

„Nein, eben nicht. Aber die Scherbe ... und zusammen mit den aktuellen Ereignissen, die Attacken davor ..."

„Verstehe", murmelte Orsini, obwohl er nicht ganz verstand. „Sonst irgendein Zusammenhang?"

„Keiner, der mir einfällt. Ich hab das damals für einen blöden Scherz gehalten. Bei uns oben wurde früher viel Glas erzeugt."

Orsini nahm wieder den Umschlag zur Hand. „Die Schrift kommt Ihnen auch nicht bekannt vor?"

Pokorny schüttelte wieder den Kopf.

„Sieht fast so aus, als ob da jemand versucht hat, seine Handschrift zu verbergen." Orsini drehte den Umschlag um und fuhr mit der Lupe die Rückseite ab. Plötzlich stoppte er. „Hmm ..."

„Was ist?", fragte Pokorny, der ihn aufmerksam beobachtet hatte.

„Sieht aus wie ein Durchdruck."

Pokorny stand auf, umrundete seinen Schreibtisch und trat hinter Orsini. „Zeigen Sie her!"

„Zieht sich leicht schräg über den Umschlag."

Pokorny schob seine Brille zurecht. „Ich schätze, ich könnte eine neue Brille gebrauchen."

„Haben Sie noch eine zweite Lampe?"

„Warten Sie einen Moment." Pokorny schob seinen Sessel zur *Monstera Deliciosa*, holte die an der Wand hängende UV-Lampe herunter und legte sie der Einfachheit halber auf den Tisch.

Doch auch diese Verstärkung half ihnen nicht weiter. „Ich

bring alles morgen früh ins Labor", sagte Orsini erschöpft und stand auf.

*

Unschlüssig sah Orsini wenig später auf die drei Plastiksäckchen mit Pokornys Besitz. Er hatte sie auf seinen Tisch gelegt und marschierte nun wie der gefangene Panther in seinem Käfig auf und ab. Zuerst noch darauf bedacht, die imaginäre Trennlinie zwischen Wilasichs und seinem eigenen Reich nicht zu übertreten. Doch mit dem Maß seiner verworrenen Gefühle stieg auch das Bedürfnis nach Weite. Und obwohl er diesem Bedürfnis meist sofort und ungebändigt nachgegeben hätte, verharrte er heute ausnahmsweise noch in seinem Büro. So dehnte sich seine Marschroute unweigerlich immer ein wenig weiter aus, bis er schließlich jedes Mal von seiner kahlen Wand bis zur Pinnwand Wilasichs wechselte, zeitweise mit verschränkten Armen, dann mit der Hand auf der heißen Stirn, später wieder etwas vornübergebeugt. In seinem Kopf arbeiteten dabei die vielen Gehirnströme ebenso unablässig vor sich hin, wie seine Füße sich ihren Weg durch Wilasichs Dschungel bahnten.

Die Fingerabdrücke des Stadtgartendirektors auf der Zigarettenschachtel – waren sie Grund genug anzunehmen, dass er der Täter war? Er schüttelte den Kopf. Natürlich war es denkbar, aber als Beweis zu wenig. Sie würden von ihm eine DNA-Probe verlangen, soviel stand fest. Möglicherweise hätte er die Kollegen in Südtirol verständigen sollen, auf Nummer sicher gehen. Doch irgendetwas sagte ihm, dass eine direkte Konfrontation besser war. So würde er keine Zeit haben, sich eine Ausrede zurechtzulegen. Allerdings, was wenn er gar nicht mehr aus Südtirol zurückkehrte? Oder sich schon längst nicht mehr dort befand?

Er hielt vor Wilasichs Tisch an, zupfte an einem Ordner, versuchte, einen Stoß Papier gerade zu schieben, seufzte schwermütig und trottete weiter. Der Orchesterwart, dachte er, mit seiner hinter vorgehaltener Hand geäußerten Meinung über den Toten, die schwer überschaubare Musikertruppe insgesamt, Hausners mehr als unsympathische Art, sich leise von hinten anzupirschen. Dann die Sache mit der Reform, der Briefumschlag, und nicht zu vergessen – sein Blick schweifte über den kleinen überfüllten Klapptisch – Paula. Vor allem die Musiker würde er nochmals einzeln hierher bestellen, beschloss er. Je nachdem, was die anderen heute diesbezüglich in Erfahrung gebracht hatten.

Wie lange er so auf seinem beengten Pfad dahintrottete, wie viele Meilen er dabei zurücklegte, konnte er nicht sagen. Anstatt auf die Uhr zu sehen, hob er jedoch ohne es zu wollen den Kopf und begutachtete die Pinnwand. Das begrenzte Chaos, das Wilasich hier erschaffen hatte – oder handelte es sich hierbei vielmehr um einen Versuch der Bändigung eben dieses Chaos? –, verwirrte, nein, ärgerte ihn regelrecht. Doch bevor er sich abwenden konnte, stach ihm etwas in die Augen: Wilasich hatte die drei Fotos der Ermordeten nebeneinander aufgereiht, mitten auf der Pinnwand, im Auge des Hurrikans gewissermaßen.

Normalerweise schaffte Orsini es, damit nichts zu tun zu haben. Fotos mochte er nicht. Punkt. Doch nun war es den Bildern auf eine fast boshafte Art gelungen, seine Aufmerksamkeit auf sich zu ziehen, als hätte das Zentrum tatsächlich eine eigene Gravitationskraft. So bemerkte er auch das Klopfen an der Tür nicht.

Erst als Paula ihren Kopf bei der geöffneten Tür hereinsteckte und zum dritten Mal „Entschuldige“ meinte, schrak er hoch.

„Ja?“

„Ich wollte nur ...“ Paula sah Orsini an. Hatte er getrunken? Er sah merkwürdig abwesend aus, ein wenig blass sogar. Und die Art, wie er auf die Fotos an der Pinnwand gestarrt hatte ...

„Störe ich?“

Orsini ließ die Arme an seinem Körper herabhängen. „Nein, nein, überhaupt nicht!“ Seine Miene erhellte sich. „Ich war nur in Gedanken.“

„Ich kann auch morgen ..., da muss ich sowieso ...“

Orsini winkte ab. „Hast du noch was rausgefunden? Wo warst du überhaupt?“

„Das wollte ich eben erzählen.“ Paula deutete auf den Gang hinaus. „... vielleicht beim Gehen?“

„Gute Idee“, antwortete Orsini, griff nach den Sachen auf seinem Tisch und schloss hinter ihnen die Tür ab. Er schien erleichtert. Als hätte ihn etwas Unbekanntes gezwungen zu bleiben, obwohl er längst fort wollte.

„Hausner – ich hab ihn angerufen – singt im Vokalensemble *Lacapella*. Ich hab mit dem Leiter gesprochen. Er mailt mir heute noch die Mitgliederliste“, erläuterte Paula, während sie Seite an Seite die Treppe hinuntergingen.

„Sehr gut!“, bemerkte Orsini, immer noch ein wenig abwesend.

Draußen vor dem Eingang hielten sie an. Paula wies nach rechts, wusste für einen Moment nicht, ob sie etwas sagen sollte. „Ich muss in die Richtung ...“

Orsini sah die Straße hinab. „Gut“, murmelte er, „das ist eine gute Richtung. Ich begleite dich ein Stück.“ Er war gar nicht auf die Idee gekommen, sie zu fragen, ob es ihr recht sei, sondern setzte sich einfach wieder in Bewegung.

„Der Chorleiter“, fuhr Paula zögerlich fort.

„Ja?“

„Kennt keinen der Symphoniker. Er ist aber relativ neu. Er wird sich umhören im Chor.“

„Wunderbar“, antwortete Orsini einsilbig und bog mit ihr in die Maria-Theresien-Straße ein. Plötzlich aber schien er sich von seinem Grübeln loszureißen und blickte zwischen den Häuserfluchten hoch zum Himmel. „Heute gibt's zur Abwechslung kein Gewitter“, bemerkte er und hatte dabei ein kleines Lächeln im Gesicht.

„Wer weiß", antwortete Paula.

Während sie nun nebeneinanderher gingen, tauschten sie vorerst nichts als Belanglosigkeiten aus, fast als bewegten sie sich trotz der Sommerhitze auf glattem Eis. Keiner schien dem anderen zu nahekommen oder vielmehr einen zu großen Ernst an den Tag legen zu wollen. Gleichzeitig verspürte Paula eindeutig das Bedürfnis, diesen Spaziergang ein wenig auszudehnen. Denn wenn sie sich beeilte, brauchte sie für den Weg vom Landeskriminalamt zu ihrer Wohnung gerade mal vier Minuten. Jetzt aber bog sie einmal ab, zweimal und dann noch einmal, sodass ihr eigentliches Ziel, die Wohnung, nur unmerklich näher rückte. Als es sich schließlich nicht mehr vermeiden ließ, anzukommen, hatten sie ihre morgige Vorlesung ebenso gestreift wie ihre gemeinsame Vorliebe für Eisdielen und Eissorten und waren beim Thema Lieblingslektüre angelangt. Orsini hatte seine obligatorische Lederjacke mehrmals von einer Schulter zur anderen gewechselt und sie dabei verstohlen von der Seite gemustert. Sie hatte es genau gemerkt, aber so getan, als interessierte sie sich mehr für die Passanten.

„*Spirou & Fantasio*", erklärte Paula, „*Jeff Jordan*, und auch die *Minimenschen* ..."

„Wie bitte? *Spirou* und ...?"

„Sag nur, du kennst das alles nicht!"

„Also", Orsini kratzte sich beinahe verlegen am Kopf, „ich gestehe: Nein!"

Paula stemmte die Hand in die Hüfte und sah ihn herausfordernd an. „Aber *Asterix* und *Lucky Luke* zumindest?"

„Ja, natürlich. Ist zwar schon eine Weile her ..."

„Ich finde es ideal zum Ausspannen, lenkt total ab, und gut gezeichnet sind sie auch!"

Orsini sah sie nun ebenso herausfordernd an: „Ich hätte bei dir eher erwartet – ich weiß nicht ...", er blickte die Straße zurück, aus der sie gekommen waren. Sie hatten zuvor das Freud-Museum passiert. „... so was wie die *Traumdeutung* zum Beispiel!"

„So kann man sich täuschen“, erwiderte Paula und kramte in ihrer Tasche nach ihrem Schlüssel, „also, ich könnte dir ein paar Hefte borgen ...“ Sie steckte den Schlüssel ins Schloss und sperrte auf. „Nur wenn du willst, natürlich ...“

„Also, wenn du als Fachfrau es empfiehlst, vor allem bei Schlafproblemen, dann muss ich wohl ...“, antwortete er und folgte ihr ins Haus.

Eine Weile später, sie hatte ihm ein kleines Bier angeboten und einen Stapel Comics aus dem Wohnzimmer angeschleppt, lehnten sie in der winzigen, aber doch gemütlichen Küche, knabberten gesalzene Cashewnüsse und prosteten einander zu. In der Zwischenzeit hatte Orsini versucht, seine Neugier unauffällig, aber doch zu befriedigen und sich umgesehen. Ihre Unordnung musste ein Wesensmerkmal sein. Alles war zwar sauber und gepflegt, aber nichts schien an seinem Platz. Und offensichtlich hatte sie eine Vorliebe für Tassen in unterschiedlichsten Farben und Mustern, analog zu ihren Schals.

„Ich hoffe, ich hab dich nicht bei etwas Wichtigem gestört vorhin?“, fragte Paula und biss sich gleichzeitig auf die Zunge. Warum musste sie immer die heiklen Dinge ansprechen? Es ging sie schließlich rein gar nichts an, was ihr Vorgesetzter abends in seinem Büro tat.

Orsini hob die Augenbrauen. „Nein“, erwiderte er und begann, in einem der Hefte zu blättern. Der Zyklotrop, offensichtlich der Schurke, und ein kauziger Graf stachen ihm ins Auge. „Oder ja“, erwiderte er dann und trank einen Schluck aus seiner Flasche. Warum er weitersprach, wusste er selbst nicht. Es war jedenfalls nicht seine übliche Art. „Aber ich bin froh darüber!“ Er lächelte Paula an. „Dieses Chaos auf der Pinnwand und Kurts Schreibtisch ..., mich macht das nervös!“

„... und dann auch noch die Sachen von der Neuen auf dem Klapptisch – verstehe!“

„Ja, ich meine ..., nein!“, erwiderte Orsini. Er war beinahe versucht, ihr von seinem Unbehagen bezüglich der Fotos von Toten zu erzählen, fühlte sich bei ihr unerwartet frei und setzte an: „Ich bin da ziemlich eigen ...", als plötzlich die Gegensprechanlage summte.

Einmal, zweimal.

Paula stutzte. Offensichtlich erwartete sie niemanden.

Erst beim dritten Mal zuckte sie mit den Achseln und sagte: „Ich seh mal nach ..."

„Natürlich", erwiderte Orsini und wandte sich wieder dem Comic zu.

„Hallo?", hörte er sie dann fragen. „Wer?" Ein ärgerlicher Unterton mischte sich in ihre Stimme. „Nein ... Jetzt geht es sicher nicht!" Sie begann, mit dem Hörer in der Hand, von einem Bein aufs andere zu steigen. „Was soll das?", fragte sie zunehmend ungeduldig. „Ich hab nicht versprochen ..." Orsini sah verstohlen um die Ecke. Mehrmals wollte sie den Hörer einfach auflegen, doch dann seufzte sie und meinte: „Ich ruf dich später an, okay?"

Als sie wieder in die Küche zurückkehrte, hatte sich ein nervöses Zucken um ihre Mundwinkel gelegt. „Tut mir leid", sagte sie, wollte aber offensichtlich nicht erklären, wer das gerade gewesen war. Orsini hatte allerdings ohnehin einen Verdacht. Nun standen sie beide ein wenig verlegen da. Die Atmosphäre war ins Distanzierte gekippt. Es sollte wohl nicht sein, dachte Orsini, trank sein Bier aus und sah auf die Uhr. „Ich muss mich sowieso auf den Weg machen", gab er vor und griff nach den Comics. „Darf ich mir die also ausborgen?"

„Deswegen hab ich sie ja hergeräumt, klar!"

Beim Verabschieden hatte er sich unbeholfen gefühlt, nicht gewusst, wohin mit seiner freien Hand, und war fast froh, als die Tür hinter ihm ins Schloss fiel. Ich bin ein Idiot, dachte er und trottete die Stiegen hinab. Sie ist bestimmt mit jemandem zusammen, und überhaupt, ich als Vorgesetzter! Als er vor die Haustür trat, sah er sich um. War der verhinderte Besucher noch in der Nähe? Aber er schüttelte den Kopf, das ging ihn nichts an, und es war auch besser so.

Von Orsini unbemerkt spähte jedoch ein männliches Augenpaar aus dem Schutz des Lokals gegenüber auf den drahtigen dunkelblonden Mann mit der Lederjacke, der sich durchs unordentliche Haar fuhr, um dann mit einem kurzen Blick rundum die Straße zu queren.

Donnerstag, 9. Juni 2005

15

„Wir nennen es *Gottsiehtalles.*"

Wenn es nur so wäre, dachte Orsini bei sich.

„Wir haben sogar schon überlegt, es auf *Essiehtmehralsgott* umzutaufen", meinte der Chemiker schmunzelnd.

„Was sagt Gott dazu?"

„Hat uns noch keine Antwort gegeben."

„Richtet das Ding mal in der Nacht gegen den klaren Himmel", sagte Orsini, „vielleicht meldet er sich dann ..."

Immerhin war das Labor des BKA am neuesten Stand, wenngleich auch hier der Sparstift angesetzt worden war. Um ein rasches Ergebnis zu bekommen, war Orsini selbst ins Labor gegangen und sah nun zu, wie der Chemiker Pokornys Kuvert unter das Mikroskop legte und angestrengt ins Okular sah. Orsini selbst verfolgte am Bildschirm daneben, wie er den Bildausschnitt verschob und den Kontrast erhöhte. Man erkannte tatsächlich jede einzelne Papierfaser ... „Der Durchdruck interessiert mich am meisten, ob du da was Konkretes hervorzaubern könntest ...?"

Er veränderte einige Parameter. „Das hat wahrscheinlich jemand als Unterlage benutzt. Es hängt immer von mehreren Faktoren ab, wie gut man's erkennen kann: Druck des Schreibers, Papiersorte, Papierstärke und natürlich der Stift selbst spielen eine große Rolle. Möglicherweise steht da 13 Stück."

„Könnte stimmen", bestätigte Orsini. „Und darüber, das könnte ein Datum sein, was sagst du?"

Der Chemiker nickte und versuchte, die Zeile heranzuzoomen. Doch die Ziffern blieben vage. „Ist halt auch schon älter. Da gibt das Papier allmählich ein wenig nach", meinte er entschuldigend.

Als Orsini eine Weile später das Labor verließ, hatten sie zumindest noch den Schimmer einer Unterschrift und einzelne Buchstaben entziffert. Es handelte sich um ein *A* oder *R* zu Beginn eines Wortes und am Ende eines zweiten ein *g*.

Keine fette Ausbeute, dachte er, aber immerhin. Vielleicht konnte Pokorny damit was anfangen. Er hatte das Kuvert und seinen Inhalt im Labor gelassen, mit der Bitte um eine raschest mögliche Untersuchung auf DNA-Spuren und Fingerabdrücke. Man wusste ja nie.

*

Vom Labor hatte er einen Abstecher ins Büro gemacht, die Teamsitzung jedoch Wilasich überlassen. Nun saß er im *Café Heumarkt* schräg gegenüber vom Stadtgartenamt und frühstückte. Dabei warf er immer wieder längere Blicke zur Stadtgartenvilla – er hatte einen Fensterplatz gewählt – und beobachtete das Geschehen vor dem Café, versuchte den Ort auf sich wirken zu lassen. Zur einen Seite die noblen Gäste des Hotels *Intercont*, zur anderen der Würstelstand, wo schon längst das erste Bier aus der Dose den Weg in den Magen eines Durstigen gefunden hatte. Immer wieder gingen junge Leute mit einem Instrumentenkoffer in der Hand vorbei – wenn er sich recht erinnerte, musste vorne, zwischen Konzerthaus und Akademietheater, die Universität für Musik sein –, die aber keineswegs dem Klischee rebellischer Studenten oder ausgeflippter Künstler entsprachen.

„Na, nichts zu essen daheim?", riss ihn eine weibliche Stimme aus seinen Betrachtungen.

„Hallo“, erwiderte Orsini.

Elvira Zobl schob sich ihm gegenüber auf die Sitzbank und winkte der Kellnerin. „Und? Hast du was Verdächtiges beobachtet?“ Sie konnte es hin und wieder nicht lassen, sich ein wenig über Orsinis unkonventionelle Ermittlungsmethoden lustig zu machen.

„Das weiß ich noch nicht ...“ Orsini schob den letzten Bissen Eierspeise in den Mund und fuhr fort: „Ist noch nicht zurück. Ich hab vorhin mit der Sekretärin telefoniert, er kommt um halb elf.“

„Hoffen wir, dass er kommt ...“ Sie schürzte die Lippen. „Manches Mal beneide ich Leute, die in einem so schönen Gebäude und mit so viel Grün um sich arbeiten dürfen.“

„Da hättest du nur Gärtnerin werden brauchen.“

„Oder den Hof übernehmen“, seufzte sie.

„Wie hoch liegt der eigentlich?“

„Auf 1400 Metern ungefähr.“

„Wie seid ihr im Winter in die Schule gekommen?“

„Mit Ski oder mit dem Schlitten.“

„Und rauf?“

„Die Ski oder den Schlitten am Rücken.“

Orsini nickte beeindruckt. „Leben deine Eltern eigentlich noch dort?“

„Ja. Mein Bruder bewirtschaftet zusammen mit ihnen den Hof und die Alm.“

Orsini wusste, dass Elvira schon länger nicht mehr zu Hause gewesen war, über den Grund schwieg sie sich aber hartnäckig aus. Vielleicht – das Bild seines neuen Ford Capri schlich sich in seine Gedanken – würde er demnächst schon eine Spritztour in die Berge unternehmen. Er hob die Hand und bestellte bei der Kellnerin einen kleinen Braunen. „Übrigens, wenn es stimmt, was Pokorny so durchklingen lässt, wird's für unsere Gruppe eventuell eng werden“, meinte er dann und sah Elvira in die Augen. „Zumindest mit mir als Leiter ...“

„Das ist nicht dein Ernst!“, entrüstete sie sich.

„Doch.“

„Aber ..."

„Was?"

„Nichts." Sie sah die Kellnerin, die gerade Orsinis Kaffee auf den Tisch stellte, an, als hätte sie etwas verbrochen. „Verdammt, wir müssen unbedingt diesen Fall lösen, dann können sie dich nicht übergehen!"

„Das sagt Pokorny auch."

„Apropos Fall", sie wies mit einer unmerklichen Kopfbewegung zum Fenster hinaus, „da sind zwei von denen, die wir uns unbedingt noch mal vorknöpfen sollten!"

Orsini schielte hinaus. Zwei Musiker mit Instrumentenkoffern waren im Begriff, die Kreuzung zu überqueren.

„Und wieso grade die?"

Elvira schüttelte den Kopf und trank einen Schluck Kaffee. „Bauchgefühl. Mehr nicht."

„Der mit der Fönwelle kann aber kaum unser Mann sein", antwortete Orsini. „Er war doch in der Garderobe anwesend, als der Scheinzler angerufen wurde, vergiss das nicht!"

„Schon ...", antwortete Zobl unbestimmt.

Orsini sah auf seine Uhr. „Schätze, wir sollten aufbrechen", sagte er und legte ein paar Münzen auf den Tisch. Als sie den Zebrastreifen überquerten, läutete sein Handy. „Wer?", fragte er nach, weil ein milchgesichtiger Autofahrer neben ihnen mit quietschenden Reifen losfuhr und dabei einen Höllenlärm erzeugte.

„Hofrat Fürst", wiederholte der Kriminaldirektor, Pokornys unmittelbarer Vorgesetzter.

„Ja?" Orsini hielt das Handy fester ans Ohr.

„Mir ist zu Ohren gekommen, dass Sie heute eine ..., sagen wir ... Person des öffentlichen Interesses vernehmen wollen."

„Wenn Sie den Stadtgartendirektor damit meinen, dann stimmt das. Ich bin gerade auf dem Weg zu ihm", antwortete Orsini.

„Ich wollte Sie nur darauf aufmerksam machen, dass Sie sich an die Vorschriften zu halten haben, weil ansonsten ..."

„Sie können sich darauf verlassen, dass ich die mündliche Befragung streng nach §151 StPO vornehmen werde und darüber hinaus Bedacht nehme auf die besondere Stellung der Person."

„Informieren Sie mich danach", erwiderte KD1-Direktor Fürst und legte auf.

„Arschloch", murmelte Orsini vor sich hin und schaltete prompt sein Handy aus.

„Gibt's Probleme?", fragte Elvira, die nur den letzten Teil gehört hatte.

„Nein", entgegnete er knapp und hielt ihr wortlos das Gartentor auf.

„Wir haben einen Termin beim Direktor", gab Orsini drinnen vor und hielt der Empfangsdame seine Marke im Vorübergehen vor die Nase.

„Sollen wir seinen männlichen Stolz auf die Probe stellen?", fragte Elvira auf der Treppe leise.

„Hängt davon ab, wie sich das Gespräch entwickelt", erwiderte Orsini, ging an den beiden Sekretärinnen vorbei, grüßte sie kurz, klopfte zweimal hart an Direktor Webers Tür und trat ein. Weber war gerade dabei, sein Sakko aufzuhängen, und sah erstaunt zur Tür.

„Guten Tag", warf Orsini ihm hin.

„Was ...?"

„Darf ich vorstellen", fuhr Orsini schwungvoll fort, „meine Kollegin Zobl. Wie war die Dienstreise nach Südtirol?"

Weber stutzte ein wenig. „Das muss ich mir nicht gefallen lassen!", schnauzte er dann zurück und zückte sein Handy.

„Ich glaube schon", antwortete Orsini. „Nach §151 StPO vernehme ich Sie hiermit als Person, die über einen verfahrensrelevanten Sachverhalt Auskunft geben kann."

„Bestimmt nicht!", schoss der Stadtgartendirektor keineswegs verunsichert retour.

„Ich kläre Sie hiermit über Ihre Stellung im Verfahren und über Ihre Rechte auf", fuhr Orsini fort.

„Das interessiert mich nicht", schrie Weber. Sein Gesicht lief vor Zorn rot an. „Ohne meinen Rechtsanwalt sage ich kein Wort mehr. Verschwinden Sie aus meinem Büro, oder ich hole die …"

„Wir sind *die* …", entgegnete Orsini lächelnd.

„Ist mir egal!"

„Sagen Sie mir einfach nur", Orsini ließ sich auf einen der Besucherstühle fallen, „wie Ihre Fingerabdrücke auf eine Zigarettenpackung gelangt sind, die wir in Dorothea Hausners Spind gefunden haben. Dann sind wir sofort wieder weg."

Zwei giftige Augen starrten Orsini an. Für einen winzigen Moment veränderte sich der Blick des Stadtgartendirektors.

Dieser Moment genügte Elvira, um nachzuhaken. „Oder Sie geben uns Auskunft darüber, wie ein Foto Ihres Penis samt einem Prinz Albert auf das Handy der Ermordeten gelangt ist."

Weber erblasste. Orsini blickte überrascht zu Elvira und gratulierte ihr still zu dem gelungenen Schuss aus der Hüfte, während Weber mit zittrigen Händen seinen Stuhl zurechtrückte und darauf zusammensackte. Das Handy rutschte ihm aus der Hand auf den Tisch. „Mit dem Mord habe ich nichts zu tun", sagte er dann beinah gehaucht.

Elvira gab dem Stadtgartendirektor keine Zeit zu überlegen. „Ihnen ist klar, dass Sie uns belogen haben?", fragte sie scharf.

Ein beinahe unmerkliches Nicken genügte.

„Wie lange ging Ihre Beziehung mit der Ermordeten schon?", fragte Orsini.

Die Augen des Stadtgartendirektors fuhren wirr hin und her, als suchten sie an der gegenüberliegenden Wand nach einer Antwort.

„Wie lange?", wiederholte Orsini deshalb mit etwas mehr Nachdruck.

„Ein paar Monate. Mehr nicht", gab Weber kraftlos von sich.

„Seit?"

„Seit Herbst ..., ein halbes Jahr ...“

„Wusste der Ehemann davon?“

„Nein, bestimmt nicht. Nach dem Vorfall mit ...“

„... dem früheren Lover“, ergänzte Elvira knapp.

„Ja. Seitdem hat sie nicht einmal mit ihren Freundinnen über ihre Beziehungen gesprochen. Sie hatte den Verdacht, dass eine der Kolleginnen ihrem Mann davon erzählt hat.“ Weber stützte sich mit den Ellbogen auf dem Tisch ab und fuhr sich mit den Händen übers Gesicht.

„Wie kam die Beziehung zustande?“

„Betriebsausflug“, erwiderte der Stadtgartendirektor. Er schaffte es nicht, den Blick zu heben. „Sie ist ..., war eine unglaublich erotische Frau. Ich ... vermisse sie“, fügte er leise hinzu.

„Wie oft haben Sie sich gesehen?“, fragte Elvira ungerührt weiter.

„Einmal die Woche ungefähr.“

„Wo?“

Weber gab keine Antwort. Stattdessen schien er immer weiter in sich zusammenzuschrumpfen.

„Wo?“, wiederholte Elvira mit erhobener Stimme.

„In Hotels.“

„Stundenhotels?“

„Auch.“

„Am fraglichen Abend, als sie ermordet wurde, haben Sie sich da mit ihr getroffen?“

Der Stadtgartendirektor machte eine längere Pause. Dann nickte er stumm. „Aber, ich versichere Ihnen, ich habe sie nicht ...“ Jedes seiner Worte kam holprig aus seinem Mund, als wäre er eine Holzpuppe.

„Wo haben Sie sich getroffen?“

„Im Konzerthaus.“

„Hatten Sie keine Angst, dass man Sie zusammen sehen würde?“

„Wir sind immer getrennt hineingegangen. Diesmal ist sie erst zur Pause gekommen, weil ihr Mann noch zu Hause war.“

„Aha. Das heißt wann?“ Elvira hatte den aktiven Part übernommen, während Orsini sich zurücklehnte und den Stadtgartendirektor beobachtete.

„Das Konzert begann um 19 Uhr 30, da muss die Pause etwa nach einer Stunde gewesen sein. Aber wir sind ohnehin nie beisammen gesessen.“

„Sondern?“

„Meist hintereinander. Oder mit Blickkontakt, wir wollten nicht zusammen gesehen werden ...“

„Wer hat die Karten besorgt?“

„Ich. Ihre habe ich meist an der Abendkassa hinterlegt oder sie ihr zugesteckt, heimlich, damit die Kollegen nichts merken.“

„Und nach dem Konzert?“

„Sind wir noch spazieren gegangen.“

„Kein Sex an dem Abend?“, fragte Elvira gnadenlos.

Weber schwieg eine Weile, dann sah er zum Fenster hinaus und schüttelte den Kopf.

„Und wie kamen Ihre Fingerabdrücke auf die Zigarettenpackung?“

„Daran kann ich mich nicht mehr erinnern, ich muss eine geraucht haben.“

„Wer hat sie gekauft?“, hakte Elvira nach.

„Ich nicht.“

„Haben Sie vor oder nach dem Konzert geraucht? Oder hat sie Ihnen die Packung vielleicht nur so gezeigt?“, fragte Elvira mit ätzendem Tonfall.

„Nach dem Konzert glaube ich.“

„Aha, und wie kam sie dann in den Spind?“ Elvira knallte mit der Handfläche auf den Tisch. „Wenn Sie sich erinnern, wurde Dorothea Hausner in der Nacht zufälligerweise ermordet!“

„Vielleicht ... ist sie nachher noch einmal hingegangen ...“ Weber erhob sich mühsam aus seinem Stuhl. „Ich ... möchte mit meinem Anwalt sprechen“, sagte er dann leise.

„Bitte!“, erwiderte Orsini freundlich und deutete aufs

Telefon. „Ihnen ist hoffentlich klar, dass Sie jetzt unser Hauptverdächtiger sind. Außer“, er legte die Handflächen zusammen wie zum Gebet, „Sie haben für den Zeitpunkt des Mordes ein Alibi.“

Weber drehte sich von ihnen weg und sah lange aus dem Fenster. „Meine Frau“, erwiderte er dann kleinlaut.

*

„Ist das überhaupt zulässig?“, fragte Orsini und deutete dabei auf den rotierenden Ventilator.

„Was?“, fragte Wilasich.

„Na, was du dem Ding zumutest, ist doch reine Sklavenarbeit.“ Es war Nachmittag. Der neue Ventilator hatte bereits etliche Kubikmeter an Luft verteilt und jeierte bedenklich vor sich hin.

„Nein, nein, das Ding ist fix bei mir angestellt. Überstunden zahle ich natürlich aus“, entgegnete Wilasich.

„Hat es auch Anspruch auf Urlaub?“

„Im Winter jederzeit.“

„Und die Gewerkschaft?“

„Die ist froh über jeden dauerhaft Angestellten.“

Orsini warf einen Blick auf den Ventilator und bemühte sich, das störende Geräusch aus seinem Kopf zu verdrängen. Missmutig schob er das Telefon zu sich und versuchte, Pokorny zu erreichen. Er wollte ihm die Vergrößerung des Kuverts zeigen. Doch anscheinend befand Pokorny sich auf einer Europol-Tagung und wurde erst nächste Woche zurückerwartet. Seltsam, dass er das nicht erwähnt hatte ... Die verlorenen Buchstaben würden also warten müssen. Zumindest hatte Orsini beim Staatsanwalt das Okay für eine Speichelprobe des Stadtgartendirektors bekommen, wenngleich dieser sich strikt gegen eine Verhaftung Webers ausgesprochen hatte. Sie hatten ihn schließlich für morgen Vormittag herbestellt.

Ohne zu klopfen schob Elvira Zobl mit dem Fuß die Tür auf. In der Hand trug sie drei Becher Kaffee. „Eine Minute, 24 Sekunden", bemerkte sie und stellte die Becher am Couchtisch ab.

„Brennheiß also. Ich brauch auch dringend was zum Aufwärmen", erwiderte Orsini lakonisch.

Elvira ließ sich erschöpft aufs Sofa fallen und wiederholte, was sie am Heimweg schon mehrmals von sich gegeben hatte: „Wisst ihr, was ich hasse?"

„Den Automaten", antwortete Wilasich, ohne von der Arbeit hochzublicken.

„Ich hasse diese Männer, die mit einer nicht genug kriegen!", schoss es aus ihr heraus.

„Ist mir gar nicht aufgefallen ...", meinte Orsini und schmunzelte. Elvira reagierte auf Männer, die in ihren Augen Machos waren, seit jeher heftig. Ihn hatte es deshalb auch nicht gewundert, dass sie bei der Einvernahme Webers so scharf geschossen hatte. Weber hatte ihm am Ende beinahe leidgetan. Aber nur beinahe.

„Was ich aber noch mehr hasse", Elvira schlürfte laut an ihrem Kaffee, „sind Ehefrauen, die ihren Männern dabei auch noch zusehen!!"

„Zusehen?" Orsini und Wilasich sahen sie fragend an.

„Warum schaut ihr so? Natürlich bildlich gesprochen ... Ich hab das Alibi telefonisch überprüft, von Frau zu Frau. Hätte ja sein können, dass sie den Mut hat ..."

„Und?"

„Er war zur fraglichen Zeit zu Hause", antwortete sie resigniert.

„Mut ...", wiederholte Orsini nachdenklich, „aber vielleicht war er ja auch zu Hause ... Zieh keine voreiligen Schlüsse!"

Murrend trank Elvira ihren Kaffee aus und stand auf. „Ja, stimmt schon."

Wilasich beugte sich zum Drucker, entnahm ihm einen Stoß Papier und hielt ihnen den ganzen Packen hin. „Das sind die Aussagen der Musiker. Wir sollten entscheiden, wen wir noch mal herbestellen wollen." Dann sah er auf die Uhr, griff zum Ventilator und schaltete ihn mit den Worten „Gute Nacht" ab.

Überrascht blickten sie ihn an.

„Von wegen Sklavenarbeit", erklärte Wilasich, während der Rotor seine letzten Runden drehte. „So behandelt man seine Mitarbeiter." Er streichelte über den Schutzkorb des Ventilators.

Orsini grinste und überließ Elvira die Aussagen. „Kannst du das machen?"

„Natürlich", erwiderte sie und ging zur Tür. „Hab ich auch schon gesagt, dass ich solche Männer nicht er..."

„...trage", antworteten Orsini und Wilasich unisono.

Wilasich wandte sich wieder seinem Schreibtisch zu, während Orsini zusammenpackte.

„Und, nervös?", fragte Wilasich.

„Die richtige Nervosität kommt erst vor Ort."

„Verstehe."

„Kommst du diesmal?"

„Hab ich doch gesagt!"

„Das glaub ich erst, wenn ich dich dort sehe ..."

„Ehrenwort!"

Achselzuckend schnappte Orsini seine Jacke, nickte Wilasich zu und verließ das Büro. Am Gang kamen ihm Paula Kisch und Ennsner entgegen. Sie schienen in ein Gespräch vertieft zu sein. Ein persönliches Gespräch? Er winkte ihnen und wollte in die andere Richtung, zum Lift verschwinden, ehe er begann, sich über die Natur dieses Gesprächs ausführlichere Gedanken zu machen. Paula aber beschleunigte ihre Schritte und hielt ihn auf.

„Ich hätte da noch ..."

„Ja?" Orsini sah unwillkürlich von ihrem Gesicht hinab zum Dekolleté. Ausnahmsweise hatte sie heute anstatt eines Schals mehrere lange Ketten umgelegt. Eine davon war ihr in den Ausschnitt gerutscht.

„Die Mitglieder von Hausners Chor. Mit einigen hab ich schon gesprochen, hat nichts ergeben. Soll ich morgen damit weitermachen?"

„Ja, unbedingt", antwortete er, versuchte die Kette zu

ignorieren und wies auf seine Bürotür. „Du kannst mir die Liste mit den Sängern ja auf den Tisch legen, oder besser, du gibst sie Kurt. Ich muss leider dringend weg! Bis morgen!"

*

„Ich soll dir diese Liste geben", meinte Paula gleich darauf zu Wilasich und erklärte ihm, worum es ging.

„In Ordnung."

„Soll ich jetzt noch was Bestimmtes machen? Ich hab noch eine halbe Stunde Zeit, dann müssen wir, Armin und ich, zu dem Vortrag in die Sicherheitsakademie."

Wilasich nickte abwesend und tippte weiter auf seine Tastatur ein. Als Paula schon wieder die Türklinke in der Hand hatte, sah er zu ihr hoch und fragte mit erwartungsvoller Miene: „Und nach dem Vortrag?"

„Wie?" Paula stutzte. Wollte Wilasich sich mit ihr verabreden? Der Brummbär mit Familie?

Wilasich begann, unter seinen Sachen zu kramen, und brachte dabei einen seiner Stapel bedenklich weit in Schräglage. Dann kratzte er sich nachdenklich an der Stirn. „Moment noch ..." Er blickte auf. „Das wäre ideal!" Er massierte sich die Schläfen und sah Paula leidend an. „Ich hätte da eine Bitte ..."

„Eine Bitte?" Peinlich betreten sah Paula zum Fenster. Wie sollte sie sich da herauswinden? Während Wilasich seine papierene Skulptur durchwühlte, überlegte sie fieberhaft, was sie antworten sollte.

Plötzlich rief er: „Ich hab's!" In der Hand hielt er ein kleines bedrucktes Stück Papier. Dann sah er sie eindringlich an. „Du hast doch nachher nichts vor?!"

„Na ja, eigentlich", druckste Paula herum. „Ich müsste noch ..."

Ohne Umschweife drückte er ihr seinen Fund in die Hand und meinte: „Du würdest mir einen großen Gefallen tun! Ich möchte nämlich heim, meine Tochter hat morgen im Kindergarten ein Theaterstück. Ich will heute noch mit ihr üben."

Verwirrt sah Paula ihn an.

„Du sollst statt mir hingehen. Dir gefällt es bestimmt besser als mir!", fuhr Wilasich mit wissendem Lächeln fort.

Paula hielt das Papier hoch. Es handelte sich um eine Eintrittskarte. „Und wohin soll ich da konkret?", fragte sie erleichtert.

„Zu seinem Auftritt", erklärte er mit einer Geste zu Orsinis wie immer ordentlichem Schreibtisch.

„Was für einen Auftritt?"

„Seine geheime Leidenschaft ..., sein neuer Klingelton. Klingelt's?"

„Musik?"

„Ja. Eine Band. Sie spielen heute Abend. Aber das weiß keiner außer mir – und jetzt dir."

„Warum will er nicht, dass das jemand weiß?"

„Das musst du ihn selber fragen", antwortete Wilasich achselzuckend.

„Und wie heißt die Band?" Paula blickte auf die Eintrittskarte. Darauf war jedoch nur das Wort *Freikarte* gedruckt und die Beginnzeit, 21 Uhr.

„Keine Ahnung", gestand Wilasich. „Mich interessiert ausschließlich Klassik."

„Damit bist du aber im Kreis der Mordverdächtigen", meinte Paula belustigt und steckte die Karte mit gemischten Gefühlen ein. „Danke!"

„Und dabei hast du noch nicht mal das Denkmal gesehen, das bei mir zu Hause im Garten steht", erwiderte Wilasich mit gespielt ernster Miene.

„Lass mich raten, Brahms, Beethoven ...?"

*

Erwartungsvoll trat Paula aus der Marokkanerkaserne auf die Straße und tippte auf dem Handy herum. Der Vortrag hatte länger gedauert als angenommen. Sie blickte in den Himmel, wo sich vereinzelte Sterne blinkend durch die Schmutzglocke der Stadt kämpften. Das angekündigte Gewitter war ausgeblieben. Nur in der Ferne zwischen den Häuserzeilen war ein Wetterleuchten zu beobachten. Zwei Kolleginnen verabschiedeten sich im Vorübergehen, als sich Ennsner unbemerkt näherte.

Open End, las Paula gerade vom Display ihres Handys und suchte weiter auf der Homepage des Lokals nach der Adresse, als Ennsner ihr von hinten die Hände über die Augen legte. Sie erschrak. Nichts verabscheute sie mehr, als von jemand distanzlos behandelt zu werden.

„Hast du noch was vor?“, fragte er.

„Mach das nie wieder, ich hasse das!“, entgegnete Paula aggressiv, wand sich aus seiner Umarmung und steckte rasch ihr Handy weg.

„Entschuldige.“ Ennsner nickte verunsichert. „Kommst du noch mit auf ein Glas?“

„Heute nicht“, erwiderte Paula ärgerlich. „Es ist schon spät.“

„Wir könnten noch draußen sitzen ...“

„Bin leider völlig geschafft“, antwortete sie ausweichend.

„Wir könnten noch zu mir ...“

„Nein, wirklich. Mir geht’s nicht besonders gut.“

Ennsners Miene verfinsterte sich. Seit ihrer gemeinsamen Nacht hatte sich etwas zwischen ihnen verändert.

„Ich nehm mir ein Taxi“, sagte Paula, gab ihm einen angedeuteten Kuss auf die Wange und ließ ihn stehen.

Zehn Minuten später sprang sie bei den Stadtbahnbögen aus dem Auto und sah sich suchend um. Hier irgendwo musste es sein. Keine 20 Meter entfernt ging eine Tür auf und entließ einen Schwall schräger Töne. Paula ging darauf zu und blieb vor der verglasten Front stehen. Das Lokal war nicht allzu groß, dafür aber voll. Über die Köpfe der Leute hinweg konnte sie einen Teil der Bühne sehen. Ein Bassist stand am linken Rand und wippte im Takt. Daneben sah sie Trommelstöcke in der Luft herumwirbeln. Sie überlegte, ob sie wieder umkehren sollte. Dann gab sie sich jedoch einen Ruck und trat ein.

Es war drückend heiß und stickig. Rauchschwaden hingen in der Luft. Paula versuchte sich Richtung Bar zu schlängeln, als sie Orsinis Stimme vernahm, ohne ihn jedoch sehen zu können. „*Who's lying*", hörte sie ihn die letzte Nummer ankündigen, während sie sich zur Bar durchdrängte. Dort angelangt, stellte sie sich auf die Zehenspitzen und blickte nach vor. Orsini hing mehr auf einem Hocker als er saß und hatte eine Zigarette im Mundwinkel. Der Applaus hielt einige Zeit an, bis er vom Intro der letzten Nummer übertönt wurde und schließlich ganz verebbte. Der Pianist wechselte vom Flügel ans Keyboard und übernahm offensichtlich die Leadstimme. Orsini spielte sanfte Rhythmen auf der Gitarre, zog dann das Mikrofon näher und stimmte in den Refrain ein.

Paula blieb auf Zehenspitzen stehen und staunte. Da saß ihr neuer Chef, der im Berufsleben schwere Verbrechen zu klären hatte, auf einer Bühne und zeigte ein offensichtlich zweites, gänzlich neues Gesicht. Nun leuchtete ihr ein, warum er nicht wollte, dass das im Kriminalamt publik wurde. Die laute Musik verdrängte diese Gedanken jedoch rasch, und sie begann, sich wohlzufühlen, obwohl sie nicht zu sagen vermochte, warum. Für ihre Ohren hörte es sich ungewohnt an, und sie hatte auch keine Ahnung, welcher Stil das sein sollte. Auf keinen Fall klang es nach der Popmusik, die sie selbst am ehesten hörte. Einzelne Klaviertöne beendeten den eher ruhigen Song.

Der Beifall war noch lauter als zuvor. Die Musiker verneigten sich mehrere Male, gingen im Gänsemarsch von der engen Bühne ab und verschwanden. Der Applaus hielt so lange an, bis die vier für eine Zugabe wieder aufs Podium zurückkehrten. Paula applaudierte im Takt mit. Gespannt stellte sie sich wieder auf die Zehenspitzen, als Orsini genau in dem Moment in ihre Richtung sah und sich ihre Blicke trafen. Für einen langen Moment – während Klavier und Schlagzeug zu spielen begannen – hatte sie das Gefühl einer direkten Verbindung zu ihm. Während er mit der Gitarre in den Song einstieg, wandte er seinen Blick wieder ab. Nach wenigen Takten fragte sie sich, woher sie das Stück kannte, kramte eine Weile in ihrem Gedächtnis, und erst als das einprägsame Motiv gegen Ende des Songs verklang, assoziierte sie es mit dem Klingelton auf Orsinis Handy.

Draußen vor dem Lokal indessen, ungefähr dort, wo Paula zuvor gestanden war, lehnte nun jemand anderes und blickte ins Innere. Eine Weile schweifte sein Blick suchend über die im Rhythmus wackelnden Köpfe. Als er Paulas Locken entdeckte, verfinsterte sich sein Blick. Seine Finger begannen zu zittern und verkrampften sich. Schließlich steckte er die Hände in die Hosentaschen, konnte sich jedoch nicht von der Stelle bewegen. Zwanghaft versuchte er, Paula genauer zu sehen zu bekommen, doch immer wieder verdeckten andere Gäste ihm die Sicht. Erst am Ende des Musikstücks, als der Applaus durch die Glasscheiben gedämpft zu ihm drang, löste Ennsner sich vom Anblick der tanzenden Gäste und marschierte, ohne sich noch einmal umzudrehen, davon.

Drinnen waren die Musiker seitlich hinter der Bar verschwunden. Paula vermutete dort die Garderobe und war überrascht, als Orsini neben ihr auftauchte. „Schon was bestellt?", fragte er.

„Ah, nein. Bin grade erst gekommen", erwiderte sie.

„Auch ein Großes?"

„Warum nicht", antwortete Paula und warf einen kritischen Blick auf Orsinis selbst gedrehte Zigarette. „Sind die nicht polizeilich verboten?"

Er machte einen Zug und antwortete lachend: „Das ist wie Medizin, und außerdem hab ich nur die erlaubte Mindestmenge bei mir. Bei Auftritten verschafft mir das die nötige Ruhe. Willst du?“

„Später vielleicht“, lehnte Paula schmunzelnd ab.

„Hat Wila nicht dichtgehalten?“, fragte Orsini.

„Wenn mich etwas interessiert, spür ich es selber auf“, entgegnete Paula und prostete ihm zu.

Stunden später – Orsini hatte sie längst mit seinen Kollegen und einem seiner Freunde namens Hans bekannt gemacht – saßen nur mehr sie beide an der Bar und leerten ihre Gläser. „Soll ich dich nach Hause bringen?“, fragte Orsini, nachdem der Kellner demonstrativ abkassiert hatte.

„Lässt du denn die Instrumente da?“

„Nein, den Verstärker hat unser Bassist im Auto. Von meiner Gitarre trenne ich mich nie. Die steht hinten.“

„Ich ruf uns ein Taxi“, sagte Paula, während Orsini kurz verschwand, um mit dem Gitarrenkoffer in der Hand wieder aufzutauchen.

Das Taxi wartete bereits auf der Straße. Orsini half ihr beim Einsteigen. Dann stellte er den Gitarrenkoffer auf den Beifahrersitz und setzte sich nach hinten zu Paula. „Darf ich dich etwas fragen?“, sagte er, als das Taxi losfuhr. „Was?“, fragte Paula. Orsinis Knie berührte sie am Oberschenkel.

„Wieso trägst du heute Ketten?“

Paulas Hand glitt über die Ketten, sie spielte kurz damit herum und sah ihn an. „Weil ..., keine Ahnung ...“

Er griff nach einer der Ketten und zog Paula damit näher an sich heran. „Warum ...?“, wiederholte er die Frage.

„Vielleicht weil es heute einen besonderen Anlass gibt“, antwortete sie, legte ihren Arm langsam um ihn und ließ ihre Lippen zart über seine gleiten.

„Was ist jetzt?“, fragte der Taxifahrer wenig später zum dritten Mal. Er wollte offensichtlich die beiden Passagiere, die eng umschlungen auf seiner Rückbank saßen, loswerden. Orsini hielt ihm einen Geldschein hin, murmelte „Stimmt schon!“ und stieg aus. Beinahe hätte er auf seine Gitarre vergessen, wenn der Taxler ihm nicht nachgerufen hätte: „He, Musikus! Die Klampfn!"

Eine Weile standen sie ebenso eng umschlungen vor Paulas Haustür, bis sie zu fragen wagte: „Kommst du noch mit?"

Orsini strich ihr mit der Hand über die Locken. „Ich weiß nicht, ob das heute eine gute Idee ist", antwortete er.

Zuerst hatte sie den Eindruck, als wollte er noch etwas hinzufügen. Als er aber schwieg, nahm sie eine ihrer Ketten ab, legte sie ihm um den Hals, küsste ihn noch einmal lange und öffnete die Tür.

„Bis morgen", sagte sie und legte ihm kurz den Finger auf die Nase.

*

Orsini war nach wenigen Minuten am Donaukanal angelangt, hatte die Treppen hinunter genommen und war eine Zeit lang neben dem fließenden Wasser her marschiert. Nun saß er zwischen Franzens- und Rotundenbrücke auf der Böschung, an einen Baumstamm gelehnt, die Gitarre in der Hand. Hier, an einer der Hauptschlagadern der Stadt, konnte er seinen Gedanken freien Lauf lassen.

I don't know why I go walking at night ..., schlich sich eine Textzeile in sein müdes, aber doch rastloses Hirn. Nach einem Auftritt konnte er selten einfach so schlafen gehen, dazu war er viel zu aufgedreht. Er schlug ein paar Akkorde an, sah auf das langsam dahingleitende Wasser und sang weiter. *... I hope it doesn't take the rest of my life, until I find what it is, that I've been looking for ...* Auf der dunklen, glatten Fläche vor ihm meinte er etwas zu erkennen. Es schwamm im Strom, oder war es nur ein Stück dahintreibendes Holz?

... In the middle of the night, setzte er Billy Joels Song fort. Obwohl er echter Mainstream war, mochte er ihn. Da hatten die anderen noch so protestieren können, er hat-

te sich durchgesetzt. Vor allem auch, weil sie natürlich etwas gänzlich Eigenes daraus gemacht hatten. ... *the river so deep ...*

Und seit Paula so unerwartet vor etwas mehr als einer Woche auf der Bildfläche erschienen war, war der Song öfter als Ohrwurm in seinem Kopf herumgegeistert. Oder hatte das nichts mit ihr zu tun? Paula – was wollte sie von ihm? Sie war doch offensichtlich mit Ennsner in irgendeiner Weise liiert. Oder nicht? Er hatte sie danach fragen wollen, aber gefürchtet, die Atmosphäre zu zerstören. So war er dann doch einfach gegangen. Dass er ihr Vorgesetzter war und deshalb zurückhaltend, das war nur ein Teil der Wahrheit. Feig, dachte er.

Plötzlich bewegte sich etwas mitten im Wasser. Orsini musste an Jos' Geschichte mit dem Wels im Stadtpark denken. Direktor Siebeck war vermutlich eben zu dieser Uhrzeit auf der Jagd nach einem der Goldfische, wegen denen er dort eingesetzt worden war. Und der andere Direktor?

Eine dunklere Melodie tauchte aus dem Nichts hervor, als sei die Kruste einer schlecht heilenden Wunde aufgebrochen: *I'm lookin at the river, but I'm thinking of the sea ...* Der Text kam anfangs ganz harmlos daher, doch schon am Schweben zwischen Moll und Dur ließ sich erkennen, dass dem nicht so war. In Randy Newmans Song ging es um einen der berühmtesten Serienmörder des 20. Jahrhunderts, der auch Fritz Lang zu seinem grandiosen Film *M – Eine Stadt sucht einen Mörder* inspiriert hatte.

Orsini starrte auf die Böschung am anderen Ufer. Dort plätscherte Wasser – oder Abwasser? – in den breiten Donaukanal. Er dachte an sein unfreiwilliges unterirdisches Abenteuer vom Vortag. Wie viele dieser kleineren Kanäle gab es eigentlich? Vermutlich durchzogen sie die Stadt wie ein Netz von Adern, ohne dass sich irgendwer jemals darüber große Gedanken machte. Wenn aber eine davon sich verstopfte? Eine Embolie verursachte, gewissermaßen ...? Oder platzte? Außerdem waren die Abwässerkanäle ja nicht die einzigen unter der Oberfläche verlaufenden lebensnotwendigen Verbindungen. Es war ihm, als könne er das Pulsieren der Stadt regelrecht hören, auch mitten in der Nacht. Als hätte sie ihren eigenen Rhythmus, der nicht gestört werden durfte.

*

Die hässlichen Garderoben waren eine Beleidigung fürs Auge. Er drehte sich von ihnen weg, trat zu einem der großen Flightcases, in denen jeweils mehrere der wertvollen Geigen verstaut waren, und fuhr mit dem Finger über die Namensschildchen. Wie leichtsinnig, dachte er, öffnete mit einem seiner Schlüssel das kleine Vorhängeschloss über einem der Fächer und holte den Geigenkoffer hervor. Heute würde er zum ersten Mal nicht seine eigene verwenden!

Langsam ging er die Stufen hinauf, machte einen Umweg übers Foyer, ließ seine Finger über den kühlen Stein der Statue – seiner Statue – gleiten und schritt dann über die roten Teppiche hinweg, die sich wie der Blasbalg einer riesigen Ziehharmonika sorgsam über die Treppen legten. Im Halbstock lehnte er sich über die Balustrade und sah hinab. Durch die großen Fenster fiel nächtliches Licht in die Halle und warf schräge Schatten auf den blank polierten Boden. Wieder horchte er auf das, was er den Atem dieses einzigartigen Hauses nannte. Alles in bester Ordnung, dachte er und fühlte sich wie der heimliche und doch wahre Hausherr.

Mit federndem Schritt ging er weiter, vor bis zur letzten Tür, schloss auf und betrat den Saal. Dann kehrte er noch einmal um und machte sich am Lichtschalter zu schaffen, bis im Saal die kleinen Seitenlichter angingen. Das war Helligkeit genug. Oben, auf der Bühne des Großen Konzertsaals, legte er den Koffer auf einen der Stühle, öffnete ihn und holte die wertvolle Geige des Konzertmeisters hervor. Dann griff er in die Innentasche seiner Jacke, holte das Foto und den Pagat hervor und legte sie auf eines der Notenpulte. Sie allein wussten von seiner Begabung.

Sie allein hatten ihn überallhin begleitet und würden es weiter tun. Ehrfurchtsvoll nahm er die Geige in die Hand, schmiegte sie an seinen Hals und stimmte sie sorgfältig. Dann wagte er einen Blick durch den Saal, sah hinauf zum dunklen Kronleuchter und überflog die leeren Sitzreihen. Sie waren vielleicht unbequem, aber sie waren die Sitze, auf denen seit knapp 100 Jahren das Publikum unzähliger Premieren gesessen hatte. Und jetzt waren sie alle für ihn allein da. Hochgeklappt konnte man ihre grüne Unterseite sehen. Sie warteten aufmerksam auf seinen Einsatz.

Eine Aufmerksamkeit, die sie nicht aufgebracht hatte. Dort unten war sie gesessen und hatte ihn mit ihren lästigen SMS ständig gestört. Sie hatte nicht begriffen, dass ein Konzert höchster Konzentration bedurfte, auch im Publikum. Daher hatte sie es einfach nicht anders verdient.

Während im Stadtpark der Herr des Teiches seine Beute verschlang, versank er im düsteren Halbdunkel der Bühne in sich, schloss die Augen und hob den Geigenbogen. Rund um ihn meinte er förmlich den Dirigenten und das Orchester zu sehen, zu spüren, wie sich alle konzentrierten und nur auf das Heben des Taktstocks warteten. Sie waren alle für ihn da, um ihm den Klangteppich zu legen. Er war jetzt der Mittelpunkt des Geschehens.

Wie in Trance hörte er die einleitenden Takte und setzte schließlich ein, perfekt in Klang, Tempo und Rhythmus. Das sehnsuchtsvolle, zugleich tänzerische Motiv des ersten Satzes erfüllte den Großen Saal des Wiener Konzerthauses und brachte die Holzvertäfelung zum Vibrieren. Tschaikowsky höchstpersönlich schien anwesend zu sein. So gut hatte er noch nie gespielt, dachte er und erinnerte sich an seine ersten zaghaften Versuche auf der Geige seines Vaters. Damals – er warf einen Blick auf dessen Foto –, in den glücklichen Zeiten. Als die Welt sich noch nicht gegen ihn verschworen hatte; bevor sie begonnen hatten, ihm alles zu nehmen, was ihm etwas bedeutete. Dann schwang er sich weiter in musikalische Höhen hinauf, bis er irgendwann in einem furiosen Finale endete und in einem Zustand der völli-

gen Glückseligkeit die Violine hinabhängen ließ, um den tobenden Applaus seines Publikums entgegenzunehmen.

Er hatte das Richtige getan, das wusste er nun. Nur durch seine Opfergabe hatte er sich diesen Abend verdient. Leise schlich er dann auf demselben Weg zurück, auf dem er gekommen war, und machte sich im morgendlichen Dämmerlicht unbeobachtet auf den Heimweg.

Freitag, 10. Juni, bis Samstag, 11. Juni 2005

16

Irgendetwas kratzte Orsini am Hals, als er am nächsten Morgen erwachte. Müde fuhr er mit der Hand an die Stelle und berührte Paulas Kette. Augenblicklich befand er sich wieder vor ihrer Haustür, sah in ihre Augen, roch ihr Parfum.

Eine Weile später setzte sich jedoch der hämmernde Schmerz in seinem Kopf durch. Ernüchtert sah er auf seine Uhr und schloss die Augen sofort wieder. In einer Dreiviertelstunde sollte er im Büro sein, obwohl sein Schädel sich gerade in einen Druckkochtopf verwandelte. Die Kleider auf dem Boden stanken entsetzlich. Er raffte sie hastig zusammen, ging ins Badezimmer und schmiss sie in die Waschmaschine. Eine fünfminütige Wechseldusche und zwei schwarze Kaffees brachten ihn zwar wieder einigermaßen auf Touren, die Kopfschmerzen hatten sich dadurch aber nicht vertreiben lassen. Noch in der Küche zerbiss er zwei Schmerztabletten, spülte mit Wasser nach und machte sich anschließend auf den Weg.

Um zwölf stand die Vernehmung des Stadtgartendirektors an. Orsini versuchte, nicht daran zu denken, während er eilig die Innenstadt durchquerte. Natürlich hätte er auch fahren können, aber allein der Gedanke an überfüllte U-Bahn-Waggons ließ ihn davon Abstand nehmen. Telefonisch beauftragte er Kubicek, parallel zur Einvernahme die Frau Direktor Webers zu Hause zu besuchen und noch mal ungestört sein

Alibi zu hinterfragen. Im Landeskriminalamt erwartete ihn Elvira bereits am Gang. Ihrer Miene war zu entnehmen, dass etwas nicht stimmte.

„Guten Morgen", sagte Orsini und fuhr sich durch die Haare.

„Morgen", erwiderte Elvira und sah ihn verwundert an.

Orsini hatte tiefe Ringe unter den Augen und war unrasiert. Das war an sich noch nichts Außergewöhnliches. Sein Hemd stand offen, und sein Kragen war mehr als zerknittert. Er hatte in der Eile kein gebügeltes mehr gefunden. „Ich hab einen Knopf verloren", entschuldigte er sich für sein Aussehen.

Elvira hob enerviert die Augenlider.

„Das Sperma ist von ihm", sagte Elvira.

„Woher weißt du das, wir haben doch noch keine DNA-Probe von ihm?"

„Nein, das nicht ..."

„Sondern?"

„Er hat es mir vorhin selber gesagt", antwortete Elvira und deutete auf das Vernehmungszimmer, machte jedoch keine Anstalten, einzutreten.

„Aha ..., sonst noch was?", fragte Orsini deshalb.

Elvira holte tief Luft und antwortete: „Er hat sich Verstärkung geholt." In ihrem Gesicht stand Ärger – großgeschrieben. Sie ging zur Tür und öffnete sie: Drinnen saßen der Stadtgartendirektor und einer der bekanntesten Anwälte der Stadt.

Orsini trat ein und grüßte. „Haben Sie denselben Schneider?", fragte er dann – er spielte damit auf die Anzüge der beiden an – und ließ sich ihnen gegenüber nieder.

Elvira schloss kurz beide Augen.

„Sie haben offensichtlich keinen", erwiderte der Anwalt.

„Dem habe ich hitzefrei gegeben."

„Wie überaus human von Ihnen." Der Anwalt lächelte, holte ein Taschentuch hervor und tupfte sich damit über die Stirn.

Orsini versuchte hingegen eher nicht an seine eigene Stirn zu denken, geschweige denn sie abzutupfen. Die Wirkung der Schmerztabletten ließ zu wünschen übrig.

„Also, dann schalten wir das Aufnahmegerät ein, und ich kläre Sie kurz über Ihre Rechte und Pflichten auf", wandte er sich an den Stadtgartendirektor, der außer einem aalglatten Gruß bis jetzt kein Wort gesagt hatte. Er schien früher ins Bett gegangen zu sein als Orsini und war frisch rasiert.

„Ich schlage vor, dass Sie das Aufnahmegerät erst gar nicht einschalten", wandte der Anwalt sich an Orsini. „Mein Mandant ist so weit geständig, dass er zugibt, ein Verhältnis mit Dorothea Hausner gepflegt zu haben."

Bei dem Wort „gepflegt" kam Orsini die Galle hoch. Er hatte sich aber sofort wieder unter Kontrolle. „Das wissen wir bereits. Das ist kein Entgegenkommen und auch kein Geständnis."

„Wenn Sie meinem Mandanten garantieren, dass nichts davon nach außen dringt, ist er bereit, alles zu erzählen, ansonsten ..."

„Ja?", fragte Orsini mit gespieltem Interesse, obwohl er genau wusste, was er gleich hören würde.

„... ansonsten gibt es keine Zusammenarbeit, weder mit meinem Mandanten noch mit mir. Und glauben Sie mir, wir haben Mittel und Wege", lieferte er die dazugehörige Standarddrohung nach.

„Wissen Sie was", lächelte Orsini zurück. Er legte seinen Finger auf das Aufnahmegerät, „in dem besonderen Fall verzichte ich auf Ihr Angebot." Dann drückte er den Aufnahmeknopf und fuhr fort: „Entweder Ihr Mandant hat ein Alibi für die fragliche Zeit, oder ich nehme ihn auf der Stelle in Untersuchungshaft und verklage Sie wegen Anstiftung zum Amtsmissbrauch. Meine Kollegin wird das bestätigen."

Elvira nickte, schloss aber danach in einem unbeobachteten Moment zum zweiten Mal die Augen.

*

„Was denkst du dir?", fragte Elvira wenig später. Sie sahen aus der Entfernung zu, wie der Stadtgartendirektor und sein Anwalt auf dem Weg zum DNA-Test in den Lift stiegen, und nahmen dann die Treppe.

„Dass sie tatsächlich denselben Schneider haben", erwiderte Orsini, hielt ihr die Tür zu seinem Büro auf und meinte zu Wilasich: „Gibt's was Neues von Viktor?"

„Ist schon auf dem Rückweg. Er hat Ennsner mit dabei gehabt."

„Und Pokorny? Hat er sich gestern noch gemeldet?" Er holte sein Handy hervor und sah nach eingegangenen Nachrichten. Nichts. Wenn man das unregelmäßige Blinken am Display für gegeben nahm.

„Nein, bei mir nicht. Willst du was Bestimmtes von ihm?"

Orsini öffnete eine seiner Schubladen und durchsuchte sie. „Was? Nein, das heißt, ja!" Er griff sich an die Stirn. „Ich hab euch noch gar nicht von dem Kuvert erzählt, oder?"

„Kuvert?"

Während Orsini einen Stapel Formulare durchblätterte, begann er von Pokornys seltsamem Brief zu erzählen. „Keine Ahnung, ob es uns weiterhilft, aber ..." Er legte die Formulare zurück und fragte Wilasich in einem Atemzug: „Du hast nicht zufällig ein Antragsformular für eine Anschaffung?"

Wortlos griff Wilasich unter einen der Berge auf seinem eigenen Tisch, zog eine dünne Mappe heraus, stand auf und hielt sie Orsini hin. Ein kleines, süffisantes Lächeln umspielte seinen Mund. „Findest wohl nichts, bei dir ..."

„Danke!", murmelte Orsini und sah Wilasich aus zusammengekniffenen Augen an.

„Also der Pagat und eine Glasscherbe?", fragte Wilasich, als sei nichts vorgefallen.

Orsini entnahm der Mappe ein Formular, warf einen Blick darauf und legte es zur Seite. „Ja, der Pagat."

„Und was vermutet Pokorny? Ich meine, wozu zeigt er dir das?"

„... dass ihm jemand eine Botschaft senden wollte, eine verschlüsselte. Ist natürlich möglich. Aber nach so langer Zeit den Absender zu eruieren, ich weiß nicht ..."

„Pagat?", fragte Elvira, „Was ist das?"

„Eine Spielkarte", erläuterte Wilasich und zeigte ihr ein Bild davon auf seinem Computer.

„Schön bunt!", meinte sie und fuhr sich übers Kinn, „und was hat er im Spiel für eine Funktion?"

„Also diese Karten hier mit den römischen Zahlen sind die Tarock, das sind die Trümpfe. Der Pagat ist zwar unter ihnen die niedrigste, aber trotzdem eine der wertvolleren Karten. Bringt fünf Punkte."

„Aha", erwiderte Elvira enttäuscht, „und weiter?"

„Außerdem", Wilasich trat zum Bücherregal und holte ein dickes Buch aus der obersten Reihe, „kannst du mit ihm auch gewisse Spiele ansagen."

„Spiele ansagen?"

„Ja, mit dem Pagat kann man den letzten Stich machen, so irgendwie, das heißt dann Pagat ultimo, glaub ich." Er blätterte eine Weile in dem Buch und las dann vor: „Der Begriff Pagat oder Pagad kommt angeblich aus dem Orient und bedeutet so viel wie Meister des Schicksals." Eine Zeit lang versank er in seiner Lektüre, sodass Elvira und Orsini sich schon längst anderen Dingen zugewandt hatten. „Das ist interessant ...", murmelte er aber nach einer Weile. „Hört mal zu: Berühmte Tarockierer waren unter anderem Johannes Brahms und Johann Strauss."

Orsini und Elvira sahen einander an. „Und Beethoven?"

„Steht da nicht ..."

Orsini erhob sich, schnappte das Festnetztelefon und gab Pokornys Nummer ein. Doch schon nach wenigen Augenblicken legte er den Hörer frustriert wieder auf die Gabel. „Sieht ihm nicht ähnlich, dass er sich so lange nicht meldet!", sagte er und sah zur Tür, an die gerade jemand klopfte. „Ja!"

*

„Die schützt ihn", schoss es aus Kubicek heraus. Nachdem er von der Wohnung des Stadtgartendirektors zurückgekehrt war, hatte er sich einen Becher schwarzen Kaffees geholt und lehnte nun damit an Wilasichs Tisch. Eine quasi spontane Teamsitzung hatte sich ergeben, was Orsini oft sinnvoller fand als das tägliche Ritual zur selben Zeit.

Auch Sykora hatte sich eingefunden, trank allerdings Tee. Er hielt eine Liste mit den telefonischen Kontakten des Stadtgartendirektors in der Hand. Nur Paula war unterwegs auf der Suche nach den Mitgliedern von Hausners Chor.

„Entschuldigung, die Dame", fuhr Kubicek mit raschem Blick zu Elvira fort, „aber das sagen mir meine beiden da unten, dass die gnädige Frau für ihren Gatten lügt."

Orsini teilte diese Einschätzung nicht automatisch, ganz abwegig war sie jedoch nicht. „Ich hab gedacht, du tippst sowieso auf den", er machte imaginäre Anführungszeichen in die Luft, „Spiegelfreak. Wie passt das zur Frau Stadtgartendirektor?"

„Keine Ahnung ..., aber da gehe ich jede Wette ein, dass die uns nicht die Wahrheit sagt!"

Orsini seufzte. So kamen sie keinen Zentimeter weiter.

„Was sagen deine Hoden denn noch?", fragte Sykora indessen ohne jegliche Ironie.

Orsini und Elvira sahen einander amüsiert an. Was zwischen Kubicek und Sykora stattfand, war kein gezielter verbaler Schlagabtausch, sondern Ausdruck ihrer völlig entgegengesetzten Persönlichkeiten. Kubicek schoss riesige Böller ab, die meistens mit einem Knall verpufften, während Sykora sich gewöhnlich mehr für den Inhalt oder die Bauweise des Böllers interessierte.

„Die linke Hode sagt, sie schützt ihn", erwiderte Kubicek und griff sich mit der Hand zwischen die Beine. „Und ob du es glaubst oder nicht, Elmar, die rechte sagt genau das gleiche ..."

„Der Hoden", korrigierte Sykora umgehend.

Kubicek verstand nicht. „Was, der Hoden?"

„Die Einzahl von Hoden ist der Hoden", erklärte Sykora.

„Ist doch scheißegal, von mir aus können wir auch Ei und Eier sagen", stellte Kubicek entnervt fest.

Orsini reichte es. „Können wir die Hodenbefragung abschließen? Ich rekapituliere: Für den Tatzeitpunkt zwischen halb zwölf und zwölf ..."

„... war der Direktor bei seiner Frau zu Hause", musste Kubicek bestätigen.

„Elvira, kannst du bei Dr. Mirno nachfragen, ob es denn möglich ist, dass ..."

„... sie sich geirrt hat mit dem Zeitpunkt? Das fragst du sie schön selber – ich lass mich doch nicht von ihr in der Luft zerreißen!"

Bevor Orsini antworten konnte, läutete das Telefon. Wilasich hob ab, horchte kurz und reichte Orsini dann den Hörer weiter.

„Hausner ist weg", sagte eine Stimme, die er nicht gleich zuordnen konnte. Wie sich herausstellte, war es einer der Beamten, die Hausner beschatteten.

Orsini fluchte innerlich. „Seit wann?"

„Wahrscheinlich schon seit gestern", gab der Beamte kleinlaut zu.

„Und wie?", fragte Orsini vorwurfsvoll, obwohl er wusste, wie schnell man eine Zielperson aus den Augen verlieren konnte.

„Er ist wie jeden Tag von der Arbeit nach Hause gekommen, war am Nachmittag in seinem Stammkaffee und ist danach in die Wohnung zurück. Er muss irgendwann durch das Gangfenster im Erdgeschoß in den Hinterhof vom Nachbarhaus geklettert sein ..."

„Und bemerkt habt ihr es wann?"

„Heute. Zuerst haben wir geglaubt, er schläft lange ..."

Orsini schloss die Augen. Eine Observierung mit nur zwei Beamten war ohnedies zum Scheitern verurteilt gewesen. Warum hatte er sie nicht schon längst abgeblasen? „Das heißt, er kann auch schon früher verschwunden sein, ohne dass ihr es gemerkt habt?"

Stille. Dann ein Räuspern am anderen Ende. „Wir sind sowieso zu wenige, was hast du dir erwartet?"

Orsini öffnete die Augen, sah Wilasich lange an und erwiderte: „Versucht, ihn aufzustöbern. Fragt bei seinem Arbeitgeber nach. Egal wie, findet ihn!" Dann wandte er sich unendlich müde Sykora und seinen Telefonlisten zu: „Du hast also kein einziges Telefonat des Herrn Direktors mit Dorothea Hausner gefunden?"

„Nein", bestätigte Sykora. „Und auch keines mit dem Musiker oder der Drogensüchtigen ..., wie hieß die ..., genau, Margarete Bauer." Er hielt Orsini die Listen vor die Nase. „Sie können das ruhig überprüfen."

„Wenn du es sagst, wird es stimmen", erwiderte Orsini.

Sykora war zwar ein seltsamer Kauz, doch er recherchierte sorgfältiger als alle anderen. Unauffällige Kleinigkeiten und Abweichungen von der Norm erschnüffelte er wie ein Drogenhund versteckten Stoff. Und das, obwohl er oft verkühlt war und seine Nase ständig lief. „Vermutlich hat er ein Wertkartenhandy", meinte er und ging zur Tür. „Ich mach jetzt Mittagspause."

„Ich glaub, langsam bleiben uns nur mehr die verrückten Anrufer", stellte Orsini ernüchtert fest.

„Soll ich dich mit einem von denen verbinden?", fragte Elvira und griff scherzhalber zum Hörer. „Die von der Hotline werden sich bestimmt über Verstärkung von dir freuen ..."

„Ja, aber nur, wenn er aus dem Jenseits zu mir spricht!", antwortete er, schob seinen Stuhl zurück und sah Elvira und Wilasich erschöpft an. „Ich geh eine Runde, brauch frische Luft ..."

Als er bald darauf unten vor die Tür trat, musste er feststellen, dass das mit der frischen Luft eine Wunschvorstellung bleiben würde. Im Gehen holte er sein Handy aus der Hosentasche. Zur Abwechslung funktionierte es einwandfrei, stellte er skeptisch fest und wählte Paulas Nummer. „Wo bist du?", fragte er sie dann.

„Du hast keine Vorstellung, wie viele Mitglieder so ein Chor hat", antwortete Paula, ohne auf die Frage einzugehen. Sie war seit dem Morgen unterwegs und hatte bis jetzt keine Pause eingelegt.

„Wien ist eben eine musikalische Stadt", erwiderte Orsini. „Und, hast du was gefunden?"

„Ein Teil des Chors hat mit einem anderen Chor zu Weihnachten gemeinsam mit den Symphonikern ein Konzert in der Votivkirche gegeben", antwortete sie knapp. „Aber ob Hausner da dabei war, weiß ich noch nicht."

„Immerhin, bleib dran!", sagte er resoluter, als er sich fühlte. „Apropos Konzert: Ich würde dich heute Abend gerne einladen!"

„Und wohin?"

„Wenn du nichts dagegen hast, zu chilenischem Essen mit musikalischer Begleitung."

Paula überlegte kurz. „Wann denn?"

„Ich reserviere für halb neun, wenn dir das passt."

„Du bist der Boss", antwortete Paula lachend. „Da muss ich wohl ..."

Nach dem Telefonat fühlte er sich ein wenig frischer, aber was die Ermittlungen anlangte, konnte er keinen roten Faden finden. Kubicek und Elvira Zobl mochten zwar mit ihrem jeweiligen Bauchgefühl nicht gänzlich unrecht haben. Dennoch fischten sie alle zusammen im Trüben, wie schon seit Beginn der Ermittlungen. Er selbst war jedenfalls weder von der Schuld Hausners noch von der Webers überzeugt, ohne sagen zu können, warum.

Mit seinem vom Vorabend noch immer benebelten Hirn ging er durch die schmalen Gassen der Innenstadt, immer darauf bedacht, die schattige Seite zu wählen. Vor dem kleinen Buchladen in der Sterngasse, dem *Shakespeare & Company*, hielt er an und studierte die Auslage. Ein sympathischer Laden, voll gestopft von unten bis oben mit englischen

Büchern. Es war schon eine Weile her, dass er zum letzten Mal hier gewesen war, und er freute sich, dass sich der Laden hielt, was keineswegs selbstverständlich war. Er beschloss, seinen persönlichen Beitrag dazu zu leisten, und trat ein. Augenblicklich fühlte er sich in eine andere Welt versetzt, in der Zeit, Tempo oder Ermittlungsergebnisse kaum eine Rolle spielten. Gleichzeitig war es angenehm kühl, der Geruch von Büchern hatte etwas höchst Entspannendes.

Das Sonnenlicht blendete ihn, als er später wieder auf die Straße trat, voll bepackt mit Büchern, die allesamt zum Titel des dicksten passten: *A journey around the world.* Seine Kopfschmerzen waren verflogen.

*

Ihm stand die sprichwörtliche Scheiße bis zu den Knöcheln, und der Schweiß tropfte von seiner Stirn. Er zog ein ohnehin schon feuchtes Taschentuch aus dem Overall und wischte sich ab. In wenigen Minuten würden sich zwar neue Perlen auf seiner Stirn bilden, aber so legte er zumindest eine kurze Pause ein. Seinen Helm hatte er oben gelassen, bei diesen Temperaturen war er unerträglich.

Es war Freitagnachmittag. Seinen Kollegen hatte er heimgeschickt. Auch morgen würde er allein Dienst machen. Das war zwar gegen die Vorschriften und auch riskant, aber so hatte jeder von ihnen hin und wieder ein bisschen mehr Freizeit. Denn die Arbeit war anstrengend. Mehr als das: Sie war lausig bezahlt, laugte schleichend zuerst das Hirn und dann den Körper aus. An die einsame, eintönige Arbeit im Dunkeln musste man sich ohnehin erst gewöhnen. Manche gewöhnten sich eben nicht und kündigten bereits nach wenigen Wochen. Vor allem das gebückte Gehen forderte seinen Tribut. Einige der älteren Kollegen erkannte man schon von Weitem am eingezogenen Kopf.

Um sich abzulenken versuchte er an seine beiden Kinder zu denken, die jetzt im Kindergarten spielten. In acht Tagen würde er sie wiedersehen, wenn auch nur das Wochenende über. Er spuckte in die Hände und griff nach dem Schimmel, einem einfachen Holzbrett mit langem Stiel. Es war dem Bodenprofil des Kanals angepasst und wurde in etwa so wie eine Schneeschaufel verwendet. Der Schlamm lag hier dermaßen hoch, dass er seine ganze Kraft einsetzen musste. Er schob einen Teil davon bis nach vor zum Abzweiger, ging wieder zurück und wiederholte die Prozedur. Etwa 20 Minuten später hatte er es geschafft. Das Kanalrohr war wieder frei vom breiigen Dreck, der sich in beständiger Regelmäßigkeit am Boden absetzte und ein ungehindertes Fließen verhinderte. Nächste Woche würden sie den Schlamm mit dem großen Schlauch absaugen und zur Müllverbrennung bringen.

Er hielt die Uhr vor seine Stirnlampe. Eine Stunde höchstens noch, dachte er. Das kleinere Rohr gleich nebenan war noch völlig verlegt. Außerdem musste er noch den Rechen, den sie wegen der vielen Unwetter versuchshalber als zusätzliches Gitter drüben beim Überlauf angebracht hatten, vom Gröbsten befreien. Danach war auch für ihn Schluss. Er blickte vor zum Wasser des Ottakringer Baches. Wenn das Wetter denn überhaupt so lange hielt – ein Gewitter war angesagt, so wie an vielen Tagen in diesem merkwürdigen Juni, der auf ihn fast ein wenig heimtückisch oder boshaft wirkte. Es konnte jederzeit gefährlich werden. Vorläufig aber gab es noch kein konkretes Anzeichen. Erst wenn auf dem Bach die winzigen Styroporkugeln auftauchten und ihren kleinen Tanz vollführten, war es Zeit, den Kanal zu verlassen.

Nächsten Monat wurde die Kleine vier. Das Geschenk, eine große blonde Puppe mit Fläschchen, Babywagen und Windeln, stand schon neben dem Eingang seiner Wohnung für sie bereit. Er lächelte und griff wieder nach dem Schimmel. Doch schon nach wenigen Augenblicken hielt er inne. War da etwas?

Er schüttelte den Kopf. Seit er vor Monaten diese Erscheinung – er hatte sich mit sich selbst auf die Bezeichnung *Fata Morgana* geeinigt – gehabt hatte, fühlte er sich manchmal unwohl hier unten. Als könne er seinen eigenen Sinnen nicht mehr trauen. Er hatte Angst, irre zu werden. Wieder wischte er sich den Schweiß von der Stirn. Was hatte er sich dabei gedacht, diesen Polizeibeamten anzurufen? Er lachte heiser auf. Natürlich hatten sie ihn nicht weiterverbunden, und im Nachhinein war er darüber auch froh. Was hätte er denn sagen wollen? Ich habe da was gesehen, was nicht möglich war? Nein, ich hab da was gehört ...

Plötzlich blieb er stehen. Sein Fuß war auf etwas gestiegen, das nun am Stiefel festklebte. Er leuchtete mit der Stirnlampe hinab und schlug mit dem Schimmel gegen den schweren Stiefel, bis sich das Ding löste. Er sah nur ganz rasch hinunter, denn er wusste nur zu gut, worum es sich handelte. Es fühlte sich jedes Mal genau gleich an. Der Kadaver einer Ratte, aufgedunsen und aufgequollen vom Abwasser der Stadt. Dennoch stieg Ekel in ihm hoch, der Ekel vor dem Geruch nach Fäulnis, Exkrementen und Verwesung. Die Kollegen hatten sich anfangs darüber lustig gemacht. Und so hatte er mitgelacht. Der Ekel aber war geblieben und hatte mit der Zeit mehr und mehr von ihm Besitz ergriffen, bis in die letzte Pore seines Körpers. Selbst das teuerste Shampoo und minutenlanges Duschen unter dem brennendheißen Strahl halfen dagegen nicht.

Eine Weile schob er den Dreck weiter vor sich hin, bis er erneut meinte, ein Geräusch zu hören. Er stoppte mitten in der Bewegung und drehte sich ruckartig herum. Aber nein, da war nichts. Er musste einfach nur fertig arbeiten. Und außerdem würde er sich Urlaub nehmen. Oder zum Arzt gehen, beschloss er. Da ist nichts, wiederholte er vor sich hin, um sich zu beruhigen. Vor seinem inneren Auge erschien jedoch erneut das Bild, das ihn seit Monaten auch in seinen Träumen verfolgte. Eine Gestalt, ein Wesen, mitten im Wienfluss. Dazu diese gespenstische Musik.

Wieder bückte er sich und schob den Dreck nach vor. Weit hatte er es nicht mehr bis zu seinem Ziel. Als er schließlich schon ziemlich erledigt vor dem neuen Gitter im rinnenden Wasser stand und die vom Alltagsdreck verklebten Äste mit seinen groben Handschuhen aus den Verstrebungen holte, hatte er nur mehr eines im Sinn: das kühle Bier, das er sich nachher bei Chantal genehmigen würde. Auch ohne die Kollegen.

Doch dazu sollte es nie kommen. Denn im nächsten Augenblick spürte er verwundert einen kühlen Luftzug, dann ein scharfes Knacken, einen Schmerz am Hinterkopf. Seine Knie gaben nach, seine Hand suchte im Schein seiner Lampe nach Halt. Doch nach dem nächsten Hieb, der mitten auf seinem Scheitel landete, spürte er nichts mehr.

*

Pünktlich um halb neun traf Orsini vor dem Jazzclub *Porgy & Bess* ein. Er blickte suchend die Straße entlang und betrat schließlich das Foyer. Aber weder dort noch bei der Schlange an der Garderobe konnte er Paula entdecken. Saß sie schon unten? Keinesfalls wollte er den reservierten Tisch verlieren, also hinterlegte er eine der Karten unter ihrem Namen und ging voraus. Die Tische auf der Galerie waren begehrt, und Orsini musste wiederholt Paulas freien Sessel verteidigen, weil das Lokal langsam die Kapazitätsgrenze erreichte. Das überforderte gelegentlich nicht nur die Kellner, sondern auch die Klimaanlage des Clubs. Orsini versuchte, ein Bier zu bestellen, und sah sich um. Wo blieb sie nur? Mittlerweile war es dreiviertel neun, das Konzert würde jeden Moment beginnen. Er kontrollierte noch mal seine SMS, doch hier unten hatte man nur an einer Stelle hinter der Bar Empfang.

Er zuckte die Achseln und hörte nur mit einem Ohr zu, als der Clubbesitzer auf die Bühne trat und die Band ankündigte. Plötzlich legte sich ein Arm um seinen Hals, ein leichter Seidenschal berührte seine Wange.

„Sorry“, hörte er nah bei sich, während die Band mit Applaus begrüßt wurde. „Entschuldige, dass ich zu spät komme!“

Er griff nach dem Schal, zog Paula damit zu sich und antwortete: „Nur wenn du uns was zu trinken holst ..."

The man's got soul, sang Caecilie Norby gerade, als Paula sich mit einem kühlen Bier zum zweiten Mal den Weg durch die stehenden Zuhörer bahnte.

„Prost", meinte sie wenig später und schnippte mit der freien Hand im Takt mit. „Coole Band! Von wo sind die?"

„Dänemark", erklärte Orsini beruhigt. Er war keineswegs sicher gewesen, ob er die richtige Auswahl getroffen hatte. Während die Band eine Version von *Summertime* anstimmte, lehnte Paula sich gegen seine Schulter. Es fühlte sich genauso gut an wie am Vortag im Taxi. Langsam entspannte er sich, legte den Arm um ihre Schulter und ließ sich mit der Musik treiben. Die Frage, ob er wohl das Richtige tat, verblasste ebenso wie die Gedanken an Armin Ennsner oder das Grübeln über die zähen Ermittlungsschritte.

Irgendwann hatten sie sich dann kaum merklich zueinander gebeugt, ihre Lippen berührten einander mit leichtem, wie elektrisch geladenem Zittern, Zeit verlor die Bedeutung. Er bemerkte erleichtert, dass sie keinen Lippenstift trug. Denn so erotisch sie damit aussah, ohne schmeckte sie wesentlich besser.

Als die Band das Set schließlich mit einer beschwingten Version von *Gentle on my mind* beendete und versprach, wiederzukommen, tauchten sie aus ihrer Welt auf.

„Die Frau hat eine unglaubliche Ausstrahlung!", sagte Paula und blickte über das Geländer nach unten. „Du hast was von chilenischem Essen gesagt ...?"

„Ja, genau. Die Küche ist hervorragend."

„Was isst man denn so in Chile?"

„Wie wär's mit Tapas?", las Orsini vor und hielt ihr die Speisekarte hin. Als Paula die Hand danach ausstreckte, zog er die Karte schmunzelnd zurück. „Soll das nicht lieber ich übernehmen?"

Paula lächelte. „Na gut ..."

„Also dann nehme ich gemischte Tapas für dich und Chorizillos für mich“, bestimmte er, legte die Karte beiseite und wartete auf eine günstige Gelegenheit, um die Aufmerksamkeit des Kellners zu erhaschen.

*

„Ich hab immer noch die letzte Nummer im Ohr“, sagte Paula vor dem Jazzlokal zu Orsini. Es war halb zwölf. Die Band hatte zwei Zugaben gespielt und zu guter Letzt hatte die Sängerin, einzig vom Bass begleitet, ein dänisches Volkslied intoniert.

„Lass uns spazieren gehen“, schlug Orsini vor und legte den Arm über ihre Schulter. Ziellos schlenderten sie durch die Gassen, teilten sich schließlich im *Alt Wien* noch ein Bier und zogen weiter.

„Hat es eigentlich mit dem *Café Jelinek* was Besonderes auf sich?“, wollte Paula dann wissen.

„Wieso, wie meinst du das?“

„Weil wir innerhalb einer Woche schon zweimal dort waren ...“, bemerkte Paula beiläufig, schnipste ein kleines Blütenblatt von seinem Hemdsärmel und sah ihm neckisch in die Augen. „... ich meine, nur so?“

„Das ist ganz einfach. Ich will nur nicht, dass im Büro jemand das mit der Band überhaupt weiß, also abgesehen von Kurt“, erklärte Orsini und sah sie eindringlich an. „Unser Proberaum liegt schräg gegenüber, drum bin ich öfter im *Jelinek*.“

„Das heißt, ab jetzt hab ich was gegen dich in der Hand, oder ...?“

Eine Weile gingen sie Hand in Hand nebeneinanderher. Sie überquerten die Stubenbrücke hinüber in den 3. Bezirk, ohne dass Orsini bewusst den Heimweg anpeilte, und passierten die Sofiensäle. „Apropos Johann Strauss“, sagte er und wies auf die abbröckelnde Fassade, „soweit ich weiß, hat er hier einen guten Teil seiner Stücke uraufgeführt.“

„Da war das Gebäude aber noch in besserem Zustand, oder?“

„Ja“, antwortete er und registrierte ein heranbrausendes Taxi. Als es an ihnen vorüberfuhr, meinte er für einen flüchtigen Moment, den ermordeten Musiker mit seinem zerstochenen Auge darin zu erkennen. Dieses Bild verfolgte ihn auch tagsüber.

„Conrad?“

„Ja?“, fragte er. Hatte sie etwas zu ihm gesagt?

„Woran denkst du?“

„An nichts ...“

Paula zog ihn näher zu sich. „Lass das! Sag mir einfach, was in dir vorgeht!“

Orsini ließ die Luft aus seinen Lungen entweichen. „Tut mir leid. Ich ... denke nur an die ...“

„Ermordeten?“

„Genau. Dabei“, er fuhr mit der Hand durch ihr Haar und ringelte eine Locke um seinen Finger, „hätte ich hier was Wichtigeres zu tun ...“ An der Ecke hinter dem ausgebrannten Skelett der Sofiensäle blieb er stehen, zog sie an sich und ließ seine Zungenspitze über ihre Lippen gleiten. Genießerisch sog er den Duft ihres Parfums in die Nase und meinte: „Ich ... wohne übrigens ganz in der Nähe.“

„Das hätte ich mir jetzt aber nicht gedacht“, erwiderte Paula neckisch. „Ich hab geglaubt, ich krieg eine Stadtführung ...“

Vor seiner Haustür blieb er für einen Moment stehen. Nicht aus Unentschlossenheit, sondern vielmehr weil er jeden Augenblick aufsaugen wollte.

„Hast du den Schlüssel vergessen?“, fragte Paula und griff belustigt in seine Hosentasche. „Ich glaub, wir sollten uns beeilen“, meinte sie daraufhin, zog den Schlüssel hervor und sperrte auf. „Und“, fragte sie und nahm mehrere Stufen auf einmal, „weißt du eigentlich, wie viele Stufen es bis zu deiner Wohnung hinauf sind?“

„78, wenn man die vier nach dem Eingang mitzählt", antwortete Orsini und lief neben ihr hoch.

*

Sie hatte sich von Orsini ein T-Shirt geliehen und war mit ihm gemeinsam am kleinen Küchentisch gesessen, um Kaffee zu trinken. Nun holte er Zeitungen und etwas zum Frühstücken. Barfuß tappte sie durch die Wohnung und sah sich um. Eine Gitarre, ein lederner Boxsack, ein Glasschrank mit alphabetisch geordneten Schallplatten. Sie zog eine der Scheiben heraus. *Wes Montgomery*, las sie. Das sagte ihr nichts. Es war das Wohnzimmer eines Einzelgängers, durchfuhr es sie. Keine Blumen, Nippes oder sonstige Anzeichen von Weiblichkeit. Seltsam, weder hatte er sie nach Armin noch sie ihn nach einer Frau gefragt.

Grübelnd ging sie ins Badezimmer, zog das T-Shirt wieder aus, stellte sich unter die Dusche und genoss den kühlen Strahl auf ihrer Haut. Als Orsini die Wohnungstür öffnete und vom Vorraum aus „Hallo" rief, tat sie, als hätte sie ihn nicht gehört, und duschte weiter, mit der vagen Vorstellung, dass er den Einkauf stehen lassen würde. Beinahe enttäuscht drehte Paula nach einer Weile das Wasser ab und fuhr sich mit den Händen über ihren Körper, um die Tropfen abzuwischen. Als sie aus der Dusche trat, drang das Geklapper von Tellern und Töpfen aus der Küche zu ihr. Rasch trocknete sie sich ab. Dabei fiel ihr Blick auf die Garderobe im Vorraum. Leder – das schien ihm wichtig. Neben der cognacfarbenen Jacke, die sie bereits kannte, hingen ein leichter Mantel in einem ähnlichen Farbton und ein ledernes Jackett. Sie schlich in den Vorraum, nahm den Mantel vom Haken, zog ihn über, ließ allerdings die Knöpfe offen und ging so in die Küche.

„Kann ich dir helfen?", fragte sie und lehnte sich an den hohen amerikanischen Kühlschrank.

Orsini drehte sich mit einem Ei auf einem Löffel und einem Topf in der anderen Hand zu ihr. „Nein", antwortete er, sah an ihr hinab und fuhr fort: „Oder doch – ich hab grad keine Hand frei, du könntest …“ Einen Augenblick lang wirkte er eine Spur verloren, schüchtern. Dann regte sich ein verspieltes Lächeln auf seinen Lippen. Langsam stellte er Ei und Topf ab.

Paula fuhr sich mit dem Zeigefinger beiläufig übers Dekolleté und öffnete dabei den Mantel ein wenig. „Es ist unglaublich heiß heute …“

„Tropisch heiß sogar“, murmelte Orsini und streifte mit seinem Oberschenkel leicht an ihrem.

Paula sah auf die Einkäufe auf dem Tisch, schnappte ein paar frisch gewaschene Kirschen und ließ sie vor seinem Mund baumeln. „Hunger?“, fragte sie.

Anstatt zu antworten, zog er sie näher an sich. „Immer“, sagte er schließlich.

Seine Hand glitt dabei unter den Mantel, fuhr über ihre Hüfte, langsam weiter hinauf und umrundete ihre Brust. Eine Welle elektrisch geladener Energie brachte die Härchen in ihrem Nacken zum Stehen. Während sie sich an ihn lehnte, sog sie den Geruch seiner Haut genüsslich durch die Nase, vermischt mit dem Aroma von Kaffee. Das Leder lag angenehm kühl auf ihrer Haut.

Aus den Augenwinkeln sah sie auf der gegenüberliegenden Straßenseite ein Fenster aufgehen und murmelte dann: „Vielleicht ins Wohnzimmer …?“

Orsini hatte ihren Blick registriert und zog sie wortlos mit sich.

„Wir könnten“, meinte Paula dort mit einer kleinen Geste zum Glasschrank, „eine Platte auflegen …“

„Gute Idee“, antwortete Orsini, während er ihr den Mantel über die Schultern schob.

Paula spürte seinen Atem an ihrem Hals, spürte, wie er mit seiner Zunge an ihrem Nacken herumspielte. Ein sanfter Schauer der Lust lief ihr über den Rücken. Wahllos zog sie eine der Schallplatten heraus, legte sie auf den Teller und beugte sich etwas nach vor. Es passte zu ihm, dass er noch einen Plattenspieler besaß, dachte sie und sah der schwarzen Scheibe zu, wie sie sich immer schneller drehte. Als die Band einsetzte, schloss sie die Augen.

I know you know, what I been dreaming of ..., sang eine relaxte Stimme, während Orsini ihren Nacken zu massieren begann. Langsam setzten seine Hände das Spiel fort. Er berührte sie an Stellen, die er vor Tagen bereits in seiner Fantasie und vergangene Nacht tatsächlich berührt hatte, und ließ sich danach ganz von Paulas Lust leiten. Für einen Moment sah er ihrer beider Silhouetten im spiegelnden Glas des Schranks und hatte eine flüchtige Vision des verspiegelten Schlafzimmers der Hausners. Dann ließ er sich vom Fluss der Musik treiben.

Sonntag, 12. Juni 2005

17

„Ich hätte nicht lockerlassen dürfen", sagte Orsini.

„Es ist nicht deine Schuld", antwortete Wilasich, der zeitgleich mit ihnen den Girardipark erreicht hatte. „Niemand hatte das ahnen können!"

Erst samstagabends hatten Paula und Orsini die Wohnung verlassen und waren gemeinsam durch die Nacht gezogen. Im Wirbel der Gefühle hatten sie für ein paar Stunden alles rund um sich vergessen. Die Erinnerung daran schwirrte noch in Orsinis Kopf umher. Sonntagmittag hatte er Paula zu ihrer Wohnung begleitet, damit sie sich umziehen und ihren Bikini holen konnte. Dieser Tag sollte ihnen gehören, und sie wollten ihn in einem der städtischen Strandbäder an der alten Donau verbringen. Einfach so tun, als gäbe es für sie so etwas wie einen normalen Sonntag. Doch dann war der Anruf gekommen.

Nun standen sie vor dem geöffneten sternförmigen Abgang zur *Dritte Mann Tour* im Kanal beim Girardipark. Wer immer diesem kleinen Flecken den Namen Park gegeben hatte, neigte eindeutig zu Großspurigkeit. Zwei Einsatzfahrzeuge und ein Auto der Kanalbrigade parkten bereits auf der kleinen Fläche.

„Wer hat uns angerufen?", fragte Orsini.

„Wir", erwiderten zwei Streifenpolizisten knapp zeitversetzt.

„Waren Sie schon unten?"

„Ja", antwortete der jüngere. In seinem Gesicht stand noch immer zu lesen, was sich in seinem Inneren beim Anblick der Leiche abgespielt hatte. Orsini erkannte ihn wieder. Er hatte auch im Stadtpark mitgeholfen. „Linus Ziehrer, richtig?"

Überrascht blickte der Beamte ihn an. „Dass Sie sich noch an meinen Namen erinnern ..."

„Wer hat euch verständigt?", fragte Orsini, ohne weiter darauf einzugehen.

„Der Leiter der Kanalbrigade", erwiderte Linus Ziehrer. „Gefunden hat ihn aber der Mann, der die Touren macht. Moment." Er zückte einen Notizblock. „Er heißt Hanno Preuschl, und der Leiter ..."

„Danke", unterbrach ihn Orsini. „Lassen Sie niemanden ohne meine Erlaubnis in die Nähe und sperren Sie den Platz so rasch wie möglich ab!"

Ziehrer nickte eifrig und griff, wie um sein Nicken zu unterstreichen, an seine Pistole. Orsini taufte den Guide wieder auf Orson Welles um, weil er auch dieses Mal einen Sweater mit dem Konterfei des Schauspielers anhatte. Offensichtlich noch geschockt lehnte er an dem großen Rohrprofil, das zur Veranschaulichung des Kanalsystems diente.

„Die sehen alle beide mitgenommen aus", raunte Wilasich Orsini zu.

„Mitgenommen ist untertrieben", erwiderte Orsini und beobachtete, wie der Guide versuchte, einen Plastiksack mit Erbrochenem zu entsorgen.

„Sie haben ihn gefunden?", wandte sich Orsini an ihn.

„Ja."

„Allein?"

„Ja", antwortete Seklitsch anstatt des Guides. Er hatte eine große schwarze Stabtaschenlampe in der Hand. Daran schien er sich festhalten zu wollen, als traue er seinen eigenen

Beinen nicht ganz – was bei seiner Körpermasse etwas seltsam aussah. „Wir haben den Deckel aufgsperrt, und er ist als Erster hinein, um die heutige Führung vorzubereiten."

„Was bereiten Sie da vor?", fragte Orsini.

„Bei der Führung gibt's Lichteffekte und Toneinspielungen", erklärte Orson Welles.

„Karas, die Musik", erläuterte Seklitsch.

Der Guide machte einen Knoten in den Plastiksack, um ihn dann in den Mülleimer zu werfen. „Wir haben schon seit Tagen keine Führungen mehr gehabt, wegen dem Wetter ..."

Seklitsch ergänzte: „Die heutige haben wir aufs Aug gedrückt bekommen!"

Orsini sah ihn fragend an.

„Eine ausländische Filmfirma. Wenn die Marie stimmt, geht alles", erklärte er. „Da wird das Gewitter schon warten!", meinte er mit aggressivem Tonfall. Ein Anflug von Röte zeigte sich in seinem Gesicht, die aber postwendend von einer noch stärkeren Blässe als zuvor überlagert wurde. Seklitsch machte ein paar Schritte zur Bank und sank auf sie nieder.

Orsini überlegte kurz und sagte dann zu Wilasich: „Am besten, du redest mit ihnen und wartest, bis der Notarzt da ist. Wo bleiben die überhaupt? Ich geh schon runter."

„Allein?"

„Nein. Ziehrer!", rief er über den Platz, „Kommen Sie her! Sie kennen doch den Weg, oder?"

Ziehrer nickte.

„Zeigen Sie ihn mir!"

„Darf ich mitkommen?", meldete Paula sich zu Wort.

Orsini zögerte.

„Ist nicht meine erste Leiche", ergänzte sie.

„In Ordnung", sagte Orsini, schnappte sich Seklitschs Stablampe und betrat die Wendeltreppe.

Immerhin haben sie heute die Festbeleuchtung angemacht, dachte Orsini, drückte Ziehrer die Lampe in die Hand und ließ ihn vorausgehen. Selbst ohne die Lampe konnte man so zumindest sehen, in welche Richtung es ging, auch wenn die Deckenlampen nur schummriges Licht verströmten. Der Geruch nach Fäkalien kam ihm schwächer vor als beim letzten Mal, der Gang aber erschien ihm wesentlich länger. Mehrmals bogen sie um die Ecke. Er hatte normalerweise einen guten Orientierungssinn, doch bei dem Tempo, das Ziehrer vorgab, war er bald verwirrt. Was heute eindeutig lauter war, war das Rauschen des Wassers. Je weiter sie ins Tunnelsystem vordrangen, desto wuchtiger wirkte es. Bei einer Gabelung blieben sie kurz stehen. An der Wand hing ein Paar alter, kniehoher Stiefel aus derbem Leder. In die Holzsohlen waren rostige Nägel geschlagen. Daneben lehnten eine Schaufel mit Holzgriff sowie ein verrostetes, eimerartiges Gebilde mit vielen Löchern und einem breiten Griff. Wurden sie tatsächlich noch verwendet, fragte er sich, während sie mit eingezogenen Köpfen bis zu einer schmalen Stahlplattform weitergingen. Das hüfthohe Geländer war nass und mit kleinen Papierfetzen übersät, ein Präservativ hatte sich darin verfangen. Über ihnen erstreckte sich ein längliches Gewölbe. Die Messinglampen an der Decke waren mit Spinnweben verhangen und leuchteten die Halle nur unzureichend aus. Direkt unter ihren Füßen floss die graue Suppe eines Abwasserkanals mit beachtlicher Geschwindigkeit aus einer Öffnung und plätscherte in einer betonierten Rinne geradeaus weiter. Die linke Kante dieser Wanne war außen abgerundet. Als Ziehrer die Lampe darübergleiten ließ, sahen sie, dass es dort in die Tiefe ging. Rechterhand gab es mehrere kleinere Gewölbe, die ebenso ins Nichts führten. Das Bild kannte man aus dem Film.

„Da drüben!", rief Ziehrer, um das Rauschen zu übertönen, und leuchtete mit der Lampe ans andere Ende der Halle.

Unwillkürlich wichen Paula und Orsini zurück.

*

Während Wilasich sich Notizen machte, erhielt Seklitsch ein SMS, das er sofort las. Er hob prüfend den Kopf. „Ich an eurer Stelle würd mich beeilen“, meinte er dann.

„Tun wir ohnehin“, antwortete Wilasich, ohne sich besonders darum zu kümmern.

„Ja schon. Aber ihr habt nicht mehr lange Zeit“, erwiderte Seklitsch mit einem Drängen in der Stimme.

„Warum?“

Er zeigte zum Himmel.

„Und?“, fragte Wilasich.

„Im Wienerwald regnet's, das dauert nicht lange, bis es hier ist, das Wasser.“

„Und dann schwimmt da unten alles“, bekräftigte der Guide.

An ihren Mienen erkannte Wilasich, dass sie es ernst meinten.

„Ihr müsst die Leiche so schnell wie möglich raufholen“, sagte Seklitsch.

„Aber die Spurensicherung ...“, meinte Wilasich mit Blick auf den Wagen der Tatortgruppe, der eben über die Bordsteinkante auf das kleine Rasenstück rumpelte.

Seklitschs Gesicht hatte seine normale Farbe zurückgewonnen. Er schien sich seiner Rolle wieder bewusst zu werden und befahl: „Die sollen sich beeilen!“ Er sprang auf und holte aus einer Kiste mehrere Helme. „Und jeder setzt einen auf! Wir brauchen nicht noch einen Unfall!“

„Unfall“, wiederholte Wilasich für sich. Das war es wohl nicht gewesen. „Wie viel Zeit bleibt uns konkret?“

„Zehn, höchstens 15 Minuten. Und es ist verdammt eng und rutschig da unten“, erwiderte Seklitsch.

*

Der Strahl der Lampe fuhr die Konturen der massigen Gestalt nach, soweit sie aus dem Wasser ragte. Mitten in der trüben Suppe an einem stählernen Gitter, das aussah wie ein überdimensionaler Vorderteil eines Gartenrechens, hing ein Mann. Und zwar an einer Art Leine, die sich um seinen Hals schlang. Durch die Strömung des Wassers schaukelte der Leichnam hin und her. Wie rotbraune Algen pappten die nassen, schulterlangen Haare auf seinem Kopf. In seiner Schädeldecke klaffte eine große Wunde. Was ihn aber am meisten entstellte, war das zu einer Grimasse verzerrte Gesicht im Schatten des schräg einfallenden Lichtes. Die überlange Zunge hing verdreht aus dem Mund.

„Conan", sagte Orsini. „Er wollte mit mir sprechen ..."

Paula schluckte. „Wer?"

Orsini antwortete nicht, sondern kletterte kurz entschlossen über das Geländer. Ziehrer tat es ihm gleich.

„Die Bergung wird nicht einfach", meinte Orsini und ging auf dem glitschigen Beckenrand in die Hocke.

„Passt auf! Sieht verdammt rutschig aus", rief Paula warnend und blickte mit Unbehagen vom dunklen Loch, aus dem das Wasser geflossen kam, zum Beckenrand, auf dem die beiden neben der Leiche balancierten. Immer wieder schwappte das Wasser über den Rand nach unten. Orsini antwortete nicht, sondern leuchtete zuerst mit der Taschenlampe auf die zertrümmerte Schädeldecke und dann auf die Leine, die den Toten in dieser Lage hielt.

„Das ist ein Damenstrumpf", stellte er fest. Dann streckte er sich, fischte den rechten Arm des Toten aus dem Wasser und warf einen Blick auf den Unterarm.

„Kein Schnitt", stellte er fest und ließ den Arm wieder zurück ins trübe Wasser fallen. „Ich brauch einen Stock oder irgendwas Längliches."

„Moment", rief Paula, lief zur Gabelung und kehrte mit der Schaufel zurück. Sie versuchte, sie Orsini zu reichen, doch der Abstand war zu groß. Also stieg auch sie über das Geländer und balancierte zu ihm. Ziehrer war indessen mitten in den Kanal gesprungen und hatte versucht, den Leichnam ein Stück hochzuhieven, was aber nur zur Folge hatte, dass der Körper nun immer weiter zur Seite driftete, näher zur Kante hin. Während Orsini mit der Schaufel den zweiten Arm anhob, blickte Paula erneut zur Öffnung, aus der das Wasser mittlerweile regelrecht hervorschoss. Die Kante, die in die Tiefe führte, wurde mit jedem Schwall neuerlich überflutet. Gerade als sie zum Geländer zurückbalancieren wollte, erhellte sich der Raum schlagartig. Geblendet verlor Paula das Gleichgewicht, kippte nach vor und ließ ihre Beine reflexartig auseinandergleiten. Wie auf einem Pferd saß sie nun plötzlich auf dem Rand des Kanals und klammerte sich mit beiden Händen so gut wie möglich fest. Das linke Bein hing in die Tiefe, das rechte ins Wasser. Der Fuß des Toten streifte sie am Knie.

Gottschlich und Seklitsch erschienen am Geländer, dahinter drängte sich die restliche Tatortgruppe. „Raus hier!“, rief Seklitsch, um das anschwellende Rauschen zu übertönen.

Er deutete heftig gestikulierend nach oben und schrie: „Gleich steht hier alles unter Wasser!“

„Mach schnell“, befahl Orsini dem Fotografen, reichte Paula die Hand und half ihr in die Höhe. Während sich der Fotograf ohne zu zögern mitten in den Kanal hinabließ und begann, seine Fotos zu schießen, kletterte Orsini ins Trockene. Er deutete in die Tiefe und fragte Seklitsch: „Wozu ist das?“

„Wenn der Kanal überlastet ist, rinnt die Brühe nach unten.“ Tatsächlich ergoss sich die braune Suppe nun bereits wie ein Wasserfall über die Kante des Überlaufs in die Tiefe. Die Strömung im Kanal hatte binnen kurzer Zeit so zugelegt, dass der Fotograf Mühe hatte, im hüfthohen Wasser stehen zu bleiben.

„Raus!!“, bellte Seklitsch ihn an und wies auf den Toten: „Wenn wir ihn nicht gleich rausholen, ist er weg!“

Tatsächlich dehnte sich der Strumpf, an dem der Leichnam hing, immer weiter in die Länge. Jeden Moment konnte er reißen. Gottschlich zeigte mit einer Handbewegung an, dass er etwas zum Schneiden brauchte. Seklitsch verstand als

Erster, zog ein abgenutztes Taschenmesser aus seiner Hosentasche, klappte es auf und drückte es ihm in die Hand. So schnell sie konnten, kletterten Gottschlich und Orsini über das Geländer und rutschten nun auf Knien gegen den Druck des Abwassers ankämpfend am Beckenrand vor. Endlich erreichten sie den Stahlrechen. Während Orsini sich daran bis zum Strumpf vorhantelte, versuchte Gottschlich, den Leichnam vom Abgrund wegzuzerren. Ziehrer, der dies vom Kanal aus mit angesehen hatte, half Gottschlich, so gut er konnte. Oben hatte Lehner inzwischen einen Gurt befestigt, den er ihnen zuwarf.

„Scheiße!", fluchte Gottschlich, als der Gurt zu weit von ihm entfernt landete. Im nächsten Moment ergoss sich ein Schwall über ihn, in dessen Sog er selbst samt der Leiche in die Tiefe abzurutschen drohte. Beim dritten Versuch fing er den Gurt schließlich auf. Während Ziehrer nun auf der anderen Seite der Leiche tief ins Wasser tauchte, um den Gurt rund um den Toten zu befestigen, setzte Orsini das Messer an den Strumpf. Sobald Ziehrer seinen Knoten gebunden hatte, schrie Orsini: „Jetzt!", und schnitt den Strumpf durch.

*

Triefend nass zogen und schoben sie den Leichnam die Wendeltreppe hoch und legten ihn schließlich erschöpft neben dem Abgang zu Boden. Eine geregelte Spurensicherung konnte man in dem Fall vergessen. Es glich einem Wunder, dass sie es überhaupt geschafft hatten, ihn zu bergen. Ein höchst riskantes Unternehmen war es obendrein gewesen. Wenn einer von ihnen von der rasenden Brühe mitgerissen worden wäre, dachte Orsini, hätte er keine Chance gehabt. Als sie sich aus der Halle zurückgezogen hatten, hatte sich hinter ihnen das Wasser bereits wie ein Ungetüm durch die Kanalisation gestürzt und ihnen mit voller Wucht gezeigt, wer hier unten der Stärkere war. Kurz sah Orsini zu Seklitsch.

Warum hatte er sie so ohne Weiteres hinunter gelassen? Er kannte das Terrain. Hatte er kalkuliert, dass ...?

Orsini zog Jacke und Hemd aus, warf die nassen Sachen über die Lehne der Bank und meinte zu Gottschlich: „Den können wir der Mirno überlassen, schätze ich."

Gottschlich nickte. „Wie heißt er überhaupt?"

„Manfred Baum", antwortete Seklitsch.

Orsini beugte sich über den Toten. Auch bei Tageslicht war die Leiche kein besonders schöner Anblick. Dennoch war ein Toter ihm in Natura nach wie vor lieber als auf den verdammten Fotos. Er versuchte, irgendein Detail zu erkennen, etwas, das nicht stimmte oder einen Hinweis geben konnte. Ohne aufzublicken fragte er: „Wer hat ihn zuletzt lebend gesehen? Und wann? Kann mir das jemand sagen?"

Seklitsch zückte sein Handy, gab eine Nummer ein und sagte nebenher: „Das müsste der Spiegl gwesn sein. Mit dem hat er normalerweise zusammen Dienst."

Irritiert warf er einen Blick aufs Display und wiederholte den Vorgang. „Komisch", meinte er bald, „ich erreich ihn nicht, aber ...", er entfernte sich ein paar Schritte und sprach mit gedämpfter Stimme ins Handy. Als er sich ihnen wieder zuwandte, fügte er hinzu: „Ja, die beiden haben laut Dienstplan gestern miteinander gearbeitet."

„Interessant", erwiderte Orsini, hellhörig geworden. „Gibt es vielleicht eine andere Nummer, Festnetz, Familie, wo man den Herrn Spiegl erreichen kann? Ich muss so rasch wie möglich mit ihm reden!"

Seklitsch stapfte in seinen dicken Stiefeln auf und ab. Sie waren trocken, denn – es fiel Orsini erst jetzt auf – er hatte sich nicht in die Fluten geworfen, um den toten Kollegen zu bergen. „Haben wir alles in der Zentrale."

Während die Leiche in einen Sack verstaut wurde, packte der Fotograf seine Sachen in den Wagen und bemerkte lapidar: „Die Spritzer sind rosa ..."

„Klopapier", meinte Orsini und sah an sich selber hinunter.

„Vermischt mit Scheiße!“, erwiderte der Fotograf grinsend. „Nichts für zarte Gemüter ...“

„Und der Strumpf?“, fuhr Orsini fort. „Ist es nicht ungewöhnlich, dass ...“

„Nein, die findet man dort unten öfter“, antwortete Orson Welles. „Die verhängen sich überall und verbinden sich mit dem andern Dreck zu dicken klumpigen Würsten.“

Alle drehten sich unwillkürlich zu Paula. Sie aber hob nur kurz die Schultern.

„Wirklich ungewöhnlich sind zum Beispiel Haustiere“, erklärte Seklitsch trocken. Er hatte sein Handy wieder weggesteckt.

„Haustiere?“, wiederholte Paula.

„Schlangen, Kaninchen und Hamster ...“

„Lebendig ...?“

„Meistens natürlich tot, aber einmal hatten wir auch eine lebende Boa.“

„Was mir nicht klar ist“, wechselte Wilasich das Thema, „was befindet sich da unten eigentlich genau? Abgesehen davon, dass es als Drehort für den Film gedient hat.“

„Also, von dort drüben“, Seklitsch zeigte zur Secession, „kommt der Ottakringer Bach. Ursprünglich war an seiner Seite eine Mühle. Irgendwo bei der heutigen Secession. Der Bach ist inzwischen schon mehrmals umgeleitet worden, weil es immer wieder gröbere Probleme gab. Zu kleiner Querschnitt wahrscheinlich.“

„Verstehe“, murmelte Wilasich.

„Jedenfalls“, fuhr Seklitsch fort, „mündet der Bach unter uns in den linken Cholerakanal. Das ist der, in dem die Herren heute herumgeschwommen sind.“

„Cholera?“ Linus Ziehrer, der bisher respektvoll schweigend bei der Runde gestanden war, wischte sich angeekelt die Hände an der Uniform ab.

„Keine Angst“, entgegnete der Guide, „heute kann man sich die da unten nicht mehr holen. Wir reden vom 19. Jahrhundert. Damals ist der Wienfluss noch unverbaut dahergеkommen. Hat ziemlich romantisch ausgesehen. Aber er ist alle paar Jahre übers Ufer getreten. Außerdem hatten sich Anfang des Jahrhunderts viele Industriebetriebe entlang des Wienflusses angesiedelt. Gerbereien, Wäschereien und Färbebetriebe. Und alle Abwässer – das kann man sich ja denken – sind ungeklärt in den Fluss gelangt. Um 1830 herum gab es dann eine verheerende Choleraepidemie."

„Die Leute sind gstorbn wie die Fliegn", bemerkte Seklitsch.

„Genau", fuhr Orson Welles fort, „also hat man im Jahr darauf mit dem Bau der Wienflusskanäle begonnen. Die laufen beiderseits des Flusses bis zum Donaukanal und sollten die Hygiene verbessern. 1839 waren sie endlich fertig. Leider haben die Kanäle nur teilweise was gebracht."

„Warum?", fragte Wilasich.

„Weil sie zu klein dimensioniert sind", erklärte Seklitsch weiter, „und bei heftigen Unwettern – so wie heute – die Abwässer erst wieder in die Wien rinnen. Deshalb wird ja gerade unter dem Fluss der neue Kanal gegraben."

Orsini, der unruhig auf und ab marschierte, ergänzte: „Die Baustelle am Ende des Stadtparks."

„Genau. Von dort weg wird direkt unter dem Wienfluss ein neuer, größerer Kanal gebohrt."

„Und wie weit sind sie jetzt?"

„Da vorne", sagte Seklitsch und deutete mit der Hand Richtung Karlsplatz.

„Ungefähr beim Brahms-Denkmal", fügte der Guide hinzu. „Wenn man aufpasst, spürt man's. Es vibriert."

Orsini erinnerte sich an seinen Spaziergang mit Pokorny. Er holte sein Handy hervor, gab dessen Nummer ein und sprach ihm eine knappe Nachricht auf die Mailbox. Sie brauchten ihn hier dringend.

„Ist nämlich die heikelste Stelle bei der ganzen Bohrung, dort sind der neue Kanal und die U-Bahn nur drei Meter voneinander entfernt", fuhr der Guide inzwischen fort.

„Verstehe", entgegnete Orsini abwesend und blickte auf

seine Armbanduhr. Aus dem geplanten Badeausflug mit Paula – er sah kurz zu ihr – würde wohl nichts mehr werden. Stattdessen hatten sie ein Bad anderer Art genommen. „Also Folgendes: Ich brauche dringend den Kontakt zu diesem Kollegen. Ist es zufällig der Herr mit der Glatze?"

Seklitsch nickte kaum merklich. „Ja, der Spiegl. Eigentlich heißt er Gruber, wir nennen ihn nur so."

„Außerdem", Orsini sah Wilasich an, „brauchen wir ein Team in der Wohnung des Toten, also einen Durchsuchungsbefehl. Mich interessiert auch der Dienstplan. Sind Sie sicher, dass der Herr Baum gestern nicht allein gearbeitet hat?"

Entrüstet reckte Seklitsch das Kinn hoch. „Wir arbeiten nie allein. Das wär viel zu riskant!"

„Verstehe. Wer darf eigentlich da runter?"

„An und für sich wir alle, dann die Feuerwehr", Seklitsch gab dem nächsten Satz eine süffisante Note, „und bei der Polizei gibt's sicher auch einige, die den Schlüssel haben."

Der Guide räusperte sich. „Zu den Flüssen haben natürlich auch die Kollegen von der MA 45, der Gewässerverwaltung, Zugang. Ob sie alle unsere Schlüssel haben, weiß ich nicht ... Überdies finden sich immer Wege und Mittel. Das Kanalnetz ist ja nicht gerade kurz, wenn Sie verstehen ..."

„Ja, natürlich", erwiderte Orsini. „Wann schätzen Sie, können wir wieder nach unten?"

„Heut sicher nimmer", entgegnete Seklitsch und wies auf den Wolkenturm, der sich bereits bedrohlich über dem Naschmarkt türmte. „Außer ihr wollts noch a rosa Extradusche!"

Orsini sah Wilasich entnervt an. „Wie sollen wir dann ...?"

„Lass es", sagte Wilasich und legte ihm die Hand auf die Schulter. „Sobald es geht, müssen wir runter, samt der Spurensicherung! Sie informieren uns, wenn es heute doch noch möglich ist. Ansonsten morgen früh!"

„Wenn's sein muss", murmelte Seklitsch. Seine Kooperationsbereitschaft hatte sich verkehrt proportional zur Dauer ihres Gesprächs verhalten. Nun war sie wieder dort angelangt, wo sie sich bei ihrer letzten Begegnung befunden hatte: möglichst gegen Null.

Orsini zog sein immer noch feuchtes Hemd über und fragte ihn: „Wo waren Sie eigentlich gestern den ganzen Tag? Auch Dienst gehabt?"

Seklitsch schien am Boden einen Käfer entdeckt zu haben. Er fixierte ihn, verfolgte ihn einige stille Sekunden lang bei seiner Krabbelei und zertrat ihn dann mit seinem schweren Stiefel. „Ich? Wieso wollen Sie das genau von mir wissen?" Die Aggressivität in seiner Stimme war überdeutlich.

„Ich brauche die Alibis von allen." Orsini wandte sich an den Guide. „Auch von Ihnen. Sowie die Dienstpläne. Wer noch hier unten gewesen sein kann. Und, wie gesagt, wir müssen dringend mit dem Kollegen Spiegl sprechen!"

Der Guide sah ihn beruhigend an. „Ich bin gestern für einen Fremdenführerkollegen eingesprungen. Rundfahrt mit Reisebus in die Wachau. Das kann ich gerne belegen. Aber", er nahm Seklitsch beim Arm, „wir fahren jetzt doch sowieso in die Zentrale und ...?"

„Wunderbar", unterbrach ihn Orsini und sah von Wilasich zu Paula, „ich schicke Ihnen einen Kollegen vorbei, der das überprüft. Also bis morgen."

*

Paula und Orsini waren rasch in ihre Wohnungen gefahren, um sich zu duschen und frische Kleider anzuziehen. Wilasich hatte inzwischen alle verfügbaren Kräfte zusammengetrommelt. Kubicek war auf dem Weg zur Zentrale der Kanalbrigade, Elvira zur Exfrau des Toten, und Pokorny hatte sich endlich gemeldet – er war bereits auf der Rückreise und würde demnächst ankommen. Als Orsini im Büro eingetroffen war, hatte Wilasich mit einem kurzen Blick auf Orsinis

Waffe im Halfter eine gewisse Erleichterung zu erkennen gegeben. Wortlos nahm er nun ein unscharfes Foto in die Hand und grinste. „Das ist der Beweis, dass ihr zumindest einmal in eurer Laufbahn zusammengearbeitet habt“, meinte er und hielt es Orsini hin. Es zeigte Gottschlich und Orsini, wie sie den Toten zu bergen versuchten.

Paula schielte auf das Foto. „Ihr seid nicht gerade Freunde, oder?“

Orsini gab keine Antwort, sondern begann langsam auf und ab zu marschieren. Dabei machte er einen Bogen um den Ventilator, der wie ein braver Beamter pflichtbewusst vor sich hin surrte. Das Geräusch nervte Orsini zwar, aber er brachte es nicht übers Herz, den Sinn des Ankaufs in Zweifel zu ziehen.

Orsini tippte mit dem Finger auf das Foto: „Könnt ihr euch den Herrn Stadtgartendirektor da unten vorstellen, wie er in der Brühe herumsteigt und diesen Riegel von Mann erschlägt?“

„Nichts ist unmöglich“, antwortete Wilasich, „aber ich verstehe, was du meinst.“

„Das heißt aber – nur der Klarheit wegen –, du gehst davon aus, dass es sich um ein und denselben Täter handelt?“, fragte Paula und setzte sich an ihren Klapptisch. Sie schaltete ihren Laptop ein und wartete.

„Schätze schon, ja.“

„Obwohl wir diesmal weit und breit kein Denkmal haben ...“

„Apropos Denkmal“, sagte Orsini zu Wilasich, „hast du diesen Historiker überprüft? Wie heißt er noch mal?“

„Hofer“, ergänzte Paula.

Wilasich verzog den Mund. „Nein, noch nicht. Ich ...“

„Mach es einfach, sobald du dazu kommst“, unterbrach ihn Orsini.

„Es wirkt natürlich schon wie auf dem Präsentierteller. Die Leiche mitten im Kanal, der Strumpf ...“, fuhr Paula indessen fort.

„Eben“, Orsini sah von Paula zu Wilasich, „wenn er ihn einfach nur loswerden wollte, hätte er ihn doch nur in diesen Überlauf fallen lassen brauchen. Wer weiß, wo und wann wir ihn dann gefunden hätten.“

„Wenn überhaupt“, murmelte Wilasich und sah auf seine Uhr.

Orsini knallte wütend mit der Hand auf seinen Tisch. „Er muss befürchtet haben, dass Conan mir etwas verraten könnte, das uns zu ihm geführt hätte.“

„Conan?“

„So hab ich ihn insgeheim getauft …“

Wilasich ging zum Ventilator und schaltete ihn ab.

„Dienstschluss?“, fragte Orsini.

„Für ihn schon …“ Wilasich trat vor seine Pinnwand. „Die Frage ist, was wollte dir Conan sagen? Und wer hat davon gewusst?“

Es klopfte an der Tür. Elmar Sykora steckte den Kopf herein. „Störe ich?“

„Was gibt's?“, antwortete Orsini.

Sykora schlurfte herein. „Der Portierkollege vom Hausner hat grade angerufen.“

„Und?“

„Der Hausner hat sich bei ihm gemeldet und hat verwirrt geklungen.“

„Verwirrt – und sonst? Hat er gesagt, von wo aus er sich gemeldet hat?“

„Nein. Aber vom Handy war's nicht. Das hab ich beim Betreiber sofort überprüft.“

Orsini nickte anerkennend, während Sykora fortfuhr: „Er hat angeblich was von Schuld geredet …“

„Gib eine Fahndungsmeldung nach ihm aus! Und ruf Kubicek an, was mit dem Glatzkopf ist!“

„Glatzkopf?“

„Ja, er heißt mit richtigem Namen Gruber, wird aber wegen seiner Glatze von den Kollegen Spiegl genannt.“

„Was jetzt? Spiegl oder Glatzkopf?“

„Spiegl", bestätigte Orsini ärgerlich. „Er hat mit dem ermordeten Kollegen Dienst gehabt. Wir brauchen seine Adresse und so weiter. Schick eine Streife hin und lass auch nach ihm fahnden!"

Während Sykora sich zum Gehen wandte, wurde die Tür weit aufgerissen und Pokorny schob hochroten Kopfes einen Trolley vor sich ins Zimmer. Er ließ sich aufs Sofa fallen, holte eine Zigarette aus seinem Sakko und zündete sie an. „Schöner Sonntag!", sagte er und blies eine Rauchwolke aus.

Selbst Sykora als notorischer Nichtraucher und Gesundheitsapostel wagte keinen Einwand.

„Er wurde erschlagen, soviel steht fest", erklärte Pokorny und nahm den nächsten tiefen Zug. „Der Strumpf um den Hals war sozusagen reine Zierde, hat sie gesagt."

Orsini hob fragend die Augenbrauen. Mit *sie* war wohl Dr. Mirno gemeint. Dass Pokorny sie selbst angerufen hatte, war erstaunlich. Erstens, weil er sich ansonsten kaum direkt in die Ermittlungen einschaltete, und zweitens, weil es allgemein bekannt war, dass er Mirno nicht besonders leiden konnte. Die beiden Kettenraucher hatten wenig außer diesem Laster gemein. Andererseits ähnelten sie einander in ihrer schroffen Art. Vielleicht zu sehr.

„Sie meldet sich sofort, wenn sie mit der Obduktion fertig ist", ergänzte Pokorny und dämpfte seine Zigarette einfach in einem Glas aus. Sykora sah ungläubig zu, blieb aber stumm. Pokorny wirkte fahrig und ungewohnt nervös. Die Europol-Tagung war wohl nicht wirklich entspannend gewesen, dachte Orsini. Umso mehr musste er selbst einen kühlen Kopf bewahren, was angesichts der ausufernden Situation schwer war. Sie hatten mit einem Mal noch mehr Verdächtige, wo aber das Bindeglied zwischen den vier Mordopfern zu finden war, schien nun ungreifbarer als zuvor. Er ging zur Pinnwand, ließ seinen Blick darübergleiten und entfernte dann eine der Nadeln.

„Hier", sagte er zu Pokorny und reichte ihm den vergrößerten Ausdruck seines Briefumschlags. „Das Durchgedruckte könnte eine Rechnung sein."

Pokorny nahm das Blatt in die Hand. „Verstehe ..., 13 Stück von etwas, oder?"

Orsini nickte. „Und darunter? Sagt Ihnen das etwas?"

Pokorny strich seinen Seehundbart mehrmals nach außen hin glatt, räusperte sich und meinte: „Das heißt Alt-Nagelberg. Eindeutig."

„Alt-Nagelberg?"

„Ja, der Nachbarort, genauer gesagt, ist das alles eine einzige Gemeinde. Alt-Nagelberg ist ein kleines Nest, keine fünf Kilometer von meinem Haus im Waldviertel entfernt."

Ratlosigkeit legte sich über die Gesichter der Anwesenden.

„Kennst du dort jemanden?", fragte Wilasich. Er war der Einzige, der mit Pokorny per Du war.

Pokorny zuckte mit den Schultern. „Früher vielleicht."

„Kannst du dir irgendeine Verbindung vorstellen, die heute noch aktuell wäre?"

Pokorny blickte ins Leere und legte die Stirn in Falten. „Damals war ich noch unerfahren. Natürlich, aus heutiger Sicht hätte ich dem nachgehen sollen. Aber jetzt? Was kann das noch bringen?"

„Immerhin", Orsini drehte sich zur Pinnwand und zeigte auf das Foto der toten Drogensüchtigen, „haben Sie die Sache geahnt, vielleicht mehr wegen der Attacken. Dieses Kuvert haben Sie doch auch zu der Zeit bekommen!"

„Ja, einen Monat danach, ungefähr. Ich war beschäftigt, wollte mich versetzen lassen, eine – sagen wir – Reiberei, intern."

„Aber jemand wollte Ihnen damit etwas zu verstehen geben. Und dieser Jemand, den gibt es vielleicht nach wie vor. In Alt-Nagelberg."

„Wenn du den Absender findest ...", meinte Wilasich zu Pokorny.

„Vier Tote!" Orsinis Stimme bekam etwas Dringliches,

„Wir können es uns nicht leisten, irgendeiner Spur nicht nachzugehen!

„... findest du auch den Mann mit der Glasscherbe!", vollendete Wilasich seinen Satz.

„Unmöglich. Mir steht die Arbeit bis hier ...", antwortete Pokorny jedoch und zeigte dabei mit der Hand zum Kinn. „Ich kann unmöglich weg, schon diese Tagung ..." Er sah Orsini an, als wären die Übrigen Luft für ihn. „Sie wissen, was ich meine. Hier steht noch einiges am Spiel ..."

„Aber ..."

„Schickt jemand anderen. Was ist mit Ihnen?", Pokorny zeigte auf Paula.

„Ich ..." Überrascht sah sie zuerst Orsini und dann Pokorny an.

„Sie zeigen das Kuvert her, hören sich auf der Gemeinde um ..."

„Das Kuvert ... ist noch nicht aus Innsbruck zurück", warf Orsini ein, „die DNA-Probe ..., aber die Vergrößerung reicht auch ..." Er sah Paula gleichsam fragend und entschuldigend an. Aus ihrem gemeinsamen Sonntag war nicht viel geworden.

„Es wäre am besten, Sie fahren gleich heute Abend, dann können Sie morgen früh gleich loslegen", sagte Pokorny, als wäre es bereits beschlossene Sache. „Sie können in meinem Haus übernachten."

Paula sah nicht gerade begeistert von einem zum anderen. „Gut, wenn das ein Auftrag ist ... Wo soll das genau sein?"

„Ganz im Norden, nahe zu Tschechien", antwortete Pokorny, schnappte sich ein Blatt Papier samt Stift von Wilasichs Schreibtisch und begann, eine Skizze anzufertigen.

„Wie heißt das Kaff noch mal?" Wilasich hielt eine zerknitterte Landkarte zwischen seinen ausgestreckten Händen.

„Alt-Nagelberg", sagte Pokorny.

„Gibt es nicht", erwiderte Wilasich. „Das muss ein Geisterdorf sein."

„Geisterdorf ...“, spöttelte Pokorny. „Du suchst nur an der falschen Stelle. Außerdem, mein Haus liegt in Brand, das ist ein eigener Ort.“ Er löste einen Schlüssel von seinem Bund und reichte ihn Paula. „Besorgen Sie sich unten ein Dienstauto. Hier auf der Skizze sehen Sie, wie Sie zu meinem Haus gelangen. Der elektrische Verteiler ist gleich links beim Eingang. Den kann man ohnehin nicht übersehen. Sie brauchen nur den gelben Schalter umlegen. Den gelben“, betonte er.

„Sonst noch etwas?“

„Wenn Sie einheizen wollen, müssen Sie sich Holz holen.“

„Von wo?“

„Aus dem Hof oder dem Keller.“

„Und wo kann ich schlafen?“

„Im Schlafzimmer ist ein Schrank mit frischer Bettwäsche. Das Bett dürfen Sie sich aussuchen. Übrigens liegt das Haus etwas abgelegen“, bemerkte Pokorny, ehe er zur Tür ging. „Sie haben doch keine Angst?“

„Sollte ich?“, fragte Paula.

18

Dass Orsini ihr nicht geholfen hatte, früher ein Fahrzeug zu bekommen, ärgerte Paula. Über eine Stunde hatte es gedauert, bis endlich ein Wagen von einer Dienststelle am Stadtrand zur Verfügung stand. Dann stellte sich auch noch heraus, dass die Begutachtungsplakette abgelaufen war. Und das bei einem Polizeiauto! Natürlich konnte Orsini nichts dafür, und er hatte auch sicher anderes im Kopf. Dennoch ärgerte sie sich.

„So können Sie nicht fahren“, hatte der Kollege beim Eingang gesagt.

„Und ob!“, hatte Paula wütend geantwortet und sich den Schlüssel geschnappt. Mittlerweile bereute sie diesen Entschluss.

Natürlich war sie in Wahrheit über etwas ganz anderes enttäuscht. Sie hatte die Zeit mit Orsini mehr als genossen. Im Büro hatte sie dann den Eindruck bekommen, als sei ihm die ganze Sache ein wenig unangenehm. Er war distanziert und sachlich. Vermutlich sollte keiner bemerken, dass sie das Wochenende miteinander verbracht hatten, das konnte sie ja verstehen. Sie wollte auch nicht unbedingt der Anlass für den neuesten Tratsch im Haus sein, bevor sie noch richtig Fuß gefasst hatte. Außerdem überforderten ihn die Ermittlungen, das war nicht zu übersehen. Trotzdem, ein paar Worte vor der Abfahrt hätte er ruhig mit ihr wechseln können ...

Sie drückte das Gaspedal gnadenlos durch, donnerte die Straße entlang und fluchte. Allerdings – als Sündenbock eignete sich der altersschwache Seat nur eingeschränkt. Untermotorisiert und deshalb am Rande seiner Leistungsfähigkeit begehrte er gegen die grobe Behandlung mit penetrant unangenehmer Lautstärke auf. Die Kunststoffkonsole über dem Lenkrad vibrierte unablässig vor sich hin, und auch als Paula mehrfach mit der Faust dagegen schlug, änderte sich daran nichts. Ihre Stimmung sank. Seit sie losgefahren war, fragte sie sich, was sie dort oben an der Grenze zu suchen hatte. Nur weil sich auf einem zehn Jahre alten Briefumschlag eine Rechnung durchgedrückt hatte, saß sie nun bereits seit mehr als einer Stunde in der alten Rumpelkiste! Die Dämmerung tauchte die Landschaft bereits in diffuses Licht, sodass die Konturen verschwammen. Sie ließ das Seitenfenster weiter hinunter und genoss den Fahrtwind, der ihre Haare durcheinanderwirbelte. Natürlich hatte der alte Schrotthaufen keine Klimaanlage ... Sie drehte am Radio herum, konnte aber außer einem verrauschten tschechischen Sender nichts empfangen. „Das Radio haben sie wohl aus einem ausrangierten Kübel übernommen“, grummelte sie. Caecilie Norby kam ihr in den Sinn. Die CD musste sie sich unbedingt zulegen. Einige Kurven später bekam sie doch Radio Niederösterreich herein. Der Sprecher beendete gerade die Nachrichten mit dem

Wetterbericht. Für den nächsten Tag kündigte er Gewitter und sogar Hagel an. Dann begann Elton John von Norma Jean zu singen. Paula hörte eine Weile zu, musste wieder an den vergangenen Abend denken und sah melancholisch in die Ferne. Sie näherte sich einem Waldstück. Wurde es hier früher dunkel als in der Stadt? Vielleicht weil es hier weniger künstliches Licht gab?

Etwas später tauchte ein Dorf auf. Obwohl im selben Bundesland geboren, war sie selten, wenn überhaupt je hier gewesen. Jedenfalls hatte sie keine Erinnerung daran. Noch keine zwei Jahrzehnte war es her, dass dieser Teil – zumindest in den Augen vieler – ein toter Winkel des Landes gewesen war, in dem sich Fuchs und Hase gute Nacht sagten. Hinter der Grenze lauerte gewissermaßen das Unbekannte, der Feind. Mehr oder minder alle größeren Firmen hatten die Gegend verlassen. Verfallende Betriebsgebäude, sterbende Dörfer und schrumpfende Kleinstädte waren zurückgeblieben. Andererseits hatten nicht wenige die Gelegenheit ergriffen, sich ein günstiges Nest in der Einsamkeit zuzulegen, dachte sie und registrierte gleichzeitig das Läuten ihres Handys. Sie warf einen Blick aufs Display. Orsini. Sie wartete eine Weile und hob erst dann ab.

„Bist du schon gelandet?", fragte er leise. So als wollte er nicht, dass jemand mithörte.

„Mit der alten Kiste komm ich erst morgen an. Schickt ihr immer die Neulinge zu sinnlosen …?"

„Nein", unterbrach Orsini. „Außerdem ist das nicht weniger wichtig als unsere Arbeit hier."

„Weißt du überhaupt, was das für eine verlassene Gegend ist!?", fragte Paula vorwurfsvoll.

„Ich kann's mir vorstellen", erwiderte er. „Du klapperst morgen alles ab und zu Mittag bist du wieder zurück."

„Hoffentlich", antwortete Paula.

Mit dem Klang seiner Stimme begann ihr Groll zu schwinden, als er fragte: „Hast du alles mit? Die Fotos der Verdächtigen …?"

„Bin doch kein Kleinkind!“, entgegnete sie schroffer als beabsichtigt.

„Na gut, ich muss aufhören. Dann bis morgen ...“, sagte Orsini und legte auf. Paula hatte im Hintergrund Stimmen vernommen.

*

Orsini legte das zur Abwechslung wild blinkende Handy weg und sah zur Tür. Der Grund, warum er so rasch aufgelegt hatte, war ein kleiner, giftiger, sich aufplusternder Zwerg. Dass dieser gleichzeitig ihrer aller Vorgesetzter war, bedeutete, dass er ihn nicht ignorieren durfte. KD1-Direktor Fürst war schon lange nicht mehr in ihrem Büro aufgetaucht. Nun nutzte er die Gelegenheit und teilte mehr oder weniger lautstarke Beschuldigungen aus. Dass dies allerdings nicht nur mit den Ermittlungen zu tun hatte, sondern viel eher mit dem, was sich derzeit hinter den Kulissen abspielte, konnte sich jeder ausrechnen. Pokorny saß auf Paulas klapprigem Tisch und starrte Fürst von dort aus abschätzig an. Wilasich bemühte sich, einen zivilisierten Ton beizubehalten.

„Wir machen uns lächerlich, und ich als Direktor der KD1 werde dafür zur Verantwortung gezogen!“, beklagte sich Fürst.

„Wird schon nicht so schlimm werden“, versuchte Wilasich zu kalmieren.

„Haben Sie eine Ahnung! Hier – wir werden zerrissen!“, entgegnete Fürst und wedelte mit der Abendausgabe seiner offensichtlichen Lieblingszeitung herum. Die Überschrift – *Mörder schlägt erneut zu, Stadt in Aufruhr* – hatte er mit grünem Neonstift mehrmals eingeringelt, so als könnte er sie damit einsperren und unschädlich machen. Offenbar bangte er nun genauso um seinen Posten wie die unteren Chargen.

Orsini versuchte ruhig zu bleiben. Wenn er den Mund aufmachte, würde es ihm später womöglich leidtun ...

„Da gibt's nur eins", erwiderte Pokorny. Er erhob sich, ging zu Fürst, nahm ihm die Zeitung aus der Hand und riss sie vor seinen Augen in der Mitte durch.

„Aber, aber ...", stotterte Fürst.

„Ein Problem weniger", sagte Pokorny und grinste dabei. Gerade als sich Fürst wieder gefangen hatte und etwas entgegnen wollte, zog Pokorny seelenruhig eine Zigarette aus einer Packung und nahm sie zwischen die Lippen. „Was dagegen?", richtete er eine rein rhetorische Frage an die Runde.

Weiß im Gesicht stürmte Fürst aus der Tür und schlug sie krachend hinter sich zu.

„Zwei Probleme weniger", sagte Pokorny lapidar und entzündete ein Streichholz. „Sonst jemand was dagegen?", fragte er.

„Wenn du das Fenster aufmachst und nach draußen rauchst, nicht", antwortete Wilasich.

Pokorny riss beide Fensterflügel auf. „Ist das noch normal?!"

„Was?", fragte Wilasich verdutzt.

„Na, das Wetter!" Pokorny hielt die Hand ins Freie. „Jeden Tag ein Unwetter! Das hat es doch früher nicht gegeben: Sonne, Gewitter, Sonne, Gewitter."

„Da hast du recht", antwortete Wilasich und legte seine langen Beine auf einen Aktenstapel. „Alles ändert sich irgendwann einmal."

„Gegen irgendwann habe ich nichts. Aber innerhalb von ein paar Jahren schon."

„Vielleicht solltest du endlich mit dem Rauchen aufhören. Wäre zumindest ein kleiner Beitrag."

„Danke für den wertvollen Ratschlag", erwiderte Pokorny und warf die Zigarette aus dem Fenster.

*

Moorbad Harbach, las Paula erleichtert und hatte ein flüchtiges Bild älterer, schlammbepackter Damen vor Augen. Hier musste sie nach Norden abbiegen. Sie hatte Pokornys Skizze zwar eingesteckt, für die Anfahrt verließ sie sich aber lieber auf das GPS und ihr Gedächtnis. Als sie bald darauf das Ortsschild von Neu-Nagelberg sah, bremste sie sich ein. Alt-Nagelberg beziehungsweise Brand konnten also nicht mehr weit sein. In der Dunkelheit konnte sie nicht allzu viele Details erkennen, eine Kirche, eine Volksschule, ein Gemeindeamt. Ein paar Kilometer weiter hielt sie an. Laut GPS befand sie sich mitten in Brand-Nagelberg, wo sie auch hin sollte. Jetzt brauchte sie nur noch Pokornys Haus zu finden. Seiner Skizze nach musste es eine Abzweigung Richtung Finsternau geben. Einladender Name, dachte sie und studierte im schwachen Schein der Innenbeleuchtung Pokornys Gekritzel. Sie würde herumfahren und suchen müssen, denn auch das Handy gab ihr keine nähere Auskunft zu ihrem Standort. Die Häuser selbst zeigten keine Straßennamen, sondern nur Nummern, was die Suche nicht unbedingt erleichtern würde.

Eine halbe Stunde später – sie hatte eine aufgelassene Fabrik, einen düsteren insektenbevölkerten Brandteich und diverse Sackgassen erkundet – war sie nahe daran, Pokorny anzurufen. Doch ihr Stolz wollte noch nicht klein beigeben. Langsam fuhr sie die Straße zurück, und tatsächlich sah sie nun, da sie aus der Gegenrichtung kam, das Schild *Finsternau* gut leserlich vor sich. Sie bog ab, fuhr geradeaus bis zu einer Gruppe von drei Höfen und verlangsamte das Tempo. Die Fahrbahn war bis hierher top gewesen, doch nun holperte der alte Seat über einen Flickenteppich aus Asphalt. Die Scheinwerfer des Wagens hatten auch nur die Leuchtkraft von besseren Taschenlampen, sodass sie die Schlaglöcher nur im letzten Augenblick bemerkte.

In den drei Bauernhäusern brannte kein Licht. Zumindest nicht straßenseitig. Allerdings, Paula sah auf die Uhr, war es auch schon halb elf. Nach den Höfen machte die Straße eine scharfe Rechtskurve. Dort, bei einem Bildstock, zweigte ein

Schotterweg ab. Paula hielt kurz an und blickte durchs Seitenfenster. Auf einer Säule aus Granit war ein Heiligenbild mit einer Inschrift angebracht, die sie nicht entziffern konnte. Ein einfaches Kreuz ragte in den nachtschwarzen Himmel. Daneben eine Bank und ein Kirschbaum. Sie bog auf den Schotterweg ein und fuhr im Schritttempo eine Anhöhe hinauf, hinter der das Haus in Sicht kam. Ein schlichtes Bauernhaus mit kleinem Vorgarten, angrenzend an den Wald. Entlegen, hatte er gesagt.

Paula holte ihre Tasche vom Rücksitz, knipste die Taschenlampe, die sie wohlweislich eingepackt hatte, an und ging mit dem Schlüssel in der Hand auf die Haustür zu. Rundum war es schwärzer als gewohnt. Selbst bei ihrem Elternhaus war es nächtens heller. Dafür erstreckte sich über ihr die Milchstraße mit einer Fülle an Sternen. Sie vergaß ihre Skepsis, stellte die Tasche ab und starrte in den Himmel. Der große Wagen, *Cassiopeia*, gut, das kannte sie ja noch. Aber sonst? Sie setzte sich auf die alte Bank an der Hausmauer und sah eine Weile lang einfach nur hoch. Es tat gut, aus der Stadt zu fliehen. Auch wenn der Anlass nichts Gutes versprach. Eine Eule rief im Wald ihre nächtliche Botschaft – vielleicht hatte sie etwas gefangen. Der Wind fuhr durch die Bäume. Paula fröstelte. Pokorny hatte etwas von einheizen gesagt, worüber Paula in Wien nur still gelächelt hatte.

Sie schnappte ihre Tasche, steckte den Schlüssel ins Schloss und sperrte auf. Den gelben Schalter umlegen, rief sie sich dabei in Erinnerung. Ihre erste Wahrnehmung war der Geruch nach Moder, der in den alten Mauern und Möbeln hing. Wie beschrieben fand sich der Verteiler gleich neben der Garderobe. Doch als Paula den gelben Schalter nach unten kippte, geschah nichts – sie stand noch immer im Dunkeln. Was hatte sie erwartet? Das ist nur der Hauptschalter, rügte sie sich selbst und begann zu suchen. Endlich, knapp neben dem Eingang, gut versteckt hinter einem alten Mantel, ertastete sie einen Drehschalter aus Porzellan. Als sie ihn bewegte, meinte sie förmlich mitverfolgen zu können, wie der Strom durch die alte Leitung schoss. Begleitet von einem scharfen Klack tauchte die Lampe an der Decke den Raum in helles Licht.

Rasch machte Paula überall Licht. Eine gemütliche Küche, eine alte Stube, ein Bad, Toilette. Die Schlafräume oben in der Mansarde würde sie nachher inspizieren. In der Küche, neben dem alten Ofen, lagen Holz und Zeitungspapier, auf dem Tisch eine Schachtel Zünder. Also beschloss sie trotz der Rekordhitze, ein Feuer zu machen. Als es im Ofen endlich prasselte, ging sie die knarrende Treppe hinauf, um sich die Schlafzimmer anzusehen. In einem davon hatte Pokorny vermutlich seine Kindheit verbracht. Davon war aber nichts mehr zu merken: keine alten Poster, kein Spielzeug, nicht einmal ein Bild an den Wänden. Betten, Schränke und kleine braune Teppiche auf dem alten Holzboden. Paula rieb ihre Hände aneinander. Hier sollte sie schlafen?

Bald darauf schleifte sie eine der Matratzen vom Schlafzimmer die Treppe hinab in die Küche, holte frische Bettwäsche aus dem Schrank und bereitete sich auf dem Boden ein Lager. Dort war es wenigstens gemütlich, auch weil mittlerweile auf dem alten Herd das Teewasser brodelte. Die Aktivität füllte das Loch, das die Einsamkeit hier erschaffen hatte, und lenkte sie ab. Als es jedoch – Paula goss gerade Tee in ihre Tasse – an der Tür klopfte, erschrak sie. Leise stellte sie die Tasse ab und horchte. Wieder pochte es. Sie wartete eine Weile, versuchte durchs Fenster etwas zu erkennen, sah aber nur Wald und Sterne. Als sie nichts mehr hörte, griff sie nach der Glock in ihrem Halfter und schlich in den Vorraum.

„Wer ist da?“, fragte sie durch die geschlossene Tür.

Nichts. Dann plötzlich Schritte, die sich entfernten. Mit der Pistole in der Hand sperrte sie vorsichtig auf und spähte hinaus. Auf dem Weg zur Straße schlurfte eine Frau mit gebeugtem Rücken und einem Tuch auf dem Kopf langsam dahin. Zumindest meinte Paula, das in der Dunkelheit zu erkennen.

„Hallo!“, rief sie verunsichert.

Die Frau stoppte und drehte sich in Zeitlupe um. „Wer sind Sie?“, fragte sie Paula mit brüchiger Stimme.

„Eine Bekannte von Herrn Pokorny“, antwortete Paula und steckte die Pistole weg.

Die Frau musste weit über die 80 sein und ging noch so spät allein spazieren ... Paula deutete ihr, dass sie hereinkommen solle, um ihr Gesellschaft zu leisten, und bot ihr Tee an.

„Er hat gar nicht gesagt, dass er so schnell wiederkommt, drum hab ich mir gedacht, ich schau nach, ob keine Einbrecher da sind“, erklärte die alte Frau.

Paula wollte sich gar nicht vorstellen, was gewesen wäre, hätte sie tatsächlich Einbrecher angetroffen.

„Wissen Sie, unsere Häuser sind so abgelegen, da passiert viel. Da muss man zusammenhalten.“

„Kennen Sie denn den Herrn Pokorny schon lange?“

Die Alte nickte und deutete mit ihrer Hand ein Kleinkind an. „Aber er hat damals schon eine Stimme gehabt wie ein Großer. Die Buben haben sich gefürchtet. Dem haben alle gehorcht“, sagte sie und blickte danach auf die Küchenuhr.

„Soll ich Sie zu Ihrem Haus fahren?“, fragte Paula, die den Blick bemerkt hatte.

„Nein, danke, ich brauch noch Bewegung. Sonst rost ich ein. Bei uns ist es feucht.“

„Wohnen Sie vorne bei der Kreuzung?“

„Ja, das erste Haus von den dreien, wenn man vom Ort kommt.“

Paula brachte die Frau zur Tür und verabschiedete sich. Eine Weile sah sie zu, wie sie langsam ihres Weges ging. Sie hatte nicht einmal eine Taschenlampe, um den Weg auszuleuchten. Nachdenklich sperrte Paula die Haustür wieder ab. Sie nahm ihr Halfter ab, legte es auf den Küchentisch und ging zum Ofen, um nachzulegen. Allerdings war der Holzstapel auf ein Scheit zusammengeschmolzen. Im Hof oder im Keller, hatte Pokorny gesagt, aber nach draußen wollte sie nun nicht mehr.

Muffige Luft drang ihr entgegen, als sie die Tür zum Keller öffnete. Abgetretene Betonstufen führten nach unten und endeten vor einer rostigen Eisentür. Der Boden davor war noch aus gestampftem Lehm. Erst beim dritten Anlauf schaffte Paula es, die Tür aufzuziehen. Ihre Hand suchte nach einem Schalter, fuhr tastend die feuchte Wand entlang. Sie machte Licht. Pokorny hatte ganze Arbeit geleistet, dachte sie fassungslos, als sie sah, was vor ihr lag.

*

Er schüttelte seine Armbanduhr und sah dann aufs Zifferblatt. Kurz nach zehn. Sollte er Paula noch mal anrufen? Sie hatte verärgert geklungen, aber dafür konnte er nichts. Vielleicht würde sie sich ja noch melden, sobald sie im Haus war.

Sie hatten noch versucht, Struktur in die Ermittlungen zu bringen, und Pokorny hatte angeboten, den Nachtdienst zu übernehmen. Auch die Kollegen von den übrigen Gruppen standen ihnen nun zum Teil zur Verfügung. Orsini war froh, dass zumindest die Hausdurchsuchung beim glatzköpfigen Kanalarbeiter nicht von seiner Gruppe beaufsichtigt werden musste. Der Glatzkopf und seine Freundin waren allerdings nach wie vor unauffindbar.

Aufgekratzt marschierte Orsini die Ringstraße entlang. Derzeit glich sein Job einem ständigen Jonglieren mit Mängeln. Kaum hatte er seine Bälle in der Luft, waren es schon wieder zu wenige. Beim Burggarten, der um diese Uhrzeit schon versperrt war, stach ihm die Statue eines weiteren Komponisten – Mozart – ins Auge. Würden sie dort demnächst auch eine Leiche finden? Am liebsten hätte er tatsächlich alle Musikerdenkmäler bewachen lassen, wie Wilasich es vorgeschlagen hatte, doch ein solches Personalaufkommen hätte keine Polizei der Welt mitten in einer ohnehin aufwendigen Ermittlung zustande gebracht. Frustriert trat er auf eine leere Bierdose, die jemand achtlos weggeworfen hatte, holte dann mit dem Bein aus und schoss die Dose quer über den Radweg. Ein entgegenkommender Radfahrer zog eine elegante Kurve und deutete ihm den Vogel. Orsini zuckte mit den Achseln, bog nach links in die Goethegasse ab zum nächsten Würstlstand. Abgesehen vom ausgiebigen Frühstück mit Paula hatte er noch nichts gegessen. Die letzten beiden Nächte kamen ihm wie aus einem anderen Leben oder einer anderen Zeitrechnung vor.

Während er bei der Albertina eine Bratwurst mit scharfem Senf verzehrte, sah er im Minutentakt wie ein Schlangenbeschwörer auf sein Handy, ob Paula wohl anrief, doch das Ding gab keinen Ton von sich. Er kaufte sich schließlich ein zweites Bier, öffnete die Dose und marschierte damit weiter. Als er am Girardipark vorbeikam, überlegte er, ob er sich mit dem Beamten unterhalten sollte, der im Streifenwagen saß und Rauchwolken aus dem geöffneten Fenster blies. Aber worüber denn? Zum hundertsten Mal durchkauen, was er ohnehin schon nicht mehr hören konnte? Die Statistik sagte, dass die meisten Mörder im unmittelbaren Umkreis des Opfers zu suchen waren. Doch bei einem Serientäter musste dies nicht zutreffen. Einen solch weitverzweigten Fall hatte es noch kaum gegeben, und dementsprechend überfordert war der Apparat. Es war nicht einmal möglich, alle Verdächtigen nach ihrem Alibi zu befragen, denn es gab schlicht zu viele.

Orsini schlenderte über den Karlsplatz, nahm den letzten Schluck Bier und entsorgte die Dose anschließend in einem Mistkübel. Gedankenverloren querte er den Schwarzenbergplatz, auf dem noch ein paar restliche Wasserlacken standen. Sein Heimweg führte ihn unweigerlich an allen vier Fundorten vorüber, sodass er erst recht nicht abschalten konnte, obwohl ihn diese Gedanken keinen Millimeter weiterbrachten. Von *Sand in the City* dröhnte ihm Musik aus den Lautsprechern entgegen – hier ließ sich offensichtlich keiner durch den Parkmörder vom Feiern abbringen. Zögernd hielt er vor dem Eingang und blickte auf den noch feuchten Sand, der sich über den Gehsteig verteilt hatte.

„Wie geht's?“, rief Chantal und kam lächelnd auf ihn zu.

„Gut“, log Orsini.

„Komm, ich mach dir was zu trinken, du siehst furchtbar aus.“

„Ich hab morgen einen anstrengenden ...“

„Ich bestehe darauf“, erwiderte sie und zog ihn mit sich.

Aus den Lautsprechern dröhnte Bob Marleys *Stir it up.* Orsini verharrte einen Moment, denn dieser Song erinnerte ihn an eine andere Art zu leben. In den Tag hinein, ohne Uhr, ohne Geld und vor allem ohne Sorgen.

„Was ist?“, fragte Chantal.

„Nichts“, antwortete Orsini und folgte ihr. Er lehnte sich an die Bar und schüttete den angebotenen Drink in einem Schwung in sich hinein. Dann beobachtete er Chantal eine Weile, wie sie geschäftig die Getränke servierte. Bereits beim zweiten Drink fühlte er sich ein wenig lockerer. Der Alkohol half tatsächlich, wenn es darum ging, Gedanken auszutricksen. Versonnen sah er Chantal dabei zu, wie sie erneut ein volles Tablett zu den Tischen trug, und kramte das Handy hervor. Er wählte Paulas Nummer und setzte zu einem versöhnlichen Hallo an, als die Mailbox sich einschaltete. Rasch stammelte er irgendetwas und legte wieder auf. Vermutlich schlief sie schon.

„Und?“, fragte Chantal, „habt ihr ihn immer noch nicht, euren Parkmörder?“ Sie zapfte routiniert eine Reihe großer Biergläser voll und sah ihn dabei an. „An dem Abend, wo du hier warst – letzten Samstag –, glaubst du, dass er da schon auf der Lauer gelegen ist? Ich meine, ich hatte dann am Sonntag ja auch Dienst.

„Können wir von etwas anderem reden?“, fragte Orsini und hob sein Glas zu den Lippen.

„Klar“, erwiderte Chantal, fuhr mit dem Finger über eine der Schaumkronen und leckte ihn dann ab. „Bin gleich wieder zurück!“

Orsini rieb sich das Gesicht. Vor einer Woche wäre er gerne mit Chantal nach Hause gegangen. Heute hingegen ... Abgesehen davon, dass er müde war, wollte er eigentlich Paula ..., aber das war leider nicht möglich. Er fuhr sich durch die Haare und strich sie unordentlich nach hinten. In seinem zunehmend benebelten Hirn breitete sich eine gewisse Trägheit aus, sodass er eine Weile brauchte, um zu realisieren, was da in seiner linken Hand hängen geblieben war, nachdem es sich offensichtlich den halben Tag in seinem Haar versteckt hatte. Er hielt das winzige Ding vor seine Nase, drückte es ein wenig zusammen und schüttelte den Kopf.

„Was hast du da?", fragte Chantal.

Orsini legte einen Geldschein auf den Tresen und blickte sie an. Eine Spur verlegen murmelte er „Tut mir leid" und stürzte davon. Auf der anderen Straßenseite blieb er stehen, zückte abermals sein Handy und rief Paula zum zweiten Mal an. Es war ihm egal, ob sie schon schlief, er wollte nur, dass sie abhob. Doch auch jetzt schien sie das Läuten nicht zu hören. „Es ist ...", stammelte er dann eine Nachricht, „ich hab was gefunden", fuhr er fort. Dabei glitt sein Blick über das Plakat, das immer noch auf der Litfaßsäule klebte und wie vor über zehn Tagen für eine Erotikmesse warb. Wie hatten sie nur so blind sein können! Warum hatten sie wertvolle Zeit damit verschwendet, den Kursalon zu durchsuchen! Gleich unter dem Plakat befand sich eine kleine quadratische Ausnehmung, in die man hineingreifen konnte. Orsini leuchtete mit dem blinkenden Display seines Handys hinein – darin sah man ein Vorhängeschloss. Die Säule war nicht nur für die Plakate da, nein, sie war gleichzeitig auch ein Eingang in die Unterwelt. Wenn man in die Öffnung hineinleuchtete, sah man im Inneren eine Wendeltreppe, die nach unten führte.

Wie von der Tarantel gestochen lief Orsini zum Stadtpark und hielt erst beim Pavillon neben dem Wienflussportal an. In der Hand hielt er dabei immer noch das kleine weiße Kügelchen aus seinem Haar – Styropor. Ähnliche hatten sie bei

Dorothea Hausner gefunden – da hatte er ihnen noch keine Bedeutung beigemessen –, und im Kanal waren sie heute Nachmittag regelrecht darin geschwommen.

Natürlich, auch hier, man konnte es im Licht der Laternen gut sehen, gab es Abgänge. Plötzlich fiel ihm auch die Bemerkung ein, die Sascha, der Freund der Drogensüchtigen, gemacht hatte. Er hatte von Ausflügen gesprochen, dorthin, wo es finster war. Er hätte ihm nur genauer zuhören müssen ... Am liebsten wollte er mit dem Fuß gegen irgendetwas treten. Wütend starrte er hinunter – er war zur Untätigkeit verdammt. Seklitsch hatte recht gehabt. Je länger Orsini hinabsah, desto größer erschien ihm das Flussportal. Das Maul eines Ungeheuers, weit aufgerissen und hungrig. Gleichzeitig spie es so viel Wasser, dass sie tatsächlich froh sein mussten, wenn sie morgen früh um halb acht wie vereinbart hinabsteigen konnten. Charybdis, stieg ein längst vergessen geglaubter Name aus seinem Gedächtnis hoch, eines der antiken Ungetüme, an der nur die größten Helden, Odysseus und Jason, unbeschadet vorbeigesegelt waren. Und der Täter? Orsinis Augen folgten den Wellen des Wienflusses und suchten darin verzweifelt nach einem klareren Bild. Lebte er da unten? War er einer von denen, die ständig ihre Behausung im Untergrund hatten? Die Opfer zeugten von einer wild entschlossenen und doch kalten Aggressivität, gleichzeitig waren die Morde genau geplant und exakt ausgeführt ... Wenn es aber jemand war, der ansonsten ein unauffälliges oberirdisches Leben führte, dann beherrschte er das Theaterspiel perfekt. Orsini schauderte es: Er sah von der beleuchteten, frisch renovierten Fassade des Konzerthauses zum vergoldeten Strauss hinüber. Jedenfalls musste derjenige Zugang haben zu dieser düsteren Welt unter dem glänzenden Parkett, auf dem sich die übrigen Menschen der Stadt bewegten.

Plötzlich, er wollte sich beinahe schon auf den Heimweg machen, vermeinte er, ein leises Miauen zu hören. Eine Katze? Mit raschem Schritt wechselte er auf die andere Seite des Parks, an den verschlossenen Souvenirbuden vorbei. Eine

Ahnung stieg in ihm auf. Billy Joels Textzeilen, die ihm seit Tagen nicht aus dem Kopf gegangen waren. Es war nicht nur Paulas wegen gewesen ... *I'm searching for something so undefinded, it can only be seen by the eyes of the blind,* wiederholte er wie ein Mantra, während er den Weg entlangeilte. Wieder hörte er das Miauen, diesmal etwas lauter. Er stolperte, fing sich und blieb stehen. Was erwartete er zu finden? Er war betrunken, soviel stand fest. Befürchtete er, die nächste Leiche zu entdecken? War der Rom vielleicht gar nicht blind?

Als er nach dem einsamen Wegstück mitten im Park um das Gebüsch bog, blieb er stehen. Doch dort, wo die Fußgängerbrücke den Fluss überquerte, war niemand. Und so sehr er auch danach horchte, das Miauen hatte sich in die Nacht verflüchtigt, wie auch der Rom mit seinem Akkordeon.

Montag, 13. Juni 2005

19

Paula hatte ihren Handywecker auf sieben Uhr gestellt. Sie wollte rasch wieder dort sein, wo sich Entscheidendes tat, und nicht hier in dem abgelegenen Ort an der Grenze. Sie würde das Gemeindeamt aufsuchen, sich im Ort umsehen und so bald wie möglich zurückfahren. Schlaftrunken schaltete sie den Ton ab und streckte ihre Glieder. Die Matratze auf dem Boden war ein hartes Lager gewesen, das spürte sie an den Verspannungen im Rücken. Gähnend stand sie auf und hörte dann ihre Nachrichten ab. Orsini hatte mehrmals angerufen, vermutlich während sie im Keller Holz geholt hatte. Sie verstand zwar kein Wort von seinem Gestammel, aber immerhin ... Im Hintergrund war Musik zu hören, er klang betrunken. Vielleicht war sie am Telefon zu schroff gewesen. Egal. Heute Abend würden sie das ausräumen.

Sie war in der Nacht zwar noch mal aufgestanden, um nachzulegen, das hatte aber wohl nicht gereicht. Nun war die Glut im Ofen verloschen. Für ein warmes Frühstück würde sie neuerlich einheizen müssen, dachte sie und stapfte in den Keller. Pokorny hatte offensichtlich etwas fürs Holzhacken übrig, er schien sich regelrecht abreagiert zu haben, denn das Brennholz füllte den gesamten Kellerraum aus und würde bis tief in den Winter hinein reichen.

Als endlich das Feuer im Herd prasselte, das Wasser kochte und das Gebäck, das sie vorsorglich mitgebracht hatte, auf dem Teller lag, setzte sie sich an den Tisch. Sie sah zum Fenster hinaus. Erste Sonnenstrahlen überwanden das dichte Laubdach des Wäldchens hinter dem Haus. Einige davon verirrten sich bis zum Küchenfenster, durchdrangen das staubige Glas und legten ein zartes Licht über den Raum. Honig oder Marmelade, dachte sie, stand auf und durchsuchte die Schränke. In einem davon, neben alten, abgeschlagenen Gläsern, fand sie ein kleines Fotoalbum. Durfte sie darin blättern? Eigentlich nicht. Dennoch nahm sie es heraus, legte es neben ihren Teller und setzte sich. Langsam kaute sie an ihrer Semmel und schlug es auf. Eine in Schwarzweiß gehaltene Reise in die Vergangenheit eines ihr beinahe Unbekannten. Seine markanten Gesichtszüge waren schon als Kind ausgeprägt gewesen. Er war unschwer zu erkennen. Zwischen verschiedenen Familiengruppierungen gab es Pokorny mit einer Schaufel, Pokorny auf einem Schlitten und – Paula stutzte – Pokorny als kleinen Jungen in einer Glasfabrik. Hier in der Gegend wohl nichts Ungewöhnliches, dachte sie und blätterte weiter.

Nach dem Frühstück brauchte sie nicht allzu lange, um alles so zu richten, wie sie es am Abend vorgefunden hatte: Die Matratze lag auf dem Bett im Schlafzimmer, die Küche war aufgeräumt und der gelbe Schalter wieder umgelegt. Sie schnappte ihre Tasche, sperrte die Haustür ab, stieg ins Auto, fuhr bis zur Anhöhe und blieb stehen. Von hier aus hatte man einen wunderbaren Ausblick. Sie stellte den Motor ab und öffnete beide Seitenfenster. Keine Autos, kein Gehupe, kein Gestank. Sie konnte durchaus verstehen, warum Pokorny es nicht übers Herz brachte, dieses Haus zu verkaufen, auch wenn es noch so renovierungsbedürftig, abgelegen und feucht war. Im Vorüberfahren bemerkte sie wenig später vor dem Haus ihrer nächtlichen Besucherin eine grau gestreifte Katze, die sich auf der Treppe zum Eingang gemütlich ausstreckte. Zwischen zwei Bäumen flatterte Wäsche an einer Leine. Wind strich durchs hohe Sommergras.

*

Oberflächlich rubbelte Orsini mit dem Handtuch die Haare trocken, vermied den Blick in den Spiegel und begann, in dem Berg Schmutzwäsche, der vor der Waschmaschine auf dem Boden lag, herumzuwühlen. Wie und wann er nach Hause gekommen war, hatte sein Gedächtnis gelöscht. Die Nacht hing jedoch noch in den Kleidern. Er warf einen Blick auf seine Uhr, schnappte das Hemd, das noch den besten Eindruck machte, aus dem Wäscheberg hervor, zog es über und suchte nach einer brauchbaren Hose.

Nach einem kurzen Frühstück, diesmal begleitet von rauschfreier Musik aus dem Radio, machte er sich auf den Weg. Da der Bus freundlicherweise direkt vor seiner Nase anhielt und seine Muskeln ihn ohnehin noch die wenigen Stunden Schlaf spüren ließen, stieg er ein. Hin und wieder nicht zu Fuß zu gehen, war in Ordnung, beschloss er und hielt sich an der Stange fest, als der Fahrer des 4A bei der Steigung vor dem Rochusmarkt das Gaspedal durchtrat. Natürlich musste er vor der Haltestelle scharf abbremsen. Hoffentlich schenkt ihm jemand zu Weihnachten eine Rennbahn, dachte Orsini und wich einer einsteigenden Dame mit Hund aus. Draußen am Markt schütteten ein paar Frühaufsteher teils Kaffee, teils Bier in sich hinein. Ein Kunde hielt einen Pappteller in der Hand und tunkte gerade ein Stück Bratwurst in seinen Senf. Beim Anblick wurde Orsini übel. Rasch setzte er sich gegenüber der Dame auf den freien Sitz. Sie hatte einige Kilo zu viel, trug aber dennoch ein hautenges T-Shirt und eine ebensolche Hose. Zwischen ihren enormen Brüsten hatte sich bereits ein dunkler, beinahe symmetrischer Schweißfleck gebildet. Die Dame schnaufte in etwa gleich laut, wie ihr Hund hechelte. Sie griff nach einer auf dem Nebensitz liegenden Gratiszeitung. Diese zum Fächer umfunktionierend, verteilte sie damit die Luft im Bus neu, was dazu führte, dass Orsini die Ausdünstungen tierischer und menschlicher Produktion in die Nase bekam. Als sie sich endlich dem Karlsplatz näherten, stand Orsini erleichtert auf, drängte sich an den übrigen Passagieren vorbei und stieg eine Station zu früh aus dem Bus. Das verbleibende Stück bis zum Girardipark ging er doch lieber zu Fuß.

Obwohl es im Verhältnis zum Bus im Freien noch angenehm frisch war, ließ er sich davon nicht täuschen. Die Sonne strahlte bereits intensiv, genauso wie in den vergangenen Tagen und Wochen. Mit zusammengekniffenen Augen blinzelte er gegen Westen, und wie zum Hohn zeigten sich dort ein paar kleine Wolken. Auf den ersten Blick wirkten sie harmlos. Für den Nachmittag waren jedoch neuerlich Wärmegewitter angekündigt ...

Während er auf die mächtigen Platanen zuging, unter denen bereits zwei Polizeiautos, eines der Kanalbrigade und der graue Lieferwagen der Tatortgruppe warteten, rief er Wilasich an und besprach mit ihm ihre weiteren Schritte. Orsini hatte vor, vom Girardipark aus den Untergrund zu durchkämmen. Gleichzeitig würden Pokorny und Ennsner mit weiteren Beamten den Einstieg flussaufwärts bei der Pilgramgasse nehmen und den Wienfluss absuchen, eine Gruppe links, eine rechts. Solange eben das Wetter hielt.

Ein Teil der Tatortgruppe würde hier mit ihm und Kubicek hinuntersteigen und nach Spuren suchen, die das Unwetter nicht mitgeschwemmt hatte. Seklitsch und ein Bediensteter der Gewässeraufsicht sollten sie begleiten. Der Rest der Tatortgruppe stand auf Abruf bereit. Erleichtert registrierte Orsini, dass Gottschlich bei den anderen geblieben war.

„Haberzettel, MA 45“, stellte sich der Mann von der Gewässeraufsicht vor und hielt ihm die Hand hin.

„Orsini, leitender Ermittler. Danke, dass Sie uns behilflich sind.“

„Man hilft, wo man kann“, erwiderte Haberzettel knapp. Er hatte einen akurat gezogenen Seitenscheitel, der seine schütteren blonden Haare teilte und auf einen eher pedantischen Zug deutete. Auch seine graue Latzhose war in tadellosem Zustand. Er schien außerdem ein Problem mit den Bandscheiben zu haben, weil er etwas gebeugt dastand. Orsini war jedenfalls nicht bewusst gewesen, wie viel Personal es bedurfte, um das unterirdische Leben der Stadt in Schwung zu halten. Seklitsch und seine Truppe waren nur für die Kanalisation zuständig, die Schlüssel für die Aufgänge am Wienfluss wiederum hatten nur Haberzettel und seine Kollegen.

„Morgen", grüßte Seklitsch einsilbig und hielt Orsini ein paar derbe Lederstiefel hin. Orsini nickte stumm, schlüpfte aus seinen eigenen Schuhen heraus und zog die Stiefel an. Die erste der dreieckigen Stahlplatten landete indessen krachend auf dem Boden, dass es Orsini in den Ohren schmerzte. Sogleich zog ein unangenehm stechender Geruch an seiner Nase vorbei. „Dann rein ins Vergnügen!", sagte er und blickte auf Kubiceks Beine. „Wo hast du die her?"

„Das sind meine eigenen. Glaubst du, ich zieh mir diese versifften Schweißlatschen an?"

Orsini schüttelte den Kopf, knipste seine kleine Taschenlampe an und sah ihm nach, wie er als Einziger mit gelben Gummistiefeln die Treppe nach unten watschelte.

„Wie viel Grad hat es hier unten eigentlich?", fragte Kubicek, während sie den Gang entlangmarschierten. Obwohl Orsini nun schon zum dritten Mal in die Kanalisation stieg, verwirrte ihn die Anlage immer noch. Es schien fürs Orientierungsvermögen schwierig, sich zurechtzufinden, wenn es keine fixen Anhaltspunkte gab. Er jedenfalls konnte sich nicht merken, wie oft sie schon links oder rechts abgebogen waren. Und auch wie tief die Treppen hinunterführten, konnte er nur schwer abschätzen.

„Im Schnitt 16, wenn's im Winter wirklich kalt ist, kühlt's manchmal bis zwölf Grad ab", antwortete Seklitsch von vorne.

Im Gänsemarsch trotteten sie den stählernen Steg entlang, über den sie die Leiche geborgen hatten, bis sich der Fotograf als Erster übers Geländer schwang.

„Ich brauch Details vom Strumpfknoten“, sagte Orsini.

„Wozu glaubst du, bin ich da?“, erwiderte der Fotograf beinahe beleidigt. „Der Knoten am Hals war übrigens ein einfacher Doppelknoten.“

„Entschuldige“, antwortete Orsini und sah das Geländer entlang, das wie ein Kunstobjekt wirkte. Lange Fäden aus Papier und Plastik hatten sich daran verfangen und bildeten nun eine Art Stalagtiten in Schräglage.

Während sich die Tatortleute in ihren weißen Anzügen daranmachten, den Rechen zu untersuchen, an dem der Tote gehangen war, fragte Kubicek: „Das Räumen, ich meine, den Dreck wegräumen, wie macht ihr das? Händisch?“

„Kommt drauf an“, erwiderte Seklitsch und deutete übers Wasser. „Wenn genug Platz ist, nehmen wir den Supersauger, wenn nicht ...“ Er vollführte in der Luft eine Schiebebewegung, als hätte er eine Schaufel in Händen.

„Scheiß mich an!“, sagte Kubicek.

„Ist kein Problem“, erwiderte Seklitsch trocken und deutete hinunter.

„Wie ...?“ Kubicek runzelte die Stirn.

„Na, Reißverschluss auf, Hose runter und hinein damit!“

„Da?“, fragte Kubicek, langsam von Begriff, und deutete auf den Kanal.

„Nein“, erwiderte Seklitsch spöttisch grinsend, „wir steigen jedes Mal nach oben und suchen uns ein öffentliches WC ...“

„Ich hab's kapiert!“, unterbrach Kubicek angriffslustig.

Orsini räusperte sich. „Können wir endlich!?“

„Ja, wenn niemand mehr dringend muss“, meinte Seklitsch.

„Ich sicher nicht“, presste Kubicek hervor.

„Na, dann los, antwortete Seklitsch, sah Orsini an und setzte sich in Bewegung. „Also nach hinten. Dort, wo der Manfred gearbeitet hat.“

Orsini nickte und winkte Lehner von der Tatortgruppe zu, dass er ihnen ebenfalls folgen sollte. Seklitschs klobige

Stiefel holperten geräuschvoll über den Steg und dann ein paar Stufen hinab. Schlagartig änderte sich der Klang und verwandelte sich eher in ein schmatzendes Schlurfen. Kurz hielt Orsini an und leuchtete vor sich hin. Schmieriger, braun-grauer Schleim bedeckte den Boden. Im düsteren Schein der Lampen spiegelten sich Wasserlacken.

„Gibt's hier auch Ratten?", fragte Kubicek besorgt.

„Ja, und hier unten werden's bsonders groß", antwortete Seklitsch.

„Die gehn aber nur auf Leute mit gelben Gummistiefeln los", ergänzte Orsini und rang Seklitsch damit ein gehacktes Lachen ab.

„Hier", erklärte Seklitsch dann und deutete auf ein Kanalrohr, das vor ihnen mündete. „Da drin haben sie laut Plan geräumt und sind damit auch fertig geworden, schätze ich. Aber was dann passiert ist?" Er leuchtete in den Kanal hinein, der kaum mehr als einen Meter hoch war. Orsini versuchte sich vorzustellen, was es bedeutete, darin stundenlang zähe Ablagerungen vor sich hin zu schieben. „Komisch", bemerkte Seklitsch inzwischen. „Der Kübel ist nirgends ..."

„Kübel?"

„Den haben sie normalerweise mit."

Orsini maß dem keine weitere Bedeutung bei. „Hatten die beiden Streit?", fragte er. Es schien, als hätte sein Scherz vorhin das Eis ein wenig gebrochen.

„Nicht, dass ich wüsst."

„Und in letzter Zeit? Hat's irgendwas gegeben? Sie haben ja gesagt, die beiden waren immer gemeinsam eingeteilt – heißt das, sie waren Freunde?"

„Sicher waren sie Freunde, Kumpel halt. Kann ganz schön an die Nieren gehen, die Arbeit hier unten."

„Verstehe", pflichtete Orsini ihm bei.

„Und der Herr Gruber, ist Ihnen in letzter Zeit was an ihm aufgefallen?"

„Was denn?!" Seklitsch leuchtete Orsini ins Gesicht. „Sie werdn doch nicht im Ernst glaubn, dass der es war?"

„Und warum ist er dann unauffindbar?"

„Keine Ahnung, aber er unternimmt öfter Motorradtouren mit seiner Freundin. Und übrigens, ich hab's dem Kollegen gestern eh noch gsagt", Seklitsch machte eine kleine Pause und leuchtete Kubicek an, „ich war am Samstag mit meiner Frau auf einer Grillparty. Davor waren wir noch einkaufen. Nur damit das klar ist!"

„Schon gut", beschwichtigte Orsini. Er hatte die Notizen zu den Alibis am Abend noch durchgesehen, zumindest soweit sie vorhanden waren.

Sie ließen Lehner mit einem zweiten Kollegen an der Kanaleinmündung auf der Suche nach Spuren von Blut zurück und machten sich auf den Weg.

„Hier entlang", meinte Seklitsch und deutete auf einen schmalen, dunklen Gang. „Die Weihnachtsbeleuchtung gibt's nur dort, wo die Führung stattfindet. Ab jetzt leuchtet jeder selber!"

20

Gleich nach der Abbiegung thronten riesige abgeschliffene Granitsteinblöcke zwischen Feldern und Wiesen wie zufällig von Kinderhand verstreute Kiesel auf einer großen Spielfläche. Kleine, dunkle Wäldchen wechselten mit saftigen Weiden, dazwischen versteckten sich Bauernhöfe und kleinere Häuser. Das Gefühl von Kargheit, das sie gestern Abend empfunden hatte, war zwar nicht verschwunden, hatte aber bunte Tupfer bekommen. Auch an den verschiedenen Grüntönen konnte sie sich nach den Wochen in der Stadt kaum sattsehen.

Bei einer aufgelassenen Fabrik hielt sie kurz an. *Stölzle Kristall* konnte man noch lesen. Sofort hatte Paula die Weingläser ihrer Großmutter vor Augen. Sie schüttelte den Anflug von Wehmut mit einer schnellen Kopfbewegung ab und fuhr wieder los. Das Gemeindeamt befand sich in Alt-Nagelberg und hatte zu ihrer Enttäuschung montags geschlossen. Auch das Gasthaus an der Hauptstraße hatte Ruhetag, und am Tor der kleinen Kirche rüttelte sie ebenfalls vergeblich. „Am Montag fahren alle in die Stadt zum Einkaufen", hatte ein Passantin ihr erklärt, „wenn sie nicht sowieso dort arbeiten." Bei den Fotos vom Pagat und von der Glasscherbe konnte sie Paula jedenfalls nicht weiterhelfen. Eine gute Stunde später war sie diesbezüglich um nichts klüger. Sie hatte mit mehreren Angestellten und Kundinnen in den Geschäften gesprochen, die ihr allesamt nichts dazu sagen konnten. Entweder waren sie zu jung oder von auswärts, oder – manchmal hatte sie ein winziges Zögern bemerkt, sobald sie nach der Spielkarte und der Scherbe fragte – man wollte sich an nichts erinnern.

Dafür hatte Paula im Glasmuseum mehrere mundgeblasene Weingläser und einen Schwan erstanden – als Mitbringsel für ihre Eltern –, hatte einer pfeifenden Dampflok auf der Schmalspurbahn sowie einem betagten Glasbläser bei der Arbeit zugesehen. Doch niemandem sagte das Kuvert oder sein Inhalt etwas. Ernüchtert trat Paula auf die Straße und beschloss, eine letzte Runde zu drehen. Als sie wenig später in einer Nebenstraße einer älteren Frau mit Stock begegnete, betete sie nochmals ihren Satz herunter und zeigte die Fotos. Die Frau reagierte kaum, zog das Kopftuch enger und ging ein paar Schritte an ihr vorüber. Paula wollte die Fotos schon wegstecken, als sie ein Räuspern hörte. Fragend sah sie in das faltige Gesicht, bemerkte ein großes Muttermal über dem Mund und eine graue Strähne, die unter dem Tuch hervorhing. Dann hob die Frau langsam ihren Stock, wies damit auf ein Haus schräg gegenüber und setzte ihren langsamen Marsch wieder fort.

„Danke", rief Paula ihr hinterher und wechselte die Straßenseite.

Dort musste tatsächlich früher eine Glaserei gewesen sein. Denn obwohl die Buchstaben längst entfernt worden waren, zeichneten sich ihre Umrisse noch eindeutig von der dunkelgelb gestrichenen Hausmauer ab. Paula trat näher und fuhr mit der Fingerspitze über die Scheibe. Grauer, Jahre alter Dreck klebte daran. Die Tür war mit einer Holzlatte vernagelt, die großen Tore der Hofeinfahrt mit einer verrosteten Kette versperrt. Rechts neben dem Haus bemerkte sie allerdings einen schmalen Durchgang. Sie sah sich um und folgte schließlich dem Pfad. Hinterm Haus verlief angrenzend eine etwa zwei Meter hohe, aber an einer Stelle bereits abbröckelnde Mauer. Daran schloss ein zweites Gebäude mit einem Flachdach aus rostigem Blech an. Paula spähte beim eingebrochenen Mauerstück hinüber. Ein altes, rostiges Fahrrad, ein wild verwachsener Hinterhof. Brennnesseln, Holunderbüsche und andere Pflanzen hatten sich fast alles an Fläche zurückgeholt, was früher einmal betonierter Boden gewesen war. Mühelos stieg sie über die Mauer. Das hintere Gebäude mit dem Flachdach wirkte wie eine Werkstatt. Die Fenster waren jedoch ausnahmslos eingeschlagen. Paula zwängte sich an der schweren Eisentür vorbei, die einen Spalt breit offen stand, und trat in einen großen Raum. Drei Sessel und ein Sofa waren um eine große hölzerne Kabeltrommel gruppiert, die offensichtlich als Tisch diente. Eine Reihe leerer Bierflaschen war darauf abgestellt. Ein alter aufgeschnittener Fußball war zu einem Aschenbecher umfunktioniert worden. An den Wänden lehnten alte Kastenfenster. Es sah aus, als wären sie als Zielscheiben verwendet worden. Jedes einzelne Segment war entweder zersplittert oder hatte ein Loch. Unbehagen stieg in Paula auf. Sie machte kehrt, querte den Hof und steuerte auf das Vorderhaus zu. Die Tür ins Innere war versperrt.

Mithilfe eines Stück Drahts knackte sie das uralte Türschloss und landete in einem Vorraum. „Hallo!“, rief sie, wohl wissend, dass sie kaum Antwort zu erwarten hatte. Stille. Ein strenger Geruch.

Langsam schob sie eine Tür auf. Die ehemalige Küche. Eine versiffte Spüle, ein alter Herd. Umrisse an den Wänden, die wie bei einem Puzzle darauf warteten, wieder mit Schränken abgedeckt zu werden. Vom Vorraum führte eine Treppe ins Obergeschoß. Vorsichtig ertastete sie mit dem Fuß, ob sie hielt, und wagte es schließlich, sie zu betreten. Mit jeder Stufe nahm der entsetzliche Geruch zu. Auf der letzten Stufe angelangt, griff sie automatisch in ihr Halfter. Sie stieß die Tür mit dem Fuß auf. Der Raum war nackt und leer. Vor ihr erstreckten sich mehrere Zimmer, die alle staubige Einsamkeit ausstrahlten. Der Gestank war beinah unerträglich. Als sie in den hinteren Raum blickte, wusste sie auch warum.

Mitten im Raum, vor einem alten Schreibtisch, lag eine halb verweste Katze. Paula schnappte nach Luft und beugte sich über das Tier. In der Stirn hatte die Katze ein kleines Loch, die Vorderfüße waren abgetrennt. Ihr wurde übel. Sie wollte sich gar nicht vorstellen, was dem Tier sonst noch zugefügt worden war. Rasch beugte sie sich zum Fenster hinaus und dachte dabei an Mutproben in ihrer eigenen Kindheit. Abgestoßen, aber doch auch fasziniert hatte sie dabei zugesehen, wie die mutigsten Buben lebendigen Fischen den Kopf abgebissen hatten. Ihr Glück war, dass es, als sie an die Reihe kam, keine lebenden Fische mehr gegeben hatte. Für sie war nur ein toter übrig geblieben. Den Geschmack würde sie nie vergessen.

Sie warf einen letzten angewiderten Blick auf den Kadaver und widmete sich dem Schreibtisch, dessen Furnier sich teilweise abgelöst hatte. Darunter kam Pressspan zum Vorschein. In die Platte waren obszöne Wörter geritzt. An der Front gab es ein Holzrollo, das die Laden verdeckte. Natürlich klemmte es. Eine Weile zerrte sie daran herum, bis es endlich doch nach unten rutschte. In der obersten Lade fand sich nur ein alter, abgekauter Kugelschreiber. Die zweite war leer. Als sie die unterste herauszog, erschrak sie. Jemand hatte die Vorderpfoten der Katze darin versteckt, sorgfältig nebeneinander. Paula war, als könnte sie die wimmernden Schreie der Katze hören. Sie unterdrückte einen Würgereiz und schob die Lade wieder zu. In einer der linken Laden fand sie Briefpapier mit einem Schriftkopf.

Sie war mittlerweile so vertieft in ihre Gedanken, dass sie die leisen Schritte nicht hörte, die sich ihr näherten. *Glaserei Plattner,* las sie nachdenklich und wollte die Vergrößerung des Kuverts hervorholen. Sie legte das Blatt zur Seite und kramte gedankenversunken in ihrer Tasche. Als sie den Blick schließlich hob, machte ihr Herz einen unrhythmischen Galoppsprung. Die Tasche rutschte von ihren Knien, und ein heiserer Laut kam über ihre Lippen. Denn wie aus dem Nichts war ein Mann mit einem Hammer in der Hand neben ihr aufgetaucht. Instinktiv und im Bruchteil einer Sekunde griff sie zur Waffe, schrie „Fallen lassen!" und zielte auf ihn.

Der Mann blickte sie ausdruckslos an.

„Fallen lassen!", wiederholte Paula scharf.

Der Hammer schlug krachend am Boden auf.

„Hände hinter dem Nacken verschränken und ganz ruhig stehen bleiben!" Mit der Waffe im Anschlag ging Paula vorsichtig um den Schreibtisch herum. Vor der toten Katze machte sie einen Bogen und näherte sich dem Mann von hinten. Er trug zerrissene Jeans und ein fleckiges T-Shirt mit ausgefransten Ärmeln. Die Haare an den kräftigen sonnengebräunten Unterarmen glänzten seltsam. Ein ähnlicher Schimmer lag auf den beinahe schneeweißen Haaren.

„Wer sind Sie?", schoss es aus Paula heraus.

„Ich bin ... nur der ..., der Nachbar", stotterte der Mann.

Paula stieg ihm in die Kniekehle, dass er zu Boden sank, und tastete ihn von hinten ab.

„Aber wer sind Sie?", wagte er schließlich mit brüchiger Stimme zu fragen.

„Polizei", antwortete Paula, zog ihre Marke hervor und hielt sie ihm vor die Nase.

„Wieso Polizei? Ist das ein Scherz?"

„Nein, leider nicht. Ich ermittle in einem Fall."

„Und was suchen Sie ausgerechnet hier, wo niemand mehr wohnt?"

„Ich gehe verschiedenen Hinweisen nach“, antwortete Paula knapp. „Sind Sie von hier?“

„Nein, ich lebe in Wien. Das Haus nebenan gehört mir. Ich renoviere es in meiner Freizeit. Ich hab gesehen, wie Sie über die Mauer gestiegen sind, und ... weil es hier Vandalismus gegeben hat ... Darf ich vielleicht wieder aufstehen?“

Paula nickte, ließ ihn jedoch nicht aus den Augen. „Vandalismus? Weiß man, wer das war?“ Sie deutete auf den Kadaver.

„Verrückte.“

„Kennen Sie die?“

„Was würde das nützen?“

Paula zuckte mit den Achseln. Es könnte viel nützen, dachte sie und musterte den Mann. Konnte sie ihm trauen? „Über die Glaserei wissen Sie nichts?“

Der Mann schien kurz zu überlegen, ehe er sagte: „Doch ...“

„Und?“, drängte Paula.

„Ich habe mich ursprünglich dafür interessiert“, antwortete er und fuhr sich dabei über die Haare. Eine Staubwolke stieg im Gegenlicht des Fensters auf.

„Interessiert ...?“

Er sah ihr einen Augenblick lang unvermittelt in die Augen. „Wollen Sie nicht die Pistole wegstecken?“

Paula ließ die Pistole sinken. „Und?“, wiederholte sie mit Nachdruck.

„Ich hab mich zuerst dafür interessiert, aber dann ist mir das andere Haus angeboten worden. Ziemlich günstig. Sollen wir nicht nach unten gehen? Der Gestank ...“

Paula willigte ein und folgte ihm durch die trostlosen Räume. „Sie haben also keine Ahnung, wer der oder die Besitzer sind?“

„Ist nicht so einfach, die Lage. Und ehrlich gesagt bin ich froh, dass ich es nicht gekauft hab.“

„Weil es so schlecht beisammen ist?“, fragte Paula und ging hinter ihm die Stiegen hinunter.

„Nein, das hätte mich nicht abgehalten. Aber es steht unter keinem guten Stern."

Paula sah über seine staubigen Haare hinweg in den Hof. „Wie meinen Sie das?"

„Es ist viel geredet worden", wich der Mann aus.

„Worüber?"

Er machte eine ausweichende Geste und sah über den Hof zur Werkstatt. „Weiß ich alles nur aus der Gerüchteküche."

„Egal, erzählen Sie ruhig!"

„Angeblich ist hier ein größeres Unglück geschehen ..."

„Ein Unglück?"

*

Orsini trat aus dem engen Gang und spürte einen Luftzug. Im Vergleich zum Cholerakanal wirkte die Luft hier unten unverbraucht. Vor ihnen erstreckte sich ein langes hohes Bauwerk, an dessen Boden die Wien dahinfloss. Rechterhand konnte man in der Dunkelheit gerade noch erkennen, dass der Tunnel eine Kurve machte. Linkerhand – flussabwärts – war es jedoch vollkommen schwarz. Seklitsch leuchtete mit seiner starken Lampe von den Graffitis an der gegenüberliegenden Wand zur Decke hoch über ihnen. Dort, am Scheitelpunkt des Gewölbes, drang ein einzelner Lichtstrahl durch eine Öffnung.

„Was ist das?", fragte Kubicek.

„Ein Straßengully", antwortete Seklitsch.

„Ist doch viel zu groß, das Ganze, für das Rinnsal", wandte Kubicek ein und deutete mit dem Kopf auf den Wienfluss.

„Würd ich nicht sagen", entgegnete Seklitsch. „Bei extremem Niederschlag schwillt dein Rinnsal bis zum Zweitausendfachen an. Da schwimmst du dann oben an der Decke. Aber ohne deine gelben Gummistiefel." Der Strahl glitt die Mauer entlang. In einigen Metern Höhe zeichnete sich deutlich der Höchststand des letzten Unwetters ab. „Das war kein besonders starkes Gewitter", fügte er hinzu.

„Hm", quäkte Kubicek verschnupft.

Flussaufwärts tauchten plötzlich Lichtkegel auf. Seltsam veränderte Stimmen hallten im Tunnel wider.

„Das müssen sie sein", meinte Orsini.

„... sind schneller, als ich gedacht hätte", erwiderte Seklitsch.

„Wie viele Ausgänge gibt es eigentlich?"

„Zu viele", erwiderte Haberzettel und leuchtete über den leicht abschüssigen Boden, „und sie werden auch benutzt." Orsini wurde an eine Doku im Fernsehen erinnert. In dem Bericht über die Verschmutzung der Meere waren die Mägen toter Möwen seziert worden. Darin hatte sich jeder erdenkliche Zivilisationsmüll angesammelt, der sie elendiglich zugrunde gehen hatte lassen. Eine ähnliche Mischung fand sich auch hier. Alles garniert mit einer Unzahl von Zigarettenstummeln. Orsini spürte säuerlichen Geschmack in sich hochsteigen. Er hätte das verdammte Bier abends definitiv nicht trinken sollen ...

„Und, fündig geworden?", fragte Pokorny bald darauf. Der Tourguide hatte ihn und seine Gruppe angeführt.

„Noch nicht", antwortete Orsini und schluckte seinen Speichel hinunter.

„Eigentlich unglaublich, dass wir unter dem Naschmarkt durch sind. Ich war drauf und dran, oben rauszugehen, um einzukaufen. Drüben", Pokorny wies auf die andere Flussseite, an der ebenfalls Lichtkegel die Wände entlangfuhren, „gehen Ennsner und sein Trupp alles ab."

„Gut, wir sollten ohnehin weitermachen. Sagen Sie mir, wann wir in der Nähe vom Brahms-Denkmal sind", forderte Orsini Seklitsch auf.

„Des spürst sowieso", antwortete Seklitsch und imitierte dabei einen Presslufthammer.

Schweigend setzte sich der Tross in Bewegung, ein Gewirr aus herumfahrenden Lichtkegeln. Der erste Notausgang, den sie kontrollierten, war leer. Die einzigen Bewohner Spinnen und andere Kriechtiere. Mit jedem Meter nahm das Vibrieren zu.

„Wie lange wird das noch dauern, bis der neue Kanal fertig ist?“, fragte Orsini.

„Bis die Verbindungen zu den Cholerakanälen hergestellt sind höchstens noch ein Jahr“, erwiderte Seklitsch, „ist eh eine Meisterleistung. 30 Meter unter der Erde, das gibt's sonst nirgends! Und wenn man sich vorstellt, dass unter uns zuerst noch die U-Bahn fährt und erst darunter ...“

„Wenn da was einstürzt“, meinte Kubicek.

„Da stürzt nix ein! Es werden zig Tonnen Beton in den Grund hineingespritzt. Das hält ewig und einen Tag!“

„Obwohl“, meldete sich Haberzettel nun auch zu Wort, „Bedenken gab es zuerst schon. Zur U-Bahn beträgt der Abstand gerade drei Meter, das ist durchaus heikel. Aber ich muss sagen, die Ingenieure haben das alles im Griff. Das Kanalrohr selber hat ja dann auch noch mal einen Durchmesser von acht Metern.“

„Und wenn's fertig ist, schwimmt die Brühe da unten wie im Whirlpool“, ergänzte Seklitsch mit einem Lacher.

„Whirlpool?“

„Ja, damit sich keine Keime bilden, muss das Abwasser ständig in Bewegung sein. Und am End, beim Stadtpark, wird's wieder hochgepumpt, dort ist dann Ende der Sackgasse!“

„Versteh ich nicht!“ wandte Kubicek ein.

„Der neue Kanal ist wie ein langer Wurm, quasi ein riesiges Reservoir. Aber zum Abfließen muss man die Abwässer wieder rauf in die alten Kanäle leiten.“

„Ach so“, erwiderte Kubicek.

Orsini war dem technischen Vortrag nur mit halbem Ohr gefolgt, zu sehr kreisten seine Gedanken um ihre Suche. Um ungesehen von A nach B zu gelangen, war der Untergrund nahezu ideal. Abgesehen von der Schwierigkeit – er sah auf eine tropfende Stelle an der Mauer –, die Kleidung sauber zu halten.

Seklitsch hielt an und wies mit der Hand geradeaus. „Dieser Aufgang ist erst vor ein paar Jahren gebaut worden.

Da gibt's auch eine Verbindung zur U-Bahn. Die ist aber abgsperrt."

Eine breitere Treppe führte in einen kahlen Raum mit bunten Graffitis. Zwei Schaumgummimatratzen lagen am Boden, daneben Essensreste. Die eine Ecke war offensichtlich als Toilette benutzt worden. Eine Ratte stob davon. Der scharfe Geruch von Urin stieg Orsini dermaßen in die Nase, dass sein Magen zu rumoren begann. Er musste dringend hier weg.

Pokorny hingegen schien robusterer Natur zu sein. Er stocherte mit einem Ast herum und meinte: „Kuscheliges Nest."

Orsini schüttelte den Kopf und ging voraus, die Treppe hinauf bis aufs Straßenniveau und landete in einem Glasverbau.

„Schaun Sie mal, was wir da haben!", meinte Pokorny hinter ihm und deutete über seine Schulter auf die andere Straßenseite. Im Hintergrund ragten die beiden Säulen der Karlskirche in die Höhe, auf halber Strecke davor lag der provisorische Holzverbau, hinter dem sich Brahms versteckte.

„Drüben gibt es noch einen Aufgang, ich meine, am anderen Ufer", erklärte Haberzettel und fuhr sich durch die blonden Haare, die ihm ins Gesicht gerutscht waren. Noch immer war seine Latzhose unbefleckt.

„Weiß der andere Trupp das?", fragte Orsini sofort und ärgerte sich, dass sie den Aufgang nicht schon gestern untersucht hatten. Wenn der Täter ihn beim Mord an Greta benutzt hatte, war ihm allerdings ohnehin jede Menge Zeit geblieben, seine Spuren zu vernichten.

„Der Kollege ist ja nicht vom Mond", erwiderte Haberzettel mit etwas beleidigtem Unterton.

Als Orsini sich zum Abgang wandte, erklang *Cantaloupe* in seiner Hosentasche. „Ja?", fragte er nur.

„Die Mirno hat gerade angerufen. Ihr Bericht folgt in Kürze. Das Wichtigste aber ist – und deswegen ruf ich dich auch jetzt an – , sie hat den Tatzeitpunkt eher schon für Freitag oder spätestens in der Nacht zum Samstag angegeben", sagte Wilasich.

Orsini schloss die Augen. Er spürte sämtliche Energie aus sich weichen und stützte sich kurz an der Wand ab.

„Bist du noch dran?"

Orsini öffnete die Augen wieder und blickte zum verbarrikadierten Brahms. Sie hatten eine Aufgabe zu erfüllen, und genau das würde er tun, egal, was geschah. „Ja, bin ich. Das heißt, wir können die Alibis vergessen ..."

„... genau", entgegnete Wilasich knapp. „Ich fang noch mal von vorne an. Wie weit seid ihr?"

„Noch nicht weit genug", erwiderte Orsini, verabschiedete sich und folgte den anderen in die Finsternis.

Seklitsch wartete bereits rauchend auf sie. Orsini hatte den Eindruck, dass der schweigsame Kanalarbeiter sich hier unten längst wohler fühlte als oben bei den Menschen. Das war eindeutig mehr seine Welt. Niemand konnte ihm hier dreinreden, und auf Polizisten traf er hier auch nicht. „Wollen Sie eine?", fragte er Orsini im Gehen und holte eine Packung Zigaretten hervor.

Orsini stutzte. Die Marke hatte er schon einmal gesehen. Mit einem vielsagenden Blick sah er zu Pokorny, der dies jedoch nicht bemerkte und mit Haberzettel flott voranging.

„Nein, danke", erwiderte er also nur.

Achselzuckend marschierte Seklitsch los. Sie kontrollierten zwei weitere Aufgänge, einen mit nur einer nackten Stiege, der andere mit einem Zwischengeschoß. Aber auch dort fanden sie außer einem verschlossenen Starkstromschrank nichts.

Nach kurzem, schnellem Marsch hielten sie an. Lapidar bemerkte Seklitsch: „Beethovenplatz."

„Steht sogar da", erwiderte Orsini und leuchtete dabei auf die kaum mehr lesbaren Buchstaben oberhalb des Aufgangs. Wenn er richtig lag, hatten sie hier den Transportweg vor sich, über den der Täter Dorothea Hausners Leiche ins

Freie gebracht hatte. Vorsichtig leuchtete er auf die steinerne Wendeltreppe. Doch auch hier waren keine Spuren einer Gewalttat zu sehen. Hatte er die Leiche in irgendetwas eingewickelt? Orsini schnappte sich den Schlüssel und ging auf der Treppe voran. Oben bückte er sich und starrte durch die kleine quadratische Öffnung ins Freie, durch die er in der vergangenen Nacht hinuntergeschaut hatte. Wenige Augenblicke später sahen überraschte Schüleraugen von ihren Parkbänken aus zu, wie die Truppe im Gänsemarsch der Litfaßsäule entstieg.

„Dass wir das nicht früher entdeckt haben!“, meinte Pokorny.

„Man sieht eben oft nur die Hülle und nicht das Innere“, antwortete Orsini und tippte mit dem Finger auf das Plakat, das immer noch für die Erotikmesse warb. Er machte ein paar Schritte von der Gruppe weg. Eigentlich wollte er Pokorny von Mirnos Erkenntnis berichten, aber irgendetwas hielt ihn davon ab, solange sie nicht unter sich waren. Stattdessen rief er noch einmal Wilasich an. „Hast du was von Paula gehört?“

„Noch nicht. Ich versuch's gleich.“

„In Ordnung“, antwortete Orsini und blickte zum Schwarzenbergplatz. Während die Sonne noch auf den Sand vor Chantals Bar stach, verfärbte sich der Himmel hinter der Karlskirche bereits diesig grau.

*

Paula saß im künftigen Wohnzimmer des Mannes, der sich als Stefan Kahler vorgestellt hatte. Noch war es nicht mehr als eine zugige Baustelle mit aufgerissenen Wänden, aus denen elektrische Leitungen hingen. Kahler war gerade dabei, die Mauern für die Heizungsrohre aufzustemmen. „Entschuldigen Sie“, sagte er und bot Paula einen wackeligen weißen Plastikstuhl an. Er selbst nahm auf einer umgedrehten Bierkiste Platz. „Kann ich Ihnen was anbieten? Kaffee?“

„Nein, danke“, antwortete Paula ungeduldig. „Also?“

„Angeblich war die Glaserei drüben ein typischer Familienbetrieb. Irgendwann ist überraschend der Mann gestorben. Wie, das dürfen Sie mich nicht fragen. Jedenfalls hat dann die Frau versucht, den Betrieb weiterzuführen.“

Paula nickte und sah Kahler aufmerksam an. Er hatte ein gutmütiges Gesicht. Dennoch kam er ihr gleichzeitig etwas linkisch vor. Wie er die Renovierung dieses Hauses allein bewerkstelligen sollte, konnte sie sich kaum vorstellen.

„Anscheinend ist das nicht lange gut gegangen.“

„Und zwar, weil?“

„Was ich gehört habe, mussten die Kinder schon sehr früh mit anpacken. Der Sohn sollte das Glasereihandwerk erlernen und dann das Geschäft irgendwann übernehmen. Wie mir erzählt worden ist, ist es deswegen immer wieder zu Streitereien gekommen.“

„Warum wollte er nicht in der Glaserei arbeiten?“

„Angeblich hatte der Vater eine musikalische Ader, und …“ Kahler stand auf und ging ins Nebenzimmer. Paula folgte ihm und sah zu, wie er auf einer verdreckten Elektroplatte in einem abgeschlagenen Emailtopf Milch zustellte.

„Und weiter?“, hakte sie ungeduldig nach.

„Recht viel mehr weiß ich darüber eigentlich nicht.“

Paula seufzte. Ein unglücklicher Sohn, der eine Firma übernehmen sollte. Das war beileibe nicht die Ausbeute, die sie sich erhofft hatte. Ruckartig drehte sich Kahler mit einer Gabel in der Hand um. Paula erhöhte instinktiv ihre Aufmerksamkeit. Erzählte er ihr überhaupt die Wahrheit? Oder erfand er für sie irgendeine Geschichte? Sie ließ den Blick zum Fenster schweifen. Hier war niemand außer ihnen beiden.

Doch Kahler drehte sich wieder zur Herdplatte und begann, die Milch mit der Gabel umzurühren. „Hab ich Sie erschreckt?“, fragte er.

Ohne darauf einzugehen, rückte Paula von ihm weg, näher zur Tür, und meinte: „Sonst hat man Ihnen nichts erzählt? Sie haben vorhin ein Unglück erwähnt?“

„Na ja, es war komisch. Ich bin ja nicht von hier, und das spürt man sowieso. Es ist, als gäbe es da etwas, was alle wissen, das aber unter ganz viel Schweigen begraben wird.“

Paula lehnte sich zurück. Das stimmte mit ihrem Eindruck überein.

„Allerdings hat mir ein Nachbar vor Monaten im Rausch erzählt, dass es damals einen Unfall gegeben hat.“

„Was denn für ein Unfall?“

Kahler schüttelt den Kopf: „Das weiß ich leider nicht.“

Enttäuscht ging Paula ins Wohnzimmer zurück, holte das Foto der Spielkarte und hielt es ihm hin. Wieder hätte sie am liebsten nach ihrer Glock gegriffen, als sie sich ihm näherte. Gleichzeitig ärgerte sie sich – ob mehr über ihr eigenes Misstrauen oder eher über den Weg, den die Ermittlungen genommen hatten, wusste sie nicht ganz genau. „Können Sie damit etwas anfangen?“

Kahler setzte ein ernstes Gesicht auf und nahm das Foto in die Hand. Bedächtig fuhr er sich mit der Hand durchs staubige Haar. „Das ist interessant“, murmelte er, rubbelte nachdenklich an seinem Kinn und hinterließ dort einen weißen Fahrer.

*

„Hierher!“ Ennsner hatte die Hände vor dem Mund zum Trichter geformt und schrie aus Leibeskräften. Er schien etwas gefunden zu haben. Orsini und Pokorny zogen die Krempen ihrer Stiefel hoch und wateten in den Fluss. Kubicek blieb im Seichten stehen. „Ich geh oben rüber“, meinte er mit Blick auf seine eigenen halbhohen Stiefel und verzog den linken Mundwinkel. Haberzettel, der den Schlüssel zum Aufgang wieder an sich genommen hatte, war jedoch längst am anderen Ufer angelangt und außer Hörweite. Seklitsch murrte etwas Unverständliches, stellte sich vor Kubicek und ging in die Hocke.

„Steig auf!“, befahl er.

„Was?!“

„Aufsteigen!“, wiederholte Seklitsch lauter als zuvor und griff nach hinten.

Orsini, der die beiden beobachtete, verdrehte die Augen, während Seklitsch Kubicek nun huckepack nahm und wie ein Stier mit seiner Last durchs Wasser pflügte.

„Die Strömung ist nicht zu unterschätzen“, bemerkte Pokorny und stemmte sich wie Orsini ebenfalls dagegen.

Auf der anderen Seite empfing Ennsner sie atemlos. „Erstens“, er wies hinter sich, „ist da ein Aufgang. Der Haberzettel versucht grad ihn aufzusperren. Und unterm Schwarzenbergplatz haben wir auch was gefunden.“

„Und zwar?“, fragte Orsini und folgte ihm. Durch eine offene Gittertür und über ein paar Stufen gelangten sie zu einem Gang, von dem eine weitere Eisentür abging. Daran machten sich bereits Haberzettel und dessen Kollege, der mit Ennsners Truppe marschiert war, gemeinsam zu schaffen.

„Wir kriegen die Tür nicht auf!“, fluchte der zweite Gewässerexperte.

Haberzettel drehte sich zu ihnen. „Das Schloss muss ausgetauscht worden sein!“, sagte er. „Keiner unserer Schlüssel passt!“ Er rüttelte an der verschlossenen Tür.

„Wie ist das möglich?“

„Keine Ahnung“, antwortete Haberzettel. Eine Strähne hing ihm in die Stirn.

„Und wohin führt diese Tür?“, fragte Orsini.

„Das ist es ja!“ Haberzettel sah seinen Kollegen an. „Auf unseren Plänen ist sie nicht verzeichnet.“

„Müssen Sie die Aufgänge nicht regelmäßig kontrollieren?“, hakte Pokorny ungläubig nach.

„Ja, schon! Aber die Kollegen, die das immer machen, sind derzeit auf Urlaub. Da erreich ich auf die Schnelle sicher niemanden.“

Orsini ging zum Wienfluss zurück, leuchtete die Decke ab, versuchte abzuschätzen, auf welcher Höhe sie sich genau befanden, und meinte dann: „Das kann eigentlich fast nur zum Konzerthaus führen. Wir müssen die Tür aufbrechen!“

Dann wandte er sich an Ennsner. „Was habt ihr noch gefunden?“

Ennsner zeigte flussaufwärts. „Es gibt da so was Ähnliches wie beim Girardipark, nur kleiner.“

„Was Ähnliches?“

„Ja“, mischte sich Haberzettels Kollege ein, „auf dieser Seite gibt es ja auch einen Cholerakanal. Und unter dem Schwarzenbergplatz existiert ein eigenes Gangsystem.“

„Ein Gangsystem?“

„Es ist die Verbindung zum Hochstrahlbrunnen.“

„Und?“

„Dort haben wir etwas Seltsames gefunden“, ergänzte Ennsner, „das wollten wir Ihnen zeigen.“

„Los!“, erwiderte Orsini ungeduldig, und so bewegten sich alle wieder flussaufwärts zurück in die Dunkelheit.

„Da rein“, sagte Ennsner nach einer Weile und hielt ihnen eine weitere Eisentür auf.

„Hier passen die Schlüssel“, erklärte Haberzettels Kollege, während sie sich schon im Gang vortasteten. „Das System stammt vermutlich aus der Zeit, als die Hochquellwasserleitung errichtet wurde. Normalerweise sind die Pläne auch noch vorhanden und korrekt. Aber hier haben wir nur einen Verbindungsgang über den Cholerakanal zum Brunnen verzeichnet, sonst nichts. Und das stimmt nicht!“ Er bog um die Ecke und leuchtete vor sie hin.

Orsini blieb stehen. Eine Gabelung. Dahinter Finsternis. Von der einen Seite kam Rauschen. Haberzettels Kollege fuhr fort: „Dort fließt der Kanal. Aber dort“, er ging ein paar Schritte voraus zu einer zweiten Gabelung, „das wird Sie interessieren.“

Für einen Moment musste Orsini sich abstützen. Sein Kreislauf spielte verrückt. Er hätte mehr frühstücken sollen, dachte er. Außerdem mochte er diese ewige Finsternis nicht. Sie bedrängte ihn und raubte ihm die Sinne. Es fühlte sich an, als hätte die Erde sie verschluckt und würde ihn nicht mehr auslassen. Hinter ihm räusperte sich Pokorny.

Orsini sog die stickige Luft in die Lungen und ging weiter. Nach einer weiteren Biegung verbreiterte sich der Gang, und im Schein ihrer Lampen öffnete sich – man konnte es kaum anders bezeichnen – eine Art mittelalterliches Verlies. Es war aus Ziegelsteinen erbaut und in mehrere kleinere Gewölbe unterteilt. Vermutlich war es wesentlich älter als die Hochquellwasserleitung. Eher schon aus der Zeit, als das Belvedere errichtet wurde. Eines der Gewölbe war durch eine Bretterwand vom Hauptraum abgetrennt. Neben der zusammengenagelten Tür lehnte eine Scheibtruhe.

„Wir haben noch nicht hineingeschaut", sagte Ennsner leise.

„Gut", erwiderte Orsini mit unbestimmtem Gefühl. Wollte Ennsner als Neuling keinen Fehler begehen oder hatte er einfach Angst? Orsini holte aus seiner Jackentasche die Einweghandschuhe und streifte sie über. Er nahm den umgebogenen Nagel, der als Türgriff diente, in die Hand. Vorsichtig zog er daran. Als er in das Gewölbe hineinleuchtete, zog es ihm unweigerlich die Eingeweide zusammen.

21

Heb endlich ab, dachte Paula. Sie saß im Auto und hatte den Großteil der Strecke zurück nach Wien in einem für den alten Gaul gewiss rekordverdächtigen Tempo zurückgelegt. Sie war einem massiven Unwetter, dessen hagelschwangere, orangegelbe Wolken sie hartnäckig begleitet hatten, davongefahren. Nun regnete es nur mehr leicht, und die Fahrbahn war nass. Am Horizont blitzte der blaue Himmel.

Kahler hatte schließlich von seinem Gespräch mit dem betrunkenen Nachbarn weitererzählt. „In seinem Suff hat er den jungen Plattner Pagat genannt. Fragen Sie mich aber nicht, warum."

„Kann ich diesen Nachbarn sprechen?"

„Sicher. Aber ob das was bringt? Nüchtern redet der kein Wort …“

Und so war es dann auch gewesen. Kahler hatte für sie dann auch noch sowohl den Bürgermeister als auch den Vizebürgermeister kontaktiert. Der eine befand sich aber gerade auf einer lärmenden Baustelle in Wien und hatte ohnedies nichts Brauchbares anzubieten, der andere war überhaupt im Ausland. Schließlich hatte Kahler einen Kasten in der Werkstatt der Glaserei erwähnt. Also war sie zurückgekehrt und hatte sich genauer umgesehen. Der Kasten befand sich in einem kleineren Raum, der vermutlich einmal das Büro gewesen war. Natürlich hatten ihn die ungebetenen Besucher längst aufgebrochen. Doch was sie gefunden hatten, war wohl nicht das, wonach sie gesucht hatten. Alte Ordner mit Bestellungen waren achtlos herausgerissen worden, ein paar Hefte, in denen Ausgaben vermerkt waren, aber auch Bücher und Krimskrams lagen verstreut herum. Sie hatten offensichtlich auch einen Hang zum Zündeln gehabt, denn vieles davon war angekohlt. Überdies war alles bedeckt von einer dicken Staubschicht. Als Paula sich wieder zum Gehen wandte, stach ihr eine Fotografie ins Auge. Sie bückte sich danach, blies den Staub weg und wischte sie mit den Fingern sauber. „Doch noch was gefunden“, murmelte sie.

Sie war in den klapprigen Wagen gestiegen und so schnell sie konnte losgefahren. Nun versuchte sie zum xten Mal Orsini zu erreichen. Nach dem fünften Läuten, bevor sich erneut die Mobilbox einschaltete, legte sie auf und wählte Wilasichs Nummer.

„Wo bist du?“, fragte Wilasich.

„Auf dem Weg zurück. Ich kann Orsini nicht erreichen“, beschwerte Paula sich.

„Die sind noch alle im Kanal. Was ist los mit dir, du klingst so …“

„Ich hab was gefunden …“, antwortete sie aufgeregt.

„Schieß los.“

„Also in diesem Alt-Nagelberg gibt's eine Glaserei. Ein Familienbetrieb …"

„Weiter …"

„Jetzt rate mal, was der Sohn eigentlich werden wollte, anstatt Handwerker in der Glaserei?"

„Keine Ahnung", erwiderte Wilasich.

„Musiker", sagte sie und lenkte ihr Auto auf die Gegenfahrbahn, um einen Lastwagen mit Anhänger zu überholen.

„Das ist ja ein Volltreffer!"

„Es gibt noch mehr", antwortete sie und drückte das Gaspedal bis auf den Boden durch, denn es kam ihr ein Wagen entgegen. Doch der Seat beschleunigte kaum. Paula fluchte.

„Was ist?", fragte Wilasich.

Hektisch schmiss sie das Handy auf den Beifahrersitz. Der rechte Kotflügel des Seat war nur mehr einen halben Meter vom Vorderreifen des Lastwagens entfernt.

„Was ist los?", hörte sie Wilasichs beunruhigte Stimme.

„Moment!", rief sie und hupte.

Im letzten Augenblick bemerkte der Lastwagenfahrer jedoch die brenzlige Situation, lenkte seinen Lkw auf das Bankett und ermöglichte es Paula so, dem entgegenkommenden Auto auszuweichen. Ihr Puls machte den Umdrehungen ihrer Reifen Konkurrenz. Sie hielt sich am Lenkrad fest und schwor sich, nie wieder so eine Situation zu riskieren. Dann erst merkte sie, dass der Lkw-Fahrer hinter ihr wütend mit den Scheinwerfern blinkte.

Sie fingerte nach dem Handy. „Entschuldige. Musste kurz auf die Straße aufpassen", sagte sie mit brüchiger Stimme. „Wo war ich stehen geblieben?"

„Musiker …"

„Ja, der wollte angeblich Musiker werden, und ob du es glaubst oder nicht, sein Spitzname war …"

„… Pagat", ergänzte Wilasich, „und wie heißt er mit richtigem Namen?"

„Ich schätze Friedrich Plattner. Das ist auch der Name der Glaserei. Sie befindet sich in der Kaltenbachgasse 47", erwiderte Paula und warf einen schnellen Blick auf das Foto am Beifahrersitz.

Vater und Sohn, dachte sie, eine der einfachsten und gleichzeitig kompliziertesten Konstellationen überhaupt. Die aber erst existierte, seit die Menschheit irgendwann in grauer Vorzeit realisiert hatte, dass es zu jedem Kind einen konkreten Vater gab. Auf dem Foto waren ein älterer Mann und ein Kind abgebildet, beide mit einer Geige in der Hand. Der Arm des Mannes ruhte anerkennend auf der Schulter des Buben. Und auf der Rückseite standen in Großbuchstaben die Namen Friedrich und Fritz. Das Lächeln des Kindes kam ihr für einen Augenblick bekannt vor. Doch sie konnte es niemandem zuordnen.

„Das reicht", antwortete Wilasich. „Ich geb die Daten sofort ein, mach eine Abfrage und ruf dich dann zurück. Wie lange bist du noch unterwegs?"

„Eine halbe Stunde vielleicht", antwortete Paula und blickte in den Rückspiegel. Hinter ihrem Auto stäubte das Wasser auf, und der Lkw klebte noch immer hartnäckig an ihrer Stoßstange.

*

Es handelte sich um einen beinahe leeren Kobel von nur wenigen Quadratmetern und erinnerte Orsini an einen alten Weinkeller. Jemand hatte den Boden mit einem roten Teppich ausgelegt. Darauf stand ein tragbarer CD-Player. An der einen Wand war ein einfaches Regalbrett montiert, auf dem noch die Reste von Kerzenwachs klebten. Was Orsini aber ein heftiges Pochen an der Schläfe verursachte, waren die anderen Wände. Es musste eine regelrechte Blutorgie gewesen sein. Dass der Täter davon nichts abbekommen hatte ..., schoss es ihm durch den Kopf. Er drehte sich um. „Ich brauch mehr Licht!"

Während die anderen über ihn hinwegleuchteten, bückte Orsini sich, leuchtete den Boden ab und nahm dann vorsichtig etwas zwischen die Finger.

„Sind das Haare?“, fragte Ennsner.

Orsini hielt sich die dünnen Fäden an die Nase. „Riecht nach Pferd.“

„Wie soll ein Pferd hierherkommen?“

„Der Schweif genügt“, antwortete Orsini.

„Ein Rossschweif?“, fragte Kubicek von hinten.

„Vermutlich.“

„Aber wofür?“, fragte Ennsner. „Wer braucht so was?“

„Installateure“, antwortete Kubicek.

„Stimmt“, erwiderte Seklitsch.

„Oder Musiker“, ergänzte Orsini und befahl Kubicek: „Gottschlich muss mit seinen Leuten hierher! Du gehst sofort raus und rufst ihn an!“ Dann wandte er sich an Haberzettel: „Können Sie ihn begleiten?“

„Natürlich“, antwortete dieser, „kein Problem.“

Während er den Kobel noch mal genau ableuchtete, suchte Orsini in seinem Gedächtnis das Bild der Symphoniker am Morgen ihrer Befragung. Sie waren ein bunter Haufen gewesen. Gab es unter ihnen einen, der durch irgendetwas hervorstach? Oder vielmehr einen, der allzu perfekt passte ... Der Geiger und der Cellist – hatte einer von ihnen gelogen? Sie verkehrten beide bei Chantals Bar, also war es möglich, dass sie Dorothea Hausner und den Kanalarbeiter von dort kannten. Aber wo war die Verbindung zur Drogensüchtigen? War sie dem Täter in die Quere gekommen? Vermutlich. Orsini fuhr noch einmal mit dem Strahl der Lampe das Haar entlang, als ob er darauf etwas lesen könnte. Und wo steckte Franz Hausner? War er doch der Gesuchte und hielt sich irgendwo hier unten auf? Er sah Haberzettel kurz an. Wer weiß, wie viele Gänge es noch gab, die nicht auf den Plänen verzeichnet waren. Allerdings einer, der diesbezüglich Bescheid wissen und gleichzeitig relativ einfach an die Schlüssel zu all diesen versperrten Türen gelangen konnte, war der Stadtgartendirektor, überlegte Orsini und ließ die Bogenhaare in einen Kunststoffbeutel gleiten.

„Ennsner! Sie und die beiden Kollegen“, er wies auf die Streifenbeamten, die zu Ennsners Trupp gehörten, „bleiben hier und warten!“

„Geht in Ordnung“, erwiderte Ennsner beinah zackig und erntete damit Orsinis Respekt.

Er selbst wollte jedenfalls ans Tageslicht. Er brauchte frische Luft zum Denken und konnte hier unten ohnehin nichts weiter tun. Vorsichtig folgten sie Seklitsch, der mit seiner starken Taschenlampe die Gänge am besten ausleuchten konnte, bis sie wieder das Rauschen des Wienflusses hörten und dann endlich die Tür passierten. Mit gemischten Gefühlen blickte Orsini flussabwärts Richtung Stadtpark, wo sich in einiger Entfernung wilder Wein über die Balustrade zum Wasser hinunter rankte. Einerseits waren sie ein gutes Stück weitergekommen, sie kannten nun den Tatort. Dem Täter selbst waren sie deswegen noch kaum näher gerückt. Während er frustriert neben Pokorny hermarschierte, holte er sein Handy aus der Tasche und versuchte zu telefonieren, doch er hatte immer noch keinen Empfang. Er griff sich an die Schläfe ...

„Was ist mit Ihnen?“, fragte Pokorny.

„Nichts“, wich Orsini aus und schwieg. Die vergangene Nacht nagte noch immer an ihm, und natürlich machte ihm die Verantwortung für diesen Fall zu schaffen.

„Vielleicht sollten wir nicht so schnell gehen ...“

„Ich würde mir nicht allzu viel Zeit lassen“, wandte Seklitsch ein und zeigte mit der Taschenlampe auf den Fluss. Erst jetzt fiel Orsini auf, dass das Wasser gestiegen war.

„Orsiiini!“, hallte es plötzlich von den Wänden, Kubicek war umgekehrt und lief ihnen entgegen.

Orsini verfiel in Laufschritt. „Was ist?“, fragte er atemlos.

„Du sollst die Kisch anrufen, sie hat im Waldviertel was gefunden! Und den Gottschlich erreich ich nicht!“

Orsini sah wieder auf sein Handy. Immerhin zeigte es jetzt zwei Balken, es blinkte aber auch heftig. Er wählte Paulas

Nummer und war froh, endlich ihre Stimme zu hören. „Es tut mir leid, dass ich gestern ...“, meinte er, als sie abhob.

„Ja, ja. Vergiss das jetzt ...“

Während er unruhig weitermarschierte, hörte er ihr zu und hielt sich dabei die Hand vor Augen. Nach der absoluten Finsternis der unterirdischen Gänge blendete ihn das Tageslicht ein wenig. So entging ihm im Freien auch, dass sich die diffusen Wolken, die er Stunden zuvor hinter der Karlskirche bemerkt hatte, längst zu einem Turm zusammengeschlossen hatten und sich nun unbeirrbar näher schoben.

„Wann bist du ...?“, fragte Orsini abschließend. „In Ordnung, wir treffen uns beim Abgang, hier ... Was ...?“ Er blickte auf sein Handy, das plötzlich nur mehr unregelmäßig zuckte. „Verdammt, ausgerechnet jetzt gibt es den Geist auf!“ Ärgerlich steckte er es weg.

„Wer war das?“, wollte Pokorny wissen.

„Paula ..., ich meine Kisch.“

„Und? Steht mein Haus noch?“

„Hat sie nicht erwähnt. Aber ich glaube, wir haben ihn.“

„Wen?“

„Den Pagat. Also, sie hat ein Foto mitgebracht ...“

„Den Pagat?“ fragte Pokorny zurückhaltend, fast als sei es unmöglich. „Und wie heißt er mit richtigem Namen?“

„Kennen Sie eine Glaserei Plattner in Alt-Nagelberg?“

„Ich glaube schon, aber die hat doch schon lange zugesperrt.“

„Richtig.“

„Und?“

„Dort ist etwas vorgefallen ...“

„Entschuldigung“, unterbrach der Tourguide sie. Er hatte sie aus dem Gangsystem hinausbegleitet und stand nun unnütz herum. „Brauchen Sie mich noch?“, fragte er. „Sonst schau ich zu den Kollegen am Girardipark.“

„Nein, nein“, erwiderte Pokorny, „Sie können ruhig gehen!“, und hob einen dicken Ast vom Boden auf, den der Fluss angeschwemmt hatte. „Die Glaserei Plattner, und weiter?“ Der Ast hatte keine Rinde mehr, war vom Wasser abgeschliffen und von der Sonne ausgebleicht.

„Ein Nachbar hat erzählt, dass es in der Glaserei einen Unfall gegeben hat.“

„Hmm.“ Pokorny hielt den Ast ins fließende Wasser.

„Der Sohn wurde anscheinend mit Spitznamen Pagat gerufen und hatte außerdem eine besondere Leidenschaft.“

„Und zwar welche?“

„Musik.“

Kubicek, der in der Zwischenzeit mit Haberzettel den Aufgang zum Stadtpark aufgesperrt hatte, kam mit dem Handy auf sie zu. „Deines scheint was zu haben! Wila hat mich grad angerufen!“

„Was wollte er?“

„Hausner ist tot! Eine Leiche ist im Rechen vom Kraftwerk Freudenau angeschwemmt worden. Dort, wo der ganze Dreck hängen bleibt. Möglicherweise der Hausner.“

Orsini stapfte mit den schweren Stiefeln ins Wasser und trat auf der Stelle, als könne das Wasser etwas dafür. „Wissen wir schon was Genaueres?“

Kubicek schüttelte den Kopf. „Haben es ja grad erst gemeldet. Elvira ist am Weg zum Kraftwerk.“

„Warum glauben Sie, dass es sich um Hausner handeln könnte?“, fragte Pokorny.

„Keine Ahnung. Aber was hab ich euch gesagt? Der Spiegelfreak hat alle am Gewissen, und weil wir knapp dran waren, geht er ins Wasser, das feige Arschloch.“

Pokorny blieb still. Orsini aber watete weiter in den Fluss hinein, ohne zu bemerken, dass sich Touristen über die Balustrade lehnten und sie beobachteten. Belustigt sahen sie zu, wie er sich nach vor beugte, mit beiden Händen Wasser aufnahm und es sich über den Kopf schüttete. Sofort zückten sie die Kameras und applaudierten.

„Du wirst zur Attraktion“, spöttelte Kubicek und winkte hämisch grinsend hinauf.

*

Ohne auf das Parkverbot zu achten, stellte Paula den Seat vor dem *Café Museum* ab, schnappte das Foto und ihre Tasche und überquerte im Laufschritt die Straße zum Girardipark. Ein Streifenpolizist hielt vor dem offenen Abgang Wache, ein zweiter saß im Einsatzwagen. „Beim Eingang", hatte Orsini gesagt, bevor das Gespräch abgerissen war. Allerdings war er weit und breit nicht zu sehen. Die Autofahrt hatte doch etwas länger gedauert, als sie angenommen hatte. Sie blickte auf ihre Uhr und wählte noch einmal seine Nummer.

Während sie darauf wartete, dass er abhob, fragte sie den Polizisten: „Ist Inspektor Orsini unten?"

„Das weiß ich nicht, wer da aller unten ist, wir haben nämlich gerade erst die Kollegen abgelöst. Aber vor zehn Minuten sind zwei von der Spurensicherung runter."

„Hat einer davon zufällig Aknenarben im Gesicht gehabt und nach Mentholzigaretten gerochen?"

Der Beamte grinste. „Eindeutig", sagte er und zeichnete mit der Hand die Kontur eines Wohlstandsbauches nach.

Gottschlich, dachte Paula, das auch noch! Am Handy hörte sie nun wieder Orsinis Mailbox-Stimme und legte entnervt auf. Sollte sie hier warten? Es war wichtig, dass er das Foto zu sehen bekam. Ungeduldig trommelte sie auf ihrem Oberschenkel herum, bis sie den Guide von der *Dritte Mann Tour* bemerkte. Er stand vor der roten Betonmauer, die als Treffpunkt für die Tour gedacht war, schulterte gerade seinen Rucksack und schien aufbruchsbereit.

„Haben Sie heute keine Führung mehr?", fragte sie schnell.

„Sind doch abgesagt wegen der Aktion", antwortete der Guide und deutete auf den Polizisten.

„Wissen Sie vielleicht, wo meine Kollegen sind?"

„Die sind unten im Kanal", antwortete er, „haben was Wichtiges gefunden. Das wird noch länger dauern."

„Und Inspektor Orsini war in der letzten Viertelstunde nicht hier heroben?"

„Nein, bestimmt nicht. Der beaufsichtigt ja das Ganze."

Bevor Paula weitersprechen konnte, läutete endlich doch ihr Handy.

„Wo bist ...?"

„Wo bist *du* so lange?", unterbrach Orsini sie.

„Ich bin hier beim Eingang Girardipark", antwortete Paula irritiert und presste das Handy ans Ohr. Man verstand ihn vor lauter Krachen kaum.

„Ich hab eigentlich den Eingang beim Stadtgarten gemeint. Wir haben den Tatort gefunden. Er liegt unter dem Schwarzenbergplatz."

„Das konnte ich aber nicht wissen. Wohin soll ich jetzt kommen?", fragte Paula. „Ich muss dir unbedingt das Foto zeigen!"

„Hierher zum Stadtpark! Aber warte", er sprach kurz mit jemandem und fuhr fort, „ist Gottschlich zufällig bei dir? Wir brauchen die Spurensicherung dringend am Tatort und erreichen sie nicht!"

„Angeblich ist er vor zehn Minuten hier runtergegangen."

„Ist jemand da, der dich runterführen kann?"

„Ich find da schon selber hin!"

„Nein, auf keinen Fall! Ist nicht der Guide ...?"

„Ja, gut", lenkte sie ein und hob die Augenbrauen, um dem Guide anzuzeigen, dass sie ihn noch sprechen wollte. „Ich frage ihn."

„Gut, beeil dich!", erwiderte Orsini und legte auf.

„Mach ich", sagte Paula in die tote Leitung und wandte sich an den Guide: „Sie sollen mich runterbringen zu den Tatortleuten!"

„Ist in Ordnung", antwortete der Guide, der das Gespräch gezwungenermaßen mitverfolgt hatte, und trat auf das dunkle Loch zu, das in den Untergrund führte. „Leider hab ich nur die eine Taschenlampe mit", sagte er, während sie die Wendeltreppe nach unten stiegen.

„Ich bin nicht ängstlich", antwortete Paula, „und außerdem sieht man auch so genug. Was ist das für ein Gestank heute? Das riecht anders als gestern?"

„Wahrscheinlich die Maischebottiche von der Bierbrauerei."

„Was?"

„Sie leiten die Reste in den Ottakringer Bach. Ist aber angeblich alles biologisch abbaubar."

„Aber warum muss es so entsetzlich stinken?", fragte Paula.

„Entsetzlich? Die Kanalarbeiter haben da eine zehnstufige Skala. Wenn Sie mich fragen, ist das heute vier bis fünf. Höchstens."

Sie betraten die Stahlterrasse in der Überlaufkammer. Hier war erst gestern der tote Conan am Damenstrumpf gebaumelt. Aus einem Gang seitlich davon hörten sie Stimmen und gingen darauf zu. An dessen Ende mündete ein mannshoher Abwasserkanal, bei dem sich die Gesuchten befanden. Sie hatten eine Schaufel gefunden, die möglicherweise als Tatwaffe infrage kam.

„Ohne den scheußlichen Geruch wär's hier angenehmer als oben in der Hitze", schnaufte Gottschlich und sah sie wie immer taxierend an. „Na, auf der Suche nach einem neuen Strumpf?"

„Sehr witzig ... Sie sollen dringend zu den anderen kommen, soll ich Ihnen von Orsini ausrichten. Man kann Sie nicht erreichen."

„No na! Hier unten hat keiner einen Empfang. Und wo braucht uns der Herr Inspektor?"

„Sie haben den Tatort gefunden, unterm Schwarzenbergplatz."

„Na gut", erwiderte Gottschlich, „der Lehner kommt hier eh allein zurecht. Wir beide", er nickte dem Kollegen an seiner Seite zu, „gehen zum Tatort! Sie führen uns doch, oder?", befahl er dem Guide mehr als dass er fragte.

„Ich dachte", wandte Paula ein, „es wär besser mit dem Auto ..."

„Haben Madame Angst vor der Dunkelheit?", kam die süffisante Antwort von Gottschlich, der schon auf dem Weg zur Stahlterrasse war. „Wo geht's da runter?!", bellte er dann nur.

Paula verschob den verbalen Schlagabtausch auf die Zukunft und folgte knapp hinter dem Guide, der sie zu einer weiteren Treppe in die Tiefe führte. Hier war es zwar nicht nass, aber im Schein der Taschenlampe erkannte sie filigrane Spinnennetze, die ihre Fantasie beflügelten. Sie hatte keine Angst vor den Tieren, erinnerte sich jedoch an eine weitere Kindheitswette, diesmal mit ihren Brüdern. Es war darum gegangen, drei Spinnen möglichst lange im Mund zu behalten. Daran, welcher ihrer Brüder gewonnen hatte, konnte sie sich nicht mehr erinnern, nur daran, dass sie sich einmal verschluckt hatte.

„Vorsicht", meinte der Guide und leuchtete auf einen Vorsprung in der Decke. „Kopf einziehen!"

„Wie schaffen Sie es, sich in diesem Labyrinth nicht zu verirren?", fragte Paula.

Der Guide zuckte mit den Achseln. „Ich bin schon so lange hier, irgendwann kennt man sich einfach aus. Früher haben ja Leute im Kanal gelebt, und zwar nicht wenige. Die haben sich bestimmt noch besser ausgekannt."

„Gelebt?"

„Ja. Das waren die Ärmsten der Armen, die sogenannten Strottern. Noch nie was von denen gehört?"

„Nein."

„Die Strottern haben nach allem Möglichen gefischt. Metalle, Besteck, Zahnprothesen, vor allem aber nach Knochen und Fett."

„Wozu?"

„Für die Seifenproduktion, war ein einträgliches Geschäft für sie. Beliebt waren die Kanäle rund um den Schwarzenbergplatz. Razzien waren sinnlos, weil die Strottern mehr Ausgänge gekannt haben als die Polizei."

„Diese Ausgänge gibt's aber nicht mehr, oder?"

„Doch. Im Prinzip gibt's unzählige, weil man bei jedem Kanalgitter raus und rein kann. Ratten waren übrigens die besten Freunde der Strottern, denn sobald die nervös geworden sind und raus wollten, hat das geheißen: Regen kommt, Wasser steigt, Lebensgefahr."

„Bei der Bergung der Leiche hab ich aber keine gesehen", wandte Gottschlich von hinten ein.

„Die waren vorher schon weg. In Wien kommen auf jeden Bewohner zwei Ratten, und da liegen wir im internationalen Ranking noch gut", konterte der Guide und sperrte eine Tür auf. Dahinter, das konnte man schon am Rauschen erkennen, floss die Wien.

Es wäre eindeutig besser gewesen, oben zu gehen, dachte Paula, nachdem der Guide die Tür hinter ihnen wieder versperrte hatte. Gottschlich aber marschierte bereits mit seinem Kollegen voran, voll bepackt mit den schweren Taschen. „Was ist", rief er ihr über die Schulter zu, „Angst?"

Paula verkniff sich ein zweites Mal die Antwort und sah skeptisch über das dunkle Nass, in dem sich der Lichtstrahl der Lampen wirr spiegelte.

*

Pokorny und Orsini sahen zuerst zu Seklitsch und dann zum Himmel. Sie standen im Freien vor dem Wienflussportal und hielten nach Paula und der Tatortgruppe Ausschau. Seklitsch hatte ihnen geraten, die Sache abzublasen und das Wettergeschehen abzuwarten.

„Aber es regnet doch noch nicht", wandte Pokorny ein.

„Kann sein, dass es demnächst hinterm Naschmarkt schüttet, oder auch nicht. Wollen Sie das riskieren?"

„Nein, natürlich nicht! Wo bleiben die nur?", entgegnete Pokorny und sah Orsini zu, wie er unruhig am Wasserrand auf und ab ging. „Haben Sie ihr gesagt, dass sie oben herum mit dem Auto kommen sollen? Am Ende gehen sie den Fluss entlang ..."

„Ich denke schon", antwortete Orsini. Hatte er sich am Telefon klar genug ausgedrückt? Hatte er Paula gesagt, dass sie auf die andere Flussseite mussten? Nach einem weiteren kritischen Blick zu den Wolken fasste er einen Beschluss. „Wir müssen die Aktion abbrechen! Ich gehe rein zu den Beamten und sage es ihnen. Außerdem sehe ich so, ob Kisch uns unten entgegenkommt“, sagte er und marschierte los. Ohne darauf zu antworten, setzte Seklitsch sich ebenfalls in Bewegung.

Nach vielleicht 100 Metern bemerkte Orsini in einiger Entfernung Lichtkegel, die sich ihnen am anderen Ufer näherten. „Das sind sie!“

Seklitsch grunzte nur etwas, das nach „Idioten“ klang, und begann zu laufen.

Als sie sich der Stelle näherten, sahen sie, dass einer der Polizisten, die mit Ennsner Wache halten sollten, bereits bis zu den Knien im Wasser stand und einem Tatortbeamten im weißen Anzug die Hand entgegenstreckte. Der Mann befand sich in der Mitte des Flusses und versuchte verzweifelt, Tasche und Aluminiumkoffer über Wasser zu halten. So konnte er jedoch weder vor noch zurück. Auf der anderen Seite erkannte Orsini Paula, den Guide und Gottschlich. Gottschlich schrie seinem Kollegen etwas Unverständliches zu.

„Verdammter Trottel“, entfuhr es Seklitsch, während er seine Stiefel hochzog und zum Polizisten watete. Er zog ihn am Arm zurück, stemmte sich gegen das Wasser und watete weiter in den Fluss hinein.

„Gib her!“, schrie er dem Tatortbeamten zu, schnappte dessen Tasche und reichte ihm seine Hand. Seklitsch hatte kaum Halt unter den Füßen und kämpfte darum, nicht abgetrieben zu werden. Irgendwie schaffte er es aber dank seiner massigen Gestalt, samt dem Beamten heil zu Orsini zu gelangen. Der Tatortbeamte ließ sich auf den Betonboden fallen. Seklitsch schmiss die Tasche neben ihn. „Ihr habt alle keine Ahnung, wie gefährlich das ist!“

„Scheiße!“, hörten sie inzwischen aber Gottschlichs Stimme, der sich nun ebenfalls ins kühle Nass gestürzt hatte.

„Ist der komplett wahnsinnig?“, schrie Seklitsch und leuchtete ihn an.

Gottschlich stand mitten im Fluss wie ein schwankender Brückenpfeiler ohne Brücke. Das Wasser reichte ihm schon beinahe zur Hüfte. Wellen schwappten an ihm hoch, und die zwei Taschen an seinen Schultern tanzten auf dem Wasser.

„Des schafft der nie", urteilte Seklitsch.

Womit er recht hatte. Denn die Strömung war mittlerweile so stark, dass Gottschlich abgetrieben wurde. Nur mit Mühe hielt er sich überhaupt aufrecht.

„Lass die Scheißtaschn aus!", schrie Seklitsch und watete auf den nun wankenden menschlichen Pfeiler zu. In dem Moment verlor Gottschlich endgültig den Halt, ruderte verzweifelt mit den Armen und landete im Wasser. Seklitsch bekam eine der Taschen zu fassen, stemmte sich gegen die Strömung und zog Gottschlich entschlossen zum Ufer. Orsini reichte ihm die Hand, und gemeinsam brachten sie ihn ins Seichte.

„Scheiße, Scheiße!", entfuhr es Gottschlich, und er sah der zweiten Tasche auf ihrem Ritt über die Wellen nach, bis sie unterging. „Meine Fototasche! Wieso hast du sie nicht ...?!"

„Arschloch", zischte Seklitsch, legte sich am noch trockenen Randstreifen auf den Rücken und ließ das Wasser aus den Stiefeln laufen. Inzwischen hatte der Polizist Ennsner und seinen Kollegen geholt, sodass Seklitsch im Aufstehen an alle die Order gab: „Wir müssen hier weg, und zwar schnell!"

„Was ist mit denen drüben?", warf Orsini ein.

„Der von der Kanaltour kennt sich aus", antwortete Seklitsch, „er wird sie rausführen."

Orsini sah über den schäumenden Fluss und versuchte mit Gesten klarzumachen, dass sie sich in Schutz bringen sollten. Paula winkte und rief etwas, das er nicht verstand. Sie deutete flussaufwärts, von wo sie gekommen waren, und nach oben. Orsini signalisierte mit dem Okay-Zeichen, dass er verstanden hatte, und blickte Orson Welles nach, wie er Paula den Weg ausleuchtete.

*

„Glauben Sie, er hat verstanden, wo wir hinwollen?“, fragte Paula.

„Was?“ Er warf ihr einen kurzen Blick von der Seite zu und konzentrierte sich dann wieder auf den Betonboden vor ihnen. Das Wasser reichte mittlerweile schon knapp an die hohe Mauer heran, und er ging bereits mit einem Bein im Nassen.

„Ob er verstanden hat, wo wir hinwollen?“, wiederholte Paula lauter.

Der Guide nickte nur und marschierte weiter. Als sie nach für Paula endlos scheinenden Minuten einen Ausgang erreichten, drängte er sie jedoch weiter. „Ich hab für den keinen Schlüssel!“, rief er. „In 200 Metern ist der nächste, machen Sie sich keine Sorgen, so schnell ist das Wasser nicht“, versuchte er sie zu beruhigen, beschleunigte aber gleichzeitig seine Schritte.

Paulas Magen verkrampfte sich. In den wenigen Minuten, die sie unterwegs waren, hatte sich das Wasser den verbleibenden trockenen Uferstreifen geholt, sodass der Guide bereits knöcheltief darin watete. Auch Paulas Schuhe waren längst nass. Plötzlich – Paula hielt unweigerlich den Atem an – sah sie vor ihren Füßen eine Ratte, die sich an die Mauer drückte. Rasch sprang sie über das Tier, das sich hinter ihnen aus dem Staub machte. Während sie wortlos nebeneinanderher eilten, mehr schon durchs Wasser liefen als gingen, streifte der Strahl der Taschenlampe die aufgewühlte Wasseroberfläche.

Paula hielt sich zwar für eine gute Schwimmerin, aber im Finstern und bei diesen Wellen gab sie sich nicht allzu viele Chancen. Sie hatte gesehen, wie es Gottschlich vorhin beim Versuch ergangen war, den Fluss zu durchqueren. Die Reste der Fotoausrüstung konnte er später im Donaukanal suchen. Allerdings hatte sie dem überheblichen Typen das Bad im Abwasser mehr als gegönnt.

„Achtung!“, schrie der Guide. Aus einem vergitterten Loch an der Wand ergoss sich eine hüfthohe Abwasserfontäne in den Fluss. Ohne zu zögern sprang er durch sie hindurch und reichte Paula von der anderen Seite die Hand. „Passen Sie auf, es ist rutschig!"

Paula ergriff die Hand und sprang mit einem Satz durch das Abwasser, landete etwas versetzt und konnte nur mit Mühe das Gleichgewicht halten.

„Los, weiter!", rief der Guide. „Dort!"

Knapp vor ihnen erspähte Paula ein grünes Schild mit dem Wort Notausgang. Keinen Augenblick zu früh, denn mit einem gewaltigen Rauschen donnerte ihnen – soweit sie es im Licht der Lampe sehen konnten – eine regelrechte Wand aus Wasser entgegen. Die letzten Meter rannten sie durch das wilde Wasser, bis sie den vergitterten Aufgang erreichten. Erst als der Guide das Schloss geöffnet hatte und sie sich auf den Stufen der Treppe ins Trockene gebracht hatten, blieb Paula schnaufend stehen.

„Wo kommen wir da eigentlich raus?", fragte sie.

Der Guide aber schien sie nicht gehört zu haben, denn er stieg bereits die Wendeltreppe nach oben.

Paula stützte sich auf ihren Oberschenkeln ab und rief: „Warten Sie! Können Sie mir nach unten leuchten? "

Doch anstatt eine Antwort zu erhalten, wurde es plötzlich rabenschwarz. Dann hörte sie ein scharfes, metallisches Quietschen.

„He!?"

Sie horchte in die Dunkelheit, aber außer dem Toben des Wienflusses konnte sie nichts hören. „Was ist los!?", rief sie erneut.

Keine Antwort. Sie griff in ihr Halfter. Ihr Atem verlangsamte sich, wie sie es bei den Schießübungen immer trainiert hatte, und ihr Kopf wurde erstaunlich klar ... Doch bei diesen Übungen hatte man etwas gesehen.

„Hallo?!", rief Paula noch einmal und zog dann ihre Waffe.

Unbewusst schalteten ihre Sinne auf höchste Sensibilität und versuchten jede noch so kleine Veränderung zu erfassen.

Mit der Pistole in der einen Hand stieg sie weiter nach oben und stützte sich gleichzeitig mit der anderen an der feuchten Mauer ab. Tastend fuhr sie mit der Schuhspitze über jede einzelne Stufe bis zur nächsten und zog erst dann den anderen Fuß hinterher. Nach etwa 20 Stufen fuhr ihr Fuß ins Leere.

Es musste sich um eine Art Zwischengeschoß handeln. Nur aus der Ferne drang ein wenig Licht in den Raum. Gerade so viel, dass sie einen engen Korridor ausmachen konnte. Die Pistole im Anschlag schlich sie darauf zu. Nach einigen Schritten hielt sie instinktiv an. Plötzlich flog etwas knapp vor ihrem Gesicht vorbei, und noch bevor dieses Etwas auf dem Boden aufschlug, hörte sie eine piepsige Melodie. Als sie sich nach dem Geräusch umdrehte, traf sie ein Schlag mitten ins Gesicht.

*

Vorne hatte die Gruppe beinahe das Flussportal im Stadtpark erreicht. Die Öffnung erstrahlte – im Unterschied zum Vormittag – nicht mehr hell, sondern hob sich nur mehr dunkelgrau von den Innenwänden ab. Dicke Tropfen prasselten davor auf das aufgewühlte Wasser nieder. Seklitsch ging mit breiten Schritten dicht hinter den beiden Tatortbeamten. Sein Schlüsselbund baumelte wie immer am Gürtel seiner Hose. Orsini und der zweite Polizist bildeten die Nachhut. Plötzlich blieb er stehen und sah kurz nach oben ins Gewölbe des Kanals. Sah, wie sich das Abwasser von dort durch einen Gully, einer riesengroßen Dusche gleich, nach unten ergoss. Schlagartig schoss ein Schwall Bilder durch seinen Kopf: Der Rom in seinem Rollstuhl, eine Melodie summend, Seklitschs Schlüsselbund, die Glasscherbe und der Pagat in ihrem Kuvert – und Paula, die sich ihren Schal über die Schulter warf. Und dann noch ein anderer Schlüsselbund. Die Bilder pressten sich mit den stechenden Kopfschmerzen zu einem Pfropfen zusammen, der sein Gehirn zu sprengen drohte.

„Was ist?“, fragte der Polizist neben ihm. Doch Orsini hörte ihn nicht mehr, denn er hetzte bereits zurück in die Dunkelheit. Der Pfropfen hatte sich gelöst.

„Sind Sie wahnsinnig?!“, schrie ihm der Polizist nach. Auch Seklitsch drehte sich um, erblickte jedoch nur noch das Auf und Ab eines Lampenstrahls, der sich flussaufwärts entfernte.

Orsini hielt die Taschenlampe wie ein Staffelholz und rannte so schnell ihn seine Beine trugen. Zwischen der Kanalmauer, die neben ihm hochragte, war nur mehr ein schmaler Streifen Boden trocken. Den Rest hatte das Wasser schon erobert. Mit einem gewaltigen Klang donnerten ihm die Wassermassen entgegen. Ohne sich davon einschüchtern zu lassen lief er weiter. Der Schweiß schoss ihm aus den Poren. Sein Herz pumpte auf Hochtouren. Mit der Taschenlampe leuchtete er immer wieder auf die andere Seite hinüber, doch er sah weder Paula noch den Guide. Auf Höhe des Girardiparks blieb er kurz stehen. Aus der Öffnung vom Überlaufbecken schoss ein massiver, meterhoher graubrauner Abwasserstrahl. Die Tür zum Aufgang lag stromaufwärts, also konnten sie unmöglich diesen Weg gewählt haben, überlegte er und leuchtete fieberhaft die gegenüberliegenden Mauern ab.

Der nächste Notausgang lag etwa 200 Meter flussabwärts, schätzte Orsini. Entschlossen riss er sich im wadentiefen Wasser die Stiefel herunter, warf sie achtlos zur Seite und nahm die Taschenlampe zwischen die Zähne. Treibholz und Plastikflaschen tauchten im Schaum der wuchtigen schlammbraunen Wellen auf. Seklitsch hatte nicht übertrieben. Was sich dem Wasser in den Weg stellte und nicht gut genug befestigt war, wurde mitgerissen.

Mit aller Kraft stemmte er sich gegen die Strömung, watete so weit wie möglich in die Flussmitte und hechtete, kurz bevor er den Boden unter den Füßen verlor, in die braune Brühe. Die Strömung war so stark, dass er sofort abgetrieben wurde. Er versuchte nur durch die Nase zu atmen, weil er wegen der Taschenlampe, die zwischen seinen Zähnen steckte, ständig Wasser in den Mund bekam. Mit kräftigen Armschlägen gelang es ihm, sich dem anderen Flussufer zu nähern, als seine Knie gegen etwas Hartes schlugen. Verzweifelt versuchte er sich daran festzuklammern, wurde aber weitergezogen. Endlich fanden seine Zehen auf dem Betongrund ein wenig Halt. Zentimeter für Zentimeter schob er sich Richtung Kanalrand. Dort ließ die Strömung endlich etwas nach, und er ließ sich an der Mauer entlangtreiben. Immer wieder suchte er an der Mauer nach Halt, obwohl der raue Beton ihm die Fingerkuppen aufriss. Plötzlich fuhren seine Hände ins Leere.

Er schlug mit den Unterarmen hart gegen eine Kante und krallte sich rasch an ihr fest. Dann zog er sich mühsam gegen die Wellen ankämpfend in den Schacht des Notausganges hinein. Im hüfthohen Wasser watete er vor bis zur Treppe. Dort blieb er stehen und versuchte über dem Getöse etwas zu hören. Er griff nach seiner Waffe.

Angespannt stieg er die Stufen hinauf, leuchtete dabei jeden Winkel aus und erreichte schließlich den kahlen Raum mit den bunten Graffitis und den Schaumgummimatratzen, den er bereits kannte. Triefend nass arbeitete er sich bis aufs Straßenniveau vor, doch der Glasverbau war leer. Er rüttelte an der Tür und trat dagegen, aber vergebens. Auch der Gehsteig war menschenleer. Ein Wolkenbruch ging nieder. Zwei Autos mit eingeschaltetem Licht fuhren wie in Zeitlupe die Straße entlang, ohne sein Winken zu registrieren.

Orsini hetzte zurück und watete über die untersten Stufen in den Fluss. Nochmals nahm er die Taschenlampe zwischen die Zähne und hechtete zum zweiten Mal ins Wasser. Verbissen kämpfte er darum, nicht in die Flussmitte abgetrieben zu werden, denn er hatte nur ein Ziel vor Augen: die leuchtende grüne Signaltafel des nächsten Notausstiegs. Erneut schluckte er Wasser, spie es aus und verlor dabei die Taschenlampe. Nun schwamm er in völliger Dunkelheit in einem Hochwasser führenden Fluss um sein eigenes Leben und konnte sich nur mehr auf seinen Tastsinn verlassen. Sich gegen das Wasser zu stemmen war aussichtslos, also versuchte er, mit den Füßen Kontakt zum Boden zu halten und den rettenden Aufgang anzuvisieren.

Die grün leuchtende Tafel kam jedoch rascher auf Orsini zu, als er kalkuliert hatte. Nur nicht vorbeischwimmen, sprach er sich selbst Mut zu, peilte die Tafel an und tauchte dort, wo er den Ausstieg erahnte, mit dem Oberkörper hinein. Seine Beine wurden aber von der Strömung mitgezogen und knallten gegen die Kanalmauer. Dabei verlor er die Glock. Mit einer delfinartigen Bewegung seiner Beine löste er sich und schwamm in den dunklen, mit Wasser gefüllten Aufgang hinein.

Augenblicklich war die Macht der Strömung gebrochen. Er rang einen Moment nach Luft. Dann blickte er auf den grünen Schein der Notbeleuchtung zurück, die sich auf den Wellen spiegelte und ihm vermutlich das Leben gerettet hatte. Vorsichtig glitt er in der dunklen Suppe weiter hinein auf die Wendeltreppe zu. Seine aufgeschundenen Knie berührten den Boden, der nach hinten anstieg. Als er endlich auf die Füße kam, lief das Abwasser an ihm hinab wie nach einem Bad.

Ungeachtet dessen nahm ein Tosen vor ihm seine ganze Aufmerksamkeit in Anspruch. Er hatte keine Ahnung, woher es kam, denn er war praktisch blind. Seine Finger fuhren über die verschimmelten Wände. Zögernd setzte er einen Fuß vor den anderen. Plötzlich schoss Wasser von oben über seine Haare. Einen Schritt weiter stand er mitten in einem Wasserfall. Mit zusammengekniffenen Augen blickte er nach oben und glaubte die Umrisse eines Gullys zu erkennen. Er stolperte voran, hielt dabei schützend eine Hand vor die Augen und tastete sich weiter, bis er mit dem Schienbein hart anstieß. Er bückte sich und erfühlte mit der Hand eine Stufe. Sie war aus Stein. Die Ahnung eines Lichtscheins ließ ihn schwache Konturen erkennen. Vorsichtig stieg er eine Stufe nach der anderen hinauf, eine Hand vor sich ausgestreckt, und versuchte seine Eile zu zügeln. Wenn er auf sich aufmerksam machte, war das Überraschungsmoment verloren. Das Rauschen des Flusses hatte inzwischen ein wenig nachgelassen und ließ Platz für andere Laute. Über sich meinte er Schritte zu hören. Er hielt an und horchte.

Nichts.

Gerade als er zum nächsten Schritt ansetzte, hörte er es wieder. Über ihm ging eindeutig jemand. Dann war es wieder still. Langsam schlich Orsini weiter. Stufe für Stufe konnte er etwas mehr erkennen. Sie waren doch vorhin erst hier gewesen, dachte er, oder brachte er die vielen Aufgänge durcheinander? War es der mit dem Zwischengeschoß? Dort hatte es einen Gang mit einem zweiten Raum dahinter gegeben. Er blieb stehen und horchte erneut. Dann machte sein Herz einen Aussetzer. Denn was er hörte, übertraf seine schlimmsten Befürchtungen.

Jemand stimmte ein Instrument. Genauer gesagt, eine Geige. Wie Nadelstiche drangen die einzelnen Töne in seinen Kopf. Auf allen Vieren kroch er die Wendeltreppe weiter, bis er sich endlich mit dem Fußboden in Augenhöhe befand. Dort befühlten seine Finger die Steinplatten und fuhren eine Ritze entlang. Plötzlich spürte er unter seinen Fingerspitzen etwas Kleines, Rundes. Für einen Kieselstein war es zu groß und auch zu regelmäßig. Eher aus Plastik, und – er hielt sich das Ding dicht vor seine Augen – mit einem Metallring daran. Es war der Schlüsselanhänger mit dem Porträt Orson Welles', den der Guide ihm am ersten Tag gezeigt hatte.

Orsini hob den Blick und versuchte, im Dunkel etwas zu erkennen. Tatsächlich, es gab den Korridor, und an seinem Ende – Orsini wollte aufschreien – flackerte Kerzenlicht. Paula! Sofort hatte er das Bild des unterirdischen Kobels mit den blutbespritzten Wänden vor sich. Auch dort hatte jemand zuvor eine Kerze entzündet. Sein Pulsschlag dröhnte im Kopf, doch er zwang sich, ruhig zu bleiben. Beim Übergang in den dahinterliegenden Raum stand ein Mann mit dem Rücken zu ihm. Orsini stutzte. Es war unmöglich! Oder aber ... Verwirrt suchte er nach einer Erklärung. Wie war er so schnell hierher gekommen? Allerdings gab es keinen Zweifel: Das Kerzenlicht aus dem Raum dahinter war hell genug, um zu erkennen, wessen Rücken er anstarrte: Seklitsch!

Hinter Seklitsch erblickte Orsini den Schrank mit dem Starkstrom. Nur dass er jetzt offen stand. Daneben, auf einem Mauervorsprung, die brennende Kerze. Am Boden konnte er Paulas Füße sehen. Fieberhaft suchten Orsinis Augen etwas, das er als Waffe benutzen konnte. Er schlich sich näher an Seklitsch heran, um sich auf ihn zu stürzen. Doch bevor er ihn erreichte, ertönte plötzlich ein ohrenbetäubender Knall. Seklitsch schrie auf und brach zusammen. Orsini begriff nichts mehr, wich zurück und presste sich in eine dunkle Nische.

Der Nachhall des Schusses verklang und ging in eine filigrane, beinahe zärtliche Melodie der Geige über. Seklitsch wand sich vor Schmerzen am Boden. Die Melodie wurde wehmütig, wiederholte sich und brach mit einem Mal ab. Als Orsini sich wieder nach vor wagte, sah er den Guide hinter Seklitsch stehen. In der Rechten hielt er den Geigenbogen, die Geige selbst hatte er unter das Kinn geklemmt. In seiner Linken hielt er Paulas Pistole, die er nun auf Seklitsch richtete.

Orsinis Kopf war mit einem Mal völlig leer. Instinktiv drückte sein Daumen auf den Plastikanhänger in seiner Hand und warf ihn dabei gleichzeitig Richtung Guide. Anton Karas' unverkennbare Zithermelodie erklang, und noch während der kleine Plastikanhänger durch die Luft flog, hechtete Orsini nach vor. Der Guide beobachtete für einen Augenblick irritiert das kleine Plastikding, wie es vor Paulas Beinen landete, und war dadurch so abgelenkt, dass es Orsini gelang, sich auf ihn zu stürzen und ihn niederzureißen. Der Geigenbogen brach entzwei, die Geige schlug krachend auf dem Boden auf.

Orsini hatte den Guide zwar in Hüfthöhe gerammt, war aber über Seklitsch gestolpert und lag nun selbst auch auf dem Boden. Mit einem Arm umklammerte er hartnäckig das Bein des Guides. Der aber wand sich wie ein Aal, trat Orsini mit dem anderen Fuß ins Gesicht und sprang auf. Vor Wut zitternd hob der Guide die Pistole und zielte nun auf ihn. Es war nichts mehr zwischen ihnen, das ihn hätte aufhalten können. Orsini blickte von der Waffe in die zornigen Augen. Dahinter zeichnete das flackernde Kerzenlicht ein unwirkliches Bild an die Mauer, das Orsini an Szenen aus dem *Dritten Mann* erinnerte. „Warum", begann er dann und versuchte, seine Stimme so ruhig wie möglich zu halten, „warum genau *die* Opfer und nicht jemand anders?"

Der Guide schnaubte verächtlich und hob die Pistole höher.

Wo sind die anderen, fragte Orsini sich und schielte zu Paulas leblos daliegendem Körper. Es tut mir leid, schrie es in ihm, ehe er fortfuhr: „Haben sie Sie gestört? Oder Ihre Musik?"

Wieder blieb der Guide eine Antwort schuldig und hob die Waffe langsam weiter, bis er auf Orsinis Kopf zielte. Es wirkte für einen Moment, als hätte Orsini mit seiner Frage zumindest ein kleines Loch in die Außenschale seiner persönlichen, von den anderen abgetrennten Welt gebohrt. Er war dadurch gerade so sehr abgelenkt, dass er nicht bemerkte, wie Seklitsch sich hochzurappeln begann.

„Es war doch so?", tappte Orsini ratend in die Gefühlswelt desjenigen Mannes, der seine Waffe auf ihn richtete, weiter vor. „Die Greta hat Sie hier unten gestört, beim Spiel. Die Dorothea? Vielleicht war sie im Konzert unaufmerksam? Sind Sie neben ihr gesessen? War es das?"

Der Guide streckte beide Arme durch und zielte genau auf Orsinis Stirn, aber er ließ ihn weiterreden.

„Und der Musiker? Hat er seine Hefte gelesen, während des Konzerts?"

Orsini versuchte, in den Augen des Guides zu lesen. Die Angst war aus ihm gewichen, er fühlte sich seltsam ruhig, während er auf eine Antwort wartete.

Stille.

Und dann zwischen zusammengepressten Lippen ein Laut wie das Schnauben eines Stiers. „Auch bei den Proben", schoss es aus dem Guide heraus, „ich hab es beobachtet!"

Von ihm unbemerkt zog Seklitsch sich an der Mauer hoch, holte mit einer Hand aus und rammte ihm sein Taschenmesser in die Nieren. Der Guide schrie gellend auf, taumelte und ließ dabei die Pistole fallen.

„Du Arschloch hast meinen Kollegen auf dem Gewissen!", schrie Seklitsch wie von Sinnen und zog sich weiter an der Mauer hoch. In den Augen des Guides spiegelte sich nichts als nackte Angst, während er panisch zur Wendeltreppe stolperte. Seklitsch hinkte ihm schreiend hinterher. Das rechte Bein schleifte er mit.

Orsini drehte sich zu Paula und blickte auf die klaffende Wunde unter ihrem Auge. Blut rann über ihre Wange auf den Boden. Eine Glasscherbe funkelte auf ihrem Bauch. Sie lag mit ausgestreckten Armen auf dem Rücken. Ihm fuhr die Angst in den Magen wie die Faust eines Boxers. Vorsichtig drehte er beide Arme so, dass er ihre Innenseiten sehen konnte. Er atmete auf. Rasch fühlte er am Hals ihren Puls. Schwach, aber da, stellte er fest und hob behutsam ihren Kopf an. Am Hinterkopf fühlte er eine Schwellung. Ohne nachzudenken hetzte er zur Wendeltreppe und blickte kurz nach unten. Dort, wo sich vorhin aus dem Gully noch ein Wasserfall hinabgestürzt hatte, tröpfelte es jetzt nur mehr. Ein Lichtstrahl warf ein düsteres Licht auf Seklitsch. Er watete bis zum Bauch im Wasser vor zum Wienfluss. Mit der Rechten drückte er den Kopf des Guides unter die Oberfläche.

„Seklitsch!!", schrie Orsini.

Ohne sich umzudrehen watete Seklitsch weiter.

„Seklitsch, bleib stehen!", rief Orsini aus Leibeskräften.

„Was wollen Sie? Ich bring ihn nur dorthin, wo er hingehört“, antwortete Seklitsch, zog das Messer aus dem Rücken des Toten und schob ihn wie ein Stück Abfall in den Wienfluss.

22

Erschöpft saß Orsini auf dem Trottoir vor dem Notausgang. Als Sitzgelegenheit diente ihm ein Aluminiumkoffer, den jemand von der Tatortgruppe dort abgestellt hatte. Die Sonne schien auf seinen Rücken. Vom Schwarzenbergplatz bis zur Canovagasse waren Gehsteig und Fahrbahn abgesperrt worden. Der Verkehr wurde umgeleitet. Mehrere Einsatzwagen standen wie aufgeschnürt bis zum Musikvereinssaal. Einige der Passanten protestierten wegen des Umwegs, doch die meisten blieben schaulustig stehen und zoomten mit ihren Digitalkameras alles heran, was ihnen wichtig erschien. Pokorny und Ennsner waren unten und beaufsichtigen die Durchsuchung. Als sie Paula auf der Trage abtransportiert hatten, war etwas in ihm zersprungen und hatte ihn in zwei Hälften zurückgelassen. Die eine wollte aufspringen und nicht von ihrer Seite weichen. Die andere drückte ihn nieder, als hätte die Luft plötzlich ein gewaltiges Gewicht.

„Du stinkst“, sagte eine weibliche Stimme Äonen später.

„Ja, ich weiß“, antwortete Orsini, „und?“

„Willst du darüber reden?“, fragte Elvira leise und hockte sich neben ihn auf die Gehsteigkante.

Er öffnete den Mund, setzte zu einem Satz an, hob die Schultern und ließ sie wieder fallen. Dann vergrub er seinen Kopf zwischen den Händen.

Elvira legte die Hand auf seinen Rücken. „Sie wird bestimmt wieder ...“, versuchte sie ihn zu beruhigen. Um ihn abzulenken, berichtete sie vom Fund des toten Hausner.

„Das Handy von der Dorothea haben wir übrigens auch

gefunden, zusammen mit einem Abschiedsbrief", sagte sie dann.

Orsini sah hoch. „Wo?"

„In der Küche. Es lag in einer bunten Schüssel. Ich frag mich, wozu er es behalten hat ..."

„Vielleicht um herauszufinden, wer ihr letzter Liebhaber war."

„Und dann? Was glaubst du, hätte er gemacht?"

„Kann ich dir nicht sagen. Dann hat also er mir das Foto mit dem Penisring geschickt, aber warum?", erwiderte Orsini und dachte an die letzte Begegnung mit Franz Hausner. Er hatte die Wohnung und sich selbst vernachlässigt. Vermutlich war Dorothea trotz ihrer Eskapaden sein einziger Halt im Leben gewesen.

„Die Menschen sind eben unlogische Wesen", meinte Elvira und deutete zum Abgang. „Wie schlimm hat es sie erwischt?"

„Sie war noch nicht bei Bewusstsein, als sie abtransportiert wurde. Wie stark die Kopfverletzungen sind, kann ich dir nicht sagen. Der Notarzt hat mir versprochen, sich zu melden, sobald es Neuigkeiten gibt."

„Und was ist genau geschehen? Wilasich hat mir am Telefon nur sagen können, dass du durch den reißenden Fluss unten im Kanal geschwommen bist."

Orsini nickte. „Das verdammte Wasser ist so schnell gestiegen, dass wir getrennt wurden."

„Und du hattest bis dahin keine Ahnung, dass er es sein könnte", sagte Elvira mehr zu sich selber.

Orsini schwieg. Er hatte die Ermittlung geleitet und war eindeutig verantwortlich. Aber was hieß das konkret? Kein Verantwortlicher der Welt konnte Dinge ungeschehen machen.

„Habt ihr ihn?", fragte Elvira mittlerweile ins Telefon.

Kubicek war am anderen Ende. Er suchte zusammen mit zwei Feuerwehrleuten in einer Zille die Mündung des Wienflusses in den Donaukanal ab. Elvira sprach eine Weile mit ihm. Dann legte sie auf und wandte sich wieder an Orsini.

„Sie können die Leiche nicht finden“, sagte sie. „Wie ist er überhaupt im Fluss gelandet?“

Orsini antwortet wieder nicht, sondern starrte stur geradeaus zum Schwarzenbergplatz, wo die Ampel auf Grün schaltete und der Verkehr floss, als wäre nichts gewesen. Was sich unter der Oberfläche abgespielt hatte, konnten die Lenker in ihren Fahrzeugen natürlich nicht ahnen. Die meisten wussten wahrscheinlich nicht einmal, dass sie gerade über einen unterirdischen Fluss fuhren. „Was hast du gesagt?“, fragte er.

„Nichts“, erwiderte Elvira und musterte Orsini. Er sah mitgenommen aus, besser gesagt völlig erledigt. Er war von oben bis unten nass und hatte Schürfwunden an den Armen und Händen. Sein T-Shirt hatte einen Riss in Bauchhöhe, und an den Füßen trug er nichts als Socken. Das einzig Saubere an ihm war der Verband an seiner rechten Hand.

„Haben Sie eine Zigarette?“, fragte Orsini Pokorny, der gerade aus dem Notausgang stieg.

Pokorny hielt ihm die Packung hin und gab ihm Feuer. „Er hat den Stromkasten als Depot benutzt.“

„Depot?“

„Ja. Ein zusammengelegter Notenständer, Saiten zum Austauschen ... Der Kasten war nicht mehr in Verwendung, und wir haben ihn auch nicht kontrolliert.“ Pokorny deutete auf den Imbissstand am Eck. „Hat jemand was gegen ein Bier?“, fragte er und verschwand.

Elviras Handy läutete, und sie hob ab. „Wilasich“, sagte sie zu Orsini und reichte ihm das Telefon.

„Ja?“

„Der Personalausweis mit dem Namen Hanno Preuschl, den er uns bei der Aufnahme seiner Daten gezeigt hat, ist gefälscht. Die ganze Identität erfunden, inklusive früherem Meldezettel und Zeugnis. Da hat einer seine Vergangenheit gründlich hinter sich lassen wollen. Der richtige Name ist Friedrich Plattner, gelernter Glaser, 35 Jahre alt. Er hat eine kleine Wohnung im 5. Bezirk und hat sich vermutlich einige Jahre im Ausland aufgehalten ..."

„Gut", antwortete Orsini. „Sonst noch etwas?"

„Ja ..., der Notarzt konnte dich nicht erreichen", sagte Wilasich, „deshalb hat er mich angerufen."

Orsini fixierte einen Zigarettenstummel am Boden.

„Sie ist noch nicht über den Berg und liegt im künstlichen Tiefschlaf", sagte Wilasich. „Vielleicht willst du ja ins Spital zu ihr?"

„Danke", murmelte Orsini, unfähig klar zu denken.

„Bis später", erwiderte Wilasich und legte auf.

Pokorny kam indessen mit drei Dosen Bier zurück und verteilte sie. Orsini öffnete seine mit klammen Fingern, machte einen tiefen Schluck und fragte schließlich: „Wie ist Seklitsch eigentlich so schnell herübergekommen?"

Pokorny riss seine Bierdose auf. „Als Sie wie von der Tarantel gestochen zurück in den Kanal gelaufen sind, hat es bei ihm klick gemacht. Er hat aufgeschrien und uns angetrieben, dass wir uns beeilen sollen. Zuerst hab ich nicht verstanden, aber dann ... Wir haben uns auf die verschiedenen Abgänge verteilt, und so ..."

„Verstehe."

„Wieso sind Sie plötzlich auf den Guide gekommen?", wollte Pokorny wissen.

„Keine Ahnung."

Pokorny setzte die Bierdose ab. „Seklitsch hat unglaubliches Glück gehabt, dass die Kugel durch den Lederstiefel gebremst wurde. In ein paar Wochen ist die Kanalratte wieder die alte. Was ist da unten eigentlich genau vorgefallen?"

Orsini stellte die Bierdose kurz ab und schlüpfte in seine Schuhe, die ihm ein Polizist vom Girardipark geholt hatte. Dann sah er Pokorny in die Augen. „Seklitsch hat ihm in Notwehr sein Messer in den Rücken gestochen und beim Versuch zu flüchten muss er vom Wasser mitgerissen worden sein."

„Das habe ich mir so ähnlich gedacht“, sagte Pokorny. „Auf jeden Fall, den Posten kann Ihnen jetzt niemand mehr wegnehmen.“

Orsini trank einen Schluck Bier und nahm einen tiefen Lungenzug. Dann stand er auf, holte seine Marke aus der Hosentasche und reichte sie Pokorny.

„Was haben Sie vor?“, fragte Pokorny völlig überrascht. Elvira setzte die Dose von den Lippen ab.

„Ich quittiere den Dienst“, erwiderte Orsini, warf den Zigarettenstummel zu Boden und ließ die beiden stehen.

*

Orsini stellte den leeren Kaffeebecher ab und strich mit der Rechten über ihren Unterarm. Er saß in der Intensivstation des Lorenz-Böhler-Unfallkrankenhauses und wartete auf einen Arzt. Vorsichtig berührte er ihre Nase und ihre Lippen, die vom Verband ausgespart worden waren. Wach auf, wollte er zu ihr sagen, wach einfach auf! Dann nahm er ein Tuch und wischte ihre feuchte Stirn ab. Sie fühlte sich hitzig an, als hätte sie Fieber.

„Sie sind ein Kollege?“, fragte der Arzt und sah etwas ungläubig an ihm herab.

Orsinis Haare standen in alle Richtungen, er stank, und seine Kleidung war immer noch ein wenig feucht.

„Der Vorgesetzte, wenn man es genau nimmt.“

„Aha“, erwiderte der Arzt etwas unschlüssig. „Normalerweise darf ich nur den Angehörigen Auskünfte geben ...“

„Aber in diesem ... speziellen Fall?“

„Sie haben sie da rausgeholt“, sagte der Arzt dann, „jetzt versteh ich.“

„Ich hab’s versucht.“

„Wie auch immer. Das gebrochene Jochbein haben wir mit einem Draht stabilisiert, das ist nicht das Problem.“

„Sondern?“

„Es müssen zwei harte Schläge gewesen sein. Es wird sich

erst zeigen, ob ihr Gehirn das übersteht. Vorläufig halten wir sie im künstlichen Tiefschlaf."

Orsini biss die Lippen zusammen. „Wird sie wieder?", fragte er dann leise.

„Solange sie im künstlichen Tiefschlaf liegt, kann man nicht allzu viel sagen. Wir tun unser Bestes. Ich muss jetzt wieder ..."

„Danke!" Orsini sah dem Arzt nach, warf einen Blick auf die Anzeige der Herzfrequenz und verließ das Zimmer. Müde schlich er den Gang entlang bis zum Kaffeeautomaten und steckte eine Münze in den Schlitz. Während er auf den Espresso wartete, eilten zwei Männer an ihm vorbei und ließen den Namen Paula fallen. Er schnappte den Espresso und folgte den beiden.

„... hast du Mutter angerufen?", schnappte Orsini auf.

„Noch nicht", antwortete der andere. „Verdammt, sie hat noch nicht einmal die Ausbildung abgeschlossen, und die schicken sie schon zu so was!"

„Wenn du ihr doch nur nicht das Schießen beigebracht hättest ... "

„Hör auf, mir Vorwürfe zu machen!"

Orsini nippte vom Kaffee. Es handelte sich bei den beiden offensichtlich um Paulas Brüder. Unsicher drehte er den Kaffeebecher zwischen den Fingern und suchte nach den richtigen Worten, denn er hatte das Bedürfnis, seinen Fehler einzugestehen. Dass der Arzt ihn als Paulas Retter eingestuft hatte, entsprach in seinen Augen nicht der Wahrheit. Er setzte zu einem Räuspern an, überlegte, was er sagen sollte, und blieb hinter den beiden zurück, weil er kein Wort über die Lippen brachte.

Morgen, dachte er matt und drehte sich um.

„Du weißt, dass sie niemand aufhalten kann, wenn sie sich etwas in den Kopf gesetzt hat", hörte er den einen Bruder noch sagen.

Dienstag, 14. Juni 2005

23

Elvira Zobl setzte sich an den kleinen halbrunden Holztisch, den man, um Platz zu sparen, an die Wand klappen konnte. Die kleine Einheit im Heim für betreutes Wohnen bestand aus einem winzigen Vorraum, Bad, Wohnküche und einem Schlafzimmer

„Zucker?", fragte die Frau und bot ihnen die Dose an.

Orsini schüttelte den Kopf, trat zum Fenster und blickte auf den einzelnen Baum im Hof.

„Nein, danke", erwiderte Elvira und schaltete ihr Aufnahmegerät ein. Dann nahm sie einen Schluck, warf einen Blick auf den verkrüppelten Arm der Frau und begann.

„Ihr Name ist Rosa Plattner und Sie sind die ältere Schwester von Friedrich Plattner."

„Ja", bestätigte die Frau mit einem Nicken.

„Gibt es noch andere lebende Verwandte?"

„Eine Schwester. Ihr Name ist Maria. Sie ist die Jüngste."

„Haben Sie eine Adresse von ihr?"

„Ja, aber damit werden Sie keine Freude haben. Sie lebt in Amerika."

„Haben Sie Kontakt?"

„Ja", antwortete Rosa Plattner.

„Hatten Sie auch Kontakt zu Ihrem Bruder?"

„Nein, schon lange nicht mehr", antwortete sie und wandte den Blick ab. Knapp unterhalb ihres linken Auges zog sich eine Narbe bis zum Haaransatz. Sie ähnelte der Wurzel eines Baumes, die halb aus der Erde hervorquoll. „Wie lange ungefähr?", fragte Elvira behutsam. „Können Sie das genauer ...?"

„Sehen Sie sich ruhig meinen Arm und mein zerschnittenes Gesicht an, ich bin das gewöhnt", sagte Rosa mit sanfter Stimme und versuchte dabei zu lächeln.

„Entschuldigen Sie, ich wollte nicht ...", erwiderte Elvira verlegen. Die Leiterin des Heimes hatte sie zwar auf das Aussehen der Frau vorbereitet, aber dass es so schlimm sein würde, hatte sie nicht erwartet.

„Friedrich ...", begann Rosa, schloss dabei die Augen und machte eine lange Pause, wie um in die Vergangenheit zurückzukehren. „Friedrich war der Liebling unseres Vaters. Er war so stolz auf ihn, besonders weil er der Einzige von uns dreien war, der seine Leidenschaft mit ihm geteilt hat. Stellen Sie sich vor, schon mit vier Jahren hat er ihm eine Kindergeige gekauft! Ich hab meinen Bruder darum beneidet, wie Vater Tag um Tag mit ihm geübt hat. Er war so talentiert, konnte schon mit fünf spielen wie andere wahrscheinlich mit zehn noch nicht. Die beiden haben zu Weihnachten die schönsten Lieder gespielt. Wir waren eine glückliche Familie."

Sie hielt kurz inne.

Glücklich, dachte Orsini.

„Bis zu dem Tag, an dem Vater von uns gegangen ist. Einfach so. Ein Herzinfarkt, in der Nacht. Ohne sich zu verabschieden. Meine Mutter ist in der Früh neben ihm aufgewacht, als er schon kalt war. Das war knapp nach Friedrichs achtem Geburtstag. Ich war zehn."

Rosa nippte kurz an ihrem Kaffee, ehe sie fortfuhr. „Eine Zeit lang ging alles einigermaßen gut, weil die Nachbarn meiner Mutter mit der Glaserei geholfen haben. Aber das ist nach und nach weniger geworden. Sie hat bis an ihre körperlichen Grenzen geschuftet, um das Geschäft zu erhalten und uns ein Zuhause zu geben. Ich war für die Geschwister verantwortlich und musste obendrein noch in der Glaserei mithelfen. Friedrich hat das alles nicht verstehen können und wollte weiter seine Musik machen. Wahrscheinlich war er einfach zu jung. Er hat uns alle verrückt gemacht mit seiner Überei. Das war wie ein Wahn bei ihm, bis Mutter es ihm schließlich verboten hat. Aber er hat einfach weitergespielt, und nach einem heftigen Streit hat Mutter seine geliebte Kindergeige zerbrochen. Sie hätte ihn auf ein Internat schicken sollen, ein Musikgymnasium oder so. Aber sie war überfordert, glauben Sie mir!"

Orsini sah ihr zu, wie sie sich unbewusst über den Arm strich.

„Am nächsten Abend hat er sich Vaters alte Geige aus Mutters Zimmer geholt, als sie weg war, und im Hof zu spielen begonnen, bis er vor Müdigkeit umgefallen ist. Ich bin im Bett gelegen und hab zugehört. Wenn ich daran denk, hör ich noch heute die verzweifelten Töne. Von dem Tag an hat er abends heimlich weitergemacht."

„Heimlich?"

„Ja, wir hatten außerhalb des Dorfs ein Grundstück mit einem alten Erdäpfelkeller. Wenn alle geschlafen haben, ist er hinausgeschlichen und hat dort gespielt. Oft bis in die Nacht hinein. Natürlich war er dann am nächsten Morgen nicht ausgeschlafen. So bin ich ihm auch draufgekommen. Mutter hab ich nichts erzählt. Aber spüren hab ich's ihn schon lassen. Ich musste mich ja oft um ihn kümmern, obwohl ich nur zwei Jahre älter war als er, ich war ja die Tochter. Ihm Frühstück machen, Mittagessen wärmen. Wir haben öfter gestritten deswegen ..." Sie machte eine Pause.

Elvira versuchte möglichst nicht auf die Narben zu sehen, sondern blickte Rosa direkt in die Augen. Das Glasauge hätte sie als solches nicht erkannt, wenn die Narbe darüber nicht so eindeutig darauf hingewiesen hätte. Die viel größeren Narben verbargen sich ohne Zweifel hinter den Augen.

Als sie schließlich fortfuhr, wurde Rosas Stimme brüchig, und sie sprach etwas abgesetzt. „Einmal ... Ich hab ihm gedroht, dass ich's Mutter sage ..., wir haben uns angeschrien ... Und ich hab ihn auch – wie davor schon öfter – ausgelacht, weil er die Erdäpfel als beste Freunde gehabt hat. Eins hat dann das andere ergeben ..., es war bestimmt keine Absicht von ihm. Er hat mich einfach weggestoßen, und da waren die Glasplatten, und ich ..."

Rosa Plattner rückte ihren Stuhl nach hinten und griff umständlich nach einem Glas Wasser. Elvira wartete eine Weile, bis sie sich wieder beruhigt hatte. „Wie alt waren Sie beide zu dem Zeitpunkt?", fragte sie.

„Zehn und zwölf. Wir waren noch Kinder!"

„Und dann?"

„Ich bin erst nach etwa eineinhalb Jahren, die ich in allen möglichen Spitälern verbracht hab, wieder nach Hause gekommen. Ein ehemaliger Angestellter ist aus der Pension zurückgekehrt und hat meine Mutter unterstützt. Mit ihm lief der Betrieb die nächsten Jahre so einigermaßen. Friedrich musste in der Glaserei arbeiten. Er hat sogar als Jüngster die Gesellenprüfung geschafft." Ein kurzer Anflug von Stolz klang in Rosas Stimme mit, verflüchtigte sich aber ebenso schnell wieder.

„Hat er sich um Sie gekümmert?"

„Nein. Nur das Allernötigste. Ich glaub, er hat meinen Anblick einfach nicht ertragen, und in der Zeit, als ich zurückgekehrt bin, hat er zu trinken begonnen. Eine Zeit lang hing er nur im Dorfwirtshaus herum und hat Karten gespielt."

„Tarock?", fragte Orsini, der bisher geschwiegen hatte.

„Ja. Von da kommt auch der Spitzname Pagat. Pagat ultimo zu spielen war seine Spezialität. Im Ort hat ihn bald niemand mehr mit seinem richtigen Namen angesprochen."

„Was war mit der Musik, der Geige?"

„Die hat der Alkohol einige Jahre aus seinem Kopf verdrängt. Aber zu der Zeit hat auch das angefangen, was ich ihm nie verzeihen kann."

„Was hat angefangen?“

„Tote Tiere. Zuerst haben wir sie im Hof gefunden. Erwischt hat ihn nie wer, aber ich weiß, dass er es war.“

„Warum?“

Rosa schwieg eine Weile, schob ihre Tasse zuerst von sich weg und dann langsam wieder zurück. „Ich hab ihn einmal“, sie wies mit einem beschämten Gesichtsausdruck auf ihr gesundes Auge, „gesehen. Er hat sie mit Glasscherben richtig gequält. Die Bäuche aufgeschlitzt und so Sachen.“

„Hat er in der Zeit weiter in der Glaserei gearbeitet?“

„Ja, und es hat nach außen keine Schwierigkeiten gegeben, bis dieser Wiener aufgetaucht ist.“

„Welcher Wiener?“

„An den Namen erinnere ich mich nur mehr entfernt. Millberger oder Millgruber. So ähnlich jedenfalls. Er hat sich ein Haus gekauft und war an den Wochenenden immer wieder im Ort. Im Wirtshaus beim Tarockieren hat er mit meinem Bruder Kontakt geknüpft.“

„Ich verstehe nicht ganz“, wandte Elvira ein. „War der Mann schwul oder ...“

„Nein, nein. Wo denken Sie hin! Der war Orchestermusiker.“

„Und?“

„Er hat dem Friedrich Stunden gegeben und ihn darin bestärkt, ein Studium zu beginnen.“

„Das war doch das, was er sich gewünscht hat ...“

„Ja. Er hat auch geübt wie ein Verrückter. Jede freie Minute hat er wieder im Keller verbracht. Mama hat davon gewusst, aber das war ihm egal. Und wenn er die Aufnahmsprüfung geschafft hätte, wäre wahrscheinlich alles anders verlaufen.“

„Welche Aufnahmsprüfung?“

„Für die Musikhochschule. Dieser Musiker hat es später im Wirtshaus erzählt, und so hat es die Runde bis zu mir gemacht.“

„Hat er sie verpatzt?“

„Ja."

„Aber eine verpatzte Aufnahmsprüfung kann doch jedem passieren!"

„Sie verstehen nicht. Er hat es nicht verpatzt, weil er schlecht war."

„Sondern?"

„Er war unfähig, einen einzigen Ton vor Publikum zu spielen, und das obwohl er sich zu Hause die Finger blutig geübt hat."

Elvira nickte.

„Aber das war noch nicht alles. Das Schlimmste für ihn dürfte gewesen sein, dass ihn jemand aus der Prüfungskommission ausgelacht hat."

Orsini drehte sich wieder zum Fenster und sah auf die Blätter des mickrigen Baumes im Hof. Seine Energie war im Begriff, wie aus einem lecken Fass zu verrinnen. Kränkung, das große schwarze Loch der fehlenden Anerkennung, es lief immer wieder darauf hinaus. Und wenn der Karren einmal in der eingefahrenen Spur unterwegs war, schien es schwer, das Geschehen aufzuhalten.

„Wann war das genau?", setzte Elvira nach.

„Das war am ..."

„17. September 1995", ergänzte Orsini. Er hatte sich das Datum der ersten Attacken in den Parks eingeprägt. Vielleicht hätten sie bei ihren Ermittlungen auch dem nachgehen sollen, was an dem Tag im Umkreis des Stadtparks ... Er blickte zu Elvira, deren Gesichtsausdruck ebenso leer wirkte, wie er sich insgesamt fühlte.

„Und das Kuvert?", fragte Elvira schließlich in die Stille hinein.

„Ich hab in der Zeitung von den Attacken gelesen und dass der Pokorny der zuständige Beamte war. Ich hab gewusst, dass er aus Brand ist, und hab gedacht, wenn ich ihm ... Ich hab mich so entsetzlich gefühlt. Einerseits wollte ich verhindern, dass der Friedrich was Arges anstellt, aber andererseits konnte ich ihn nicht ..." Ihre Stimme brach ab.

Elvira sah Orsini lange fragend an. Die Schuldgefühle verbrannten sie offensichtlich schon lange von innen. War es da nötig, noch nachzulegen? Elvira drehte das Aufnahmegerät ab und fragte dann dennoch: „Und warum haben Sie jetzt nichts gesagt? Sie hätten einiges verhindern können!"

Rosa Plattner schwieg.

Tränen rannen über ihr Gesicht.

Orsini gab sich einen Ruck, ging auf sie zu und legte ihr seine Hand auf die Schulter. „Sie müssen uns das nicht erklären. Es ist schon geschehen. Und ... wir haben auch unsere Fehler gemacht."

Daraufhin wischte Rosa sich die Tränen ab und holte Luft. „Er hat bald nach der Aufnahmsprüfung seine Sachen gepackt und ist fort. Zur Maria hat er gesagt, dass er weit weg will, Amerika. Aber ob es so war? Allerdings, ich muss zugeben, ich war erleichtert. Ich hab gedacht, vielleicht fängt er dort ein neues Leben an und kehrt nie wieder zurück. Und darum hab ich mir die letzten Wochen auch versucht einzureden, dass er es nicht sein kann."

Sie griff unter die Zeitung, die am Tisch lag, und fischte ein Briefkuvert hervor, adressiert an Albert Pokorny.

*

Orsini saß auf dem Betonquader des Brigittasporns wie auf dem Bug eines Schiffes und ließ die Welt an sich vorbeigleiten. Am liebsten hätte er sich einfach mit dem Wasser mittreiben lassen, quer durch den Kontinent bis ins Schwarze Meer. Er griff sich an die Nasenwurzel und massierte die empfindliche Stelle zwischen den Augenbrauen.

Nach dem Gespräch mit Rosa Plattner war er wieder im Spital gewesen. Sich Paulas Zimmer zu nähern, war wie ein neuerlicher Kampf gegen die Strömung gewesen, ganz als hätte sich die Luft die Kraft des Wassers einzig dazu geliehen, um ihn von dem Besuch abzuhalten. Von drinnen hatte er gedämpfte Stimmen vernommen und beim offenen

Türspalt die beiden Brüder und eine Frau gesehen. Ihn hatte aber angesichts der Vorstellung, Paulas Mutter zu begegnen, der Mut verlassen.

Ein dunkles Grollen rollte vom Wienerwald weiter südlich über die Stadt. Irgendwo musste ein Blitz eingeschlagen haben, registrierte er abwesend.

Unruhig stand er auf. So wie vor Jahren schien ihn die Ferne zu rufen. Irgendetwas war in ihm zerbrochen, als er Paula leblos daliegen gesehen hatte, und hatte sein Innerstes in Aufruhr versetzt. Ein Teil von ihm wollte nie wieder von Paulas Seite weichen, der andere hatte schon längst alles zur Abreise eingepackt. Sainte Marie, dachte er und hatte das Bild des langen Sandstrandes mit den wogenden Palmen vor sich – würde die Distanz reichen, um die zerbrochenen Teile zu kitten?

Er griff in seine Hosentasche, holte das Handy hervor – eingedrungenes Wasser hatte das Display verdunkelt. Ohne lange zu überlegen schleuderte er das nutzlos gewordene Ding in hohem Bogen so weit wie möglich von sich weg, sodass das leise Platsch nur mehr wie ein Ton aus der Vergangenheit an sein Ohr drang, während er bereits mit eingezogenem Kopf den schmalen Weg zurückging.

Danke!

Auch bei diesem Buch gab es viele helfende Hände. Euch allen vielen Dank!

Zuallererst an Wolfgang Hölzl, Dagmar Holzmann und Doris Wiener-Pucher im Leykam-Verlag: Wir fühlen uns bei euch sehr gut betreut, in jeder Hinsicht – danke für eure Geduld und euer Engagement. Ganz besonders an unsere Lektorin Rofi Konrad, deren Humor und Scharfsinn ein Genuss sind, vor allem auch für die starken Nerven bis zum Schluss. Und auch an Peter Eberl für ein weiteres wunderbares Cover.

Großen Dank an Gerald Schantin, der immer mindestens ein offenes Ohr für uns hat. Ebenso an Ingrid und Lothar Laaber, für alles und auch fürs genaue Lesen. Diesbezüglich auch an Eckhart Derschmidt, der bei der Erkundung der Unterwelt ein abenteuerlustiger Gefährte war. Natürlich auch an Stefan Mödritscher für dringende Fragen aller Art. Danke!

Was die kriminalpolizeiliche Arbeit anlangt, gab es viele Fragen, für die sich Ines Pasetzky, Peter Pasetzky und Eva Plank-Sandhofer freundlicherweise Zeit genommen haben. Pathologische Details konnte Elisabeth Friedrich für uns klären. Außerdem Helmut Kahler, der uns die wunderbaren Winkel in und rund um Alt-Nagelberg nähergebracht hat, Nicolas Geremus und seine Kollegen bei den Wiener Symphonikern wie auch Herbert Mayr für die

Unterstützung in musikalischen Belangen – euch allen vielen Dank!

Stadtgartendirektor Rainer Weisgram und Obergärtner Thomas Breuer hegen und pflegen ihre Grünanlagen mit einem spürbar großen Herz, das auch für deren diverse Bewohner schlägt – danke, dass wir die Parks zweckentfremden durften. Die Mitarbeiter der Abteilung Wien Kanal, insbesondere Peter Bürkle und Florian Illichmann, die uns bereitwillig ihre Welt unter der Welt gezeigt haben, waren ebenfalls ein große Hilfe.

Außerdem wären die Krisen, die ein solches Projekt unumgänglich mit sich bringt, ohne den laufenden Zuspruch unserer Söhne Paul und Max und ihr Geschick als Mediatoren kaum bewältigbar gewesen – thanx especially! Ebenso an Christine Stein für den telefonischen Bereitschaftsdienst rund um die Uhr! Natürlich auch an alle unsere friends, die unsere zeitweilige Zurückgezogenheit großzügig verziehen haben und uns mit ihrer Begeisterung die Durststrecken erleichtert haben.